Philippe Djian

Verraten und verkauft

Roman

Aus dem Französischen von Michael Mosblech

Diogenes

Titel der Originalausgabe:
›Maudit manège‹

Umschlagillustration:
Tomi Ungerer
›The Lord giveth, the Lord taketh away‹
1981/1982 (Ausschnitt)
aus Tomi Ungerer, *Slow Agony*,
Diogenes 1983

100/88/8/1
ISBN 3 257 01785 5

Gestatte den Ereignissen des Alltags nicht, dich zu unterdrücken, aber entziehe dich ihnen auch nicht. Nur so wirst du die Befreiung erreichen.

Huang-Po

I

Eines Abends, ungefähr fünf Jahre nach Bettys Tod, da dachte ich, mein letztes Stündchen habe geschlagen. Und darauf war ich nun weiß Gott nicht gefaßt.

Ich hing mit Henri in der Küche und schälte seelenruhig ein paar Sachen, dabei hörte ich ihm mit halbem Ohr zu. Die Überlegenheit der Poesie gegenüber allem anderen, das hatte er mir nun schon mindestens zweihundertmal vorgeführt. Das Schlimmste war, er hatte ja recht, aber ich hatte mich stets geweigert, es zuzugeben. Ich konnte Romane schreiben und kistenweise Erzählungen, aber ich war unfähig, auch nur ein einziges halbwegs brauchbares Gedicht hinzulegen, auf dem Gebiet fühlte ich mich nicht in meinem Element. Ich war voller Bewunderung für diese Typen, die es verstanden, einen in Nullkommanichts runterzuputzen, einem mit wenigen Sätzen den Atem zu verschlagen. Zu dumm, daß sie samt und sonders 'ne Schraube locker hatten. Ich hätte zu gern gewußt, macht einen nun die Poesie verrückt oder verhält sich die Sache eher umgekehrt? Naja, soweit ich sehen konnte, war ein Romancier wenigstens noch in der Lage, ein Abendessen zuzubereiten, ein Dichter hingegen taugte höchstens dazu, die Füße unter dem Tisch auszustrecken.

Er hatte sich mit dem Glas in der Hand ans Fenster gestellt und zog auf Teufel komm raus über den Roman her, aber ich hatte schon genug am Hals, es wurde allmählich spät, und vor mir lagen ungefähr ein paarhundert Dinger, die darauf warteten, mit Butter beschmiert zu werden. Ich warf einen Blick auf sein weißes Haar, doch diesen Abend ließ ich ihn weiter spinnen, ich fragte ihn nicht, ob er mir nicht lieber helfen wolle, statt mir in einem fort auf die Eier zu gehen, ich dachte mir, am Abend seines Geburtstages sollte ich mich zusammenreißen. Henri war zweiundsechzig Jahre alt geworden, und ich hatte ein paar Leute dazu eingeladen, gemeinsam mit uns die Kerzen auszupusten. Ich hoffte, es würde mir gelingen, ein paar von ihnen dazu zu überreden, gemeinsam mit mir das Geschirr aus der Welt zu schaffen.

Der Kühlschrank war brechend voll. Als ich ihn öffnete, erblickte ich einen feinen Strahl Vinaigrette, der auf die Kuchenschachtel tropfte, und für eine Viertelsekunde sträubten sich sämtliche Härchen auf meinem Bauch. An einigen Stellen schien mir der Karton bereits ein wenig aufgeweicht. Ich zog ihn in aller Schnelle heraus, riß den Deckel auf, ohne noch länger zu warten, und verpaßte dem Kühlschrank einen Tritt mit dem Absatz. Zum Glück hatte der Kuchen nichts abbekommen. Zum Glück, denn ich erinnerte mich nur zu gut, wieviel er mich gekostet hatte. Ich habe stets den Preis der Dinge gekannt, wenn ich eine schwierige Phase durchlief. Und Henris Geburtstag fiel mit dem Übergang meines Kontostands in die roten Zahlen zusammen.

Ein wundervoll dekorierter Kuchen, ganz im modernen Geist, doch dabei in prächtigstem Barock. Ich hatte 'ne halbe Ewigkeit in dem Laden rumgestanden, um den Leuten zu erklären, was ich wollte, man hätte meinen können, die hätten im Leben noch keine Lokomotive gesehen. Zum guten Schluß hatte ich ihnen die Sachen aufzeichnen müssen. Ich hatte ihnen klargemacht, daß ich die Räder aus Krokant haben wollte und daß sie eine ordentliche Portion Sahne für den Rauchschweif obendrauf klatschen sollten. Für Züge hatte Henri nämlich was übrig. Drunter konnte ich's nicht tun. Nicht an seinem Geburtstag. Ich war wirklich heilfroh, daß der Kuchen noch ganz war, ich beschloß, ihn ihm zu zeigen.

Er stand immer noch mit dem Rücken zu mir. Wenn ich ihn recht verstand, handelte es sich bei dem Roman um eine völlig überladene Form, die von Typen meines Schlages kultiviert wurde. Ich legte ihm die Hand auf die Schulter.

– He! Halt mal die Luft an, ich wollte dir was zeigen...!

Ich hielt die Lok mit einer Hand, und auf der Sahne glitzerten jede Menge Lichtreflexe, ich war gespannt, was er für ein Gesicht machen würde. Seine Schultern hingen nach unten, aber man spürte das Feuer in seinem Inneren, ganz seltsam war das, ich weiß nicht, wie oft ich dieses Gefühl schon gehabt hatte, wenn ich Henri ansah, vielleicht ein paarhundertmal, und am Anfang, da hat mich das glatt umgehauen. Die haben Glück, die, die sich innerlich verzehren, ihre Flamme lodert hell auf, man kann sie leichter erkennen. Henri drehte sich langsam um. Ich hatte den Eindruck, das dauerte Jahrhunderte. Und dann mit einem Mal blieb mir die Luft weg, eine entsetzliche Angst schnürte mir die Kehle zu, und im gleichen Augenblick fühlte ich mich in die Haut eines Bootes versetzt, das fürchterlich gerammt wird. Ich sackte zusammen.

Henri fragte mich, was ich denn nun schon wieder anstellte, wo ich doch schlicht und einfach dabei war zu sterben. Ich wußte es sofort. Der entsetzliche Schmerz, der mir die Brust zerriß, war nichts oder lächerlich wenig verglichen mit dem Schiß, der mir durch die Glieder fuhr. Ich sah, wie mir der Kuchen aus den Händen glitt und vor mir auf den Boden klatschte. Klar, ich hatte schon anhand einiger Anzeichen mitbekommen, daß ich nicht mehr der Jüngste war, aber vierzig Jahre, das war nun doch nicht das Ende aller Zeit, und ehrlich gesagt kann man nie so genau wissen, ob man seine schönsten Jahre wirklich schon hinter sich hat.

In diesem Moment hatte ich das Glück, meinen Körper verlassen zu können. Wie's aussieht, sind längst nicht alle Schriftsteller dazu in der Lage, aber das überrascht mich nicht, es gibt immer ein paar Typen, die es schaffen, das strikte Minimum noch zu unterbieten, egal, in welcher Branche, sie sind bloß dazu da, einem auf die Eier zu gehen. Ich sah, wie sich Henris Blick verfinsterte. Ich sah, wie ich nach vorne kippte und wie ich mich *in extremis* auffing, indem ich mich nämlich auf einem Arm abstützte. Ich sah eine feine Schweißspur, die auf meiner Nase glänzte. Irgendwie war ich schon tot. Meine Seele war dabei, in tausend Stücke zu zerspringen.

Zum guten Schluß verließen mich meine letzten Kräfte, und ich schlug der Länge nach auf den Boden. Ich legte mich quer über die arme Lok, ich zerquetschte sie vollkommen. Es war sein Geburtstagskuchen. Gewisse Dinge dürften niemals passieren, denke ich mir. Und doch, es war so. Diese Szene ist mir stets deutlich in Erinnerung geblieben. Ihre Traurigkeit hat einen ganz speziellen Duft.

Seit Bettys Tod war ich mehrfach umgezogen, vielleicht fünf- bis sechsmal, danach war mir die Lust vergangen. Die Gegenden sahen alle gleich aus, überall die gleichen Hütten, Straßen, Städte, Leute, ja, sogar die Leute sahen letzten Endes alle gleich aus. Im Grunde vereinfachte das die Sache. Ich hatte also beschlossen, mich nicht mehr zu rühren. Ob nun diese Stadt oder eine andere, ungefähr dreihundert Kilometer weiter westlich, ob in einer eher ruhigen Straße, in einer Bude ohne jede Besonderheit oder nicht..., was machte das schon für einen Unterschied...? Das war wie mit diesem Krankenhauszimmer. Immer dieselben, von einem Ende des Landes bis zum andern. Ich hatte die Gelegenheit genutzt, fast eine Woche an einem Streifen zu schlafen.

Als ich zum ersten Mal richtig wach wurde, erblickte ich Henri am Fußende meines Bettes, in einem kurzärmeligen Hemd und in ein Magazin vertieft. Die Sonne überflutete das Zimmer, das Fenster stand leicht auf.

– Henri, das mit dem Kuchen tut mir leid, sagte ich.

Er sah zu mir rüber. Er war gekämmt, rasiert, hatte ein sauberes Hemd an, er sah blendend aus. Wir guckten uns ein paar Sekunden lang an, dann streckte er die Hand in die Luft, und ich schlug lachend ein.

– Altes Arschloch! murmelte er.

– Großer Gott! Ich komm selbst nicht drüber weg!

Wir ließen uns ein paar Sekunden lang gehen, bevor wir uns den ernsthafteren Dingen widmeten. Ich zog meine Hand von seiner Schulter.

– Sag mal, hast du die Post mitgebracht?

Er warf mir mit einem Stoßseufzer einen Packen Briefumschläge auf die Knie.

– Lauter Scheißkram, Rechnungen, Reklame...

Ich überflog die Sache mit den Fingerspitzen, während er sich die Haare nach hinten strich. Es war in der Tat nichts Anständiges dabei, ich stopfte den ganzen Kram in den Papierkorb.

– So langsam frag ich mich, ob da nicht irgendwelche Scheißkerle bei der Post sitzen, sagte ich. Du hast doch selbst gesehn, was er mir in seinem letzten Brief geschrieben hat: »Kopf hoch, in ein paar Tagen schicke ich Ihnen einen Scheck.«

– Ja, der glaubt wohl, du hast 'nen Nacken aus Eisen!

Das Stärkste war, daß ich nicht einmal wußte, wo ich ihn erreichen konnte. Für einen Verleger war er verdammt oft auf Reisen. Wer weiß, vielleicht hatte er mein Geld ans andere Ende der Welt aufgegeben, und allein der Gedanke daran machte mich nervös, vielleicht hatte er alles verspielt, oder er stand einsam an einer Straßenecke, ausgeplündert, halbnackt, ohne Brille, ohne Papiere, ohne alles, ohne Scheckheft? Ich wußte nicht, was ich davon halten sollte. Wir steckten bis zum Hals in Schulden.

– Andererseits bin ich bis jetzt immer noch zu Rande gekommen, murmelte ich.

Henri stand grinsend auf. Er war ziemlich groß, er wog so um die neunzig Kilo, das Bett knarrte.

– Ah, Scheiße! Meinst du, man kann hier rauchen? fragte er.

– Wie kommste 'n darauf?

– Naja, der ganze Qualm hier, stört dich das nicht?

– Henri, ich hab's nicht auf der Lunge, sondern am Herzen. Aber wie du siehst, ist es wieder angesprungen, also tun wir einfach so, als wär nie was passiert, wir sprechen gar nicht mehr davon, was meinste?

Er kramte seine Zigaretten hervor und bot mir eine an. Mir war zwar nicht danach, aber ich schnappte mir trotzdem eine. Es war die erste, seit ich dem Tod von der Schippe gesprungen war. Eine Filterzigarette.

Henri stieß den ersten Zug an die Decke.

– Ich glaube, der Lebensmittelhändler hält noch eine Woche still. Was danach ist, keine Ahnung.

– Der soll sich nicht aufregen. Die Kohle muß jeden Tag eintreffen.

– Jedesmal, wenn ich reinkomm, reibt er mir die Rechnung unter die Nase. Heute morgen erst hat er sie mir in voller Länge auseinandergerollt und hat gesagt: »Damit das klar ist, ich will nicht, daß dieser kleine Papierstreifen hier eines Tages bis zum Boden reicht.« Und dann hat er noch hinzugefügt: »Ich hoffe, mein Alterchen, ich habe mich klipp und klar ausgedrückt?«

– Großer Gott! Manchmal haben sie einen richtig am Wickel!

– Und ob...! Ich bin rausgegangen mit zwei Dosen Ölsardinen und 'nem Toastbrot, das es im Sonderangebot gab.

– Scheiße. Und sonst, alles klar?

– Ach was, von hier aus kannste dir doch gar kein Bild machen!

Wir verstummten für einen sehr kurzen Augenblick, dann drückte ich meine Zigarette in den Aschenbecher, ich schraubte sie regelrecht hinein.

– Hör zu...! Hab ich nicht stets all unsere Probleme gelöst? Was zerbrichst du dir wegen so einem Mist überhaupt den Kopf...?

– Ja, du bist auch nicht an meiner Stelle. Zur Zeit fahr ich jedesmal in die Höhe, wenn's nur an der Tür klopft, und sämtliche Händler der Gegend muß ich mindestens eine Stunde lang mit Engelszungen bequatschen, um einen letzten Aufschub rauszuschinden. Letztens bin ich gekommen, um dir mitzuteilen, daß sie uns das Telefon abstellen wollten, aber da hast du geschlafen. Jetzt, wo du wach bist, kann ich dir sagen, es ist soweit, sie haben es abgestellt.

– Was soll das denn, die haben das Telefon abgestellt...?!

– Keine Ahnung, was das soll, jedenfalls waren sie so frei. Nach dem neuesten Stand haben wir noch Wasser, Gas und Strom. Wohlgemerkt, in dieser Richtung habe ich keine Angst, ich bin überzeugt, vorher fliegen wir raus.

– Ah, meine Güte! Wo denkst du hin...! Ich garantiere dir, bald haben wir dieses verdammte Geld. Da mach ich mir gar keine Sorgen. Und beruhig dich, wir tun, was wir uns vorgenommen haben.

Die Art, wie er mich anguckte, als ich das sagte, gefiel mir. Er vollführte ein paar Grimassen mit dem Mundwinkel, dann nickte er bedächtig.

– Es bleibt dabei? Immer noch übermorgen? fragte er.

– Ja, sobald ich die Visite hinter mir habe.

– Soll ich dich abholen?

– Hm, ich weiß nicht... Ich hatte vor, nach Hause zu laufen. Ich weiß nicht, ob das für ’nen Typ in deinem Alter so gut ist.

Ich wurde um Punkt zehn Uhr morgens aus dem Krankenhaus entlassen. Die Sonne knallte einem bereits voll ins Gesicht, eine noch junge, nervöse, ziemlich ungeschickte Sonne, die einen auf der Stelle verbrannte, eine Art tollwütiger Hund, der wie wild an der Leine zerrt, eine von der Sorte hysterischer Frühling. Ich räkelte mich unauffällig im Gehen, ich pumpte meine Lungen voll, ich bewegte den Kopf hin und her wie einer, der zusammengeschlagen worden ist und mit leichter Unruhe nachsieht, ob sich noch jemand im Haus versteckt hält. Aber ich spürte nichts Unnormales, es fehlte nicht viel, und ich hätte angefangen zu lachen. Ich stufte die Sache nicht als bedeutsame Panne ein, ich stellte mir eher irgendeinen Mist in der Benzinleitung vor, etwas, das einen zwar zum Stillstand, aber nicht um den Verstand bringen konnte, der Motor war im Handumdrehen wieder angesprungen. Alles in allem war ich einigermaßen überrascht, was mir da zugestoßen war. Wenn man einen Blitz aus heiterem Himmel sieht, fragt man sich immer, ob man nicht geträumt hat. Und zudem brauchte ich mir bloß all den Scheiß vorzustellen, der im Laufe des Lebens über einen hereinbrechen kann, um mich geradezu verschont zu fühlen.

Ich schlenderte durch einen gehörigen Teil der Stadt, ohne mich zu beeilen, ohne die geringste Müdigkeit zu empfinden, ich grübelte einfach in aller Seelenruhe über meine Geldsorgen nach. Ich konnte mir nicht verhehlen, daß die Lage außerordentlich alarmierend war, aber daran war ich mehr oder weniger gewöhnt. Ich erhielt meinen Scheck alle sechs Monate, und drei bis vier Monate lang lief alles glatt. Danach mußte ich dann feststellen, daß ich mich mal wieder verschätzt hatte. Jeder andere hätte das mit links geschafft, ich hingegen brach regelmäßig auf der Zielgeraden zusammen. Die Kohle mußte irgend etwas an sich haben, das mir regelmäßig entging, irgendeine Kraft, die ich nicht unter Kontrolle bekam. Sicher, Henri war ein ernsthaftes Handicap, aber das war nicht der springende Punkt. Ich konnte genausogut allein leben, die Sache war gehupft wie gesprungen. Mit einem halben Scheck alle drei Monate wäre mir um einiges wohler gewesen. Das hätte mir das Leben leichter gemacht.

Um nicht bei dem Lebensmittelhändler vorbeizukommen, setzte ich meinen Weg auf der gegenüberliegenden Straßenseite fort. Drüben war es genauso schön. Das hieß nicht, vor seinen Problemen zu fliehen, wenn man ihnen aus dem Weg ging, vor allem nicht für jemanden, dessen Herz beinahe schlapp gemacht hätte. Im übrigen duckte ich mich weder hinter die Wagen, die dort geparkt waren, noch beschleunigte ich meinen Schritt, ich tat so, als wäre überhaupt nichts.

– HE! SIE DA DRÜBEN..! WARTEN SIE MAL!

Ich blieb stehen. Ich war nicht sonderlich überrascht. Diese Typen entwickeln mit der Zeit eine Art sechsten Sinn, denke ich mir. Ich blickte ihn an, als er mit dem Heft in der Hand und dem Stift hinterm Ohr quer über die Straße rannte, und ehrlich gesagt empfand ich Mitleid mit ihm, mir stand das Breckslos, das er gezogen hatte, vor Augen. Ich beruhigte ihn unverzüglich.

– Ah! Das trifft sich gut, sagte ich. Ich wollte gerade bei Ihnen vorbeischauen. Haben Sie die Rechnung dabei...?

Das ist die beste Methode, man muß ihnen den Wind so schnell wie möglich aus den Segeln nehmen. Ich wartete, bis er die Fassung wiedergefunden hatte, und genau in dem Moment, wo er den Mund aufmachen wollte, gab ich ihm den Rest:

– Was wären Ihnen lieber, ein Scheck oder Bargeld...?

– Oh...! Naja..., ganz wie Sie wollen...!

– Haben Sie die Rechnung hier, haben Sie sie bei sich?

– Äh... ja, ja!

– Schön! Dann verlieren Sie sie nicht! Mein Scheck ist soeben angekommen, ich komme heute nachmittag bei Ihnen vorbei, um die Rechnung zu begleichen.

Seine Augenbrauen zogen sich leicht zusammen. Ich brauchte bloß daran zu denken, daß ich noch unter den Lebenden weilte, um ihm das entwaffnendste Lächeln zu schenken, das man jemals gesehen hat.

– Uff . . .! Diesmal hat er sich aber auch Zeit gelassen, das muß man sagen! fuhr ich fort. Sie haben bestimmt schon angefangen zu zittern, ich meine, wenn jemand so bei einem in der Kreide steht, da muß man ja nervös werden. Ich kann mir gut vorstellen, wie Sie sich gefühlt haben. Ein Glück, daß jetzt alles in Ordnung ist, ich hab mit Ihnen gelitten.

Er wich einen Schritt zurück. Ich scherte spürbar zur Seite, damit ihm die Sonne voll im Gesicht stand. Bei einigen meiner Leser hinterließ ich zuweilen den gleichen Eindruck, ich hatte Wind bekommen von mehreren Fällen von Hysterie in den großen Städten. Der Typ fing leicht an zu schwanken.

– Ich werde da sein, wenn Sie aufmachen, sagte ich zum Abschied.

Mit ein paar Schritten war ich um die nächste Ecke. Es gab nicht nur einen, es gab mindestens zehn von der Sorte, und zum größten Teil waren sie in unmittelbarer Nähe meiner Bude konzentriert. Diese Zone zu durchqueren kam einem Hindernisrennen gleich. Wer wollte noch bezweifeln, daß in diesem Land nur ein toter Schriftsteller ein guter Schriftsteller war? Ich schlich die Hauswände entlang. Man mußte ihn sehen, den größten Schriftsteller seiner Generation, wie er sich flott aus dem Staub machte, mit krummem Rücken wie der letzte Dreck. Es war sonnenklar, daß ich noch nicht auf einhellige Zustimmung stieß. Betty wäre verrückt geworden, wenn sie mich so gesehen hätte.

Der Briefkasten war heiß, glühend heiß. Ich machte ihn auf. Er quietschte in der Stille der Straße. Ich biß die Zähne zusammen, so leer war er, so sehr ging mir das auf die Eier. Ich hatte Lust, ihn abzureißen und in die nächste Windschutzscheibe zu knallen, aber ich hatte schon genug Scherereien. Ich hatte keinen Mumm mehr, über das Gartentörchen zu springen. Ich stieß es sanft auf und trat ein.

Die Bude war genauso leer. Ich fragte mich, wo er steckte. Ich holte mir ein Bier, und als ich ins Wohnzimmer zurückkam, sah ich, daß geputzt und aufgeräumt war. Ich hatte es nicht sofort bemerkt, aber jetzt sprang es einem in die Augen, und das ging mir durch Mark und Bein. Ständig lagen wir uns wegen dieser ganzen Hausarbeit in den Haaren, es machte ihn halb krank, einen Staubsauger auch nur zu hören. Ich konnte mir vorstellen, wieviel Überwindung ihn das gekostet hatte. Ich nickte mit zufriedener Miene.

Ich war gerade dabei, unter die Teppiche zu gucken, als er reinkam. Er hatte einen ganzen Karton voller Fressalien auf den Armen. Ein Schweißtropfen kullerte über seine Nasenspitze.

– Wie, auch schon da? warf er mir lächelnd an den Kopf.

Ich sah wahrhaftig einen ganzen Schinken und jede Menge Hochprozentiges, und nicht die schlechtesten Marken. Teufelnocheins, ich verstand überhaupt nichts mehr.

– Henri, was ...

Der ganze Kram mußte ein ordentliches Gewicht haben. Er verzog das Gesicht.

– Meine Güte! Diesmal war's aber hart an der Grenze ...!

Ich begleitete ihn in die Küche.

– Also sowas, ich zieh meinen Hut vor dir! Ich frag mich, wie du das hingekriegt hast ...

Er stellte den Karton auf den Tisch und holte tief Luft. Der Schweißtropfen löste sich, und ich sah, wie er in den Karton fiel. Henri warf sich ins Hohlkreuz.

– Nun ja, er ist heute morgen mit der Post gekommen, erklärte er. Ich hab den Jungs damit 'n bißchen frische Luft zugefächert.

Ein kühler, mentholhaltiger Wind wehte durch das Zimmer, ich zog mir seelenruhig einen Stuhl heran und setzte mich.

Der ganze Hickhack um diese Schecks machte aus meinem Leben eine Art Achterbahn. Nie wieder werde ich mich zu einem ähnlichen Geständnis hinreißen lassen, aber es ist nicht ganz ausgeschlossen, daß ich im tiefsten Inneren meines Wesens, jenem Teil, in den sich bislang nicht der geringste Lichtstrahl verirrt hat und in den auch ich mich so gut wie nie vorwage, daß ich in diesen unergründlichen Tiefen, in dieser vollständigen Dunkelheit nicht doch ein wenig Gefallen an solch einer Situation fand. Und sei es nur wegen dieses Gefühls, vor einer Mauer in die Enge getrieben zu werden und im letzten Moment bricht diese Mauer zusammen, sei es nur, um von neuem dieses strahlende Schwert zu schwingen und ihnen die Sprache zu verschlagen. Ein paar angenehme Momente brachte das alles ja doch mit sich. Da konnte man an einem Tag sämtliche Taschen umdrehen für ein elendes Bier, und am nächsten lagen einem sämtliche Pullen der Stadt zu Füßen. Das hieß nicht, daß die Welt etwa schlecht war. Henris Einstellung zu all dem war, daß er über das Alter hinaus sei, sich verarschen zu lassen. Bloß war das auch nicht sein Verdienst. Zwischen uns lagen zweiundzwanzig Jahre, das mußte sich ja auf die eine oder andere Art bemerkbar machen.

Ich war vor allem froh, daß ich den Wagen wieder abholen konnte. Seit über einem Monat stand die Kiste in der Werkstatt, noch einer, der einem ungefähr einmal pro Woche einen eisernen Nacken aufzwang und am Telefon in die Luft ging. Beim letzten Mal war ich mit einer Zeitung unterm Arm bei ihm aufgekreuzt und hatte ihm den Artikel mit dem Foto von mir gezeigt, ich hatte ihm gesagt, gucken Sie sich das mal an, gucken Sie mal, was die für 'ne Reklame für mich machen, glauben Sie immer noch, ich hätte Sie angelogen? Bloß daß ich mal wieder auf einen Typen gestoßen war, der sich sein Lebtag kein Buch gekauft hatte, ein Typ, der von der ganzen Literatur nichts hielt, einer, der einen Ölfleck mit der letzten Seite des *Ulysses* weggewischt hätte. Ich hatte einige meiner letzten Scheine rausrücken müssen, um ihm zu beweisen, daß ein Schriftsteller ein Mensch guten Willens ist. Dafür hatte ich dann einen jämmerlichen Aufschub erhalten, ich war auf den Bürgersteig getorkelt, als hätte er mir einen mit dem Kreuzschlüssel übergezogen.

Im Gegensatz zu den Gerüchten, die über mich kursierten, übte ein Fahrzeug keine besondere Anziehungskraft auf mich aus. Was ich daran liebte, war die Einsamkeit, und auch da längst nicht alles. Durch die Gegend fahren und sämtliche Türen verriegelt. Und wenn es eins gab, was ich auf den Tod nicht ausstehen konnte, dann war das, wenn mich so 'ne Kiste Geld kostete. Ich hatte einen Horror vor Werkstätten, ich bekam zuviel, wenn bloß der Name fiel, aber trotz allem mußte ich da manchmal vorbei, und die Rechnungen, die dabei heraussprangen, waren eine einzige Qual. Naja, wie dem auch sei, ich hatte das Getriebe nachgucken lassen müssen. Die Geschichte war uns passiert, als wir rückwärts aus einer Parklücke setzten. Ich hatte auf dem ganzen Weg geschimpft wie ein Rohrspatz, während Henri lauthals lachte und den anderen Fahrern zuwinkte. Es war mitten in der Nacht, wir kamen von einer Einladung am anderen Ende der Stadt. Ich will auf der Stelle tot umfallen, wenn ich nicht die ganze Strecke mit eingeklemmtem Rückwärtsgang gefahren bin, wenn mir dabei nicht in einem fort der kalte Schweiß ausgebrochen ist. Zwei Aspirin mußte ich nehmen, bevor ich mich hinlegte.

Sicher, der Mercedes weckte gewisse Erinnerungen in mir, aber da hatte ich nichts gegen. Das war was anderes als diese Scheißfotos hinter Glas oder als hätte ich eine Haarlocke aufbewahrt wie der letzte Vollidiot, nein, das mit dieser Kiste war etwas viel Natürlicheres. Es war völlig normal, daß sie immer noch ihren Platz in meinem Leben hatte, selbstverständlich spreche ich jetzt nicht von dem Mercedes, und der Gedanke, sie zu vergessen, war mir noch nicht gekommen. Sie hielt sich zumeist in meiner Nähe auf, und wir verbrachten immer noch 'ne Menge schöner Augenblicke miteinander. Ich hatte sogar Henri mitgenommen, um ihm das Grundstück zu zeigen, das ich ihr gekauft hatte, ich hatte die Gelegenheit dazu genutzt, einen Fensterladen an der Hütte zu reparieren, den irgendein Arsch abgerissen hatte, an diesen Tag hab ich nur angenehme Erinnerungen, auf dem Rückweg waren wir voll drauf, die ganze Strecke lang hatten wir rumgesponnen. Betty und ich, wir verstanden uns prima, wir waren wie Zwillinge, die getrennt lebten, aber auf geheimnisvolle Art in Kontakt blieben, und das gefiel mir ausgezeichnet. Ich habe bereits durchblicken lassen, das einzige, was mich ärgerte, war, daß ich nicht wußte, was ich mit ihrer Asche anfangen sollte. Da hatte ich mich noch zu keinem Entschluß durchringen können. Ich bewahrte sie in einem Koffer auf, im untersten Koffer von allen im unzugänglichsten Schrank überhaupt. Die Sache hing mir wie ein Klotz am Bein, aber, um ehrlich zu sein, ich dachte nicht sehr häufig daran. Ich kann mir vorstellen, daß das an dem Tag besser wird, wo ich dieses Ding aufmache, an dem Tag, wo ich meinen Finger naßmache, dem Tag, wo ich ihn da rein stecke. Aber das eilt nicht, mir ist, als hätte ich jede Menge Zeit.

Ich tankte voll, bevor ich nach Hause fuhr, ich kurvte mit meiner neuen Kiste in aller Ruhe einmal um die Stadt. Jetzt war alles in Butter. Wir würden uns um Gloria kümmern können. Es war zwar noch genug Tageslicht da, trotzdem erstrahlten die Lichter der Stadt, die Straßenlaternen schienen gegen den mauvefarbenen Himmel, und die ganze Stimmung verbreitete einen eigenartigen Charme. Ich hielt an, um ein paar Sachen einzukaufen, danach setzte ich mich auf eine Terrasse, während ein Typ meine Pizzen zubereitete.

Dieser Moment war von so unerklärlicher Sanftheit, daß ich die Augen halb schloß, ohne noch an etwas zu denken. Den Wagen aus der Werkstatt zu holen, war der letzte Dorn, den ich mir aus dem Fuß gezogen hatte. Der Typ trällerte in seinem Lieferwagen vor sich hin, während meine Pizzen im Ofen lagen.

Als ich zurückkam, sprang Henri auf den Bürgersteig, um sich zu vergewissern, ob das alles auch stimmte. Er lief einmal um den Mercedes herum und rieb sich dabei die Hände, und in der Tat, er lächelte ihn an.

– Hmmmmm...! Da bist du ja wieder, mein Kleiner...! Da bist du ja ENDLICH wieder!

– Herr im Himmel... Manchmal frage ich mich, ob du noch ganz normal bist...

Ich schnappte mir die Pizzen, ohne noch länger zu warten. Ich wies ihn darauf hin, daß noch ein paar Sachen auf der Rückbank lagen, und raste in die Küche. Ich hatte einen Mordshunger.

Henri war total aufgekratzt. Als wir alles aufgegessen hatten, räumte er den Tisch ab, ohne selbst was davon zu merken, ich brauchte keinen Finger krumm zu machen. Ich rauchte eine Zigarette, während er vorm Fenster lächelte, ungestört rauchte ich eine.

Die Nacht war mild. Henri holte zwei Gläser, und ich balancierte meins auf die Armlehne des Sofas. Es war, als wäre die ganze Bude in Schaum gehüllt, draußen war kein Ton zu hören. Gestern noch hatten wir in der Haut zweier gehetzter Kreaturen gesteckt, die immer lauter wimmerten, je fester sich die Falle schloß, doch das Bild hatte sich schlagartig geändert, jetzt hätte sich jeder diese beiden prächtigen Wölfe mal anschauen sollen, die mit vollem Magen und leichtem Herzen inmitten der Lichtung auf dem Rücken lagen, eine Cola mit Rum in Reichweite. Es war jetzt fast ein Jahr her, daß sich Henri bei mir einquartiert hatte, die Sache klappte hervorragend. Aber ich hatte nicht oft Gelegenheit gehabt, ihn in so einem Zustand zu sehen, mit leuchtenden Augen und aufgeregt wie ein junger Hund.

Ich wußte, was ihn so elektrisierte. Ich durchschaute die Lage voll und ganz. Trotzdem streckte ich mich lächelnd auf dem Sofa aus, ohne einen Ton zu sagen, ich ließ ihn um mich herumtanzen, das Glas gegen die Brust gepreßt, und ich nutzte die Gelegenheit, meins auszutrinken. Nach ’ner Zeit baute er sich vor mir auf. Er sah aus wie einer, der sich mit Kaffee-Extrakt vollgesoffen hat, fast standen ihm die Haare zu Berge.

– Herrgottnochmal...! Warum sagst du nichts? knurrte er.

Ich verschränkte die Arme im Nacken, ich hatte Lust, ihn ein wenig zu verarschen, ihn auf den Arm zu nehmen.

– Warum ich nichts sage...? Hm, keine Ahnung, was ist denn in dich gefahren, möchtest du, daß ich dir ’ne Geschichte erzähle...? Weißt du diesen kurzen Augenblick der Ruhe nicht zu schätzen...? Also ehrlich, es wäre alles bestens, wenn du dich einfach um mein Glas kümmertest...

Er zog eine Fratze und drehte sich auf dem Absatz um, im nächsten Augenblick tauchte er mit den Flaschen wieder auf. Wir guckten uns an.

– Immer schön sachte mit der Cola, sagte ich. Die ist voller Zucker.

Er beugte sich zu mir herunter und lächelte irgendwie gequält. Sein Gesicht wirkte dadurch noch faltiger als sonst. Ich sagte mir, da siehste, was dich erwartet, das ist die einzige Wahrheit auf Erden. Ich reichte ihm mein Glas. Fast hätte er die Hälfte danebengeschüttet.

– Hör mal, murmelte er, ich überleg gerade …

– So?

– Hmm … Warum fahren wir eigentlich nicht morgen früh?

Ich mimte den Typen, der aus allen Wolken fällt, ich stützte mich auf den Ellbogen.

– Wart mal, Henri, ich komm da nicht ganz mit … Wovon redest du da …?

Er nickte und fing an zu stöhnen.

– Klar doch, wie konnte ich auch nur erwarten, daß du dich in meine Lage versetzt …

Ich verzog keine Miene. Ich nippte in Ruhe an meinem Glas.

– Ich finde, du bist in ’ner drolligen Verfassung, sagte ich. Ich hoffe, du verdirbst uns nicht den Abend …

2

Am nächsten Morgen fuhren wir in aller Frühe los. Es war kühl, aber am Himmel war kein Wölkchen zu sehen. Ich setzte mich in den Wagen, während Henri die Bude abschloß, gähnend zog ich die Fahrertür zu. Ich habe wahrhaftig einen heiligen Horror vor bestimmten Redewendungen, und man muß schon zugeben, ich bin ein Schriftsteller, dem der bequemste Weg zuwider ist, dennoch, ich sah auf den ersten Blick, daß wir in einen kleinen, nagelneuen Morgen getreten waren, zart und hell wie eine Hostie. Ich bekam richtig Lust, die Windschutzscheibe zu reinigen.

Wir fuhren Richtung Süden, und genau in dem Moment, wo wir die Stadt verließen, ging die Sonne auf. Henri war ruhig und gespannt. Ich ließ ein wenig Musik laufen, um das Geräusch des Motors zu übertönen, und hielt die Tachonadel in der Mitte der Anzeige. Vor uns lag eine Fahrt von mindestens vier, fünf Stunden. Nicht gerade viel, wenn man bedachte, daß wir seit drei Monaten nichts mehr von Gloria gehört hatten.

Henri war ganz zufällig auf ihre Spur gestoßen, als er die Zeitung aufgeschlagen hatte, drei Wochen mußte das jetzt hersein, das heißt während jener finsteren Tage, als es keinen Wagen gab, kein Geld, kein gar nichts, was es uns ermöglicht hätte, auch nur das Geringste zu unternehmen. Es handelte sich um eine kleine Annonce unten auf einer Seite, die in dem Lokalblatt der Gegend erschienen war, und Henri war fluchend vom Tisch abgerückt. »Verdammte Scheiße, jetzt guck dir das an...! Dieser kleine Wichser von Eric hat 'nen Gebrauchtwagenmarkt aufgemacht...!! Und das keine vierhundert Kilometer von hier...!« Nur in der Situation, in der wir uns befanden, war das gleichbedeutend mit dem Ende der Welt, und Henri hatte seinen Elan bremsen müssen. Jetzt aber hielt ihn nichts mehr.

Unterwegs hielten wir an, um einen Happen zu essen. Henri

begnügte sich mit einem Bier, das er geistesabwesend runterkippte, während ich mich über mein zweites Sandwich hermachte. Es war ein schöner Tag, wir waren die einzigen Gäste im Saal, und die Kellnerin nutzte die tote Zeit, um sich die Nägel zu feilen, sie bewegte ihre Hände in einem Lichtstrahl, ohne sich um uns zu kümmern. Ich beobachtete Henri aus dem Augenwinkel, dann beugte ich mich leicht nach vorn:

– Sag mal, Henri, ich hoffe, du machst dir nicht allzuviel Illusionen über unseren kleinen Ausflug hier...

Er kam langsam auf die Erde zurück, ausdruckslos ruhte sein Blick auf mir.

– Du hast noch nie 'ne Tochter gehabt, seufzte er. Das kannst du nicht begreifen.

– Wenn du meinst.

Er legte die Hände flach auf den Tisch. Ein ganz seltsames Lächeln huschte über seine Lippen.

– Weißt du, verkündete er, die haben mich für dumm verkauft. Und das, das lasse ich nicht mit mir machen.

Da konnte ich nur schwerlich was Vernünftiges gegen einwenden. Außerdem war ich ja auf seiner Seite, nicht etwa auf der von Gloria. Er trank sein Bier aus und stellte die Flasche behutsam auf den Tisch. Ströme von Licht sprühten aus seinen Augen.

– Weißt du, fuhr er fort, es soll mir ja noch egal sein, wenn sie sich mit irgend 'nem kotzlangweiligen Typen einläßt, nein, was mich verrückt macht, ist, daß sie mich belogen hat. Das, das kann ich ihr nicht verzeihen.

Ich stand auf, bevor er auf seinem Stuhl Feuer fing. Die Kellnerin hing mit den Ellbogen auf der Theke und guckte mit schiefem Kopf auf ihre Finger. Ich ließ einen ganzen Haufen Münzen auf den Tisch fallen, bevor ich ging.

Wir machten die Fenster auf, als die Sonne richtig loslegte. Ich hatte ein Alter erlangt, in dem man so 'ne große Kiste zu würdigen wußte, ein Alter, in dem die kleinen, nervösen Flitzer keinen Reiz mehr ausübten, und der Mercedes rauschte lautlos mit seinem atomaren Antrieb über die Straße, und wir hatten Platz genug, die Füße auszustrecken. Wie dem auch sei, ich freute mich darauf, Gloria wiederzusehen. Immerhin hatte sie sechs Monate bei uns gewohnt, und erst als sie fort war, war mir klar geworden, daß ich mich an sie gewöhnt hatte. Manchmal konnte sie einen mit all ihrem Scheiß zwar auf die Palme bringen, es stimmt schon, daß man sich fragen muß, was denen mit zweiundzwanzig eigentlich durch den Kopf geht, aber andererseits wußte ich, sowas gehört zum Spiel, sie unterschied sich nicht groß von den anderen: blond, um die eins siebzig, mit diesem Gesichtsausdruck, als hätten sie einem wunder was mitzuteilen. Sie war Henris Tochter, und an manchen Tagen war sie wie ein Sonnenstrahl in der Bude. Ich hoffte, es ging ihr gut.

Wir kamen kurz vor Mittag an. Henri hatte kaum ein Wort von sich gegeben. Ich tankte an der erstbesten Tankstelle und ließ mir bei der Gelegenheit den Weg beschreiben. Wir mußten ans andere Ende der Stadt. Ich guckte auf die Uhr, dann lehnte ich mich mit den Ellbogen auf Henris Tür.

– Schön, der Typ hat mir erklärt, wo das liegt, sagte ich. Doch um diese Uhrzeit ist da bestimmt geschlossen, vor zwei Uhr macht der nicht wieder auf. Es wäre nicht schlecht, wenn du mal 'n anderes Gesicht machen würdest. Wir können uns ja solange auf irgendeine Terrasse setzen...

– Ohne Butter...? wiederholte der Kerl.

– Jawohl, ganz genau, sagte ich. Ohne Butter. Schade, daß Sie nicht noch ein Stück altbackenes Brot haben.

– Eh, soll das 'n Witz sein...?

– Verdammt, das ist kein Witz! stöhnte ich.

Ich nahm meine Bestellung in Empfang und ging quer über die Straße zurück zum Wagen. Zum Glück hatten wir einen Parkplatz in einer Baumreihe gefunden, trotzdem, es herrschte eine brütende Hitze. Henri schwitzte bereits. Ich setzte mich neben ihn und zog die Tür zu. Ich pflanzte ihm sein Sandwich auf die Knie.

– Du hast Zeit genug, was zu essen, sagte ich. Ich hoffe, es ist so, wie du es magst...

Er gab keine Antwort. Ich warf einen traurigen Blick auf mein

Sandwich, zu allem Überfluß würden wir uns bald in Krümeln winden. Aber ich hatte zu wenig Freunde in meinem Leben gehabt, um auch nur das Geringste außer acht zu lassen, und auch wenn es vollkommen idiotisch war, in der Kiste herumzuhängen, hatte ich mich doch entschlossen, bei ihm zu bleiben. Was mich tröstete, war, daß ich weder meine Kräfte noch meinen Speichel vergeudet hatte, ich hatte auf der Stelle kapiert, daß ihn nichts auf der Welt hätte umstimmen können.

Um Punkt halb zwei stieg ich aus, um uns ein Bier zu holen. Die Straße war gleißend hell, und außer mir war niemand in Sicht, der Himmel sah aus wie ein Lichtbogen. Im letzten Moment fiel mir ein, daß es nicht den geringsten Grund gab, Salz in die Wunden zu streuen, ich entschuldigte mich bei dem Kerl, ich sagte ihm, ich nehme doch kein Bier, geben Sie mir lieber 'ne Flasche Mineralwasser. Stöhnend steckte er die Flaschen wieder ein. Das Bild von dem Kelch, den man bis zur Neige trinkt, das übt auf mich eine Art sexuelle Anziehungskraft aus.

Ich nahm meinen Platz hinter dem Steuer wieder ein, doch diesmal ließ ich die Tür auf. Henri trank ein paar Schlucke aus der Flasche, ohne eine Bemerkung fallenzulassen. Er ließ den Parkplatz nicht aus den Augen, er kniff sie lediglich zusammen, da all die Karren dort in der Sonne glitzerten und mit Licht nur so um sich schleuderten. Das war bestimmt kein schlechter Tag zum Verkaufen, die Chromteile holten alles aus sich heraus und die Preise verschwanden vor lauter Reflexen hinter den Windschutzscheiben. Das war sicher kein schlechter Tag für alles mögliche, bloß nicht dafür, in einem Wagen zu hocken und das Hemd klebt einem am Kreuz, wenn man von der Sinnlosigkeit von all dem überzeugt ist. Ich wartete, bis es auf meiner Uhr Punkt zwei war, bevor ich eine kleine Fratze in Richtung Henri schnitt.

– Na, meinste nicht, wir hätten auch woanders essen können...?

Ich stellte fest, daß er kein bißchen zum Scherzen aufgelegt war, ganz im Gegenteil. Obendrein knickte er die Mineralwasserflasche zusammen. Die Plastikhülle stieß ein übernatürliches Grunzen aus, als sie aufplatzte.

– Ah, Jessesmaria! ächzte er. Worauf warten die noch, bis die endlich aufmachen...?

Um ihn herum schwang eine hübsche Aura von Aggressivität. Ich überlegte ein paar Sekunden, dann lächelte ich ihn undefinierbar an und stieg aus der Kiste. Er beugte sich quer über den Sitz:

– Verflixtnochmal! Was treibst du denn da? zeterte er.

– Ich vertret mir was die Beine, antwortete ich ihm. Ich hab Lust, ein bißchen Luft zu schnappen...

– Ah, ich bitte dich! knurrte er mit dumpfer Stimme. Kommst du wohl wieder rein! Verflixt, du bringst es noch soweit, daß wir entdeckt werden!!

Ich war drauf und dran, ihn zum Herrn der Hölle zu wünschen, als ich Eric um die Ecke biegen sah. Ich huschte wie der Blitz auf meinen Platz zurück, und in vollendeter Harmonie duckten wir uns unter das Armaturenbrett.

Eric war ein schlaksiger junger Typ, einer aus der Serie New Wave, und das Problem mit den Typen seines Schlages ist, daß man niemals so recht weiß, was sie eigentlich denken und ob sie überhaupt was denken. Mir persönlich hatte er nie etwas getan, trotzdem vermied ich es, allein mit ihm zu sein, ich kann auch nichts dafür, wenn es eine Kluft zwischen den Generationen gibt. Wir beobachteten ihn, während er die Absperrung aufschloß. Er lächelte vor sich hin. Sein Hawaiihemd, sein himmelblauer Anzug, seine Wahnsinnsgaloschen, seine blonden Härchen, Bürstenhaarschnitt, seine ganze kleine Welt lächelte. Er sprang die wenigen Treppenstufen, die zu seinem Büro führten, mit ein paar nervösen Hüpfern hinauf, womit er eine gängige Facette des Lebensfurors zum besten gab. Ich habe bereits gesagt, daß da nichts zu machen war, unnütz, da durchblicken zu wollen, man mußte sich damit abfinden, daß einem immer mal welche davon über den Weg laufen konnten, von diesen Individuen, deren pure Anwesenheit einen aufregte, von diesen Gestalten, die mit dem Rücken zu einem in einer Ecke sitzen konnten, ohne einen Ton zu sagen, an einen Stuhl gefesselt, und einem trotzdem fürchterlich auf die Nerven gingen. Eric übte regelmäßig eine solche Wirkung auf mich aus. Ich hatte das unbestimmte Gefühl, daß ich mit den Jahren immer scheuer wurde.

– Und Gloria? hauchte ich.

– Er wird uns schon von ihr erzählen, da kannste Gift drauf nehmen!

Als wir aus dem Wagen stiegen, tippelte eine kleine Frau halb im Laufschritt quer über die Straße, sie stürzte hinter Eric in die Büroräume. Zu dieser Stunde kehrten die Sekretärinnen mit hochroten Wangen zu ihren Stühlen zurück, doch von diesem leichten Aufruhr abgesehen blieb alles ruhig, in den frühen Nachmittagsstunden ziehen die Städte die Krallen ein.

Henri trat als erster ein. Die Sekretärin war dabei, nachzusehen, ob alles noch an seinem Platz war, ihre Lippen bewegten sich, als murmelte sie, guten Tag, mein kleiner Radiergummi, guten Tag, mein Kuli, guten Tag, meine kleinen Lieblinge. Danach heftete sie ihren Blick auf uns. Nichts in ihrem Gesicht deutete darauf hin, daß sie verrückt sei.

– Meine Herren... Was kann ich für Sie tun...?

– Nun ja, wissen Sie, legte ich los, es geht um eine ziemlich heikle Angelegenheit...!

Hinter ihr war eine Tür. Henri setzte mit zwei Schritten quer durch das Büro und riß die Tür auf. Ich erblickte Eric am hinteren Ende des Zimmers, er stand mit dem Rücken zu uns und lehnte sich zum Fenster hinaus, zu all den Karren, die da in Reih und Glied vor ihm standen. Die Sekretärin sprang auf und warf dabei ihren Stuhl um. Henri sprang wutschnaubend durch die Tür. Sie stürzte ihm nach, und ich folgte ihr.

Es wäre verwunderlich gewesen, wenn uns Eric nicht gehört hätte. Er wirkte keineswegs erstaunt, als er uns sah, er wirkte entsetzt. Das Zimmer war ziemlich groß. Er hatte Zeit genug, durchs Fenster zu springen, bevor ihm Henri an den Kragen gehen konnte. Wir wechselten ein paar Blicke mit der Sekretärin, dann flitzte Henri zum Ausgang.

– Nein, also sowas, ich glaub, ich werd die Polizei rufen, flötete sie.

Ich legte meine Hand auf den Hörer und schenkte ihr ein freundliches Lächeln:

– Nein, das wäre ein großer Fehler, sagte ich. Das ist nicht so, wie Sie denken, das ist 'ne reine Familienangelegenheit...

Sie rückte zur Seite, sie war nicht jung, nicht alt, und sonderlich mutig wirkte sie auch nicht.

– Wir haben kein Geld hier, rief sie mir zu.

Sie hatte eine komische Haltung eingenommen, sie stand ganz starr und breitbeinig vor mir, als wollte sie im Stehen pissen. Ich spürte, daß sie was vorhatte. Über Leute wie sie kann ich mich nur wundern, ich bin regelrecht darin verliebt, in diese Art, sich zu wehren, ohne nachzudenken, in diese Lebensbejahung angesichts des totalen Nichts, wenn ich das so sagen darf, in diese entwaffnende Einfachheit, mit der sie den Dingen ins Auge sehen. Ich spürte, daß sie mir einen Fußtritt verpassen wollte.

– He, machen Sie keinen Unsinn, riet ich ihr. Wir zwei, wir haben mit der ganzen Sache nichts zu tun. Im übrigen ist es so schlimm auch nicht. Ihr Chef hat nur 'ne Unterredung mit dem Vater seiner Freundin...

Sie entspannte sich. Ich lächelte ihr zu, und zum guten Schluß stellten wir uns beide ans Fenster, um zu sehen, was sich da draußen tat. Offenbar war Eric von seinem Verfolger eingeholt worden, sie hingen im hinteren Teil des Parkplatzes bei den Kleinwagen, ein roter VW stand zwischen ihnen. Man konnte Henri brüllen hören, aber es war nicht zu verstehen, was er sagte. Von Zeit zu Zeit hämmerte er mit der Faust auf die Motorhaube des armen Käfers, von Zeit zu Zeit rannten sie um ihn herum, und Henri fuhr sich mit der Hand durch die Haare. Die Sekretärin lehnte sich mit dem Hintern gegen die Fensterbank. Ich bot ihr eine Zigarette an.

– Meine Güte! Das geht bestimmt übel aus! verkündete sie.

– Jaja, aber Sie wissen doch, das Leben ist wie ein Gebirgsbach. Manchmal herrscht Ruhe, manchmal ist die Hölle los.

Die Frau drehte sich zu mir um und lachte:

– Sagense mal, wo habense'n die Weisheit aufgeschnappt?

Da sich die ganze Angelegenheit draußen in die Länge zu

ziehen drohte, gab ich ihr keine Antwort und ging raus, um zu hören, was nun los war.

Auf der Rückfahrt verhielten wir uns alle drei still. Als ich den Wagen vor dem Haus anhielt, wurde es Nacht. Ich räkelte mich einen Moment auf dem Bürgersteig, während Henri Gloria am Arm packte und zur Tür schleifte. Ich ließ sie vorgehen, ich hatte beschlossen, mich vorerst da rauszuhalten. Außerdem hing mir die ganze Sache sowieso zum Hals heraus.

Es war noch hell genug in der Bude, so daß ich es mir verkneifen konnte, Licht zu machen. Die Schatten waren weich, und der Rest war in eine ganz besondere Atmosphäre getaucht, das ganze Zimmer schien von der Helligkeit des Fensters angezogen. Ich hörte, wie sie sich oben lauthals anschnauzten, irgendwo über mir, und trotzdem durchflutete mich die Bude mit ihrer Ruhe, und schon bald befand ich mich auf meinem kleinen Felsen, ich hing in einem Sessel und verschränkte die Füße auf dem Tisch. Ich fragte mich, ob sie wieder runterkommen würden, ob der Abend gerade erst begonnen hatte oder ob alle schon fort waren. Keine Ahnung, wozu auch, es war mir vollkommen egal. Sollte er doch sehen, wie er mit seiner Tochter zurechtkam, sollten sie beide sehen, wie sie zurechtkamen. Das weiß doch jeder, daß die Welt ein Glutofen ist, um nicht zu sagen ein Flammenmeer. Ich ließ meine Füße fallen, bevor mir Ameisen in die Beine krabbelten.

Ich stand langsam auf und glitt wie ein Schatten zum Küchenschrank. Ich hörte nicht einmal meinen Atem. Ich machte eine Flasche Tonic auf, um in Form zu kommen, und kippte ein wenig davon in meinen Gin. Die Mixtur fing an zu zischen wie eine Lunte, um in einem leicht bläulichen, beinahe fluoreszierenden Licht zu schimmern. Ich kramte die Schachtel Trinitrin aus meiner Hosentasche hervor, ich steckte mir die Kapseln in den Mund und trank einen Schluck. Ich mußte daran denken, mir Nachschub zu kaufen, ich mußte daran denken, mein gutes altes Herz in Schwung zu halten, und das, wo ich hier in dieser Küche beinahe an der Unsterblichkeit rüttelte. Jetzt war es Gloria, die schrie. Es war ein merkwürdiges Gefühl, ihre Stimme wieder in diesem Haus zu hören. Man sah so gut wie nichts mehr, und das war angenehm, das Licht enthält einem 'ne ganze Menge wunderbarer Dinge vor, zum Beispiel, was sich im Schatten befindet, und die Geräusche von oben waren wie eine Schatulle voll kostbarer Steine, die mir vor die Füße prasselten. Ich übertreibe nur ein wenig. In einer gewissen Hinsicht war es ziemlich ermunternd, mitzubekommen, wie sich die Leute rührten, wie sie um einen herum lebten. Das schürte die Träume.

Ich stellte mich einen Moment ans Fenster, mit dem Hinterteil am Waschbecken, die Arme verschränkt und das Glas in der Hand, geborgen wie im Mutterleib. So viele Möglichkeiten gab es nicht, in die Zukunft zu schauen, das hier war die einzig vernünftige. Es war schon vorgekommen, daß ich in dieser Haltung stehengeblieben war, bis der Tag anbrach. Danach hatte ich mich hingelegt. Ich war niemandem Rechenschaft schuldig. Ich konnte den ganzen Tag lang gähnen, während mir die Haare zu Berge standen. Jeder wurstelt sich im Leben durch, so gut er kann, es gibt kein Patentrezept, wie man sich aus der Affäre zieht. Die Art und Weise, wie ich es anfing, hatte den Vorteil, nicht viel zu kosten, ganz davon abgesehen, daß ich mich in den schwierigen Momenten bloß zu bücken brauchte, um den Kopf unter Wasser zu halten.

Ein wenig später machte ich mir ein Kräuteromelett. Oben war nichts mehr zu hören. Ich hatte keinen großen Hunger, aber es bereitete mir ein ziemliches Vergnügen, durch die Küche zu schlendern, die Schubladen aufzuziehen, Eier aufzuschlagen und zu verrühren und die Kräuter mit den Fingerspitzen zu zerreiben. Etwas Erholsameres konnte man sich kaum vorstellen, im übrigen verspürte ich nicht die geringste Müdigkeit in den Beinen, trotz allem, was an diesem Tag passiert war.

Henri erschien in dem Moment, wo ich das alles mit zufriedenem Blick und ausgeglichenem Gemüt betrachtete. Er schoß geradewegs auf die Flasche zu. Eine Art unsichtbare Hand verknautschte sein Gesicht, weiße Stoppeln von einem halben

Zentimeter Länge sträubten sich auf seinen Wangen, er war wie ein Büffel, der mehrere Kilometer drauflos gestürmt war und nun am Ende seines Laufs übergeschnappt war. Ich stocherte lautlos in meinem Omelett und wartete, daß er sich beruhigte. Ich ging sogar so weit, ihm die Neueste von Johnny Cash aufzulegen, weil ich wußte, daß ihm die gefiel, ich wußte, daß ihn das entspannte. Als ich sah, daß es besser ging, nahm ich die Gabel aus dem Omelett und klopfte leise damit gegen den Rand der Salatschüssel.

– Willst du? fragte ich ihn.

Ja, knurrte er, er wolle. Ich holte ein paar Eier aus dem Kühlschrank, während der andere Typ mit seiner unbändigen Stimme *Johnny 99* anstimmte, und normalerweise ging Henri bei dem Stück in die Knie, normalerweise schmiß er sich da in einen Sessel und faltete die Hände auf dem Bauch. Ich verlängerte meine Sauce.

– He, sagte ich, würdste mal so nett sein, auf das Ding da am Mülleimer zu treten?

Er brauchte gut zehn Sekunden, ehe er sich dazu durchringen konnte, seinen Fuß auf das Pedal zu setzen. Der Deckel sprang auf, ebenso starr wie der Tod. Ich warf die Schalen hinein. Henri leerte sein Glas bis auf den letzten Tropfen.

– Hat sie was davon gesagt, ob sie auch kommt?

Seine Hand fuhr durch die Luft.

– Pah, kümmern wir uns doch nicht um die! Für heute hab ich genug von der.

Wir redeten kein Wort mehr, während das Omelett backte. Erst als wir am Tisch saßen, fand er zwischen zwei Bissen die Sprache wieder. Er schüttelte den Kopf über seinem Teller.

– Herrgott! Kannst du mir vielleicht verraten, warum die darauf aus sind, mir das Leben zur Hölle zu machen ...? Findest du nicht, ich hab mit ihrer Mutter schon mein Teil abgekriegt ...?

– Jaja, aber andererseits ist nicht zu leugnen, daß sie volljährig ist ...

Seine Augen funkelten quer über den Tisch.

– Sie ist volljährig! krächzte er. Daß ich nicht lache ...!

– Du weißt, wir können sie nicht mit Gewalt zurückhalten, das gibt Ärger ...

– Als sie gegangen ist, da hat sie erzählt, sie wolle zu ihrer Mutter. Schön, sie soll sie sehen, ihre Mutter, aber diesmal, das garantier ich dir, diesmal wird sie WIRKLICH bei ihr ankommen ...!

Als wir fertig waren, warf ich die Teller in den Geschirrspüler, anschließend ging ich zu ihm rüber ins Nebenzimmer. Ich machte zwei, drei Lampen in den Ecken an und reichte ihm meine Zigarillo-Schachtel.

– Eins hat mir an der Sache ja doch gefallen, sagte ich. Ich weiß nicht, ob du's bemerkt hast, aber als wir in dem Appartement aufgekreuzt sind, hat sie zuerst gelächelt. Es sah aus, als wäre sie froh, uns zu sehen ...

– Du, du bist wenigstens ein guter Beobachter ... Kein Wunder, daß du Romane schreibst ... Und Eric, hatteste bei dem auch das Gefühl, er war froh, uns zu sehen ...?

– Naja, vielleicht bist du ja auch ein bißchen zu weit gegangen ...!

– Soso, aber eins scheinst du vollkommen vergessen zu haben. Meine Frau ist mit einem Gebrauchtwagenhändler DURCHGEBRANNT. Meine Tochter BRENNT ebenfalls mit einem Gebrauchtwagenhändler DURCH. Findste nicht, die treiben's ein wenig zu bunt, die Typen ...?

Ich mußte zugeben, an sowas hatte man schwer zu knabbern. Ich wußte nicht, ob er solch einen Schicksalsschlag verdient hatte, aber ich dachte für meinen Teil, daß er ganz allein seine ganze Branche aufwog. Und mehr als das. Henri war ein fabelhafter Schriftsteller, bestimmt einer der besten überhaupt, aber man muß heutzutage schon früh aufstehen, wenn man 'nen Gedichtband an den Mann bringen will, die meisten Leute wissen nicht einmal mehr, daß es sowas noch gibt. Dennoch bedeutete jede noch so kleine Zeile, die er schrieb, eine wunderbare Lektion für mich. Ich seh mich noch, wie ich leicht schwankend in der Küche stehe und eins von seinen Dingern, das er da liegengelassen hat, immer wieder durchlese, und langsam überfällt mich eine Art Schwindel, in der Tat, sofern ich nicht mit den Fingerspitzen über den Abdruck seines Kulis streiche. Neben ihm war ich ein Nichts. Zum Glück gab es noch eine Gerechtigkeit, denn meine Bücher brachten genug Knete ein für uns zwei. Ich war eine Art aufgehender Stern am literarischen Himmel, Henri hingegen war bereits im Stadium eines Schwarzen Lochs angelangt. Die Frauen sind schwer zu verstehen. Die Welt ist voller Gebrauchtwagenhändler. Es stimmt schon, daß man sich manchmal fragen muß, ob die Frauen überhaupt irgend etwas von der Poesie kapieren.

Wir hörten die Badezimmertür oben zuschlagen. Henri starrte zur Decke.

– Vielleicht hätte ich das als erstes tun sollen, murmelte er. Ihr den Kopf unter kaltes Wasser halten.

Wir lachten. Trotz seiner Worte wußte ich, er war froh, daß sie wieder da war. Die ganze Zeit über, wo wir ohne Nachricht von ihr waren, hatte er sich ihretwegen gegrämt. Es hatte ihn ein wenig beruhigt, sie bei Eric zu wissen, zu wissen, daß er sich um sie kümmerte, und auch wenn er es niemals zugeben wollte, sie hatte ihm fürchterlich gefehlt. Jetzt war sie wieder da. Es hätte ein wenig besser abgehen können, aber sie war wieder da.

– He, Henri ... ich lach mich gleich tot! sagte ich zu ihm.

Er legte den Kopf auf den Sessel und streckte die Beine aus. Ich stellte ihm ein volles Glas mitten auf den Bauch. Lächelnd musterte er irgend etwas an der Decke.

– Hör zu, meinte er mit seiner wunderbaren Stimme, hör mir mal zu, du armer Idiot, ich hoffe, du begehst nie die beiden Fehler, die mir mein Leben vergällt haben, ich meine, erst ein viel zu junges Mädchen zu heiraten und dann auch noch so schlau zu sein, ihr ein Kind zu machen. Vor allem ein Mädchen. Sieh dich gut vor, denk dran, was ich dir gesagt hab.

– Nein, ausgeschlossen, kann mir nicht passieren.

Er grinste. Er streifte einen seiner Mokassins mit der Fußspitze ab.

– Ach ja, fast hätt ich's vergessen... Du bist ja derjenige, dessen Herz ausgeblutet ist...!

– Ja... in gewisser Hinsicht.

– Weißt du, setzte er von neuem an, ich war exakt in deinem Alter, als ich Marlène geheiratet hab, das ist 'ne Phase, in der ist ein Mann besonders anfällig. Wenn die Pferde stehenbleiben, um ein zweites Mal Luft zu schnappen, das ist der Moment, wo man ihnen die Schnur um den Hals wirft. Also denk dran, was ich dir gesagt hab, such dir keine aus, die zu jung ist, glaub's mir, aber wenn du wirklich nicht umhin kannst, dann verfall ja nicht auf den Gedanken, sie zu schwängern. Hmm... du und ich, wir haben die richtigen Visagen, um Mädchen zu kriegen, wir wären glatt imstande, nichts anderes zu tun!

Wir quatschten noch 'ne Zeit lang miteinander, dann ging er nach oben, um sich hinzulegen. Ich blickte ihm nach, als er die Treppe hinaufstieg, und wir winkten uns kurz zu, bevor er um die Ecke verschwand. Für mich war das eine Art, all das zu grüßen, was in ihm steckte, kein Witz, ich meine es ernst, jeder Blödmann hätte gemerkt, daß er von einer seltsamen Kraft beseelt war, und ich war durchaus in der Lage, sowas zu ermessen.

Ich ging raus, um Glorias Koffer aus dem Wagen zu holen. Henri hatte ihn einfach in den Kofferraum gefeuert, und er war aufgesprungen. Es war frisch. Nach ein paar Sekunden atmete ich Glorias Duft ein, es war, als wäre sie wie ein Gespenst aus ihrem Koffer gekrochen. Ich fand, es roch sehr gut, wirklich sehr gut, genauso wie man es sich von einem Mädchen von zweiundzwanzig und ein paar gequetschten vorstellt. Meines Erachtens müßte jeder Schriftsteller so'n Mädchen um die zwanzig in seiner Nähe haben, und sei es nur, um sich ein Bild von Frische und Kraft machen zu können und dazu gezwungen zu sein, sich bis aufs Blut zu quälen. Aber was erzählte Henri da eigentlich, hatten wir überhaupt die geringste Chance, den Verlockungen des Lichts zu widerstehen, gab es überhaupt irgendein Mittel, sich die Augen zu verbinden, konnte man so einfach auf einen Sonnenstrahl verzichten und sich damit begnügen, nichts als

Scheiße zu verfassen in einem Stil, lasch und ohne jedes Leben? Wenn man mich fragt, ich bin davon überzeugt, man muß sie sich jung und schön erwählen, es sei denn, man stößt auf einen ganz besonderen Fall. So gesehen war Gloria nicht ganz mein Typ, für meinen Geschmack war sie ein bißchen arg blond, zudem überschätzte sie ihre Kräfte. Doch sie brachte eine Art weibliches Fluidum ins Haus, und hin und wieder hob ich durchaus den Kopf, um ihr nachzugucken, wenn sie durchs Zimmer rannte oder die Treppe raufhüpfte, und die Hälfte der Zeit standen sich Henri und ich vorm Badezimmer die Beine in den Bauch. Ich kramte den Koffer hervor und lächelte zerstreut. Allmählich wurde mir lausig kalt in meinem T-Shirt.

Ich ging wieder rein, nachdem ich einen kurzen Blick auf die Nebelschwaden geworfen hatte, die von einem Ende der Straße zum andern zogen. Ich verschloß die Tür vor diesem gähnenden Schlund, ohne daß ich gleich sonderlich erschrocken gewesen wäre, denn so langsam gewöhnte ich mich an diese verrückten Visionen, diese Anfälle von Scharfsinn, in denen einem das ganze Leben wie eine grauenhafte Falle erscheint und eine Straße wie ein furchterregendes Monster. Manchmal passierte auch das genaue Gegenteil, dann landete man ohne den geringsten Grund auf einem Zuckerbrot. Solcherlei Eindrücken durfte man keine allzugroße Bedeutung beimessen, wenn man nicht völlig rammdösig werden wollte. Außerdem stieß ich mit einem Mal, während draußen die ganze Stadt in Schutt und Asche versank, fast mit Gloria zusammen, die im Slip und mit einem Joghurt in der Hand mitten in der Küche stand. Es war bereits ihr fünfter, den Plastikleichen nach zu urteilen, die in Reih und Glied auf dem Tisch standen. Wenn sie da war, mußte man die Dinger im Zwanzigerpack kaufen. Sie warf die Haare zurück und guckte mich an.

– Ich hab keinen Puderzucker gefunden, erklärte sie.

Sofern man nicht ins Detail ging, konnte man sich rein physisch nicht über sie beklagen. Die offensichtliche Zartheit ihres Slips betäubte ganz natürlich meine Seele, und davon konnte man sich nicht losmachen, indem man einfach nach oben guckte, da einem dann ihre Brüste voll ins Gesicht sprangen. Ich mochte diese lockere Atmosphäre, klar, ich hatte auch schon über die Sache nachgedacht, doch mir war lieber, die Dinge blieben so, wie sie waren. Ich hab mich noch nie geohrfeigt wegen all der Mädchen, die ich hätte haben können, im Gegenteil, ich bin nie der Meinung gewesen, daß mit einem Mädchen zu bumsen das Höchste war, was es einem bieten konnte. Gloria genierte sich vor mir nicht, wir hatten uns mit der Zeit aneinander gewöhnt, und insofern war alles in bester Ordnung. Ich betrachtete sie in aller Gemütsruhe, während sie ihren Becher auskratzte, und ich verspürte eine tiefe Befriedigung dabei, rein ästhetisch gesehen.

– Es war ein Fehler von dir, ihn anzulügen, sagte ich. Damit haste ihm die Sache einfacher gemacht.

Sie schnappte sich einen neuen Joghurt aus dem Kühlschrank, dann setzte sie sich mit einer Hinterbacke auf die Tischkante, die Schultern kerzengerade, die Beine nach vorne gestreckt. Sie riß den Verschluß mit einem Ruck auf.

– Biste sicher, daß hier kein Zucker zu finden ist?

– Keine Ahnung. Haste richtig geguckt?

Ich drehte mich um, ohne mich darum zu bemühen, die Sache mit dem Zucker aufzuklären. Ich stellte den Fernseher an, nahm mir mein Glas und ließ mich mit meiner Infrarot-Bedienung im Schneidersitz auf einer Ecke des Sofas nieder. Ich ging sämtliche Kanäle durch, dann schaltete ich auf ein Ding über den Nordpol zurück, ringsum Eis, soweit das Auge reicht, und dazu nichts als das Pfeifen eines Schlittens in voller Fahrt. Ich hoffte, das würde was länger dauern. Stattdessen tauchte Gloria wieder auf, sie stellte sich vor meine Nase und kratzte sich am Kopf.

– He! Ich find keine Zigaretten ...!

– Scheiße, machste das mit Absicht?

Ich gab ihr eine. Sie beugte sich vor und hielt ihre Haare fest, während ich ihr ein Streichholz anzündete. Sie seufzte laut auf, als sie den Rauch wieder ausstieß, dann legte sie sich auf das Sofa, den Kopf auf meinem Oberschenkel.

– Das ist ja doch der letzte Drecksack! erklärte sie.

Man sah den heißen Atem, der den Hunden aus der Schnauze kam, und von Zeit zu Zeit knallte eine Peitsche durch die Luft, und ein Typ stieß Schreie aus. Gloria verzog das Gesicht und zupfte an ihrem Schlüpfer.

– Ah...! Dieses Mistding kneift mir in den Hintern.

– Nein, er ist kein Drecksack, sagte ich. Du irrst dich. So einfach, wie du denkst, ist die Sache nicht.

Sie richtete sich auf und kniete sich neben mich. Jetzt sah sie richtig böse aus, aber in meinem Alter, da hatte ich schon andere erlebt, zu irgendwas mußten all diese Jahre ja gut sein, genausogut hätte sie vor mir 'nen Tobsuchtsanfall kriegen können, es hätte mich kaltgelassen. Richtig gefährlich werden sie nur selten, das kommt alle Jubeljahre mal vor, und das bekommt man ziemlich schnell mit. Ich fühlte mich wie ein Eimer voll Wasser, der einem brennenden Streichholz zuguckt.

– Wie kommt der eigentlich dazu, sich so zu benehmen...?! zischte sie. Wofür hält der sich, verdammte Scheiße, was denkt der sich überhaupt...?

– Ich denke, er hat nicht anders gekonnt. Zuweilen überkommt einen das Bedürfnis, etwas zu tun, man kann nicht andauernd brav sitzenbleiben und die Lage inspizieren. Ich hoffe, du bist alt genug, einzusehen, daß ein Feuer, in das man in einem fort hineinpißt, irgendwann ein für alle Mal ausgeht. Du kannst von einem normalen Menschen nicht verlangen, sein Leben in ein Häuflein Asche zu verwandeln, vor allem, wenn er schon einmal über den Jordan gegangen ist.

– Meine Güte, und ich soll jetzt dafür büßen...? Eh, ich glaub, euch geht's zu gut, wollt ihr nicht mal ein wenig auf dem Teppich bleiben...?

– Zugegeben, das ist nicht immer ganz einfach.

Ich guckte auf den Fernseher, während ich mit ihr redete, diese vereiste Unendlichkeit und die melancholische Sonne, die am Himmel baumelte wie eine 20-Watt-Birne. Ich schüttelte den Kopf, ohne die Mattscheibe aus den Augen zu lassen:

– Aber eins will ich dir sagen, Gloria... Halt mich bitte aus eurem Theater raus. Ich hab keine Lust, nachzuforschen, wer nun recht hat und wer nicht. Wenn du mich fragst, wart ab, bis sein Kopf abgekühlt ist.

– Hör mal, sag bloß nicht, du findst das normal...!

– Verdammt, sowas hab ich nie gesagt!

3

Einer der Gründe, warum sich Henri die Hände rieb, war der, daß von Eric in den folgenden Tagen rein gar nichts zu hören war. Und er rieb sie sich immer häufiger, je mehr Zeit verstrich. Er schreckte nicht davor zurück, seiner Tochter zu verkünden, daß ihm die Ereignisse recht gäben, daß Eric genau das sei, wofür er ihn halte, nämlich weniger als nichts, eine Art Phantom, ein Wicht, ein armseliges, kleines Arschloch von einem Gebrauchtwagenhändler. Gloria stellte sich taub, dann eines Morgens gab sie ihm zur Antwort, er brauche ihr nicht ständig damit in den Ohren zu liegen, sie wisse schon selbst, wo sie mit Eric dran sei. Lächelnd erhob er sich vom Tisch, gegen Mittag lächelte er immer noch.

– Merkst du, die ist gar nicht so blöd, wie sie aussieht, hatte er mir zugeflüstert.

Ich hatte zu jener Zeit gerade ein Buch zu Ende geschrieben, und an jenem Nachmittag erhielt ich die Druckfahnen zur Korrektur. Ich blieb den ganzen Nachmittag in der Bude, während die beiden eine Runde drehten. Ich war der Meinung, dieses Buch war das Beste, was ich bislang geschrieben hatte, und ich brannte darauf, mich davon zu überzeugen. Es ging darin um Betty, wie ich sie kennengelernt hatte und was alles passiert war. Mehrere Jahre lang war ich unfähig gewesen, auch nur ein Wort darüber zu schreiben, dann hatte ich mich mit einem Mal hingesetzt, und es hatte geklappt. An dem Tag, an dem ich die letzte Seite tippte, kam die Meldung, Richard Brautigan sei tot, und am Abend hatte ich mich so vollaufen lassen wie in meinem ganzen Leben noch nicht, ich hatte 'ne geraume Zeit lang in den Seilen gehangen, und den Leuten zugehört, die draußen auf der Straße flennten. Wer erinnert sich nicht an jene schreckliche Nacht und an die finsteren Tage, die folgten, die Tage, an denen jeder noch einmal *Tokyo-Montana-Express* oder *So the Wind Won't Blow It All Away* las.

Ich arbeitete in aller Ruhe, bis sie zurückkam, und als ich von den Blättern aufblickte, stellte ich fest, daß die Sonne bereits untergegangen war, ich räkelte mich auf meinem Stuhl und räumte den ganzen Kram weg. Henri schien allerbester Laune, er zwinkerte Gloria zu, während er mit dem Kopf in meine Richtung deutete.

– He, guck dir den an, was der geackert hat, feixte er. Findste nicht, er sieht ein wenig abgespannt aus? Jessesmaria! Was muß das für ein Kreuz sein, bis man mit so 'nem Roman mal durch ist...!

Er hatte recht, ich fühlte mich leicht behämmert. Ich gähnte, ein Gähnen wie ein Donnergrollen, und stand auf, um einen Schluck aus der Leitung zu trinken. Als ich zurückkam, hörte ich, wie er zu Gloria sagte, paß auf, du weißt genau, daß ich dich niemals daran gehindert habe, mit jemandem auszugehen, ganz gleich, mit wem, das ist doch nur normal, verflixt und zugenäht! Ich bin lang genug dabei, um auch ein paar Sachen in diesem Leben zu begreifen, glaub mir, ich bin der letzte, der dich fragen würde, was du mit 'nem Jungen treibst, aber einfach so mit dem erstbesten abzuhauen, Gloria, da muß man schon ganz schön bescheuert sein, es gibt keinen, der das wert ist, verstehst du, ich bin nicht vielen begegnet, die...

– Verlaß dich auf seinen reichen Erfahrungsschatz! fügte ich hinzu.

Er fuhr sich mit der Hand durch die Haare und guckte mich an:

– Herrgott, übertreibe ich denn, sage ich nicht die Wahrheit...? Sag bloß, du kennst 'ne Menge Typen, die soviel drauf haben, daß du ihnen deine Tochter ohne weiteres überlassen würdest...?

– Naja, wie du weißt, habe ich keine Tochter... Unter dem Gesichtspunkt hab ich die Sache noch nie betrachtet.

Gloria kredenzte uns in der Zwischenzeit ein paar Gläser.

– Ah, übrigens, das haben wir dir noch gar nicht gesagt, teilte sie mir mit, wir haben auf unserem Spaziergang Charles getroffen! Wir sind heute abend bei ihm eingeladen.

– Was für ein Charles? fragte ich. Doch nicht etwa der, der *Der Spiegel in der Hand* geschrieben hat?

Henri nickte:

– Genau der, du weißt ja, wie er ist. Er hat nicht lockergelassen. Charles war schon immer sehr überzeugend ...

– Ja, solang er nicht schreibt ...!

Bei sowas wurde ich immer unausstehlicher. Ich war mir dessen bewußt, aber es war nichts dagegen zu machen, die Sache wurde immer schlimmer. Am Anfang hatten mich diese beschissenen Schreiberlinge bloß gelangweilt, aber inzwischen haßte ich sie wie die Pest, so sehr, daß ich vor Wut fast erstickte, wenn ich versuchte, mehr als drei Seiten von ihnen zu lesen. Ich kannte ein paar davon, bei jeder Abendeinladung traf man mindestens einen Schriftsteller, und dann paßte ich auch nicht immer auf, ich ließ mich zur Seite zerren. Meistens rief einen der Typ am nächsten Tag an und riß einen aus dem tiefsten Schlaf, um einem zu eröffnen, daß es ihm ein Vergnügen sei, einem sein letztes Buch mit der nächsten Post zu schicken. Das war, als kämpfte man gegen eine Hydra, wenn man zehn von denen abwimmelte, fanden sich zwanzig andere, die sich einem in den Weg stellten. Da mußte man schon sein Bestes geben, wenn man den Schaden in Grenzen halten wollte, wohlwissend, daß es einigen am Ende doch gelang, einen eines schönen Tages in einer Ecke festzunageln. Ich schuldete Charles Geld. Ich hätte ihn liebend gern erwürgt für das, was er schrieb, aber ich schuldete ihm Geld. Das Leben ist manchmal so hart, daß ich mich in einem schwachen Moment dazu durchgerungen hatte, mir eine kleine Summe von ihm zu leihen. Er hatte mich eintreten lassen und hatte mir den Arm um die Schulter gelegt, und das Gewicht seines Arms lastete wie ein Teil des Kreuzes auf meinem Nacken. »Ich freu mich, daß du bei mir keine Hemmungen hast«, hatte er mir ins Ohr geflüstert. »Mal sehen, ob ich dir unter die Arme greifen kann.« Er hatte ein dickes Bündel Scheine aus der Hosentasche gezogen. Sein letztes Buch, das hatte ich nicht einmal in den Mülleimer gepfeffert, ich hatte es mit voller Wucht zum Fenster rausgeworfen, ich hatte es einfach auf die Straße geschmissen. Von einem bestimmten Punkt an bringt mich das Ganze zur Weißglut, ich weiß nicht, woran das liegt. Henri behauptete, nach 'ner Zeit kräht da kein Hahn mehr nach.

Überflüssig zu betonen, daß ich nicht sonderlich scharf darauf war, diese Abendveranstaltung aufzusuchen. Es fehlte nicht viel, und ich hätte auch abgelehnt, aber Gloria hängte sich bei mir ein, und letzten Endes gab ich nach. Und dennoch, wenn man sich schlicht und einfach an die Fakten hält, dann kann man sagen, daß alles mit diesem Abend anfing. Zum zweiten Mal sollte mein Leben leergefegt werden, und der Ausgangspunkt des Ganzen war nichts anderes als dieser elende Scheißabend, nichts sonst, nichts Herausragendes. Es macht mich ganz krank, wenn ich sehe, wovon die Dinge abhängen und mit welcher Leichtigkeit ein Typ seinem Schicksal entgegengeht. Irgendwie finde ich das erschreckend. Wunderbar erschreckend.

Wir fanden uns also alle drei im Wagen wieder und schlängelten uns durch die Straßen, während die Nacht hereinbrach. Vater und Tochter vorne und ich hinten, ich hatte die ganze Rückbank für mich allein. Vor einer Ampel bremste Henri scharf ab, das erinnerte mich daran, daß ich vergessen hatte, meine Kapseln zu schlucken. Ich angelte sie mir aus der Hosentasche und würgte ein paar unauffällig runter. Es war gar nicht so einfach, jeden Tag daran zu denken, vor allem, wo ich nicht glaubte, daß mein Leben von diesen armseligen, kleinen Dingern abhing, ich SCHAFFTE ES NICHT, daran zu glauben. Ich hatte absolut nicht das Gefühl, daß der Tod über meinem Haupt schwebte. Andererseits kostete es mich nichts, sie zu nehmen. Wem gelingt es heutzutage schon noch, sich aus der Affäre zu ziehen, ohne einen ganzen Haufen Pillen lutschen zu müssen?

Es war schon ganz nett was los, als wir ankamen. Zum Glück wohnte Charles in einer dieser großen Hütten, in denen man noch frei atmen und ein paar Schritte laufen kann, ohne jemanden zu zertrampeln. Wir waren alle drei in der Gegend bekannt genug, um ein beifälliges Gemurmel auszulösen, als wir die Arena betraten. Mein Name stand in den Zeitungen, ich strich

Henri als Vorbild heraus, wann immer ich konnte, und Gloria trug einen Minirock in aggressivstem Rot, wir hatten die Meute quasi in der Hand. Charles tanzte lächelnd vom anderen Ende des Zimmers herbei und legte mir die Hand auf die Schulter. Sowas haßte ich. Wenn man mal davon absah, was er schrieb, war er als Individuum gar nicht mal so unsympathisch. Aber ganz allgemein hatte ich es nicht gern, wenn man mich anfaßte. Ich konnte nichts dafür. Ich mußte abwarten, bis er endlich aufhörte zu lächeln, um ihm unterzujubeln:

– Ich will gern noch 'ne Zeit lang so stehen bleiben, wenn du mir ein Glas zukommen läßt, sagte ich.

Er zermalmte mir die Schulter, und das Schlimmste von allem, er zwinkerte mir zu.

– Schön, daß du gekommen bist, meinte er.

– Ja, antwortete ich.

Danach sah ich zu, daß ich so schnell wie möglich aus seiner Reichweite kam.

Eins der Dinge, die mich in meinem Leben bislang noch jedesmal überrascht haben, ist, daß ein Schriftsteller stets jemand findet, der noch bescheuerter ist als er, und ich hatte inzwischen genug Erfahrung, mein Opfer auf den ersten Blick ausfindig zu machen. Es handelte sich um ein Mädchen, so um die dreißig, und ich wußte, warum sie mich so anguckte. Da ich mein Glas in Ruhe trinken wollte, ging ich auf sie zu. Sie war vollkommen, sie hatte bereits rote Wangen, und das nur bei dem Gedanken, weniger als fünfzig Zentimeter neben mir zu stehen. Ein Schriftsteller findet immer jemanden, der pausenlos auf ihn einschwafelt, und natürlich ist das erholsam, man ist nicht verpflichtet zuzuhören, und niemand kommt, um einen zu fragen, ob man sich langweilt, das ist wirklich gar nicht so übel, ein Schriftsteller zu sein, da legen sich alle anderen mächtig ins Zeug. Ich brachte die Maschinerie in Gang:

– Ich sehe in Ihren Augen, daß Sie eins meiner Bücher gelesen haben ..., sagte ich.

Mag sein, daß ich ein wenig dick auftrug, doch so wie sie sich vor mir wand, hätte ich ihr, glaube ich, sämtliche Kleider vom

Leib reißen und sie an Ort und Stelle vernaschen können. Davon abgesehen, daß ich ohnehin größer war als sie, war die Ärmste dazu gezwungen, zu mir aufzusehen, ich mußte ihr sehr weh tun mit meiner fieberhaften Miene.

– Oh ja, aber sicher...! Ich habe sie ALLE gelesen, wissen Sie, übrigens schreibe ich selber auch ein wenig...

Ein prachtvolleres Exemplar konnte man sich kaum ausdenken, im Ernst. Von Zeit zu Zeit warf ich ihr einen Blick zu, nur um zu sehen, ob sich ihre Lippen noch bewegten, und hin und wieder nickte ich, vor allem, wenn sie mein Glas nachfüllte. Ich habe ganz außergewöhnliche Abende unter solchen Umständen verbracht, Abende, an denen ich mich einfach an der allgemeinen Stimmung berauschte, an denen ich bloß ein Parfüm einatmete, ohne jemanden anzusprechen, an denen ich bloß Farben wahrnahm, und das einfach dank der Frucht meiner Arbeit, und im Grunde war das nur ausgleichende Gerechtigkeit, schließlich kann die Medaille eines Schriftstellers nicht nur Kehrseiten haben.

Als ich Lust bekam, mich ein wenig zu rühren, gab ich dem Mädchen ein Autogramm auf den Arm und verfrachtete es auf einen Stuhl. Gloria tanzte mit den Jüngeren, während sich Henri mit den alten Wölfen auf den Polstern lümmelte. Ich machte einen Abstecher in die Küche, aber es war ja klar, daß ich da auf Charles stieß. Bevor ich mich umdrehen konnte, streckte er auch schon seine Fühler nach mir aus. Nur daß ich ihm zuvorkam, ich zog einen Batzen Scheine aus der Tasche:

– Hier, damit wären wir quitt, sagte ich. Ich danke dir, du hast mir ganz schön geholfen.

– He...! Die Geschäfte laufen wohl wieder, was...?

– Naja. So lala.

Ich schnitt mir eine Scheibe Lachs ab, drei Finger dick, während er die Kohle nachzählte.

– He, ich hab dir noch gar nicht gesagt, ließ er sich wieder vernehmen, mit meinem neuesten bin ich bald über zweihunderttausend...!

Ich, ich kam gerade auf zehntausend, und selbst das kam mir

bereits enorm vor. Ich vergaß nicht, daß ich lediglich die HOFFNUNG meiner Generation war, vor mir lag noch ein weiter Weg. Zum Glück wußte niemand, daß ich ein schwaches Herz hatte, sonst hätte man mich schnell unter den Teppich gekehrt und wäre zum nächsten übergegangen. Das Mindeste, was man von einer Hoffnung erwartet, ist, daß sie vor Gesundheit nur so strotzt. Vor allem jedoch darf sie nicht in Saus und Braus leben.

– Donnerwetter! sagte ich. Fünfhunderttausend?

– Nein, nein, zweihunderttausend.

– Mann, du hast mir schon 'n Schrecken eingejagt...!

Die Bude glitt sanft ins Zentrum der Nacht, die Stunden lösten einander ab, und wenn man die Zweihunderttausend im Visier hat, kann man es sich auch erlauben, jede Menge Flaschen zu kredenzen und ein paar Davidoff kreisen zu lassen. Von dem Koks ganz zu schweigen, aber ich war nicht in der Stimmung, auf die Berge zu klimmen, ich hielt mich in aller Ruhe an meine Bourbon-Cola, einen Glimmstengel im Mundwinkel. Wenn die Stimmung sank, dann kam ich zumeist in Form, wenn sich die Gespräche einspielten und sich die Grüppchen bildeten und der ganze Laden nur noch schnurrte und sich seine Kräfte einteilte. Das war dann der Moment, in dem ich spazierenging, so gegen drei Uhr morgens, da machte ich mich mit dem Glas in der Hand auf den Weg, um zu sehen, was sich in den anderen Zimmern tat. Ich stand auf und verließ Henri mitten in einer hitzigen Diskussion über Lokomotiven, ich stieg über eine Blondine, die zusammen mit ihrem kleinen Liebling wie gebannt an Henris Lippen hing.

In der Zeit, in der ich das Zimmer durchquerte, um in den Garten zu gelangen, konnte ich feststellen, daß ich bereits ein gewisses Quantum intus hatte, nicht daß ich nicht mehr perfekt geradeaus gehen konnte, aber es war hart an der Grenze. Ich erstattete mir lächelnd Meldung. Da die Temperatur angenehm war, hingen mehrere Personen draußen, die Leute gingen raus und kamen nach 'ner Zeit wieder rein. Im hinteren Teil des Gartens hatte man eine wunderbare Aussicht auf die ganze Stadt, die sich ein Stückchen tiefer erstreckte, das war es schon wert, sich fünf Minuten dahin zu stellen, um die Lichter zu betrachten, vor allem, wo es da noch eine Bank gab. Naja, sagte ich mir, warum eigentlich nicht? Gehn wir zur Bank.

Ich hatte mich gerade auf dieser famosen Bank niedergelassen, die Stadt zu meinen Füßen, als ich spürte, daß noch jemand in der Gegend war. Ich beugte mich vor und faßte mich an den Knien, ich hatte sogar ein Pfeifen in den Ohren. Ich brauchte eine Zeit, bis ich zwei Personen links von mir entdeckte, sie schienen in einem Strahl des Mondes zu baden, aber es war bloß ein Spotlight, das an einem Baum befestigt war, die beiden klebten aneinander. Sie hatten meine Anwesenheit nicht bemerkt, sie waren vollauf damit beschäftigt, sich einen schwindelerregenden Zungenschlag zu verpassen, und ich sah überall nur Hände. Ich lehnte mich wieder zurück auf meiner Bank, um mir eine Zigarette anzumachen.

Die Annehmlichkeit der Luft entzückte mich. Ich spürte, daß meine Gedanken ganz allmählich wieder ihren Platz einnahmen und betrachtete die Stadt ein Weilchen, ohne daß sich etwas tat. Dann hatte ich mit einem Mal das Gefühl, daß sich ein roter Fleck in meinem Gehirn ausbreitete, und die ganze Angelegenheit nahm schnell Konturen an. Ich beugte mich erneut ein Stück vor. Ich will tot umfallen, wenn ich nicht ihren Minirock erkannt habe. Wenn mir das nicht durch Mark und Bein ging.

Jetzt hörte ich sie stöhnen. Ich hatte schon Gelegenheit gehabt, Gloria in den Armen eines Typen zu erleben, ich hatte sie sogar schon einmal mit dem Hintern in der Luft erwischt, in der Bude, zusammen mit Eric, aber ich war meines Weges gegangen, leise vor mich pfeifend, das war nicht mein Bier. Diesmal jedoch stand ich auf, und ich hätte selbst nicht sagen können, warum. Meine Ohren brannten wie Feuer. Ich tippte dem Kerl, der sich um Gloria kümmerte, auf die Schulter:

– He... alles klar...? Passiert dir das nie, daß du mal Luft holen mußt...?

Ein junger Typ, ungefähr doppelt so jung wie ich. Er drehte sich um, und in seinen Augen stand geschrieben, daß nach seinem Dafürhalten die Welt keinem anderen gehörte. In meinen stand, daß er sich auf 'ne nette Überraschung gefaßt machen konnte, wenn er das glaubte. Gloria brach den Bann, indem sie sich zwischen uns stellte, sie packte mich am Ärmel.

– Meine Güte, du bist mir ja vielleicht in 'nem feinen Zustand! witzelte sie. Ich bring dich besser zu deiner Bank zurück.

Der junge Kerl stöhnte auf und guckte dabei woandershin.

– Ah, ich bitte dich, schaff uns bloß diesen Kerl vom Hals...! keifte er.

Ich ließ mich zurückführen, ohne einen Ton zu sagen. Ich war nicht in solch einem Zustand, wie sie behauptet hatte, aber ich hatte auch nichts dagegen, mich für einen Moment zu setzen. Für mich war der Fall erledigt, und meine kleine Gemütsanwallung war mir völlig entfallen. Ich streckte beide Arme auf der Rückenlehne der Bank aus, ich legte den Kopf in den Nacken. Der Himmel war pechschwarz. Ich spürte Glorias Hand, sie wühlte in meinem Hemd, und drei Sekunden später hatte ich eine brennende Zigarette zwischen den Lippen. Man muß zugeben, daß das Leben von verblüffenden Blitzen durchzuckt wird, alles in allem fand ich ihn prächtig, diesen Abend, und die Nacht war köstlich sauer, wie in einem Traum, schade, daß nicht ein leichter Südwind aufkam, der mir durch die Haare fuhr.

Als ich den Kopf wieder hochnahm, sah ich, daß ich allein war. Ich dachte mir, ein Grund mehr, mein Lächeln beizubehalten, und ich machte mir nicht sofort Gedanken darüber, wo ich war. Nach einiger Zeit räusperte ich mich. Ich streckte meine Arme wieder nach meinen Beinen aus. Niemand zu sehen, nicht rechts, nicht links. Ich knabberte an einem Stück Lippe. Irgend etwas in mir fing an zu vibrieren, wie ein Stahlseil, das von meinem Bauch zu meinem Hirn gespannt war, anders kann ich es nicht nennen, ich war selbst überrascht und hätte nicht sagen können, ob das gut war oder nicht. Jedenfalls beugte ich mich erneut nach vorn, und ich konnte feststellen, daß sie noch an ihrem Platz waren, sie hatten sich einfach gegen einen Baum gelehnt.

– Ah, Herr im Himmel! murmelte ich, dann stand ich auf.

Gloria hielt die Augen geschlossen, und der junge Typ drehte mir den Rücken zu, er fuhrwerkte mit einer Hand an ihr herum, was dazu führte, daß sie mich nicht kommen hörten. Offenbar gibt es nichts Leichteres, als einen Minirock hochzuschieben, und Gloria hatte wunderbare Beine, lang und schlank, langsam ging sie mir wirklich auf die Eier. Ich hielt mich nicht für ihren Vater, und ich verzehrte mich auch nicht in heimlicher Liebe zu ihr, doch das hier, das war nun in der Tat zum Kotzen. Ich sah ihre Hand am Nacken des Typen, und sie stand beinahe auf den Zehenspitzen. Ich griff genau in dem Moment ein, wo sich der Typ in die Finger spuckte.

Ich packte ihn an den Haaren. Er schrie auf wie ein Esel, und ich riß ihn von da weg, er rollte durchs Gras. Ich ließ Gloria keine Zeit, zu begreifen, ich umklammerte ihr Handgelenk. Ich warf ihr einen finsteren Blick zwischen feuerroten Wimpern zu.

– Also ehrlich, du bist ja halb erfroren! knurrte ich.

Ihr Atem ging immer noch stoßweise, so lang war das noch nicht her, daß der Typ seine Hand zurückgezogen hatte. Aber ich wußte, sie würde nicht daran sterben, im Gegenteil, überdies fluchte sie vor sich hin und stieß mich zurück. Beinahe hätte ich mich lang hingelegt, als ich über ein Grasbüschel ausrutschte.

– Ich glaub, ich spinne! zischte sie. Das darf nicht wahr sein...!!

– Gib dir keine Mühe, es zu verstehen... Zwing mich nicht dazu, es dir zu erklären!

– Das ist doch das letzte... DU KOTZT MICH AN!!!

So blau war ich nicht, daß ich nicht merkte, daß sich der Typ wutentbrannt aufgerappelt hatte, und offensichtlich hatte er nicht die geringste Lust, abzuziehen. Wenn ich mich so in seine Lage versetzte, konnte ich es ihm nicht verdenken. Ich streckte ihm einen Arm entgegen, um ihm zu verstehen zu geben, er solle bleiben, wo er sei.

– Misch dich nicht ein! sagte ich. Verpiß dich...!

– Teufel, Typ, ich glaub, wenn sich hier einer verpißt, dann bist du das! stieß er hervor.

Die Dinge gehen heute so schnell, daß ich mit einem Mal einen Typen im Vollbesitz seiner Kräfte vor mir hatte, der Pubertät völlig entwachsen und wild entschlossen, es mir heimzuzahlen. Wenn man sich da nicht vorsieht, haben sie einen in Nullkommanichts am Wickel, ich stand kerzengerade auf meinen Beinen, zwanzig Jahre Erfahrung in jedem Oberschenkel. Aber Gloria stürzte sich als erste auf mich, und beinahe hätte ich ordentlich eins in die Fresse gekriegt, ich wich gerade noch rechtzeitig zurück. Ihre Augen, wie soll ich es sagen, funkelten vor verhaltener Wut.

– ELENDER MISTKERL!! kreischte sie. HAT DICH JEMAND GERUFEN ...??!!

Ich schnappte mir einen ihrer Arme. Ich wollte mir gerade das Vergnügen gönnen, ihr die Ohrfeige zu verpassen, die sie weiß Gott verdient hatte, als ich plötzlich einen heftigen Schmerz in Höhe des linken Ohrs verspürte. Das machte mich rasend. Jaulend ließ ich Gloria los und sprang dem kleinen Wichser an den Kragen. In diesem Moment war mein Kopf glühend heiß, als wäre er in Watte gehüllt, der Alkohol stachelte mich an, und mein Herz hielt stand. Ich packte ihn mit der Faust am Hemd. Ich wollte ihn hochheben, doch der Stoff riß, und sämtliche Knöpfe flogen in die Luft, wie eine Fontäne aus Perlmutt. Der Typ stieß ein merkwürdiges Brüllen aus, man hätte meinen können, ich hätte ihm einen Hautfetzen abgerissen, dabei war das überhaupt nicht der Fall. Ich hatte gehört, diese kleinen Hemdchen seien gar nicht so billig. Er versuchte mir mit einer Geraden zu kommen. Ich wich aus. Ich, ich konnte mir keine Hemden zu diesem Preis leisten, noch nicht, es machte mir nichts aus, sie zu zerreißen. Ich sprang ihm zwischen die Beine.

Seltsamerweise stand er immer noch, während ich im Dreck lag. Das ist der Haken am Alkohol, man ist guten Willens, doch der Körper macht nicht mit. Ich hörte Gloria schreien, HÖRST DU, LASS MICH IN RUHE! Der Typ verpaßte mir einen Tritt gegen den Arm. Ich rollte mich unter einen Strauch. Ein wenig drehte sich mir immer noch alles im Kopf, aber ich stand auf. Die ganze Sache geriet völlig aus dem Gleis.

– Sag ihm, er soll abhauen! rief ich Gloria zu. Ich sag's dir im guten.

Mit drei Schritten war sie über mir. Ich hatte meine liebe Mühe und Not, ihre Arme zu packen. Sie wechselte die Farbe, ihre Augen suchten mich zu verschlingen.

– Wer hat dich darum gebeten, auf mich aufzupassen? zischte sie. Glaubst du, einer reicht mir nicht...? Muß ich dich erst um Erlaubnis fragen, wenn ich mich ein bißchen amüsieren will...?!

Zum Glück gelang es mir, sie gerade eben wegzustoßen, genau in dem Moment, wo sich der Typ auf mich stürzte. Ich sah seine Faust losgehen, und ich spürte, daß sie an meinem Backenknochen abglitt wie ein glühender Stab. Einmal in Schwung setzte er nach, was mir sehr entgegenkam, da er fast von selbst über mein Knie segelte, und so war die Angelegenheit schnell geregelt. Wenn man mich fragt, was ich so von der heutigen Jugend um die zwanzig halte, dann antworte ich, daß es ihr an Kühnheit nicht mangelt. Wenn ich speziell nach den Mädchen gefragt werde, gehe ich schnell zur nächsten Frage über.

Ich habe nie behauptet, daß ich mich besser mit Frauen auskenne als andere, und im übrigen dachte ich halt, Gloria würde sich neben dem Kerl auf die Knie schmeißen und sein Gesicht mit Küssen bedecken. Stattdessen guckte sie mich an. Sie schien sich wieder beruhigt zu haben, sie fuhr sich einfach mit einer Hand durch die Haare, die Finger weit gespreizt, dazu wog sie sich leicht in den Hüften. Keine Ahnung, was ich davon halten sollte, schließlich traf man sowas nicht an jeder Straßenecke, ein Mädchen, das die Arme senkte, mir brauchte man nicht damit zu kommen, ich solle irgendwelche Blätter über die Emanzipation der Frau unterzeichnen, meines Erachtens strengten die sich so schon genug an. Ich tastete mit den Fingerspitzen den Teil meines Gesichts ab, der langsam anschwoll. Der Typ schaffte es, sich auf alle viere hochzurappeln, ohne daß ihn Gloria eines Blickes würdigte. Sie war vielmehr damit beschäftigt, ihren Körper aufblinken zu lassen oder irgendwas in der Richtung, und dabei ließ sie mich nicht aus den

Augen. Ich brach in ein nervöses Lachen aus, um ihr zu zeigen, daß sie sich den Zinnober sparen konnte. Bestimmt fünfhundertmal habe ich nun schon geschrieben, daß man im Leben nicht alles haben kann, ich habe nun mal ein bestimmtes Weltbild.

Jetzt, wo der Kampf zu Ende war, kochte ich innerlich ganz furchtbar vor Wut. Man sollte sich nicht soviel bewegen, wenn man was getrunken hat, da schießt einem der Alkohol schneller durchs Blut, ich mußte meinen Zorn und meinen Gleichgewichtssinn auf einmal in den Griff bekommen. Klar, daß sie sich vorstellte, ich hätte mich ihretwegen geschlagen, klar, für sie bestand da nicht der leiseste Zweifel, im allgemeinen gehen sie den Dingen nicht auf den Grund, sie halten sich an den Schein, und plötzlich steht man dann da wie der letzte Arsch, kurzatmig und mit zerzaustem Haar, und alles spricht gegen einen. Das machte mich fast wahnsinnig. Weggetreten wie sie war, konnte man wetten, daß sie einen im nächsten Moment anlächelte. Und da legte ich keinen Wert drauf. Ich ging auf sie zu und biß die Zähne aufeinander, um nicht nach ihr zu schnappen. In diesem Moment ging ihr auf, daß da was nicht stimmte, sie schlug die Augen nieder. Der junge Typ versuchte auf die Beine zu kommen, indem er sich gegen einen Baum lehnte, doch er fiel auf die Knie zurück. Ich packte Gloria am Arm.

– Heee...! Du tust mir weh! jaulte sie.

– Los, komm schon! knurrte ich.

Ich war dabei, mich im Spiegel des Badezimmers in Augenschein zu nehmen, als Henri hinter mir auftauchte. Er machte sich in aller Ruhe eine Zigarette an.

– So, dürfte ich vielleicht auch mal wissen, was passiert ist?

Mein Backenknochen leuchtete knallrot, und mein linkes Ohr war violett. Langsam bekam ich Kopfschmerzen. Ich ließ kaltes Wasser ins Waschbecken laufen.

– Hat sie dir nichts erzählt? murmelte ich.

Während der gesamten Rückfahrt hatte ich mich zusammenreißen müssen, da wir zwei Leute nach Hause gebracht hatten, die in der Kante wohnten. Es war vier Uhr morgens, und Gloria war schnurstracks auf ihr Zimmer gesaust, dabei hatte sie sorgfältig darauf geachtet, daß die Tür lautstark hinter ihr zuknallte. Ich hatte mich zitternd am Waschbecken festgehalten. Ich war groggy.

– Hör mal, Henri, fuhr ich fort. Wir sollten den Dingen ins Auge sehen: Sie wird uns zum guten Schluß beide noch bekloppt machen, das weißt du so gut wie ich. Ich geb zu, in den paar Tagen hier hat sie sich ruhig verhalten, nur war das viel zu schön, um wahr zu sein, und ich sag dir, Henri, das war bloß die Ruhe vor dem Sturm...!

Er hüpfte von einem Bein aufs andere. Er konnte sich lebhaft vorstellen, was ich damit meinte, aber sie war seine Tochter, da fiel es ihm schwerer als anderen, sowas zu schlucken.

– Naja, aber vielleicht übertreibst du auch ein wenig... meinte er.

Ich stellte das Wasser ab und drehte mich um. Es kostete mich einige Mühe, nicht mit den Zähnen zu knirschen.

– Du findest, ich übertreibe? Sollen wir also weiter unsere Zeit damit verbringen, sie in jedem Kaff zu suchen, oder uns über die Typen schwarzärgern, die sich an sie ranmachen...? Merkst du denn nicht, daß das von Tag zu Tag schlimmer wird, daß sie uns noch das ganze Leben vermiest, verdammte Scheiße...?!!

Er blies eine Rauchwolke vor seine Füße, seine Miene verdunkelte sich.

– Weißt du, hakte ich nach, da können wir nichts dran ändern, das ist eben so. Mag ja sein, daß es für sie nicht sonderlich lustig ist, mit uns zusammenzuleben, vielleicht können wir uns gar nicht in ihre Lage versetzen... Aber da steht uns noch einiges bevor, Henri, ich garantier dir, die wird uns noch ganz gehörig auf die Eier gehn...!

– Ah, Herrgottnochmal...!

Er setzte sich auf eine Ecke der Badewanne, sein Hemd war zum Zerreißen gespannt. Bald wird er nur noch weiße Haare haben, dachte ich, und es machte mir keinen Spaß, daran zu denken. Es kam mir so vor, als hätte ich kaum Zeit gehabt, einmal Uff zu machen, und doch war ich bereits vierzig.

Manchmal hatte man den Eindruck, das Leben wollte einen verspotten. Dann wieder sagte man sich, es hatte ja auch allen Grund dazu. Und die Zeit verging. Und ein Büschel weißer Haare auf dem Schädel eines Typen zwinkerte einem entweder zu, oder es ging einem durch und durch.

– Henri, ich glaube, dein erster Gedanke war goldrichtig. Schicken wir sie doch ruhig ein wenig zu ihrer Mutter, vielleicht tut ihr das gut, hörst du mir zu? Wir dagegen, immerhin ist sie volljährig, das ist, als würden wir Dynamitstäbe einlagern, naja, du weißt schon, was ich meine. Wir können uns nicht so ohne weiteres um sie kümmern, die Situation wäre unerträglich für uns alle, Henri, ich schwör dir, es ist so, es wird ihr schon nicht schaden, ein wenig bei ihrer Mutter zu sein...

Er klimperte mit den Fingern auf den Wannenrand. Ich drehte mich wieder um und hielt den Kopf unter das kalte Wasser, danach trocknete ich mich behutsam ab. Mein Ohr war eine Art kleiner Vogel mit zwei gebrochenen Füßen und einem halbgebrochenen Flügel.

– Ist doch normal, setzte ich wieder an, wenn wir sie mit 'nem Typen sehn, machen wir uns zwangsläufig Sorgen, ihre Mutter hingegen, die kann sowas verstehn, Frauen können darüber reden und dabei lachen. Und da liegt der Hase im Pfeffer... Außerdem hindert uns das ja nicht daran, sie zu sehen, das ist kein Problem...

Ich stellte mich neben ihn, während die Wassertropfen auf meinen Rücken und meine Schulter fielen, ein paar zerplatzten auf dem Boden.

– Henri, was hältste davon, wenn wir das im Laufe der Woche erledigen? Weißt du, wir können uns nicht davor drücken. Hör mal, Alter, glaubst du denn, wir hätten die freie Wahl...?

Er guckte zu mir hoch. Natürlich spürte ich, daß er nicht in Höchstform war, ihm ging es wie mir, er war müde, und ich verlangte von ihm, sich ein wenig das Herz zu zerreißen. Aber am Ende nickte er.

– Wahrscheinlich hast du recht, meinte er. Doch, doch, du hast bestimmt recht...!

4

Ich habe mir oft überlegt, wenn mich nach Bettys Tod etwas davor bewahrt hat zu versacken, dann waren das meine Bücher. Ich hatte den Eindruck, daß sie nicht ganz nutzlos waren, daß sie mir neue Kraft gaben, und auch wenn manch einer anders darüber dachte, widmete ich mich ihnen doch mit größter Sorgfalt. Meine Art zu schreiben erforderte ständige Disziplin und auch, daß man es im Ohr hatte, es kam nicht in Frage, abzuschlaffen oder die Augen vor irgend etwas zu verschließen. Ich kann mir vorstellen, das ist das Los 'ner ganzen Menge klassischer Autoren, ich spreche von denen, die letztlich ihre Gesundheit geopfert haben, aber von nichts kommt natürlich auch nichts. Ich sperrte mich mit meinen Korrekturen drei volle Tage ein, und ich wäre außerstande, zu sagen, was sich um mich herum tat. Gloria war bestimmt stinksauer auf mich, aber das war ganz gut so, ich konnte in Ruhe arbeiten, meine Sätze fein säuberlich durchkämmen und den Bierflaschen ein Limit setzen, den Verstand so scharfgewetzt wie eine zweischneidige Rasierklinge, um möglichst fein zu sezieren. Ich lehnte es ab, mich während der Mahlzeiten ablenken zu lassen, ich kehrte mit den Sandwichs in meine Ecke zurück und machte mich wieder an die Arbeit. So viele Dinge, die die Mühe wert sind, gibt es im Leben eines Menschen nicht, da sollte man keine Gelegenheit auslassen, alles aus sich herauszuholen.

Als ich die letzte Seite des ganzen Krams losließ, war es gegen Mitternacht. Gloria war auf ihrem Zimmer, und Henri hatte den Fernseher leise gestellt, er hatte sich aufs Sofa gehauen. Ich hatte Lust, ein wenig Luft zu schnappen. Ich schlug ihm vor, zusammen einen trinken zu gehen, und kurz darauf standen wir auf der Straße, auf dem trostlosen Bürgersteig. Ich atmete tief durch.

– Sieht aus, als wärste mit dir zufrieden, bemerkte er.

Es stimmte, nach Heulen war mir nicht zumute, ich lächelte ihn offen an.

– Jaja, das könnte schon sein..., sagte ich.

Ich hatte die letzten Bande zerschnitten, die mich mit diesem Buch verknüpften, und ich fühlte mich beinahe wie neu, selbst diese Straßen, die ich wie meine Westentasche kannte, ich hatte das Gefühl, sie neu zu entdecken, ich hatte Lust, unter jeden Stein zu gucken, ich hatte Angst, mir könnte etwas entgehen. Ebenso wie man nicht nur einmal stirbt, ergibt es sich, daß man von Zeit zu Zeit wieder zur Welt kommt, und alles erscheint einem zuckersüß, und sei es nur der Weg zur nächsten Bar. Dann ärgert einen wahrlich nichts mehr.

– Ich hatte Gelegenheit, mit ihr zu reden, erklärte Henri. Sie hat gesagt, sie sei einverstanden.

– Na prima. Ist ja prächtig.

– Jetzt, wo die Sache spruchreif ist, wäre es mir ganz lieb, wenn wir das Ganze ein wenig beschleunigten, hm, was meinst du dazu...?

– Ich bin voll und ganz deiner Meinung. Wenn du willst, können wir fahren.

– Sieht fast so aus, als hätten wir gar nicht anders gekonnt, nicht wahr...?

– Stimmt...! Unser Weg war vorgezeichnet.

Kurze Zeit darauf packten wir den Stier bei den Hörnern. Der Tag war kaum angebrochen, da kontrollierte ich bereits Benzin-, Öl- und Wasserstand des Mercedes, danach holte ich Glorias Kram und pfefferte ihn in den Kofferraum. Obwohl wir alle drei ein gleichmütiges Lächeln zur Schau trugen, war die Stimmung eher düster. Jeder von uns verlor etwas bei dieser Geschichte, aber wer will schon behaupten, daß das hier unten alles nur rosig sei, und ich ließ den Motor einen Moment warmlaufen und probierte sämtliche Knöpfe des Radios der Reihe nach durch. Zum Glück kündigte sich ein schöner Tag an, am Himmel stand nur ein einziges, völlig hilfloses weißes Wölklein, für das ich keinen Pfifferling mehr gab, es wirkte total einsam, strahlend hell, aber einsam.

Die Stadt war ruhig, wir kurvten im ersten Licht der aufgehenden Sonne durch die menschenleeren Straßen, danach gelangten wir auf die Landstraße. Marlène erwartete uns. Henri hatte sie am Abend vorher angeklingelt, und ich freute mich darauf, sie wiederzusehen, und gar so häßlich war die Strecke auch nicht. Unser letzter Besuch auf dem Bauernhof lag sieben oder acht Monate zurück, lange bevor uns Gloria entwischt war, damals waren wir vierzehn Tage geblieben, um einen schier endlosen Herbst in vollen Zügen zu genießen, wir hatten ganz schön Farbe bekommen. Die Sache war mir noch in bester Erinnerung. Der Hof befand sich am Ausgang einer kleinen Stadt, quasi am Fuß der Berge, dort, wo der Wald anfing. Von uns aus war das weiter als eben mal um die Ecke, und gegen Mittag hielten wir vor einem Selbstbedienungsrestaurant an. Es war heiß. Der Aufbruch hatte sich ein wenig schwierig gestaltet, doch inzwischen war die Sache erträglich, Gloria stibitzte Fritten von Henris Teller, und er lachte. Im Grunde war das alles gar nicht so dramatisch, das war nicht das Ende.

Als wir in den Innenhof des Guts einbogen, bot sich uns ein seltsamer Anblick. Wir sperrten die Augen auf, und ich persönlich, auch wenn mir klar war, was das da für einen Mist bedeutete, ich war für die wilde Schönheit dieses Bildes durchaus empfänglich, für die urwüchsige Kraft, die daraus sprach.

– Oje...! flüsterte Henri. Das sieht ja aus, als hätte der Himmel mit der Faust auf den Tisch geschlagen...!!

Einmal mehr hatte Henri den Nagel auf den Kopf getroffen. Und so machte sie Tag für Tag ihre Punkte, die Poesie, wenn ich mich nicht schwer täuschte, man muß schon zugeben, daß diese Typen dem Leben mehr Geschmack verleihen, sie haben ein besonderes Gespür dafür, den Finger auf die wunden Stellen zu legen. Für alle anderen war das bloß ein elender Baum, der auf das Dach eines Hauses gestürzt war, was sollte das sonst sein...? Marlène erschien in der Tür, während wir mit unseren Heiligenscheinen unterm Arm aus dem Wagen stiegen. Sie kam uns über die Veranda entgegen und knöpfte im Gehen ihr Hemd zu, auch sie schien vor Hitze einzugehen.

– Puuuuh...! stöhnte sie. Nun denn, man könnte sagen, ihr kommt gerade recht, ihr drei...!

Gloria sprang mit einem Satz die paar Stufen hoch, die sie von ihrer Mutter trennten, und hob sie praktisch in ihre Arme. Henri ging rüber zu dem Baum, der sich in voller Länge quer über das Dach gelegt hatte. Das war ganz und gar ungewöhnlich, aber vor allem war das der größte Bockmist überhaupt, die Schäden am Dachstuhl schienen beträchtlich, und ein dicker Ast hatte eins der Zimmer auf der oberen Etage aufgeschlitzt.

– Das ist ja nicht zu fassen ...! Wie ist denn das passiert ...?!! fragte er mit verzerrtem Gesicht.

Marlène zuckte mit den Achseln und seufzte.

– Ach, was weiß ich ... Der Wind, das Gewitter ... die ganze Nacht hat es uns durchgeschüttelt, und außerdem war er halb abgestorben, ich bin selber schuld, eines Tages mußte es so kommen.

Henri musterte den Baum von der Wurzel bis zum Geäst, dann tätschelte er ihr die Wange:

– Nein, also sowas ...!

– Verflixtnochmal! Wißt ihr, meine Lieben, ich hab den Schreck meines Lebens bekommen. Ich lag im Bett, und ich hab wahrhaftig gedacht, die ganze Bude fliegt in die Luft.

– Kein Wunder, sagte ich.

Es mochte so gegen fünf, sechs Uhr sein, und man kann das nehmen, wie man will, aber ich erzähl keine Märchen, das Licht war schlicht und ergreifend gülden, und ich schäme mich nicht im geringsten, so etwas zu schreiben, was den Unterschied ausmacht zwischen mir und einem Schriftsteller, der an geistiger Verstopfung leidet, in so etwas zeigt sich die unglaubliche Reinheit meines Stils, der dem Licht seine besten Seiten widmet und den etliche nicht angestanden haben, als quecksilbrig zu bezeichnen. Es ist nicht das geringste Paradox dieser abscheulichen Welt, daß sie von Zeit zu Zeit aufzuleuchten weiß, und dafür ist dann ein Schriftsteller da, dafür, alles zu sammeln, was glänzt. Ich für meinen Teil zierte mich da nicht, was einige meiner Leser dazu bewogen hat, mich für einen erleuchteten, um nicht zu sagen preziösen Autor zu halten. Marlène preßte uns ein paar Früchte, die wir auf der Veranda mit ein wenig zerkleinertem Eis tranken, dabei redeten wir über dieses und jenes, und die Luft schmeckte nach heißem Gras und verbrannter Erde.

– Und deine Jungs, haben die nicht versucht, den Baum wegzuräumen? fragte Henri.

– Oh, du weißt doch, heute ist Samstag. Ich bin ganz allein hier... Seit heute morgen bin ich dabei, den Hühnerstall zu reparieren, ein dicker Ast ist voll in ihn reingekracht. Zum Glück bin ich bald fertig...

Henri schaukelte mit seinem Stuhl und blinzelte, dann faltete er die Hände über dem Kopf.

– Heute abend koche ich, einverstanden...? Ich fahr gleich einkaufen...

Wir blieben noch einen Moment so sitzen, um uns was auszuruhen, dann stiegen Henri und Gloria in den Wagen, um in die Stadt zu fahren. Die Sonne mußte bald hinter den Wipfeln verschwinden, die ungefähr hundert Meter hinter dem Hof emporragten, aber es würde noch 'ne Weile hell bleiben, also schlug ich Marlène vor, 'nen Abstecher in Richtung Hühnerstall zu machen.

– Ja, aber wirf als erstes mal einen Blick ins Haus, antwortete sie, guck dir das mal an...

Wir gingen nach oben. Noch eine, die ich noch nie versucht hatte rumzukriegen, doch während wir die Treppe hochstapften, starrte ich wie gebannt auf ihre Hüften. In manchem erinnerte mich ihre Figur an die von Betty, und ich spielte mit der Vorstellung, sie könne den gleichen Geruch haben, manchmal fragte ich mich, ob mich diese ganze Familie eigentlich total bekloppt machte. Ich fragte es mich ernstlich. Marlène hatte den Blick von jemand, der in seinem Leben schon 'ne Menge Dinge hinter sich hat, was ihrem Gesicht einen ganz besonderen Glanz verlieh, eine leicht tragische Schönheit, und das Schlimmste war, sie wußte es. Und nutzte es aus. Wenn man sich da nicht vorsah, war man schon so gut wie verloren. Vor solchen Frauen mußte man sich schwer in acht nehmen, aber das war genau das, was mich anzog. Meine Maxime auf diesem Gebiet hieß: betrachten und nicht berühren, und die Vorteile dieser Haltung kann man all denen, die einen kühlen Kopf bewahren wollen, gar nicht genug ans Herz legen. So gesehen paßten ihr ihre Jeans wie angegossen, ich konnte mich nicht beklagen, ich fand es bloß schade, daß die Bude nicht ein paar Etagen mehr hatte. Sie blieb im Flur stehen und machte eine Tür auf.

– Hier, das ist das Zimmer, das am meisten abbekommen hat, seufzte sie. Findste nicht auch, es sieht aus wie ein Schlachtfeld...

Der Gesamteindruck war, daß da ein Baum ins Zimmer gewachsen war, und die Glasscherben, die auf dem Boden glitzerten, schienen sich köstlich über ihre Lage zu amüsieren, fast kam es einem so vor, als lachten sie sich kaputt, als müßten sie im nächsten Moment Funken sprühen. Wenn man die Sache mit anderen Augen betrachtete, gelangte man zu dem Ergebnis, daß ein Teil der Fassade fehlte und daß sich das Fenster in Luft aufgelöst hatte. Ein Ast von beträchtlichem Umfang hatte das Zimmer in zwei Teile zersäbelt, er hatte einen Teil der Bedachung rausgerissen und den Blick auf ein gehöriges Stück blauen Himmel freigegeben. Das Bett war mit Baumrinde und verschrumpelten kleinen Blättern übersät. Ein leises Knarren schwebte durch den Raum.

– Eins fällt mir daran auf, sagte ich. Dein Gästezimmer war offenbar ganz schön gefährlich. Jede Nacht, die ich in diesem Bett gelegen habe, konnte meine letzte sein. Haste dir das mal überlegt...?

– Nun ja... Ich denke, man stirbt nur einmal...!

Kein Zweifel, das war eine überaus gängige Vorstellung, die sich hartnäckig hielt, ohne daß sie sich auf eine gediegene Argumentation gründete, vor allem, wo jedem bekannt war, daß selbst eine armselige, mickrige Katze, und sei es das jämmerlichste, elendste Geschöpf überhaupt, mindestens sieben Leben hatte. Meines Erachtens müßte das vollauf reichen, einem den Zahn zu ziehen. Klar, ich hatte da ja auch meine Erfahrungen, ich wußte, woran man sich halten konnte. Ich warf einen letzten, flüchtigen Blick in das Zimmer.

– Findste das gut für ’nen Schriftsteller, wenn er von ’ner Eiche erschlagen wird ...? fragte ich sie.

– Naja, kommt drauf an ...

Der Hühnerstall befand sich unmittelbar hinter dem Haus, neben dem Schuppen, in dem die landwirtschaftlichen Geräte standen. Ein großer Teil des Drahtgitters mußte noch ersetzt werden, doch das war keine komplizierte Sache, zudem herrschte genau die richtige Temperatur, um noch was zu schuften. Leichten Herzens griff ich nach der Kneifzange, Marlène nach der Rolle mit dem Eisendraht.

Während die Arbeit fortschritt, glitten wir in eine völlig zusammenhanglose Unterhaltung, ein Abbild des gesamten Tages, und ich konnte einmal mehr den zarten Rausch auskosten, der einen überkommt, wenn man sich in Gegenwart einer Frau befindet, die einem zusagt. Er kam wie gerufen, dieser Hühnerstall, mir war, als hüpfte ich kopfüber in ein prickelndes Schaumbad. Irgendwann legten wir eine Pause ein, um eine Zigarette zu qualmen, den Geruch des Metalls auf unseren Fingern, wir setzten uns mit dem Rücken gegen die Hauswand, die Arbeit war fast erledigt.

– Sag mal ... Was ist das eigentlich für ’n Theater mit Gloria ...? fragte sie mich aus heiterem Himmel.

Ich hatte nicht damit gerechnet, daß sie das ausgerechnet mich fragen würde. Für ein paar Sekunden geriet ich aus der Fassung. Ich tat, als müßte ich gähnen.

– Oh ... naja, das ist nicht neu, weißt du ... Es ist nur, sie ist halt kein kleines Mädchen mehr ...

– Ach nein, das habt ihr also auch schon bemerkt, Henri und du ...?

Ich entschied mich dafür, mich auf meine Knie zu stützen, starr geradeaus zu gucken und einen Grashalm zu zerpflücken. Es war mir unangenehm, über die Angelegenheit zu sprechen, vergeblich suchte ich nach einem Weg, mich zu drücken, das Schweigen um uns herum hielt mich an meinem Platz fest.

– Man könnte sagen, seit einiger Zeit haben wir Mühe, ihrem Rhythmus zu folgen ... Und dann ist da eine Sache, die Henri nicht so ganz verdaut hat, vielleicht kannst du das nicht ganz verstehen, das Ganze ist ’ne vertrackte Angelegenheit, seine Tochter ist nämlich, ohne einen Ton zu sagen, mit ’nem Typen durchgebrannt, der ...

– Ach du Schande, fiel sie mir ins Wort, seine Tochter, wie du so schön sagst, darf ich dich nebenbei darauf aufmerksam machen, daß Gloria auch MEINE Tochter ist, seine Tochter also, soll ich dir mal sagen, wie alt die inzwischen ist ...? Findest du nicht, er geht ein wenig zu weit ...?!!

– Nein, nein, du ahnst ja nicht ... Ich weiß nicht, ich versteh ihn da schon, außerdem hast du mich nicht ausreden lassen ... Ich hab mitgekriegt, was er für’n Gesicht gemacht hat, als ihm aufging, daß Gloria nicht mit dem erstbesten abgehauen war, sondern im Gegenteil mit einem ... wie soll ich sagen ... mit einem, der Gebrauchtwagen verkauft ...

Sie schnappte sich ihr rechtes Knie, klemmte es unter ihr Kinn.

– Herr im Himmel ... Die Geschichte ist doch bald tausend Jahre alt ...!

– Naja, er hat eben ein gutes Gedächtnis ... Warum ... Stört es dich, daß wir dir Gloria bringen ...?

– Aber nein, natürlich nicht, ich freu mich, wenn sie hier ist ... Ich hab bloß Angst, daß sie sich hier zu Tode langweilt, sie will raus, Leute sehen, bei euch war es bestimmt viel amüsanter für sie ...

– Nein, nein, denk das nicht, in letzter Zeit war das alles andere als amüsant. Irgendwie hat es nicht mehr geklappt.

Sie drehte sich mir zu und fing leicht an zu blinzeln, und auf ihre Lippen hatte sie ein undefinierbares Lächeln gezaubert.

– Ich versteh nicht, was es da überhaupt zu diskutieren gibt. Sie fragt sich wahrscheinlich, warum wir sie nicht in Frieden lassen, und da hat sie vollkommen recht. Du machst vielleicht ein Getue, nur weil sie diesen Typ getroffen hat! Da gibt es Schlimmeres im Leben ...

– Eh ... Vergiß nicht, daß Henri ’ne Heidenangst hatte, monatelang haben wir nichts von ihr gehört, wir wußten nicht mal, wo sie steckt ...

Sie winkte gereizt ab.

– Da hat er sich aber dumm angestellt. Ich wußte die ganze Zeit, wo sie war, sie hat mir alles von Anfang an erzählt, und wir haben regelmäßig miteinander telefoniert, findest du nicht, das war viel einfacher so...?

– Scheiße, warum hast du uns nicht Bescheid gesagt...?

Die Antwort mußte irgendwo auf der Erde liegen, vor unseren Füßen, sie blickte die Stelle unverwandt an, in dem Stil, alles Gute kommt von unten, und ich fragte mich, ob ich nicht aufstehen sollte, um mir ein Bier zu holen.

– Weißt du, als ich Henri verlassen hab, war Gloria noch ein kleines Kind, und als der Richter ihm das Sorgerecht übertragen hat, wie man so sagt, hab ich nicht ganz kapiert, was das für mich hieß, ich habe Jahre gebraucht, bis ich dahinterkam. Oh, klar doch, von Zeit zu Zeit hab ich sie sehen dürfen, aber Henri ist mir auch nicht gerade nachgerannt, um mir von ihr zu berichten...!

Sie guckte mich wieder an, daß ich total trockene Lippen bekam, flammend, wie ihr Blick war.

– In den letzten zwei, drei Jahren hat sich das einigermaßen eingerenkt, fügte sie hinzu. Aber was diese kleine Geschichte angeht, solltest du noch wissen, daß ich nach dem Tod meines Gebrauchtwagenhändlers, wie du ihn nennst, 'nen ziemlichen Batzen Geld geerbt hab, und ich hab Henri gesagt, ich wolle mich um Gloria kümmern, ich hätte die Mittel dazu, aber er hat nichts davon wissen wollen, er hat mir ins Gesicht gelacht, und jahrelang hab ich sie nur gesehen, wenn er Zeit hatte, sofern er überhaupt daran dachte. Verstehst du, was ich damit sagen will?

– Jaja, aber ich finde, das ist normal. Man muß für alles einmal bezahlen.

– Schön und gut, aber ich habe teuer dafür bezahlt! Sehr teuer... Weißt du, als ich diesen Hof hier gekauft hab, hab ich nicht damit gerechnet, daß er sie mir eines Tages zurückbringt, sonst hätte ich mir 'ne Wohnung in der Stadt genommen. Was soll denn ein Mädchen von zwanzig Jahren mitten auf dem Land anfangen...?

– Du fühlst dich doch wohl hier.

– Ja, wenn man älter wird, braucht man Luft. Aber wir sprechen ja nicht von mir, ich bin schließlich bald vierzig. Für mich ist das einfach, ich bin nicht mehr so hitzig, ich hab jede Menge Zeit...

Ich wußte, was sie damit meinte. Ich selbst fühlte mich, je mehr die Jahre vergingen, zunehmend zur Kontemplation hingezogen, ich mußte pausenlos den Druck erhöhen, damit mein Blut auch nur eine Umdrehung machte, und im allgemeinen hielt ich mich aus dem Gedränge lieber heraus. Die Liste der Dinge, die in diesem Leben der Mühe wert waren, wurde von Tag zu Tag kürzer, das erlaubte es einem, seine Kräfte zu konzentrieren und alles ein wenig aus der Distanz zu betrachten. Im Grunde genommen schien mir das kein schlechtes Alter, ich hätte nichts dagegen gehabt, da stehenzubleiben.

Dann hörten wir den Wagen herantuckern und die Türen schlagen. Das brachte uns wieder auf die Beine. Marlène schüttelte ihre Haare und stand lachend auf. Es war unverändert schön, das Licht war noch dasselbe, aber ein bestimmter Zauber, um es einmal so zu sagen, war verflogen.

– Ich wär gern damit fertig, bevor es dunkel wird, erklärte sie. Wollen wir...?

– Okay.

– He, das hab ich dir noch gar nicht gesagt...! Hier streift ein Fuchs durch die Gegend.

– Ja?

Als ich zum letzten Mal mit der Zange zupackte, war der Himmel total rosa. Gloria hatte sich zu uns gesellt, und ich hatte mich mit dem Rest der Arbeit allein rumgeschlagen, während die beiden miteinander quatschten, immerhin hatte sie mir ein Bier mitgebracht. Wir warfen ein paar Körner durch das Gitter, bevor wir aufbrachen. Wir räumten das Werkzeug weg, dann gingen wir rüber zu Henri in die Bude. In der Küche roch es verführerisch. Henri hing über dem Gasherd.

– Haste den Himmel gesehn, wie rot der ist...? fragte ich ihn.

– Als ob ich Zeit hätte, mir den Himmel anzugucken..., antwortete er.

Später, als wir uns an den Tisch setzten, konnten wir feststellen, daß er nicht gelogen hatte. Es schmeckte einfach köstlich, sowas konnte man gar nicht zu einem guten Ende führen, wenn man in die Gegend gaffte, ein kleines, unvergleichliches Wunderwerk, wie er es zuweilen hinlegen konnte, wenn er in Form war. Es gibt nichts Besseres, um einen in eine angenehme Stimmung zu versetzen, die Mädchen waren gut aufgelegt, und der Wein floß. Draußen war wieder Wind aufgekommen, kein Sturm, aber bei einigen Böen konnte man hören, wie der Baum gegen die Bude schrammte, er quietschte und ächzte dermaßen in seiner gewaltigen Umklammerung, daß wir hin und wieder mit einem unsicheren Lächeln zur Decke hochguckten. Die Lampe über dem Tisch pendelte langsam hin und her, und irgendein Zeug peitschte gegen die Fensterscheiben. Was Besseres konnte man sich gar nicht erhoffen, und innerlich kriegte ich eine Art Gänsehaut davon, in diesem Haus zu sein, bei ihnen, und an der allgemeinen Hochstimmung teilhaben zu dürfen, ich war mir des Platzes bewußt, den sie mir reserviert hatten, und ich hätte mich auf meinem Stuhl eher totschlagen lassen, als daß ich darauf verzichtet hätte. Andererseits ist es nur natürlich, daß man irgendwann den Preis der Dinge kennt, das wäre nun doch das letzte, wenn man mit vierzig immer noch Tomaten auf den Augen hätte.

Nach dem Essen stand Henri auf, um in seiner Reisetasche zu kramen, anschließend überreichte er Marlène seinen letzten Gedichtband. Etwas so Wunderbares war seit zwanzig Jahren nicht mehr veröffentlicht worden, und er wußte es nicht einmal, doch ich hätte ganze Passagen daraus auswendig vortragen können. Wir setzten uns ins Wohnzimmer, um ein wenig über Literatur zu plaudern, und Marlène preßte das Buch auf ihre Knie, während Henri vom Leder zog. Ich hatte schon des öfteren bemerkt, daß er eine gewisse Ausstrahlung hatte, die ihre Wirkung nicht verfehlte, vor allem, wenn er zu Frauen sprach, und Marlène schien dagegen ebensowenig gefeit wie jede andere auch. Sie hörte ihm wie gebannt zu. Ich nickte ab und an, aber ich war völlig belämmert. Die gesamte Literatur der Welt war es nicht wert, daß ich ihretwegen nur den geringsten Versuch unternahm, mich zu rühren. Ich hatte das Gefühl, ich säße seelenruhig auf dem Grund eines Sees, nur daß ich eine Zigarette rauchen konnte und mein Gin trocken blieb.

Manchmal trafen sich Glorias und mein Blick, und sie lächelte mich an, sie lächelte mich an, wie sie es zuweilen vor dieser vermaledeiten Geschichte getan hatte, und ich konnte es nicht fassen, ich hatte Lust, mir eine Hand abzubeißen, um das Ereignis gebührend zu feiern, das war wirklich ein verteufelter Abend, ich lümmelte mich auf meinem Sessel und hob mein Glas und starrte sie an. Die Hütte knarrte immer noch, welche Hütte eigentlich...? Später wickelte ich mich in eine Decke, und ich schlief auf dem Sofa, ich sagte ihnen, alles in bester Ordnung, ich wolle nicht zu spät aufstehen, wenn ich auf dem Land bin, bin ich gern bei Tagesanbruch auf den Beinen, naja, ich versuche es.

Ich trank meinen Kaffee allein, draußen. Der Wind hatte nachgelassen, und die Sonne war noch nicht über die Wipfel geklettert. Ich hatte eine Dusche von zehn Grad hinter mir, mein Kopf war klar. Prüfend betrachtete ich den Baum, der quer über dem Haus lag, ich dachte nach, während ich eine Zigarette rauchte und eine kleine Runde drehte, dann setzte ich mich wieder hin und sah ihn mir noch einmal an. Ich bin ein Typ, der gern Sachen repariert. Für die meisten Schriftsteller, die ich kenne, ist es Ehrensache, nicht zu wissen, wie man einen Nagel in die Wand haut, und das in einem Maße, daß ich mich schon gefragt hab, ob die sich wenigstens den Arsch abwischen oder die Zähne putzen können, ich frag mich, was die eigentlich mit ihren zehn Fingern anfangen. Ich für meinen Teil dachte ich nicht eine Sekunde daran, mich ins Gras zu legen und meine rastlose Seele auf Wanderschaft zu schicken, ich überquerte den Hof und nahm meine Vagabundenseele mit in den Schuppen, ich warf einen Blick auf die Werkzeuge, die da lagen.

Ich angelte mir die Motorsäge und probierte aus, ob sie lief.

Da es noch früh am Morgen war, legte ich sie auf ihren Platz zurück. Die Sonne drang durch die Ritzen der Bretter, hin und wieder blendete sie mich so stark, daß ich nichts mehr erkennen konnte. Ich faßte nach einer ziemlich schweren Kette, ich wickelte sie mir um die Schulter, und nachdem ich verschiedene andere Sachen entdeckt hatte, ging ich wieder raus und stattete dem Traktor einen Besuch ab. Ich kletterte auf ihn rauf, warf ihn an und tuckerte mit ihm bis zur Wurzel des Baumes, hinter uns staubte der Weg.

Ich zurrte die Kette fest. Die anderen schienen noch zu schlafen, denn im Haus war nichts zu hören. Ich trank einen zweiten Kaffee, um ihnen noch eine Chance zu geben. Das war alles andere als ein Winzling von einem Baum, das war ein Apparat von bestimmt zehn Meter Länge mit einem Stamm vom Umfang eines Wagenrads, ein Mordsding, garantiert der älteste in der ganzen Gegend, und auf den Schultern lag er noch lange nicht, das war noch ein hartes Stück Arbeit. Wir schauten uns ein letztes Mal in die Augen, dann setzte ich die Tasse ab und schritt auf die Motorsäge zu, ohne mich noch einmal umzusehen. Sämtliche Vögel der Gegend blickten mir nach.

Als ich zurückkam, stand Marlène in der Küche, im Hemd und mit nackten Beinen, sie schüttete ein Paket Haferflocken in eine Schüssel. Sie hörte auf, als sie mich sah. Sie lächelte, bevor sie die Flocken umrührte.

– Meine Güte, zerbrich dir doch darüber nicht den Kopf ..., meinte sie freundlich zu mir. Ich hab Leute, die werden dafür bezahlt, daß sie sich um den Hof kümmern, das kann doch bis morgen warten ...

– Ja, aber wenn's dich nicht stört, würde ich gern diesen Baum aus meinem Zimmer schmeißen, das ist 'ne Sache, die muß ich selbst erledigen!

– Schön, okay ... einverstanden. Fühl dich hier wie zu Hause.

Das machte mir um so mehr Vergnügen, als ich im Grunde nicht so recht wußte, wo das eigentlich war, mein Zuhause. Nach Bettys Tod hatte ich mich in den Wänden, in denen ich wohnte, nicht im geringsten heimisch gefühlt, ich hatte nichts mehr für eine Bude empfunden, und jedesmal, wenn ich darüber nachdachte, wurde mir klar, daß mir da was fehlte, es gab nicht einen einzigen Schlupfwinkel, in den ich mich hätte verkriechen können, nichts, was dem herrlichen Ithaka vergleichbar gewesen wäre, und wenn ich mir noch so den Kopf zermarterte, nichts, was wirklich mein Platz war, wohin ich mich auch wendete. Leider konnte ich nichts dagegen tun, ich mußte sehen, wie ich damit klarkam. Ich bedankte mich bei Marlène, bevor ich nach oben ging, sie fragte mich, ob das ein Witz sei.

Das Zimmer war still, die Sonne knallte brutal hinein. Ich trat vor das Bett und schaltete die Motorsäge ein, die in einer kleinen blauen Rauchwolke und mit einem Höllenlärm losging. Als erstes nahm ich mir die kleinen Zweige vor, ich biß die Zähne aufeinander und kniff die Augen zusammen wegen des Sägemehls, das durch die Luft flog. Ein völlig bekloptes Machtgefühl stand mir im Gesicht geschrieben, aber ich war allein und das war mein Zimmer, eingedrückt, durcheinandergewühlt, vergewaltigt und zu drei Vierteln vernichtet von diesem teuflischen Baum, ich war ausgelaufen, um mit Moby Dick abzurechnen. Das Getöse der Wellen hinderte mich daran, ein Wort zu verstehen, doch ich bekam voll und ganz mit, daß sich eine Hand auf meine Schulter legte. Obwohl er eine fürchterliche Fratze schnitt, erkannte ich ihn, er stand mit freiem Oberkörper hinter mir, und seine Haare hatten in der Nacht eine komische Form angenommen, man hätte meinen können, sein Kopf hinge nach links.

– Was machst du denn da...?! jammerte er. Warum nimmst du keine Handsäge...?!

– Wegen der Blasen, sagte ich.

Er kratzte sich am Arm. Er war behaart wie ein Affe, er hatte den Körper eines Tieres und die Seele eines Engels, um es auf die kürzeste Form zu bringen.

– Du bist wahrhaftig ein verfluchter Hurensohn, meinte er zu mir, bevor er wieder ging.

Ich brauchte fast den gesamten Vormittag dazu, das Zimmer vollständig leerzuräumen, auf das Dach zu klimmen und sämtliche störenden Äste abzusägen und nach unten zu befördern. Es bereitete mir ein gewisses Vergnügen, zu schwitzen, das Zeug auf meine Arme zu nehmen, ich schuftete mich halbtot und blinzelte gegen die Sonne, meine Hände waren zerkratzt, ich tobte mich aus, die Arbeit kam voran, ich fühlte mich prima. Als ich mich der totalen geistigen Entspannung näherte, entdeckte ich die drei anderen, sie saßen unter der Veranda, und dann und wann winkte mir einer von ihnen zu und fragte, ob alles klar sei. Ich sagte ja, alles klar, nein, es bräuchte mir keiner zu helfen, das brächte nichts. In Wirklichkeit war mir nur nicht nach Gesellschaft zumute. Seltsamerweise arbeitete mein Verstand immer schärfer, je länger ich auf diesem Dach herumturnte, ich legte keinen großen Wert darauf, daß jemand hochkam, nur um mir das zu verderben.

Ich fragte mich, was geschehen würde, bald schon. Ich fragte mich, wann es wohl bergab gehen würde, denn wir befanden uns auf dem Wellenkamm. Hoffentlich konnten wir das noch 'ne Zeitlang genießen. Wie es aussieht, bin ich ein Typ, den das Glück stets ein wenig traurig stimmt, aber daß man mich da nicht mißversteht, der ganze Scheiß des Lebens macht mich alles andere als glücklich. Die Macht der Bande, die uns aneinander fesselten, erzeugte zugleich eine dramatische Dimension, die mir, der ich locker und lächelnd oben auf meinem Dach stand, keineswegs entging. Ich wußte, das konnte nicht von Dauer sein, wir waren Hals über Kopf in eine gewaltige Falle gestürmt, ohne auch nur eine Sekunde nachzudenken, und jetzt hatte es keinen Sinn mehr, die Ohren zu spitzen und dem Ticken der Bombe zu lauschen. In der Tat, kaum hatten wir den Fuß in den Hof des Guts gesetzt, da hatte auch schon der Countdown begonnen. Ich hatte nur die eine Hoffnung, daß die Lunte nicht zu kurz war. Wenn ich zurückgekonnt hätte, wäre ich zu meiner Bank, zu jenem denkwürdigen Abend zurückgekehrt, und ich wäre einfach spazieren gegangen, während sich Gloria von dem Typen bumsen ließ, ich hätte die Augen davor verschlossen. Ich weiß nicht, ob das letzten Endes groß was geändert hätte, ich weiß es nicht. Inzwischen konnte nicht mehr davon die Rede sein, das rettende Ufer zu erreichen, die Strömung hatte uns bereits fortgerissen.

Als ich mit dem Dach endlich fertig war, als nicht mehr der geringste Splitter übrig blieb, der als Zahnstocher hätte herhalten können, kletterte ich in das Zimmer zurück und zersägte den Stamm Stück für Stück bis zur Fassade, danach wischte ich mir mit dem T-Shirt über die Stirn und über die Augen, ich lehnte mich gegen die Wand und sah mir die Sache eine ruhige Minute lang an. Ich wollte mich von diesem Gefühl einer unausweichlichen Katastrophe befreien, bevor ich wieder hinunterging, und um dies zu tun, erinnerte ich mich der guten alten Worte von Huang-Po: »Gestatte den Ereignissen des Alltags nicht, dich zu unterdrücken, aber entziehe dich ihnen auch nicht. Nur so wirst du die Befreiung erreichen.« Ich atmete tief durch, das tat mir gut. Wenn man mich fragt, übertrifft das die Zehn Gebote bei weitem, das hat eine ganz eigenartige Wirkung auf mich, ein wenig, als zerplatze mir eine Handvoll Popcorn vor der Nase und ich könne im Handumdrehen in eine undurchdringliche Rüstung schlüpfen, ich weiß nicht, wie ich's sagen soll, es läuft mir dann kalt den Rücken runter, und im nächsten Moment bin ich wieder auf der Höhe. Zum Glück kann man sich dieses kleine Sätzchen genauso leicht beschaffen wie 'ne Tüte Chips, ich hielt es stets griffbereit.

Ich fand sie alle drei versammelt am Fuße des Baumes. Es hagelte Kommentare. Henri behauptete, die Spitze würde gegen die Fassade schrammen.

– Denkste...! sagte ich.

– Unweigerlich, antwortete er. Du hast doch kein Augenmaß.

Die Mädchen hatten noch nicht Position bezogen, sie faßten sich um die Hüften und lächelten, und nicht daß man meint, das sei 'ne Karikatur, nein, sowas machen sie wirklich, vielleicht fällt ihnen das selber nicht auf, vielleicht stammt das auch aus finsterster Urzeit. Zudem sind sie nicht immer so, und das ist eigentlich schade, von Zeit zu Zeit ist das gar nicht so unangenehm.

Ich guckte Henri in die Augen und grinste.

– Was wetten wir...?

– AH! AH! stieß er hervor.

– Na gut... Dann sperr mal die Augen auf!

Ich warf den Traktor an und gab ihnen ein Zeichen, aus dem Weg zu gehen. Nach meinen Berechnungen mußte die Sache klappen, wenn ich ein Stück zur Seite fuhr und volle Kanne losbretterte. Ich hoffte nur, daß die Kette hielt und ich nicht die Hälfte der ganzen Bude runterholte. Als ich spürte, daß mich ein leiser Zweifel zu befallen drohte, setzte ich den Traktor ruckartig in Gang.

Fast wäre ich vom Sitz gepurzelt, als sich die Kette spannte. Hinter mit ertönte ein übles Krachen, dann erzitterte die Erde. Ich stellte den Motor ab und hüpfte unter dem Beifall der Mädchen auf den Boden.

– MEINE GÜTE. DAS WAR HAARSCHARF! rief mir Henri zu. ICH SCHWÖR DIR, DA PASSTE KEIN HAAR ZWISCHEN...!!!

– Ich weiß... Warum sollte ich meine Kräfte vergeuden?

Als es Abend wurde, waren wir allesamt groggy. Wir hatten nicht nur mein Zimmer gesäubert und eine Plane über das Dach gelegt, ich hatte zudem den Baum in Scheiben gesägt. Danach hatten sich Henri und ich abwechselnd mit der Axt abgerackert, während die Mädchen die kleinen Zweige aufhoben. Den Rest des Nachmittags hatten wir damit verbracht, die Holzstücke rüberzutragen und zu einem Stapel aufzuschichten, immer wieder spazierten wir im prallen Sonnenlicht quer über den Hof, um ein paar Flaschen kalt zu stellen. Wir hatten ein ganz schönes Pensum geleistet, einfach so. Keiner verstand so recht, was los war.

In Anbetracht des Umstands, daß ich am frühen Morgen losgelegt hatte, war ich der Dreckigste von allen, und infolgedessen wurde mir das Privileg zuteil, als erster ins Badezimmer zu dürfen. Ich war kaputt. Ich ließ mir ein lauwarmes Bad einlaufen und glitt langsam hinein. Das war wie *Tausendundeine Nacht.* Es kostete mich keine sonderlich große Mühe, die Augen zu schließen. Unten hörte ich die anderen miteinander quatschen.

– He, was sagste zu dem Erdbeerzeug hier?

Ich machte die Augen auf und erblickte Gloria, sie schüttete eine rote Flüssigkeit in mein Badewasser. Das Zeug schäumte, und es roch nach Kaugummi hoch zehn.

– Ach du Scheiße..., stöhnte ich.

– Wie... riecht das nicht gut?

– Willst du so nett sein...? fragte ich sie.

Sie ging wieder, dafür kreuzte keine zwei Minuten später Henri auf.

– Olà... Du bist ja immer noch drin...

– Ja, und zwar solange, bis meine Finger total verschrumpelt sind!

– Ich hau ein paar Eier in die Pfanne. Du auch vier Stück mit Schinken?

– Ja, alles klar.

Er warf sich ins Hohlkreuz.

– Herr im Himmel, das war vielleicht ein Tag...! Ich hätte nie im Leben gedacht, daß man soviel an einem Streifen schaffen kann... Wir sind wahrhaftig gut vorangekommen!

– Ja, wir sind schon 'ne prima Mannschaft.

Danach erhielt ich Besuch von Marlène, allerdings ganz anderer Art. Sie sagte, ich solle mich nicht stören lassen, sie wolle sich bloß schnell die Haare waschen. Sie hatte sich einen ganz weißen Bademantel übergezogen. Ich spielte gedankenverloren mit ein paar kleinen Schaumballen, während sie ins Duschbecken kletterte und den Vorhang zuzog.

– Puuuuh...! Ich bin tot.

– Ja, ich auch.

Sie streckte einen Arm raus, und der Bademantel landete auf dem Boden. Ihr Slip lag mittendrin, gekringelt wie eine Brezel. Sie drehte die Brause auf, während ich mir in meinem Erdbeersaft eine Erektion leistete. Zweifelsohne spielte da auch die Müdigkeit mit, aber das erklärte nicht alles. Für einen Moment packte mich ein unbändiges Verlangen, auf Teufel komm raus zu bumsen. Ich versuchte, nicht mehr daran zu denken. Doch als sie sich die Haare ausgespült und abgetrocknet hatte und längst wieder draußen war, dachte ich immer noch daran. Je länger das dauerte, um so sicherer war ich mir, daß wir auf einen Abgrund zugingen. Einstweilen zog ich mich wieder an und begab mich nach unten, um mit den anderen einen Teller zu essen. Die Nacht war bereits hereingebrochen. Sie erinnerte mich an den Unterrock einer jungen Frau in Trauer.

5

Ein paar Tage später las ich in der Zeitung, daß eins meiner Bücher einen Preis gewonnen hatte. Leider ging aus dem Artikel nicht viel hervor, ich wußte nicht, ob da irgendwelche Kohle bei rumsprang. Fast wäre ich aufgestanden, um meinen Verleger anzurufen, aber ich verschob das auf später, die anderen waren einkaufen gefahren, und ich war allein zurückgeblieben, ich saß auf der Veranda, es war ein strahlender, ruhiger Nachmittag, so sehr drängte das auch nicht. Ich beugte mich vor, um mir ein großes Glas Limonade einzuschenken. Ich stellte mir vor, was Betty wohl für ein Gesicht machen würde, wenn sie erfahren könnte, daß ich einen Preis kassiert hatte, und ich mußte lachen, bestimmt hätte sie mich vom Stuhl geschmissen und sich auf mich geworfen, ihre Augen hätten geleuchtet, und sie hätte mir erzählt, daß sie mich schön fand. Jedesmal, wenn man über mich redete, freute ich mich für sie, ich hörte sie hinter mir jubeln, wenn sie nicht gar einen wahren Veitstanz aufführte. Als Schriftsteller hatte ich Glück. Je weniger Interviews ich gab, um so mehr wurde über mich geschrieben. Je weniger ich mich zeigte, um so mehr wurde nach mir verlangt. Bislang fand ich die Sache nicht einmal anstrengend, und letztendlich machte sich meine Einstellung bezahlt, ich brauchte mir nicht mal was aus den Fingern zu saugen. Ich wußte auch, daß ich mir meine schöpferische Puste einteilen mußte, denn selbstverständlich forderte Betty mehr von mir, sie wollte, daß ich stets alles gab, sie ahnte ja nicht. Beim geringsten Anzeichen von Schwäche hätte sie mich am Arm gepackt. Das Ganze ähnelte eigenartigerweise einem Langstreckenlauf, genau das Richtige für einen, der's am Herzen hat. Aber man muß schon den schwersten Weg gehen, wenn man den höchsten Lohn erringen will, es ist ein langer Weg bis zum Nobelpreis für Literatur für ein Gesamtwerk, da braucht man 'nen langen Atem. Mir blieb noch knapp ein Jahr, um den Rekord Rudyard Kiplings einzustellen, noch war ich nicht aus dem Rennen. Wer weiß, vielleicht waren die Typen schon dabei, den Papierkram auszufüllen...?

In der Zwischenzeit vergingen die Tage, und die anfängliche Euphorie hatte sich um ein, zwei Grad gelegt, jeder nahm seinen Platz ein nach der kleinen Abtastrunde. Persönlich war ich der Meinung, daß wir schon halb bescheuert waren oder viel zu fasziniert, um noch das Handtuch werfen zu können, oder auch wie versteinert vor der Schönheit des Nichts. Vielleicht sah ich ja auch Gespenster. Doch was für einen erbärmlichen Schriftsteller hätte ich eigentlich abgegeben, wenn ich die Dinge nicht ein wenig gefühlt hätte, wenn ich nicht fähig gewesen wäre, die eiserne Faust des Schicksals und seinen heißen Atem zu erkennen? Andererseits kam jede noch so geringfügige Geste, sich aus dem Schlamassel zu ziehen, dem Versuch gleich, ein tonnenschweres Gewicht zu stemmen, da brauchte man kein Hellseher zu sein, um zu wissen, daß jeder Anlauf von vornherein zum Scheitern verurteilt war. Klar, man konnte durchaus den Versuch starten, aber das war mehr der Form halber.

Als sie zurückkamen, zog ich Henri also ein Stück zur Seite, ich hielt ihm meine Zigarettenschachtel entgegen:

– Na, sag schon... Hat alles geklappt beim Einkaufen...?

– Hm... ich hab mich solang auf ’ne Terrasse gesetzt.

– Sag mal, sieht so aus, als würden die beiden ganz gut miteinander auskommen... Biste nicht auch der Ansicht...?

Er wischte sich mit einem Taschentuch den Nacken ab. Er lächelte und guckte mich mit leerem Blick an.

– Ich hab das Gefühl, die kommen auch ohne uns verdammt gut zurecht, fügte ich hinzu. Wir bräuchten uns bestimmt keine Sorgen zu machen, wenn wir wieder weg sind.

Sein Lächeln wurde breiter, sein Blick füllte sich ganz allmählich, während ein heißes Licht uns überströmte. Er faßte mich am Arm.

– Na sicher..., meinte er. Na sicher...

Die nächsten Sekunden hüpfte ich von einem Bein aufs andere, wie man so schön sagt, dabei steckte ich die Hände in die Taschen.

– Schön ... wenn du willst, können wir ja bald fahren, sagte ich. Weißt du, das hat uns gutgetan hier, so haben wir wenigstens mal was frische Luft getankt ...

Ich mußte ihm vorkommen wie einer, der aus einer anderen Welt sprach. Er hörte mich, aber er kapierte nichts. Er war bereits vom Vampir gebissen, seine Augen waren irgendwie ganz weiß.

– Jaja ... Jaja, zerbrich dir mal nicht den Kopf ..., beruhigte er mich. Warum, haste was Wichtiges zu erledigen ...?

– Nein, darum geht's nicht ...

Sein Blick durchbohrte mich, und ich spürte, daß meine Kräfte erlahmten, meine ganze Willenskraft wälzte sich im Staub. Er legte mir einen Arm um die Schulter, während sich Leere in meinem Kopf breitmachte.

– Ich mach dir 'nen Vorschlag, murmelte er. Wir räumen den Wagen leer, und dann mix ich uns zwei Liter Bloody Mary ...

Mir fiel ein, daß die Tapfersten unter uns mit lächelndem Gesicht aufs Schafott klettern, abgemacht, sagte ich.

Eines Nachts tötete uns der Fuchs sieben Hühner. Keiner von uns merkte was, und ich am allerwenigsten, denn in dieser Nacht war ich dabei, mit Marlène zu bumsen, und das machte mich halb wahnsinnig, ich hätte nicht einmal was mitbekommen, wenn sämtliche Drachen der Hölle vor der Haustür gebrüllt hätten, ich war kilometerweit weg, in den größten Bockmist meines Lebens vertieft, ich hing mit einer Wange über ihrer Spalte, den Verstand in hellen Flammen, und streichelte einen Schenkel wie die Pforten von Jerusalem. Ich war blau. Das soll keine Entschuldigung sein, keineswegs, aber auf die Tour hat es sich nun mal ergeben, sagen wir so, es hat mir die Sache erleichtert, sagen wir so, es blieb mir erspart, an einen Punkt zu gelangen, wo ich an den Nägeln gekaut und mit angezogenen Beinen gepennt hätte.

Wir hatten mehr getrunken als sonst, vor allem Henri und ich, denn der Abend bot sich dazu an, draußen war es außergewöhnlich schön. Das Tageslicht dehnte sich endlos. Wir diskutierten in Ruhe über Bücher, während die Mädchen Schweinerippchen über dem Feuer grillten, die Dinger schwammen in gezuckerter, pikanter Tomatensauce, und die Flammen waren rot wie der Himmel. Nicht, daß ich besondere Schlüsse daraus ziehen will, aber wenn wir über Literatur redeten, Henri und ich, war das immer dasselbe, wir kamen in Fahrt und kriegten rein gar nichts mehr mit, und unsere Gläser blieben auch nicht lange voll, es fiel uns von Mal zu Mal schwerer, aufzustehen und den Weg zu finden, wenn wir pissen gehen wollten. Das Feuer knisterte hinter ihm, und ich sah Flammen aus seinem Kopf lodern.

Ich weiß nicht genau, was passiert ist, aber kurz nach Einbruch der Dunkelheit bekamen sich Henri und Gloria in die Haare. Ich hatte mir das Feuer ein wenig aus der Nähe angeguckt, und es dauerte 'ne Zeit, bis ich mich mal von der Glut lösen konnte und merkte, daß der Ton schärfer geworden war. Ich dachte, es sei an der Zeit, 'ne Runde zu drehen. Ich wich ein paar Schritte in den Schatten zurück. Gloria schrie, er kapiere überhaupt nichts, während Henri seinerseits behauptete, es gehe ihm mordsmäßig auf die Eier, daß seine Tochter nicht einen Funken Verstand habe. Marlène starrte sie beide an und trommelte dabei mit den Fingern auf der Stuhllehne. Ich schaffte es, mich zu verdrücken, ohne Aufmerksamkeit zu erregen, ich setzte den Fuß keinmal auf einen trockenen Zweig und legte mich auch nicht der Länge nach hin. Ich schlich mich ums Haus und ging runter zum Bach, der am Waldrand entlangfloß. Ich tauchte den Kopf da rein.

Das Wasser war kalt. Ich konnte mir den Gedanken nicht verkneifen, daß sie 'nen komischen Moment gewählt hatten, sich anzuschnauzen. Die Nacht war vollkommen ruhig, und der Mond schien am Himmel wie die natürlichste Sache der Welt, die Düfte waren zarter als tagsüber, ich konnte das Wasser praktisch riechen. Ich setzte mich. Ich blieb eine Zeitlang auf Empfang, bisweilen kommt mir auf die Tour 'ne Idee für meinen nächsten Roman, oder aber mir fällt was Interessantes ein, oder ein Bild entsteht vor meinem inneren Auge, doch diesmal ereignete sich leider nichts in der Art, die Sache funktioniert eben nicht auf

Kommando. Im allgemeinen sprüht mein Verstand keine Funken, wenn ich blau bin. Ich sah dem Wasser zu. Ich warf kleine Steinchen hinein, um auch was mit der Sache zu tun zu haben. Zumindest für die Augen war das erholsam. Für den Geist war das 'ne Lektion, die nie ein Ende haben dürfte.

Ich schlenderte zur Bude zurück und fixierte das silberne Gras. Mitten im Gehen fiel mir auf, daß die Vögel immer noch die Nacht besangen, und das erstaunte mich nun doch, ich konnte mich nicht erinnern, daß ich da jemals drauf geachtet hatte, vielleicht erinnert man sich aber auch mit vierzig an nichts mehr, und man muß alles neu lernen. Ich war blau, aber so blau, daß ich die heitere Trauer vergessen hätte, die ein ganzes Leben durchzieht, nun auch wieder nicht. Soll heißen, ich hatte durchaus noch Augen im Kopf, ich war noch von dieser Welt. Marlène saß allein auf der Veranda, und im gleichen Moment hüllte mich ein leichter Nebel ein, die gesamte Erde konzentrierte sich auf eine Fläche von fünf bis sechs Quadratmetern rings um den Tisch und die Stühle. Eine leise Stimme rief mir zu: BLEIB DA WEG!! Ich kreuzte pfeifend auf, ich stieg die paar Stufen hoch und setzte mich zu ihr. Die Nacht um uns war wie ein schweigsames, endloses Meer. Das ist ein Gefühl, das man relativ häufig bekommt, wenn man ein paar Gramm Alkohol intus hat.

– Und, haben die beiden sich wieder beruhigt? fragte ich sie.

Sie fuhr sich mit einer Hand durch die Haare, das ist etwas, das liebe ich, das ist eine Sache, die mich bei einer Frau ziemlich anregt, sofern auch der Rest nichts zu wünschen übrig läßt, eine wunderschöne, sehr sinnliche Geste, die vor meiner Nase eine Wolke betäubenden Gases freisetzte. Man mußte schon in Superform sein, wenn man dagegen ankommen wollte. Sie stieß einen langen Seufzer aus, bei dem jedoch nicht einmal eine Feder aufgeflogen wäre.

– Ach, was weiß ich ... Jedenfalls haben sie sich hingelegt.

– Soso ...! Ich kenne einen, der wird die ganze Nacht darüber grübeln ...

Sie beugte sich ruckartig vor und langte nach ihren Zigaretten.

– Ach du meine Güte, der ist doch unerträglich ... Scheiße, ich liebe ihn, weißt du ... Ich habe ihn immer geliebt, wie soll man ihn nicht lieben ...? Aber mit ihm leben, verdammtnochmal, mit ihm leben ... Wie soll man das bloß aushalten ...?

Ich wußte nicht, was daran so schwierig sein sollte, mit ihm zu leben, aber auf ein dermaßen schlüpfriges Parkett wollte ich mich nicht begeben. Ich nickte und legte die Füße auf den Tisch.

– Eins überrascht mich ja bei dir, warf ich ein. Ich kapier nicht, warum du allein bist, warum du nicht mit jemand zusammenlebst ...

Sie lachte und verscheuchte irgendein Viech, das um sie herumschwirrte.

– Und du, warum bist du allein, warum hast du keine Freundin ...? Hm ...?

– Keine Ahnung, sagte ich. Es ist eben so.

– Du sagst es ... Es ist eben so.

Ich guckte sie einen Moment lang an, dann hielt ich mich in einem Anflug phänomenaler Hellsichtigkeit an meinem Stuhl fest und zog mich hoch.

– Ich geh rauf, Marlène, ich bin wirklich total erledigt ...

– Du hast recht. Ich bleib auch nicht mehr lange auf.

Mit zwei Ambossen unter den Füßen stiefelte ich auf mein Zimmer. Die beiden Typen, die für Marlène arbeiteten, hatten den kaputten Teil erneuert, es roch nach frischem Holz und Kiefernharz. Nicht unangenehm, mit dem Geruch frischen Holzes schlafenzugehen, da hat man das Gefühl, ein gesundes Leben zu führen. Da es ein wenig heiß war, pfefferte ich mein T-Shirt in eine Ecke und riß das Fenster auf. Wenn man getrunken hat, ist einem weiß Gott danach, tief durchzuatmen, ich war drauf und dran, einen ganzen Zipfel des Himmels einzuatmen, als ich ein dumpfes, seltsames Geräusch hörte. Das machte mich stutzig. Und beunruhigte mich, um ehrlich zu sein. Ich warf einen Blick in den Flur. Es herrschte absolute Dunkelheit, abgesehen von einem schmalen Streifen Licht unter der Badezimmertür, und klar doch, daß ich darauf zumarschiert bin.

– He ... ich hab so'n komisches Geräusch gehört! sagte ich durch die Tür.

Ich geduldete mich eine Sekunde, dann drückte ich die Tür auf. Marlène lag auf dem Boden, in Slip und BH, sie streckte einen Arm nach dem Wannenrand aus, um sich daran hochzuziehen. Ich stürzte auf sie zu. Ich half ihr, sich hinzusetzen. Ich gab ihr ein paar Klapse auf die Wangen, so bleich war sie.

– He! Olà! Hallo! Marlène...! Was ist los...?

Ich pustete ihr ins Gesicht, ich tätschelte ihre Hand.

– He, gib Antwort...! Sag was...!

Sie verzog fürchterlich das Gesicht, dann faßte sie sich mit einer Hand an den Nacken und legte den Kopf zurück.

– Puuuuuuh...! meinte sie.

– Verdammt, sagte ich, was haste gemacht...?

Sie biß sich auf die Lippen. Sie schloß die Augen.

– Ogottogott... Ich glaub, ich hab mir den Kopf aufgeschlagen, murmelte sie.

– Wie denn das...?

– Wie...? Ich weiß nicht... Ich wollte die Beine unter Wasser halten... Ich bin ausgerutscht...

– Geht's...? Kannste aufstehn...?

Ich würde nur meine Zeit verschwenden, wenn ich erklären wollte, warum ich sie in diesem Augenblick in meine Arme gehoben habe, warum ich nicht ihre Antwort abgewartet habe, und verstehen würde es doch niemand. Jedenfalls trug ich sie bis auf ihr Zimmer, und allein sie so an mich zu pressen ging mir durch Mark und Bein. Wir setzten uns auf die Bettkante. Das war das erste, was wir nicht hätten tun dürfen.

– Zeig her... Tut dir was weh? fragte ich sie.

Sie hatte einen schönen roten Fleck am Nackenansatz. Sie sagte nichts mehr, wahrscheinlich war sie noch ein bißchen belämmert. Ich setzte mich hinter sie und massierte ihr mit den Daumen sanft die Wirbel.

– Nicht schlimm, sagte ich. Das geht schon wieder... Nicht schlimm...

Wo ich einmal dabei war, knetete ich ihr zur Entspannung auch die Schultern durch, wir schaukelten im Rhythmus der Bewegung leicht vor und zurück, fast konnte ich die Sicherungen hören, die mir im Gehirn raussprangen, und für eine Sekunde irrte mein Blick durchs Zimmer, ich stieß einen langgedehnten, stummen Schrei aus.

– Nicht schlimm, wiederholte ich, nicht schlimm ...

Ihre Haut war eben, glatt wie ein Kieselstein und heiß und tiefliegend und auch noch dermaßen straff, daß ich wahrhaftig anfing, Fratzen zu schneiden, ich summte vor mich hin, ich wiegte sie hin und her, ich geriet total aus den Fugen, inzwischen streichelte ich ihr schon den ganzen Rücken, ich war eine Art Kamikazeflieger, ich wußte, ich hatte nicht genug Sprit, um noch zurückzukehren.

Ich wußte mit absoluter Gewißheit, daß wir einen Zahn zulegen würden, als mein Blick auf das Fläschchen Sonnenöl auf der Kommode fiel. Ich hatte das Gefühl, ein Riemen aus Feuer führe mir übers Gesicht. Ich schnappte mir das Ding mit einer Hand und kippte im nächsten Moment die Hälfte des ganzen Zeugs über ihre Schultern. Ich bin hin, dachte ich, mit mir ist's vorbei. Meine Ohren waren glühend heiß, und meine Muskeln spannten sich schmerzhaft, ich setzte zum großen Sprung an.

Den Verschluß ihres BH, den zerfetzte ich so leicht, daß ich hätte heulen können. Das Öl hatte einen wilden, exotischen Duft, der durch das gesamte Zimmer zog, und ich ließ meine Hände über ihre Brüste gleiten und machte die Augen zu, ich rieb sie ein, ich rubbelte mit den Daumen über ihre Brustwarzen, ich machte, was mir gerade einfiel, ich spitzte die Ohren, um mir das leise, zähflüssige Schmatzen nicht entgehen zu lassen, ich fuhr ein ums andere Mal zusammen.

Ihr Slip war ein besonderes Modell mit zwei Halterungen an den Seiten. Eins ist sicher, ich war so weggetreten, daß ich in Fetzen enden mußte. Ich preßte mich gegen ihren Rücken und küßte sie auf den Hals. Ein Teil von mir wollte fliehen, flehte mich an, verfluchte mich, beschimpfte mich als Hurensohn, aber ich hatte keine Kraft mehr, ich ging auf mein Kreuz zu, ohne mich umzusehen, mich ritten sämtliche Kreaturen der Hölle. Ich hörte auf zu atmen. Ich spielte mit den Verschlüssen ihres Slips und riß sie gleichzeitig auf. Das Ding murrte zwischen ihren

Beinen. Das Zimmer verschwamm vor meinen Augen. Ich legte meine Arme um ihre Taille und rang einen Moment nach Luft. Dann schob ich ihre Beine auseinander und steckte behutsam einen Finger in ihre Scheide. In diesem Augenblick wäre ich in der Lage gewesen, meine Seele dem Teufel zu verkaufen, es stimmt, was ich sage, es ist anzunehmen, daß sich das kleine Blatt auf jeden von uns gelegt hat, daß wir alle ein Loch im Schutzpanzer haben, einen Schlitz, durch den sich die Hand des Dämons stiehlt, um uns das Hirn zu zerquetschen. Manchmal findet man sich in diesem Leben an Händen und Füßen gefesselt mitten in einer Arena wieder, und man erwartet von einem, daß man was unternimmt, daß man wenigstens ein bißchen dagegen ankämpft, das ist wahrhaftig ein erbärmlicher Scherz, das ganze Leiden ist einfach für die Katz und schon das Licht allein läßt einen erstarren. Als ich sie aufs Bett warf, um in sie einzudringen, war ich innerlich zerrissen, ich wußte, so einen Schlag würde Henri niemals wegstecken, und Gloria auch nicht, wenn auch aus anderen Gründen, klar, ich konnte mich in beide hineinversetzen, ich war in der Tat ein feiner Drecksack, es spielte keine große Rolle, daß die Prüfung über meine Kräfte gegangen war, daß ich nicht die Spur einer Chance gehabt hatte, es spielte keine Rolle, in welchem Maße ein Mensch für sein Tun verantwortlich war, darauf konnte man nun wirklich pfeifen.

Kurz darauf, sie hatte mein Ding mit einer Hand gepackt, flüsterte mir Marlène ins Ohr:

– Weißt du, es gibt in diesem Leben keinen Platz, der tatsächlich der rechte wäre.

Am nächsten Morgen erwartete uns also diese Sache mit dem Fuchs. Ich hing auf den Knien, und ich lüge nicht, ich hatte einen fürchterlichen Kater, ich hatte mir eine dunkle Brille auf die Nase gesetzt, die Sonne brannte mir auf den Pelz, und da standen wir nun vor dem Hühnerstall und besahen uns das Loch, daß der Kerl unter dem Gitter gebuddelt hatte, die Federn, die überall herumlagen, und wir kratzten uns über die Wangen. Ich hatte Lust, allein zu sein, ich hörte die anderen reden, aber ich verstand nichts von ihrem ganzen Zeug, ich war drauf und dran, mich in den Bach zu legen und meinen Kopf auf ein Kissen aus goldbraunem Moos zu betten. Mein Mund war dermaßen trocken, daß ich nicht einmal imstande gewesen wäre, eine Briefmarke anzulecken. Henri schlug mir auf die Schulter:

– He, gib mir doch Antwort ... Weißt du 'ne bessere Lösung?

– Nein, nein.

– Schön ... Kaufen wir also eine Falle.

– Einverstanden, meldete ich mich sogleich. Ich kümmere mich drum.

Das war die heißersehnte Gelegenheit, Reißaus zu nehmen, ohne mir groß den Kopf zerbrechen zu müssen, ohne irgendeinen bescheuerten Vorwand zu suchen, ich hatte den Eindruck, ich könnte ein wenig aufatmen, während ich zum Wagen trottete. Ich wollte gerade losfahren, als mit einem Mal die Tür aufsprang und Gloria auf den Beifahrersitz hüpfte.

– He ... Was ist denn mit dir los ...??!! fragte ich sie.

– Na, was biste'n so unfreundlich ... Ich fahr mit.

– Hör mal, das lohnt sich nicht ...

Sie beugte sich vor, um das Radio einzuschalten.

– Herrgott ... nicht so laut, stöhnte ich.

– Ich muß bloß zwei, drei Sachen besorgen ... Du kannst mich ja auf dem Rückweg wieder mitnehmen.

Während der ganzen Strecke machte ich den Mund nicht auf, ich drehte nicht ein einziges Mal den Kopf in ihre Richtung. Die Sonne schlich sich durch den Schatten der Bäume, und eine Schweißspur rann mir zwischen den Schulterblättern hindurch. Ich brauchte bloß einen kurzen Blick in den Rückspiegel zu werfen, um zu sehen, daß Betty auf der Rückbank saß, das Gesicht der Landschaft zugedreht, die an der Scheibe vorbeiflog, die Stirn leicht in Falten. Großartig, mir blieb auch nichts erspart, einfach großartig.

Ich ließ Gloria an einer Ecke raus. Wir hatten eine Stelle vereinbart, an der wir uns treffen wollten, und ich zwinkerte ihr zu, bevor ich mich mit einem Affenzahn brutal aus dem Staub machte. Ich parkte den Wagen am anderen Ende der Stadt, um mir die Beine zu vertreten. Ich bewegte mich inmitten der Leute. Ich will nicht verhehlen, daß das ganz schön was Beruhigendes, Belebendes an sich hatte. Es war klar, daß ich nicht der einzige war, der sich Sorgen machen mußte, der unter den Schlägen auf der Stelle trat, denn das Leid war unser aller Los, ich begegnete keinem einzigen, der nicht auch sein Kreuz trug, ich mußte an mich halten, sie nicht allesamt zu umarmen.

Ich kaufte einen Stapel Zeitschriften und bestellte mir ein paar Eier auf einer Terrasse. Ich hatte fast gar nicht geschlafen, ich war im ersten Morgengrauen in mein Zimmer zurückgekehrt, und danach hatte ich alle zehn Minuten die Augen aufgesperrt, unfähig, zur Ruhe zu kommen. Sexuell gesehen war es ein Glück, daß so 'ne Sitzung nicht alle Tage auf einen einstürzte, ich verspürte eine Art Höhle in meinem Bauch, und meine Organe lagen offen, auch wenn ich jetzt ein wenig übertreibe. Ich schlang die Eier sowie ein Sandwich mit Schinken hinunter und spülte mit einem Bier nach, dann ging ich meine Falle kaufen.

Ich betrat einen alten Laden, in dem jede Menge Zeug von der Decke baumelte und eine ganze Wandfläche nur aus Holzschubladen bestand. Über der Tür hing sogar eine Glocke, die noch von vor dem Krieg stammen mußte. In den Ecken waren dermaßen viele Klamotten übereinandergestapelt, bis mitten in den Raum, daß einen eine Art Schwindel erfaßte, man fragte sich, ob es überhaupt irgend etwas auf der Welt gab, was man in diesem Laden nicht auftreiben konnte, es kam einem vor, als würde man erschlagen. Der Typ, der bediente, sah sehr nett aus, er war alt, er lächelte, er sprach ganz sanft. Er kümmerte sich gerade um irgendeine Alte mit einem Strohhut auf dem Kopf, sie hingen mit der Nase über einem Toaster.

Ich sagte guten Tag. Sie antworteten guten Tag. Die Frau fragte nach einem elektrischen Dosenöffner. Es war erstaunlich angenehm an diesem Ort, fast kühl, die Sonne hatte Mühe, sich einen Weg durch die mit einer Unmenge von Aufklebern versehene Scheibe und die direkt dahinter plazierten Reklameständer aus Pappe zu bahnen. Oberhalb der Tür baumelte an

Nylonfäden eine wahre Bombe Fliegenpapier von der Größe eines U-Boots. Die Frau legte den Dosenöffner kopfschüttelnd zurück, dann drehte sie den Toaster hin und her.

– Ich weiß nicht..., sagte sie. Seit Jahren bin ich jetzt daran gewöhnt, Zwieback zu essen.

– Ja sicher... ich verstehe, antwortete der Alte.

Er lächelte erst der Alten, dann mir zu. Ich lächelte zurück. Sie ließ den Prospekt fallen, der zu dem Gerät gehörte, und ich hob ihn auf, ich legte ihn neben ihr hin.

– Oh, vielen, vielen Dank, junger Mann, zwitscherte sie.

Kein Zweifel, alles ist relativ. Ich hatte noch alle Zähne im Mund und trug eine Levis, doch das Gewicht der Jahre lastete auch auf mir. Mir ging inzwischen ein wenig die Puste aus, dank eines Rheumatismus im Knie konnte ich den Regen vorhersagen, meine Augen ermüdeten schneller, wenn ich las, zwei braune Flecken hatten sich auf meinen Händen gebildet. Ich brauchte länger, um wieder zu Kräften zu kommen, ich wollte in Ruhe gelassen werden, ich wählte häufiger 'nen Zebrastreifen, an manchen Vormittagen hatte ich Säcke unter den Augen, war ich nicht mehr mit einem Satz auf den Beinen, ich dachte über mein Leben nach, man hörte ein Knacken in beiden Schultern, wenn ich mit den Armen ruderte, Schmerzen ertrug ich zunehmend schlechter. Ich hatte so gut wie alle Hoffnung fahren lassen, mein Abscheu vor der Welt überwog meine Liebe zu ihr, es gab Tage, an denen ich kein einziges Wort sprach, meine Erinnerung reichte nicht mehr allzuweit in meine Kindheit zurück, ich freute mich über Kleinigkeiten, ich hatte bereits ein Auge auf die tiefe, die unbändige, die fürchterliche Einsamkeit geworfen, die einen befiel, wenn man den Dingen auf den Grund ging, die Typen, die zuviel redeten, kotzten mich an. Das sah nach nichts aus, aber das waren genau die Kleinigkeiten, die einem die Haut eines Vierzigjährigen überstreiften, ganz davon abgesehen, daß ich jetzt nur noch mit meiner Pillendose funktionierte. Das Schlimme an der Sache war, daß sich das mit der Zeit nicht legen würde, da gab es nicht den geringsten Zweifel, ich fragte mich, ob man da wirklich 'ne Vollbremsung vornahm, wenn man sich regelmäßig eine Maske mit Gurkenscheibchen auflegen ließ, ob es Leute gab, die damit zufrieden waren.

Während die Frau das Ding von allen Seiten beäugte und sich ein Leben ohne Zwieback vorzustellen versuchte, nutzte der Typ die Gelegenheit, mich nach meinen Wünschen zu fragen, womit könne er mir behilflich sein?

– Ich hätte gern eine Fuchsfalle, sagte ich.

Er machte sich auf, um mir eine aus dem hinteren Teil des Ladens zu holen. Die Alte drehte sich um und guckte mich an. Das Band ihres Strohhuts war mit zwei künstlichen Kirschen und einer Ähre verziert, und das bißchen Sonne, das in den Laden drang, blieb daran hängen. Schließlich kreuzte der Alte mit der Falle wieder auf, lächelnd stellte er sie auf die Theke.

– Oh, was für ein schreckliches Ding...! bemerkte die Alte.

Ich zwickte mir in die Nase, dann bat ich den Typ, die Falle in ein Papier zu wickeln.

– Wissen Sie, fuhr die Frau fort, das bringt die nicht um, die haben bloß eine Pfote gebrochen. Stimmt das nicht, Georges, kann man sich ein furchtbareres Sterben überhaupt vorstellen...?

Georges fuhr sich mit der Hand über die Stirn.

– Oh, nein..., bestätigte er. Ich befürchte, das ist schlimmer als alles andere...

Ich machte mir in einer vollkommenen Stille eine Zigarette an, ich stieß den Rauch gegen die Decke.

– Ach ja...? Schlimmer als alles andere...? fragte ich.

Sie nickten beide auf einmal. Draußen ertönte ein lautstarkes Bremsenquietschen, doch sie ließen mich nicht aus den Augen. Mein erster Gedanke war, das Ding einzupacken und später darüber nachzudenken, auf die Gefahr hin, daß ich das Paket vor meiner Ankunft zur Tür rauswerfen müßte. Aber sonderlich glorios war das nicht. Ich weiß nicht, was in mich gefahren ist, plötzlich hatte ich Lust, was Charmantes zu tun.

– Nun gut... Eigentlich brauch ich diese Falle gar nicht, verkündete ich. Ich nehm stattdessen diesen Toaster hier.

Sie fanden mich entzückend. Sie guckten sich verschmitzt in die Augen, während ich mit einem Fuß dem Club der Tierfreunde beitrat. In dem ganzen Laden war nicht ein einziger Stuhl, auf den man sich hätte setzen können. Ich blieb stehen, während er mir mein Päckchen machte, aber ich konnte mich kaum noch auf den Beinen halten. Es ist nicht immer ganz einfach, zwischen Daseinsängsten und einer schweren Grippe zu unterscheiden, beides macht einen fix und fertig. In dem Moment, wo ich rausgehen wollte, zupfte mich die Alte behutsam am Ärmel:

– Ich bin eine Fee..., murmelte sie. Sie haben einen Wunsch frei, mein Junge...

– Geben Sie, daß es die Grippe ist, sagte ich leise.

Ich bummelte eine Weile herum, bis ich wieder auf angenehmere Gedanken kam. Dann setzte ich mich in den Wagen und fuhr los, um Gloria im Stadtzentrum abzuholen. Ich erblickte sie in der Eisdiele, ganz hinten inmitten einer Bande von Spaßvögeln in ihrem Alter, Typen mit glattem Gesicht, Mädchen mit Kinderblick und Frauenkörper, die Sorte, die davon überzeugt ist, daß das Leben ein einziges Vergnügen darstellt, und die von nichts 'ne Ahnung hat. Als sie mich kommen sah, beugte sich Gloria zu ihrem Nachbarn hinüber, um ihm einen Zungenschlag zu verpassen. Ich blieb stehen und guckte innerlich lächelnd zur Decke. Es war an der Zeit, daß ich aufhörte, weiteren Bockmist zu verzapfen, ich hatte vollauf bewiesen, wozu ich fähig war. Sollte sie sich doch bumsen lassen, soviel sie wollte, ich hatte andere Probleme, ich wußte nicht einmal mehr, warum ich mich da eingemischt hatte. Naja, ich wußte es schon noch, aber für mich war das ewig her, ich war damals gerade erst aus dem Krankenhaus entlassen worden, offenbar war ich da noch nicht vollständig genesen. Und im übrigen passiert das alle naslang, daß sich ein Typ wegen einer Frau zu irgendwelchen bescheuerten Handlungen hinreißen läßt, für sowas darf man einen nicht verantwortlich machen, das kann man mit Fug und Recht als einen Fall von geistiger Umnachtung bezeichnen.

Ich wartete, daß sie mit ihrem Nachbarn zu Ende kam, die anderen musterten mich in der Zeit von oben bis unten. Als ich zwanzig war, hatte man uns gesagt, trau bloß keinem über dreißig, jetzt war ich geneigt, ihnen zu sagen, sie sollten überhaupt keinem trauen, oder schert euch nicht um sein Alter, vor allem aber fangt nicht an zu heulen. Ich dachte es allen Ernstes. Das überkam einen so, mal findet man eben Geschmack am Leben, mal betrachtet man die Welt mit einem desillusionierten Auge. Gloria schob den Kerl sanft ans andere Ende der Bank und drehte sich nach mir um. Sie spielte die Überraschte, als hätte sie mich nicht gesehen, sie warf mir einen strahlenden Blick zu.

– Oh... du bist schon da...?

– Ja, wir fahren.

– Wie bitte...? Sofort? Ich hab doch grade erst 'n paar Freunde getroffen...

– Ja, ich weiß, das ist nicht lustig.

– He... Setz dich doch, ich bestell dir 'n Eis...

– Nein, wir haben keine Zeit... Ich hab zu tun.

– Wie bitte...? Was denn zu tun...? Wenn ich mich einmal mal amüsieren will...

Keine Ahnung, ob sie sich wirklich amüsierte oder ob sie mir nur auf den Keks gehen wollte. Ich hatte keine Lust, darüber nachzudenken. Ich konnte den Visagen der anderen bereits entnehmen, daß ich der letzte Spielverderber war.

– Na gut, wie du meinst, sagte ich. Mach, was du willst...

Ich drehte mich auf dem Absatz um und ging. Ich stieg gerade in den Wagen, als sie im Laufschritt antanzte. Sie knallte die Tür mit voller Wucht zu. Ihre Nasenflügel bebten, und sie zischte wie eine Schlange.

– Immer mit der Ruhe, ich zwing dich nicht, mitzukommen. Außerdem ist das noch lang kein Grund, mir den Wagen zu demolieren.

Sie feuerte einen wutentbrannten Blick auf mich ab. Dann wandte sie sich zur Tür, öffnete sie, ohne die Hand vom Griff zu nehmen, und knallte sie wie wahnsinnig wieder zu. Man hätte meinen können, ein Flugzeug habe gerade eben die Schallmauer durchbrochen, ich war überrascht, daß die Scheibe noch ganz war. Ich sagte nichts. Ich machte den Motor an und scherte langsam aus.

Ich hatte schon am Morgen gewußt, daß sich ein wahrer Dreckstag ankündigte, die Ereignisse nahmen einen hoffnungslosen Verlauf, das Getriebe hatte sich, wie es schien, ernstlich verheddert. Ich dachte, wenigstens die Sache mit Gloria könnte ich wieder ins Lot bringen, das schien mir nicht weiter schwierig. Ich streckte einen Arm aus, um mir ihr Kinn zu schnappen, doch sie stieß mich aufgebracht zurück.

– Meine Güte, sagte ich, jetzt sei du noch sauer auf mich, tu mir einen Gefallen...

Sie machte sich eine Zigarette an. Sie guckte stier geradeaus, mit verschlossener Miene, einen großen Sonnenfleck auf den Beinen. Das Lenkrad glitt mir durch die Finger, es war heiß.

– Hör mal, ich weiß nicht so recht, wer ich für dich bin..., fing ich an.

Sie drehte sich mit einem Ruck um. Weiß und kalt wie ein Stein.

– Ganz einfach, stieß sie mit heiserer Stimme hervor. Du bist der Kerl, der meine Mutter bumst.

Ich war dabei, eine lange, sanft geschwungene Kurve zu durchfahren. Fast wäre ich in den Graben geschlittert.

6

Zwei Tage später stürzte der Himmel auf uns ein. Es ereignete sich jene fürchterliche Sache. Fürchterlich. Diesmal nahm ich die doppelte Ration Pillen. Wir schwitzten wahre Blutstropfen. Ich trommelte mit beiden Fäusten gegen meine Brust, ich jammerte und klagte, ich knurrte im Schatten, ich sagte mir, du hast gewußt, daß wir nicht hierher kommen durften, du hast genau gewußt, daß etwas Schreckliches passieren würde, das hing in der Luft, du hast gespürt, daß sich ein Gewitter zusammenbraute, aber gemacht haste nichts, an jenem Abend, als du mit Henri beschlossen hast, Gloria zu ihrer Mutter zu bringen, an jenem Abend hätteste dir besser mal ein Bein ausgerissen.

Eigentlich war das gar nicht mal so 'ne schlechte Idee gewesen, ein Picknick zu veranstalten. Nach meinem kleinen Plausch mit Gloria war die Stimmung ganz schön geladen, da mußte man die Gelegenheit beim Schopfe packen, sich ein wenig zu entspannen, sich im Schatten und in der Weisheit der Bäume niederzulassen. Zwei Tage lang hatte ich mich mit dieser Hühnerstallgeschichte rumgeplagt, meine Hände waren dabei draufgegangen. Henri hatte mich gefragt, ob ich sie eigentlich noch alle hätte mit meinem Fuchs und ob ich mich nicht lieber in die Lage der sieben abgemurksten Hühner versetzen wolle, aber ich hatte ihn reden lassen. Hühner sind für mich sowieso das letzte. Ich fing an, dicht vor dem Drahtgitter einen Graben zu ziehen von ungefähr fünfzig Zentimeter Tiefe, mit Hacke und Spaten, und einmal um den Hühnerstall herum waren das bestimmt an die sechzig Meter, und ich sagte den anderen, sie sollten mich in Ruhe lassen, während ich arbeitete, ich wolle über meinen nächsten Roman nachdenken. Es geht doch nichts über 'nen schönen Schweißausbruch, wenn man das Leid, den Ärger, das ganze Elend vertreiben will, nichts ist besser, als den ganzen Scheiß mal richtig auszuschwitzen.

Der Geist des Fuchses begleitete mich, und mit jedem Meter,

den ich vorankam, rollte ich in dem Graben ein Stück Drahtzaun ab, ich befestigte ihn am Ende des vorherigen Stücks und schaufelte das Loch hinter mir wieder zu, ich stampfte die Erde fest, indem ich mit geschlossenen Füßen drauf sprang. Ich war schweißgebadet, ich stand mit der Unterhose in der Sonne und schuftete bis Tagesende, ohne nachzulassen. Am Abend hing ich das ganze Essen lang wie ein Toter am Tisch, und die anderen fanden es lächerlich, sich dermaßen abzuschinden, aber ich hatte, was ich wollte, bald würde ich vor Müdigkeit zusammenklappen, und alles andere interessierte mich nicht, nichts war noch von Belang. Ich hatte nicht einmal Hunger. Ich dachte, ich würde es nie mehr die Treppe raufschaffen. Als ich ins Bett kippte, hatte ich das Gefühl, in ein großes schwarzes Loch zu fallen. Oder mein Kopf würde in den Korb unter der Guillotine kullern.

Am nächsten Morgen war ich in aller Frühe mit zwei Flaschen Mineralwasser wieder draußen. Ich war fit, ich hatte mir ein paar luftdurchlässige Pflaster auf die Blasen geklebt. Das einzige, was ich dieser Arbeit vorzuwerfen hatte, war, daß man nichts von ihr sah, das Ganze war eine etwas verdrießliche, um nicht zu sagen undankbare Aufgabe, wo ich doch am liebsten irgendein Gebilde bis in den Himmel gebaut hätte, um ihnen zu zeigen, daß das keine Prahlerei war, daß es schon 'nen Grund gab, groggy zu sein, abends, wenn ich den Mund nicht mehr aufbekam. Die Hühner guckten mir bei der Arbeit zu, die Hähne hielten sich eher im Hintergrund, man kam sich vor wie in 'ner Irrenanstalt, das letzte Aufflackern der Schöpfung, im Land der Vollidioten. Von Zeit zu Zeit, wenn ich niemanden sah, verpaßte ich dem Gitter einen Schlag mit dem Spaten, und ein paar Federn flogen auf. Ich nutzte die Pause, um ein paar Schluck Wasser zu trinken und mir mit einem Handtuch über die Stirn zu wischen.

Ich hatte mir diese Arbeit in der Hoffnung aufgehalst, die Anstrengung und die Einsamkeit würden mir zu einer Lösung all meiner Probleme verhelfen, aber das war nicht der Fall. Ich war unfähig, meine Gedanken zu ordnen, ich konnte mich keine zwei Minuten darauf konzentrieren, ich wühlte und hackte und warf mit Grasbüscheln um mich, ohne daß meinem Verstand auch nur das geringste Licht aufging. Ich fragte mich ernsthaft, was ich überhaupt im Kopf hatte, mich auf so einen Scheiß einzulassen, ich mußte mich anstrengen, um mich davon zu überzeugen, daß ich nicht geträumt hatte, ich mochte kaum glauben, daß ich wahrhaftig derart bescheuert war, ich, der ich nach den größten Literaturpreisen schielte, ich, die Hoffnung von diesem und jenem. In Wirklichkeit war ich gerade mal dazu geeignet, mir mein eigenes Grab zu schaufeln, das war die nackte Wahrheit.

Was mir diese Plackerei brachte, war nur, daß ich den anderen 'ne Zeitlang aus dem Weg gehen konnte. Soviel ich sah, hatte Henri von nichts 'ne Ahnung, und er setzte eine fröhliche Miene auf, als er mir kurz vor Anbruch der Dunkelheit ein Bier brachte, er fand, ich schlüge mich wacker, aber man würde mich ja kaum noch sehen, wenn er nur wüßte, was mir für 'ne Laus über die Leber gekrochen sei. Ich beruhigte ihn, ich stützte mich auf den Spatenstiel und leerte die Flasche, mit kindlichem Gesicht hieß ich die Dämmerung willkommen. Gloria mied mich unübersehbar, in den wenigen Augenblicken, die wir gemeinsam am Tisch saßen, wich sie meinem Blick aus. Marlène hingegen war völlig unbekümmert, sie sprach ganz normal mit mir, scherzte und lächelte nicht anders als sonst auch, so daß ich mich schon fragte, ob das die gleiche Person war, ob ich die Sache wirklich mit ihr gedreht hatte. Am Ende mußte ich gähnen, ich rieb mir die Augen aus dem Kopf und schlurfte ins Bett. Bestimmt gab es ein Mittel, die Bombe zu entschärfen, doch das Ticken des Uhrwerks lähmte mich, und jede Sekunde schien mir die letzte zu sein, doch es folgte eine weitere, noch eine, und wieder eine und nichts geschah, und was erwartete man eigentlich von mir? Daß ich diesen verdammten Scheißhühnern einen Palast baute?

Das Picknick fiel auf einen Samstagvormittag. Der Hühnerstall war fertig, trotzdem war ich nicht allzu spät aufgestanden, und ich wunderte mich, sie alle drei zu so früher Stunde in der Küche vorzufinden, ich machte große Augen.

– Alter Glückspilz, es ist alles schon fertig! verkündete Henri. Ich wollte gerade rauf, um dich zu holen...

Das Unglaublichste war der Balsam der sanften Stimmung, der sich auf das Zimmer legte, selbst Gloria konnte sich angesichts meiner verblüfften Miene die Andeutung eines Lächelns nicht verkneifen. Ich war sprachlos.

– Du brauchst bloß zum Wagen zu gehen, mehr nicht, fügte er hinzu. Den Rest erklären wir dir...

Wir nahmen ein paar dünne Pullis mit, falls es kühler werden sollte. Danach setzte sich Henri ans Steuer, und wir kehrten der Stadt den Rücken, wir drangen in den Wald ein. Henri flötete vor sich hin, einen Arm zur Tür heraus, die Mädchen hingen hinten über einem Katalog mit Badeanzügen und quatschten miteinander, ich konnte es kaum glauben, ich schloß die Augen und öffnete sie wieder. Henri stieß mir den Ellbogen in die Rippen:

– He... Ich hoffe, du wirst bald mal wach, das ist nicht der Moment zu schlafen...

Ich biß mir auf ein Stück Lippe. Es sollte nicht heißen, ich sei das einzige Wölkchen am Himmel dieses Tages, eher wäre ich in voller Fahrt abgesprungen, als daß ich diesen gebenedeiten Vormittag verdorben hätte. Ich hatte das Gefühl, in einer sonnigen Lichtung zu landen, während der Mercedes durchs Unterholz rauschte. Ich klemmte ein Bein unter den Hintern, dann legte ich den Arm auf Henris Rückenlehne.

– Ich muß zugeben, am Ende hatte ich von dem Ding die Schnauze gestrichen voll, seufzte ich. Ich bin froh, daß ich damit fertig bin.

Er drehte sich zu mir um, ein erkalteter Zigarrenstummel steckte zwischen seinen Lippen, er guckte mich mit zusammengekniffenen Augen an, während sein Hemdsärmel im Wind flatterte.

– Ja. Ich find, das ist ’ne komische Art, über ’nen Roman nachzudenken.

Ich angelte mir zwei Dosen Bier vor meinen Füßen. Sie waren noch kalt, ich riß sie auf.

– Red nicht über Dinge, von denen du nichts verstehst, sagte ich. So'n Roman, das ist was Physisches, da muß man sich für abrackern.

– Jaja, das wundert mich nicht...

Wir wollten uns gerade den ersten Schluck reinziehen, als mir Marlène auf die Schulter klopfte:

– He, was trinkt ihr denn da für'n Zeug...? Ist das für Frauen verboten?

Ich schickte ein engelgleiches Lächeln nach hinten, für den Anfang reichte ich ihnen meine Dose.

– Herrgottnochmal... Ich hab das Gefühl, unser Picknick läßt sich verdammt gut an! witzelte ich.

Die letzten Stunden, die wir miteinander verbrachten, sind mir in prächtiger Erinnerung geblieben, ich meine wir vier, Henri, Marlène, Gloria und ich. Zweifelsohne haben die Ereignisse, die folgten, diese Stunden in ein besonderes Licht getaucht, weich und leicht verschwommen, naja, ich will mir auch nicht den Kopf zerbrechen, sagen wir, es handelt sich um eine sehr zarte, unglaublich süße Erinnerung. Wir hatten den Wagen am Ende eines Weges abgestellt und waren noch ein Stück weitergegangen, vollbepackt mit Tüten. Es war nicht zu heiß, das Dach über uns war von einem durchscheinenden, schillernden Grün, wir hatten alle leicht einen in der Birne, und ich war der einzige, der keine Shorts anhatte, sie hatten mir keine Zeit dazu gelassen.

Wir fanden ein feines Plätzchen, eine Mischung aus Schatten und Licht, fifty-fifty, denn die einen wollten braun werden, die anderen nicht. Wir ließen uns auf einer Wiese nieder, dicht wie meine Faust, mit lauter wilden Blumen und nicht dem geringsten Viech, das durch die Luft schwirrte, nicht die Spur von einer Scheißfliege. Wir waren mitten im Wald. Weit weg vom Menschengeschlecht, hatte Henri präzisiert, als er das Tischtuch über seinem Kopf auseinanderfaltete, weit weg von der Häßlichkeit der Welt, hatte er gegluckst.

Sie hatten ein paar ausgezeichnete Sachen zubereitet, deren Namen ich vergessen habe, nicht unbedingt kompliziert, aber von erlesenem Geschmack, und man konnte noch Mayonnaise dazutun, wenn man wollte, Henri hatte fünf Tuben eingepackt. Ein Gefühl unwahrscheinlichen Friedens überwältigte mich. Klar, das war noch nicht das Paradies, für einen kurzen Moment konnte ich in Glorias Blick ein wildes Leuchten aufschnappen, sicher war das nicht die Makellosigkeit Christi, aber wir kamen von weit her, das war ein Unterschied wie Tag und Nacht. Ich war zum Optimisten geworden, ich sah, daß die Dinge ins Lot kommen konnten. Von dem Essen blieb nicht viel übrig, wir hatten fast alles verputzt.

Danach streckten wir uns im Gras aus, wir legten uns auf die faule Haut und starrten den Himmel an und die Vögel, die die Lichtreflexe kreuzten, man mußte an sich halten, nicht vor Freude zu jauchzen, die Gegend war total still. Ich unternahm einen letzten Versuch, mich auf einen Ellbogen zu stützen und nach einer Flasche zu greifen. Die anderen waren anscheinend mehr oder weniger eingenickt. Ich kenne ein Mittel, ein gewöhnliches Bier in ein Fläschchen Met zu verwandeln, aber da muß man sich schon ein bißchen ranhalten. Im Anschluß daran tat ich meinen letzten Atemzug.

Ich schlug als erster die Augen auf. Gloria war nicht da, doch die beiden anderen hatten sich nicht vom Fleck gerührt. Es war ungefähr sechs Uhr. Ich richtete mich auf und räkelte mich ausgiebig, ich schüttelte den Kopf, ich machte mir eine Zigarette an, ich klemmte die Knie unters Kinn. Es war bei weitem nicht mehr so heiß, eine kühle Brise wehte mit einem leichten Pilzgeruch durch den Wald. Ich sagte mir, schön, heute abend bin ich an der Reihe, das Essen zuzubereiten, ich mach Spaghetti à la crème und einen Nußsalat.

– Haben wir noch Parmesan in der Bude? fragte ich.

Marlène rollte sich auf den Bauch, Henri fuhr sich mit einer Hand durch die Haare, um sie in Ordnung zu bringen.

– Nein... nicht mehr viel, gähnte er.

Wir standen auf. Marlène drehte den Kopf nach hinten und klopfte ihr T-Shirt aus. Man hörte einen Kuckuck.

– Habt ihr gehört...? sagte sie. Morgen gibt's ein Gewitter... Wo ist Gloria...?

Ich hatte meine Gläser angehaucht, ich rieb sie sorgfältig an einem Zipfel meines T-Shirts ab, ich zuckte mit der Schulter und guckte sie an:

– Keine Ahnung... Wahrscheinlich was spazierengegangen...

– Sag mal, vielleicht reicht's ja, wieviel brauchste denn? fragte mich Henri.

– Zweihundertfünfzig Gramm.

– Hmmmmm... könnte hinhauen...

Marlène entfernte sich ein paar Schritte, sie ging auf die Bäume zu.

– Gloria... Gloria! rief sie.

Henri und ich rafften die Sachen zusammen.

– Wenn nicht, im Kühlschrank ist noch ein schönes Stück Gorgonzola. Der tut's auch...

– Soso... haste schon mal probiert, Gorgonzola zu reiben, hm?

– GLORIA... GLORIA! schrie Marlène.

– Weißt du, stöhnte er, uns käme sowas nicht in den Sinn, gerade dann spazierenzugehen, wenn man aufbrechen will. Das ist doch typisch Frau.

Von da an sausten wir im Eiltempo in die Hölle. Wir fingen an, im Chor zu grölen, wir zertrampelten die ganze Gegend, die Hände trichterförmig an den Mund gelegt. Aber keine Gloria tauchte auf, mit Unschuldsmiene, einen Blumenstrauß auf dem Arm, und wir guckten uns an, und so langsam bekamen wir eine Ahnung von der Größe des Waldes. Das Schweigen, das auf unser Rufen folgte, wurde von Mal zu Mal bedrückender, von Mal zu Mal düsterer, allmählich wurde uns angst und bange, wurden wir bleich vor Schiß. Wir rannten umher, blieben stehen, schoben einen tief hängenden Ast zur Seite, wir brüllten ihren Namen, fluchten, schwitzten, wir spitzten die Ohren, ballten die Fäuste, und der ganze Aufruhr verstärkte unsere Angst, unser Atem flog und unsere Augenbrauen waren naß. Henri lehnte sich gegen einen Baum und hielt sich die Seite.

– Meine Güte ... vielleicht hat sie sich verlaufen! ächzte er.

Ich guckte nach oben, es blieben uns noch knapp zwei Stunden bis zum Einbruch der Dunkelheit. Wir suchten weiter, auseinandergefächert in rund fünfzig Meter Abstand, und während ich den Wald um mich herum absuchte, kam mir der Gedanke, daß sie genausogut abgehauen sein konnte, daß sie mal wieder durchgebrannt war. Je mehr ich darüber nachdachte, um so mehr spürte ich, daß ich auf dem richtigen Weg war, na klar, es war ein Fehler zu glauben, die Dinge kämen wieder ins Lot, das Ganze konnte gar nicht anders ausgehen. Ich war mir so gut wie sicher, daß ich mich nicht täuschte, mit jeder Minute, die verstrich, wurde mir die Sache klarer, erhellte sich mein Verstand. Das paßte zu Gloria, zu sowas war sie fähig. Mit einem Mal erinnerte ich mich der seltsamen, verstohlenen Blicke, die sie mir zugeworfen hatte, als wir im Gras saßen und miteinander quatschten und aßen. Aber ich hatte mich während des Essens in eine solche Euphorie gesteigert, daß ich blind gewesen war. Jetzt hatte ich die Augen auf. Wir konnten ruhig den ganzen Wald durchkämmen, wir konnten uns die Nacht damit um die Ohren schlagen, die Gegend abzugrasen, zu suchen und uns die Lunge aus dem Hals zu schreien, das war nur verlorene Zeit. Zu dieser Stunde hatte sie bestimmt längst ihre Sachen zusammengepackt und war in den nächsten Zug gesprungen. Irgendwie beruhigte mich das. Ich wollte ihnen gerade den Kern meiner Überlegungen mitteilen, als Henri in ein furchtbares Heulen ausbrach, ein Brüllen, bei dem einem das Blut in den Adern stockte.

Wir rannten zu ihm rüber, wir flogen fast. Eine Sekunde nach seinem Schrei, einem Brüllen, das die Blätter erzittern ließ, war ich neben ihm. Ich landete gemeinsam mit Marlène, wir standen starr vor Entsetzen, wie zwei Statuen. Er hatte Glorias Sachen in der Hand, ihre Shorts, ihr T-Shirt, ihren Slip, und er mußte mit seinem Gegröle die Vögel verscheucht haben, denn es war kein Ton mehr zu hören, um uns herum nichts als Schweigen, und wir hingen mitten im Wald, in einem sonderbaren Licht, jetzt, wo die Sonne unterging.

Marlène nahm ihm die Sachen aus der Hand. Sie preßte sie an

sich und kehrte uns den Rücken zu. Henri war bleich wie die Wand, er war schlagartig um zehn Jahre gealtert.

– O Herr im Himmel!! wimmerte er.

Ich schluckte zwei Pillen, für den Fall daß, und prüfte nach, ob ich meine Hände noch bewegen konnte. In der Kante war nicht gerade viel Luft zum Atmen.

– O Herr im Himmel!! grölte er.

Er hämmerte seine Faust mit voller Wucht gegen einen Baumstamm. Dann stürzte er sich auf Marlène und packte sie an den Schultern.

– Hör zu...! Guck mich an...! sagte er.

Er schüttelte sie sanft. In diesem Moment merkte ich, daß mir die beiden Pillen im Schlund steckengeblieben waren, und ich fing krampfhaft an zu schlucken. Sie blickte ihn an.

– Du mußt sofort zu dem Wagen..., sprach er mit dumpfer Stimme auf sie ein. Hörst du...? Wirst du fahren können...?

Sie biß sich auf die Lippen.

– Beeil dich...! Bring sämtliche Bullen hierher, die du finden kannst, hörst du, mach schnell...!! Ich will eine ganze Armee von Bullen in diesem Wald aufkreuzen sehen, ICH WILL, DASS DU DENEN FEUER UNTERM ARSCH MACHST!!!

Er hob sie mit seiner Stimme quasi in die Luft. Sie fuhr mit der Hand vor den Mund, bevor sie loslief. Er kam auf mich zu, fast leuchtete sein ganzes Gesicht vor Wut, doch sein Unterkiefer hing herab.

– Den bring ich eigenhändig um, murmelte er.

– Ach du Schreck! Warte, ich bin gleich wieder da! stieß ich mit hysterischer Stimme hervor.

Ich stürzte los, wie eine Kanonenkugel flitzte ich zwischen den Bäumen hindurch und erreichte die Kiste genau in dem Moment, als sich Marlène hinters Steuer warf. Ich trampelte gegen die Tür, während sie die Zündung betätigte.

– VERDAMMT...! HALT!! schrie ich.

Ich konnte ihren Kopf durch die Scheibe sehen. Wäre sie mir auf der Straße begegnet, ich hätte sie nicht erkannt, sie hätte mir Angst eingejagt. Ich hielt ihr die offene Hand hin, dann holte ich meine Stablampe aus dem Kofferraum, meine große, schwarze, wasserdichte Lampe, von der ich mich nie trennte, ohne die ich nicht hätte leben mögen, wenn man so sieht, was einem nachts alles zustoßen kann, im Finstern taugt man doch nichts, das ist, als risse man einer Fliege die Flügel ab und schmisse sie danach aus dem Fenster. Ich schnappte mir das Ding mit einer Hand und knallte mit der anderen die Heckklappe zu. Im nächsten Moment schoß der Mercedes los.

Nach einigen Sekunden war er schon weit weg. Ich sah die Standlichter angehen, die kleinen roten Dinger. Aber es war noch einigermaßen hell, für 'ne Dreiviertelstunde würde es noch reichen, so über den Daumen gepeilt. Ich legte einen Sprint Richtung Henri ein. Fast hätte ich ein nervöses Quieken losgelassen, als ich bei ihm eintraf, so sehr bedrückte mich diese wahnsinnige Angst. Er gab auch 'ne komische Figur ab, ein Teil des Hemdes hing ihm aus den Shorts, dazu seine langen, ziemlich dünnen Beine unter dem dicken Bauch, seine langen, weißen und behaarten Beine. Wir setzten uns in Bewegung, ohne ein Wort zu sagen, doch bald schon fingen wir an zu traben und schrien und brüllten dabei wie besessen.

Das war kein kleines, unbedeutendes Wäldchen, das war ein GROSSER Wald, und so langsam wurde es dunkel. Völlig außer Atem blieben wir stehen. Ich überprüfte schnell, ob meine Lampe funktionierte. Henri setzte sich auf einen Baumstumpf, er warf den Kopf zurück, der vor Schweiß glänzte wie ein Kronleuchter. Mir ging es nicht besser. Das letzte Licht des Tages verstärkte das beklemmende Gefühl totaler Ohnmacht. Nur ihre Kleider zu finden, das war das Schlimmste, was man sich vorstellen konnte. Diese paar Stoffetzen hatten eine solche entsetzliche Tragweite, daß man einen Schluckauf bekam, wenn man nur daran dachte. Ich wischte mir eine Schweißspur ab, die mir die Nase entlanglief. Wir waren um so kaputter, als das Gelände schwieriger geworden war, es ging rauf und runter, auf der einen Seite quälten wir uns mühselig bergauf, auf der anderen mußten wir abbremsen, um uns nicht die Fresse zu demolieren.

Henri rappelte sich ächzend wieder auf, wir schleppten uns weiter und ließen den Strahl der Stablampe durchs Gebüsch gleiten.

Das war längst kein Laufen mehr, laufen ging über unsere Kräfte. Ebenso wie wir nicht mehr an jeder Ecke nach ihr riefen, die Müdigkeit machte uns still, zudem hatten wir uns die Kehle heiser geschrien. Wir legten eine erneute Pause ein, bevor wir einen Bach überquerten, mit zitternden Beinen tranken wir Liter um Liter. Wenn ich nach so einer Hetze nicht sterbe, dann sterbe ich nie, dachte ich bei mir.

– Herrgottnochmal... Wo bleiben die denn...? stammelte er.

Ich hatte keine Ahnung, wo wir uns befanden. Es war jetzt zwei Stunden her, seit Marlène verschwunden war, und in der ganzen Zeit waren wir blindlings durch den Wald gestapft, ohne uns umzugucken. Das bedeutete, daß wir uns heillos verlaufen hatten, jedenfalls sah mir das ganz danach aus, doch das war halb so wild, das zählte überhaupt nicht. Ich setzte mich neben ihn, das Wasser tropfte mir noch aus dem Mund, ich legte ihm die Hand auf die Schulter.

– Vielleicht sind die längst da, sagte ich. Vielleicht suchen die schon überall...

Ich stellte fest, daß seine Faust blutete, er hatte sich die gesamte Haut von den Fingern geschrammt, sie hing in kleinen Fetzen herunter. Es war ein Wunder, daß ich daran gedacht hatte, die Lampe mitzunehmen, doch letzten Endes war die Nacht doch nicht stockfinster, irgendwo am Himmel mußte ein Mondzipfel sein, groß genug, um wenigstens ein paar Spritzer Silber auf die Baumkronen zu geben, durch die ein trübes Licht nach unten drang. An einigen Stellen hüpfte der Bach, und wir waren hundemüde. Zum Glück, das benebelte den Verstand.

– JESSES...! DAS IST DOCH EIN TRAUM!!! brüllte er.

Er sprang auf und guckte sich um. Er faltete die Hände im Nacken, die Ellbogen nach vorn.

– Das ist doch alles nicht wahr...! murmelte er.

Ich schöpfte Wasser mit beiden Händen und klatschte es mir

ins Gesicht. Leider war das alles nur gar zu wahr. Ich konnte verstehen, daß ihm das unglaublich erschien, es gibt Dinge, die kann man sich nicht einmal vorstellen. Ich mochte gar nicht daran denken, was ihr alles passiert sein konnte, wütend verjagte ich diese Bilder aus meinem Kopf, ich versuchte, Leere in meinem Schädel entstehen zu lassen. Schniefend richtete ich mich auf. Ich hatte keine Lust, ihn anzusehen.

Ich ließ das Licht der Stablampe durch die Bäume tanzen.

– Da runter, was meinst du...? fragte ich ihn.

Stunde um Stunde irrten wir durch diesen Wald, ohne auf die kleinste Straße, den geringsten Pfad zu stoßen, wer weiß, vielleicht deckte er das halbe Land ab, und wir würden nie ans andere Ende gelangen. Wir waren still und angespannt. Zuweilen ließen wir uns für fünf Minuten fallen, danach kämpften wir uns verbissen in die eine oder andere Richtung weiter, darüber zerbrachen wir uns nicht den Kopf. Henri ging die meiste Zeit voraus, ich hatte ihm die Lampe überlassen. Ich hielt mich im Schatten, wenn er stehenblieb, um seine Tochter zu rufen, ich senkte den Kopf, wenn ihm die Stimme versagte, das war ein paarmal schon vorgekommen.

Wir waren dabei, uns einen ernstzunehmenden Abhang hinunterzuhangeln, als der einzige Ast, an dem ich mich festhielt, zerbrach, eine Art toter Arm. Mir stockte der Atem, als ich ins Nichts flog, ich dachte, ein riesiges, schwarzes Maul verschlänge mich. Meine Beine hoben ab, hoch über meinen Kopf, und ich sauste durch die Lüfte, bis ich unten auf die Erde rasselte. Mir blieb die Luft weg, obwohl ich auf einem Mooskissen gelandet war. Henri eilte mir zu Hilfe.

– He??? Alles klar...? Haste dir was gebrochen...?

– Ach du Schande... So eine gottverfluchte Scheiße...! Hat man sowas schon mal erlebt...?

Er half mir auf die Beine, und ich dehnte mich ein wenig, um zu sehen, ob mir was weh tat, aber mir fehlte nichts, ich hatte mir bloß den Ellbogen aufgekratzt. Wir konnten uns wieder auf den Weg machen. Ich drehte Henri den Kopf zu, um ihm grünes

Licht zu signalisieren, und ich fand einen Typ mit aschgrauem Gesicht vor, ein schlotterndes Gespenst, das schweigend Grimassen schnitt. Das gab mir den Rest, ihn so zu sehen.

– Ist dir kalt? fragte ich ihn.

Er gab mir keine Antwort. Eine üble Feuchtigkeit legte sich einem auf die Schultern, sobald man sich nicht mehr bewegte. Ganz davon abgesehen, daß er Shorts anhatte und man in seinem Alter ohnehin schneller fror. Ich hatte selbst 'ne Gänsehaut. Ich dachte keine Sekunde länger nach, ich bückte mich, um einen vertrockneten Zweig aufzuheben.

– Komm, wir machen ein Feuer, erklärte ich ihm.

– Nein, nein... Dazu haben wir keine Zeit...

Ich guckte ihn an. Ich hätte ihn erschlagen, wenn er weitergegangen wäre, ich wünschte, er könnte sich sehen.

Er war total erledigt, doch sein Verstand funkte stets die gleiche Botschaft, sein Verstand war bereit, ihn an den Rand des Abgrunds zu führen.

– Wir müssen weiter, sagte er mit tonloser Stimme.

Doch da er reglos stehenblieb, hatte ich Zeit genug, ein bißchen Holz zu sammeln, ohne ihn aus den Augen zu lassen.

– Wir wärmen uns bloß eben auf, dann gehen wir weiter.

Zitternd besah er sich die Gegend, während ich eine Handvoll Reisig in Brand steckte.

– Los, komm schon, sagte ich.

Ich holte ihn. Ich packte ihn am Arm, und wir setzen uns ans Feuer. Das war der Moment, neue Kräfte zu sammeln, jetzt oder nie. Er starrte ausdruckslos in die Flammen. Ich machte zwei Zigaretten an, dann rubbelte ich ihm den Rücken ab. Auf meiner Uhr war es zwei Uhr morgens, 2 h 10. Es kam mir vor, als wären wir seit Hunderten von Jahren unterwegs.

– Hör mal... Wir sollten uns allmählich auf den Rückweg machen, schlug ich ihm behutsam vor. Wir sollten sehen, was sich bei den Bullen tut...

Er drehte den Kopf zur Seite, dann schlug er mit der Faust auf den Boden, methodisch, und dann ging es blitzschnell. Er fing an zu heulen wie ein Schloßhund, mit dem Kopf auf den Beinen. Ich hatte noch nie jemanden auf diese Art heulen sehen, ich brachte kein Wort heraus, ich biß mir auf die Lippen. Ich kauerte neben ihm, und nach jedem Schluchzer sah ich einen wahren Sturzbach von Tränen aus seinen Augen quellen. Mir war danach zumute, ihm eine Hand auf die Schulter zu legen, aber schließlich stand ich auf und warf ein paar Holzstücke ins Feuer. Wenn er so weitermachte, würde er später die ganze Vorderseite seines Hemdes trocknen müssen. Wenn ich etwas für ihn tun konnte, dann bestimmt, das Feuer nicht ausgehen zu lassen.

Die Flammen loderten über meinen Kopf, als er sich beruhigte. Wir würden bald aussehen wie Bratkartoffeln. Ich ging zu ihm, und ich brachte noch den Trick mit den Zigaretten, denn im Grunde, egal, was passiert, im Grunde kann kein Mensch lange ohne Tabak sein.

– Weißt du... Wir sind bestimmt ganz schön abgekommen. Wir sollten uns besser mal nach dem Stand der Dinge erkundigen, sagte ich.

Normalerweise hätte ich mich vor Lachen gekringelt. Ich hätte hinzugefügt, na sicher, aber klar doch, nichts einfacher als das...! In Wirklichkeit hingegen, in Wirklichkeit waren wir verloren, leider hatten wir uns nicht einfach verlaufen oder waren in einem Fingerhut untergegangen, nein, das war tausendfach schlimmer, wir steckten in dem großen, tiefen, unermeßlichen Wald, und wir waren mickriger noch als eine Nadel, wenn einem die Geschichte mit dem Heuhaufen gefällt. Woher sollte ich denn wissen, in welche Richtung wir gehen mußten? Wie sollten wir es denn anstellen, uns nach dem Stand der Dinge zu erkundigen...? Ich konnte mich nicht erinnern, irgend etwas auf unseren Weg gestreut zu haben.

Ich setzte mich neben ihn. Das Feuer knisterte, und die Bäume tanzten ringsum. Die Zeit war nicht stehengeblieben, sie zerrann in kleinen Wellen. Das war eine ganz sonderbare und zudem flüchtige Empfindung, aber mir war nicht danach zumute, Notizen zu machen, da konnte ich mich nicht drum kümmern. Ich mußte nachdenken, ich mußte mir was einfallen lassen, wie wir aus diesem Wald rauskamen. Anschließend würden wir uns um Gloria kümmern. Aber als erstes mußten wir hier raus. Wir mußten die Dinge der Reihe nach angehen. Selbst in meinen schlimmsten Träumen hatte ich so einen Scheiß noch nicht erlebt. Ich wollte einen Blick mit Henri wechseln, irgend etwas, das mir gut getan hätte, und ich drehte mich um. Er war umgekippt, und der Schlaf hatte ihn mit verzerrtem Gesicht eingefroren.

7

Wir brauchten zwei volle Tage, um da wieder rauszukommen. Ich kann es selbst kaum fassen. Achtundvierzig Stunden lang herumzuirren, sich vorwärtszuschleppen, zwischen Bäumen hindurchzutorkeln. Zerkratzt, verdreckt, wie ausgekotzt, fix und fertig, gegen Ende am Rand der Verzweiflung. Die Beine zitternd vor Erschöpfung. Es wurde Abend, als wir auf eine Straße stießen. Wir setzten uns auf den Seitenrand und hofften, daß bald eine Karre auftauchen würde. Mit einem Mal hatten wir ein großes Stück freien Himmel über uns. Das brachte uns von Hölzchen auf Stöckchen.

Endlich einmal hatten wir Glück, gleich der erste Wagen hielt an. Ein junger Typ saß hinter dem Steuer. Unsere Erscheinung ängstigte ihn nicht, er fing an zu lachen:

– Ich wette, ihr seid aus 'nem fahrenden Zug gesprungen, ulkte er.

Ich setzte mich neben ihn, Henri quetschte sich auf die Rückbank. Wir fuhren im letzten Abendlicht los, zurück in unsere gute alte Zivilisation. Ich erzählte dem Typen, daß wir uns verlaufen hatten. Ich fragte ihn, ob er eine Karte bei sich habe.

– Ich wette, das ist 'n Ding fürs Fernsehen, meinte er begeistert.

– Nein, sagte ich.

Ich schnappte mir die Karte, und er zeigte mir, wo wir waren. Ich rechnete schnell nach, dann drehte ich mich zu Henri um.

– Wir sind mindestens dreißig Kilometer von unserem Ausgangspunkt entfernt.

– Jaja... Geht das eigentlich auch was schneller...?

– He, Jungs...! Ich wette, ihr habt's eilig...!

Eine Viertelstunde später rückten wir den Bullen auf die Bude. Sie waren zu dritt. Zwei junge, die die Ergebnisse der Dreierwette auf einem Schreibtisch studierten, und ein weiterer im

Hintergrund, ein größerer mittleren Alters mit gegerbter Haut und graumelierten Haaren. Er hatte eine Bierflasche in der Hand und schickte sich an, in ein drei Kilo schweres Sandwich zu beißen. Wir beide, wir hatten schon seit geraumer Zeit nichts mehr gegessen. Henri schwitzte, und meine rechte Wade stand kurz vor einem Krampf.

– Bitte ..., sagte ich und senkte den Kopf.

– He, wartet mal ..., meinte der Alte. Ihr seid doch wohl nicht etwa die beiden Typen, die wir im Wald suchen ...?!

– Doch ... Sind wir.

Er packte sein Riesensandwich wieder in Alupapier, stand auf, kam auf uns zu. Er stützte sich mit den Ellbogen auf diese Art Tresen, der sie von den Besuchern trennt. Er musterte uns, zog die Augenbrauen in die Höhe und schüttelte den Kopf:

– Also ihr ... Man könnte meinen, besonders pfiffig seid ihr nicht ..., stöhnte er.

Henri schniefte, während ich mir mit zwei Fingern in die Lippe kniff.

– Man könnte meinen, ihr versteht euch darauf, anderen Leuten die Zeit zu stehlen, redete er weiter. Ich hab den ganzen Tag im Hubschrauber gehangen.

Henri stand steif wie ein Zombie, mit struppigem Haar, das Hemd aus der Hose, mit erloschenem Blick. Ich stellte meine Stablampe auf den Tresen. Die Batterien waren alle, aber ich hatte es geschafft, das gute Stück wieder mitzubringen.

– Na sowas ... Ich hab auch so eine, bemerkte der Alte.

– Hat man Gloria gefunden? fragte ich ihn.

– Nein, negativ. Wir haben die ganze Gegend durchkämmt. Wir haben 'ne Suchmeldung durchgegeben ... Naja ... Komische Geschichte ...

– Scheiße, das is' doch nich' möglich ...! nuschelte Henri. Was habt ihr'n eigentlich angestellt ...?

Der Typ richtete sich hinter dem Tresen auf, die Stirn in Falten.

– Halt, Vorsicht ... Ich fürchte, da hat Sie Ihr Kummer verleitet ... Wir haben alles Erdenkliche getan ...

– Na fein, bravo ... herzlichen Glückwunsch! knurrte Henri. Kann ich mal telefonieren?

– Hören Sie ... Jetzt nehmen Sie das doch nicht so ...

– Ich möchte meine Frau anrufen ... Ja? Kann ich 'n Telefon haben ...?

Der Bulle zögerte ein paar Sekunden, dann schnappte er sich einen Apparat, der hinter ihm stand, und stellte ihn auf den Tresen.

– Na schön ... bitte sehr ...

Henri packte den Hörer. Er wählte die Nummer in einer vollkommenen Stille:

– Hallo ...? Marlène ...?

– ...

– Ja ... nein ... es geht ... es geht ... nein, nichts Neues ...

– ...

– Ja ... da sind wir im Moment ... ach wo ... nicht mal uns haben die gefunden ... Das sind vielleicht Arschlöcher ...

Die beiden jungen Bullen blickten von ihrer Zeitung auf. Der Alte schnalzte mit der Zunge. Die haben ein ganz komisches Licht auf den Polizeiwachen. Auf der Besucherseite sank lähmende Helle aus den Neonröhren, ein Regen von spitzen Nadeln drang einem in den Kopf, und ich dachte an all die Kilometer, die wir auf dem Buckel hatten, an all den Schiß, diese unheimliche Angst, die wir mit uns rumschleppten, und dann diese Müdigkeit, die mich fast umwarf. Henris letzte Worte schwangen immer noch verblüffend deutlich durch den Raum.

Der ältere Bulle klatschte in die Hände und drehte sich nach den beiden anderen um.

– Los, los! stieß er hervor. Die Nacht kann ja heiter werden ...! Ab in den Bau mit denen ...!

Sie profitierten vom Überraschungseffekt. Zudem waren wir dermaßen ausgelaugt und zerschlagen, dermaßen vom Fleisch, daß sie uns wegpusteten wie zwei Federn, wir kamen gerade mal dazu zu brüllen, dreimal so laut wie Hühner, die abgemurkst werden. Sie sperrten uns in eine Zelle. Der Alte warf den Schlüssel von einer Hand in die andere und guckte dabei zur Decke:

– Wo kämen wir denn hin, wenn es keine Manieren gäbe...? fragte er.

Jessesmaria, ein Glück, daß da 'ne Bank war. Sie glich dem ewigen Frieden, breit und still, wie sie war. Ich stolperte auf sie zu.

– Ihr könnt was erleben...! Eure Namen, die hab ich mir schon notiert...! schrie Henri.

Er klebte an den Gitterstäben, sein Körper war schlaff wie ein Gummibärchen. Ich setzte mich. Danach konnte ich keine Träne mehr vergießen, ganz gleich, worüber, ich hatte nicht mehr die Kraft dazu, ich spürte nichts mehr. Zudem war die Zelle sauber, es war warm, und wir waren mehr oder weniger aus dem Schlamassel raus. Sowas kommt im Leben eines Menschen schon mal vor, daß man das finsterste Verlies mit einem Seufzer der Erleichterung begrüßt. Wenn die Zeichen auf Sturm stehen, geht nichts über ein paar solide Wände. Ich fing fürchterlich an zu gähnen, ich konnte es nicht unterdrücken, auch wenn es noch so deplaziert war bei all dem, was war.

Wir verharrten eine geraume Zeit in einem verstörten Schweigen, wie versteinert, unser Verstand lief auf vollen Touren, doch er drehte ins Leere. Schließlich tauchte einer der beiden jüngeren Bullen mit ein paar Sandwiches und zwei Pappbechern Limonade auf. Mein Magen hüpfte auf und nieder. Ich sprang von meiner Bank runter, und der Bulle reichte mir den Kram durch die Stäbe. Ich hatte soviel Speichel im Mund, daß mir ein Faden über die Lippe lief, als ich mich bei ihm bedankte.

– Ein Glück, daß wir keine herzlosen Arschlöcher sind, grinste er.

Henri saß auf dem Boden, in einer Ecke, mit dem Kopf gegen die Wand, und sein Gesicht war total ausdruckslos. Ich drückte ihm ein Sandwich in die Hand und stellte die Limonade neben seine Füße. Ein Schinkenbrot mit Gürkchen und einer Tomatenscheibe mittendrauf. Die Limonade sprudelte, sie war kalt, ich hörte die Kohlensäure in den Pappbechern zischen. Ich war rasend in sie verliebt. Es mußte gegen acht Uhr sein. Ich machte mir eine Zigarette an und ging ein paar Schritte durch die Zelle.

Ich war froh, daß Henri auch etwas aß. Ich vollführte ein paar Lockerungsübungen, indem ich mich an die Stäbe klammerte, ich massierte mir den Nacken, dann rief ich um Hilfe.

Nach fünf Minuten kreuzte der Alte auf, ohne jede Eile steckte er sich hinten sein Hemd in die Hose. Er baute sich vor der Zelle auf und warf mir einen fragenden Blick zu:

– Na und, was soll das Theater...? fragte er mich.

– Hören Sie... Ich möchte mit Ihnen reden.

Er verzog das Gesicht.

– Reden...? Mit mir...? Fragen Sie doch mal Ihren Kumpel, ob man was davon hat, sich mit Leuten wie uns zu unterhalten...

– Nein, nein, hören Sie... Ich wollte mich gerade dafür entschuldigen, sagte ich leise. Ich wollte Sie um Entschuldigung bitten...

– Um Entschuldigung...? wiederholte er lauthals.

Ich warf rasch einen Blick auf Henri. Er war nicht ganz da. Er spielte mit seinem Pappbecher, er drehte ihn zwischen den Händen.

– Ja... alles, was Sie wollen... flüsterte ich. Ich bin untröstlich, daß er das gesagt hat, aber ich kann Ihnen versichern, er hat das nicht so gemeint. Meine Güte, ich schwöre Ihnen, es tut uns leid...!

Er kratzte sich am Hinterkopf, um mir zu verstehen zu geben, daß ihm das schon eher gefalle, was ich da erzählte, er hatte Lust auf einen kleinen Nachschlag. So toll fand ich das nicht, doch die Zeit horchte nicht mehr in meine Seele hinein. Ich hätte ihm sogar die Hand geschüttelt, wenn er es von mir verlangt hätte. Er hätte mir auf die Schulter klopfen können, ohne daß ich einen Sprung zur Seite gemacht hätte. Ich hätte ohne weiteres zugegeben, daß ich mein Fett weg hatte.

– Seien Sie so nett, lassen Sie uns raus..., murmelte ich mit erstickter Stimme. Wissen Sie, die ganze Sache hat uns total umgehauen, ich wundere mich, daß wir uns überhaupt noch auf den Beinen halten... Er nimmt das zurück, was er soeben gesagt hat, ich kenn ihn, nochmals, entschuldigen Sie...

Er stöhnte auf und guckte nach oben, wie einer, der sich für viel zu gutmütig hält, dann öffnete er die Zelle. Ich ging Henri holen, ich packte ihn unter den Armen und hob ihn hoch.

– So, ich bitte dich um eins ... keinen Ton mehr, hauchte ich. Laß uns erst nach Hause kommen ...

Wir kehrten in den Empfangsraum zurück, und ich drückte ihn auf einen Stuhl, so daß er hinter dem Tresen versteckt war. Der eine der beiden jüngeren Bullen hatte sich ein Kreuzworträtsel von einer ganzen Seite vorgeknöpft, während der andere ein Lineal mitten auf seinem Schreibtisch auszubalancieren suchte. Der Alte guckte zum Fenster raus und trommelte mit den Fingern gegen die Scheibe.

– Schulde ich Ihnen was für den Verzehr? fragte ich ihn.

– Nein, schon gut, vergessen Sie's, antwortete er.

Ich vernahm einen Freudenschrei, und für ein paar Sekunden konnte man ein Lineal sehen, das auf einem Schreibtisch stand.

– Ich hab vorhin mit seiner Frau telefoniert, setzte der Alte wieder an. Ich hab ihr gesagt, ich würd Sie 'nen Moment hierbehalten und dann nach Hause fahren, übrigens muß ich gleich auf meine Runde ... Wir können gleich los ...

Bei diesen Worten ging mir auf, daß wir zu den Erwählten gehörten und es nicht mehr lange dauern konnte, bis wir das Licht erblickten, in diesem Fall meine ich ein Bett, einfach in ein mollig-weiches Bett zu kippen mit gespaltenem Schädel, und der Verstand fällt auf den Bettvorleger und kullert ans andere Ende des Zimmers, unter einen Stuhl. Ich spürte, daß uns vorerst nichts mehr passieren konnte, zumindest bis zum nächsten Morgen. Ich steuerte Henri via Fernbedienung zum Ausgang, während der Alte sich seinen Pistolengurt umschnallte und einer der Jungen ihm seinen Hut brachte.

Wir mußten zwei, drei Minuten auf ihn warten, draußen auf dem Bürgersteig vor der Kiste mit dem Blaulicht. Die Straße war ruhig, die Läden beleuchtet. Ein ultraleichter Wind säuselte allerfeinst durch die Wipfel einer Reihe Kastanienbäume. Es war dunkel. Ich ließ den Kopf auf mein T-Shirt sinken, und ein durchdringender Pilzgeruch schlug mir entgegen, eine Mischung aus Gras, Schweiß, Rinde und Moos, kein Vergleich mit diesem nach Wald riechenden Duftstoff, den man sich als Spray kaufen kann, nein, ein ebenso geheimnisvoller wie roher, ausgesprochen starker Duft. Ich dachte an Gloria, aber ohne eine besondere Horrorvision damit zu verknüpfen, ich dachte ganz abstrakt an sie, als ich ein Mädchen auf der anderen Straßenseite vorübergehen sah. Henri stand schweigend neben mir, die Hände in den Taschen seiner Shorts und die Stirn in Falten. Auch er war am Ende seiner Kräfte. Wir waren die beiden besten Schriftsteller unserer Zeit, aber das sah man uns wahrhaftig nicht an, die Leute schenkten uns keine Beachtung, wenn, dann höchstens einen angeekelten Blick, und die Frauen ohne Begleitung rümpften die Nase und beschleunigten den Schritt, die gleichen Frauen, die auf einem Literaturabend an unseren Rockschößen gehangen hätten, die gleichen, die einen auf der Stelle geduzt hätten.

Der Alte tanzte endlich an, und wir kletterten in den Wagen, ich stieg vorne ein. Langsam rollten wir aus der Stadt. Niemand sagte ein Wort. Der Wagen roch nach Hund und kaltem Kunststoff. Das Armaturenbrett glitzerte wie eine ganze Reihe Wundergrotten. Das Radio rauschte, hin und wieder knackte es. Stöße von Papier quollen aus dem Handschuhfach. Trotzdem war ich mir nicht sicher, wo ich mich befand. Vielleicht in einem Aquarium?

Der Bulle setzte uns vor dem Eingang des Hofs ab. Er sagte etwas, das ich nicht verstand, und ich antwortete jaja und schlug die Tür zu. In der Bude brannte Licht. Die Haustür kam mir kilometerweit weg vor. Er wendete hinter uns. Während das Geräusch des Motors verhallte, standen wir dort, ohne uns zu rühren, ich wüßte selbst nicht zu sagen, warum. In dem Moment, wo wir uns in Bewegung setzten, öffnete sich die Tür und Marlène rannte uns entgegen. Wir landeten rasch in ihren Armen, sie packte uns beide auf einmal. Henri drückte sie gegen seine Schulter. Ich löste mich also ganz sanft und hielt mich ein Stück hinter ihnen, in einem diskreten, gehörlosen Schatten.

Als wir reinkamen, marschierten sie schnurstracks Richtung

Wohnzimmer, doch ich bog bereits in die Küche ab. Ich nahm mir eine Packung Grapefruitsaft aus dem Kühlschrank und winkte ihnen zu, ich wolle mich hinlegen, ich könne nicht mehr. Bevor ich die Treppe raufstiefelte, zog ich mir 'nen kräftigen Schluck Saft rein.

Als ich wach wurde, knallte die Sonne durchs Fenster, und die Vögel sangen und zwitscherten. Für den Anfang schnitt ich eine Grimasse, da ich feststellen mußte, daß man mich in der Nacht wohl ganz schön verdroschen hatte, dann stand ich auf. In der Bude war nicht der geringste Laut zu hören. Ich wurde fast ohnmächtig vor Wonne, als ich unter der Brause die Augen schloß, am Ende duschte ich mich eiskalt ab.

Ich verzog mich mit meinem Kaffee und einer Zigarette unter die Veranda. Ich zog mir einen Stuhl in den Schatten. Ich warf einen Blick auf den Wald, der ungefähr hundert Meter weiter anfing, ich sah ihn mit anderen Augen. Die Szene mit dem Baum, der aufs Dach gestürzt war, erschien mir mit einem Mal in einem ganz anderen Licht. Ich zog es vor wegzugucken. Der Kaffee war großartig, aber ich dachte wieder an Gloria, und ich war zu faul, aufzustehen und ein Stück Zucker nachzukippen. Gebracht hätte das ohnehin nichts, mir wäre selbst ein Becher Ahornsirup zu bitter gewesen.

Ich hatte keinen Schimmer, wie man aus so 'ner Sache wieder rauskam. Ich war mir keineswegs sicher, ob der Schmerz wirklich der Zeit unterlag. Wenn ich meiner persönlichen Erfahrung Glauben schenken konnte, sollte man da nicht zu fest drauf bauen. Ich fragte mich, wie es nun weitergehen sollte. Als Schriftsteller war ich neugierig darauf, persönlich hingegen hätte ich wer weiß was dafür gegeben, die Partie abzubrechen. Vor allem, wo die Sache durchaus noch schlimmer werden konnte, wer weiß, vielleicht würden wir uns schon bald in einen wahren Alptraum stürzen, dann nämlich, wenn wir sie wiederfänden. An Mördern, Triebtätern, Bekloppten herrschte nun wirklich kein Mangel.

Diese Eventualität schaffte mich vollends, ich legte eine Hand auf meine Stirn. Da stehen mir aber einige unerträgliche Momente mit den beiden anderen bevor, dachte ich bei mir. Und sei es nur, wenn man sich ansah, zusammen was aß, ins Schweigen starrte. Und wartete. Und in die Höhe fuhr, sobald das Telefon klingelte. Mir war schon im voraus hundeübel, ich wiegte ihn jetzt schon hin und her, meinen Kopf. Da konnte ich gleich versuchen, nackt einen Dornenstrauch zu durchklimmen oder eine Kiste Nägel zu verschlingen. Zufällig fiel mein Blick auf den Mercedes. Er stand voll im Licht. Das erinnerte mich an was, an den Tag, wo ich die ganzen Fressalien im Kofferraum vergessen hatte. Wer weiß, am Ende hatte Marlène unsere Tüten eingepackt und anschließend vergessen, und jetzt faulte das ganze Zeug vor sich hin. Ich sah bereits die Butter ganz unten zerfließen. Vielleicht war das 'ne gute Gelegenheit, sich was zu bewegen, sich nützlich zu machen. Ich stand auf. Diese ganze Sache mit dem Proviant hatte nicht die geringste Bedeutung, aber irgendwie mußte ich mich beschäftigen. Ich wollte diesem Tag nicht untätig begegnen, ich wollte ihn Stück für Stück angehen.

Im Kofferraum war keine einzige Tüte, bloß die Pullis, die ich da reingeworfen hatte, als wir losfuhren. Ich fischte sie raus und sagte mir, die räum ich als erstes mal weg, in der Zeit kann ich mir überlegen, was ich danach anfange. Ich nahm sie auf den Arm und legte eine Hand auf das glühend heiße Blech, um die Klappe zuzuschlagen. Ich zog sie im nächsten Moment wieder zurück. Ich schüttelte sie hin und her. Ich hatte mich von dem Schock noch nicht wieder erholt, als sich mir ein alarmierendes Detail aufdrängte. Mir blieb die Luft weg. Ich guckte nach, ob tatsächlich nichts mehr im Kofferraum war. Ich stürzte ins Wageninnere und guckte sogar unter die Sitze. Ich war dermaßen aufgeregt, daß ich anfing zu quieken. Danach rannte ich los und stürmte in die Bude.

Ich platzte mit dem Bündel Pullis auf dem Arm in Henris Zimmer. Ich starrte drei winzige Sekunden lang auf sein Bett, bevor mir aufging, daß da niemand drin lag. Ich flitzte rüber in Marlènes Zimmer, als stünde ich auf einem Lavastrom. Wenn ich nicht BALD eine Antwort auf meine Fragen bekam, würde ich das ganze Land in Brand stecken oder sogar 'n Anfall kriegen. Vor lauter Kopfzerbrechen werden die Schriftsteller ganz empfindliche Typen, da ist schon mehr als einer im Rollstuhl gelandet, um sich mit zermatschtem Hirn den ganzen Tag lang vollzusabbern und drüberzupinkeln. So'n Schriftsteller, der muß es in einem fort übertreiben, und am Ende muß er dafür büßen, man braucht doch bloß auf 'ne Dichterlesung zu gehen, um festzustellen, daß die meisten von denen total verblödet sind.

Sie schliefen. Henri lag in voller Montur quer über dem Bett, und Marlène war unter eine Decke geschlüpft. Ich riß die Vorhänge auf. Ich rüttelte alle beide brutal wach.

– He... Aufwachen, AUFWACHEN...!!

Sowie Marlène die Augen aufschlug, fuchtelte ich ihr mit meinem Bündel vor der Nase herum, ich packte sie am Arm.

– Marlène, ich bitte dich, denk nach... es ist wichtig..., legte ich los.

Ich zählte bis zehn, um ihnen Zeit zu geben, zu sich zu kommen. Henri drehte sich auf die Seite, während sich Marlène in die Decke wickelte. Sie starrten mich beunruhigt an.

– Was ist denn..., stieß Henri hervor.

– Warte..., fiel ich ihm ins Wort. Warte...

Nur Marlène wußte die Antwort, ich guckte ihr tief in die Augen, ich wünschte, ich wäre bereits ein paar Minuten älter.

– Hör gut zu..., sagte ich klar und deutlich. Hast du irgend etwas aus dem Wagen geholt, seitdem du zurück bist...? Denk gut nach...!

Ich glaube, ich hatte sie hypnotisiert, sie konnte ihren Blick nicht von meinem lösen. Schließlich schüttelte sie den Kopf in einem tiefblauen Schweigen. Das war der Moment zu beten.

– Biste sicher...? fragte ich sie. Biste dir hundertprozentig sicher, daß du keinen Pulli aus dem Kofferraum geholt hast...?

– Was soll denn das...? krächzte Henri.

– Nein, nein... Nein, ich hab nichts angerührt...

– DU HAST GLORIAS PULLI BESTIMMT NICHT ANGERÜHRT...??!!

Es gibt Sätze, die haben's nicht leicht, die hängen sekundenlang in der Luft, fliegenden Fischen gleich, und man hat das Gefühl, alles bleibt stehen und die Wände sind aus Blei. Marlène fuhr sich mit der Hand vor den Mund. Stöhnend warf ich die Pullis aufs Bett. Ich klatschte mir auf die Oberschenkel, ich erhob mich von der Bettkante.

– Aber Herr im Himmel, was soll denn dieses Theater um diesen Pulli? knurrte Henri.

Ich stellte mich ans Fenster, um einen Blick auf die Welt zu werfen.

– Das heißt, daß wir aufatmen können, verkündete ich.

Ich vermute, sie hatten längst kapiert, trotzdem mußte ich ihnen alles haarklein erzählen, sie wollten bloß hören, was war, hab ich den Eindruck.

– Nun ja, das ist nicht weiter schwierig..., erklärte ich mit heller Stimme. Sie ist schlicht und einfach mal wieder abgehauen, das ist alles, wir haben uns wegen nichts und wieder nichts verrückt gemacht...!

Sie klebten wie wild an meinen Lippen, bleich wie Gespenster, die aus einem Gefrierschrank kletterten.

– Keine Ahnung, warum sie sich dafür ausgezogen hat, fuhr ich seelenruhig fort, aber die Fortsetzung, die kann ich euch sagen... Ihr roter Pulli, also, wenn ich den anzieh, der reicht mir auch schon über den Hintern. Das war nicht der Wind, der den mitgenommen hat, der ist auch nicht mit dem Heiligen Geist davongeflogen, o nein! SIE selbst hat ihn sich geholt, nicht etwa der Weihnachtsmann...

– Du meinst also...

– Du denkst also...

– Hört zu, fügte ich hinzu. Ich selbst hab die Pullis in den Kofferraum gesteckt. Ich weiß, daß er dabei war. Und splitternackt konnte sie auch nicht durch die Gegend trippeln. Wir können ihn ja ruhig noch was suchen, noch sind wir nicht am Ende unserer Leiden.

Henri rollte sich auf den Rücken, die Augen zur Decke gerichtet.

– O wei, o wei...! Ich hoffe nur, du hast recht...

Marlène nickte zögernd, sie schürzte die Lippen.

– Haste schon mal in ihr Zimmer geguckt? fragte ich sie.

Wir hetzten alle drei Schulter an Schulter in den Flur. Leider hatte sie ihre Koffer nicht gepackt, sie standen alle noch da, und ein Großteil ihrer Klamotten flog auf dem Boden herum. Ich spürte, wie uns der Hauch der Verzweiflung streifte.

– Das heißt nichts..., knirschte ich.

Während die beiden anderen wie Stoffpuppen aufs Bett fielen, machte ich mich in dem Zimmer zu schaffen. Ich machte die Schränke auf, wühlte in den Schubladen, schleuderte ihre Sachen mit einer gewissen Wut, einem heiligen Zorn umher. Ich hatte den Film der Ereignisse im Kopf, ich sah sie klar und deutlich vor mir, ich wußte, ich konnte mich einfach nicht irren. Ich schickte mich an, das Zimmer ein zweites Mal umzukrempeln, als ich plötzlich wie von der Tarantel gestochen hochfuhr.

– He...! murmelte ich. He...! Wo ist denn die schwarze Hose mit den Druckknöpfen über den Knöcheln...?

– Wie bitte...? Was für eine Hose...? antwortete Henri mit schwacher Stimme.

Brutale Aufregung durchfuhr mich, ich war dabei, Bekanntschaft mit dem elektrischen Stuhl zu schließen. Ich schmiß mit einem ganzen Stapel T-Shirts um mich.

– Herrgott...! Dieses schwarze Clownsding, das ich ihr gekauft habe...!

Mit diesen Worten hatte ich ihnen zugleich ein wenig von meinem inneren Feuer injiziert, woraufhin sie in Nullkommanichts aufsprangen. Henri kniete sich hin, um unters Bett zu gucken. Marlène lehnte sich zum Fenster raus, um nachzusehen, ob das Ding nicht auf der Leine war. Wir stellten die ganze Stube auf den Kopf, ohne es in die Finger zu bekommen.

– Und ihr gelbes Sweatshirt... Ich seh auch keine Spur von ihrem gelben Sweatshirt, krächzte Henri.

– Schon gut, das reicht... Hören wir auf zu suchen! sagte ich. Sonst stell'n wir gleich fest, daß sie sich auch 'n Paar Tennisschuhe eingesteckt hat...!

Mit einem Mal packte mich eine solche Wut auf sie, daß ich

rauslief, um mich hinter dem Haus abzureagieren, Richtung Bach. Ich wartete, bis ich allein war, um sie als Hurenkind zu beschimpfen, um ein paar Steine aufzuheben und sie mit einer stummen, befreienden Wollust in den Wald zu feuern. Zum guten Schluß setzte ich mich in die Sonne, ich ließ die Füße ins Wasser baumeln und atmete tief durch. Ich strich mir über die Arme.

Nach 'ner Weile lächelte ich. Das war mir schon seit einigen Tagen nicht mehr passiert, und sämtliche Muskeln meines Gesichts mischten dabei mit, ich lächelte wie ein Vollidiot, blinzelte mit meinem Dreitagebart ebenso anmutig im Licht wie ein verklärter Schwachsinnskandidat. Das mußte man ihr lassen, sie war schon immer ein Teufelsmädchen. Ich hätte einiges dafür gegeben, sie in den Fingern zu haben und ihr ordentlich eine zu knallen, da gab es keinen Zweifel, aber ich hatte ebenso eine wahre Hochachtung vor ihrem Temperament, davor, mit welcher Leichtigkeit sie zur Tat schritt. Mich als wesensmäßig eher flüssigen Typ hat das Feuer schon immer beeindruckt.

Später ging ich zu den beiden anderen zurück, und wir aßen einen Salat auf der Veranda und ein bißchen Obst. Die Stimmung war ernst, aber eine entsetzliche Last war dennoch von uns gefallen. Henri hatte einen hübschen, sauberen Verband um die Hand, Marlènes Lippen hatten wieder etwas Farbe. Natürlich stellten wir uns jede Menge Fragen, auf die es keine Antwort gab, die Sitzung dauerte den halben Nachmittag, doch keiner von uns hörte wirklich hin, wir hatten einfach Lust zu reden, irgendwas, Hauptsache über sie. Wir mußten uns den Kopf freimachen von den finsteren Bildern, von den Dingen, vor denen wir gezittert hatten, den blutrünstigen Klamotten aus der untersten Schublade.

Der Tag neigte sich, als ich aufstand, um ein paar Eis am Stiel aus dem Kühlschrank zu holen. Wir schleckten sie mit den Seufzern der Genesung. Danach kamen die beiden Typen, die für Marlène arbeiteten, am Ende ihres Tagewerks wegen irgendeinem Scheiß von wegen dem Traktor zu uns rüber, und wir luden sie dazu ein, einen Schluck mit uns zu trinken, sie lachten sich darüber kaputt, daß das zwei Schriftsteller waren, mit denen sie da quatschten, sie stießen sich mit den Ellbogen in die Seiten. Aber sie waren auch der Meinung, es gibt eben solche und solche, und ich schenkte ihnen nach, gerade genug, um einen Ochsen abzufüllen. Wir sahen ihnen mit den letzten Oliven in der Hand und einer Zigarette im Mund zu, wie sie sich auf ihre Räder schwangen und vor dem rosafarbenen Himmel um die Ecke bogen. Wir fühlten uns inzwischen fast wohl. Ich riß mir das T-Shirt vom Leib, um der Milde der Luft zu huldigen, Marlène lackierte sich die Zehennägel, und Henri machte die Augen zu.

Als nichts mehr zu sehen war, gingen wir rein, im Gänsemarsch, Richtung Polster. Ich stellte den Fernseher an, um mir weiter das Hirn durchzupusten, und wie durch ein Wunder stießen wir auf eine Reihe Werbespots, das machte das Glück vollkommen, der ganze Schwachsinn der Menschheit in einem Fingerhut vereint, was Erholsameres gibt es nicht, nichts ist beruhigender, als feststellen zu können, daß es noch Beklopptere gibt als einen selbst. Ich haßte diese Kerle aus ganzem Herzen, und ich hatte keine Lust, mir deswegen Gedanken zu machen, das war rein physisch, solche Dinge lassen sich nicht diskutieren. Ich haßte sie, aber ich war ziemlich froh, daß sie da waren, sie vermittelten einem die rechte Vorstellung von der Welt, in der wir lebten. Sich einen Reklameteil reinzuziehen hieß sämtliche Hoffnung fahren zu lassen und sich der Kontemplation des Nichts hinzugeben. Und sowas braucht man von Zeit zu Zeit.

Marlène war kurz auf ihr Schlafzimmer gegangen, als sie zurückkam, teilte sie uns mit, daß ihr Geld fehle. Sie lächelte bei dem Gedanken, daß ihre Tochter nicht ohne einen Groschen in der Tasche verduftet war. Ich für meinen Teil, ich wunderte mich da nicht im geringsten, ich kippte weiter mein Bier in mich rein. So langsam bekam ich verdammtnochmal ein Bein auf die Erde, mittlerweile herrschte fast schon wieder 'ne normale Stimmung. Es tat gut, Luft holen zu können. Oder hätte ich jetzt eher Interviews geben sollen, mich im Fernsehen zeigen oder in irgendwelche Nachtlokale rennen sollen...? Meine Güte nochmal, wie hätte ich das denn anstellen sollen? Ließ mir das Leben überhaupt fünf Minuten Zeit...? Es machte mich krank, wenn ich sah, daß andere dazu kamen, ich kapierte es nicht. In der Flimmerkiste behauptete einer, unsere Träume ließen sich realisieren.

Das Sofa, auf dem ich lag, die Arme hinter dem Kopf verschränkt, war wie für mich maßgeschneidert. Ich hatte mir bloß ein kleines Kissen unter den Nacken geschoben, denn so konnte ich geradewegs auf den Fernseher gucken, wenn ich die Spitzen meiner Galoschen ganz leicht verrückte. Ich fühlte mich wie ein Motor, der in Zeitlupe lief, frühmorgens, unter einer fröstelnden Sonne. Marlène brachte uns was zu essen, auf Tellern, und das war die erste ruhige Nacht nach all der Scheiße, die wir hinter uns hatten, wir schämten uns nicht, uns bedienen zu lassen, wir fanden es phantastisch. Diese zwei Tage, die wir durch den Wald geirrt waren, hingen uns noch schwer in den Knochen, ich hätte mich mit keiner Fliege rumprügeln mögen. Eine Zeitlang sahen wir uns einen japanischen Film an, aber die Hälfte der Untertitel war nicht zu erkennen, zudem war das 'ne ziemlich düstere Geschichte. Marlène erklärte, sie gehe ins Bett, ich hörte sie hinter mir gähnen.

Henri und ich, wir blieben wie festgenagelt auf unseren Plätzen, abgesehen von dem einen Mal, wo ich aufstand, um Bier zu holen, schließlich war ich der jüngere. Eine unsichtbare Kraft wirkte jeder Bewegung entgegen. Als er den Verschluß aufschnappen ließ, zischte Henri ein Strahl Schaum auf den Bauch. Er fuhr nicht in die Höhe, er begnügte sich damit, den Kopf zu schütteln.

– Trotz allem, eins bleibt..., sagte er mit ruhiger Stimme. Es bleibt der Schmerz eines Vaters.

Er hob sein Bier in meine Richtung, mit gesenkten Augen. In dem Film stieß irgendein Typ einen Schrei aus, und der Kopf eines Samurai flog durch die Luft.

– Wenn dir deine Tochter sowas antut, seufzte er, dann fragst du dich, was du in deinem Leben überhaupt geschafft hast...

Ich gab ihm mit einer Handbewegung zu verstehen, er rede dummes Zeug. Es war verlorene Liebesmüh.

– Weißt du, fügte er hinzu, ich hab weder die Mutter noch die Tochter halten können. Ist das nicht ein Zeichen …? Irgendwas muß ich an mir haben …

– Ja, da muß ein Fluch hinter stecken …, kicherte ich.

– Nein, nein, ich mein das ernst …

– Herrgott, ich kann nur *hoffen*, du meinst das nicht ernst …!

– Nein, nein … aber das versteht keiner.

– Hör mal, so Mädchen gibt es nun mal. Es lohnt sich nicht, darüber nachzudenken. Mit dir hat das alles nichts zu tun, das sollteste dir mal schnell einbleuen. Du trägst keine Schuld. Weißt du, ich hab das mit Betty erlebt …

– Wie kommst du dazu, daß man keine Schuld trägt, wie kommst du dazu, sowas zu sagen …?

Ich stand auf, um den Fernseher auszuschalten, der rauschte, ohne daß noch ein Bild zu sehen war. Ich legte ein wenig Musik auf, um das Schweigen auszufüllen. Ich hatte dermaßen Schiß, ein Modeschriftsteller zu werden, daß ich gar keinen Rock mehr hörte, ich war zur Country-Musik übergegangen, die strapazierte mir nicht so die Ohren, und zudem war das 'ne Musik, die nicht alterte, was einem nichts verdarb, wie man sich vorstellen kann. Ich setzte mich neben ihn.

– Erinnerst du dich noch, fragte ich ihn, daß du mir eines Tages mal gesagt hast, man sollte keine zu jungen nehmen …? Naja, ich bin vor allem überzeugt, man sollte sich keine zu lebendigen aussuchen, wenn man vor Überraschungen gefeit sein will, wenn man nicht urplötzlich wieder allein sein will …

– Jaja … Und wie willste das anstellen …?

– Ja … Ich weiß … Vielleicht hast du ja doch recht, vielleicht ist das der Preis, den wir zahlen müssen, nämlich auf solche Mädchen zu stoßen. Das ist der Typ Frau, der uns vibrieren läßt, da werden wir nie was dran ändern. Vielleicht sind die extra für uns Schriftsteller gemacht, um uns ein bißchen Leben einzuflößen …

– Hmm … Und der liebe Gott hat mir gleich ZWEI davon

angehängt, seufzte er nachdenklich. Ich glaube, mich hat's satt erwischt.

Wir rappelten uns auf, um neues Bier aus der Küche zu holen. Ich hielt den Kühlschrank auf, und Henri zog ein Sechserpack raus. Wir gingen wieder zurück und setzten uns.

– Weißt du, hob er wieder an, ich komm noch nicht darüber hinweg, daß sie lebt, es gelingt mir noch nicht, 'ne Stinkwut auf sie zu haben. Morgen sieht das bestimmt anders aus, hab ich das Gefühl.

– Weißt du was ... Das war vielleicht 'ne Schinderei in diesem Wald, wenn ich so daran denke ...

– Ah, Herr im Himmel ...! Ich hab die ganze Nacht davon geträumt. Heut morgen hab ich beim Rasieren Harz in den Stoppeln gehabt. Ich muß mich regelrecht dazu durchringen, die Sache überhaupt zu glauben.

– Herrgott ... der helle Wahn ...! Weißt du, ich hab schon gedacht, jetzt sitzen wir in der Falle ... Noch ein, zwei Tage, und ich hätt dir ein Bein angeknabbert.

– Und zum krönenden Abschluß landen wir auch noch im Knast ... Nein, das ist total verrückt!!

Wir hatten nur noch ein kleines Lämpchen in einer Ecke brennen, was bedeutet, daß uns das Licht nicht voll ins Gesicht schien und drei Viertel des Zimmers in Dunkelheit getaucht waren. Draußen spazierte der Mond über den Hof, er durchfloß den wolkenlosen Himmel.

– Der Weg ist lang und beschwerlich, das kann man sagen, murmelte er und trank einen Schluck. Vor allem beschwerlich ... Trotzdem, ich kann nicht so einfach wegstecken, was sie mir angetan hat.

– Was erzählst du denn da ... Das ist keine Sache zwischen dir und ihr. Das liegt an IHR, an Gloria GANZ ALLEIN! Sie ist nicht etwa abgeschwirrt, um dich anzuöden, sondern weil sie so ist.

– Hmm ... Gar so einfach, wie du meinst, ist das nicht ... Versteh mich recht, ihre Mutter hatte uns verlassen, Marlène war nicht mehr bei uns, ich war es, der ihr die Windeln gewechselt hat, der Tausende von Kilometern zwischen unserer Bude und der Schule hin und her gepilgert ist, sofern es nicht zum Arzt ging oder ins Grüne. Ich war dabei, als sie kaum laufen konnte und andauernd auf die Schnauze geflogen ist, ich war dabei, als sie sich sämtliche Kinderkrankheiten zugezogen und ihre Regel bekommen hat, ich war dabei, als sie ihr T-Shirt vor dem Spiegel hochgezogen hat, um nachzugucken, ob ihre Brust größer geworden war, und dabei hat sie geseufzt. Ich war stets dabei, ich allein. Das hat mich die doppelte Zeit gekostet. Sie hatte nicht das Recht, mir sowas nochmal anzutun, nein, das akzeptier ich nicht...

– Weißt du, was wir bräuchten, du und ich... Eine Maschine, um umzukehren... Dann könnten wir alles zur gegebenen Zeit nochmal von vorn anfangen...

– Du meinst 'ne Maschine, mit der man in den Mutterleib zurückkehrt...??!

8

Mein Buch erschien zwei Monate darauf, im Spätsommer. Die normale Presse ging nicht darauf ein, dafür grabschte ich mir sämtliche Preise in den peripheren Blättern, und in gewissen Kreisen redete man von nichts anderem mehr. Mein Verleger behauptete, das sei sehr gut, ich würde berühmt, doch leider könne die Kohle noch nicht mitziehen, ich müsse mich ein wenig gedulden. Die Kohle war mir vierzig Jahre meines Lebens auf die Eier gegangen, und meine Geduld, die war schon ewig und drei Tage am Ende, das auf alle Fälle. Ich hatte nur den einen Wunsch, monatlich entlohnt zu werden und mir mit sowas nie mehr die Rübe zu zerbrechen, nie wieder die Visage meines Zweigstellenleiters sehen zu müssen. Am anderen Ende der Leitung versicherte er mir, daß er das sehr wohl verstehe, daß man aber für die nahe Zukunft eine solche Lösung vernünftigerweise nicht in Betracht ziehen könne.

– Hören Sie, um die Lage zusammenzufassen, ich würde sagen, der Stich ist gewonnen. Aber er ist noch nicht ganz ausgespielt, verstehen Sie...?

Klar doch, ich tat mein Bestes, um so mehr, als mein letzter Scheck schon reichlich angeknabbert war. Meine Visage in der Zeitung zu sehen, davon war ich noch nie satt geworden.

Henri hatte seinerseits Geld aus dem Verkauf seines letzten Buches erhalten, nur daß es mit der Poesie nicht so weit her war, sie deckte selten die Unkosten. Immerhin wäre uns das noch ganz gut zupaß gekommen, aber wir hatten die Sache besprochen und waren überein gekommen, dieses Geld Marlène zu geben, solange der Hof noch nicht verkauft war. Ich werde mein Lebtag die Hitzewelle nicht vergessen, die das Land am Tag ihres Umzuges überzog, den glühend heißen Wind, der einem wie ein Haartrockner ins Gesicht blies. Das war fast schon bedrohlich, wir hatten den Kühlschrank mit riesigen Sprudelflaschen vollgestopft. Und wir waren nachts gefahren. Der Mercedes plus ein großer Lieferwagen, den wir gemietet hatten. Stellenweise war die Straße geschmolzen, und am nächsten Tag hatten wir uns in ihrer neuen Bude bei vierzig Grad im Schatten mit den Kisten abgeplagt, von den Möbeln ganz zu schweigen.

Wir hatten alles soweit eingerichtet, anschließend waren wir nach Hause gefahren, wir hatten ein Haus ohne Frauen, ohne Mädchen, ein dunkles und schweigsames Haus vorgefunden. Wir hatten die Gelegenheit genutzt, ein wenig aufzuatmen und unsere alten Gewohnheiten wieder aufzunehmen. Ich hatte angefangen, darüber nachzudenken, was ich als nächstes schreiben würde, und wenn es mich dabei packt, kritzele ich ein paar Sätze in ein Heft, ich mach mir ein Bild in der Erwartung einer plötzlichen, allumfassenden Offenbarung. Ich mußte meinen Geist umherschweifen lassen, mußte für das geringste Zeichen offen sein, kurz und gut, ich brauchte Ruhe für diesen Job. Die Botschaften des Himmels sind weiß Gott zart und zerbrechlich, und ein Autor muß der Geburt seines Romans mit heiliger Andacht beiwohnen. Es war besser, in solch einer Phase keine Frauen um sich herum zu haben, das machte einem die Sache einfacher. Und nichts ist jemals einfach mit einer Frau.

Henri hingegen störte mich überhaupt nicht. Er löste nichts Besonderes in mir aus, wenn er an mir vorüberging oder wenn wir uns unter der Dusche begegneten, wenn er die Beine spreizte und sich im Gegenlicht ans Fenster stellte. Und nicht zu vergessen, wir saßen in einem Boot. Er störte mich nicht bei meiner Arbeit. Er ging raus. Ich konnte den ganzen Nachmittag auf dem Sofa liegen. Wenn ich dann mit einem Mal ein Bier in der Hand hatte, wußte ich, daß er wieder da war.

Manchmal klappte rein gar nichts. Der Himmel reagierte mit tödlichem Schweigen, und ich tigerte durch die Bude, ohne daß es zündete. Es kam vor, daß ich an Marlène und Gloria dachte, Gloria, von der wir immer noch nichts gehört hatten, Marlène, die ich kein einziges Mal mehr angerührt hatte. Das gab mir die Bestätigung, daß sie uns selbst in Abwesenheit durcheinanderbrachten. Ich wußte nicht, was man dagegen tun konnte.

An manchen Tagen spürte ich, daß es keinen Sinn hatte,

weiterzubohren, und gab auf. Ehrlich gesagt passierte das ziemlich häufig, ich hatte es mit einem äußerst launischen Roman zu tun, und ich wußte nicht so recht, wo er drauf hinauswollte. Ich mußte mich in Geduld fassen. Ich ging spazieren, oder ich haute mich mit 'nem Buch in mein winziges Stückchen Garten, von der Straße durch einen Oleanderstrauch getrennt, den Kopf im Schatten und die Beine in der Sonne. Selbst wenn niemand außer uns in der Bude war, gingen wir ziemlich spät zu Bett, Henri und ich, wir verbrachten die halbe Nacht draußen auf unseren Liegestühlen und hatten Mühe, vor zwölf Uhr aufzustehen. Auf die meisten Nachbarn, vor allem auf die Einzelhändler der Gegend, machten wir den Eindruck, als lägen wir den ganzen Tag auf der faulen Haut, als hätten wir ein feines Leben, dabei ist das 'ne wahre Knochenarbeit, ein Buch zu schreiben. Von der Arbeitszeit mal ganz abgesehen. Da gibt es keine Sonn- und Feiertage. Man darf nicht übersehen, daß ein Schriftsteller, der auf einem Liegestuhl ruht, in erster Linie ein hart arbeitender Typ ist. Viele Leute verstehen das nicht und urteilen nur nach dem äußeren Schein, von daher auch unsere Schwierigkeiten, in den umliegenden Geschäften längerfristig Kredit eingeräumt zu bekommen.

Noch waren wir nicht soweit, aber ich machte mir keine Illusionen, ich wußte, was auf uns zukam. Und eine Handvoll Freunde abends bei uns zusammenzurufen brachte uns dem Abgrund ein gehöriges Stück näher. Naja, nicht gerade Freunde, eher Leute, die wir kannten, doch das kostete dasselbe. Zuweilen kam es mir vor, als wäre das Geld die einzig reelle Sache der Welt, und diese Erkenntnis entlockte mir ein Seufzen und schockierte mich zutiefst. Ein Schriftsteller sollte sich geistig unglaublich frei fühlen, ich hingegen hatte mich permanent mit meinen Geldsorgen rumzuschlagen. Wenn ich hörte, daß andere auf eine Auflage von fünfhunderttausend kamen, schnürte sich mir die Kehle zusammen.

Ich erzählte Henri nichts von meinen Befürchtungen, ich erzählte ihm im allgemeinen erst davon, wenn die Sache ganz im argen lag und mir nichts mehr übrigblieb. Ich wollte ihn mit meinen finanziellen Sorgen nicht belasten, ich sah nicht ein, wozu. Seitdem wir zurückgekehrt waren, hatte er Glorias Namen kein einziges Mal erwähnt, und obwohl er sich alle Mühe gab, gleichgültig zu erscheinen, wußte ich, daß er zutiefst verletzt war und in einem fort an sie dachte. Es war erheblich schlimmer als beim letzten Mal, als sie mit Eric ausgerissen war. Etwas in ihm war zerbrochen, endgültig, nichts und niemand konnte da noch was dran ändern. Was sollte ich ihn aufrütteln, nur um ihm die letzte Stromrechnung zu zeigen.

Außerdem konnte sich jeden Tag ein Käufer für den Hof finden. Die Zukunft war nicht ganz so finster, wie ich sie mir ausmalte. Marlène lachte sich tot, als ich ihr erzählte, daß ich mal als Klempner gearbeitet hatte, damals, als ich noch ein verkanntes Genie war, sie wollte mehr darüber hören.

– Lach nicht, sagte ich zu ihr, es kann durchaus sein, daß ich eines schönen Tages meinen Schweißbrenner auspacke, um der Misere zu entgehen. Wie soll ich denn klarkommen, wenn alle halbe Jahr mal 'n Scheck eintrudelt... Ich hab schließlich keinen Buchhalter.

Sie beruhigte mich, und ich vergaß die Sache für ein paar Tage, solange, bis mir wieder irgendeine Rechnung in den Briefkasten flatterte. Ich brauchte den Umschlag gar nicht erst zu öffnen. Ich ging über die Straße und kehrte bei Marlène ein.

– Weißt du, sagte ich, während ich das Stövchen unter der Kaffeekanne anzündete, weißt du, was mich ein wenig beunruhigt, das ist, daß sich die Welt in den letzten sechs Jahren garantiert geändert hat... Ich weiß nicht mal, ob man noch mit Werg arbeitet... Wer weiß, vielleicht bin ich schon völlig überholt.

Marlène verstand sich darauf, einem die Moral zu stärken. Bei unserer Abreise, als mir Henri eröffnet hatte, daß er ein kleines Häuschen für sie in der Stadt gefunden habe, aber nicht in irgendeiner Stadt, sondern GENAU BEI UNS GEGENÜBER, hatte ich nicht verhindern können, daß sich in mir alles verkrampfte und sich meine Beine in den Sitz preßten. Im Gegensatz zu ihnen fand ich das gar keine so tolle Idee, das war, als geleitete man den Wolf höchstpersönlich zu den Schafspelzen. Aber es gab keinen Grund dagegen, den ich laut hätte vorbringen können. Sie war also eingezogen, und die ersten Tage hatte ich mich hinter die Vorhänge meines Schlafzimmers gedrückt, um die kleine Hütte gegenüber zu belauern, ich hatte Henri gesagt, ich wolle nicht gestört werden, ich hätte das Gefühl, ein heikles Kapitel komme auf mich zu. Ich wußte selbst nicht, wovor ich eigentlich Angst hatte. Vielleicht hatte ich mir bei all dem, was uns zugestoßen war, 'ne Überdosis Frauen reingezogen.

Doch die Tage vergingen, und der Himmel blieb genauso blau und klar wie zuvor, also entspannte ich mich zunehmend. Schließlich ging ich zu ihr rüber, und sie verhielt sich mir gegenüber, als wär nie was gewesen, sie fragte mich, ob mir was Gutes für meinen Roman eingefallen sei. Ich mußte zugeben, daß sie intelligenter war als ich. Noch am gleichen Abend lud sie uns zum Essen ein, Henri und mich, und wir kreuzten mit 'nem Strauß Blumen und 'nem Mokkalikör auf.

Ich brauchte nicht lange, um mit fliegenden Fahnen ins andere Lager überzuwechseln, und als wir uns auf der Türschwelle von ihr verabschiedeten und über die Straße nach Hause latschten, flüsterte ich Henri zu, schön, daß sie hier ist, ein Glück. Zwischen den beiden Hütten lagen gerade zwanzig Meter, und nach 'ner Zeit, wenn man das ständige Kommen und Gehen bedenkt, nach 'ner Zeit fing die Straße stellenweise an zu blinken, vor allem abends konnte man das sehen, wenn der Mond drauf schien, ein kleiner silberner Pfad, der quer über die Straße führte, von ihr zu uns.

Sämtliche Leute, die wir kannten, hatte sie schnell in die Tasche gesteckt. Es gab böse Zungen, die behaupteten, sie sei uns Mutter, Frau und Tochter zugleich, aber die Leute sind dermaßen bescheuert, ihr Geist ist dermaßen versifft, daß ich mich über nichts mehr wundere. Die Welt versank in Schutt und Asche, aber wie sollte es auch anders sein? Im Grunde haßte ich die Menschheit, sie war mir keineswegs gleichgültig. Ich haßte sie in ihrer Gesamtheit für das, was sich um mich herum tat, und gewisse Leute mochten ja durchaus was taugen, aber denen begegnete man auch nicht an jeder Ecke.

Dies vorausgeschickt, hatten die Arschlöcher durchaus nicht ganz unrecht, Marlène bedeutete uns beiden 'ne Menge, überdies verbanden uns zu viele Dinge, als daß das anders hätte sein können, aber das hieß nicht, daß sie uns gehörte, nein, das leider nicht. Sie hatte Wert darauf gelegt, die Dinge von vornherein klarzustellen, hatte uns darauf hingewiesen, daß sie unabhängig bleiben wolle.

– Aber sicher ... nur unter diesen Umständen kann die Sache laufen, hatte Henri geantwortet.

– Wir haben uns gar nichts anderes vorgestellt ..., hatte ich mich beeilt hinzuzufügen.

Bis zu dem Abend, wo sie ausging, ohne uns vorher was davon zu sagen. Wir waren bei Einbruch der Dunkelheit mit 'ner Flasche und 'ner Schachtel Dominosteine angetanzt, doch ihre Tür war verschlossen, und wir hatten bestimmt fünf Minuten lang dagegengehämmert. Dann hatten wir uns angeguckt, ohne einen Ton zu sagen, und waren unverrichteter Dinge umgekehrt. Uns war aufgegangen, was sie gemeint hatte. In jener Nacht legten wir uns nicht allzu spät schlafen. Ich für meinen Teil hatte mich in voller Montur aufs Bett geworfen, ohne Licht zu machen, und ich hatte mir einzutrichtern versucht, denk an deinen Roman, das ist das einzige, was zählt, denk an deinen Roman, Kleiner. Aber Pustekuchen.

Wenn ich Gelegenheit hatte, allein mit ihr zu sein, hatte ich natürlich große Lust, mit ihr zu bumsen, ich dachte sogar an nichts anderes. Bloß, ich hatte ein Alter erreicht, wo man sich über den Preis, den man für den Sex zu zahlen hat, so seine Gedanken macht, und auch auf die Gefahr hin, daß mir sämtliche Bumser und Fickerinnen auf den Pelz rücken, möchte ich gestehen, daß ich keineswegs die Absicht hatte, den vollen Preis zu zahlen. Nicht noch einmal. Ich war bereits teilweise für Glorias Verschwinden verantwortlich, und zwar genau deswegen, es war höchste Zeit, daß ich mich zusammenriß. Ich war also auf der Hut, und das hinderte uns nicht daran, rumzualbern, zu lachen, Arm in Arm spazierenzugehen, und manchmal fragte ich mich, ob ich nicht träumte, ich hätte sie küssen können. Ich war wirklich heilfroh, daß wir auf die Tour beide aus dem Schlamassel raus waren, und das dank ihr. Ich, ich hatte mich verhalten wie der letzte Bekloppte. Wenn mich ihre Gegenwart ein wenig arg betäubte, stand ich einfach auf und ging draußen eine rauchen. Ich fand stets 'nen guten Vorwand. Aber es sollte mich nicht überraschen, wenn sie wußte, worum es sich in Wirklichkeit drehte.

Der Herbst rückte näher. Die ersten Blätter taumelten bereits von den Zweigen, und die Abende wurden frischer. Der Sommer ging in die Brüche.

Seit einigen Tagen lag meine Inspiration auf Eis, aber ich nahm das nicht weiter tragisch. Ich kannte diese Phasen, wenn man zu nichts in der Lage ist und sich fragt, wozu auch. Meines Erachtens kann man sich dem nicht entziehen. Bevor ich den ganzen Tag an meinem Kuli kaute oder in einem fort am Telefon hing, hatte ich lieber den Garten aufgeräumt, die Hecke geschnitten und den Stoff der Liegestühle ausgetauscht. Körperlich zu arbeiten brachte mir in solchen Momenten stets einen gewissen Trost, eine Art inneren Frieden.

Ich fühlte mich sonderbar abkömmlich, ich hätte meine Zeit praktisch jedem zur Verfügung stellen können, ganz gleich, wer da kam. Ausgerechnet Charles profitierte davon. Charles, der ein Heidengeld machte mit seinen Drecksbüchern. Herrjemine, es war wirklich eine verkehrte Welt. Naja, jedenfalls trudelte er eines Nachmittags ein, während ich Unkraut jätete. Ich konnte feststellen, daß Geld allein nicht glücklich macht, er zog ein Gesicht, als steckte er ernstlich in der Patsche.

– Gott sei Dank...! Du bist da...

– Ja, wie du siehst...

Er kramte ein Taschentuch hervor, um sich die Stirn abzutupfen. Dabei herrschte gar keine so große Hitze, vermutlich war er gelaufen. Er gab sich Mühe, mir einen dramatischen Blick zuzuwerfen.

– Du mußt mir helfen, ächzte er.
– Tut mir leid, das heißt, wenn's darum geht, dir 'n Vorwort zu schreiben...
– Nein, im Ernst, Vera V... kommt mit der 18-Uhr-Maschine, und ich muß sie abholen...!
Der arme Charles zitterte fast vor Rührung. Jedermann kannte Vera V..., ihr letztes Buch bewegte sich irgendwo um eine Million Exemplare, und ihr Konterfei hing in jeder Ecke. Trotzdem schrieb sie miserabel. Ich weiß, was man wieder denken wird, aber ich übertreibe nicht, im übrigen war auch Henri meiner Meinung, das war keine reine Eifersucht meinerseits. Es gab zum Glück noch 'ne Handvoll wahrer Schriftsteller in diesem Land, 'ne gute Handvoll, ich fühlte mich daher um so mehr bemüßigt, den ganzen Mist wegzuwischen. Ich hab gesagt, daß ich Charles' Bücher zum Fenster rausfeuerte, na schön, doch wenn mir ein Buch dieser Alten vor die Füße fiel, bückte ich mich nicht einmal, um es aufzuheben, und wenn's irgend ging, trat ich drauf oder kickte es, ohne mir was anmerken zu lassen, unter einen Sessel. Man sollte bei manchen Büchern keine Hemmungen haben und 'ne gesunde Haltung an den Tag legen, man darf sich auf so 'nen Scheiß gar nicht erst einlassen und sollte sich dieser Papierfetzen entledigen, ohne mit der Wimper zu zucken. Ein schlechtes Buch ist noch schlimmer als ein Brummschädel am nächsten Morgen.
Da ich ihm keine Antwort gab, krallte er sich an meiner Schulter fest und fuhr in vertraulichem Ton fort:
– Alter, sie kommt direkt aus der Hauptstadt... Wir werden gemeinsam an einer riesigen Sache arbeiten...
– Etwa 'ne neue Enzyklopädie?
– Ich bitte dich, hör doch mal auf mit deinen ewigen Witzen... Wir wollen eine Sondernummer für eine große Frauenzeitschrift vorbereiten...
– Sagenhaft!
– Ja... Stell dir das mal vor... Nun gut, jedenfalls ist mir was dazwischengekommen... Du mußt mir helfen... Ich kann nicht weg, und alle anderen, die ich bisher erreicht habe...

Ich puhlte die schwarze Erde hervor, die sich unter meinen Nägeln festgesetzt hatte, dann grabschte ich nach den Zigaretten, die aus seinem Hemd rausguckten.

– Einverstanden, sagte ich. Ich kümmere mich darum.

Er stieß einen Seufzer der Erleichterung aus und ließ sich auf einen Stuhl fallen.

– Gott sei's gedankt...! Ich kann aufatmen...!

Im nächsten Moment war er wieder auf den Beinen.

– Also gut, ich verlaß mich drauf... Ich bin wieder weg, du kannst dir ja vorstellen, was ich alles zu tun hab...!

– Naja, von sowas hab ich...

Er war schon nicht mehr da. Ich hörte das Geräusch seiner Schritte, dann knallte eine Tür.

– ...nur 'ne sehr vage Vorstellung, vollendete ich meinen Satz.

Ich hatte noch ellenlang Zeit. Ich ging rein, stellte mich unter die Dusche und zog mir ein frisches T-Shirt an. Henri hing auf allen vieren mitten im Wohnzimmer, er war damit beschäftigt, Zettel zu sortieren. Er verteilte sie auf mehrere kleine Stapel.

– Zeigste mir mal die letzten? fragte ich ihn.

Nie sah ich ihn schreiben, und trotzdem wuchs der Haufen regelmäßig an, man konnte meinen, er legte nie mal 'ne Pause ein und ackerte die Nacht durch. Er hatte vor zehn Jahren angefangen. Inzwischen hatte er ungefähr dreitausend Gedichte auf Lager, praktisch einen kleinen Koffer voll. Soviel konnte ich von mir nicht behaupten.

Ich drehte ihm den Rücken zu, um sie zu lesen, ich setzte mich auf einen Arm des Sofas.

Als ich mit dem letzten durch war, machte ich für ein paar Sekunden die Augen zu, dann drehte ich mich um und reichte ihm seine Papierchen zurück.

– Und, gefällt's dir...? fragte er.

– Gefallen wäre untertrieben, antwortete ich.

Ich marschierte zu den Bierflaschen, die im unteren Teil des Kühlschranks in Reih und Glied standen, dabei erklärte ich ihm die Sache mit der Tussi im Flugzeug.

– Was hältste davon mitzukommen...? rief ich ihm aus der Küche zu. Willste nicht auch mal vor die Tür...?

– Hmm... Sieht ganz danach aus, als wär das 'ne männermordende Alte, feixte er.

– Und du meinst, die schafft zwei von unserer Sorte...?

Es entstand ein kurzes Schweigen, dann sah ich ihn im Türrahmen auftauchen. Er feixte nicht mehr.

– Wir beide, wir haben doch schon seit einiger Zeit nichts mehr drauf, verkündete er.

Bis zum Flughafen brauchte man 'ne halbe Stunde. Wir fuhren früher los, denn da oben gab's 'ne Bar mit 'ner uneingeschränkten Fernsicht, ringsum Aloen, Kieselsteine, Eukalypten, und der Typ in der Bar kannte uns. Es war schön, wir rollten seelenruhig mit offenem Fenster durch die Gegend, und ein leichter Wind wirbelte hinter unseren Köpfen, während die Landschaft im grellen Licht flimmerte. Wir kletterten auf die Barhocker.

– Na, mein kleiner Georges... Was gibt's Neues? fragte ich.

Wenn ich genausoviel Zeilen geschrieben hätte, wie dieser Typ Gläser abgewischt, hätte ich mich bis an mein Lebensende ausruhen können. Die lange Strähne, die ihm in die Stirn fiel, war der Inbegriff von Traurigkeit. Er warf seinen Lappen über die Schulter und gähnte:

– Scheißsiff! Ich brech bald zusammen...! stöhnte er.

Georges sagte frank und frei, was er dachte, aber er befleißigte sich dabei niemals eines vulgären Tonfalls, das hob ihn über 'ne Menge anderer Leute. Wenn man ihn kannte, servierte er einem 'nen Martini-Gin in einem Cola-Glas.

– Willste 'n Hocker? fragte Henri.

– Nee, Scheißdreck, darf ich nich'.

Es war nicht viel los. Ein paar Typen mit ihren Diplomatenköfferchen, Katzen und kleine Hunde in ihren Körbchen, Frauen, die sich neben ihre Männer quetschten, ein paar ruhige Kinder, von dem ganzen Bild ging ein bleiernes Gefühl von Trostlosigkeit aus, das noch verstärkt wurde durch die laue, diesige Atmosphäre dieses Spätnachmittags.

– Bringst du uns nichts zu trinken, Georges? fragte ich.

Wir quatschten noch 'ne Weile mit ihm, bis das Flugzeug in einer Schleife über das Gelände kratzte, ein leichter Luftzug wehte durch den Saal, es folgte ein Murmeln, die Leute setzten sich in Bewegung. Wir hatten gerade noch Zeit, ein zweites Glas zu trinken.

Fünf Minuten später ließ ich Henri an der Bar zurück und rannte zur Eingangshalle. Ich stellte fest, daß ich sie verpaßt hatte, aber ich entdeckte sie an der Gepäckausgabe, sie stand vor dem Rollsteg. Sie ähnelte irgendeiner Schauspielerin, keine Ahnung, welcher genau, um die vierzig, die irgendwie unnahbare, eiskalte Schönheit, das genaue Gegenteil von meinem Geschmack. Leute ihres Schlages verreisten selten aus der Hauptstadt. Sie trug eine Art Safarianzug, weiß der Himmel, was sie sich dabei dachte.

– Guten Tag, sagte ich. Charles ist leider verhindert und schickt mich an seiner Stelle...

Sie guckte mich kurz an, konzentrierte sich wieder auf den Rollsteg.

– Ja, was machen die denn mit dem Gepäck? stieß sie in gereiztem Ton hervor.

Erfahrungsgemäß verlasse ich mich nie auf meinen ersten Eindruck, ich geb den Leuten immer ein paar Chancen. Ich enthielt mich jedweden Kommentars. Ich verschränkte die Hände hinter dem Rücken und wartete. Es handelte sich um eine große Reisetasche aus Leder, ein wunderbares Gepäckstück. Als sie sich das Ding schnappte, wollte ich ihr helfen.

– Nein, lassen Sie..., meinte sie. Ich komme allein zurecht.

Sie streifte sich den Trageriemen über die Schulter.

– Schön, also dann, gehen wir..., fügte sie hinzu. Von der Ecke hier habe ich genug.

Ich lotste sie zur Bar, um Henri abzuholen. Ich stellte sie einander vor, sie guckte dabei woandershin.

– Möchten Sie etwas trinken? fragte Henri.

– Nein, ich trinke nie. Ich brauche das nicht. Ich wäre sehr glücklich, wenn wir hier rauskönnten, hier erstickt man ja...

Sie trug 'nen ganzen Haufen goldener Armreifen, in breitester Ausführung, und sie glänzte im Licht der untergehenden Sonne, als wir, ohne einen Ton zu sagen, auf die Kiste zugingen. Henri setzte sich ungefragt nach hinten. Ich fragte mich, ob sie auch schon mal lächelte. Ich beobachtete sie seelenruhig hinter meiner Sonnenbrille, als sie mir ihre Tasche hinhielt. Ich hatte den Eindruck, dieser Frau machte es Spaß, sich mit Gott und der Welt anzulegen.

Ich fuhr langsam, damit sie die Landschaft würdigen konnte, die Kraft dieser öden Gegend, die Farbschattierungen, die karge Vegetation sowie die sublime Verachtung, die davon ausging. Sie hatte ihre Füße gegen das Handschuhfach gestemmt und ihre Haare wegen des Winds im Nacken verknotet. Alles in allem war sie gar kein so unhübsches Mädchen, aber irgendwas an ihr drängte einen, Hals über Kopf davonzulaufen.

– So ähnlich hab ich mir die Hölle vorgestellt . . ., stöhnte sie.

Wir waren noch keine drei Minuten in der Stadt, als sie wieder was vom Stapel ließ.

– Großer Gott . . .! Das ist ja wirklich das Ende der Welt. Wie kann man nur so weitab von allem leben . . .?

Henri tippte mir auf die Schulter:

– Komm, laß mich hier raus . . . Ich geh den Rest zu Fuß.

Ich krallte mir seinen Blick im Rückspiegel.

– Das soll wohl 'n Witz sein . . ., knurrte ich.

Ich parkte zweiter Reihe in Höhe eines Taxistands. Ich stieg aus, holte Vera V . . .s Tasche aus dem Kofferraum und pferchte sie auf den Rücksitz eines roten Volvo. Ich gab dem Fahrer Charles' Adresse. Vera war bereits ausgestiegen, sie hatte begriffen. Ich machte mir nicht die Mühe, ihr die Tür des Taxis aufzuhalten. Ich sagte gar nichts. Ich setzte mich wieder in den Mercedes und fuhr los.

– Ich hätte sie an 'ner Bushaltestelle rausgeworfen, erklärte Henri.

– Ich weiß, sagte ich. Ich bin viel zu gutmütig.

An diesem Abend aß Marlène bei uns, und ich war gerade dabei, die Teller in den Geschirrspüler zu räumen, als das Telefon klingelte. Henri sortierte immer noch seine Zettel, und Marlène war ins *I-Ging* vertieft, ich hob ab. Es war Charles. Er schien in Hochform.

– Also ehrlich, ich weiß nicht, was ihr mit ihr angestellt habt, aber sie fand euch wunderbar...

– Ja, das ist schwer zu erklären.

– Wollt ihr nicht nachher was rüberkommen...?

– Paß auf, ich sag nicht ja...

– Der Kühlschrank platzt bald vor Champagner.

– ...aber ich sag auch nicht nein. Ich ruf zurück.

Wir machten uns auf den Weg, nachdem wir Für und Wider gegeneinander abgewogen hatten. Wir dachten, vielleicht besteht ja die Aussicht, daß sie sich beruhigt hat, und wir können Charles' Champagner kennenlernen. Es wehte ein mildes Lüftchen.

Die meisten Leute hingen im Garten, ein Glas in der Hand und redegewandt, bereit für die Nacht. Einige hoben ihr Glas, als wir reinschneiten, die andern, die merkte ich mir.

Charles schwebte zehn Zentimeter über dem Boden. Mit leuchtendem Blick flog er auf uns zu. Er küßte und umarmte Marlène, dann drängte er sich zwischen Henri und mich und packte uns an der Schulter, genau so, wie ich's liebe.

– Sagt mal, ihr zwei, wißt ihr, daß sie euch gar nicht erkannt hat...? Verdammtnochmal, die Geschichte ist einfach göttlich...!

Ich ließ mich treiben, ich starrte ins Leere und dachte an etwas ganz anderes. Es war noch nicht so lange her, da hatten wir die gleiche Szene schon einmal erlebt, nur daß es Gloria gewesen war, die Charles geküßt und in seine kurzen Arme genommen hatte, und ich hatte das Gefühl, mich im Kreise zu drehen und in meine eigenen Fußstapfen zu treten. Ich fragte mich, ob ich daraus irgendeine Lehre ziehen oder geradewegs auf das Buffet losmarschieren sollte. Ich hatte längst bemerkt, daß das Leben alles wiederkäut.

Als ich mich aus meinen Gedanken riß, stand Vera V... vor mir. Ich möchte mich nicht zu der Behauptung versteigen, daß sie glattweg lächelte, aber ihr Gesicht wirkte geradezu entspannt. Sie hatte ihren Safarilook gegen ein zivilisierteres Ding ausgetauscht, ein hautenges, bis zu den Oberschenkeln geschlitztes Kleid aus schwarzer Seide. Ich hatte meinerseits ein strahlendweißes T-Shirt an.

– Ich war mir sicher, Sie irgendwo schon einmal gesehen zu haben, legte sie los. Aber ich war müde, und außerdem hatten Sie eine Sonnenbrille auf...

– Die Fotos sind schon fünf, sechs Jahre alt, da seh ich jünger aus...

– Nein... Nein, wirklich nicht, ich finde nicht...

– Das können Sie mir aufs Wort glauben, beteuerte ich.

Über ihre Schulter hinweg erspähte ich den Platz, wo die Flaschen standen. Ich entschuldigte mich und flutschte ihr durch die Finger. Dummerweise mußte ich irgendwo hängengeblieben sein, denn ich schleifte sie hinter mir her. Ich wartete würdevoll auf mein Glas, während sie mich anguckte.

– Hat Charles Ihnen von unserem Projekt erzählt?

– Ja... das heißt, in groben Zügen.

Der Typ, der die Flaschen beaufsichtigte, war ein richtiger Musterstudent, der bereits sämtliche Examen hinter sich hatte. Ein verklärtes Lächeln spielte um seine Lippen, er vergaß darüber, mich zu bedienen. Dafür ließ Vera nicht von mir ab.

– Der Grundgedanke ist ein Heft, das nur mir gewidmet ist. Aber ich würde dem gern noch etwas hinzufügen...

– Teufelnochmal...

Ich hatte mir gerade zwei Gläser und eine Flasche Champagner gepackt, und der Student quiekte im Geiste, während er Vera mit Blicken auszog.

– Ja, fuhr sie fort, ich möchte dazu die zehn besten Schriftsteller unserer Generation nehmen... Überdies sind sie alle einverstanden.

Während sie mir von sich erzählte, leuchtete ihr Blick ganz sonderbar, und ihre Stimme bebte. Unzählige Schriftsteller sind von dieser Krankheit befallen, und diese unheilbare Seuche fordert immer neue Opfer in unseren Reihen. Ich hoffte von ganzem Herzen, daß die Sache nicht ansteckend war.

– Setzen wir uns doch, schlug sie vor. Ich möchte mit Ihnen reden...

Wir waren in eine piekfeine Abendgesellschaft geraten. Die Leute hielten sich kerzengerade und diskutierten über die letzten Neuerscheinungen. Es tat sich nichts Interessantes, also begleitete ich sie ans andere Ende des Gartens, und wir setzten uns auf jene Bank, die ich nur zu gut kannte, die, von der man diesen Blick auf die ganze Stadt hat. Die, auf der ich ein paar Monate zuvor gesessen hatte, als ich auf Gloria und diesen Bekloppten gestoßen war. Ich wüßte nicht zu sagen, warum, aber dieser Abend war voller Nostalgie, und Vera wollte mit mir über Literatur reden, während meine Seele seufzte. Aber gibt es überhaupt jemanden, der klug genug ist, sämtliche Fallen zu umgehen? Ich hab den Eindruck, man kann nicht in einem fort kämpfen.

Ich war nicht gerade versessen auf Champagner, dennoch, ich schenkte uns zwei große Gläser ein. Sie lehnte ihres mit energischer Geste ab. Das störte mich nicht im geringsten, ich war ja da, um mich darum zu kümmern. Sie steckte sich einen Zigarillo an, der leuchtete wie ein kleiner Metallstab. Einfach genial. Wenn sie 'ne Pfeife ausgepackt hätte, hätte ich ihr die Hände geküßt. Sie blies mir ein wenig Rauch unter die Nase und machte auf unnahbare Dame.

– Hören Sie gut zu..., sagte sie. Sie gehören zu den zehn jungen Schriftstellern, die ich ausgewählt habe...

So geht das in der Welt der Literatur, da ist ein Typ von vierzig Jahren ein junger Schriftsteller. Im richtigen Leben verliert man schon seine ersten Haare, aber das stört niemanden. So ist das in einem alten Land.

– Was sagen Sie...? Hören Sie mir zu?

– Ja, natürlich.

– Ich stell mir ein großes Foto vor, mitten im Heft, was ganz Tolles.

– Hmm ... das ist 'ne gute Idee!
– Ich in der Mitte. Und alle anderen um mich herum.
Die Stadt lag zu unseren Füßen, und die Landschaft erstreckte sich kilometerweit, bevor sie am Horizont mit der Nacht verschmolz. Das Ganze wirkte groß, verschwiegen und ruhig, und neben mir die Alte, die weiter mit ihrem schwachsinnigen Projekt dazwischenquatschte.
– Ich werde ein langes, schwarzes Kleid anhaben, fuhr sie mit bebender Stimme fort. Und die zehn tragen weiße Anzüge ...
– Großartig!
– Ja. Ein sehr nüchternes, sehr strenges Ambiente ... Was sagen Sie dazu ...?
– Das erinnert mich an alte Schulfotos ... Ich find die Idee mit den weißen Anzügen nicht schlecht, aber wir sollten alle noch 'ne gestreifte Mütze aufhaben, bis zu den Ohren.
Sie stand abrupt auf, genau in dem Moment, wo ich eine Sternschnuppe erblickte. Sie ging drei Schritte vor, dann warf sie ihren Zigarillo auf die Stadt. Ich schlage ungern was ab, wenn man mich um was bittet, es sei denn, es geht um mein Leben. Sie drehte sich langsam um, gewappnet mit einem giftigen Lächeln:
– Ich brauche bloß einmal ans Telefon zu gehen, und noch heute abend habe ich hundert andere, die an Ihre Stelle treten ...
– Kommt drauf an, auf welchem Gebiet.
– Glauben Sie das nicht ... An Schriftstellern herrscht kein Mangel.
– Nein, nur an Talent.
Sie seufzte, faltete die Hände, guckte zum Himmel, schüttelte den Kopf:
– Herr im Himmel! Sie sind wirklich unerträglich ...!
Nachdenklich zischte ich mir mein Glas. Vielleicht hatte sie recht, vielleicht war ich in der Tat unerträglich. Doch Gott sei mein Zeuge, daß ich es nicht darauf anlegte, aber letzten Endes war ich mein eigener Herr, folglich durfte ich mich durchaus irren. Offen gestanden war die Abneigung, die mir die allermeisten Bücher einflößten, nicht ganz astrein, dessen war ich mir wohl bewußt. Ebensowenig die Begeisterung, die ich für andere

empfand. Das Ganze war ein lächerlicher, kindischer Zug, aber ich konnte nichts dafür, ich war eben so und mußte mit allen verfügbaren Mitteln sehen, wie ich damit zurechtkam. Es war nicht einer meiner geringsten Widersprüche, den Leuten im Leben allen Scheiß zu verzeihen, in den Büchern aber nicht. Jeder muß sich immer ein Eckchen reservieren, in dem er sich in Frieden ausruhen kann.

Sie setzte sich mit beleidigter Miene wieder neben mich.

– Ist Ihnen schon mal der Gedanke gekommen, daß wir uns auch verkaufen müssen ...? Wir sind nicht mehr im neunzehnten Jahrhundert ...

– Ja, ich weiß.

– Und eine ganze neue Generation von Schriftstellern ...

– Herrgottnochmal, verschonen Sie mich damit ... Es gibt keine neue Generation von Schriftstellern, das weiß doch jeder. Unser Zeitalter eignet sich nicht dazu. Wenn Sie wirklich was Tolles wollen, sehen Sie den Typ da hinten ...?

Ich deutete mit dem Kinn auf Henri, der ungefähr zwanzig Meter weit weg stand, er schnitt Grimassen hinter der Flamme seines Feuerzeugs, weil er sich einen Zigarrenstummel von zwei Zentimeter Länge wieder anzünden wollte.

– ... naja, die zehn, die Sie sich ausgesucht haben, die wiegt er ganz allein auf!

Sie fegte meinen Vorschlag mit einem kurzen, ungeduldigen Geräusch vom Tisch, das sie mit der Zungenspitze produzierte:

– Ach was ... Von Poesie war nicht die Rede ...

Ich nahm mir mein Glas samt Flasche und stand auf.

– Scheiße, und weshalb nicht ...? sagte ich gelassen. Was hat sie denn, die Poesie?

Ich entfernte mich, geistig zerschlagen, die Welt lastete wahrlich zentnerschwer auf einem, und ich hatte wackelige Knie. Ich wunderte mich immer wieder, wie man das aushalten konnte, ohne zerquetscht zu werden. Ich trat ins Licht zurück, und Charles sprang mir in die Quere, er tauchte hinter einem Baum auf:

– Schönes Mädchen, was ...?

– Hmm …
– Und …? Was hat sich ergeben mit euch zweien …?
– Charles, darauf kann ich nur eins sagen:

»Selbst vor Seiner Majestät
lüftet die Vogelscheuche nicht
ihren geflochtenen Hut.«

9

– Herrgott...!! Weißt du, was du dabei für 'ne Figur abgibst...?!!

– Na und, so groß ist die Auswahl nicht! Ich geb immer dieselbe ab. Meinst du, ich bin nicht dazu in der Lage, für 'n Foto zu posieren...?

– Doch, aber kannste dir das vorstellen, du mit den anderen neun Knallköpfen in 'nem weißen Anzug hinter dieser Bekloppten...?!

– Ich hab schon ganz andere Sachen in meinem Leben gemacht... Und die waren hundertmal schlechter bezahlt.

– Was hat das denn damit zu tun...? Hab ich behauptet, daß uns die Kohle ausgeht...? Hab ich einen Ton davon gesagt...?

Er steckte die Hände in die Taschen und lächelte:

– Du regst dich über Dinge auf, die nicht die geringste Bedeutung haben, das weißt du genau...

– Quatsch, das kotzt einen doch an...

Zu allem Überfluß regnete es. Ich hatte vergessen, was das war, ein grauer Himmel, und auch das Geräusch des Regenwassers in der Dachrinne, die bei jedem Gewitter einzustürzen drohte. Ich merkte schon, der Tag war im Eimer. Betty hätte mich erschlagen, wenn ich für dieses Foto posiert hätte.

Die ganze Geschichte ging mir dermaßen auf die Nerven, daß ich mich außerstande fühlte, darüber zu diskutieren. Ich schnappte mir meine Öljacke und knallte die Tür hinter mir zu.

Ich hatte den Garten noch nicht durchquert, da wußte ich schon, daß ich einen Fehler begangen hatte. Faustdicke Tropfen fielen vom Himmel, und obwohl ich ein gesunder, naturverbundener Bursche geblieben war, konnte ich mir nur schwerlich vorstellen, wie ich unter einer solchen Sintflut einherwandeln sollte, so gut das auch für die Haut sein soll. Ich sprang in den Mercedes. Ich rieb mir die Augen. Ich trommelte ein paar Sekunden auf dem Lenkrad herum, dann fuhr ich los.

Es war schwül, feucht, und das Gewitter machte mich nervös. Ich kurvte in die Innenstadt. Als ich die Augen ein wenig aufsperrte, entdeckte ich Marie-Ange, die sich in Höhe eines total verlassenen Taxistands die Beine in den Bauch stand. Aha! sagte ich mir. Es gibt keinen Zufall. Ich bremste inmitten einer Wasserfontäne neben dem Bürgersteig ab und hielt ihr die Tür auf. Sie kam mit einer großen Papiertüte über dem Kopf herbeigerannt.

– Puuuuh! Das ist ja dantesk! Nicht zu fassen, was für ein Gewitter...!

– Steig ein, sagte ich.

Ich streckte ihr meine Hand entgegen, als hätte ich die einzig wahre Lösung all meiner Probleme gefunden. Marie-Ange war ein Mädchen, das sich das Leben mit Sexproblemen nicht unnötig komplizierte. Sie hatte strahlendweiße Zähne, und meine Bücher hatte sie auch nicht gelesen, auch wenn sie das Gegenteil behauptete. Sie kam mir wie gerufen.

– Na, das ist aber ein Glück...! vertraute sie mir lächelnd an.

Ich hielt das für ein fabelhaftes, fast übernatürliches Schwein. Da ich schon zwei-, dreimal Gelegenheit gehabt hatte, in aller Freundschaft mit ihr zu bumsen, war ein gehöriges Stück Weg bereits geschafft. Ich spürte, daß sich meine Laune schlagartig besserte. Bevor ich den Blinker betätigte, warf ich einen bewegten Blick auf ihre Nylonstrümpfe.

Den ganzen Weg bis zu ihr nach Hause verstärkte sich das Unwetter, und wir redeten über den neuesten Dorftratsch. Sie erzählte vom Sommerschlußverkauf. Sie habe sich gerade erst, teilte sie mir mit, ein lustiges kleines Ding gekauft. Dieses Detail interessierte mich ganz besonders in dem Zustand, in dem ich war. Ich brauchte keine hundertsieben Jahre, um ihr zu verstehen zu geben, daß ich vor Durst bald umkam und nichts dagegen einzuwenden hätte, ein Glas bei ihr zu trinken.

– Warum nicht...? sagte ich. Man weiß nie, was man an solchen Tagen mit sich anfangen soll.

Ich hab mich mit diesen Mädchen nie so ganz behaglich gefühlt, für die 'ne Bumspartie nichts anderes darstellt als physische Körperpflege. Ich hab das Gefühl, da steht eine Mauer zwischen uns, da kann niemals auch nur ein Funken Intimität aufkommen. Ich find nichts Besonderes an ihnen, so schön sie auch sein mögen, aber ich bin auch nicht so blind, die Vorteile zu verkennen. Das ist halt was anderes, mehr nicht, verwirrend wie eine Frucht ohne Kern. Das Beschissenste an der Sache ist, daß sie einem nichts geben.

Um nicht mit leeren Händen anzutanzen, kaufte ich zwei Becher Mousse au Chocolat beim Konditor um die Ecke, dann sprang ich ihr auf der Treppe nach und erwischte sie im Flug. Es war dunkel und ihre Strümpfe schimmerten. Ich mußte mich zusammenreißen, nicht ganz seltsam zu atmen.

– Was hältst du von einem Zitronentee? fragte sie mich.

– Ja, aber zerbrich dir nicht den Kopf...

Ich fläzte mich in einen Sessel aus Schaumstoff, der in sexueller Hinsicht von fast unerträglicher Schlaffheit war. Während sie sich in der Küche zu schaffen machte, faltete ich die Hände hinter dem Kopf und brachte mein erstes Lächeln an diesem Tag zustande, dabei beobachtete ich den Regen, der gegen die großen Fensterscheiben klatschte. Schöne Mädchen bewohnen schöne Maisonettewohnungen, und die Schriftsteller sind dazu da, sie zu vernaschen. Das Leben ist doch wahrlich ein Jux. Zu meinem großen Glück zählte ich zu den Privilegierten. Wenn es darum geht, ein Mädchen aufs Kreuz zu legen, rangiert der Schriftsteller auf einem guten Platz, direkt hinter den Rennfahrern, den Sängern und den Filmschauspielern.

Sie setzte das dampfende Tablett auf dem flachen Tisch ab und ließ sich mir gegenüber nieder, strahlendes Lächeln, während mich das Fieber ergriff.

– Ist dir bekannt, daß Vera V... in der Stadt ist? fragte sie mich.

Ich nickte, dann konzentrierte ich mich darauf, die Schokoladenbecher aufzubekommen, während sie vorsichtig die Tassen füllte.

– Fast wäre ich gestern abend noch bei Charles vorbeigekommen, fuhr sie fort.

– Pah, du hast nichts verpaßt. War nicht viel los.

Ich tunkte einen Finger in mein Schokotöpfchen und leckte ihn langsam ab, während ich sie unverwandt anstarrte. Sie erzählte mir etwas von einer Fotoausstellung.

– Die muß ich mir wohl ansehen, seufzte ich.

Ich machte ein nachdenkliches Gesicht, dann tunkte ich meinen Mittelfinger wieder in die Mousse und leckte ihn mit kleinen, schnellen Zungenschlägen ungeniert ab.

– Übrigens, das hab ich dir noch gar nicht erzählt, ich hab mich zu einem Chinesischkurs angemeldet.

– Nein, davon wußte ich nichts...

Diesmal legte ich meinen Schriftstellerkopf auf die Rückenlehne und lutschte meinen schokoladenüberzogenen Finger, als käme er von oben aus der Decke, sämtliche Nackenmuskeln spannten sich mir. In einem Sex-Appeal-Wettbewerb hätte ich neun von zehn möglichen Punkten erhalten, trotzdem stürzte sie sich nicht auf mich, hechtete sie nicht über den Tisch. Ich nahm wieder eine normale Haltung ein, um meinen Tee zu trinken. Mitunter gibt es nichts Härteres auf der Welt, als nicht Paul Newman zu sein. Vor allem, wenn das Wetter mies ist.

– Und, schreibst du zur Zeit? Weißt du, daß ich was über dich im Radio gehört hab...?

– Ach ja? Nein, richtig schreiben nicht..., aber ich arbeite daran. Das ist gar nicht so einfach, weißt du, und da kann einem keiner helfen. Am Ende fühlt man sich ziemlich allein...

– Ja, das kann ich mir denken...

– Weißt du, ich kann dir gar nicht sagen, wie froh ich bin, daß ich hier bei dir bin, das kannst du dir nicht vorstellen.

Sie lachte. Ich ärgerte mich über mich selbst, sie in solchem Maße zu begehren, ich hatte einen schlechten Stand, und die Schokolade rutschte nur schwer herunter. Sie setzte ihre Tasse ab, und ich konnte sehen, wie sich ihre Bluse spannte, während ein riesiger Blitz am Himmel zuckte.

– Soll ich dir mal zeigen, was ich mir gekauft hab? Du kannst mir sagen, was du davon hältst...

– Natürlich, wir haben Zeit genug...

Sie verschwand, nachdem sie mir entwaffnend zugezwinkert hatte, danach grollte der Donner. Am liebsten wäre ich müde gewesen, um auf der Stelle einschlafen zu können, um in einen tiefen und leeren Schlaf zu fallen, weitab von allen Träumen. Ich machte mir eine Zigarette an, doch ich zerfetzte den Filter mit den Zähnen. Der Himmel war von einem Grau, daß einem alles verging. Ich fuhr mir mit beiden Händen übers Gesicht.

Als sie endlich auftauchte, hätte ich mich fast verschluckt. Ich hätte Tränen vergossen ob meiner Lebensmisere, wenn ich nicht schlagartig abgestumpft wäre, wenn mein Verstand nicht Feuer gefangen hätte. Ich verspürte eine Woge von Zärtlichkeit für die gesamte Erde, dann schlug ich die Beine übereinander und umspannte mein Knie, während sie auf mich zukam.

Alles, was man davon sagen konnte, war, daß das glänzte, daß das kurz war, vorne offen und mit Bändchen versehen, das tat weh, das war irgendwo zwischen Unterwäsche und LSD-Pille anzusiedeln und drückte ganz ungewohnt in Höhe der Taille, das wirkte, als klebte es an der Haut.

– Was ist das denn ...?! brachte ich hervor.

Sie baute sich vor mir auf, und ich quetschte meine Knie wie einen Schraubstock, mit den Zangen meiner Hände.

– Naja, das trägt man heute ..., antwortete sie mit sanfter Stimme. Das kann man im Haus anlassen ...

In bestimmter Hinsicht würde ich mich bald unbehaglich fühlen. Mir war soeben klar geworden, daß das Ding, das sie da trug, wie Shorts endete und leise um die Schenkel flatterte, bevor es zwischen den Beinen einschnitt. Ich stellte mir vor, wie das sein würde, mit der Hand darunterzufahren und alle drei Minuten einhalten zu müssen, und dazu das Kitzeln des Stoffes auf dem Handrücken, ich stellte mir vor, was man mit diesem Ding anfangen könnte.

– Meine Güte, was für ein fürchterliches Gewitter ...! murmelte sie.

Sie setzte sich rittlings auf meine Beine, woran ich noch mehrere Minuten zuvor nicht mehr geglaubt hatte. Ich preßte meine Stirn zwischen ihre Brüste. Ich spürte, wie sich ihre Hand um meinen Nacken schloß. Danach kippten wir auf den Teppichboden.

Wir hörten ungefähr zur gleichen Zeit auf wie der Regen. Wir standen auf und machten uns quatschend auf den Weg zur Dusche.

– Habt ihr immer noch nichts von Gloria gehört...?

– Nein, und im Grunde glaub ich auch nicht mehr daran... Ich hoffe, es geht ihr gut, da, wo sie ist.

– Und Henri?

– Naja, du kennst ihn ja, er sagt gar nichts... Aber so ganz wird er sich davon nie erholen...

– Möchtest du den Roßhaarhandschuh...?

– Nein, nein, es geht schon, danke.

Während sie sich energisch abrubbelte, knallte ich den Kopf unter den Strahl und schloß die Augen.

Es wurde schon dunkel, als wir in die Küche überwechselten. Der Himmel war tiefviolett. Ich riß das Fenster auf, um die frische Luft einzuatmen, während sie mir erklärte, daß sie davon jedesmal einen Bärenhunger bekäme, ganze Berge könne sie verputzen. Ich setzte mich ihr gegenüber an den Tisch, um ihr beim Essen zuzugucken. Irgendwie strahlte dieses Mädchen etwas Gesundes, fast Kindliches aus, ihr Körper funktionierte wie eine gut geölte Maschine. Und klug war sie auch. Wahrscheinlich war ich bloß ein wenig kompliziert.

Im Grunde war mein Leben ein trauriges Chaos. Die einzige Frau, die ich wirklich geliebt hatte, war tot. Bei Marlène steckte ich in einer totalen Sackgasse. Gloria war mehr oder weniger meinetwegen geflohen. Und meines schriftstellerischen Talents war ich längst nicht immer sicher. Ich fragte mich, ob ich eines Tages ans Ziel gelangen würde. Bislang hatte ich dafür noch keinen Beweis geliefert. Ich taugte gerade mal dazu, ein Mädchen zu bekritteln, das sich nicht anstellte. Ich würgte einen Bissen herunter, um nicht unhöflich zu sein. Ich geriet an 'nen Zwieback ohne Salz.

Zum guten Schluß setzte ich sie irgendwo in der Stadt ab. Sie küßte mich auf die Wangen, und bevor sie ausstieg, machten wir ab, bei Gelegenheit zu telefonieren. Ich sah den einzigen Lichtblick meines ganzen Tages über einen nassen Bürgersteig entschwinden. Es war acht Uhr abends. Ich hielt ein Stück weiter an einer Tankstelle und bat darum, mir neue Scheibenwischerblätter aufzuziehen.

In der Zwischenzeit ging ich gegenüber ein Bier trinken. Ich fühlte mich erholt, physisch und moralisch, aber auch erschrekkend leer. Ich hatte den Eindruck, das Bier rutschte mir bis in die Zehen. Wir waren zu mehreren an der Theke. Saßen dort mit unseren Problemen.

Als ich nach Hause kam, war Henri dabei, einen Kuchen zu backen.

– Der ist für Typen wie dich, erklärte er. Für die dreckigen Charaktere.

Ich stellte mich neben ihn, ich guckte ihm über die Schulter.

– Willste nicht 'n bißchen Crème drauftun?

Später sollte sich herausstellen, daß dieser Kuchen nicht für mich war, daß ich ihn nicht einmal anrühren sollte, aber im ersten Moment freute ich mich, und ich erzählte Henri, was ich den Nachmittag über getrieben hatte.

– Recht so ... Ich hoffe, das hat dich beruhigt.

Er war dabei, den Teig auszurollen. Er drückte mit seinem ganzen Gewicht darauf, ein Riese, der ein Heer von Liliputanern zerquetscht. Ich nahm mir ein Bier und guckte zum Fenster raus. Im Gegensatz zu einem dieser Gerüchte, die kursierten, soff ich nicht wie ein Loch. Ich hatte das Pech, tagsüber drei, vier Bier zu zischen, und jetzt stellten sich die Leute vor, ich sei ein versoffener Schriftsteller. Sie verwechselten allesamt Bier und Blut. Das war das gleiche wie mit den Frauen, mir brauchten bloß zwei, drei sexuelle Abenteuer zu unterlaufen, schon hieß es, ich würde in einem fort bumsen. Es war schon ein merkwürdiges Bild, das da von mir kursierte. Eine Art geiler Affe mit roter Nase, vermute ich. Ich, der ich eher weniger Mädchen hatte als die anderen, der ich zuweilen Wasser zum Essen trank. Hatte ich es verdient, als kaputter Schriftsteller zu gelten ...?

Der Garten glitzerte vor lauter Regentropfen. Ich trank eine Dose Carlsberg, eine große von einem halben Liter, blaumetallic.

– Eines schönen Tages verlangen die noch von uns, daß wir uns in der Unterhose ablichten lassen, sagte ich. Oder wir kommen ins Fernsehen und soll'n 'nen Joghurt erraten, oder jemand kommt an und fragt, was wir für'n Zeug nehmen, um uns den Hintern zu waschen.

– Du bist noch jung, du hast noch was zu verteidigen...

– Irgendwo muß man doch Widerstand leisten, findeste nicht...? Also mir, mir hilft das. Ich hab gern 'n bißchen Respekt vor dem, was ich schreibe.

– Warum denn, hast du etwa kein Selbstvertrauen...? Scherst du dich noch um die Meinung anderer...?

– He, wenn ich was total bekloppt finde, warum soll ich dann noch groß weitersuchen...? Was bringt das denn, wenn man für alles immer nur Gründe und Entschuldigungen parat hat...?

– Naja, sagen wir... einen gewissen Gleichmut!

Ich wollte ihm gerade antworten, doch Marlènes Ankunft bremste mich in meinem Schwung. Sie hielt ein mit Alupapier abgedecktes Tablett auf dem Arm.

– Würdest du so nett sein, mir den Ofen anzustellen? fragte sie mich. Das ist noch heiß, beeil dich...

Ich gehorchte, ohne einen Ton zu sagen, dann ließ ich die beiden unter sich und haute mich vor die Glotze. Ich empfing die Neuigkeiten aus aller Welt, und wie gewöhnlich stand es nicht gut, der Gesamteindruck war, daß wir einen großen, faulenden Körper bewohnten, wenn man davon absah, daß der Goldpreis stabil blieb und uns der Typ ein prächtiges Wochenende wünschte. Innerlich pfefferte ich einen Pflasterstein in den Apparat. Es regte mich auf, daß ich aus Henris Verhalten nicht schlau wurde. Diese Sache sah ihm ganz und gar nicht ähnlich. Das konnte nicht allein an dem elenden Scheck liegen, den ihm Vera V... anbot, der erklärte längst nicht alles. Ich war mir sicher, da steckte noch was anderes hinter.

Wollte er womöglich mit ihr bumsen...? Selbst wenn, da gab

es andere Wege. Oder versuchte er bei Marlène Eindruck zu schinden ...? Die Kraft, die sie aufeinander zutrieb, durfte man nicht unterschätzen, auch wenn sie eine viel größere heillos trennte. Aber da glaubte ich eigentlich nicht dran, ich dachte mir, in der Richtung braucht er nicht mehr viel zu beweisen, und Marlène war über das Alter hinaus, wegen eines Fotos in einer Zeitschrift in Jubel auszubrechen. Also, was führte er im Schilde?

Mit einem Mal hatte ich Lust, allein zu sein. Es wäre mir lieb gewesen, alle Lampen auszumachen und so wie früher im Schweigen zu hocken, die Nacht am Fenster vorbeiziehen zu sehen, ohne auch nur den Versuch zu machen, irgendwas zu verstehen. Aber nebenan hörte ich sie lachen, und ein Lasagne-Geruch zog langsam durch die Luft. Ich stand auf, um zur Tür zu gehen, als es klingelte, doch Henri kam mir zuvor. Vera V... und Charles. Ich begriff, daß der Kuchen nicht speziell mir zugedacht war. Also empfahl ich mich für den Abend, ich erzählte, ich sei kaputt und wolle schlafengehen.

Einige Tage vor dem berühmten Foto verstauchte sich Vera V... das Handgelenk, als sie samt Gartenstuhl umkippte. Sie hatte zu einer weitausholenden Geste angesetzt, und ich sah sie nicht ohne eine gewisse Erleichterung hintenüberschlagen. Ich eilte nicht herbei, um ihr aufzuhelfen, das hatten andere schon besorgt.

»Herr im Himmel! Ich spüre, daß ich kurz vor einem Nervenzusammenbruch stehe ...!« verkündete sie, während ihr der Arzt einen Verband um die Hand und einen Teil des Unterarms wickelte. Sie mußte Schmerzen haben, doch ihre Wut war stärker als alles andere. Charles stand fratzenschneidend neben ihr. Wenn sie sich räusperte, hustete er. In der Literatur, nicht anders als sonst auch, entscheidet eine Handvoll Personen über Regen und Sonne.

Ich lächelte und schickte mich an, eine bissige Bemerkung zu machen, aber Marlène kniff mich in den Arm.

– Komm, laß sie doch einmal zufrieden. Du hast es ja nur noch auf sie abgesehen ...

Es fiel mir allerdings auch schwer, anders zu sein, seit zwei

Wochen sah ich sie ständig, den lieben, langen Tag hing sie bei uns in der Bude. Die ganze Stadt wußte Bescheid, daß sie Henri und Marlène anhimmelte. Und einem jeden war bekannt, daß es zwischen ihr und mir nicht zum besten stand. Es verging kein Tag, an dem es ihr nicht irgendwie gelang, mich auf die Palme zu bringen.

Beispielsweise kann ich vernünftig Tee kochen. Ich nehm dazu nicht dieses Zeug im Beutel und verzichte auch auf den Heißwasserhahn. Ich dosiere meinen Tee sorgfältig und gieße das Wasser vorsichtig aus, nicht wie der letzte Rohling. Ich heb auch den Deckel der Teekanne nicht alle zehn Sekunden hoch, um nachzugucken, wie die Sache steht. Ich weiß präzise, wann mein Tee fertig ist, ich kenn den genauen Zeitpunkt, wann er das Beste aus sich herausholt. Na schön, da sitzen sie also alle beide unten und schuften, und Marlène faßt mich ab und zu am Arm, wenn ich vorbeikomm, und ich, ich kümmere mich dann um den Tee. Ich bin es, der ihn ihnen bringt, der die Tassen vollmacht. Marlène lächelt mich an, und die andere rückt mit ihrer unvermeidlichen Grimasse raus. Sie hat schon alles mit mir probiert. Mal hab ich ihn ihr zu lange ziehen lassen, mal nicht lang genug, dann wieder behauptet sie, da schwimme ein Haar drin herum. Oder sie vergißt ihn absichtlich auf der Tischkante. Wie oft will sie mich noch mit unschuldigstem Gesicht fragen, ob ich den von gestern aufgewärmt habe? Ich gab ihr einfach keine Antwort mehr, der alten Schnepfe.

Sicher, das ist nur ein Beispiel, aber nur ein Tag in Begleitung dieser Frau lieferte einem genug Stoff, ein ganzes Buch über das Verhalten einer Nervensäge zu schreiben. Ohne Salz in die Wunden streuen zu wollen: man muß schon zugeben, daß drei Viertel aller Schriftsteller menschlich ganz schön zum Kotzen sind. Sofern sie überhaupt zu was taugen. Auf dem Gebiet übertraf Vera alle Rekorde. Marlène fand, daß ich übertrieb, aber übertrieb ich denn, wo ich hatte mitansehen müssen, daß diese Frau fähig war, einen Liegestuhl zu zerdeppern, statt ihn ordentlich auseinanderzuklappen?

»Und du, hast du noch nie was kaputtgemacht, bist du noch

nie aus der Haut gefahren ...?« hatte mir Marlène lachend zur Antwort gegeben, als ich ihr die traurigen Reste des Liegestuhls zeigte, ein paar kaum noch zu identifizierende Holzstücke und Stoffetzen.

– Mir ist es jedenfals noch nie passiert, daß ich mich mit einem OBJEKT rumgeschlagen habe, hatte ich geknurrt und dabei nach oben geguckt. Ich könnte keinem Tisch was zuleide tun!

Ich hatte die Szene noch vor Augen. Ich hatte mich hinter dem Küchenvorhang versteckt und Vera im Garten beobachtet. Ich wartete darauf, daß ihr Taubenkacke auf die Schulter fiel. Manchmal versuchte ich mir vorzustellen, was ihr durch den Kopf ging. Sie stand reglos da, die Fäuste in die Hüften gestemmt, und besah sich einen meiner Liegestühle, der zusammengeklappt auf dem Rasen lag, dabei setzte sie eine ängstliche Miene auf, als hätte sie ein außerirdisches Geschöpf vor sich. Ich hatte Lust, ihr zuzurufen, der beißt nicht, keine Bange.

Wir waren allein in der Bude, wie es sich leider manchmal so ergab. Marlène und Henri waren mit einem Packen Papier unterm Arm in die Stadt zum Kopieren gefahren, und ich hatte in meinem Zimmer rumgelungert, die einzige Stelle im ganzen Haus, wo sie nie einen Fuß hinsetzte. Ich hatte mich da klipp und klar ausgedrückt, als sie entschieden hatten, die Bude zum Hauptquartier umzufunktionieren, ich hatte Vera scharf in die Augen geguckt.

– Daß wir uns da verstehen ... Ich will niemanden in meinem Zimmer erwischen!

Sie hatte dieses lautlose Lachen von sich gegeben, das ich so haßte.

– Sei unbesorgt, hatte sie gemurmelt. Es besteht keine Gefahr, daß wir uns da begegnen ...

Bislang hatte sie Wort gehalten.

Ich fragte mich, was sie trieb. Es war schön, ein ruhiger Vormittag, und ich war nicht darauf eingerichtet, den Wind der Verrücktheit durch den Garten fegen zu sehen. Ein paar Möwen hatten sich auf der Hecke niedergelassen. Plötzlich beugte sie sich vor und schnappte sich den Liegestuhl. Ich hatte noch nie was von einem menschlichen Wesen gehört, das einen Liegestuhl nicht aufbekommt. Als erstes schüttelte sie das Gerät hin und her, sämtliche Vögel flogen auf. Ich bekam wahrlich Stielaugen. Wenn ich sage, sie schüttelte, dann spreche ich nicht von so einer Handbewegung, mit der man ein Taschentuch auf dem Bahnsteig schwenkt oder einen kleinen Löffel gegen den Tassenrand schlägt, nein, ich will damit sagen, daß es einem vorkam, als wollte sie einen tollwütigen Hund abschütteln. Ich hörte, wie sie auf den Liegestuhl einsprach, der in allen Fugen krachte. Ich war wie hypnotisiert. Der Teil, der dazu diente, die Beine hochzulegen, sprang mit einem Mal auf und schlug ihr gegen die Knie. Sie ließ alles fallen und brach in ein fürchterliches Heulen aus.

Ich kratzte mir übers Kinn. Ich hätte meinen Platz nicht für Geld und gute Worte hergegeben. Sie versetzte dem Stuhl einen Tritt. Und noch einen. Dann hob sie ihn wieder hoch und hantierte auf die seltsamste Art und Weise, die man sich nur vorstellen kann, an ihm herum, und ohne ihr Wimmern einzustellen, verwandelte sie den armen Stuhl in ein unlösbares Puzzle. Ich kapierte es nicht, wie durch ein Wunder hatte sie sich noch keinen Finger gequetscht, es erschien einem unmöglich. Ich hätte nicht gedacht, daß sie noch einen Zahn zulegen könnte. Aber ich täuschte mich.

Irgendein Alter blieb auf dem Bürgersteig stehen, um sich das Spektakel nicht entgehen zu lassen. Er guckte ihr lächelnd zu, die Hände hinterm Rücken. Ich hätte ihm gern zugewunken, aber im gleichen Moment entdeckte ihn Vera. Sie knurrte und schwenkte mit dem Stuhl in seine Richtung. Er machte einen Satz nach hinten, bevor er auf die andere Straßenseite lief. Ich selbst duckte mich hinter meinen Vorhang. Um sie herum trat Todesstille ein. Ihr Atem ging stoßweise, er war deutlich zu hören.

Ich betete, Henri und Marlène möchten von ihren Besorgungen zurückkehren und sie genau jetzt erwischen, wie sie sich einen Kampf auf Biegen und Brechen mit einem Liegestuhl lieferte. Ich hätte ihnen erklären können, daß ich nicht wüßte, wer angefangen habe. Aber die Ereignisse überstürzten sich.

Vera hob den Unglücklichen hoch über den Kopf und schmetterte ihn mit markerschütterndem Schrei auf den Boden. Das Holz war spröde, es brach an mehreren Stellen. Trotzdem wütete sie weiter. Jedesmal, wenn sie ihn auf die Erde knallte, stieg ein Stück Holz gen Himmel.

Dennoch, irgendwann mußte ich raus. Die Trümmer waren im Umkreis von mehreren Metern verteilt, und sie hielt immer noch ein Stück Holz in der Hand mit zwei Metern gestreiftem Stoff am anderen Ende. Ich könnte nicht sagen, daß sie verlegen wirkte, oder betreten, oder daß ihr das leid tat. Oder was auch immer.

– Keine Sorge. Ich ersetz ihn dir…, zischte sie zwischen den Zähnen.

Ich begnügte mich damit, den Kopf zu schütteln und in die Runde zu gucken. Ich wußte nicht, was ich ihr hätte SAGEN sollen. Als ich mich auf dem Absatz umdrehte und versuchte, an etwas anderes zu denken, fügte sie hinzu:

– Na und…! Davon geht die Welt nicht unter!

Im übrigen kamen sie mit ihrer Arbeit voran. Manchmal hatte ich Gelegenheit, einen Blick darauf zu werfen, und ich mußte wohl oder übel zugeben, daß das Ganze über einen gewissen Schwung verfügte. Die Sache war eines Abends beschlossen worden, wenige Tage nach Veras Ankunft, als Marlène erklärt hatte, sie sei in der Lage, ein Layout für eine Zeitschrift zu entwerfen. Vera hatte einen leuchtenden Blick abgefeuert.

– Oh, meine Liebe, bist du dir da ganz sicher…?

– Todsicher. Ich hab Kurse mitgemacht, in der Zeit nach meiner Scheidung.

Als sie dieses Wort aussprach, »Scheidung«, wurde Henri leichenblaß.

– Das ist ja großartig! rief Vera aus. Du bist auf der Stelle engagiert!

Sie jubelte. Nicht nur, daß sie ihre Angelegenheiten geregelt bekam, obendrein hatte sie eine neue Gelegenheit gefunden, mir auf den Wecker zu fallen. Ganz davon zu schweigen, daß ich sie tagtäglich würde ertragen müssen. Der einzige Nutzen, den ich aus der Sache zog, war, daß sie meine Telefonrechnung bezahlen wollte. Enorm war das nicht.

Dennoch, wir waren an einem Punkt angelangt, wo ich zögerte, mir eine Hose zu kaufen. Und mein Verleger war wieder auf Reisen. Ich konnte mir noch so oft einreden, daß einzig und allein mein künftiger Roman von Bedeutung sei, ich konnte nicht verhindern, daß mich düstere Visionen befielen. Ich wartete voller Ungeduld auf den Verkauf des Guts. Klar, Marlène würde letztlich einen guten Preis erzielen, aber natürlich würde die Kohle zu einem Zeitpunkt eintreffen, wo ich sie nicht mehr brauchte. So ist die Welt nun mal. Ich hatte Gelegenheit, das Problem mit den Schriftstellern zu besprechen, die Vera für das große Ding eingeladen hatte, das gewaltige Foto. Aber ich fand keinen einzigen, der sich mit solchen Problemen auskannte.

Ich erhielt den Auftrag, sie am Flughafen abzuholen. Ich hatte nicht den Mut, nein zu sagen, aus Angst, mir meine Karriere ein für alle Mal zu verbauen, wenn ich sie alle gegen mich aufbrachte. Mein Verleger hatte mich bereits vorgewarnt, daß ein Teil der Literaturkritik meine Liquidierung vorbereitete, daher sollte ich es vermeiden, für weiteren Zündstoff zu sorgen. Manche Schriftsteller zogen in Ruhe ihres Wegs, während man mir Blumen und Steine nachwarf. Ich hätte zu gern gewußt, weshalb.

Kurz und gut, ich hatte einen Kleinbus gemietet, und ich war früh genug eingetroffen, um mich noch in die Bar setzen zu können. Ich hatte mir eine Mütze mit blaugetöntem Augenschirm auf den Schädel gezogen, denn es war ein sonniger Vormittag, und ich trug meine Sonnenbrille sowie ein schwarzes, ärmelloses T-Shirt, das Betty gehört hatte. Während der ersten achtzehn Monate nach ihrem Tod hatte ich mich praktisch abgekapselt, war mit dem Hintern nicht vom Stuhl hochgekommen. Ich hatte einen Roman geschrieben und einen Band Erzählungen, aber ich war außer Form gekommen, meine Muskeln waren geschrumpft, ich war abgeschlafft. Als mir das auffiel, hatte ich mir täglich zwei Stunden Gymnastik verordnet, morgens, sobald ich aus dem Bett sprang, und ganz allmählich war es mit mir wieder bergauf gegangen. Ich hatte feststellen können, daß man Muskeln schneller verlor als wiedergewann, was doppelt ungerecht war. Gegenwärtig opferte ich nur noch eine Stunde pro Vormittag, allerdings relativ beständig, einfach um meine Kondition zu halten, um mein Leben auch den Tag noch genießen zu können, wo ich reich und ständig in Urlaub sein würde. Seit meiner Herzattacke achtete ich darauf, daß ich es nicht übertrieb, aber ich bewegte mich schon noch, und auch wenn ich meilenweit von S. Stallone entfernt war, stand ich doch fest auf den Beinen und hatte muskulöse Arme. Ich wußte, daß ich mehr nach einem Schwerarbeiter als nach einem Schrifsteller aussah. Von daher auch die Hartnäckigkeit, mit der ich immer wieder betone, ein Schriftsteller IST ein Schwerarbeiter.

Die Kerle trudelten also ein, und keiner von ihnen sah eine Querverbindung zwischen mir und dem mysteriösen Schriftsteller, von dem die Zeitungen sprachen. Ein wenig später sollte ich kapieren, daß ein mysteriöser Schriftsteller nichts anderes ist als jemand, der nicht in der Hauptstadt lebt und keine Lust hat, sich dahin zu begeben. Ich sammelte sie in der Halle ein und verfrachtete sie zum Ausgang. Die Sonne schien sie freudig zu stimmen. Auch ich war keineswegs schlecht gelaunt. Ich fuhr langsam zur Stadt zurück. Ich legte keinen Wert darauf, sie in den Graben zu befördern und so die Neue Literatur meines Landes auf einen Schlag ihrer Elite zu berauben.

– Großartig, sie sind alle gekommen ...! flüsterte mir Vera zu, während Charles die Typen im Garten unterbrachte, unter Sonnenschirmen, und Erfrischungen herumreichte.

– Verflixt, setzte sie hinzu, willst du diese verdammte Mütze eigentlich den lieben langen Tag aufbehalten?!

– Na klar, ich bin nicht so wie die, ich muß meinen Kopf schützen!

Nach außen hin hatte sich mein Verhältnis zu Vera auch nach gut zwanzig Tagen nicht geändert. Wir ließen beide keine Gelegenheit aus, uns eins auszuwischen, aber allmählich wurde das reine Gewohnheit, um nicht zu sagen eine Art Spiel. In

Wirklichkeit hatte ich mich zuletzt darüber hinweggesetzt, wie miserabel sie schrieb, und wenn ich auch weiterhin behauptete, daß sie zum Kotzen sei wie keine zweite, mußte ich doch zugeben, daß sie gewisse Qualitäten hatte, und ich war kurz davor, so etwas wie freundschaftliche Gefühle für sie zu hegen. Ab und an kam es vor, daß wir normal miteinander redeten. Es ist schon wahr, daß nach einiger Zeit die wahre Natur der Leute an die Oberfläche gelangt. Persönlich war ich auch kein Heiliger.

Ich hielt mich ein wenig abseits, neben dem Haus, ich träumte vor mich hin, als mich eine unangenehme Stimme aufschreckte:

– He, du da...! Du machst mir 'nen pfiffigen Eindruck, komm mal her...!

Der Typ trug einen gelben Kinderpulli. Nennen wir ihn einfach Dingsbums, denn ein Prozeß kommt heutzutage schnell. Ich habe in der Folge eine ganze Reihe Schriftsteller getroffen und ganz gewaltigen Leuten die Hand geschüttelt, aber Dingsbums bleibt mir unvergeßlich, er vereinigt alles in sich, was mich am meisten anwidert, als Schriftsteller und auch als Mensch. Ich rede von einem Typen, der sich in seiner inneren Scheiße suhlt und mit dem Dreck seiner Seele Imagepflege betreibt. Ich hatte ihn ein paarmal im Fernsehen erlebt, in irgendwelchen Literatursendungen, und ich hatte seine selbstgefällige Art und sein vulgäres Benehmen mitbekommen, bevor ich aufspringen konnte, um den Ton abzustellen. Nie hätte ich die unverzeihliche Dummheit begangen, diesem Typen den Rücken zuzudrehen.

– Ich brauche meine Tasche aus dem Bus. Ich muß mich mal rasieren.

Er zog eine Schau ab, wahrscheinlich war er von Anfang an überzeugt, es mit einem Schwachsinnigen zu tun zu haben. Ich begleitete ihn, ohne einen Ton zu sagen.

– Sag mal, du hast ja 'ne tolle Mütze auf! Kannste mir mal zeigen, wo hier das Badezimmer ist?

Ich führte ihn ins Haus, nach oben. Mir war vor allem diese eine Sendung im Gedächtnis, wo er einen Typen völlig ungerechtfertigterweise fertiggemacht hatte, einfach weil es ihm Spaß machte und sich der andere schlecht verteidigte. Denn Dingsbums beherrschte die Kunst der unwiderlegbaren Replik, der bissigen Spitze, er war, was man gemeinhin einen brillanten Kopf nannte. Natürlich langte das bei weitem nicht, auch nur einen einigermaßen annehmbaren Schriftsteller aus ihm zu machen. Aber er verbreitete den Eindruck. Die Chancen, daß sich hinter einem brillanten Typ ein Talent verbirgt, sind sozusagen gleich Null. Im Grunde ist es nicht einmal ausgeschlossen, daß sich in mir ein Funke Liebe für die Leute regt, wenn man sieht, wieviel Abscheu mir so mancher einflößt. Das Seltsamste war, daß ich, statt ihn ins Bad zu verfrachten und meines Wegs zu ziehen, neben ihm stehenblieb und mir den ganzen Stuß, den er verzapfte, anhörte, als hätte mir jemand einen Dolch ins Kreuz gestoßen, es sei denn, ich bin einer jener Typen, die die Häßlichkeit fasziniert.

Ich zeigte mit dem Finger auf die Steckdose, und er zwinkerte mir zu. Er hielt mich zweifelsohne für einen seiner Bewunderer. Sein Lächeln tat mir weh, er trocknete einem den Mund aus, er glänzte nur so. Er fragte mich nach dem Tagesablauf, und ich erzählte ihm, was ich wußte. Ich durchbohrte ihn mit meinem Blick, aber das führte zu nichts hinter der Sonnenbrille.

– Du bist also der Busfahrer, stimmt's?

– Ja, ich bin zur Vertretung.

– Soso, im Grunde haste dann ja ein feines Leben …

Seine Haut war glatt und rosig, und der Rasierer hinterließ einen bläulichen Schatten.

– Weißt du, in was für eine Gegend uns diese dumme Pute von Vera entführen will?

– Diese »dumme Pute«?

Er lachte, und ich spannte meine Muskeln an, während er mir von neuem zuzwinkerte.

– Paß auf, krähte er, behalt das für dich, aber diese Tante ist für mich total uninteressant, außer daß sie mir zu 'nem Wochenende auf dem Land und ein wenig Publicity verhilft. Ich gebe ihr gewissermaßen die Gelegenheit, zu was nütze zu sein …

Ein schwarzer Schleier senkte sich über meinen Kopf. Ohne

zu überlegen, knallte ich ihm eine Gerade in den Magen. Sein Rasierer zerschellte auf dem Boden. Dann nahm ich die Faust in die Hand und holte ihn, als er langsam zusammenklappte, mit einem gewaltigen Ellbogencheck mitten ins Gesicht wieder hoch. Er demonstrierte einen gewagten Rückwärtssprung, ehe er hinter dem Duschvorhang verschwand. Ich hatte von ganzem Herzen zugeschlagen, ich hätte mir den Arm zerdeppern können.

Letztlich hatte Vera die Idee mit den weißen Anzügen aufgegeben. Der Bus platzte aus allen Nähten. Zusätzlich zu den Literaten fuhren Marlène, ein Fotograf sowie zwei, drei Personen mit, denen es gelungen war, im letzten Moment zuzusteigen. Die Stimmung war ziemlich locker. Henri war neben mir eingeschlafen, das Kinn auf der Brust, und ich nahm die Kurven sehr behutsam, um ihn nicht über Gebühr durchzuschütteln, wir düsten über eine kleine, verlassene Straße, einige von uns in Richtung Nachwelt.

Marlène hatte sich von all den Plätzen, die wir ihr gezeigt hatten, für einen Steinbruch entschieden. Ein paar Blöcke waren behauen, dann jedoch zurückgelassen worden, man fragte sich, was aus ihnen werden mochte.

– Alles aussteigen! sagte ich.

Ich fühlte mich ein wenig traurig. Ich glaube, das kam von den behauenen und in diesem wilden Szenario vergessenen Steinen, aber ich wollte da nicht noch weiterbohren.

– Wo steckt denn Dingsbums...? Hat jemand Dingsbums gesehn??!!

Jeder war auf seinem Platz. Die Schriftsteller waren auf die Blöcke geklettert und Vera saß in vorderster Reihe. Sie war es gewesen, die gefragt hatte. Der Fotograf kratzte sich am Kopf. Wir guckten uns an.

– Verflixt! Wir warten nur noch auf ihn...!!

Meines Erachtens konnten sie ruhig auf ihn warten. Ich machte mir im Schatten eines Baumes eine Zigarette an. Dann sprang Vera unvermittelt auf und kam auf mich zu. Sie blickte mir in die Augen.

– Nein, kommt nicht in Frage, sagte ich.

Sie drehte den Kopf erst in die eine, dann in die andere Richtung, ihre Nasenflügel bebten. Sie knickte einen kleinen Zweig von meinem Baum ab und schlug sich damit auf die Hand.

– Scheiße, Pech für ihn, fügte ich hinzu.

Die Schriftsteller sprangen von ihren Steinen, und Marlène holte kaltes Bier aus dem Kleinbus. Das war 'ne gute Idee. Doch Vera biß sich auf die Lippen und blieb wie angewurzelt vor mir stehen.

– Hör mal, was macht das schon, ob er nun dabei ist oder nicht? Ich find ihn ohnehin nicht sonderlich fotogen...

– Ja verstehst du denn nicht? Ich brauche ZEHN Schriftsteller hinter mir. Es ist alles bereit. ZEHN Schriftsteller..., soviel wie Finger an beiden Händen!

– Nimm den Fotografen, ich drück auf den Auflöser.

Ein leises Schluchzen verfing sich in ihrer Kehle. Sie warf einen verzweifelten Blick in die Runde, dann richtete sie ihre Augen wieder auf mich.

– Du verdirbst mir alles, sagte sie. Du mit deinem Schriftstellerstolz.

Ich gab ihr keine Antwort. Ich beobachtete Henri, der sich mitten in der Sonne mit goldenen Haaren ein Bier reinzog.

– Weiß du, fügte sie hinzu, ich hab gedacht, ich könnte dich um 'nen Gefallen bitten...

Sprach's und ging zurück zu der versammelten Bande. Ich wollte aufstehen, um mir ein Bier zu genehmigen, aber eine kleine Ameise war auf meinen Fuß gekrochen. Ich kaute an einem Grashalm und wartete, bis sie sich verzogen hatte.

Als die anderen ihre Plätze wieder einnahmen, gesellte ich mich zu ihnen, ich kletterte auf einen viereckigen Stein, Vera blickte mich zärtlich an. Meine Schwäche ist, daß ich nicht vierundzwanzig Stunden am Tag Schriftsteller sein kann, den Rest der Zeit bin ich gar nichts, ich bin ein aufgegebenes Fort. Der Fotograf richtete sich auf.

– He! Sagt mal... Kann der sich nicht seine Mütze was aus dem Gesicht schieben...??!

Ich verzog keine Miene.

– Das geht so nicht. Sein ganzes Gesicht ist TOTAL BLAU!

Vera guckte mich an. Alle guckten mich an. Ich war halb verdurstet. Nach einigen Sekunden riß ich mir die Mütze vom Kopf, ich drückte sie, ich zerquetschte sie zwischen den Fingern. Das ganze Volk lächelte.

– Und die Brille ...? Kann der nicht die Brille absetzen ...

– Nein, eher sterb ich ...! knirschte ich.

Und eine wütende Schweißspur rann mir über die Schläfe.

10

Letztlich hatten die gut drei Wochen, die Vera bei uns verbrachte, zahlreiche Konsequenzen. Heute betrachte ich die unerbittliche Verquickung der Ereignisse mit staunendem Entsetzen.

Kurz vor ihrer Abreise tätigte Vera ein paar Anrufe, und Marlène wurde vom Lokalblatt der Gegend als Umbruchsassistentin eingestellt. Henri löste seinen Scheck ein und engagierte einen Detektiv, einen Typ, den er im Telefonbuch gefunden hatte. Und Dingsbums schrieb die übelsten Dinge über mich, beispielsweise, daß ich für die Literatur dasselbe sei wie ein Ölteppich auf dem Blau des Ozeans. Andere eiferten ihm nach, und der Kritiker eines Comic-Heftes sprach sogar davon, mir den Saft abzudrehen, schlicht und einfach. Man fragte sich unwillkürlich, wie weit sie es noch treiben wollten. Ich mußte mich darauf gefaßt machen, in einem Kochbuch zu Brei geschlagen und durchgeseiht zu werden.

»Wenn ein Autor Haß und Leidenschaft auslöst«, sagte Henri, »ist das ein ziemlich gutes Zeichen ...« Klar, er war ja auch nicht an meiner Stelle. Von Beginn an war das Schreiben für mich eine Quelle ständiger Ärgernisse gewesen, denn an dem Tag, an dem ich den Stift in die Hand nahm, hatte ich gewissermaßen Bettys Tod verursacht. Wenn es einen Weg gab, dann war er lang und beschwerlich, und das Ende war noch nicht in Sicht. Die meisten Leute, mit denen ich darüber sprach, fanden, Schreiben müsse ein aufregendes Abenteuer sein. Na prima, da war ich aber gespannt. Vielleicht mußte man bloß einen toten Punkt überwinden, und ich bummelte ein wenig. Woher sollte ich das wissen? Ich hatte das Gefühl, mich mitten auf einem Minenfeld zu bewegen.

Auf dem Foto kam das klar heraus. Wenn einer dabei war, der 'ne fürchterliche Grimasse schnitt, der aussah wie der letzte Idiot, dann war ich das. Henri und Marlène fanden, ich übertriebe, aber sie beeilten sich, umzublättern. Meistens sind es die besten Freunde, die einen in den Abgrund stoßen.

Im Laufe des Monats glaubte ich, die Lösung unserer ewigen Finanzprobleme gefunden zu haben. Ich hatte mich auf eine kleine Annonce hin gemeldet, in der seriöse Leute für Heimarbeit gesucht wurden. Keine besonderen Kenntnisse erforderlich, bloß eine gewisse manuelle Geschicklichkeit und ein Mindestmaß an Schnelligkeit. Drei Tage später traf ein Paket von beachtlicher Größe bei uns ein. Marlène hing bei der Zeitung, und Henri und ich waren allein im Haus. Henri las mir laut *Les Pâques à New York* von Blaise Cendrars vor, als die Fracht eintraf. »Dic nobis, Maria, quid vidisti in via?« – Ich sah das Licht erzittern, frühmorgens voller Demut.

Ich öffnete das Paket auf dem Tisch.

– Was ist das denn? fragte Henri.

– Ein Geschenk des Himmels, sagte ich.

Ich räumte die Strohschicht beiseite, die den Inhalt abdeckte, und stieß auf einen Vorrat von kleinen, roten Plastikfigürchen mit 'ner Spitze untendran, lauter kleine Wichte, die Dinger, die man auf den Weihnachtskuchen steckt. Tausende und Abertausende, ein einziges Knäuel. Es WIMMELTE nur so von ihnen.

»Dic nobis, Maria, quid vidisti in via?« – Ein einziges Weiß, wie Hände so zittrig.

– Kann ich mal einen haben? fragte Henri.

Er steckte ihn sich ins Knopfloch. Ich entdeckte drei Farbtöpfe und daneben ein Erläuterungsschreiben: »SCHWARZ für die Augen, WEISS für den Bart, GOLD für den Hut.«

– Das ist was, um sich die Augen zu verderben.

– Unsinn, sagte ich, das ist genau das Richtige, um uns aus der Patsche zu helfen.

Er meckerte ein wenig, aber wir legten los. Wir fegten den Tisch frei, dann kippte ich den ganzen Karton einfach aus.

– Wieviel werden das sein, was meinste?

Ein ganzer Berg von kleinen, roten Männlein.

– Schwer zu sagen ... Zehntausend ... Hunderttausend ...?

Am Anfang, als ich merkte, wie schnell man mit den beiden Punkten für die Augen fertig war, dachte ich, die Sache sei gegessen. Henri setzte sich seine Lesebrille auf und nahm sich neben mir die Bärte vor.

Am Nachmittag genehmigten wir uns zwanzig Minuten Pause. Ich fing an zu schielen, und Henris Fingern trieften in Weiß. Ich trank das ERSTE Bier des ganzen Tages, ein zuckersüßes, hauchzartes, unschuldiges Bierchen.

– Ich hab das mal durchgerechnet, erklärte mir Henri, dabei guckte er mich über seine Gläser hinweg an. Damit sich die Sache rentiert, müßten wir alle zwei Sekunden einen fertighaben, und zwar ganz fertig, und das acht Stunden an einem Streifen.

Wir betrachteten die kleinen Kerle, die über den Tisch verstreut lagen, und ich legte ihm die Hand auf die Schulter.

– Laß dich von der eisigen Strenge der Zahlen nicht entmutigen, murmelte ich.

Henri brach gegen Abend zusammen. Er schnippte seinen letzten Wicht durchs Zimmer, ohne zu warten, bis er trocken war, und schickte ihm ein »Verdammt, scher dich zum Teufel...!« nach. Mit beiden Händen stieß er sich vom Tisch ab. Danach hatte ich keinen Funken Kraft mehr, kein Gran Willensstärke. Aber ich kämpfte noch zwei, drei Minuten unverdrossen weiter. Dann ließ ich mich fallen, während sich der Tag neigte.

»Dic nobis, Maria, quid vidisti in via?« – Die Vorzeichen des Frühlings, sie zuckten in meiner Brust.

Mir war, als müßte ich diesen Fluch mein ganzes Leben lang mitschleppen. Die Welt war unendlich grausam zu mir und den anderen Unglücklichen meines Schlages. Die Gesellschaft beurteilte einen nur nach der Fähigkeit, einen Job zu ergattern und sich daran zu klammern wie ein tollwütiger Hund. Ohne das war man nichts als ein elender Kretin, ein armer Entarteter, eine Art Vollidiot. Aber konnte man sich was Idiotischeres vorstellen, als sein Leben lang hinter einem Schreibtisch zu hocken? Konnte man sich einen größeren Selbstbetrug antun, als seine Existenz auf einem Nichts aufzubauen, nur weil einen die Mehrheit der Arschlöcher dazu zwang? Wo doch die Freiheit das einzige ist, wonach ein Individuum trachtet, eben nicht lebenslänglich Gefängnis, und wo neunzig Prozent aller Jobs heutzutage schlimmer sind als ein feuchtes Verlies, in dem es nach Pisse und heller Verzweiflung stinkt. So schrecklich ist das Leben auch nicht, daß man sich deswegen gleich doppelt einsperren muß.

Ich denke zum Beispiel an diesen Typ, der mir den Saft abdrehen wollte. Ein paar Zeilen weiter schrieb er in vorwurfsvollstem Ton, ich würde mein Leben mit Nichtstun verbringen. Was verstand er eigentlich darunter? Garantiert hatte der arme Kerl bloß keine Ahnung, wie reich mein Leben war, auch nicht, wie unglaublich schwierig es sein konnte, ausgerechnet NICHTS ZU TUN, denn das ist ganz entschieden eine Haltung, die das komplette Individuum fordert und in Anspruch nimmt. Natürlich nahm ich ihm das nicht übel, ich glaubte sogar ein paar graue Haare auf seinem Schädel zu entdecken, ich hoffe nur, daß das nicht meine Schuld war.

Naja, wie dem auch sei, ich hatte niemals in Betracht gezogen, dreißig oder vierzig Jahre meines Lebens einem Job ohne Geist, ohne jedwedes Interesse zu opfern, um nicht zu sagen, einem Job, der einfach kotzlangweilig war, nur um behaupten zu können, ich bin dieser oder jener, das ist das Haus, in dem ich wohne, das ist mein Auto, das ist meine Bankverbindung, das ist meine Frau, das ist mein Chef, das ist der Platz, den ich in diesem Leben einnehme. Am liebsten würde ich hinzufügen, das ist mein Revolver. Ich hab mich niemals der sogenannten »Gelegenheitsjobs« geschämt, sie waren für mich stets eine Quelle wunderbarer, unendlich reicher Erfahrungen und in einem gewissen Sinne die Begleitumstände meiner Freiheit. Ich bin nie ein »Gestrandeter« oder ein »Slumbewohner« gewesen, was immer die Leute darüber denken mögen. Selbst unter den allerschlimmsten Umständen habe ich mir stets einen gewissen Stolz auf mein Leben bewahrt. Noch heute betrachte ich die Typen, die allergisch auf die allgemeine Kasernierung reagieren, wie heilige Kühe, man sollte ihnen Platz machen, wenn man ihnen auf der Straße begegnet.

Um aber auf die Geldsorgen zurückzukommen, die mich

beschäftigten, ich kapierte, daß sich meine wundersame Lösung als ein gewaltiger Schlag ins Wasser entpuppte. Ich stand seufzend auf und fegte den ganzen Horror aus meinen Augen, ich kippte alles in einen Müllsack. Jedesmal, wenn ich mich in einer dieser alarmierenden Situationen befand, fehlte mir nicht etwa der gute Wille, sondern todsicher die Vorstellungskraft. Ich hätte ganze Nächte damit zubringen können, mir den Geist auszuquetschen auf der Suche nach einem Weg, wie ich Geld VERDIENEN konnte wie jeder andere auch, ohne daß mir die jämmerlichste, mickrigste, auch nur einigermaßen interessante Idee gekommen wäre, irgend etwas, was sich nur ein bißchen lohnte. Trotz all meiner Anstrengungen wollte es mir nicht gelingen, das Problem kühlen Kopfes anzugehen, nur drei Minuten in Ruhe darüber nachzudenken. Mein Verstand verrannte sich pausenlos in die eine oder andere Richtung, und ich merkte es nicht, oder erst eine Stunde später. Das brachte mich zur Weißglut. Völlig ausgelaugt stellte ich dann meine vergeblichen und schmerzhaften Versuche wieder ein.

– Soll ich die Lektüre fortsetzen...? schlug Henri vor.

– Nein, lies mir lieber ein paar von deinen vor.

Er ging nur selten darauf ein. Meistens schickte er mich zum Teufel, doch diesmal ließ er sich nicht lang bitten. Ich machte es mir wunderbar bequem, während er seinen Krempel suchte, ich pfefferte meine Tennisschuhe ans andere Ende der Welt. Ich war aufgekratzt, aufgrund des Halbdunkels und des Schweigens, das in dem Raum herrschte, ich hätte mir keine bessere Atmosphäre vorstellen können. Ich zerrte an der Telefonschnur, um sie rauszuziehen. Gleich würde mir Henri seine Gedichte vortragen. Das war nicht der rechte Moment, an diese entsetzliche Finanzmisere zu denken. Ich guckte lächelnd zur Decke. Leb wohl, grausame, hinterhältige Welt, lebt wohl, ihr armseligen, lachhaften, mickrigen Pleiten meines Lebens!

Als Marlène zurückkam, war ich nach allen Regeln der Kunst aufs Sofa genagelt, mit kurzem Atem und zugeschnürter Kehle. Ich war so begeistert von dem, was Henri schrieb, das tat schon weh, trotzdem flehte ich ihn an, weiterzulesen. Ich war mir nicht ganz im klaren, ob diese Art Vergnügen altersbedingt war, aber es schien mir, als würde das von Jahr zu Jahr stärker, und ich konnte mich auch nicht erinnern, jemals solche Empfindungen gehabt zu haben, als ich zwanzig war, damals, als ich es mehrere Tage ohne Essen und Schlafen aushalten konnte, damals, als ich glaubte, in eine wunderbare Welt versunken zu sein.

»Puh, meine Lieben, ich bin tot...!« erklärte uns Marlène und ließ sich mit ausgebreiteten Armen in einen Sessel fallen. Ich bekam nebenbei mit, daß nicht nur die Poesie die Leute kreuzigte. Seit einer Woche kehrte Marlène erst sehr spät aus der Zeitung zurück. Ich lieh ihr den Wagen. Der Typ, der mit ihr zusammenarbeitete, war krank geworden, und als sich herausstellte, daß Marlène allein ganz gut zurechtkam, ließ sich die Direktion Zeit, eine Vertretung einzustellen. Die Ärmste konnte kaum noch stehen, doch der Job gefiel ihr. Ich mochte diesen abgespannten Gesichtsausdruck, den sie hatte, ihre irgendwie schärferen Züge. Ratet mal, wo ich diesen morbiden Geschmack her hatte... Für mich gab es nichts Geileres auf der Welt als dieses schwache Lächeln, das sie mir schenkte, wenn ich ihr ein Glas kredenzte. Die Hälfte verschüttete ich auf den Boden.

Meist versuchten wir sie zu überreden, noch eine Kleinigkeit zu essen, und mal blieb sie da, mal trank sie bloß ihr Glas aus, und dann blickten wir ihr nach, wie sie die Straße überquerte und in ihrer Handtasche nach dem Schlüssel suchte, und ein paar Sekunden später sahen wir oben in ihrem Schlafzimmer Licht. Wir hatten kaum die Tür zugemacht und auf dem Weg in die Küche ein paar Worte gewechselt, als das Licht auch schon wieder ausging. Wir blieben einen Augenblick vorm Fenster stehen.

– Hmm... Heut abend war sie aber besonders kaputt...

– Ja... Sie war sogar zu müde, sich abzuschminken...!

Heute bin ich mir vollkommen im klaren, wie sehr wir ihr das Leben schwermachten. Und obendrein hab ich noch nie von einer Frau gehört, die sich gleich mit ZWEI Schriftstellern rumplagen mußte, wo doch jeder weiß, daß die nicht gerade die lustigsten Typen sind, diejenigen, mit denen gut auskommen ist.

Auf der einen Seite hatte sie Henri und diese Liebe, die nicht sterben wollte, der aber auch nichts auf der Welt noch hätte weiterhelfen können. Auf der anderen Seite ich mit meiner wundervollen Innigkeit, also auch nichts sonderlich Berauschendes. Ich bin der erste, der zugibt, daß das sexuell gesehen ein wenig dünn war. Und obwohl heutzutage allgemein bekannt ist, daß eine Frau die gleichen Wünsche haben kann wie ein Mann, kam uns dieser Gedanke nicht einmal entfernt. Eine solche Unschuld wäre vielleicht in dem Alter bewundernswert gewesen, als wir noch kurze Hosen trugen. Aber nicht nach 'nem halben Zeitalter.

Wir warteten das Wochenende ab, um sie auf andere Gedanken zu bringen. Wir entführten sie ans Ufer eines Sees, fünfzig Kilometer weit weg, und wir tafelten in einem Restaurant, die Füße quasi im Wasser. Wir lasen ihr jeden Wunsch von den Augen ab. Wir leisteten uns die teuersten Weine. Als es ans Bezahlen ging, stellte ich einen Scheck aus.

Ein wenig später, am Abend, als ich mich eingehend mit meinen Finanzen beschäftigte, mußte ich feststellen, daß ich mich leichtsinnigerweise auf den Treibsand der roten Zahlen hinausgewagt hatte. »Na schön, wir haben's geschafft!« sagte ich mir. »Jetzt haben wir's endlich geschafft!« Marlène hatte sich früh hinlegen wollen, ich war mit Henri allein. Er war dabei, das Gestell seiner Brille aufzuschrauben. Ich stand auf und ging zu ihm.

– Was ist los...? fragte ich ihn.

– Nichts, nur ein Glas sitzt was locker.

– Hör mal... Es wäre mir ganz lieb, wenn wir deinen Scheck auf mein Konto buchen könnten... Da hätte ich wieder was Luft...

– Meinste den von Vera...?

– Ja klar, den von Vera... Weißt du, nur so lange, daß ich mich ein wenig erholen kann. Ich will das Geld nicht behalten, ich geb's dir zurück. Außerdem ist es ja durchaus möglich, daß eben jetzt, wo wir hier reden, mein Verleger dabei ist, mir einen Scheck auszustellen...

Er steckte sich einen Finger ins Ohr und fing energisch an zu rütteln. Ich fragte mich, warum er so wahnsinnig lang dazu brauchte, mir 'ne Antwort zu geben.

– Weißt du, es ist so... Ach, Scheiße, das paßt mir jetzt gar nicht in den Kram...!

– Naja, du weißt ja, wie die sind in den Banken, die haben nicht gerade stabile Nerven!

– Ja, das stimmt schon... Bloß, ich hab den Zaster nicht mehr.

– Wie, du hast den Zaster nicht mehr...? Haste dir 'n Erbbegräbnis zugelegt?

– Naja... ich hatte was Persönliches zu erledigen...

– Was ist denn passiert? Steckst du in Schwierigkeiten...?

– Nein... Ich wünschte, ich könnte dir helfen.

– Ach was, so dramatisch ist die Sache noch nicht... Reden wir nicht mehr davon.

– Wenn du mir nur früher was davon gesagt hättest...

– Ist die Brille im Eimer?

– Nein, kann man wieder festschrauben.

Ich nutzte den ruhigen Abend und meinen klaren Kopf dazu aus, ein wenig zu arbeiten. Seit einiger Zeit schrieb ich direkt in die Maschine, ich war ihrem Charme schließlich doch erlegen, ich sah es gern, wenn ihr eine Zeile nach der anderen aus dem Bauch kroch, ich hatte das Gefühl, ihre Zustimmung zu finden.

Nach einer Stunde war ich so in meine Gedanken vertieft, daß ich nicht einmal merkte, daß Henri neben mir stand. Ich fuhr zusammen, als ich seine Stimme hörte.

– Hmm... das ist 'ne schöne Seite! meinte er und rieb sich den Nasenknorpel. Ich muß zugeben, rhythmisch bist du nicht ganz unbegabt.

– Soso, da hab ich aber Glück, ich schufte mich halbtot dafür.

Er steckte sich seelenruhig eine Zigarette an und blieb wie angewurzelt stehen. Er stieß eine dicke Rauchwolke unter die Decke. Ich sah, daß ich Zeit genug hatte, aufzustehen und mir was aus dem Kühlschrank zu holen. Ich kehrte mit einem

Getränk, das nach Hopfenblüten duftete, zu meinem Stuhl zurück. Henri hatte sich nicht vom Fleck gerührt.

– Na schön, entweder oder, gab ich ihm zu verstehen. Entweder du sagst mir, was los ist, oder du sagst es mir nicht, aber entscheide dich bitte, bevor es hell wird. Ich würde gern noch was arbeiten.

Er setzte sich auf eine Ecke meines Tisches und nickte. Er schien zu überlegen, wie er mir die Sache beibringen sollte. Schließlich wählte er den kürzesten Weg.

– Ich hab jemanden dazu engagiert, Gloria wiederzufinden. Wir haben uns auf 'nen Pauschalpreis geeinigt.

Im ersten Moment dachte ich, jemand hätte mir sämtliche Haare auf einmal ausgerissen, ich war perplex. Mein Blick glitt über den Boden und blieb an einem Fleck, den eine Zigarette in den Teppichboden gebrannt hatte, hängen.

– Ich brauchte dieses Geld, verstehst du ... Das war 'ne unverhoffte Gelegenheit.

Ich stellte mein Glas auf den Tisch. Ich richtete mich auf. Ich fuhr mir mit beiden Händen durchs Haar und packte meinen Schädel. Ich stieß einen Seufzer aus, der die Bude hätte aufwirbeln können.

– Verdammte Scheiße, Henri ... So eine gottverdammte Scheiße ...!!!

Wir guckten uns an. Aus seinen Augen sprach eine Kraft, eine Sicherheit, eine Entschiedenheit, daß ich vor Neid fast verging. Das Ganze verschönerte ihn, verlieh ihm eine zwar wilde Schönheit, sicher, doch das ist die einzige, die der Auswaschung der Jahre widersteht. Ich riß mich in Sekundenbruchteilen wieder zusammen, schließlich war das nicht neu für mich, ich wußte, daß er eine außergewöhnliche Persönlichkeit war, und wenn es sein mußte, wurde mein Geist undurchdringlich, die Zeiten waren vorbei, wo er mich mit einem Blick entwaffnete, und obwohl meine Zuneigung zu ihm immer größer wurde, fühlte ich mich doch nicht bemüßigt, ihm das letzte Wort zu lassen.

– Herrgottnochmal, was soll denn der Quatsch ...?! Bist du eigentlich BESCHEUERT ...??!!

Er erhob sich, ohne mir zu antworten, doch ich folgte ihm quer durchs Zimmer. Er setzte sich aufs Sofa. Ich blieb stehen. Die Wut benahm mir den Atem. Oder die Trauer, die Sorge, die Ohnmacht. Oder ganz einfach das Gewicht der Dinge.

– Hat dir das also noch nicht gereicht...??! stieß ich mit dumpfer Stimme hervor. War dir das letztens immer noch nicht klar genug...?!

– Mir geht's nicht um Klarheit, entgegnete er.

Ich wußte, daß die Sache ohnehin gegessen war. Vielleicht gelang es mir aus diesem Grund, mich zu beruhigen. Ich kauerte mich vor ihn hin.

– Aber um Himmels willen, murmelte ich, was willst du denn damit erreichen? Was stellst du dir denn vor, wie sie diesmal reagieren wird...? Meinst du, du brauchst sie nur an die Hand zu nehmen, und sie kommt mit...?

– Ich habe nicht die Absicht, sie zurückzuholen... Ich habe bloß ein Wörtchen mit ihr zu reden.

– Und Marlène, was sagt sie dazu? Weiß sie Bescheid?

Er blickte mich an, als wolle er sich vergewissern, daß ich nur ja mitbekam, was er als nächstes sagte.

– Marlène hat nichts damit zu tun. Absolut nichts.

Ich schlug mir auf die Schenkel und erhob mich wieder. Ich überlegte einen Augenblick, ob ich etwas trinken sollte oder 'ne Zigarette rauchen oder mir 'ne Tüte Chips angeln, doch das alles reizte mich nicht, ich warf lediglich einen niedergeschlagenen Blick in die Runde.

– Weißt du, Henri, du wirst mich nicht davon abbringen, daß ich das für ausgemachten Schwachsinn halte. Nur die Zeit hätte die Dinge wieder ins Lot bringen können.

Er winkte gereizt ab.

– Ah...! Komm einem Kerl von sechzig Jahren nicht damit, er solle die Zeit machen lassen. Außerdem ist da nichts mehr ins Lot zu bringen. Ich bin doch nicht blöd.

– Hör mal, ich weiß nicht, ob du es drauf anlegst, aber du wirst voll auf die Schnauze fallen, ich hoffe, das ist dir klar...

Er lächelte mir zu, seltsam und himmlisch zugleich.

– Weißt du, wie ein Trichter aussieht? fragte er mich.

Da ich ihm keine Antwort gab, zeichnete er einen in die Luft.

– Wenn du erst mal in meinem Alter bist, dann hast du das schmale Ende erreicht, fuhr er fort. Dann wirst du sehen, daß du keine große Auswahl mehr hast.

Ich verzog ein wenig den Mund. Ich fragte mich, was aus uns werden sollte.

Zusammen zählten wir mehr als ein Jahrhundert, Henri und ich. Das machte es uns nicht gerade leichter, Arbeit zu finden. Henri konnte Lokomotive fahren, und ich wußte, wie man ein Spülbecken freibekam, aber das war ein bißchen zu wenig für die Region. Je näher man der Sonne kam, desto weniger Chancen hatte man wohl, sich 'nen Job zu angeln. Dennoch, wir waren wild entschlossen. Wir hatten die Sache lang und breit besprochen und fühlten uns durchaus bereit, der arbeitenden Bevölkerung einen Monat lang nachzueifern, auch zwei, wenn's hoch kam, naja, wenigstens bis zum Eintreffen meines Schecks. Um so mehr, als mir mein Verleger ein aufmunterndes Wort hatte zukommen lassen. »Nur Geduld«, meinte er. »Die Zeit sowie meine Wenigkeit arbeiten für Sie.« Ich hatte ein paarmal Gelegenheit gehabt, mich mit ihm zu treffen, oft genug, um mir klarzuwerden, daß ich mich auf ihn verlassen konnte, daß ich mit ihm das große Los gezogen hatte. Sicher, von sowas wurde ich nicht satt, doch das erlaubte es mir, lächelnd mit den Zähnen zu knirschen. Die Liste der Schrifsteller, die daran zu würgen hatten, war lang, und meine ganzen Unannehmlichkeiten waren wirklich nichts, verglichen mit dem Leidensweg anderer. Ich brauchte bloß daran zu denken, schon verkniff ich es mir, die Faust wütend gen Himmel zu recken.

Ein paar Tage lang studierten wir vergeblich die Kleinanzeigen sämtlicher Blätter aus der Umgebung. Marlène hatte ihrerseits den Auftrag, die Stellenangebote, die in ihrer Zeitung, dem *Orange du Sud*, erscheinen sollten, unter die Lupe zu nehmen, bevor sie überhaupt gedruckt wurden. Aber das brachte uns auch nicht weiter.

– Kannst du mir bitte mal erklären, wo das hier ein Industriestaat ist? stöhnte Henri.

Wenn sie uns kommen sahen, schienen die Händler der Gegend urplötzlich von einem Magengeschwür befallen zu sein. Charles hatte angeboten, uns zu helfen, aber diesmal hatte ich abgelehnt. Ich hatte mir eingeredet, daß meine ständige Geldknappheit ein letztes Mal aufflackerte, und ich wollte diesen Entscheidungskampf durchfechten, ohne jemandem etwas schuldig zu sein. Charles war 'ne richtige Klatschtante. Eines Morgens erhielt ich einen Anruf von Vera.

– Kann ich was für euch tun?

– Nein, nett von dir.

– Ich könnte es nicht ertragen, wenn ihr zwei in finanziellen Schwierigkeiten stecktet...

– Nein, mach dir keine Sorgen.

– Du weißt, daß hier viel von dir die Rede ist...

– Jaja, aber es wäre besser, man spräche über Henri.

– Oh, weißt du, mit der Poesie, das ist was ganz SPEZIELLES...!

Ein paar Tage später, als sich das grausame Schicksal ganz gegen uns verschworen zu haben schien, kreuzte Charles in Begleitung eines jungen Kerls mit gequältem Lächeln bei uns auf.

– Freunde, darf ich euch Victor-Serge vorstellen. Ich glaube, er hat euch einen Vorschlag zu machen...

– Oh... nichts Weltbewegendes, präzisierte der Typ mit rotem Kopf.

– Kommt doch rein, beeilten wir uns zu antworten.

Es war ein schöner Tag, und trotzdem, noch am Abend kam ein fürchterliches Gewitter herunter, eine Sintflut, wie man sie nur alle paar Jahre mal erlebt. Der Himmel verfinsterte sich mit einem Schlag, und in der Viertelstunde, die folgte, verwandelte sich die Straße in einen reißenden Gebirgsbach, und die Dachrinne stürzte in den Garten wie der Mast eines Schiffes, den der Blitz getroffen hat.

– Das hing schon seit geraumer Zeit in der Luft, bemerkte ich, während wir am Küchenfenster Grimassen schnitten.

– Dabei war der Himmel eben noch ganz blau …

– Nein, ich meine diese verfluchte Regenrinne.

Offen gesagt mußte man diese Gegend schon lieben, sie war in der Tat ein wenig eigenartig. Wenn der Wind blies, flogen die Dächer fort. Wenn es heiß war, ging man ein, und im Winter platzten sämtliche Wasserleitungen. Monatelang bekam man nicht einen Regentropfen zu sehen, und dann wurde der Himmel von einer Sekunde auf die andere pechschwarz, und ein ganzer Ozean kam auf einen herunter. Alles war irgendwie überdimensional, aber auf die Dauer gewöhnte man sich daran und rüstete sich für den nächsten Donnerschlag. Ich war zu der Ansicht gelangt, daß das 'ne prima Haltung war, das Leben anzugehen. Denn meist kommt alles ganz anders, als man es erwarten dürfte.

Was da fiel, waren keine Tropfen, sondern fingerdicke, lange Nadeln, und kein einziges Fahrzeug fuhr vor unseren Augen vorbei, die Welt hatte sich verkrochen. Ein frenetisches Prasseln und das schreckliche Blubbern des dahinfließenden Wassers hallten durch die Nacht. Ein solches Unwetter verwandelte einem eine vertraute Straße in ein unbekanntes Land. Dieser Anblick löste in mir eine tiefe Niedergeschlagenheit aus. Ich dachte gerade an die Nichtigkeit allen menschlichen Tuns, dachte, daß die ganze Schreiberei zu nichts führe, als mir mit einem Mal auffiel, daß bei Marlène ein Fenster offenstand. Das von ihrem Schlafzimmer auf der oberen Etage.

Ich zeigte Henri die Sache und sagte ihm, ich wolle rüber.

– Na gut, ich mach dir in der Zeit 'nen Grog!

Ich schnappte mir den Zweitschlüssel, den Regenmantel ließ ich hängen, wenn schon naß, dann richtig, ich nahm Anlauf und sprang vor die Tür. Die lauwarme Temperatur des Regens überraschte mich. Das war gar nicht unangenehm, das erinnerte mich an vergangene Kinderfreuden.

Wahre Fontänen drangen zum Fenster hinein, ein Teil des Zimmers stand unter Wasser. Ich atmete ihren Duft ein, dann stürzte ich mich auf das Fenster und drückte es zu. Ich setzte mich aufs Bett, am Fußende. Ich kannte ihr Schlafzimmer so gut wie gar nicht, ich war noch nie allein darin gewesen und auch mit ihr nie länger als dreißig Sekunden. Ich wartete lieber unten auf sie, das war einfacher für mich und machte die Sache nicht unnötig kompliziert, das bewahrte mich davor, mir mit voller Kraft auf die Lippen zu beißen, um nicht auf ihr Bett zu kippen. Ich ließ meinen Blick einen Moment schweifen, um mit allem Bekanntschaft zu schließen, was mir vor die Augen kam, ihr Frisiertisch, ihre Kosmetika, ihre Haarbürsten, ihre Hausschuhe, ihr Morgenmantel, ihr Nachttischlämpchen, ihre weißen und kahlen Wände, ihre Bücher, ihr Wecker, ihr Radio, ihr Kissen, ihr Kopfkissen, ihr Stuhl, ihr Wasserglas – und ein paar da und dort liegengelassenen Kleidungsstücke. Danach stand ich auf, um die Schäden zu beheben.

Dreimal durfte ich zwischen Badezimmer und Schlafzimmer mit einer ganzen Schüssel voll Wasser, das ich unter dem Fenster aufgewischt hatte, hin- und herlaufen. Und es war purer Zufall, als ich die letzte Schüssel ins Waschbecken entleerte, daß ich die Tube Spermizid auf der Ablage entdeckte. Sie war zu zwei Dritteln verbraucht. Ich hätte es besser gefunden, wenn das eine Tube Zahnpasta oder eine Handcreme gewesen wäre. Ich nahm es ihr übel, daß sie dieses Ding genau vor meinen Augen hatte liegen lassen. Daß sie vergessen hatte, ihr Fenster bei so einem Wetter zu schließen. Ich nahm es dem Leben übel, daß es war, wie es war, so dummdreist eindeutig, so überraschend brutal.

Ich wischte kurz noch einmal über den Boden und wrang den Bettvorleger über der Badewanne aus. Ich konnte mir noch so sehr einreden, daß es mir nicht zustand, ihr irgendwelche Vorwürfe zu machen, daß auch ich mit anderen Frauen bumste, es half nichts, das Ganze berührte mich ganz sonderbar. Es machte mich regelrecht krank.

Ich zog die Tür hinter mir zu und ging. Langsam überquerte ich mitten im Regen die Straße. Ich legte nicht etwa den Kopf zurück in der Hoffnung, ein läuterndes Wasser möge mir übers Gesicht laufen, ich war bloß dermaßen durchnäßt, daß es überflüssig war, mich zu beeilen.

– Schäden? fragte Henri.

– Das wäre zuviel gesagt.

Ich hatte keine Lust, sie zu sehen, ich wartete nicht, bis sie zurückkehrte. Ich wünschte Henri eine gute Nacht und stiefelte zum Nachdenken auf mein Zimmer.

Der nächste Tag war ein Samstag. Es herrschte ein wunderbares Wetter, die Luft war unvergleichlich klar. Unten hielt Henri die Regenrinne fest, und ich hing oben mit einem Bein sowie meinem ganzen Körper zum Fenster raus und versuchte fluchend, den ganzen Plunder an der Fassade festzumachen. Ich hielt einen Moment inne, als ich sie aus dem Haus gehen sah, und blickte auf sie hinab, während sie die Straße überquerte, und alles war voller Harmonie.

– Du bist ja verrückt! rief sie mir zu. Du brichst dir noch das Genick!

– Wenn ich falle, muß er mich auffangen. Das haben wir so abgemacht.

– Hmm... Ihr macht mir angst und bange, fügte sie hinzu.

Sie küßte Henri, dann ging sie in die Bude. Fünf Minuten später spürte ich, daß mir ein Seil um den Bauch gelegt wurde.

– Was machst du denn da? fragte ich sie.

– Naja, ich würd meinen Kaffee gern in Ruhe trinken! Das laß ich mir von zwei Idioten wie euch nicht verderben...

– Quatsch, in einer Minute bin ich fertig!

– Sehr gut, dann warte ich solange.

Sie wickelte sich das andere Ende des Seils um den Arm, wo ich doch den Tod hundertfach verdient hatte. Ich wollte ihr gerade seelenruhig auseinanderlegen, daß das mindestens genauso idiotisch war, daß sie gar nicht genug Kraft hatte, mich festzuhalten, wenn ich fallen sollte, und daß ich sie höchstens mit in die Tiefe zöge, aber Henri regte sich unten allmählich auf, er fragte uns, ob wir keinen besseren Zeitpunkt wüßten, uns zu unterhalten, oder ob das ein Witz sei. Ich sah zu, daß ich meine Flickschusterei schnellstens zu Ende bekam, ich preßte mir das Fensterbrett zwischen die Beine, als wollte ich es verbiegen. So sehr, daß ich immer noch Schmerzen in den Oberschenkeln hatte, als wir besagten Kaffee tranken.

Die beiden redeten über alles mögliche, und ich tat so, als hörte ich ihnen zu, ich lächelte zerstreut, ich nickte, und hinter meiner undurchdringlichen Maske begnügte ich mich damit, sie anzustarren, wieder und wieder die gleiche Rundstrecke abzufahren, die von ihrem Mund zu ihren Augen führte, auf ihren Hals glitt, ihre Schulter, wieder zu ihrem Ohr anstieg, über ihre Haare glitt, auf ihre Stirn abfiel, ihre Nase, ihre Lippen und sich ständig selbst in den Schwanz biß. Ich konnte mir kaum vorstellen, daß es ihr irgendein elendes Schwein besorgt hatte, aber ich glaube, es gelang mir doch, und ich fand sie nur noch schöner. Ich bin mir nicht darüber im klaren, was die Probleme des Geschlechtslebens betrifft, ob man da mit zunehmendem Alter klüger wird oder eher bekloppter. Auf den ersten Blick schien mir meine Reaktion befremdlich, doch je mehr die Zeit verging, um so mehr versank ich in einer geheimnisvollen Welt, um so mehr brach meine ganze Gewißheit in sich zusammen, und ich fragte mich, wozu dann der ganze Weg, den man zurückgelegt hat, wenn man immer wieder umlernen muß, wenn sich vor unseren Augen jeden Morgen eine unbekannte Landschaft erstreckt, eine neue Wüste. Mein Kaffee war kalt, ungezuckert. Ich trank ihn aus.

Ich verbrachte den größten Teil des Tages damit, sie anzustarren, mir keine noch so geringe Bewegung entgehen zu lassen und mein Treiben so gut wie möglich zu kaschieren. Ich nahm mir eine Zeitschrift, während sie mit Henri Schach spielte, während sie ihre Stirn in Falten zog und ihre Lippen zerquetschte. Ich guckte den ganzen Stapel Schallplatten durch, während sie uns Tee servierte und sich eine Strähne hinters Ohr schob, während ihre Hände über die Tassen huschten und sie sich hin und her wiegte. Ich ging sozusagen meine Notizen noch einmal durch, während sie redete, lächelte, die Augenbrauen hochzog, aufstand, lachte, gähnte, auf und ab ging, sich über die Arme strich, sich ein Auge rieb, ein Bonbon lutschte, und ich verpaßte keinen einzigen Gesichtsausdruck, ob sie stand, saß oder auf dem Sofa lag, ob sie in die Hände klatschte oder nörgelte, ob sie im Licht des Nachmittags unruhig hin und her rückte oder unbeweglich sitzen blieb, als der Tag zu Ende ging. Das war ein besonders interessanter Nachmittag für mich, voll kostbarer, kleiner Details. Das war eine gute Übung für einen Typ, der sich beklagte, nichts mehr zu wissen.

Am Abend machten wir uns drei riesige Pizzen, und ich war für einen Augenblick allein mit ihr in der Küche. Henri ist nur selten da, wenn es ans Abräumen geht, das ist immer der Moment, den er sich dafür aussucht, am anderen Ende des Hauses Gläser einzuschenken. Ich wischte mit dem Schwamm über die Abtropffläche, um die Zwiebelschalen zu lösen, als sie sich mit einem weißen Spültuch neben mich stellte.

– Und ... wie findest du mich? fragte sie seelenruhig.

Meine Überraschung war so groß, daß ich unfreiwillig mit dem Knie gegen eine Schranktür depperte. Ich sah sie nicht an, ich konzentrierte mich auf meinen Schwamm und drehte ihn auf die rauhe Seite, um irgendeinen Dreck abzukratzen.

– Was meinst du damit, wie ich dich finde ...? Ist irgendwas an dir verändert?

– Nein, ich meine nach der Musterung, der du mich heute unterzogen hast.

– Ah ...! Was erzählst du da ...?!

Ich drehte mich um und grinste von einem Ohr zum andern, ich zog meine Jochbögen so weit wie möglich auseinander. Sie hatte ihrerseits einen belustigten Blick.

– Weißt du, ich bekomm durchaus noch mit, wenn du mich anguckst ..., erwiderte sie mit sanfter Stimme. Vor allem, wenn das so unauffällig geschieht.

Ich drückte die rötlichbraunen Schalen in meiner Hand, ich quetschte sie zu Matsch, bevor ich sie in den Mülleimer warf. Hoffentlich kreuzte Henri bald mit seinen verdammten Gläsern auf. Wo steckte er bloß?

– Willst du mir keine Antwort geben ...?

– Marlène ... du weißt, daß es mir immer eine Freude war, dich anzugucken. Das ist nichts Neues ...

Sie nickte bedächtig, fast unmerklich, ganz einfach, ihre Haare blieben still. Ich dachte, das hörte nie auf.

– Na schön, ich danke dir, murmelte sie. Das ist ein wunderbares Kompliment...

Diese kleine, scheinbar völlig unbedeutende Szene brachte mich für den Rest des Abends total durcheinander. Ich bemühte mich mehr schlecht als recht, normal zu essen und zu trinken, aber ich war nicht bei der Sache, und fast wären mir die Anchovis im Hals steckengeblieben. Ich hatte allergrößte Mühe, der Unterhaltung zu folgen, ich verlor alle naslang den Faden, und selbst Henri fand, ich sei nicht ganz auf der Höhe.

»Halb so wild, sagte ich. Das liegt an meinem Roman.« Ich vermied es, sie anzusehen, ich vermied es, mir die wahren Fragen zu stellen.

Gegen ein Uhr legte sie sich schlafen. Henri trödelte noch ein wenig herum, dann ging er rauf. Ich blieb allein unten. Ich war traurig und wütend. Ich ärgerte mich über mich selbst, weil ich mir mit all diesen Scherereien das Leben vollpfropfte.

Ich ärgerte mich ganz allgemein, weil ich zuließ, daß mich die Welt mit all ihren Torheiten, ihren falschen Freuden, ihren plumpen Angeboten rührte, ablenkte, beanspruchte. Uns selbst Fesseln anzulegen statt uns zu befreien, das war alles, was wir schafften, das war unser ganzer Lebensinhalt. Ich stürzte noch ein Glas hinunter, denn diese Feststellung machte mich ganz krank. Doch das stärkte mir nicht die Moral, im Gegenteil. Du kommst nicht in Schwung, sagte ich mir, du steckst dir Steine in die Taschen. Hast du heute meditiert? Hast du dich innerlich gesammelt? Bist du vor der Schönheit auf die Knie gesunken? Hast du irgendeine spirituelle Erregung verspürt? Sag schon, kennst du eine andere Realität? Geh auf die Straße und sag, findest du etwas, was der Mühe wert ist? Das ist doch so einfach, so offensichtlich. Die Menschheit ist dabei, im allgemeinen Stumpfsinn unterzugehen, ist das so schwer zu sehen? Willst du dir alles gefallen lassen? Willst du weiter deine Zeit vergeuden, indem du Zeitung liest, Radio hörst, dich vors Fernsehen hockst? Wirst du dich endlich von all dem befreien?? Und dich um dein Seelenheil kümmern? Oder dir lieber dein eigenes Grab schaufeln wie der letzte Trottel und vor den Schaufenstern der

Welt rumsabbern wie der letzte Bekloppte? Schärfe deinen Verstand, stumpf ihn nicht ab, trichterte ich mir ein, wende dich den geistigen Freuden zu.

Ich war weit von meinem Ausgangspunkt abgekommen. Ich renkte mir fast die Finger aus. Das Schweigen war erschreckend. Ich stand auf, um eine Platte aufzulegen, und ich befand mich in einer ganz besonderen geistigen Verfassung, klar doch, ich war nicht in der Stimmung, mir irgendeine bestußte Musik anzuhören.

Ich kehrte zu meinem Sessel zurück und faltete die Hände hinter dem Kopf, während Kathleen Ferrier ihre Kindertotenlieder anstimmte. Einfach wunderbar. Bevor ich einschlief, las ich noch einmal die letzten Seiten aus *Ulysses* von Joyce. Das war dermaßen schön. Schöner, als ich verlangen konnte.

11

Nach einer Woche waren die Eier vom Tage nicht mehr die Eier vom Tage. Sie hießen nur noch frische Eier. Sämtliche Schildchen mußten dafür ausgetauscht werden, und Henri und ich, wir hatten den ganzen Tag damit zu tun. Das war zwar keine besonders anstrengende Sache, aber wir durften dabei nicht rauchen und mußten die ganze Zeit über stehen, in dem Geruch von Lebensmitteln und Putzmitteln.

Es handelte sich um ein Lager von zwanzigtausend Quadratmetern. Ein Hektar Konservenbüchsen, Würste, Tiefkühlzeug, Hochprozentiges, Erdnüsse, Joghurts, Kaffee, Geflügel und anderes, das Ganze gestapelt in Regalen, die bis zu zehn Meter hoch waren. Der andere Teil war für den verderblichen Kram reserviert, einfach alles, was man in einem Supermarkt finden kann.

Victor-Serges Vater war der Filialleiter. Seine Frau, eine ordinäre Blondine, die sich in einem fort in der Kosmetikabteilung herumtrieb, war Personalchefin, Victor-Serge kümmerte sich um das Lager. Neben Henri und mir hatte er vier weitere, etwas jüngere Typen unter sich. Keine Ahnung, was das für die Lebensmittel hieß, jedenfalls verwandelte sich gegen ein Uhr, wenn die Sonne so gut wie senkrecht über dem Asbestdach stand, die ganze Halle in einen Backofen. Es war ein wunderschöner Herbst mit glühend heißen Tagen wie im Sommer und auch ein paar Gewittern, doch die Temperatur sank nicht unter fünfundzwanzig Grad. Wir liefen im T-Shirt herum und warteten auf die abendliche Abkühlung. Der Schuppen stand am Stadtrand, und die Lastzüge, die die Ware ankarrten, kurvten in einer heißen Staubwolke um das Gebäude. Wenn die Typen ausstiegen, waren sie naßgeschwitzt von Kopf bis Fuß, sie stellten sich in den Schatten, um das Abladen zu beobachten, die Zunge hing ihnen zum Hals raus, und sie schüttelten den Kopf und wischten sich in einer versteinerten Hitze die Stirn ab.

Wie Victor-Serge uns bereits erklärt hatte, war die Arbeit nicht gerade weltbewegend, doch sie kam uns gerade recht. Meine Bank hatte mich gefeuert. Ich hatte mein Scheckheft bei dem Direktor abliefern müssen, und ich war in der Haut eines Bürgers von Calais durch sein Zimmer geschlichen, während er gähnend zum Fenster rausgeguckt hatte. Ich hoffe, heute kneift und beißt er sich in die Eier. Ich hoffe, all diese Typen werden zu einem mickrigen Job hinter einem verstaubten Schalter verdonnert, wenn sie wieder so einen Bock schießen. Trotzdem, zunächst einmal fand ich das alles andere als amüsant, ich fühlte mich entwaffnet. Denk nicht dran, sagte ich mir, DENK DA NICHT DRAN, überleg dir, daß eines Tages vielleicht irgendein Typ den Roman deines Lebens schreibt: »... und nie scherte ER sich um seine Geldschwierigkeiten, nie gestattete ER diesen armseligen Problemen, ihn zu behelligen.«

Was das Rauchen anging, da fand sich immer 'ne Lösung, aber irgendwo einen Stuhl aufzutreiben, da brauchte man nicht drauf zu hoffen. Zudem stellte sich schnell heraus, daß Victor-Serge nicht unbedingt ein Freund der Schönen Künste war, jedenfalls nicht tagsüber, nicht während der Arbeitszeit. Er hatte uns ein-, zweimal erwischt, als wir auf der Erde saßen, und er hatte uns gewarnt, daß er da keine Ausnahme dulden könne, um so mehr, fügte er hinzu, als er uns nur aus Freundschaft für Charles eingestellt habe, gewissermaßen, um uns einen Gefallen zu tun.

Dafür hatten wir dann unsere fünfundvierzig Stunden die Woche abzuleisten, fünfundvierzig Stunden IM STEHEN. Abends beklagte sich Henri, daß ihm die Beine weh täten. Ich saß am Steuer. Wir erzählten uns nichts Großes auf dem Heimweg, wir rauchten eine Zigarette im letzten Tageslicht. Zehn Uhr morgens, sieben Uhr abends, eine Art Gefängnis in der Zeit.

Was diesen Jux erträglich gestaltete, war der Umstand, daß wir zu zweit waren. Körperlich war das ein Klacks, doch die Minuten dehnten sich endlos, und wir schlurften umher unter der Last einer entsetzlichen Langeweile, einer nicht zu unterdrückenden Müdigkeit. Manchmal ging es darum, ein paar

Sachen umzuräumen, und die Dosen, die wir morgens hoch oben in die Regale gepfercht hatten, durften wir nachmittags wieder runtertragen, in einen Einkaufskorb stapeln und ans andere Ende der Halle karren, um sie dort wieder nach oben zu befördern, ohne daß wir den Grund erfuhren, und wenn schon, was kratzte es uns, ob es einen Grund gab, oder hundert oder tausend, wer war schon so bescheuert, daß er sich um so etwas Sorgen machte, daß er sich irgendwelche Fragen stellte wegen fünfhunderttausend Tuben Mayonnaise? Damit hätte sich die Beschreibung erschöpfen können, wenn da nicht noch Henri gewesen wäre. Ob er mir ein Wort zurief oder einen Blick zuwarf, stets fand ich im nächsten Moment meine Form wieder, ich vergaß beinahe, wo ich mich befand, und flitzte die Regale hoch wie ein Affe. Ein Affe, eingesperrt in einem Zoo mit Betonfelsen und kleinen Blechleitern.

Mittags hatten wir eine halbe Stunde Zeit, was zu essen. Die anderen Typen blieben drinnen und kauten ihr Brot in der Umkleide, doch Henri und ich gingen nach draußen. Wir überquerten den Hinterhof und schlenderten zu einer Handvoll Bäume, die ein Stück weiter standen. Mit dem Rücken zum Supermarkt ließen wir uns nieder, um fünf Minuten zu verschnaufen und in die Gegend zu gucken, bevor wir den Kram auspackten, den wir unter unseren Hemden versteckt hatten.

Die Gören hatten uns bereits entdeckt. Sie sagten keinen Ton. Sie lächelten, grabschten sich die Ware und liefen weg.

– Herrgott, hast du die Augen von der gesehn? fragte mich Henri zum dutzendsten Mal, hast du sowas schon mal gesehen...?! Ich glaub, ich träume!!

Sie mochte so fünf bis sechs Jahre alt sein, und ihre Augen waren genau, wie er sagte, wunderbar geformt, schwarz, unergründlich, leuchtend, sie war dreckig, aber sehr schön, und die anderen waren dreckig und mehr oder weniger schön, aber besonders lebhaft, man mußte mal miterleben, wie sie kreischend den Hügel hinunterflitzten, ohne sich umzudrehen, und kurz darauf waren sie verschwunden, und das Schweigen kehrte zurück, und wir packten seelenruhig unsere Sandwiches aus.

– Die gibt einem Kraft für den ganzen Tag, murmelte er, ich sag's dir!

Sicher, es kam nicht in Frage, Raviolidosen oder irgendwelche anderen Riesendinger rauszuschmuggeln, aber nichts leichter, als sich mit zwanzig abgepackten Scheiben Schinken auf dem Rücken, ein paar kleinen Diätkuchen unterm Hemd und einigen Carambar auf der Vorderseite hinauszustehlen. Wir versuchten zu variieren. Die Kinder, keine Ahnung, wo die herkamen, aber wir dankten dem Himmel, daß sie da waren. Das war 'ne willkommene Abwechslung. Wenn wir zu dem Schuppen zurückstiefelten, erwartete uns Victor-Serge vor der Tür, er guckte verärgert auf seine Uhr.

– Los, beeilt euch, Jungs, die anderen haben schon angefangen, ich mein's ernst...

Wir zogen mit freudestrahlendem Lächeln an ihm vorbei, und in der nächsten Viertelstunde bekamen wir ihn so gut wie gar nicht zu Gesicht.

Eines Abends, ich hing gerade auf einer Leiter, und er reichte mir oder auch ich ihm einen Karton mit irgendeinem Zeug, eines Abends brach Henri in einer Blutlache zusammen. Ich bekam den Schiß meines Lebens. Er wimmerte wie einer, der einen Dolch abgekriegt hat, bevor er sich der Länge nach hinlegte, und der Karton platzte unten auf dem Boden auf, direkt neben ihm.

Ich war für ein paar wahnsinnige Sekunden wie gelähmt, ich riß den Mund auf, um zu atmen, und unten auf dem Zementboden sah ich ihn Fratzen schneiden, dabei hielt er sich das Bein, Blut drang durch seine Hose, sickerte ihm durch die Finger, sein Blut machte sich mit unglaublicher Geschwindigkeit davon.

Ich sprang zu ihm hinunter. Meine Arme und meine Beine waren dermaßen steif, daß ich fast in tausend Stücke zersprungen wäre. Ich stieß ein paar unverständliche Worte hervor, dann nahm ich seinen Kopf. Es fehlte nicht viel und ich hätte ihn in meinen Armen gewiegt. Herrjemine, ich kroch praktisch auf ihn, ich löste seine Hände von seinem Bein. In Höhe der Wade schimmerte der Stoff seiner Hose wie eine dunkle Pfütze, und er blähte sich unter dem Druck des Blutes auf, ein schwarzes, leuchtendes, übelriechendes Blut. Ich hörte ihn wimmern, ich hörte Schritte in der Halle, ich hörte ein schmatzendes Geräusch in seinem Schuh, ich sah, daß sein Strumpf mit Blut vollgesogen war.

Während er versuchte, in die Höhe zu kommen, schnallte ich ihm den Gürtel auf und zog seine Hose herunter. Er hatte einen verrückten Slip an, einen mit knalligen Farben, und der Typ, der gerade ankam, einer von unserer Truppe, ein Typ mit einem vor lauter Alkohol stumpfsinnigen Gesicht, der Typ fing an zu lachen. Ich habe des öfteren bemerkt, daß die schlimmsten Katastrophen von kleinen, lächerlichen Details begleitet werden, und ganz am Anfang habe ich geglaubt, das Leben respektiere auch gar nichts, es mache sich über das menschliche Leid lustig, am Ende jedoch ging mir auf, daß ich ein armer Irrer war und nichts verdiente. Ich tötete ihn mit einem Blick, den Trunkenbold.

Ein kleiner, roter Springbrunnen sprudelte aus seiner Wade, das Blut spritzte nach allen Seiten.

– Ach du Scheiße! Was hat er denn, der Alte? fragte der Mann mit den gelben Augen, der Mann mit der kranken Leber.

Ich schnappte mir ein Paket Windeln, ich zerfetzte es wie wild, es waren Nachtwindeln, die dichtesten, ich hoffte, sie faßten jede Menge Liter. Das Bein sah aus wie eine Pipeline, die im Land des schwarzen Goldes aufgeplatzt war, und während ich ihm eine garantiert nicht nässende Windel auf die Wade pappte, fiel mir ein, daß das schwarze Blut durch die Venen floß, das war nicht ganz so beschissen wie das rote, wenn ich nicht total durchdrehte.

– BEEIL DICH!! RUF SCHON AN!!! grölte ich.

– Wen denn? fragte er.

– LOS, DU DUMMER WICHSER!!!

Er lief los. Die anderen trafen ein. Ich zog Henris Gürtel aus den Schlaufen und schnallte ihn ihm ums Bein. Ich hatte mein Lebtag noch nicht so viel Blut an den Fingern gehabt, es reichte mir bis zum Ellbogen, und wir patschten beide darin herum, und ich frage mich, wie ich's geschafft habe, nicht in Ohnmacht zu fallen, wenn ich bedenke, was das alles in mir weckte, und sei es nur die absurde und lächerliche Anfälligkeit des Lebens der Personen, die mir teuer waren, um nur von denen zu reden.

– Was ist denn hier los...? fragte Victor-Serge.

Sie standen im Kreis um uns herum. Einer von ihnen wich zurück, als er bemerkte, daß er in Blut trat. Henri guckte starr geradeaus, und ich spürte, wie sich seine Hand um meine Schulter krampfte. Ich horchte angestrengt nach dem Martinshorn eines Krankenwagens, während die Typen ihren ganzen Stuß zum besten gaben.

– Also los, was ist passiert? Und ihr andern, steht hier nicht rum, geht an eure Arbeit.

Victor-Serge versuchte die Sache in die Hand zu nehmen, dafür wurde er schließlich bezahlt. Die anderen entfernten sich rückwärts. Ich lockerte die Presse, ich erinnerte mich nicht die Bohne wie das war mit diesen gottverdammten Pressen, ich fragte mich, war da nicht irgendwas von wegen Brand, warum beherrschte ich nicht die nötigen Handgriffe, ich verfluchte mich. Ich tauschte die Windel gegen eine frische aus, ich pfefferte die alte in eine Ecke wie einen vollgesogenen Scheuerlappen, und es folgte ein widerliches FLATSCH. Ich schwitzte, ich sagte mir, ich weigere mich zu atmen, bis sie endlich aufkreuzt, diese Dreckskarre von einem Krankenwagen, alle Luft, die du in der Zwischenzeit einatmest, ist nichts anderes als ein konzentriertes, tödliches Gift.

Victor-Serge kauerte sich neben mich und setzte eine angewiderte Miene auf. Sein Blut war zwar nichts wert, aber er war noch quicklebendig, und vielleicht überlegte er gerade, was wir nun schon wieder ausgeheckt hatten. Er warf mir einen mißtrauischen Blick zu.

– Was hat er denn? Hm...?

– Nichts hat er.

Der Alki kreuzte atemlos wieder auf.

– Sie kommen! verkündete er. Scheiße, geht's dem immer noch nicht besser?

Victor-Serge sagte ihm, er solle nicht so dumm rumstehn. Der

Typ zuckte mit den Schultern, bevor er Leine zog. Ich spannte die Presse wieder ein wenig an. Ich betrachtete Henri, ich suchte ihm eine beruhigende Nachricht zu übermitteln. Er hielt sich immer noch an mir fest, und ich wollte auf keinen Fall, daß er mich losließ. Es kam mir vor, als warteten wir bereits seit Stunden, und immer noch strömte das Blut unter der Windel hervor.

– Wir bräuchten einen Verband, sagte ich. Geben Sie mir einen Verband.

– Einen Verband?

– Ja, einen Verband! Los, schnell!!

Ich lüge nicht, er machte ein Gesicht, als wollte ich wer weiß was von ihm, womöglich alles Geld, das er in den Taschen hatte. Er richtete sich auf.

– Aber hören Sie... ich hab sowas nicht hier...

– Verdammt... Dann gucken Sie in den Regalen nach, im Laden...!

– IM LADEN...??!!

Ich warf ihm einen bösen Blick zu, doch das, was ich da von ihm verlangt hatte, hatte ihn dermaßen entsetzt, lief dermaßen allem zuwider, was ihm im Leben heilig war, daß er sich vielleicht eher hätte totschlagen lassen, als so etwas Unerhörtes zu tun. Ich machte mich vorsichtig von Henri los, ich sagte ihm, ich sei in einer Sekunde wieder zurück, und rannte wie der leibhaftige Teufel dorthin, wo die Leute ihre Einkaufswagen vor sich her schoben.

Der Laden war vom Lager durch eine Art durchscheinenden, einen Zentimeter dicken Vorhang getrennt, und das Ding hatte ein Heidengewicht, aber weggetreten, wie ich war, hätte ich eine Mauer einrennen können, nichts kann einen Typen aufhalten, der wie besessen auf sein Ziel losstürmt, ich warf mich dagegen, und das Ding öffnete sich mit einem Schrei, so schien es mir jedenfalls. Eine Alte hielt genau vor mir an. Ich setzte über ihren Wagen hinweg, während sie die Hände vors Gesicht schlug. Sowas hat noch kein Hemingway hingekriegt, auch kein Céline, kein Cendrars, kein Miller, keiner von denen, die ich so verehrte, ist jemals wie der Blitz durch einen Supermarkt gefegt, hat einem derart Respekt und Bewunderung abgenötigt, hat derart seine gesamte Energie am hellichten Tag entfaltet, kein Bukowski, kein Brautigan, kein Kerouac und wie sie alle heißen, keiner von denen, die den einen oder anderen Tag mein Leben erleuchtet haben, hat es jemals geschafft, einen ganzen Supermarkt in die Knie zu zwingen, ihn durch seine pure Anwesenheit, durch die Kraft seiner Aura zu verhexen, auch Henri nicht. Die meisten Leute sahen bloß einen Feuerschweif durch den Mittelgang fegen, andere einen leuchtenden Engel, und einige durchfuhr ein heiliger Schreck, sie ließen ihren Wagen fahren.

Ich fädelte in die Kosmetikabteilung ein, ohne das Tempo zu verringern. Victor-Serges Mutter hielt sich dort auf, sie rieb sich die Hände mit einer Creme ein, dreimal schlimmer geschminkt als eine Bordellbesitzerin aus der untersten Kategorie. Es gelang mir um Haaresbreite, sie zu umkurven, doch ihr Duft verfolgte mich bis ans Ende des Ganges, selbst wenn ich an etwas ganz anderes dachte. Ich war dem Wahnsinn nahe. Ich brauchte ein paar Sekunden, bis ich Verbandszeug und Heftpflaster erspähte, obwohl beides direkt vor meiner Nase hing. Statt das Zeug loszuhaken, zerrte ich wild quietschend daran, und ein ganzer Berg von Sachen flog vor meine Füße. Die Alte tänzelte auf ihren hohen Absätzen heran. Blitzartig schoß es mir durch den Kopf, wenn alle Frauen wären wie die, dann hätte ich keine Probleme mehr. Nichts als eine kleine Hütte im tiefen Wald, ein paar Gesamtwerke, und die schönsten Stunden des Tages der Kontemplation gewidmet.

– Was ist denn in Sie gefahren? blaffte sie mich mit schleppender Stimme an, während sie sich in ihrer ganzen Abscheulichkeit auf mich zuwälzte.

Ich konnte es fast hören, wie sich die Innenwände ihrer Scheide aneinander rieben, und ihr Rock war zum Zerreißen gespannt. Den Typ Frau, den überließ ich anderen, sonst konnte man ihn auch wegwerfen. Das Verbandszeug unter dem Arm, machte ich einen Satz nach vorn. Ich pfefferte sie mit der

Schulter in die Seifenregale und hatte fast die Hälfte der Strecke hinter mir, bevor sie losgrölte.

Henri lag mit heruntergezogener Hose auf dem Boden, als ich zurückkam. Der Kerl stand neben ihm, den Blick mit der Asbestdecke verschweißt, ich hätte ihn umbringen können. Und auf der Erde war diese Blutlache. Im ersten Moment glaubte ich, ihn wimmern zu hören, aber das war ich selbst. Ich ließ meinen gesamten Plunder zu Boden fallen. Ich dachte, ich werde bescheuert, als es sich darum drehte, das Zeug aus seiner Verpackung zu schälen. Das Ganze steckte unter einer durchsichtigen Schicht, die mit dem Kartonboden verwachsen war, und das alles da hervorzuziehen war ein einziges Kreuz, manchmal kann man sich des Eindrucks nicht erwehren, daß diese Welt immer bekloppter wird und es geradezu hysterisch auf einen abgesehen hat.

– Passen Sie doch auf die Schildchen auf! plärrte Victor-Serge, ich muß das notieren...

Als ich den Krankenwagen kommen hörte, konnte er mir drei Pakete Mull, fünf Meter elastische Binde und eine Rolle luftdurchlässiges Pflaster auf die Rechnung setzen. Doch das Ganze hatte was Barockes an sich, ein fetter rot-weißer Pilz, in Richtung Fliegenpilz. Die Typen in Weiß kreuzten im Galopp auf. Sie forderten mich auf, Henri loszulassen, aber sie sahen schnell ein, daß sie mir dazu die Arme ausreißen müßten. Sie schoben eine Trage unter ihn, und als wir in Gegenrichtung unter den Blicken der anderen Unglücksraben loszogen, erklärte mir einer der Sanitäter, das sei nun schon die dritte Krampfader, die ihnen heute geplatzt sei, und wenn man ihn frage, deute sich da ein Gewitter an, das sei wie mit den Schwalben, wenn die dicht über die Dächer flögen.

Während der Fahrt legte sich meine Aufregung, und ich fühlte mich total behämmert, ich fiel auf die tierische Stufe zurück. Ich hatte keine Lust, mich umzugucken, denn der Innenraum des Krankenwagens sah aus wie eine Folterkammer mit all den Flaschen, Rohren und dem ganzen Chromzeug, und die Sauerstoffflasche fing bei der geringsten Erschütterung an zu scheppern, und die Maske schlug dagegen und wartete auf ihre Stunde, den Fahrgast mit den blauen Lippen.

– Ihr Bruder? fragte mich einer der beiden Kerle.

– Ja, sagte ich.

Die Unfallstation. Diesmal nahmen sie ihn mir ab, diesmal hätten sie mir die Arme ausgerissen. Ich hatte kaum Zeit, ihm auf die Schulter zu klopfen, da hatten sie ihn schon auf einen Rollwagen verfrachtet und waren mit ihm hinter zwei weißen Türen verschwunden. Ich vernahm das Quietschen der Räder, das sich entfernte und vom Schweigen verschlungen wurde. Seit Bettys Tod hatte ich eine Heidenangst vor Krankenhäusern, und noch heute, wenn ich das Wort nur schreibe, überkommt mich ein nicht zu kontrollierendes Unbehagen. Ich stand wie angewurzelt im Foyer, mit geballten Fäusten und schmerzhaft zusammengebissenen Kiefern, nicht daß eine gesunde Stinkwut in mir aufgestiegen wäre, im Gegenteil, es handelte sich um einen wahren Mordsschiß, um die Wiederkehr all meiner alten Dämonen, jener Geister, die man nie loswird, die einen bis zum Schluß verfolgen und sich an unseren Wunden laben, die, die einen in ihren Klauen haben. Eine kleine Krankenschwester kam auf mich zu und sagte mit sanfter Stimme, ich bräuchte mir keine Sorgen zu machen, die Sache sei nicht schlimm, ich könne mich ruhig ein wenig setzen, wenn ich wolle.

– Ihr Vater? fragte sie.

– Ja, sagte ich.

Klar, Henri war weder mein Vater noch mein Bruder. Weder mein Freund, meine Frau, noch mein Sohn. Daß mir da erst gar keine Mißverständnisse aufkommen, daß mir da niemand irgendwelchen Stuß erzählt. Daß er einer der größten Schriftsteller unserer Zeit war, erklärt nicht alles. Ich bin nicht so blöd, alles unbedingt erklären zu wollen, ich schreib schließlich keinen psychologischen Roman. Ich werd dafür bezahlt, daß ich weiß, daß sich die Wahrheit stets verbirgt. Sie war nett, die Krankenschwester, aber ich wollte es lieber nicht riskieren, mich in einem Krankenhaus hinzusetzen, solange ich nicht dazu gezwungen war. Ich dankte ihr undeutlich und machte, daß ich wegkam.

Es wurde dunkel. Ich ging eine Zeitlang spazieren, ohne an etwas zu denken, ein paar Bilder zogen mir durch den Schädel, doch sie blieben nicht stehen und ich versuchte auch nicht, sie anzuhalten. Nach einer Weile bemerkte ich, daß ich immer noch meinen Kittel anhatte. Ich zog ihn aus, rollte ihn unter dem Arm zusammen und sprang in ein Taxi. Mir war nämlich eingefallen, daß ich meinen Wagen noch abholen mußte, anscheinend konnte ich wieder klar denken. Ich setzte ein trauriges Lächeln auf und stellte fest, daß ich wieder Fuß faßte. Ein Typ, der sich noch erinnern kann, wo er seinen Wagen gelassen hat, ist noch nicht völlig am Ende.

Der Laden war geschlossen, doch der Parkplatz war in ein gleißend gelbes Licht getaucht. Das Taxi hielt in Höhe des Mercedes, und als mir der Typ den Fahrpreis verkündete, wäre ich am liebsten in meinem Sitz versunken. Der Preis war vermutlich ganz in Ordnung, doch das war nicht das Problem, mir war aufgegangen, daß ich kein Geld bei mir hatte. Der Typ betrachtete mich im Rückspiegel.

– Sie werden es mir nicht glauben, sagte ich.

– Kommt drauf an, antwortete er.

Ich stürzte mich in eine hektische Erklärung, ich zeigte ihm sogar meine blutbefleckten Hände. Er beugte sich vor und tauchte mit einem Gummiknüppel wieder auf.

– Sie irren sich! stieß ich hervor.

– Das gefällt mir nicht, so ’ne verlassene Gegend, erwiderte er.

Ich verwickelte ihn in eine Unzahl Details, dabei achtete ich darauf, ganz ruhig sitzenzubleiben, die Hände unübersehbar unter den Oberschenkeln. Es war ein rüder Tag, ich hätte ganz gern das Ende abgesehen.

– Ich schwöre, sowas könnte ich gar nicht erfinden. Ich bin nicht schnell genug für einen Ganoven, ich bin schon über vierzig...

– Soso... Und was schlagen Sie jetzt vor?

– Sie fahren mir nach, bis zu mir nach Hause. Lassen Sie Ihren Zähler laufen.

Er kratzte sich am Kopf und schnitt eine Grimasse, dann kniff er sich in die Nase:

– Das ist nicht gerade das neueste Modell, was Sie da fahren ... Versuchen Sie nicht, mich abzuschütteln.

– Nein, nein, stöhnte ich. Ich werd nicht versuchen, Sie abzuschütteln.

Ich fuhr höchstens sechzig. Wenn die Ampeln auf Gelb sprangen, bremste ich. Von Zeit zu Zeit winkte ich ihm zu, und er blieb mir auf den Fersen. Vor der Bude sah ich den kleinen weißen Mini stehen, den sich Marlène gekauft hatte, und in der Küche brannte Licht, das tat gut, im Ernst. Ich sagte dem Typ, er solle warten, und ging rein.

– Meine Güte, ich hab mir schon Sorgen gemacht! Wo ist denn Henri ...?

– Augenblick, erklär ich dir gleich.

Ich holte Geld aus der Küche.

– Nichts Schlimmes, sagte ich ihr im Vorbeigehen. Warte, ich bin sofort wieder da ...

Ich brachte dem Kerl sein Geld, und sie holte mich auf dem Bürgersteig ein, sie faßte mich am Arm. Naja, ich konnte noch stehen, und die Nacht hüllte sie ein, und meine Kiste stand da, und die Bude war ein paar Meter weiter und nichts von all dem, was uns noch zustoßen sollte, zeigte sich mir, und ich spürte, daß mich eine eigenartige Ruhe überkam, und ich erzählte ihr alles auf die Schnelle, und sie fuhr sich mit der Hand vor den Mund. Danach gingen wir wieder rein. Und ich sagte zu ihr, weißt du noch, er hat über Schmerzen im Bein geklagt, verdammt, kein Wunder, wenn man den ganzen Tag stehen muß, keine fünf Minuten können wir uns mal setzen.

– Herrgott, so ein Quatsch ..., stöhnte sie, und ich guckte zum Himmel.

– Kann man ihn anrufen?

– Ich weiß es nicht ... Versuch mal.

Als sie wieder auflegte, hielt ich mich krampfhaft an einem Glas fest. Gin pur, ohne alles, ein Feuerstrahl, eine Stange aus glühendem Eisen. Sie nickte, zwinkerte mir zu, ich atmete ein.

– Alles klar, murmelte sie, es geht ihm gut.

Ich spürte, daß mich meine Beine Richtung Sofa zogen. Ich überzeugte mich davon, daß noch was in meinem Glas war, daß die Flasche in Reichweite stand, daß ich meine Zigaretten bei mir hatte, daß in der Bude Ruhe herrschte, und setzte mich. Marlène legte sich auf den Rücken, den Kopf auf meinem Oberschenkel. Ich erinnerte mich, daß Gloria dasselbe gemacht hatte, wenn sie gut gelaunt war, Betty auch. Es gefiel mir, mit ihren Haaren zu spielen, während draußen die Welt auseinanderfiel, und obwohl entsetzliche, unvermeidbare Einsamkeit unser aller Los ist, manchmal brachte ich es doch so weit, sie zu vergessen und mir ein paar Augenblicke höchster Zartheit zu gönnen. Und so sind es nicht nur die Dämonen, die einen begleiten, sondern auch die Engel des Himmels. Das macht das Leben so wunderbar. Das bringt die Weisen zum Lachen und die Verrückten zum Heulen.

Ich war groggy. Wohlgemerkt, ich hab nicht mit ihr gebumst, es ist nicht so, daß ich in einem fort an diese Art Dinge denke, und ich fühlte mich wohl so, wohler hätte ich mich zwischen ihren Beinen auch nicht gefühlt. Ich hatte keine Lust zu reden, und sie redete nicht. Ich hatte keine Lust, mich zu bewegen, und sie bewegte sich nicht. Ich strich ihr eine Strähne hinters Ohr, und sie faßte nach meiner Hand. In der anderen hielt ich das Glas. Leider steht zu befürchten, daß ich nicht das Glück haben werde, in solch einem Moment zu sterben. Das macht aber nichts.

Es kam nicht in Frage, daß Henri die Arbeit wieder aufnahm. Er wollte zwar unbedingt wieder, aber ich sagte ihm, ich hoffe, so bekloppt biste nicht, oder willste in diesem Scheißschuppen noch draufgehen? Inzwischen konnte mein Scheck nicht mehr lange auf sich warten lassen, und in gewisser Hinsicht konnte man sagen, daß wir mit jedem Tag, der verstrich, dem Licht näherkamen. Naja, ich entschloß mich trotz allem dazu, bis zum Ende des Monats durchzuhalten. Mit den Schecks weiß man nie so genau. Und noch war es dunkel.

Wenn ich morgens meinen Kaffee trank, las ich die Briefe

meiner Anhänger, anschließend schlüpfte ich in meinen Kittel und schleppte mich bis zum Abend mit den Kartons ab. Ich arbeitete allein. Ich aß allein. Ich schaffte es nicht, die gleiche Menge an Fressalien für die Gören rauszuschmuggeln, und als ich zum ersten Mal ohne Henri aufgekreuzt war, hatten sie sich gewundert, sie hatten über meine Schulter gelinst. Das kleine Mädchen hatte immer noch die gleichen großen Augen.

– Er ist nicht da, hatte ich gesagt. Er kommt nicht mehr.

Ich kann mir vorstellen, daß sie inzwischen gewachsen ist, und ich hoffe, sie ist noch schöner geworden. Mehr verlange ich nicht.

– Was sind das eigentlich für Kinder da oben? hatte mich Victor-Serge gefragt. Ich hab gesehen, daß da Kinder bei Ihnen waren.

– Sie haben kein Recht, sich in mein Privatleben einzumischen! hatte ich ihm zur Antwort gegeben. Ich hätte gern den Gewerkschaftsvertreter gesprochen.

Er hatte zwar nicht weiter nachgehakt, aber danach hing er mir pausenlos auf der Pelle, keinen Augenblick ließ er mich in Ruhe. Das war mir sogar ganz recht, die Tage vergingen schneller, und zwei-, dreimal war mir bereits ein Karton aus den Händen gerutscht und ihm auf die Birne gefallen. Ich stellte mich so geschickt an, wie's nur ging.

Nach Feierabend stieg ich in den Wagen und ließ mich sanft treiben. Ich mußte mich erst wieder daran gewöhnen, ein freier Mensch zu sein. Henri kümmerte sich tagsüber um alles in der Bude, und das Essen stand auf dem Tisch. Wir genehmigten uns ein Glas, während wir auf Marlène warteten, und wir zählten die Tage, die uns vom Ende dieses vermaledeiten Monats trennten.

In dieser Zeit lernte ich rein zufällig den Typ kennen, der sich Marlène geangelt hatte. Das war an ihrem Geburtstag, und mit den Geburtstagen, mit denen hatte ich es schon immer, wie andere mit Freitag dem 13., und da braucht man gar keine falschen Schlüsse zu ziehen, die Zeit drückt jedem von uns ihren Stempel auf. Henri hatte es übernommen, das Essen zuzubereiten, und mein Part bestand darin, vom Hallentor aus direkt in die

Stadt zu düsen und ihr ein Geschenk zu kaufen. Ich war bester Laune. Es war mir gelungen, dem Typ in der Halle einen ganzen Karton Milch in die Fresse zu fabrizieren.

– Ich befürchte, dieser Probemonat wird nicht sehr überzeugend ausfallen, hatte er geknurrt.

– Das ist entrahmte Milch, die macht keine Flecken.

Ich wußte nicht so recht, was ich ihr kaufen sollte. Ich schlängelte mich auf gut Glück durch die Straßen, unter einem mauvefarbenen Himmel, mein Verstand flatterte im Wind, mein rechter Arm lag auf dem Beifahrersitz, mein linker Ellbogen auf der Fahrertür, und ich lenkte mit drei Fingern.

Ich weiß nicht, welche Laune des Geschicks mich dahin verschlagen hat, vor diese Ampel, etwa fünfzig Meter vor dem Verlagshaus des *Orange du Sud*, der Zeitung, für die sie arbeitete. Ich sah sie hinauskommen. Neben ihr ein großer Blonder, genau der Typ, der im Umkreis von mehreren Metern alles in die Knie zwang, wie die Rotorblätter eines Hubschraubers. Sie verabschiedeten sich auf dem Bürgersteig. Der Kerl schnappte sich ihr Kinn und beugte sich vor, um ihr einen Zungenschlag zu verpassen. Ohne irgendwelche Hemmungen knetete er ihr eine Brust. Die Typen hinter mir fingen an zu hupen, während ich zur Salzsäure erstarrte.

Ohne mir was dabei zu denken, fuhr ich den Wagen an den Straßenrand. Ich sah, daß Marlène in ihren Wagen stieg und losfuhr. Der Typ entfernte sich zu Fuß. Was ist manchmal mit uns los? Was geht uns durch den Kopf? Was sind das für finstere Mächte, gegen die wir nicht ankommen? Ich folgte ihm, dem Wichser. Er ging in der Mitte des Bürgersteigs, er war mehr als mittelgroß, mehrfach drehten sich Frauen nach ihm um, entflammt von seinem athletischen Stil. Ich hielt mich dicht hinter ihm, einige von ihnen prallten gegen mich. Der Abend brach träge an.

Wir gerieten in eine Bar. Ich setzte mich auf den Hocker neben ihn, ich bestellte das gleiche. Ehrlich gesagt hatte ich ihn nicht gerade ins Herz geschlossen, diesen Knacker, aber irgend etwas trieb mich zu ihm. Das war nicht sonderlich schwer zu verstehen, es war, als hätte sie sich zwischen uns niedergelassen. Ich fragte mich, ob ihm bewußt war, was für ein Glück er hatte. Ich brachte ihm eine Art bewunderndes Interesse entgegen. Ich hatte mich schwer geändert. Vor gar nicht so langer Zeit, vor einigen Jahren noch, hätte ich ihn mir gekauft.

Eine halbe Stunde später schlug er mir auf die Schulter, und ich ließ meine fünfte Runde springen. Ich rede nicht so gern mit Leuten, aber wenn ich mir wirklich Mühe gebe, dann bin ich durchaus in der Lage, mich zu einem angenehmen Gesprächspartner aufzuschwingen, um so mehr, als mir die Götter die meiste Arbeit abgenommen hatten, das muß man ihnen lassen. Denn er kannte nicht nur Charles und Vera, er hatte sogar eins meiner Bücher gelesen, »ein ganz schöner Hammer«, wie er mir bestätigte. Es war ein Kinderspiel, die Konversation auf das Thema zu lenken, das mich interessierte. Ich behauptete, ich sei ihr zwei-, dreimal auf 'ner Abendeinladung begegnet.

– Die hat 'ne prima Figur, sagte ich.

Er mußte so um die dreißig sein, nach fünf Gläsern bekam er glänzende Augen. Ich war schon vierzig, meine glänzten noch nicht.

– Verdammt, Alter, und ob die 'ne gute Figur hat... Sowas nenn ich 'ne Frau!

– Jaja, das will ich dir gern glauben.

– Und unter uns... ich glaube, die ist verrückt nach mir.

– Ehrlich?

– Jaja, ich pflege nicht zu übertreiben. Aber ich kann dir sagen, die frißt mir aus der Hand.

Ich machte mir eine Zigarette an. Ich spürte, mein Herz schlug schneller, und mein Lächeln gefror. Der Alkohol lockerte ihm die Zunge, er kippte leicht in meine Richtung. Nicht viel Licht in dieser Bar, nicht viel Platz für das Licht. Ich gab dem Kerl hinter der Theke ein Zeichen, die Gläser noch einmal zu füllen.

– Außerdem geht die einem auch nicht auf die Kiste, fuhr er fort. Die redet nicht viel...

– Heeee..., kicherte ich, sowas gibt's noch...?

Er hatte sein Fett weg. Ich auch, aber nicht wegen des

Alkohols, ich hätte die ganze Kneipe leertrinken und auf einem Bein raushüpfen können. Er wurde rührselig, er hatte mir eine seiner verfluchten Hände auf die Schulter gelegt und sprach dicht neben meinem Ohr.

Früher war ich immer vollkommen baff bei Leuten, die mir nach fünf Minuten ihr Herz ausschütteten, lange haben sie mir Probleme bereitet. Ich fragte mich, ob ich am Ende total verklemmt war. Jetzt bete ich für ihre Seele. Wie vielen bin ich nicht begegnet, die mir seelenruhig ihre verdammten Scheißstorys ausgepackt haben, ohne über die Details zu heulen? Sie haben mich verwundert und angewidert. Manchmal habe ich den Eindruck, ich verhalte mich nicht anders, aber ich sage mir, ich bin Schriftsteller, das ist nicht das gleiche, ich bin praktisch VERPFLICHTET, alles zu erzählen. Der Beruf des Schriftstellers ist nicht halb so rosig, wie man meinen könnte. Es gibt Tage, da lähmt mich ein irres Schamgefühl, da muß ich mir jedes Wort abringen. Und im Leben erst, da bin ich ein wahres Grabmal.

– Ich glaub, die hat nur eins im Sinn..., eröffnete er mir zwischen zwei Schlücken. Die läßt einem nicht einmal Zeit, das Licht auszumachen...

– Nein...? knirschte ich.

Seine Haare waren gut geschnitten. Er war glattrasiert, er roch gut, seine Hände waren fein säuberlich manikürt. Seine goldene Uhr war extraflach. Seine Kleidung war erster Güte. Doch welch innere Vulgarität, welch geistige Wüste. Was war dieser Kerl für ein armseliges kleines Würstchen. Eigenartigerweise weckte er in mir nicht den geringsten Zorn, er stimmte mich eher traurig.

– Weißt du... So 'ne Frau schlägt alle andern. Ganz davon abgesehen, daß sie bis spätabends zu tun hat...

Er guckte mir in die Augen und setzte ein schmieriges Lächeln auf.

– ...ich pack die auf eine Ecke ihres Schreibtischs...

Ich hatte nicht die geringste Lust, mir solche Klamotten anzuhören. Was trieb ich hier überhaupt, was hatte ich hier verloren, was war bloß mit mir los? Ich biß mir auf die Lippen. Die anderen warteten bestimmt auf mich. Ich war aufgebrochen, um ihr ein Geschenk zu kaufen. Um ihr zuzugucken, wenn sie die Kerzen ausblies. Wenn sie sich wunderschön machte.

Er erstickte einen kleinen Rülpser hinter vorgehaltener Hand:

– Eine ganz erstaunliche Bläserin ...! flüsterte er mir zu.

Ich stieg von meinem Hocker und ging raus, ohne einen Ton zu sagen. Die Straßenlaternen brannten. Die Läden waren geschlossen. Ich kehrte zum Wagen zurück. Es war frisch. Ich kurbelte die Scheiben hoch und durchfuhr die Straßen. Nichts kam so, wie man es sich erhoffte. Nichts konnte das brodelnde Chaos der Wellen aufhalten, würde ich sagen. Nichts blieb uns erspart. Und jede Lektion war schwer zu verkraften. Das half mir auch nicht weiter, wie ich jetzt noch an ein Geschenk kommen sollte. Ich hätte den Stier bei den Hörnern packen müssen, doch ich war getroffen und wand mich mit meinem goldenen Anzug mitten in der Arena. Naja, vielleicht übertreibe ich da ein wenig, vielleicht kam ich ja auch mit einem gequetschten Muskel und einer Handvoll Sägemehl im Mund davon, wer wußte das schon?

Doch erneut täuschte ich mich. Ein lautes Splittern holte mich in die Wirklichkeit zurück, während ich auf meinen Sitz zurückfiel. Der Mercedes hatte sich unter einen großen, schwarzen, blinkenden Kombi geschoben, ich schwöre, es war so, obwohl ich es selbst kaum glauben konnte, meine erste Reaktion war, daß ich in ein leises, idiotisches Kichern ausbrach, wo ich doch am liebsten eine dumpfe Klage angestimmt und ganz fürchterlich auf das Lenkrad getrommelt hätte. Das hatte mir gerade noch gefehlt, jetzt war das Maß voll. Noch eine kleine Anstrengung, dann hatte ich's hinter mir, noch ein Tropfen, dann konnte ich endlich die Augen schließen und dieser Welt entfliehen, dieses ganze Universum von Verrückten abhaken.

Der Kombi und ich, wir stellten uns an den Straßenrand. Mir steckte ein ganzer Arbeitstag in den Knochen, und meine Stimmung war auf dem Nullpunkt. Ich schälte mich aus meinem Sitz wie einer, auf den der Galgen wartet. Ich kann mir vorstellen, manch eine Tante hätte an meiner Stelle geheult.

Ein Alter mit Silberhaar stieg aus dem Kombi und hüpfte auf

mich zu. Ich warf einen Blick nach oben. Der Himmel war von makelloser Klarheit, ein großer, weißer Mond stand genau über uns. Der Typ war also nicht erleuchtet, das war ein ganz natürliches Licht, das sich über ihn ergoß, ich hatte keine Halluzinationen. Seine Augen lächelten.

– Sagen Sie mal, junger Mann, scherzte er, ich hoffe, es ist alles halb so schlimm...

Er hatte nichts abbekommen, seine Stoßstangen waren Granaten von fünfzig Zentimeter Länge. Ich hatte sie verfehlt, dafür war ich mit der Schnauze gegen die riesige Schiene aus Chromstahl geprallt, auf der sie aufgeschweißt waren, eine vierzig Zentimeter dicke Barriere, stark wie eine Eisenbahnschwelle. Meine Scheinwerfer waren zerplatzt, mein Kühlergrill war von den Flammen der Hölle geröstet worden.

– Oh...! Das tut mir leid! sagte er.

– Sie können nichts dafür, seufzte ich. Ich bin Ihnen draufgefahren. Und nennen Sie mich nicht »junger Mann«.

– Naja... So alt sehen Sie mir aber nicht aus.

– Hi! hi!

Ich warf einen wehmütigen Blick auf den Mercedes und seine großen, toten Augen. Wenn das so weitergeht, sagte ich mir, dann werd ich gleich noch von den Bullen verhaftet oder mir ist ein Pleuellager ausgelaufen. Ein Glück, daß der Unfall nicht aufgenommen zu werden brauchte, sonst wäre mir auf der Stelle mulmig gewesen.

– Trotzdem, die Sache ist ziemlich ärgerlich...! murmelte er.

– Ziemlich.

– Wirklich, das ist mir sehr unangenehm.

– Schon gut, vergessen Sie's. Das ist ganz allein meine Schuld.

– Hören Sie, ich würd gern was für Sie tun...

– Nein, nein, nett von Ihnen. Ich fahr jetzt.

– Nein, warten Sie, gucken Sie mal...

Er klappte die Hecktür seines Kombi auf. Irgend etwas lag weiter hinten unter einem großen schwarzen Tuch, der Alte schnappte sich die Sache und drehte sich wieder um.

– Sie sind doch bestimmt verheiratet? Oder verlobt...?

– Nein.
– Haben Sie ’ne Freundin?
– Nein, nichts von all dem.
Er lachte.
– Na schön, aber man weiß ja nie... Vielleicht kommt das eines Tages. Suchen Sie sich was für sie aus...
Mit einer weitausholenden Bewegung warf er den Stoffetzen hinter sich. Es war nichts zu hören, was dem köstlichen Rauschen eines himmlischen Wasserfalls ähnelte, doch vor meinen Augen funkelte ein Wald von Diamanten. Ich guckte mich um.
– Ich bin Vertreter für Modeschmuck, verkündete er. Das ist meine frühere Kollektion. Na los, kommen Sie.
Ein paar Sekunden vorher hätte ich noch geschworen, ich läge auf Grund, und jetzt waren meine Sorgen schlagartig verflogen. Eigentlich bin ich am Leben nie ernstlich verzweifelt, ich hatte lediglich wie jeder andere ein paar schwierige Momente durchzustehen. Ich hatte Angst, der alte strahlende Schurke wolle mich bloß ein wenig verarschen.
– Wirklich...? fragte ich ihn.
– Nur zu, keine Bange... Bedienen Sie sich!

Als ich den Beutel auf den Tisch stellte, stieß Henri einen Pfiff auß, er wischte sich die Hände an einem Lappen ab und setzte sich auf einen Stuhl.
– Phantastisch! sagte er. Einfach phantastisch...!
– Das sind drei Kilo. Der Typ hat mir ’nen guten Preis gemacht.
Ohrringe, Ringe, Broschen, Armreifen, Ketten, die Hälfte seines ganzen Vorrats war dabei draufgegangen, wir würden sie schlicht und einfach mit Juwelen überhäufen, ich verstand immer noch nicht, wie ich all diese Prüfungen siegreich überstanden hatte, das Geheimnis erhob sich in voller Größe.
– Na los, bummel nicht. Die andern kommen bald...
Er hatte recht. Ich sprang auf und flitzte unter die Dusche. Ich stellte mich unter das kalte Wasser, aber ich schaffte es nicht, das Feuer der paar Gläser zu löschen, die ich auf dem Weg gekippt

hatte. Dafür war es mir praktisch gelungen, diesen Dreckskerl aus meinem Gedächtnis zu streichen, und ich ließ mich mit geschlossenen Augen in die gute Laune gleiten. Ich trocknete mich ab, kämmte mich, parfümierte mich schwach, zog mich um und düste im Eiltempo wieder nach unten. Ich zwinkerte Henri zu, als ich an der Küche vorbeikam, dann haute ich mich auf den großen Tisch und fing an, die Schmuckstücke einzeln zu verpakken, sie in ein kleines Netz aus silbernen Bändchen zu stecken.

– Ist noch Licht bei ihr? fragte ich.

– Ja.

– Sag mir Bescheid, wenn du sie siehst.

– Jaja. Mix uns schon mal 'n Glas.

Das war ziemlich unvernünftig. Ich schenkte uns wohlweislich zwei Gläser Bourbon ein. Die Mixturen, die sollte man meiden wie die Pest. Wir prosteten uns zu.

– Langes Leben! sagte ich.

– Ja, dir auch.

– Das ist was Schönes, eine Frau von vierzig Jahren.

– Okay. Auch ihr ein langes Leben.

Ich kann es nicht ändern, Alkohol macht mich sentimental. Die dicksten Tränen habe ich stets mit 'nem Glas in der Hand vergossen, ich habe über mich geweint, über alles mögliche, vor allem aber über mich, je tiefer der Pegel in einer Flasche sank, das ist schon lustig. Spielt mir bloß kein trauriges Lied vor, wenn ich was getrunken habe, oh nein, rettet mich vor dem Blick eines schönen Mädchens, das Hand in Hand mit 'nem Riesen von zwei Metern vorübergeht, ich bitte euch, erinnert mich nicht an die, die ich geliebt habe, fragt mich nicht, was mit meinem Leben ist, Erbarmen, laßt mich nicht die Nachrichten gucken, versucht mir ja nicht zu helfen, tretet keinen Hund auf der Straße, verschont mich mit euren Problemen und laßt mich in Frieden mit meinen Büchern, erzählt mir bitte nichts davon, daß die Zeit vergeht, stützt euch nicht auf mich, schickt mir keine Karte vom andern Ende der Welt, und vor allem, wer ihr auch seid, redet mir nicht von der Liebe, spielt mir bloß kein trauriges Lied vor, wenn ich was getrunken hab. Ich habe oft versucht, gegen diese Schwäche anzukämpfen, aber bis heute bin ich da noch kein bißchen weiter. Ich möchte nicht sterben, ohne Vollkommenheit erlangt zu haben, aber das ist ein hartes Stück Arbeit, das ist 'ne Sache, bei der braucht man 'nen langen Atem.

Kurz und gut, ich kehrte mit einem verstörten Lachen zu meinen Päckchen zurück. Ich kippte noch ein Glas runter, um mich aufzupeitschen, und kringelte die Bändchen mit einer Schere. Henri trällerte *Die Ballade von der ›Judenhure‹ Marie Sanders*. Ich deckte den Tisch. Sie konnten kommen. Ich verschlang eine Brezel. Alles war bereit.

Charles kam an, plus eine Handvoll Leute, die wir sorgfältig ausgesucht hatten, und Marie-Ange, das Mädchen, das ich an Gewittertagen aufsuchte. Sie hatten die Arme voll, Flaschen guckten aus ihren Taschen.

– Klappt's mit der Arbeit? fragte mich Charles, während er mir eine Magnumflasche Champagner reichte.

– Jaja, ich hab jetzt 'n gewissen Rhythmus, antwortete ich ihm und nahm das Kind in meine Arme.

Dann tauchte Marlène auf. Sie umarmte alle Anwesenden, und ich fing an, die Getränke rumzureichen.

Die Übergabe der Geschenke war einer jener magischen, unwirklichen und entschieden außerhalb der Zeit stehenden Momente. Ich verdrückte mich in eine Ecke und sperrte Augen und Ohren auf. Wo ich sie bereits schön fand, hatte ich keine großen Schwierigkeiten, sie hinreißend schön zu finden, nicht in dem Zustand, in dem ich war. Mein letzter Suff lag weit zurück, der Abend, an dem Richard Brautigan starb, und das erklärt auch, wieso ich keine Hemmungen hatte, mir diesen kleinen Ausrutscher zu leisten, nach all der Zeit, die inzwischen vergangen war.

Nachdem sie die Geschenke der anderen ausgepackt und links und rechts ein paar Küßchen verteilt hatte, nahm sie sich den dicksten Batzen vor. Ich hatte unsere ganzen Päckchen in eine große Schachtel gelegt, die ich ans Ende des Tisches gestellt hatte, damit sie sie ganz zum Schluß auspackte. Als sie das Netz aufspringen ließ, trank ich mein Glas aus. Das Volk redete und lachte, aber das störte mich nicht. Sie stieß einen spitzen, begeisterten Schrei aus, als sie all die kleinen Dinger in dem purpurroten Glanzpapier entdeckte und drumherum das kleine silberne Netz. Die Neugierigsten eilten auf sie zu. Sie guckte uns an, Henri und mich, sie lächelte. Ich bekam irgendwie mit, daß Charles auf mich zukam, und füllte mein Glas, aber ich guckte dabei nicht hin, Marlène hatte sich gerade unser erstes Geschenk gegriffen, und ich blies Ringe an die Decke.

– Oohh! Ooohhh...! Zwei herrliche Saphire, zu Ohrringen verarbeitet, echter als echte, von einem atemberaubenden Blau und sogleich gegen das Licht gehalten. Sie zog sie an. Ich lachte im voraus, obwohl mir der Kopf bereits brannte.

– Hmm...! Aaaahh...!

Ein Armreif, der selbst in finsterster Nacht glitzern mußte, eine köstliche Mischung aus künstlichen Steinen in Richtung Smaragdgrün. Henri streifte ihn ihr übers Handgelenk. Danach erwischte sie drei Ringe nacheinander, und wenn man mich fragte, hatte sie viel zuwenig Finger, um ans Ende zu gelangen.

Mit jedem Mal heizte sie die Stimmung um ein paar Grad an. Die Leute fanden, sie mache zu langsam, allesamt gerieten sie in Fahrt. Ich hatte noch nie so viel Schmuck an einer Frau gesehen, und anders als man denken könnte, war das überhaupt nicht lächerlich, sondern unglaublich komisch und wundervoll auf einmal. Modernster Klunker wechselte mit barockem Geschmeide und antiken Schmuckstücken, ägyptischen oder skythischen, wie jener Anhänger in Form einer sitzenden Frau, den sie sich um den Hals hängte. Wir hatten sie mit Juwelen überhäuft, sie bedeckte uns mit Küssen. Jemand brüllte »Champagner«, und mir war, als verlöre ich jeden Halt und stürzte in einen reißenden Gebirgsbach.

Marie-Ange kam zu mir, um mir ein paar Worte zu sagen, aber ich verstand rein gar nichts, ich guckte sie lachend an und gab ihr zur Antwort, sie brauche sich keine Gedanken zu machen, alles klar, ich freu mich, daß du gekommen bist. Ich verstand auch nicht mehr, was mir die anderen erzählten. Es dauerte eine Weile, bis mir aufging, daß ich mich gegen eine Lautsprecherbox lehnte und daß mir die Musik direkt ins Ohr dröhnte. Ich fühlte mich besser, als ich ein Stück zur Seite rückte, es kam mir vor, als nähme ich wieder Kontakt auf mit der Welt. Das stimmte nur zum Teil. Ich konnte hier und da ein paar Sätzchen aufschnappen und mir auch ein paar Oliven ergattern, mehr aber auch nicht. »Alter Knabe«, sagte ich mir, »das ist genau der richtige Zeitpunkt, wenn du noch was an die Luft willst, jetzt oder nie. Und sei es nur für fünf Minuten, sei es nur, um dich ein wenig zu erholen und nachher in Ruhe was zu essen.«

Ich verdrückte mich unauffällig. Ich dachte eine Sekunde daran, mich in den Liegestuhl zu legen, aber in einem Anflug von Hellsichtigkeit überlegte ich mir, wenn ich mich jetzt der Bequemlichkeit hingebe, dann steh ich nie mehr auf. Ich lehnte mich gegen die Hauswand, eine Schulter hinter die Regenrinne geklemmt. Ich atmete tief durch.

Ich war trotz allem verwundert, daß ich so schnell abgesoffen war. Als hätte mich irgendwas irgendwie verraten. Ich bin kein besonders hartgesottener Typ, aber normalerweise vertrag' ich Alkohol einwandfrei. Klar, ich hatte ein paar Gläser getrunken, aber doch nicht so viel, daß ich nicht mehr stehen konnte, leider trat genau das ein, ich fiel mit dem ganzen Körper vornüber und fing mich im letzten Moment auf. Ich preßte den Rücken wieder gegen die Wand, und diesmal waren es meine Beine, die anfingen zu schwanken. Eine ohnmächtige und verzweifelte Wut überkam mich.

In Wirklichkeit hatte mich dieser ganze Tag ausgelaugt, und so hatten ein paar armselige Tropfen Bourbon gereicht, das brüchige Gleichgewicht zu zerstören, das ich mir mühsam bewahrt hatte. Mir war ein schwerer Fehler unterlaufen, und jetzt mußte ich dafür büßen, jede Sekunde war die Arena eines dramatischen Kampfes zwischen meinem Willen und dem endgültigen K.o. Manchmal, in der Pause, da hob ich die Augen gen Himmel, und ich fragte mich, wie ich in solch einen Zustand hatte geraten können. Der Abend hatte gerade erst angefangen. Und ich, der große Schriftsteller, der starke Typ, der Post aus Japan und Mexiko erhielt, ich hing bereits in den Seilen, mit der Nase hing ich in meiner eigenen Dummheit, mit dem Verstand im Licht des absoluten Nullpunkts.

Herrgott, was war ich doch für ein feiner Schriftsteller! Und ich unterstand mich, die anderen zu kritisieren, wo ich doch vielleicht der schlechteste von allen war. Ich warf ihre Bücher weg, ich hielt mich für etwas Besseres, dabei konnte ich mich kaum auf den Beinen halten. An mir war nichts Verteufeltes, nichts Großes, nichts Magisches, ich klammerte mich wimmernd an die Regenrinne, ich war das letzte, was an dieser Straße interessant war, das letzte, wo man einen Blick drauf warf. Wäre ich ein großer Schriftsteller gewesen, wäre tief in mir etwas intakt geblieben, ich hätte mich mit diesem Wissen stärken können, aber ich rutschte auf meinen Absätzen weg wie eine Crêpe, und mein ganzer Körper, mein Geist war leer. In der Tat, ich taugte überhaupt nichts, ich war zu nichts nutze, ich hing auf allen vieren und guckte wie ein großer, blöder Hund. Ich lachte vor mich hin, kein Lachen, eher ein armseliges Glucksen. Verflixtnochmal, womit konnte ich der Welt schon dienen, warum schrieb ich überhaupt, solange ich in mir selbst nichts Lohnenswertes fand, solange es in meinem gesamten Wesen nicht die Spur von Unerschütterlichkeit gab, solange ich meine Faust nicht ballen konnte, um sie nie wieder zu öffnen...?

Ich hätte mich am liebsten in den Schatten verkrochen, fort von diesem kleinen Licht, das über der Haustür schien, aber ich war wie angewurzelt. Ein Schriftsteller sollte ein Leichtgewichtler sein, ein schneller und nicht zu fassender Geist, und sein Flug sollte uns entzücken und besser machen. Ich brach zusammen. Überhaupt brach alles um mich zusammen. Die Frauen starben oder bliesen uns einen und ich schrieb schwachsinnige Romane und die Leute brachten sich gegenseitig um und ich konnte nicht einmal mehr den kleinen Finger rühren. Herzlichen Glückwunsch, Marlène, herzlichen Glückwunsch. »Kein Frieden, kein Hafen, keine Rast, bloß heftiges Tosen.«

12

Wenn mir auch manchmal Zweifel an meiner eigenen Bedeutung kamen, so zweifelte ich doch nie an der von Henri. Er, er hatte den Gipfel erreicht, und mitunter warf ich ihm einen neiderfüllten, scheelen Blick zu, ich hatte einen Schriftsteller in Höchstform vor mir, und jede Zeile, die er schrieb, war ein Schwall reiner Luft in dieser Welt des Erstickens, Kraft, gepaart mit höchstem Können, kurz gesagt. Und Heiterkeit. Sobald man eins seiner Bücher aufschlug, fühlte man sich von einer unwiderstehlichen Kraft emporgehoben, ganz gleich, ob sie einen über einen Frühlingsmorgen oder ein Flammenmeer forttrug. Da gab es gar kein Vertun. Und das erklärte ich auch Vera. Ich sagte ihr, paß auf, ich will dir gern auf all deine Fragen 'ne Antwort geben, aber nur unter einer Bedingung, du läßt mir eine ganze Seite, um was über Henri zu schreiben.

Das war an einem Herbstnachmittag in Charles' Garten, der Himmel war ein wenig grau, und der Wind blies. Sie fing ein rotgelbes Blatt auf, das von einem Baum fiel. Am Tag zuvor hatte es geregnet. Die Luft roch gut, und im übrigen, meine Liebe, fügte ich hinzu, es zwingt dich keiner. Sie kitzelte ihre Nasenspitze mit dem Blatt. Ich hob mir auch eins auf, um mir das Ohr zu liebkosen.

– Eine Seite ...! zischte sie. Sonst nichts!?

– Naja, wenn ich recht verstanden hab, hast du doch das Sagen. Ja oder nein?

Es herrschte keine sehr gespannte Atmosphäre, wir lächelten beide.

– Eine Seite für den Text ... und eine für das Foto, sagte ich mit sanfter Stimme.

– Du übertreibst, also ehrlich ...

– Wenn man ein neues Blatt auf den Markt bringt, muß man auf die Pauke hauen und hoch hinauswollen!

Ich bekam einen Tropfen auf die Backe. Ich ließ ihr Bedenkzeit und warf einen neugierigen Blick zum Horizont, eine ganze Horde grauweißer Wolken hing rittlings darüber und türmte sich in Zeitlupe. Wie immer saßen wir im hinteren Teil des Gartens, die Stadt zu unseren Füßen, um ein wenig Abstand zu gewinnen. Ich freute mich über ihren Besuch, denn inzwischen mochte ich sie ganz gern, wir konnten 'ne Zeitlang zusammenhocken, ohne uns zu fetzen. Zudem verblüffte sie mich. War sie nicht wie der Wirbelwind durch unser Leben gefegt und hatte sie es nicht trotz allem geschafft, die Karten neu zu verteilen? Vielleicht wäre ohne sie alles genauso eingetroffen, trotzdem, sie war gekommen und Dingsbums hatte sich an die Spitze einer Horde von Besessenen gesetzt, die mich erledigen wollten. Sie war gekommen und hatte Henri genug Kohle verschafft, sich einen Detektiv leisten zu können. Sie war gekommen und hatte Marlène in einem Schuppen von Triebtätern untergebracht. Ich harrte der Fortsetzung mit einer Spur von Belustigung und ohne einen Funken Nervosität. Ich wußte nicht, ob es nun anfangen würde zu regnen oder nicht. Tatsächlich konnte der Wind von einer Minute auf die andere drehen. Weiter unten brach eine Frau in ein lautes, vulgäres Lachen aus. Ich stellte sie mir fett, mit gebleichtem Haar und dermaßen besoffen vor, daß sie fast der Länge nach hingeflogen wäre. Es sah eher nach Regen aus.

– Na gut, aber kann das nicht bis zur nächsten Nummer warten?

– Nein, nichts zu machen.

– Auch nicht, wenn ich darum bitte?

– Auch nicht, wenn du mich darum bittest.

– Na gut, seufzte sie, einverstanden. Die Leute wollen dich kennenlernen. Ich werd ihnen sagen, was du für ein Dreckskerl bist.

– Genau.

Seit ein paar Wochen befand ich mich in bestechender Form. Seit ich aus dem Supermarkt ausgestiegen war, hatte ich meine gymnastischen Übungen wieder aufgenommen, der Tag begann mit einem satten Schweißausbruch. Ich nahm meine Pillen nicht mehr, das war Schnee von gestern, ich verwahrte lediglich ein

Röhrchen in der hintersten Ecke meiner Schublade, auf sowas ließ ich mich gar nicht erst ein. Ich hatte keine Geldsorgen mehr. Zwei Tage, nachdem mich Victor-Serge ausbezahlt hatte, war der Scheck meines Verlegers eingetroffen. Er war ein bißchen höher als sonst.

– Wir werden siegen! sagte er zu mir.

Ich hatte ihm geantwortet:

– Habe ich Ihnen schon gesagt, daß ich in Gedanken immer bei Ihnen bin...?

Wir hatten die Gelegenheit genutzt, Henri und ich, unsre Garderobe aufzufrischen, noch nie in meinem Leben hatte ich so viel Geld an einem Nachmittag für Klamotten ausgegeben, und über die Preise konnten wir nur lachen. Nebenbei gesagt, ich konnte feststellen, daß es immer schwieriger wurde, sich ein simples T-Shirt zu kaufen, eins ohne jeden Schwachsinnsaufdruck, ganz zu schweigen von den Schildchen mit der Marke drauf, die nicht mehr am Nacken eingenäht waren, sondern einem fast vor den Bauch geknallt wurden, oder vors Herz, kein Witz, die dummdreiste Einstellung mancher Hersteller war eine Art Zeichen, fand ich. Offenbar konnte man uns alles zu fressen geben. Irgendwann würden wir uns 'nen Slip kaufen und mit 'nem Aufkleber vor der Stirn wieder rauskommen.

Ich hatte den Mercedes in Reparatur gegeben, damit er endlich mal neue Scheinwerfer eingebaut bekam. Ich hatte meinem Roman ein paar Seiten hinzugefügt. Ich hatte die letzten Rechnungen beglichen, die noch irgendwo rumflogen, und alles in allem gaben die Tage ihr Bestes. Henri legte letzte Hand an seinen Gedichtband, und Marlène kam früher aus der Zeitung zurück. Ich hoffte, der weiße Riese war mit Nierenkoliken ans Bett gefesselt. Wie ich vorhergesehen hatte, war das Gut weggegangen und die Kohle zu einem Zeitpunkt eingetroffen, wo wir sie nicht mehr brauchten. Manchmal überlegten wir uns, was sie damit anfangen sollte. Das war eine Art Spiel, wir diskutierten darüber. Bis zu dem Abend, wo Vera auftauchte.

»Aber ich liebe sie! Jesses, du kannst dir gar nicht vorstellen, wie sehr ich sie liebe...!« hatte mir Charles wenige Tage zuvor anvertraut. Die Nachricht hatte mich nicht umgehauen, doch er hatte mich in eine Ecke seiner Küche gezwängt und angefangen, mir sein Herz auszuschütten. Er wollte unbedingt, daß ich mich setzte.

– Ich weiß nicht, wie man sich das erklären soll. Aber eines Morgens bin ich aufgewacht, und ich wußte, ich liebe sie...

– Naja, ich geb zu, das ist schon brutal.

– Ich fühl mich wie ein Kind, weißt du. Wenn sie da ist, weiß ich nicht, wohin mit meinen Händen.

Er war mir in der Tat ein wenig nervös vorgekommen, als wir am Abend vorher zusammen gegessen hatten, aber es hatte ein Gewitter gegeben, und ich hatte mir nichts weiter dabei gedacht. Charles war ungefähr der letzte, den ich mir als Verliebten hätte vorstellen können. Dafür war er viel zu vernünftig. Er lebte in seiner großen Junggesellenbude, und Frauen waren für ihn weniger interessant als seine letzten Verkaufszahlen oder das geringste Wort, das über ihn geschrieben wurde. Dennoch, diesmal schien es ihn tatsächlich erwischt zu haben, und das Leben ist sowieso nur eine lange Kette von Überraschungen, da konnte alles passieren.

– Du solltest lernen, Zigaretten zu drehen, sagte ich zu ihm.

– Oh, mach dich nicht über mich lustig...

– Nein, das doch nicht, überleg's dir.

Naja, so hatte sich die Sache also abgespielt. Während der Herbstregen durchs ganze Land peitschte und wir unsere Pullover auspackten, schwelte ein Feuer im Herzen eines Mannes. Und ich war für die Schönheit dieses Feuers nicht unempfindlich, ich sah die Flammen des Paradieses züngeln.

Klar doch, daß Marlène auf der Stelle einverstanden war. Ich hatte das Gefühl, sie war fast schon erleichtert, die ganze Kohle loszuwerden, und Tatsache ist, daß es mehr Spaß macht, etwas zur Geburt einer Zeitschrift beizusteuern, als einen Bankdirektor zu mästen. Charles stand bereits unter der Wirkung des Gifts, er hatte einen satten Scheck ausgestellt, ohne mit der Wimper zu zucken, denn die Liebe hat keinen Preis. Wir redeten von nichts anderem mehr, ich meine das ins Haus stehende Riesenbaby, die kleine Monatszeitschrift, die sie ausbrüteten. Um das zu feiern, hatte Vera ein ganzes Buffet bei dem Lieferanten des Viertels bestellt, und während wir uns fertigmachten, kniff der Typ bestimmt vor Zufriedenheit die Augen zusammen, als er die Rechnung durchsah.

Ich habe eine klar ausgeprägte Vorliebe für nachlässige Kleidung, denn man weiß ja nie, ob man nicht auf einen Baum klettern oder sich im Dreck wälzen muß, und ich trage auch keine Krawatte, wenn ich schreibe, ich will mich schließlich nicht erdrosseln. Aber das hindert mich nicht daran, von Zeit zu Zeit einen Anzug anzuziehen, seit nämlich die ausgebeulten Dinger schwer in Mode sind und man die Ärmel bis zum Ellbogen umkrempeln kann. Ich knotete mir eine teuflische Krawatte um den Hals, ich kämmte mir die Haare. Ehrlich gesagt, die vierzig Jahre, die sah man mir nicht an, und erst die Krähenfüße, da stehen die Mädchen drauf, ich hatte drei, vier graue Haare, die ich nicht einmal auszupfte, drei armselige Aufklärer in Feindesland. Ich lächelte meinem Spiegelbild zu. Nichts bringt einen besser auf Vordermann, nichts wischt die morgendlichen Trauermienen besser weg, die einem zehn Zusatzjahre aufbrummen.

Meiner war hell, Henris dunkel, und mit seiner perlgrauen Krawatte mußte er uns alle ausstechen. Wir tranken ein Glas, während wir auf Marlène warteten, eine Hand in der Tasche und das Kinn glattrasiert. Sie kreuzte in einem hautengen, mit Goldfäden durchwirkten Kleid auf, das mir besonders gefiel, auch wenn ich mich dabei regelmäßig verschluckte. Ich verfrachtete die ganze vornehme Gesellschaft in den Mercedes.

Als wir ankamen, fiel uns Vera um den Hals. Es war schon einiges los. Ich fand Charles in einer Ecke, er wirkte ein wenig verstört. Seine Knie waren voller Tabakkrümel, und ein krummes, bizarres Etwas hing ihm von den Lippen. Ich brachte es nicht übers Herz, ihm Feuer zu geben.

– Macht nichts, sagte ich zu ihm. Du mußt nur den Dreh einmal raushaben. Da hatten schon andere ihre liebe Mühe...

Seine Hand schnappte nach meinem Ärmel wie eine hysterische Schlange, seine Augen funkelten wie im Fieber.

– Ich fühle mich nicht gut, ich verzehre mich! jammerte er. Heute abend sage ich ihr alles. Ich schwöre dir, ich sage ihr ALLES!!

Ich wüßte selbst nicht zu erklären, warum, aber ich kapierte auf der Stelle, daß uns Schwierigkeiten bevorstanden. Dabei hätten wir alle, die wir dort versammelt waren, geschworen, daß Charles ein Typ mit einem Herz aus Stein war, eine riesige Wüste, aus der keine Flamme hochschlagen konnte, ein Typ, der das unverdrossenste aller Mädchen zur Verzweiflung gebracht hätte. Dieser ganze Bereich schien ihn nicht zu interessieren. Aber stille Wasser sind tief, wie jeder weiß, und es gibt kein schlimmeres Untier als den Wolf im Schafspelz. Ich schob seine Hand, die meinen Ärmel zerknüllte, zur Seite, und ich stellte fest, daß er getrunken hatte. Auch das war neu. Tagtäglich übte ich mich darin, das Leben zu durchqueren, als ob nichts wäre, als ob ich nichts mitbekäme...

– Charles, das Leben ist ein Spiel, sagte ich zu ihm.

Davon war ich zwar selbst nicht ganz überzeugt, aber er hörte mir ohnehin nicht zu. Von Zeit zu Zeit zitterte er, sein Blick war auf plus minus unendlich justiert. Ich nahm mir vor, mich nicht weiter darum zu kümmern und mit dem erstbesten ein belangloses Gespräch anzuknüpfen, sobald ich mir ein Glas besorgt hatte.

Auf halbem Weg bremste mich Vera in meinem Elan:

– Eine Seite für ein Foto, findste das nicht was viel...? flüsterte sie.

– Nein, brüllte ich. Es handelt sich um ein Bildnis von Kopf bis Fuß!

Sie seufzte und hob die Augen zum Himmelsgewölbe. Ich setzte meinen Weg fort. Die Leute standen in Grüppchen zwischen der Bude und der Stelle, wo sich die Flaschen befanden, das war was, das ging nie schief. Der hintere Teil des Gartens blieb fast immer leer, ganz so, als interessierte sie die Landschaft gar nicht, als verschaffte es ihnen nicht die geringste Linderung, das Gewimmel der Stadt zu ihren Füßen zu beobachten. Ich quatschte ein wenig nach rechts und links, dann verdrückte ich mich.

Ich stieß auf Henri. Ich machte mir eine Zigarette an.

– Charles ist total aus dem Häuschen, sagte ich.

– Hmmmm ... Große Chancen hat er nicht.

– Naja, er hat sich aber auch 'ne harte Nuß ausgesucht. Wenn du mich fragst, ein schönes, reiches und dazu berühmtes Mädchen, da wollte ich erst gar nichts von hören.

Er lachte sich kaputt, er kniff die Augen zusammen. Wir setzten uns auf eine Bank, wir guckten nach vorn, und das Stimmengewirr glitt über unsere Schultern und verschwand in der Stille der Nacht, es wurde kunstgerecht verschluckt.

– Im Grunde genommen fühl ich mich nur mit dir wohl, sagte ich zu ihm.

– Ich danke dir, antwortete er.

Wir waren ungefähr eine Stunde da, und allmählich fragte ich mich, wann das Buffet endlich eröffnet wurde. Ich hatte den ganzen Tag an meinem Roman gearbeitet, ich hatte nichts gegessen, Schreiben nahm mir häufig den Appetit. Ich war gerade dabei, mir über den Bauch zu reiben und das Gesicht zu verziehen, als wir Schreie aus Richtung Bude hörten, gefolgt von einem Trampeln und dem Toben eines ziemlichen Aufruhrs, ein heilloser Krach. Wir drehten uns um, indem wir uns mit einem Ellbogen auf die Rücklehne der Bank stützten, die Augenbrauen in Form eines Accent circonflexe. Wir konnten kaum was erkennen, überall nichts als Zweige und Sträucher, die uns die Sicht versperrten. Marlène tauchte aus einem Mimosenhain auf:

– Meine Güte, er ist verrückt geworden! teilte sie uns mit.

Wir fragten sie nicht, wer verrückt geworden sei. Sie wirkte ernstlich beunruhigt.

– Scheiße, sagte ich.

– Er hat sich mit ihr in einem Zimmer eingeschlossen. Er will nicht mehr aufmachen ...!

– Abwarten ..., meinte Henri. Ich find zwar, er überstürzt die Sache ein wenig, aber es könnte klappen ...

Sie zuckte mit den Schultern, sie schien verärgert. Im gleichen Moment ließ uns ein Schuß zusammenfahren, und die Nacht erhielt eine ganz andere Dimension, der Himmel nahm ein mattglänzendes Schwarz an. Marlène hielt die Hand vor den Mund. Ein frisches Lüftchen wehte durch den Garten, angereichert mit ein paar Schreien. Wir stürzten zu der Bude, die Arme voraus, um uns keine Zweige in die Augen zu stoßen. Meine Krawatte flatterte über meiner Schulter, ich durchquerte ein paar leichte Duftwolken, wo die Frauen gestanden hatten, und ein paar Spinnengewebe klebten an meiner Wange.

Nahezu das ganze Volk war ins Wohnzimmer zurückgeströmt. Die Mutigsten stahlen sich unauffällig in Richtung Ausgang davon. Ein bärtiger Typ, den ich flüchtig kannte, packte mich am Ärmel. Jetzt hatte ich ein einziges Mal einen Anzug an, und schon glaubte jeder, er könne sich daranhängen und ihn in Fetzen reißen.

– Haste das gesehen...!? sagte er und schleuderte mir einen irren Blick entgegen. Der hat glatt durch die Tür geschossen!!!

Ich hatte Lust, mir in die Hand zu beißen, um zu sehen, ob das überhaupt wahr sein konnte, ich schaffte es nicht, mir Charles mit einem Gewehr zwischen den Fingern vorzustellen, ich war mir sicher, er hätte sich in die Füße geballert. Ich guckte Henri an.

– Tja, ich glaub, der meint das ernst, stöhnte er. Er liebt sie.

Jeder gab schnell seinen Senf dazu, mit einem Mal hatte ihn jeder in letzter Zeit ziemlich seltsam gefunden, jeder hatte es schon seit langem vermutet.

– Ich war dabei, als er sie in das Zimmer geschleppt hat, verkündete eine Blondine mit Bürstenhaarschnitt. Er hatte einen tierischen Blick!!

– Er hatte ganz ROTE AUGEN!! präzisierte eine andere.

Es konnte nicht mehr lange dauern, dann hatte ihm wahrscheinlich der Schaum vor den Lippen gestanden, und ein paar Leute würden beschwören, daß er einen Bocksfuß hatte und einen kleinen, gespaltenen Schwanz. Man durfte sich in diesem Leben nicht den harmlosesten Fehler leisten, bei der geringsten Schwäche gingen alle Daumen nach unten. Irgendein junger Typ schlug vor, die Bullen zu rufen.

– Warum gehste nicht woanders spielen, statt uns hier auf den

Wecker zu fallen? fragte ihn Henri in freundlichem Ton. Warum gehste nicht ein bißchen spazieren...?

Über uns das Geräusch eines Stuhls, der über den Boden schabte, Schreie, das kurze Klatschen einer Ohrfeige, Poltern, daß die Wände erzitterten, alle Blicke gingen hoch zur Decke. Gleichzeitig brach Richtung Ausgang eine leichte Panik aus, und danach herrschte ein wenig mehr Licht in der Bude. Die Treppe, die zu den Schlafgemächern führte, war wahnsinnig leer, unheimlich verlockend. Wer weiß schon, bis zu welchem Punkt die Liebe die Kräfte eines Mannes zu steigern und ihm den Verstand zu rauben vermag. Jedenfalls war Charles nicht mehr Charles. Der Garten war beleuchtet und wie ausgestorben, und an diesem melancholischen Bild blieb mein Blick für einen Moment hängen, die Nacht wirkte milchig, sie zischte wie Sprudelwasser. Charles, ich bewundere dich, dachte ich. Ich bewundere die Kraft deiner Empfindungen und deinen großartigen Willen. Charles, du warst vollkommen, du hast dich in deinem Schmerz nicht geschont.

Wir stiegen die Treppe rauf und schlichen uns vor seine Tür, Henri und ich. In der Füllung war ein Loch, auf dem Teppichboden pulverisierte Holzbröckchen. Die Kugel war in die Wand gedrungen, und für eine Kugel hatte sie es nicht weit geschafft, wenn man bedenkt, wie sich andere emporschwingen und in einem Wahnsinnstempo, mit einem triumphierenden Pfeifen kilometerweit davonfliegen. Das ganze Stockwerk war ruhig. Ich hielt ein Auge ans Schlüsselloch. Ich entdeckte Charles, er saß mit gesenktem Kopf auf dem Bett, ein Gewehr quer über den Knien. Vera war mit einem Bettlaken auf einen Stuhl gefesselt. Ich gab Henri ein Zeichen, er solle zur Seite rücken, und wir ließen uns einer rechts, einer links von der Tür nieder.

– Charles! sagte ich. Leg das Gewehr weg, mach auf!

Er zielte ein wenig tiefer. Ein paar Sekunden früher hatte sich genau an dieser Stelle noch mein Bauch befunden. Das gefiel mir nicht, auch nicht, daß mir die Wand gegenüber einen Schwall kleiner, scharfkantiger Teilchen ins Gesicht schmiß. Wir setzten uns auf die Fersen, mit dem Rücken zur Wand, um nachzudenken, und ich konnte den Pulverdampf und das frisch gesprungene Holz beinahe riechen.

– Charles, das ist eine Sackgasse, ein Tunnel ohne Ende...! Bald hast du keine Kugeln mehr!

Henri machte sich eine Zigarette an. Er streckte den Arm aus, um sie mir zu reichen, dabei verjagte er mit der freien Hand ein paar Staubkörnchen, die sich auf seinem Anzug niedergelassen hatten. Der Flur war in ein zartes, weiches Licht getaucht, warum sollten wir uns beunruhigen? Die anderen drängten sich am Ende des Flurs und warteten.

– CHARLES, ALTES HAUS...!! KOMM RAUS, DIR WIRD KEIN HAAR GEKRÜMMT!!! rief ich ihm zu.

Ein weiteres Projektil durchschlug die Tür, diesmal in Brusthöhe.

– Ich glaube, du solltest ihm weiter gut zureden, riet mir Henri.

Ich fuhr mir mit der Hand übers Gesicht, dann drehte ich mich lächelnd zu ihm um:

– Herr im Himmel, dieser verflixte Charles! sagte ich. Wer hätte das schon gedacht...? Er ist wunderbar.

– Jaja... Aber seine Kugeln sind echt.

– Und so kultiviert der edle Mensch seinen Charakter, indem er bei all seinem Tun in die Tiefe geht.

– Äpfel aus Gold auf ziseliertem Silber. So sind die rechten Worte.

Trotz allem, ich konnte mir nicht verhehlen, die Lage war besorgniserregend. Ich machte mir Sorgen um Vera, also nahm ich meine Unterhaltung mit Charles wieder auf. Ich sprach gegen die Wand.

– Charles, wir sind nichts in ihren Händen, wir haben nicht die Spur einer Chance. Du hast gekämpft wie ein Löwe, aber sieh doch, deine Krallen sind abgestumpft und deine Zähne werden nie wieder jemanden packen, und so ergeht es einem jeden von uns, der sich eines Tages in eine Frau verschießt, er bleibt mit gebrochenem Herzen auf der Strecke, verstehst du? Charles, das Feuer, das dich verzehrt, hat diese Nacht erhellt wie ein phosphoreszierender Geysir, und wir alle, wir fühlen mit dir. Dennoch, Charles, du mußt dich zu einer letzten Tat aufraffen, du mußt dieses Gewehr zur Seite legen und diese Tür öffnen!

Danach spitzten wir die Ohren und lauschten in die Stille, und auch wenn seine Antwort auf sich warten ließ, ich beglückwünschte mich bereits dazu, daß er nicht schon wieder einen Schuß durch die Tür abgegeben hatte.

– Geht...! stieß er endlich mit zitternder Stimme hervor. Geht alle, die ihr da seid! Ich laß sie nicht mehr aus den Händen...!!

– Glaub das nicht, antwortete Henri. Wenn sie sich dazu entschließt, wird sie dir wie Sand durch die Finger gleiten. Du hast überhaupt nichts kapiert.

Vielleicht versuchte er das in eben diesem Moment. Ich wünschte es ihm aufrichtig, aber es war nichts mehr zu hören, jedenfalls nichts Interessantes, nichts, was uns erkennen ließ, was er da drüben mit seinem Gewehr und seiner unerfüllten Liebe ausheckte. Im Grunde war die Geschichte alles andere als lustig, ich machte mir klar, daß wir ganz schön in der Patsche saßen.

– VERDAMMTNOCHMAL, CHARLES...!! brüllte ich. SPERR DIE AUGEN AUF!! KOMM ZU DIR!

– Haut ab! Macht, daß ihr wegkommt! erwiderte er mit dumpfer Stimme.

– Du machst mir Kummer, weißt du das...?

– Wenn ich diese Tür aufmache... Wenn ich sie rausließe... Ich würde auf der Stelle sterben.

– Nein, nein, glaub das nicht. Das wäre zu billig... Es gibt andere.

– Andere...? Ha, ha...! Wie kannst du sowas nur sagen...!! Ja denkst du, das ist nur 'ne vorübergehende Marotte, du armer Irrer...?

– Schön, auch gut, dann mach dich weiter zum Narren...! Zeig den Leuten mal, was ein Schriftsteller alles kann. Wälz dich auf der Erde, schrei, so laut du kannst, und winde dich wie ein Wurm vor Liebeskummer. Mach nur weiter so... Du gibst ein feines Beispiel... DU HAST KEIN RECHT, SOWAS ZU TUN, HÖRST DU...? DU MUSST AUF DEINEM WEG VORANSCHREITEN.

– LECKT MICH DOCH ALLE AM ARSCH!!

– Komm schon, entgegnete ich ihm etwas leiser, du weißt genau, daß man nicht zwei Sachen auf einmal tun kann. Du kannst nicht Schriftsteller sein und gleichzeitig diese Frau lieben, sei ehrlich!

– Wenn das so ist, schreibe ich keine Zeile mehr...!

– Charles, ich würd gern ernsthaft mit dir reden, murmelte ich.

Er gab keine Antwort. Ich guckte zur Tür und stieß einen unwirschen Seufzer aus, dann sah ich ein weißes Zeug durch die Tür schlüpfen, durch die Löcher, die die Kugeln geschlagen hatten. Es war weiß und wirkte fast lebendig. Das sah mir ganz nach Wattebäuschen aus.

– He, was stellste denn jetzt wieder an?

– Ich stopf auch noch was ins Schlüsselloch, knurrte er. Das Schauspiel ist aus!

– Weißt du, Alter, du bist nicht wiederzuerkennen...

Da er anscheinend noch nicht vorhatte, sie umzubringen, gingen wir wieder runter, um die Sache zu bequatschen und ein paar Langusten zu knacken. Wir hingen etwa zu zehnt in der Küche, zehn Köpfe, die das gleiche Problem wälzten, zehn Münder, die vor sich hin kauten. Wir mußten uns eine Lösung einfallen lassen. Wir hatten ein paar Flaschen Weißwein hervorgeholt.

Als ich kurz darauf die Treppe zum zweiten Mal in Angriff nahm, wog ich bestimmt eine Tonne. Um unnötigen Lärm zu vermeiden, ließ ich mir Zeit, ich klammerte mich an das Geländer. Wir hatten die Herdplatte abmontiert, und ich hatte sie mir um den Hals gehängt. Meine Weichteile und meine Hüften steckten hinter dem Deckel eines Schnellkochtopfs, meine Beine hinter einigen Brettern, die wir im Schuppen gefunden hatten. Jemand hatte mir einen Integralhelm geliehen. Nur meine Arme waren ungeschützt, aber ich schwang vor mir einen dieser alten Bistro-Tische mit einem Fuß aus Gußeisen und einer Platte aus weißem Marmor, ein Tisch von mindestens vierzig Kilo. Jeder Schritt war ein kleines Martyrium, und trotz allem war ich mir nicht sicher, ausreichend gewappnet zu sein, um einem Kugelhagel zu trotzen. Mich, mich hatte die Liebe nicht verwandelt, aber ausgerechnet mich hatte das Schicksal auserwählt.

Alle waren sie davon überzeugt, daß ich vom Überraschungseffekt profitieren würde, bloß, ich fühlte mich nicht gerade wohl in meiner Haut. Zwischen den Augen war ich nicht vor einer Kugel geschützt, und wenn ich durch einen dummen Zufall dahingestreckt werden sollte, hatte ich nicht die geringste Chance, wieder aufzustehen. In einer solchen Aufmachung zu sterben war bestimmt nicht der kürzeste Weg, in die Herrlichkeit des Himmels einzugehen. Man mußte mich sehen, wie ich in diesem Flur ausschritt, halb Mensch, halb kaputte Maschine, quietschend und scheppernd wie eine Konservenbüchse. Ich fand mich lächerlich, und doch, was sind wir anderes als arme, fratzenschneidende Vogelscheuchen, beseelt von absurden Reflexionen, traurige, quasi in die Brüche gegangene Bausätze. Ah, warum konnten wir uns diese Last nicht vom Halse schaffen, warum waren wir keine vollkommenen, erleuchteten Geschöpfe...?

Vor der Tür angekommen, stellte ich den Rundtisch ab, um ein wenig zu verschnaufen. Ich fragte mich, was mich auf der anderen Seite erwartete. Das Schweigen war widerlich. Ich klappte das Visier des Helms herunter.

– Na schön, auf geht's...! knurrte ich in Richtung Henri. Verlieren wir nicht noch mehr Zeit.

Ich seh mich nicht dazu in der Lage zu erklären, wo er dieses Ding herhatte, jedenfalls war es Henri gelungen, eine Brechstange aufzutreiben, die er nun geschickt zwischen Tür und Rahmen keilte, genau in Höhe der Klinke. Ich spürte, er war entschlossen, Berge zu versetzen, diese mickrige Tür mit einem Ruck aufzubrechen. Er schob sich eine silberne Strähne hinters Ohr, zwinkerte mir noch einmal zu und warf sich dann mit seinem ganzen Gewicht auf die Stange, die Tür sprang mit einem fürchterlichen Krachen auf, und ich schoß wie eine Bombe ins Zimmer, begleitet von einem lauten Scheppern und Splittern, ich drang bis zur Mitte des im Schatten liegenden Zimmers vor, dann warf mir Vera einen ungläubigen Blick zu, und ich blieb stehen.

Charles lag auf dem Bett, die Arme hinter dem Kopf verschränkt. Er schien in die Betrachtung der Decke vertieft, und meine Anwesenheit störte ihn offenbar nicht. Ich stellte den Tisch ab, ich schob das Visier zurück. Das Gewehr lag auf dem Boden. Ich beförderte es mit einem Tritt unter das Bett.

– Ich mag euch, Henri und dich, murmelte er. Aber die Tür werdet ihr mir reparieren müssen...

– Aber sicher, sagte ich. Reden wir nicht mehr davon.

– Doch. Reden wir davon, und ob. Ich möchte, daß ihr dieses Mädchen losbindet und mitnehmt. Ich fürchte, ich hab ihr ein bißchen arg auf den Füßen gestanden. Mehr wohl, als sie vertragen kann...

Ohne noch länger zu warten, stellte ich mich hinter Vera und fing an, sie loszubinden. Außer mir war niemand ins Zimmer gekommen. Die anderen begnügten sich damit, auf der Türschwelle zu flüstern wie vor der Pforte eines Heiligtums, und Henri hatte sich bereits verdrückt.

– Tut euch meinetwegen keinen Zwang an, fuhr er mit ruhiger Stimme fort. Eßt und trinkt. Und nehmt es mir nicht übel, wenn ich euch meine traurige Gesellschaft erspare...!

– Du machst wohl Witze...

– Das gewiß nicht, seufzte er verhalten und mit einem Unterton von Langeweile. Das Leben hat mir eine sagenhafte Lektion erteilt, und du solltest begreifen, daß mir nicht nach Scherzen zumute ist. Ich möchte bloß ein wenig allein sein und mich im Halbdunkel ausruhen. Ja... Es ist doch für niemanden ein Geheimnis... Der Schlag war ungewöhnlich rüde...

Er stützte sich auf die Ellbogen und guckte mich an, während Vera die Tür ansteuerte. Ich wußte, wie es ihm ging. Er mußte sich vorkommen wie einer, der drei Nächte durchgemacht hat, nach Hause zurückkehrt und auf seinen Hund trampelt.

– Der Tod kann auch nicht schmerzlicher sein, erklärte er mir.

– Nein, bestimmt nicht.

– Der Tod ist ein Witz, verglichen mit den Leiden des Lebens. Oder übertreibe ich da?

– Nein, das stimmt.

Er ließ sich aufs Kopfkissen zurückfallen, die Arme eng am Körper, die Augen wieder zur Decke gerichtet.

– Meine Güte. Jessesmaria! jammerte er.

Frauen sind schon ulkig. Die Typen nicht minder. Im Anschluß an diese Geschichte sah Vera Charles mit ganz anderen Augen, und es verging kein Tag, an dem sie nicht irgendwelche neuen Qualitäten oder gewisse physische Reize an ihm entdeckte, die nur einer Frau auffallen und mir persönlich verborgen blieben. »Wie, du hast diesen unwiderstehlichen Schmollmund noch nie bemerkt, der so oft über seine Lippen huscht ...?!« Oder auch: »Meine Güte! Guck dir mal seine Hände an, guck dir mal die INNENSEITE seiner Hände an ...!!« Sie hing mir mit allem möglichen in den Ohren, bis zu dem Tag, wo sie sich dazu entschlossen, miteinander zu schlafen. Im Anschluß daran nahm mich Charles beiseite und sagte mir im Vertrauen, eigentlich sei das doch nicht das große Abenteuer, das er sich darunter vorgestellt habe. Wir hatten bereits Herbst, das große Feuer war fast erloschen, und alles in allem war es weder heiß noch kalt.

Ich schrieb dennoch einen flammenden Artikel über Henri und nicht irgendso'n lauwarmes Zeug. Vera ließ sich glatt auf einen Stuhl fallen, um die Lektüre zu beenden. Nichts anderes hatte ich mir erhofft. Henri war nun mal ein Schriftsteller, der einem durch Mark und Bein ging. Wenn er einem nicht sogar den Atem verschlug.

– Na schön ... Wenn sich die Leute hiernach nicht auf seine Bücher stürzen, dann müssen sie auf ihren Stühlen kleben ...!

– Eben. Genau das frage ich mich.

Ich verstand die Leute nicht. Das war die eine Sache, ihnen morgens zu begegnen, wenn man sich die Zeitung kaufte, und es war eine andere, sich mit seinen Brüdern auszukennen, ihre Haltung vorauszusehen. Warum brachten sie sich selbst um ein vollkommenes Glück, warum rissen sie sich Henris Bücher nicht aus den Händen, wo sie sich doch um jeden Krümel schlugen, was suchten sie überhaupt? Das war mir schlicht zu hoch.

Morgens, wenn ich meine Turnstunde abhielt, war das eine meiner liebsten Gedankenübungen. Während mein Körper im Schweiß badete, machte sich mein Geist auf die Suche nach meinen Mitmenschen, und ich beendete meine Anstrengungen mit kurzem Atem und ohne ein Stück weitergekommen zu sein. »Was soll man groß dazu sagen?« sagte ich mir. »Die Leute sind eben so. Zerbrich dir doch wegen sowas nicht den Kopf. Schätz dich glücklich, daß es wenigstens ein paar gibt, die deine Romane kaufen.«

Wie dem auch sei, ich war froh, daß ich diese paar Seiten geschrieben hatte. Niemand kann sich vorstellen, wieviel Spaß ich dabei gehabt habe, die Worte kamen mit einer Leichtigkeit, die mich fast erschreckte, einer geradezu überspannten Wucht, die mich in ihren Bann schlug. Ich hätte nichts dagegen gehabt, jeden Tag so'n Ding zu schreiben.

– Also, ich weiß nicht, ob ich das könnte, hatte mir Vera erklärt. Mit jemandem zusammenleben, den ich in solchem Maße bewundere.

– Was ich bewundere, ist seine Art zu schreiben. Mit ihm, das ist was anderes, ihn liebe ich.

Als sie das hörte, hatte sie ein Bein über das andere gelegt und sich mit dem Kinn in der Hand leicht zu mir rüber gebeugt:

– Hmm... das ist ja entzückend! sagte sie.

– Ja... Ich kann mir denken, daß dich das umhaut...

Ich wußte, da war sie nicht die einzige. Ich selbst hätte Schwierigkeiten gehabt, zu erklären, was mich eigentlich so sehr mit ihm verband, aber ich muß sagen, darüber machte ich mir nicht großartig Gedanken. Keine Ahnung, warum, jedenfalls hatte ich das Gefühl, das hing mit seinem Alter zusammen, mit diesen zwanzig Jahren, die er mehr auf dem Buckel hatte, denn auf den ersten Blick glaube ich nicht, daß sich Ähnliches mit einem Typ von vierzig hätte ereignen können. Vielleicht täusche ich mich auch. Wer weiß, vielleicht war ich seit Bettys Tod doch halb bekloppt, vielleicht hatte sich mein Mimöschenherz darauf versteift, allen Widerständen zum Trotz weiterzuschlagen, vernarrt in alles, was Größe hatte, wer weiß, vielleicht hätte ich genausogut eine alte Mumie oder einen armseligen Kieselstein lieben können. Wenn man so will, war ich zweifelsohne eine Art Irrer, eine Mutter, ihrer Kleinen beraubt, die nicht wußte, wohin mit ihrer Milch, ein geschlagener Hund, der jaulend zu seinem Herrchen zurücktrottet... War das der Fall? Jedenfalls hätte es mich nicht viel weitergebracht, wenn ich erfahren hätte, ich sei ein Engel oder auch einer dieser Bekloppten. Das hätte an der Sache nichts geändert.

Es gibt solche Phasen, wo man die halbe Zeit vertratscht, wo man sich hinlegt und einen angefangenen Satz in der Schwebe läßt, um ihn am nächsten Morgen zu Ende zu schreiben. Vera übernachtete bei Marlène, aber sobald die eine arbeiten ging, tanzte die andere bei uns an und pantschte ihren Kaffee in der Küche und stieß ein Heulen aus, ob wir noch nicht wach seien. Das war so 'ne Art Hahnenschrei, und selbst wenn sie uns bis mitten in die Nacht auf Trab gehalten hatte, rückte sie bei Sonnenaufgang wieder an. Im allgemeinen wartete sie, bis wir runterkamen, aber statt sich in Ruhe aufs Sofa zu pflanzen und sich einfach 'ne Zeitschrift vorzuknöpfen, ließ sie den Staubsauger aufheulen und drehte das Radio an, und zwar mit Vorliebe, wenn die Werbung dran war, und zu unserer riesigen Freude gingen wir dann den Tag mit irgend 'ner Siffstimme an, die einem vorschlug, ein x-beliebiges Waschmittel heute noch ranzukarren und erst im nächsten Jahr zu bezahlen. Ich fragte mich, wieviel Elan in diesem Land nur wegen dieser Waschmittel verloren ging, wieviel Engel wie vom Blitz getroffen in ihre Laken zurückfielen.

– Also nein, Scheiße, sagte ich dann. Warum fängste'n jetzt an zu saugen, nett von dir, aber ich mach das schon... Ja, was machste'n jetzt schon wieder mit dem Radio...?

– Na, ich hör die Nachrichten!

Gähnend zog ich mir einen Stuhl heran.

– Ach so, da hab ich gar nicht dran gedacht.

Da ich es weitestgehend vermied, mich um anderer Leute Sachen zu kümmern, fragte ich sie nie, warum sie ihre Nächte nicht mit Charles verbrachte. Ich stellte lediglich fest, daß er mit ihr bumste und wir sie am Morgen auf dem Hals hatten, er tauchte erst gegen elf Uhr auf, mit rosigem Gesicht und putzmunter. Soviel ich mitbekam, hatten sie ein komisches Verhältnis, und das Seltsame daran war, daß sie dieses Abenteuer beide wer weiß wie zungenfertig machte. Sexuell gesehen wüßte ich nicht zu sagen, was das bedeutete, jedenfalls legten sie mit ihrem Gequassel los, wo immer sie gerade waren, und ständig rannten sie hinter einem her, um zu hören, was man von der Neutronenbombe oder dem Leidensweg Ezra Pounds hielt. Das einzige Mittel, ihnen zu entgehen, war, sich in seinem Zimmer einzuschließen. Das störte sie nicht. Schließlich mußte man irgendwann mal hervorkriechen, um ein Glas Wasser zu trinken, oder sie stürzten sich auf einen, wenn man pissen gehen wollte. Oftmals war es einfacher, rückwärts auf einen Sessel zuzugehen, als sich davon zu befreien.

Andererseits schien die Bude vierundzwanzig Stunden am Tag zu atmen, und ein bißchen Leben war auch nicht zu verachten. Wir hatten die ganze Zeit ernsthaft gearbeitet, Henri und ich, und bis zu Veras Ankunft hatten wir ganze Tage stillschweigend mit der Nase über unseren Blättern gehangen. Ich für meinen Teil war total ausgelaugt, und wenn Marlène von der Zeitung zurückkam, wunderte ich mich, eine Stimme zu hören, und es kam vor, daß ich Henri fragte, ob er gut geschlafen habe, während wir das Abendessen zubereiteten. Insofern gaben uns die beiden Gelegenheit, ein wenig Urlaub zu nehmen, sie durchbrachen die Spannung des Stils mit der Geschmeidigkeit unnützer Gespräche, sie brüllten und rannten durch die Bude und empfingen irgendwelche Leute und telefonierten ans andere Ende der Welt, wenn man sie allein ließ, um ihre Nummer Null zusammenzukriegen.

Natürlich drehte sich darum ein Großteil der Unterhaltung.

Man mußte sie sehen oder hören, wenn sie sich wegen nichts aufregten, über den Tisch schwadronierten, Teller zur Seite schoben, um ein paar Seiten vollzukritzeln, und darüber vergaßen, abzuräumen. Man mußte nur mal erleben, wenn sie morgens um drei wieder ganz von vorne anfingen. Manchmal mußte ich mit dem Glas in der Hand lächeln, ich sagte mir, verdammt, kannste dir vorstellen, Betty wär hier...?! Kannste dir vorstellen, was das für Auswirkungen hätte...?!! Herr, du verlangst von mir, einen Benzinkanister in die Flammen zu werfen!

»Schade, daß du sie nicht gekannt hast...«, sagte ich eines Morgens zu Henri, als wir allein in der Küche hingen. Marlène, Charles und Vera waren mit einem ganzen Terminkalender und dem letzen Aufguß ihres Blatts unterm Arm in die Hauptstadt geflogen. Es herrschte eine gigantische Ruhe in der gesamten Bude. Henri blies in seinen Kaffeebecher, durchbohrte ihn mit stechendem Blick.

– Sie hätte dich glatt umgehauen, fuhr ich fort. Ungelogen...

Draußen war es schön, der frische Wind hielt genau vor dem Fenster inne, und die Sonne sandte uns einen warmen Strahl. In dieser Gegend konnte ein solches Wetter bis Ende Januar anhalten. Februar und März ließen ein wenig zu wünschen übrig, aber ab April wurde es Frühling, und man konnte wieder anfangen, sich zu bräunen, während der Rest des Landes vor Neid erblaßte. Der Himmel war blau. Aufgrund eines Gesundheitsmagazins, das ich mir im Fernsehen angeguckt hatte, trank ich meinen Kaffee nur noch ohne Zucker. Ich wäre nie in eine Gegend gezogen, wo der Himmel ständig grau war.

– Ich würd gern ausgehen, meinte Henri. Ich würd gern ein paar Forellen am Ufer eines Sees essen...

Ich kann gar nicht sagen, wie sehr mich diese Aussicht entzückte. Es war schon lange her, daß ich zuletzt einen ganzen Tag lang rumgebummelt hatte, den Geist vollkommen frei, die Hände im Nacken verschränkt und den Blick aufs Wasser, um das Aufblinken der silbernen Blitze zu erhaschen oder wie gebannt den Flug einer Libelle zu beobachten. Wir brauchten uns bloß eine Jacke überzuziehen, schon konnten wir raus. Ich antwortete, gut, einverstanden, und räkelte mich. Genau in diesem Moment fiel mein Blick auf ein schweres Motorrad direkt vor dem Fenster. Obendrauf ein schweres Mädchen.

– Was soll das denn? fragte ich ihn.

Henri sprang auf.

– Hm, das ist für mich...! Das ist mein Detektiv.

Ich schaltete nicht sofort. Das besagte Mädchen hatte Stiefel an und eine Hose aus Leder. Sie hatte lange rote Haare und eine stattliche Brust. Sie klopfte ans Fenster. Ich war zu keiner Bewegung fähig. Henri machte die Tür auf und rief sie rein.

– Salut! rief sie mir zu, als sie reinkam.

Ich sagte bereits, lange rote Haare... Der Detektiv, den Henri aufgetrieben hatte.

– Puuuuhhh..., stöhnte sie. Puh, das war gar nicht so einfach...!!

Henri schob ihr einen Stuhl hin, er war nervös.

– Ich muß schon sagen, die hat mich ganz schön auf Trab gehalten, fügte sie hinzu.

Die Luft nahm langsam einen Geruch nach Leder, Schweiß und irgendeinem Zeug auf der Basis von Patschuli an, doch zum Glück steckte Henri einen Zigarrenstummel in Brand.

– Mein Gott, ich hatte schon kaum noch Hoffnung, murmelte er.

Das Mädchen schlug sich auf den Schenkel, dann brach ein lautes Holzfällerlachen aus ihrem Mund:

– Ha, ha!! Ich hab noch nie 'ne Spur verloren, erklärte sie. Aber Ihre Tochter, die hat mich ans Laufen gekriegt...!

– Jaja, das hatte ich verstanden.

– ...Wissen Sie, den einen Tag wohnt sie hier und den nächsten ganz woanders, und so weiter, und jedesmal sieht man sie wieder mit 'nem Koffer durch 'ne Stadt rennen, und die ganze Suche geht wieder von vorne los.

Ich brauchte eine Zeit, bis mir aufging, das ist kein Witz, dieses Mädchen, das hast du nicht erfunden. Seit mir Henri von der Sache erzählt hatte, lebte ich mit der Angst vor diesem Augenblick, ich wußte, eines schönen Tages geht die Tür auf, und ein Typ mit einem Fischgesicht steht auf der Matte und verkündet, daß er Gloria wiedergefunden hat. Ich stellte mir einen frühen, grauen Morgen vor, der sich schlecht angelassen hat, was weiß ich, die Kaffeemühle fliegt in die Luft und sämtliche Bohnen schießen einem um die Ohren, irgendwas ganz Unangenehmes. Und jetzt war das überhaupt nicht so. Es war schön, wir wollten am Ufer des Sees essen gehen, ich fühlte mich frisch wie eine Rose. Und dieses Mädchen strotzte nur so vor Gesundheit, ihre roten Haare flogen kreuz und quer durch den Raum, und sie redete und lachte in einem fort. Ich vergaß darüber beinahe, was ihre Anwesenheit Schreckliches an sich hatte. Ich kratzte mich am Kopf, während ich sie anguckte, ich freu mich immer, wenn ich sehen kann, daß sich die Welt geändert hat. Solang sich mein Bankdirektor die Haare nicht grün färbt, find ich das Leben weiterhin amüsant.

Wir tranken ein Bier mit ihr. Ich hatte meins noch an den Lippen, da stand ihres schon leer auf dem Tisch. Henri guckte mit sorgenvoller Miene zum Fenster raus.

– Hören Sie, setzte das Mädchen wieder an und wackelte mit dem Stuhl. Wissen Sie eigentlich, wieviel Studenten es in der Kante gibt, die 'ne eigene Wohnung oder 'n eigenes Appartement haben...? Ist Ihnen das überhaupt klar...? Sie werden sehen, die kennt da unten Gott und die Welt. Wenn sie Lust hat, kann sie jeden Tag umziehen... Nein, nein, seien Sie beruhigt, Sie finden sie in der Universitätsgegend. Ich hab' sie mehrere Male aus der Bibliothek kommen sehen...

Henri nickte bloß.

– Na ja... eins kann ich Ihnen sagen, seufzte sie. Wenn ich noch mal von vorn anfangen könnte, würde ich anfangen zu studieren... Ich schwör Ihnen, man sollte meinen, die liegen den lieben langen Tag auf der Wiese. Und der Rasen auf dem Campus ist gepflegt wie ein Golfplatz... Ach Gott, es gibt Dinge im Leben, die gehen einem viel zu spät auf...

Während Henri sie zur Tür brachte, dachte ich bei mir, die Forellen und die Libellen kannste vergessen, ich sagte mir, das wär's dann wohl. Aber wir fuhren trotz allem dahin, und ehrlich gesagt, die Stimmung war nicht halb so düster, wie ich befürchtet hatte. Die Kellnerin war eine Bohnenstange von zwanzig Jahren, die sich schief lachte, wenn sie nur in unsere Nähe kam. Gleich zu Anfang hatte sie mir ein Glas über die Knie gekippt, und natürlich gab es nichts Lustigeres auf der Welt als das, sie hatte Tränen in den Augen, als sie uns unsere Teller brachte, sie entschuldigte sich und zerknüllte ihr Schürzchen, doch das Lachen glitt ihr durch die Finger und flog über den See und verhallte in den Wäldern. Dieses Mädchen konnte einen Stein zum Lachen bringen. Letzten Endes entspannte sich Henri. Es war schön und kalt. Wir waren die einzigen, die draußen aßen, den Kragen unserer Jacke hochgeschlagen und die Augen hinter der Sonnenbrille versteckt.

– Irgendwie ist so'n See doch bescheuert..., teilte er mir mit, und ein Lächeln spielte um seine Lippen. Da vergeht einem jede Lust, sich zu bewegen.

Nach dem Essen wollte er unbedingt 'ne Runde mit einem Boot drehen. Man konnte eins im Restaurant mieten. Nebenan war ein kleines Bootshaus, das aufs Wasser hinausragte, und an diesem Tag war der See menschenleer. Die Boote lagen in einer Reihe vor einem länglichen Ding aus Holz, total reglos, und doch schwammen sie auf dem Wasser, doch kein Plätschern, kein Kräuseln, nichts. Das reizte mich nicht besonders.

– Nein, mach du nur, sagte ich zu ihm. Mir geht das nur auf die Eier.

Ich machte mir eine Zigarette an, ich steckte die Hände in die Jackentaschen und streckte die Beine aus. Ich sah ihm nach, wie er sich mit seiner Barke entfernte und den See mit kräftigen Schlägen zerteilte. Von meinem Standpunkt aus schien es, als sprühten seine Ruderblätter Funken, doch je länger man hinsah, um so mehr kam es einem vor, als säße er auf einem Schlitten, der über den Schnee dahinsauste. Ich fragte mich, was ihm durch den Kopf ging, was er hinsichtlich Gloria beschlossen haben mochte. Für mich herrschte da totale Finsternis. Irgend etwas in mir weigerte sich, die Situation nüchtern zu analysieren. Ich war nicht in der Lage, darüber nachzudenken. Und ich sagte mir, im

Grund führt das auch zu nichts. Zur Zeit war die Strömung viel zu stark, als daß sie einem eine Chance gegeben hätte, ans Ufer zu schwimmen. Henri befand sich beinahe in der Mitte des Sees. Ich sah, daß er seine Jacke auszog und sich die Ärmel hochkrempelte. Ich winkte ihm zu.

Das Leben mit Betty war einfach gewesen. Jeder Schwachkopf wäre mit ihr zu Rande gekommen. Alles war schlicht, offenkundig, einleuchtend. Es gab nichts anderes. Ich hatte bloß einen Wunsch, ein Ziel. Damals war ich fähig, all meine Kräfte in Nullkommanichts zu sammeln, ich wußte, hier war das Gute, dort das Böse, ich hatte das Gefühl, ständig voranzuschreiten, und stellte mir keine Fragen ... All das war nun weit weg. Ich war ein bißchen älter geworden und mein Leben komplizierter. Die Gefühle, die mich beherrschten, waren keine feuerspeienden Geysire mehr, sondern Lavaströme, was mir allerdings auch nicht weiterhalf. Die einen machten einen blind, die anderen schleiften einen unerbittlich mit. Das Resultat war das gleiche. Ich gähnte und räkelte mich.

Ah, was für ein schöner Tag! Was für eine herrliche Ruhe! Was für eine Kraft und Zartheit zugleich ging von dieser Landschaft aus und von dem, was ich fühlte! Ich brauchte Henri wie ein Baum die Erde, um Wurzeln zu schlagen. Ich begehrte Marlène, wie das Licht des Himmels meiner Meinung nach das Wasser des Sees begehrte. Ich mußte schreiben, so wahr dieses Schauspiel vor mir existierte. Allerdings war ich einem Waldbrand oder einem fürchterlichen Unwetter wehrlos ausgeliefert, oder ich brauchte bloß die Augen zu schließen, und alles löste sich in Sekundenschnelle auf. Durch das lange bewegungslose Sitzen war mir kalt geworden, ich fing an zu zittern. Ich stellte fest, daß es mir gelungen war, eine Art seelisches Gleichgewicht zu finden. Doch das konnte zwangsläufig nicht von Dauer sein, ich wußte es. Ich fragte mich, würde ich den Himmel erklimmen oder würde ich mir sehr weh tun?

Ich setzte mich gerade auf meinen Stuhl und merkte, die Sonne war eine Wintersonne, wie soll ich sagen, kann man von einer kalten Hitze, von einer eisigen Sonne reden? »Aha, wir haben

Winter!« sagte ich mir. Ich versäumte nie die Geburt einer neuen Jahreszeit, ich bemerkte sofort das irgendwie andere Licht. Keine Ahnung, welches Wunder mich immer im rechten Moment dabeisein ließ. »Aha, es wird Frühling! Aha, der Sommer! Oooohh... Herbst!« Ich bin nicht der Typ, all diese kleinen Dinge außer acht zu lassen, die dem Leben seinen Charme verleihen. Ich bekam eine Gänsehaut, als ich meine Cola austrank. Ich guckte aufmerksam auf den See. Henri war nicht zu sehen. Dabei konnte ich mich nicht erinnern, ihn aus den Augen verloren zu haben, offenbar hatte mein Gehirn nichts registriert. Vielleicht hatte er den Kahn an Land gezogen, warum machte er solche Sachen? Ich suchte das Ufer lang und breit ab, und mein Blick glitt über einen verlassenen, stummen Spiegel. Wenn er ins Wasser gefallen wäre, hätte ich ihn zum Glück gehört. Und im übrigen war ich mir so gut wie sicher, daß er schwimmen konnte. Außerdem hätte er gerufen. Das Mädchen, das uns bedient hatte, tauchte hinter mir auf. Sie hatte sich beruhigt, jetzt zeigte sie ein ungezwungenes Lächeln. Mit der einen Hand nahm sie mein Glas, mit der anderen wischte sie über den Tisch.

– Suchen Sie etwas? fragte sie mich.

– Nein, nicht so richtig. Mein Freund ist mit einem Boot unterwegs, und jetzt ist er nicht mehr zu sehen...

– Wissen Sie, man sollte es nicht glauben, aber hier auf dem See haben sich schon viele Unfälle ereignet. Letzten Monat noch...

– Nett von Ihnen, ich danke Ihnen..., fiel ich ihr ins Wort.

Wieder allein, legte sich der Schatten über mein Gesicht. Die Sonne war hinter den Wipfeln verschwunden, und die ganze Gegend wurde geradezu unheimlich. Ein Fisch schnellte ein paar Meter vor mir aus dem Wasser, und das leise Aufplatschen hallte verblüffend deutlich in mir nach. Zu guter Letzt kam er mir doch ziemlich tief vor, dieser See. Und ganz besonders düster und geheimnisvoll. Und was für eine Ruhe, welch steinernes Schweigen, nicht zu fassen. Ein Schriftsteller ist von Natur aus ein ängstlicher Typ. So allmählich wurde mir in der

Tat mulmig. Was soll man gegen einen See, einen Wald machen, vor allem, wenn das Licht ausgeht und einen die Feuchtigkeit überfällt? Was für einen kläglichen Trick würde ich mir einfallen lassen?

– Henri! brüllte ich. Henri!!

Ich war klein, elend, winzig. Ich hatte mich gerade dazu entschlossen, eine Runde um den See zu laufen, als ich ein leises Plätschern neben mir vernahm. Ich konnte nicht sehen, was das war, denn dieser komische Holzschuppen, an dem die Boote vertäut waren, versperrte mir die Sicht auf einen Teil des Ufers. Ich glaubte, ich hielt die Luft an. Zunächst erblickte ich bloß ein paar fächerförmig angeordnete Linien, deren Enden sich auf dem Wasserspiegel leicht kräuselten. Dann schob sich langsam der Bug eines Bootes auf den See, und es vergingen unzählige Sekunden, ehe es vollständig zu sehen war. Es war leer. Ganz offensichtlich war es das Boot, das Henri gemietet hatte, und er, er war verschwunden! Je länger ich es anstarrte, um so verlassener wirkte das Boot. Je näher es auf mich zutrieb, um so mehr Unheil schien es zu verkünden, außerdem blätterte die Farbe ab, es war nicht mehr ganz neu, das Holz war wahrscheinlich schon zerfressen, das hieß, bei der geringsten Bewegung konnte man über Bord gehen. Ich blieb wie angewurzelt stehen, steif wie ein Stock. Über mir stieß ein Vogel ein düsteres Krächzen aus, und ich nahm einen schwachen Schlammgeruch wahr. Ich stolperte ein paar Schritte zurück. Ich stieß gegen eine Bank. Ich fiel auf sie zurück, den Blick auf die Mitte des Sees gerichtet. Ich fühlte mich zunehmend schlechter.

– Na... hab ich dir Angst eingejagt? fragte er.

Er trat hinter der Hütte hervor, mit genau dem Lächeln, das man sich vorstellen kann. Ganz einfach, ich hätte ihn umbringen können. Aber ich sagte nichts. Ich guckte ihn an, dann ging ich zum Wagen. Diese Art Witze, die fand ich lustig, als ich sechzehn war. Als mein Kopf noch klar und frei war.

13

Gloria war schwanger. Sie hatte einen schönen, runden Bauch, und als sie in das Büro des Rektors kam, fand ich sie sehr schön, trotz der ernsten Miene, die sie aufsetzte. Henri klammerte sich an seinen Stuhl. Die beiden Ordner schienen sich bei erstbester Gelegenheit auf uns stürzen zu wollen. Sie warf uns einen kurzen Blick zu, während der Rektor mit gefalteten Händen hinter seinem Schreibtisch saß. Er lächelte. Wenigstens einer, dem die Sache Spaß machte.

– Dieser Herr behauptet, Ihr Vater zu sein…, erklärte er mit sanfter Stimme.

Die beiden Bekloppten in Uniform musterten uns mit finsterem Blick. Mir tat immer noch die ganze Schulter weh. Henri und ich waren im Laufschritt über das gesamte Unigelände gehetzt, einen Arm auf den Rücken gedreht. Schreiend, Fratzen schneidend.

– Ja, murmelte Gloria. Das stimmt.

– Na schön, wenn das so ist, meine Herren, ist der Vorfall erledigt. Ich bitte Sie um Entschuldigung…

Für den Bruchteil einer Sekunde sah ich wieder das böse Lächeln der Bibliothekarin, als uns die beiden Muskelprotze in die Mangel genommen hatten. Eine Mittelalte, so gut wie abgehalftert, die oben auf der Treppe ihr Taschentuch knetete und die Beine geradezu fanatisch zusammenpreßte. Da brauchte man nicht lange nachzudenken, wer uns die beiden Tiere auf den Hals gehetzt hatte. Nicht ein Haar kam aus ihrem kleinen, muffigen Haarknoten hervor.

Seit zwei Tagen waren wir jetzt da, Henri und ich. Wir hatten ein Einsternhotel in der Unigegend gefunden und uns ein Zweibettzimmer genommen. Der Typ an der Rezeption war anscheinend mit allen Wassern gewaschen, er hatte extra eine blasierte Miene aufgesetzt, um uns zu verkünden, daß er auch Zimmer mit Doppelbett habe. Ich hatte ihm geantwortet, mein

Kumpel habe Angst, sich Aids zu fangen, deshalb nähmen wir für den Anfang lieber eins mit zwei Betten.

»Zehn Jahre mach ich das schon, und in der ganzen Zeit nichts als Bekloppte...«, hatte er gemurmelt, als er den Schlüssel vom Brett nahm.

Es handelte sich um ein Zimmer von neun bis zehn Quadratmetern mit einer gelbgestreiften Tapete. Wir waren die halbe Nacht gefahren, es war noch nicht lange hell. Ich bestellte uns Kaffee aufs Zimmer. Henri warf sich aufs Bett, ich ging ans Fenster, ich blickte auf die Universitätsgebäude, die aus dem Nebel auftauchten und sich im Morgenlicht abzeichneten, dann gingen sie ins Violettrosa über. Dem Mädchen mit den roten Haaren zufolge war Gloria in der Gegend. Wir brauchten sie bloß aus den paar tausend Studenten herauszufischen, die da mehrmals am Tag ein- und ausgingen. »Keine Angst... so schwer ist das nicht...«, hatte sie uns versichert. »Stellen Sie sich vor die Bibliothek, das hab ich auch gemacht.«

Ich hauchte gegen die Scheibe, um die Umrisse der Häuser und Bäume nachzuziehen. Viel sprang dabei nicht heraus.

– Hör auf, dir Gedanken zu machen, erklärte Henri mit ruhiger Stimme. Ich werd sie bestimmt nicht fressen, ruh dich lieber was aus.

Ich schnitt eine Grimasse in Richtung Straße, ich grinste und verschränkte die Hände im Nacken.

– Was willst du überhaupt..., brummte ich. Der Tag fängt doch hervorragend an.

Der Himmel war wolkenlos. Es war klar und kalt. Den ganzen Morgen schlenderten wir zwischen den Gebäuden umher, durch die Alleen und über die Rasenflächen, inmitten von Studenten und einer Kolonie Tauben, die offenbar zum Inventar der Gegend gehörten und einem andauernd vor den Füßen rumtanzten, sofern sie nicht aufstiegen und einem ein paar tödliche Flügelschläge verpaßten. Die Atmosphäre war nicht unangenehm. Es gab 'ne ganze Menge Mädchen in Söckchen mit roten Beinen, und sie kamen, die Bücher gegen die Brust gepreßt, auf einen zu und aus ihrem Mund entwich ein kleiner weißer

Dampfstrahl, und im Grunde waren sie alle zum Anbeißen, ich kann nicht leugnen, daß mir gewisse Gedanken durch den Kopf gingen. Im allgemeinen reizten mich die jungen Mädchen nicht sonderlich, doch manchmal traf es mich wie ein Donnerschlag, ich erinnerte mich wieder des Geschmacks weicher Karamelbonbons. Nach 'ner Zeit setzten wir uns auf die Wiese.

– Meine Güte...! Die da mit dem blauen Pullover, siehst du die...? Herr im Himmel! Guck dir mal an, was die für Beine hat!

Wir brauchten nichts anderes zu tun, als die Augen aufzusperren und zu versuchen, Gloria inmitten all dieser Mädchen zu entdecken, die vor unserer Nase rumliefen. Ich nahm mir den einen Teil hier, den anderen dort, und machte mir einen Spaß daraus, das ideale Mädchen zusammenzusetzen. Auf die Tour hielt ich das 'ne Weile durch, auf die Tour bekam ich Appetit!

Zum guten Schluß drückten wir uns um die Bibliothek herum. Sie befand sich in einem alleinstehenden Gebäude. Um da rein zu gelangen, mußte man ein Dutzend Treppenstufen raufstiefeln, und Henri und ich, wir konnten wahrhaftig nichts dafür. Die meisten Mädchen strotzten nur so vor Gesundheit, keine einzige Falte, kein Korsett, kein Gebiß. War das denn unsere Schuld, wenn der Minirock wieder in Mode war? War das ein Verbrechen, einen Blick auf ihre Schlüpfer zu riskieren, war das nicht eher 'ne gute Sache, auf einem Feld zitternder Margeriten mit den Augen zu klimpern...? Wir hatten uns im Schatten eines Baumes hingesetzt, das heißt, wir hatten uns auf die Seite gerollt und lutschten an einem Grashalm. Wir froren nicht, wir fühlten uns wohl. Das war, als hätten wir uns auf die Terrasse eines Cafés gesetzt, ohne was Bestimmtes vorzuhaben, ohne jemanden zu erwarten, ohne Verpflichtungen, ohne Pläne, ohne alles, was einem auf die Eier gehen konnte, bloß ein Bier vor uns und den Blick ins Leere.

Bevor wir uns niederließen, hatten wir die Räumlichkeiten inspiziert, doch das war keine so gute Idee gewesen. In dem Ding herrschte eine Grabesstille, und irgendeine Alte hockte hinter ihrem Schreibtisch und warf uns einen heimlichen Blick nach dem andern zu. Wir störten niemanden, wir standen bloß da, wir hatten uns in ein ruhiges Eckchen verzogen und versuchten rauszufinden, ob sich Gloria hinter einem Buch versteckte, nicht mehr. Als wir auf die Regale zusteuerten, ging die alte Vettel mit verbiestertem Gesicht an die Decke.

– Wo wollen Sie hin...??! Das ist verboten!!! zischte sie.

Die Studenten latschten unbehelligt zwischen den Bücherreihen hin und her. Was war denn da verboten, was sollte das Theater?

– Unbefugten ist der Zutritt untersagt! präzisierte sie.

– Regen Sie sich nicht auf, sagte ich. Wir suchen nur jemanden.

Sie stieß ein angeekeltes Quieken hervor und ballte die Fäuste.

– Ich weiß genau, was Sie für welche sind...! Lassen Sie die Mädchen in Ruhe, oder ich rufe die Ordner!!

Wir kapierten in Nullkommanichts, die Alte war bekloppt, mit der konnte man nicht reden, die würde von einer Sekunde auf die andere anfangen zu schreien. Ihre Lippen waren kreidebleich. Schon fuhren ein paar Köpfe herum, und ein paar Blicke richteten sich auf uns. Ich packte Henri am Arm.

– Ich komm wieder. Die schlag ich mit ihren Scheißbüchern tot!! knurrte er, als wir die Stufen hinunterliefen.

– Komm, vergiß es. Draußen kriegen wir genausoviel mit. Die ist doch schon tot.

Wir entfernten uns mit schnellen Schritten.

– Dreh dich nicht um, fügte ich hinzu. Die steht am Fenster.

Wir gingen ein paar Straßen weiter eine Pizza essen. Trotz dieses kleinen Zwischenfalls hatte Henri seine gute Laune wiedergefunden. Ich war froh, ihn wieder auf dem Damm zu sehen, er lächelte und war entspannt. Anscheinend hatte er die hysterische Alte vergessen. So langsam dachte ich, ich hätte mich getäuscht und das Ganze würde doch noch gut ausgehen. Ich hatte mich auf das Schlimmste gefaßt gemacht, auf eine wüste Keilerei, ich hatte mir gesagt, in all diesen Monaten hat sich der ganze Groll in ihm aufgestaut, das gibt unweigerlich ein fürchterliches Donnerwetter, wenn sich die beiden erst mal gegenüberstehen. Statt dessen wirkte er glücklich. Ich kannte ihn gut genug, um zwischen einer vorübergehenden Euphorie und dieser stummen Freude unterscheiden zu können, die ihn erfüllte. Obwohl er sich alle Mühe gab, sich nichts anmerken zu lassen, und weiß der Himmel was über irgendein Mädchen faselte, das ihm aufgefallen sei, eins von denen, die ich nach dem Weg zur Bibliothek gefragt hatte, die mit den dunklen Locken, das genaue Ebenbild seiner ersten Liebe.

»Wer weiß, am Ende ist das noch ihre Tochter!« hatte er gescherzt, um anschließend herzhaft in seine Pizza zu beißen. »Hmmmmm, das ist ewig lang her, seit ich meine letzte Pizza gegessen hab!«

Das stimmte nicht. Drei Tage vorher hatten wir genau die gleiche gegessen, ich hatte sie selbst zubereitet. Er erzählte irgendwas, um nur ja mit den Augen klimpern zu können, um mir nur ja nicht gestehen zu müssen, daß das Leben schön sei. Das Ganze war umwerfend! Tag für Tag hatte ihn Glorias Abwesenheit bedrückt, er hatte darunter gelitten, ich wußte, wovon ich sprach, ich lebte mit ihm zusammen, und Gott ist mein Zeuge, daß er ihr das übelnahm, daß er an dieser Geschichte schwer zu knabbern hatte. Wie ich schon sagte, ich befürchtete das Schlimmste. Und jetzt, wo er kurz davor war, sie wiederzusehen, da war mit einem Mal seine ganze Wut verflogen, jetzt zitterte er vor maßloser, unbändiger Freude. Es haute mich glatt um.

Unter diesen Umständen nahm ich die Dinge natürlich um einiges leichter. Wir schlenderten mit den Händen in den Taschen und einem Lächeln auf den Lippen in Richtung Bibliothek zurück. Die Mädchen drehten sich nach uns um, weil Henri über die Absperrungen am Rand der Beete balancierte, wobei er die komischsten Verrenkungen vollführte. Die paar Bier, die wir getrunken hatten, hatten damit nichts zu tun. Wir lagen den ganzen Nachmittag auf der Wiese, in einer blumenreichen Ecke, von wo aus wir das gesamte Kommen und Gehen und diese bunten modischen Fetzen im Auge hatten, die die Stufen raufliefen. Und die Zeit verging wie im Flug. Gloria bekamen wir nicht zu sehen. Es wurde schon dunkel, als die bestußte Alte die Türen abschloß. Wir standen auf. In dem Moment, wo sie uns erblickte, fing sie an zu traben, sie klammerte sich an ihre Tasche und schürzte ihren Kilt bis zu den Waden.

– Na ja, heute hatten wir eben kein Glück…, meinte Henri und räkelte sich. Was soll's… halb so schlimm.

Er packte mich an der Schulter, und wir steuerten den Ausgang an.

– Weißt du, das Dumme an den weißen Haaren ist, daß du ein Mädchen von zwanzig Jahren nicht mal mehr angucken darfst, ohne direkt für 'nen Lüstling gehalten zu werden…

In Anbetracht der Tatsache, daß unser Zimmer gelbe Streifen aufwies, hatten wir keine Eile, zurückzukehren. Wir machten uns auf den Weg in die Stadt, und als es dunkel war, entdeckten wir die etwas belebteren Stellen, wir belagerten ein paar Kneipen und guckten uns die Kathedrale an. Wir waren nicht die Spur von betrunken, sondern einfach froh und vergnügt. Ich ließ mich von dieser neuen Sicht der Dinge einlullen, es schien mir, als sei die Sache gegessen, das Gewitter hatte sich verzogen, und Gloria, beide Wangen würden wir uns von ihr küssen lassen. Ich hatte das Thema zwar nicht angeschnitten, aber es gab nicht den leisesten Zweifel, er hatte ihr verziehen. Die ganze Geschichte erschien einem geradezu in güldenem Licht, so daß ich mir überhaupt keinen Rückfall in traurige Zeiten mehr vorstellen konnte, die Vergangenheit war passé, alle verziehen einander, alle umarmten sich. Ich kann nicht sagen, wie erleichtert ich war. Ohne es mir selbst einzugestehen, klammerte ich mich verzweifelt an dieses letzte Bild, ich wollte von nichts anderem mehr was hören. Ich dachte, das ist toll, sie wird mich in ihre Arme schließen, und dann bin ich nicht mehr »der Kerl, der ihre Mutter bumst«, wie sie mich damals genannt hat. Ich konnte aufatmen. Für die paar tödlichen Schläge im Leben, was blieb da an Katastrophen aus, was gab es da für herrliche Sprünge übers Feuer…!

Wir aßen in einem verräucherten Saal zu Abend, auf Lederbänken, eine Art Omelett mit Fleisch und einer scharfen, grünen Sauce, was anderes gab es da im übrigen gar nicht, fünfhundert verschiedene Omeletts, das Ganze in einer Neo-Beatnik-Atmosphäre, kein Haar im Gesicht, dafür jedoch das obligate karierte Hemd, und die Betonung lag auf dem inneren Reichtum. Im Hintergrund war eine kleine Bühne, und der Kegel eines blauen Scheinwerfers fiel auf ein Mädchen in Jeans, das ein avantgardistisches, höchst unverständliches Zeug vortrug. Die Preise waren korrekt. Das Mädchen war bleich und flachbrüstig. Es drehte sich um experimentelle Dichtung.

Der Typ, dem der Schuppen gehörte, war eine Art fuchsroter Riese in Hemdsärmeln, ein bärtiger Typ mit blauen Augen, der mit einer Flasche die Tische abklapperte, er setzte sich zu den Gästen, um ein wenig zu quatschen und ein paar Tropfen Alkohol in die Gläser zu kippen. Das war wohl die eigentliche Attraktion. Das Durchschnittsalter betrug vielleicht fünfundzwanzig, dreißig, er hingegen war eher fünfunddreißig, er bedachte die anderen mit wohlwollendem Blick und bat sie mit einer Geste um Geduld, wenn mal wieder einer schrie: »Bob, komm mal her, ich muß dir was sagen...!« oder »Bob, hierher, weißt du schon das Neueste...?!« Es fehlte bloß noch eine kleine Jazzmusik.

Die grüne Sauce schmeckte nach zerstampfter Gewürzgurke und Oregano, doch man konnte sich daran gewöhnen. Das Mädchen auf der Bühne ballte die Fäuste und verglich ihre Menstruation mit dem Blut Christi. Bob war nur ein paar Tische von uns entfernt, und angesichts dessen hatten wir wohlweislich schon unsere Gläser leergetrunken. Die Decke war endgültig hinter einem graugrünen Rauchschleier verschwunden. Das Ganze war ungeheuer sympathisch.

Er setzte sich in dem Moment zu uns, als das Mädchen seinen Kram beendete, die Augen sperrangelweit auf, sämtliche Muskeln angespannt, sie war reif für die Klinik, wenn man mich fragte. Er strich sich über den Bart und guckte zu ihr rüber:

– Hmm... Was haltet ihr davon...? Nicht uninteressant...

– Reich uns zu trinken, Bob! wich ich aus.

Während er der Aufforderung träge nachkam, nahm ein Typ den Platz des Mädchens unter dem Scheinwerfer ein. Ein Typ mit einer spröde klingenden Gitarre und einer Visage wie ein geprügelter Hund.

– Sicher, das war nicht gerade genial, fügte er hinzu. Sie ist noch was jung. Es gibt nichts Schwereres auf der Welt als die Poesie...

Ich merkte sofort, ich war in Feindesland, ich hielt lieber die Klappe. Henri hob sein Glas, um Bob zuzuprosten.

– Seid ihr neu in der Gegend?

– Ja, wir sind nur für ein paar Tage hier...

Der Typ mit der Gitarre trieb einem das Wasser in die Augen. Während Henri und Bob auf den Pfaden der zeitgenössischen Poesie wandelten, zog ich mir die doppelte Ration des Romanciers rein. Der Saal war brechend voll. Ein Teil der Leute hörte zu, die anderen quatschten. Die Bank war bequem. Ich weiß selbst nicht, was mich dazu trieb, jedenfalls gefiel ich mir darin, die Mädchen anzustarren, die in dem Schuppen rumstanden. Wenn eine meinen Blick erwiderte, kam es mir vor, als glitte ich in ein Bad aus lauwarmer Milch mit einem Hauch von Nougat. Ich fiel in früheste Kindheit zurück. Diese ganze Sache mit Gloria war mir dermaßen auf die Eier gegangen, daß ich in einer Art lockerer Creme schwamm, sobald sich ein glücklicher Ausgang abzeichnete. Natürlich warfen sich all diese Mädchen in Pose. Wenn man irgendwohin geht, um sich avantgardistische Lyrik anzuhören, tut man nicht so, als wäre man auf einer einsamen Insel. Einige bliesen mir ein paar Ringe entgegen, andere schüttelten ihre Haare. Ein paar Typen trugen eine Hornbrille, und alles in allem machten sie einen ungetrübten Eindruck. Ich fragte mich, ob ich eigentlich der einzige war, der sich an solch einem Ort mit Nebensächlichkeiten beschäftigte, ob ich da nicht eine Todsünde beging. Der Typ auf der Bühne kotzte hinter der Gitarre sein Innerstes aus. Es tat mir leid, ich konnte nichts dafür. Vielleicht war ein Romancier in einer Gesellschaft von Poeten so was Ähnliches wie der Stallbursche, der sich in den großen Schloßsaal verirrt, was wußte ich.

Bob war ein echter Fanatiker. Wenn man ihn so hörte, war die Poesie das einzig Wahre auf der Welt. Seine Frau hatte ihn verlassen, der Laden brachte nicht viel ein, mitunter fesselte ihn seine Leber ans Bett, doch was zählte das alles schon, fragte er uns, reichte nicht schon die Lektüre eines einzigen Haiku, um in den Himmel zu gelangen?

– Nehmt doch Bashó, nur zum Beispiel! präzisierte er, dabei klammerte er sich an den Tisch und fixierte uns mit seinen großen blauen Augen:

»Der alte Teich.
Ein Frosch hüpft hinein
Platsch!«

Na, was haltet ihr davon?

Seine Lippen zitterten immer noch.

– Der Diamant im Innern des Diamanten!!

Der Typ hatte einen gewissen Charme. Ich guckte ihn einen Moment lächelnd an, dann deutete ich mit dem Kinn auf Henri und fragte ihn, ob er wisse, wer das sei. Nein, er wußte es nicht, also sagte ich es ihm. Er wurde leichenblaß. Er starrte Henri eine Sekunde lang an, dann legte er den Kopf zurück.

– Nein... das glaub ich nicht...! murmelte er.

– Du kannst es mir glauben, versicherte ich ihm.

Er guckte uns erneut an. In seiner Verblüffung, die sich auf seinem Gesicht abzeichnete, schwang ein Unterton von Furcht mit, was völlig normal war. Ein Schriftsteller wie Henri, das ist 'ne Art Halbgott. Jedesmal, wenn ich einem großen Schriftsteller begegnet bin, habe ich eine Mischung aus Glück und Furcht verspürt. Man hat es nie leicht, wenn sich das Buch, das man in Händen hält, in ein geheiligtes Objekt verwandelt. Ich wußte sofort, was Bob empfand. Ich war angenehm überrascht, daß die in dieser Kante nicht ganz hinterm Mond waren.

– Verdammt, ich kann nicht mehr..., murmelte Bob und zielte mit der Flasche nach unseren Gläsern. Wer konnte so etwas schon ahnen...!!

Fast hätte ich ihm gesagt, er dürfe ihn ruhig anfassen, aber ich hielt mich zurück. Er war mir sympathisch, der Junge, da wollte ich ihm den Zauber lieber nicht nehmen. Ich war wahrhaftig meilenweit davon entfernt gewesen, mir träumen zu lassen, wie angenehm dieser Tag werden sollte. Ich hatte mich grundlos gequält. Ich sagte mir, paß auf, daß du mit den Jahren nicht bekloppt wirst, laß dir das 'ne Lehre sein. Bob schüttelte uns über den Tisch hinweg die Hände.

Eine halbe Stunde später kehrte Schweigen ein, und Henri zog ein Notizbuch aus seiner Tasche. Während er seine Lesebrille zurechtrückte, sprang ein Typ auf einen Tisch und richtete den Scheinwerfer auf seinen Schädel. Bob hielt sich seinen Bart mit beiden Händen. Wie er uns erklärt hatte, war er seit ewig Henris Bewunderer, sämtliche Bücher von ihm hatte er auf seinem Nachttisch liegen. Diese Begegnung hatte ihn erschüttert, ich hoffte, er würde nicht krank davon. Die Sperrstunde nahte. Eine ganze Horde von Leuten hatte sich um unseren Tisch geschart. Die Rauchwolke schwebte nur noch knapp über unseren Köpfen.

Danach wollten sie uns nicht mehr weglassen. Es war gegen ein Uhr, die Luft war kalt, und wir standen auf dem Bürgersteig, während Bob das Eisengitter runterrasseln ließ. Es war immer noch von Henris Lesung die Rede. Sie standen zu mehreren um ihn herum, und ich sah, wie er mit dem rotglimmenden Zigarrenstummel zwischen den Lippen nickte. Es ging darum, ob wir bei einem von ihnen noch ein letztes Glas trinken wollten, doch Bob drückte sich.

– Nein, das nicht, Jungs. Heute nicht, ich kann beim besten Willen nicht mehr!

Wir reichten uns die Hand. Er marschierte in die eine Richtung, wir mit der ganzen Bande in die andere, doch das war nicht weiter wichtig, wir waren ohnehin dazu berufen, uns wiederzusehen.

Am nächsten Morgen also fanden wir Gloria. Wir waren spät ins Bett gekommen, früh aufgestanden und hatten unsern Posten vor der Bibliothek wieder bezogen. Es war immer noch schön, aber kalt, und wir hatten uns in die Sonne verdrückt. Bis zu dem Moment, wo uns die beiden Typen anfielen, das heißt, bis die Alte genug davon hatte, uns unter ihren Fenstern rumschleichen zu sehen.

Sobald wir aus dem Büro des Rektors raus waren, schloß Henri

Gloria in die Arme. Die Halle war leer. Der Boden bestand aus einem Mosaik von fächerförmig angeordneten Fliesen in Weiß und Blau, er war von tadelloser Sauberkeit. Auf jede blaue Fliese kamen zwei weiße, wie man sich auch anstellte. Zum Schluß setzte ich mich in Bewegung und wartete unten auf sie.

Auf der anderen Straßenseite verkaufte ein Typ Apfelkrapfen. Ich ging rüber und kaufte ihm drei ab. Ich lehnte mich gegen einen Baum, um einen Krapfen zu essen, und behielt dabei das Tor im Auge. Schließlich verzog ich mich, und da ich nicht wußte, was ich sonst damit anfangen sollte, schlang ich die beiden anderen auch in mich hinein.

Ich ging eine ganze Weile. Ich suchte keine Erklärung für mein Verhalten, nein, mein Kopf war ziemlich leer. Ich verspürte bloß eine leichte Müdigkeit, die mit zunehmender Dauer weder verflog noch schlimmer wurde. Die Straßen waren ruhig. Ich wanderte ein wenig rastlos umher, aber das störte mich nicht, schließlich sollte das keine Stadtbesichtigung sein, also gab es auch nichts, was mich aufhielt. Bevor ich mir vor einer roten Ampel die Beine in den Bauch stand, bog ich lieber rechts um die Ecke, und wenn es mir paßte, ging ich halt den gleichen Weg wieder zurück. So daß ich zwei-, dreimal an Bobs Lokal vorbeikam. Er rief mich, als ich mit großen Schritten auf der anderen Straßenseite auf und ab lief. Im grellen Licht des Tages waren seine Haare feuerrot, zudem wirkte er gespannt wie ein Flitzebogen.

Ich trottete ihm nach, Richtung Theke. Ich setzte mich auf einen Hocker, während er zwei Gläser hervorholte und mir ein ums andere Mal erklärte, wie leid ihm das tue wegen gestern abend, wirklich, aber er sei kaum zu Hause gewesen, da habe er sich auch schon aufs Ohr gehauen. Ich spürte, er war nicht ganz auf der Höhe. Er wischte geistesabwesend über den Tresen und erzählte, das sei alles andere als ein Witz, die Geschäfte liefen in der Tat nicht berauschend, und so komme er nicht umhin, die Bude eigenhändig zu putzen, ha, ha, das säh zwar nach nichts aus, aber das könne ich ihm schon glauben, so was gehe einem schon ganz schön ins Kreuz, wenn man sich mit seinen einsneunzig über die Tische beugen müsse. Er lächelte, aber seine Augen schleuderten tragische Blicke, grau und silbern. Was den Tresen anging, da wienerte er in einem fort die gleiche Stelle. Ich drehte mich um. Niemand zu sehen. Als ich Bob wieder anguckte, biß er sich auf die Lippen. Ich schnappte mir mein Glas, um einem Blutvergießen zu entgehen.

– Na ja, dann auf dein Wohl, Bob! sagte ich.

Er trank seins in einem Zug aus und stellte es mit einem leisen Seufzer auf den Tisch zurück. Dann legte er die Hände flach auf die Theke, er senkte den Kopf und schüttelte ihn hin und her.

– Jetzt ist alles im Eimer...! murmelte er. Ja, jetzt ist alles endgültig im Eimer...!

Im nächsten Moment drehte er einen Wasserhahn auf und hielt den Kopf unter den Strahl. Die Unvermitteltheit, mit der er das tat, und seine mysteriösen Worte verblüfften mich gleichermaßen. Der Hahn rauschte, der Wasserstrahl zischte, die Tropfen spritzten auf den Boden. Er hing reglos darunter, schnaubte in regelmäßigen Abständen, weiß der Himmel, was er von mir erwartete, ich versuchte ihn zu verstehen und war zumindest ein wenig stutzig. Komm, sagte ich mir, du kennst den Typ doch nicht seit Adam und Eva, wie kommst du eigentlich darauf, daß dich das Ganze was angeht? Denn genau dieses Gefühl hatte ich, irgendwie, unbestimmt, und diese Intuition enthüllt nur von neuem die Hypersensibilität einer Schriftstellerseele.

Da sich die Situation in die Länge zu ziehen drohte und mich zudem total perplex machte, beugte ich mich über den Tresen und drehte das Wasser ab. Er richtete sich langsam wieder auf, die Haare klebten ihm auf der Stirn und an den Backen.

– Mensch, Bob, sag schon, was ist los?

Mit beiden Händen schob er die ganze rote Fuhre zurück. Sein Blick war finster, er biß die Kiefer zusammen. Kleine Rinnsale liefen ihm über den Hals, ein paar Tropfen fielen ihm auf die Schultern. Das Licht, das von draußen hereinfiel, überzog ihn wie eine glänzende Mütze. Bob war der reinste Kleiderschrank, aber so groß er auch sein mag, unter der Fuchtel des

Leids ist der Mensch von entmutigender Zerbrechlichkeit. Er war geschlagen, reif für den endgültigen Knockout.

– Ich war wie gelähmt..., murmelte er, als wäre er allein. Ich war wie gelähmt und hab meine Chance nicht genutzt... Ich war außerstande, mit ihm zu reden...!

Er kam hinter der Theke hervor und sank wie ein weidwundes Tier von einem Tisch nieder, er fuhr sich mit der Hand über die Stirn. Ich nahm mir mein Glas. Ich setzte mich zu ihm, während er in seinem Monolog fortfuhr:

– O nein, das hätte ich nicht geglaubt..., aber seine Augen haben mich durchbohrt, ganz genau, wie sie's mir gesagt hat. Sie hatte recht. Ich wollte ihr ja nicht glauben, ich hab gesagt, mein kleines Vögelchen, du übertreibst mal wieder, ich hab sie einfach in die Arme genommen und hab gesagt, mach dir keine Sorgen, ich red mit ihm, er ist dein Vater und ich werd ihm alles erklären... Ich hab gedacht, das ist doch alles ganz einfach... Mein Gott, was hab ich gemacht, was hab ich nur gemacht!! Er stand vor mir, er hat gelächelt, ich brauchte ihn bloß am Ärmel zu fassen und ihm mein Herz auszuschütten, er hätte mich schon verstanden... Herrgottnochmal, was soll jetzt aus mir werden...? Ich seh schon, ich hab alles vermasselt. Das wird er mir nie verzeihen, nie wird er einem Feigling seine Tochter geben! Und was war ich für ein erbärmlicher Feigling, ich hab mich gedrückt wie der letzte Waschlappen und die Klappe nicht aufbekommen... Wenn ich eine Tochter hätte, würde ich die etwa einem Typen wie mir überlassen? Nein, bestimmt nicht, nie im Leben würd ich das, wenigstens ein bißchen Mumm in den Knochen sollte er haben, nein, nein, mein lieber Bob, das geht nicht, sich erst auf dem Bauch verkriechen und dann den Himmel auf Erden verlangen... Dabei hat sie dich noch gewarnt! Sei auf der Hut, hat sie dir gesagt, aber du, du hast dich krank gelacht, du hast noch gefeixt, hör mal, mein Engel, wenn die Dicke da mit den roten Haaren ein Detektiv ist, dann bin ich der Kaiser von China, und selbst wenn das so wäre und dein Vater hier antanzen sollte, ich bin schließlich auch noch da, er wird uns schon nicht fressen... Ah, ich hör noch, wie mir diese Worte über die Lippen kommen! Was hab ich große Töne gespuckt! Bob, ehrlich gesagt biste'n ganz jämmerlicher Typ. Du siehst genau, was sie sich für 'ne Mühe gibt, die Spuren zu verwischen, aber deswegen machst du dir doch keine Sorgen, du denkst bloß daran, sie nicht zu verärgern, die Mädchen machen nun mal so komische Sachen... Jetzt siehste ja, was du davon hast, was ist dir von deiner herrlichen Selbstsicherheit geblieben...? Haste überhaupt noch die Kraft, einmal Piep zu machen? Diesmal biste am Boden, und zwar endgültig. Du hast keine Chance mehr. Deine letzte Hoffnung war, sie an den Schultern zu packen und offen mit ihr zu reden, ihr zu sagen, paß auf, Gloria, ich hab deinen Vater getroffen, aber ich hatte keinen Mut, ich hab ihm nichts gesagt... Aber du hast dich in deine Decke gerollt, hast das Licht ausgemacht, du armer Kotzbrocken, und bist selig eingeschlafen, bestens, du hast glatt noch Schlaf gefunden... Um Himmels willen, wo steckt sie jetzt bloß, was hab ich nur getan...?! Ich hätte verdient, in Ketten durch die Straßen geschleift und ohne einen Tropfen Wasser in der prallen Sonne ausgesetzt zu werden. Ich hätte verdient, daß man mich in den tiefsten Kerker würfe und in einer finsteren Ecke verkommen ließe, damit niemand mehr seinen Blick auf mich richtet, da ich es nicht wert bin...

Ich wartete nur darauf, daß er hinzufügte: »Verflucht sei der Tag, an dem ich geboren. Und die Nacht, in der es hieß: Ein Knabe ward gezeugt!«, aber er fiel in ein tiefes Schweigen. Ich stand auf, um meine Nase hinter die Theke zu stecken. Ich schnappte mir ein sauberes Geschirrtuch, drehte mich um und ging zu dem gefallenen Riesen zurück, ich legte ihm das karierte Tuch über den Kopf.

– Bob..., sagte ich.

– ...

– Bob... trockne dich lieber ab. Ich hab das Gefühl, die können jeden Augenblick reinkommen.

Er warf mir einen Blick zu, einen Blick voller Entsetzen.

– Naja, so ist das, fügte ich hinzu. Da kann man nichts

machen. Das ist meist ganz schön hart, wenn uns der Himmel die Gelegenheit zur Sühne gibt.

– Alle bebebebeide...??!! stotterte er.

– Hm..., heute vormittag waren sie noch zusammen. Als ich ging, lagen sie sich in den Armen.

Er war dermaßen verdattert, daß er mit dem Tuch auf dem Kopf in die Höhe fuhr. Man kam sich vor wie bei einer religiösen Feier, der Kommunikant rieb sich nervös die Hände. Er war gar kein übler Kerl, und trotz seiner Lebergeschichten machte er einen recht gesunden Eindruck. Es gibt Mädchen, die einem Typ Marke Holzfäller nicht widerstehen können.

– Wie, zusammen... zusammen... was soll das heißen...?? quakte er und sackte auf einen Stuhl.

– Ja, er hat sie in die Arme genommen. Und geküßt.

– Sie hat mir doch gesagt...

– Ja, die Sache ist unbegreiflich. Mach's wie ich, gib dir erst gar keine Mühe, da durchzublicken. Sieht aus, als ging alles glatt.

– Ogottogott! Ich fall gleich in Ohnmacht.

– Komm, trockne dich schon ab. Nimm dir mal das Ding vom Kopf.

Er rieb sich kraftlos über die Haare. Der Kampf hatte noch nicht angefangen, und er sah aus, als hätte er schon siebzehn oder achtzehn Runden hinter sich.

– Jetzt brauchen wir bloß noch auf sie zu warten. Zurück können wir nicht mehr. Ich hoffe, du zeigst dich als ganzer Kerl, Bob.

Das hätte ich ihm nicht sagen dürfen, ich machte ihn ein wenig wahnsinnig, wo er es doch schon war. Ich holte die Flasche Hochprozentiges. Ich legte ihm die Hand auf die Schulter. Seine Muskulatur war wie aus Stahl.

– Hab keine Angst. Ich kenn ihn. So schlimm ist er gar nicht. Und in letzter Zeit war er ganz gut gelaunt. Eins spricht trotz allem für dich, Bob, nämlich, daß du dermaßen poesiegeil bist.

– Was...? Ooohh..., er ist ja vielleicht auch der Größte von uns allen...!

– Keine Angst vor großen Worten, Bob. Um Worte scheren wir uns doch einen Dreck.

Ich klapperte die Kassetten durch. Ich fand ein Ding mit J. Cash und W. Nelson und zwei anderen Jungs. Das fing an mit einem melancholischen Walzer. Was Besseres konnte ich mir gar nicht wünschen, irgendwelche Typen, die ihre Wagen im Kreis aufstellen und sich nichts leisten konnten außer einem schlichten, melancholischen Walzer, dazu ein paar Frauen und ein großes Feuer, Typen, die abgehauen waren, um frei atmen zu können, und wir, wir konnten das nicht, wir verhedderten uns in unseren Problemen ohne die geringste Aussicht auf ein Eldorado. Ich mochte diese Musik. Sie versetzte uns in eine etwas eigenartige Stimmung. Ein paar Leute werden mich verstehen. Was den Rest angeht, da will ich versuchen, der Wahrheit nahezukommen, indem ich sage, daß wir neue Kraft schöpften.

Ich half ihm dabei, die Aschenbecher auszukippen und mit dem Besen unter die Tische zu gehen. Er erzählte mir in der Zeit, daß er sie liebte, was ich längst kapiert hatte, und daß es ihm nun egal sei, wenn er dabei draufgehe, sollten sie doch aus ihm machen, was sie wollten, diesmal werde er nicht davonlaufen. Und ich antwortete, das sei der rechte Weg. Und ob er da nicht ein wenig übertreibe, oder?

– Naja, da kennste aber Gloria schlecht...

Innerlich mußte ich lachen, als ich das hörte. Noch einer, der Betty nicht gekannt hatte, einer, der an ein Erdbeben glaubte, wenn ein Mädchen nur mal mit den Zähnen knirschte. Das war, als würde man einem, der gerade den Zweiten Weltkrieg hinter sich gebracht hat, was von 'nem abgebrochenen Fingernagel erzählen.

Er war gerade dabei, mir zu schildern, wie sie sich kennengelernt hatten, als die beiden zur Tür reinkamen. Das verschlug ihm die Sprache. Sie blieben mitten im Saal stehen, und es war ein reines Wunder, das keiner von uns seinen Besen fallen ließ. Sie lächelten nicht, aber wir lächelten auch nicht. Ich hatte das Gefühl, in irgendwas Weiches zu treiben, das jedoch total durcheinander war, warum nicht am Ende in eine Terrine mit

Aspik? Naja, trotz allem, irgendwann mußte sich mal einer von uns zu was durchringen. Dieses Schweigen zu brechen, das war dasselbe als wollte man das Packeis mit einem Taschenmesser angehen. Dennoch, ich warf ihr einen Blick zu, ich kniff die Augen zusammen.

– He, wie lang ist das jetzt schon her? fragte ich sie und packte mich am Nacken.

– Sechs Monate, siebenundzwanzig Tage, antwortete sie.

Ich analysierte das geringfügigste Zucken ihrer Lider, jedes Wort samt Tonfall. Eine scharfe Antwort, aber ihre Stimme war ruhig geblieben, und was ich ihrem Gesicht entnehmen konnte, war weder gut noch schlecht. Ich wußte nicht so recht, was ich davon halten sollte. Henri nahm sich einen Stuhl und setzte sich. Ihm, ihm sah ich an, daß er nervös war, aber mehr auch nicht, ich merkte, von der Seite war nichts Schlimmes zu befürchten. Bob klammerte sich weiter an seinen Besen.

– Du hast uns gefehlt, sagte ich leise, ich freu mich, dich zu sehen...

Sie deutete ein Lächeln an, doch im nächsten Moment guckte sie weg. Ich hatte das Gefühl, als hätte man mir was Süßes aus dem Mund gestohlen.

Heute, im Licht der Ereignisse, muß ich zugeben, daß sie mir gegenüber mit offenen Karten gespielt hat. Dieses Lächeln, das sie bewußt abgebrochen hatte, hatte ihre Absichten ein für alle Mal zu erkennen gegeben. Ich kriegte es nur nicht mit. Ich dachte, jetzt drehe sich erst mal alles um den armen Bob, vielleicht würde ich hinterher an ein wirkliches Lächeln kommen, das würden wir dann ja sehen. Außerdem guckte ihn Henri jetzt nickend an, dann wandte er sich an Gloria:

– Soso, das ist er also... Komisch, ich hab das Gefühl, ich hab den irgendwo schon mal gesehn...!

– Hören Sie, Monsieur, ich werd Ihnen alles erklären! ließ sich Bob in flehendem Tonfall vernehmen.

– Wie... du kennst meinen Vater schon...?! fragte ihn Gloria spöttisch.

– Liebling, ich erklär dir alles..., stieß der arme Kerl hervor.

Also ich, ich hätte nicht in seiner Haut stecken mögen. Die Situation war dermaßen peinlich für ihn, daß er ein paar Zentimeter eingelaufen war. Wenn er sich noch was anstrengte, konnte er endlich in den sprichwörtlichen Boden versinken.

Die ganze Sache brach ziemlich ungerechterweise auf ihn ein. Sicher, er war groß und stark, er hatte die richtige Figur, so was wegzustecken, aber er mußte für die Vergangenheit büßen, eine Vergangenheit, in die er sein Leben lang keinen Fuß gesetzt hatte. Durften wir ihn dann in die Knie zwingen und ihm zumuten, unsere Wunden zu lecken? fragte ich mich in einem Anflug von Euphorie. Das ging ein bißchen zu weit, fand ich.

Henri musterte ihn von oben bis unten. Gloria bedachte ihn mit einem eisigen Blick. Und der arme Bob, mit einer Grimasse flehte er mich unverkennbar an, ihm den Rest zu geben. Ich ging auf Gloria zu. Ich legte ihr den Arm um die Schultern und schleppte sie, ohne stehenzubleiben, zur Tür.

– Wir sind gleich wieder da, rief ich in die Kulisse. Wir kaufen nur ein paar Zigaretten...!

Für ein paar Sekunden glich die Welt einem gähnenden schwarzen Loch, und was ich mitbekam, war allein, daß Gloria meinen Arm nicht zurückstieß, daß sie sich nicht versteifte und daß sie lebendig war, ich könnte noch hinzufügen, handwarm und wohlriechend. Draußen auf dem Bürgersteig riß ich begeistert die Augen auf. Sie lächelte nicht richtig, denn ein Mädchen verzeiht einem nie alles auf einmal, und ich werd meine Zeit nicht mehr damit vergeuden, alles verstehen zu wollen, ich war vierzig Jahre alt, ich hob sie in meine Arme. Ich wollte mich mit ihr einmal um meine eigene Achse drehen, aber sie meinte, he, paß auf, dabei lachte sie, du zerquetschst mich noch.

Ich setzte sie wieder ab. Dieser kurze Augenblick hatte mir ein unverhofftes Glück verschafft. In dem Moment, wo ich durch die Tür getreten war, hatte mich der Blitz getroffen, und innerlich zitterte ich immer noch. Sie in meine Arme gedrückt zu haben, machte mich vor Freude fast verrückt, und offen gestanden war ich darauf gar nicht gefaßt. Doch so vergaß ich erst recht den unangenehmen Eindruck, den ich zunächst gehabt hatte.

Diese verflixte Gloria...! Ich faßte sie an den Fingerspitzen, um sie zu bestaunen, um ihren wunderbaren Bauch zu sehen. Wir hatten ja doch ein paar verflixt gute Momente miteinander verbracht, es gab so einiges, was uns verband. Und so was ist verdammt selten, das kann man an den Fingern einer Hand abzählen. Ich frag mich überdies, ob das eines Tages wieder vorkommen wird, aber da hab ich wenig Hoffnung, jedenfalls sollte es mich wundern, manchmal hab ich das Gefühl, in der Richtung bin ich längst satt. So viel Platz ist da auch nicht, vielleicht für fünf, sechs Personen, wenn man sie ein wenig zusammenquetscht, aber vielleicht ist das auch schon das Ende, vielleicht ist das Herz danach verschrumpelt wie eine alte Feige, und es schließt sich endgültig. Kurz und gut, 'ne ganze Menge angenehmer Dinge stieg dabei auf, und dieser Bürgersteig paßte mir wie angegossen. Und es gelang mir, ihr ein Lächeln zu entlocken. Ich kenne einen, der war in einer bestechenden Form.

»Sag mal, was haste dir eigentlich davon versprochen, uns diesen Scheiß mit den Klamotten aufzutischen?« fragte ich sie ein wenig später, als wir uns hinter der Fensterscheibe einer Eisdiele aufwärmten, zwei Super-Stromboli vor uns.

Mir war danach, dieses Wiedersehen mit einem Sahneschleier zu überziehen, der einen ein wenig blendet, um dem Ganzen einen feierlichen Anstrich zu verleihen.

– Warum haste dich ausgezogen? Weißt du, wir sind vor Schiß bald gestorben, wir haben gedacht, du bist an einen dieser Verrückten geraten...

Sie tunkte ein kleines, dreieckiges Plätzchen in eine Flanke des Stromboli und guckte mich mit funkelnden Augen an:

– Ich wollte vermeiden, daß ihr mich wieder einholt, sagte sie mit tonloser Stimme. Ich wollte, daß ihr meinetwegen weint!

Ich schüttelte den Kopf und lachte:

– Du bist doch total bescheuert..., sagte ich zu ihr. Also ehrlich, das gibt's doch nicht... Was haste dir denn dabei gedacht?

Wenn das überhaupt ging, war ihr Blick noch stechender

geworden, es sei denn, das war die Sonne oder irgendein gut gezielter Reflex.

– Ausgerechnet du fragst mich das?

Ich warf mich zurück, federte aber sogleich wieder nach vorn. Hatte ich nicht gesagt, ich sei in Form, von tiefer Freude erfüllt, und man müsse mich schon wie einen Diamanten bearbeiten, um mich zu erledigen? Ich hatte vor nichts Angst. Ihren stählernen Blick, den zerlegte ich in Streichhölzer.

– Eh, willst du uns diese Sache etwa schon wieder unter die Nase reiben...?! Erstens lauscht man nicht an der Tür, und zweitens ist das nicht wieder vorgekommen, wenn du's wissen willst. Sprechen wir lieber von was anderem, wenn du so nett sein willst.

Sie zögerte einen Moment, dann warf sie ihre Haare über die Schultern und steckte die Nase in den Eisbecher.

– He... Gloria..., fügte ich hinzu. Brächtest du's übers Herz, uns einen solchen Augenblick zu verderben...?

Zwei Dinge haben Bob meines Erachtens gerettet. Zum einen war er kein Gebrauchtwagenhändler, sonst hätte ihn Henri so oder so umgebracht. Zum andern, und das haute mich glatt um, war er bereit, seine Koffer zu packen und sich mit Gloria ganz in unserer Nähe niederzulassen. Hatte ich recht verstanden? Ich war davon überzeugt, daß er da einen fürchterlichen Bockmist baute, aber ich stand neben ihm, ich war dabei, als er Henri erklärte, daß ihn hier nichts zurückhalte, ob nun hier oder woanders, das sei ihm vollkommen egal. Das war nun wirklich das Letzte! Für mich gab es da nicht den leisesten Zweifel, wenn das in dem Tempo weiterging, dann gehörte uns bald die ganze Stadt oder zumindest die Straße. Ich wußte nicht, ob ich mir in die Hände klatschen oder die Haare ausreißen sollte. Das war so ungeheuerlich, daß ich es vorzog, gar nichts zu sagen. Es hätte ja doch zu nichts geführt. Meistens ist es sinnvoller, sich zu setzen und den Mund zu halten.

– Was soll 'n der Quatsch? fragte ich Bob, als ich ihn einen Moment unter vier Augen erwischte. Weißt du, ich glaub, es hat ganz den Anschein, als wolltest dir unbedingt die Finger verbrennen, das sieht mir schwer danach aus. Ich an deiner Stelle hätte mir Gloria gepackt und wäre mit ihr in die nächste Maschine nach Übersee gesprungen.

Er zog an seiner Unterlippe, zuckte mit den Schultern.

– Naja, ich weiß nicht... Hmm... Sie fühlte sich hier nicht ganz wohl. Wir wollten auf alle Fälle los. Und wenn sie bei ihrem Vater sein will, na schön, warum nicht...?

– Also weißt du, ich glaube nicht, daß sie gerade das sucht, den Eindruck hab ich nicht. Ich kenn sie ein bißchen, weißt du...

– Aha... Und du weißt also, was sie will...?

– Vorsicht, leg mir nicht Sachen in den Mund, die ich nicht gesagt hab. Und im übrigen, hat sie etwa danach gefragt? Hat sie dir gesagt, ich will zurück zu meinem Vater, ich brauch meinen Papi...??

– Nein... So nicht... Das ist kompliziert..., aber ich hab' das Gefühl...

– Ach was, da bist du auf dem Holzweg! fiel ich ihm ins Wort. Glaub mir, Bob, da bist du ganz schwer auf dem Holzweg. Ich weiß haargenau, daß das mit den beiden kein Zuckerschlecken ist. Er hat sie ganz allein großgezogen, weißt du, und er ist schon ein komischer Kauz. Du bist groß genug, um dir vorstellen zu können, wie sehr die beiden aneinander hängen, das ist doch sonnenklar. Aber ich kann dir sagen, was Gloria braucht. In einem fort auszureißen, das braucht sie, und deshalb versteh ich rein gar nichts mehr, denn ich garantier dir, das hat sie schon längst geschnallt. Wozu also dieser verdammte Scheiß, von wegen sie will sich wieder an die Rockzipfel ihres Vaters klemmen? Nimm dich in acht, Bob, manchmal meint man, man hat die richtige Lösung gefunden, und am Ende fliegt man voll auf die Schnauze...

Wir waren bei ihm. Angenehm schlampig das Ganze, an der Klotür hing ein Foto von Blaise Cendrars, was ich allerdings weniger schätzte. Wir waren unter uns, Henri und Gloria waren einkaufen gegangen. Er hatte mir seinen bequemsten Sessel angeboten und hing mir gegenüber mit einer Hinterbacke auf der

Tischkante, seine Haare feierten ein letztes Fest im Licht der untergehenden Sonne. Die Abende waren zur Zeit großartig, ich möchte jenes weiche Licht nicht missen, mit dem mich diese weit entfernte Sonne beehrte. Meine Antwort hatte ihn verstummen lassen, er starrte auf seine Fußspitzen. Sein Mund ging mehrmals auf und zu, bevor er sich einen Ruck gab. Er sah mich nicht, aber ich warf ihm einen fiebrigen Blick zu.

– Na ja... keine Ahnung... ich weiß nicht, erklärte er mir endlich. Ich hab das Gefühl, sie wird nicht nein sagen, nein, ich glaub nicht, daß ich mich da irre... Hmm, ich weiß, ich könnte sehr glücklich mit ihr sein, aber ihr fehlt etwas, das ich ihr nicht geben kann. Ich wünschte, ich käme eines schönen Tages mal dahinter... Zudem, Henri macht nicht den Eindruck, als ob ihm das mißfiele.

– Du verblüffst mich...! knirschte ich. Aber kümmer dich nicht um Henri. Kümmer dich lieber um euch zwei und um das Balg, das ihr bald am Hals habt!

Er guckte mich seelenruhig an. Dieser Typ hatte anscheinend nicht die Spur von Charakterschwäche.

– Man sollte meinen, die Sache ärgert dich persönlich...

Ich schlug mir auf die Schenkel und lächelte ihn böse an:

– Scheiße, wie kommst du denn darauf...??!! Ich bin doch nicht derjenige, der mit ihr zusammenleben muß. Ich bin weder ihr Vater noch ihre Mutter. Ich, ich hab mit der ganzen Sache nicht das Geringste zu tun. Ich sag das nur zu deinem Besten, Bob, und damit hat es sich auch schon. Von mir aus könnt ihr direkt nebenan einziehen oder ein Zelt in meinem Garten aufschlagen, ich hab nichts dagegen. Aber ich sag's dir noch einmal, Bob, und zwar in aller Deutlichkeit. Du bist drauf und dran, dir die Eier in 'nen Schraubstock zu klemmen!

Nun gut, die Nacht hüllte das Zimmer allmählich in Dunkelheit. Wir hörten Schritte im Treppenhaus. Also fügten wir dem nichts mehr hinzu. Ich fuhr mir mit der Hand durch die Haare, während sich Bob über den Bart strich. Er schüttelte den Kopf, seine Augen waren glasig. Gab es in dieser elenden Bude eigentlich auch was zu trinken?

14

Eines Morgens wachten wir unter fünfzig Zentimeter Schnee auf. Keiner von uns hatte sowas schon mal gesehn, und es herrschte eine Kälte, daß einem die Ohren abfroren. Die Straße war verschwunden. Das störte mich nicht im geringsten, ganz im Gegenteil. Fast hätte ich den Hörer abgehoben, um ihnen mitzuteilen, die Stadt sei von der Außenwelt abgeschnitten, es tue mir furchtbar leid, aber ich entschloß mich, noch ein wenig zu warten. Meine Maschine ging erst gegen Mittag.

Was mich daran ankotzte, war nicht der Flug, sondern das, was mich nach der Landung erwartete. Mein Verleger, Walter Dogelski, hatte mich gebeten, die Lage zu sondieren. Wollte ich Bücher verkaufen oder nicht? Wollte ich, daß mir ein Scheck regelmäßig ins Haus flatterte? War ich bereit, mich ein klein wenig anzustrengen? Sicher, bisher war es mir so ziemlich gelungen, in Deckung zu bleiben, die Geheimnistuerei machte sich bezahlt, und ich brauchte mir keine große Mühe zu geben.

– Hören Sie, hatte er mir gesagt, ich will Sie nicht zwingen, ich will Ihnen auch nichts aufhalsen, was Ihnen nicht paßt. Denken Sie darüber nach und rufen Sie mich zurück.

– Es ist so ... Zur Zeit arbeite ich, das paßt mir nicht in den Kram ... Da komm ich aus dem Rhythmus ...

– Ja, ich verstehe ... Schon gut, reden wir nicht mehr davon.

– Verstehen Sie ... Wenn ich jetzt alles liegen- und stehenlasse ...

– Schon gut. Das wäre zwar nur eine Sache von ein paar Stunden, aber Sie haben recht. Einzig und allein Ihre Arbeit zählt. Denken Sie nicht mehr daran.

Ich hatte ihn zurückgerufen. Ich hatte keine Lust mehr, in finanziellen Schwierigkeiten zu stecken. Seit über zwanzig Jahren rannte ich der Kohle hinterher, und der Reiz dieser wahnsinnigen Hetze hatte sich ein für alle Mal erschöpft, ich wollte in Ruhe alt werden. Ich hatte ihn zurückgerufen, um ihn nach dem

Termin zu fragen. Er hatte die Gelegenheit genutzt, mir zu versichern:

– Sie werden sehen, das Geld wird schnell zu einer Quelle von Ärgernissen. Und alles in allem ist der Erfolg enttäuschend.

Ich war mir da nicht so sicher. Ich glaube, man sollte keine Wunder erwarten.

Gegen zehn Uhr hörte ich Lärm auf der Straße. Henri war gerade dabei, mir zu erzählen, Bob habe angerufen, als ich im Bad gewesen sei, es gehe wohl alles klar, er hoffe, bald kommen zu können. Ich sagte, das ist ja prima, dabei stand ich auf und stellte mich ans Fenster. Vom oberen Ende der Straße rückten zwei schwere Brummer heran, und ein paar Typen in Orange schippten den Schnee zur Seite. »Schade«, meinte ich. »Sie hätten ihn ruhig noch was lassen können...«

Ich ging also in die Luft, aber das Flugzeug war kaputt, eiskalte Luft zog mir durch die Beine. Selbst die Stewardess verstand nicht, wieso. Ich versuchte, einen Gin-Tonic bei ihr abzustauben, aber es nutzte alles nichts, ich mußte ihn bezahlen und mir den halben Flug lang die Beine reiben. Das Land hinter meinem Rundfenster war total weiß, übersät mit Nebelschwaden und glitzernden Wasserspiegeln.

Ich winkte niemandem zu, als ich das Flugzeug verließ. Walter Dogelski wartete auf mich in der Halle. Ich mußte daran denken, daß Betty und ich ein paar Jahre vorher auf der Ladefläche eines Lieferwagens in diese Stadt gekommen waren, und damals hatte niemand auf uns gewartet, niemand hatte sich um uns gekümmert. Das schien mir weit weg, ungewöhnlich weit weg.

Ich gelangte erst gegen elf Uhr abends wieder in Freiheit. Ich war total ausgelaugt. Als ich das Restaurant verließ, schüttelte ich eine Unmenge Hände, ich nuschelte noch ein paar Worte, aber ich kann nur wiederholen, ich war fix und alle. Ich glaube, ich hatte in meinem ganzen Leben noch nicht so viel geredet, und Spaß machte mir das überhaupt keinen. Ich hatte das Gefühl, wenn mir das ganze Theater Kohle einbringen sollte, dann hatte ich sie mir redlich verdient.

Ich stand noch ein paar Augenblicke auf dem Bürgersteig, Hand in Hand mit Walter Dogelski. Das war in der Tat der einzige einigermaßen erträgliche Moment des ganzen Tages.

Drei Interviews und eine Fernsehsendung hatte ich nacheinander absolviert, das Ganze zwischen zwei Mahlzeiten, bei denen ich nicht einen Bissen zu mir nehmen konnte, ohne daß von links und rechts irgendwelche Fragen auf mich einprasselten.

– Es könnte sein, daß das ein bißchen eng wird ..., hatte mich W. D. gewarnt. Aber Sie sind jetzt fast ein Jahr nicht mehr hier gewesen, und glauben Sie mir, ich habe noch Leute abwimmeln müssen ... Sind Sie sicher, daß Sie nicht wenigstens zwei Tage bleiben können ...?

– Nein, unmöglich, hatte ich ihm geantwortet, ich hab viel zu tun. Nur zu, packen Sie mir den Tag ruhig so voll, wie's geht!

Es gab Momente, zum Beispiel, wenn man mich gerade fragte, wann ich angefangen hatte zu schreiben oder was ich vom nouveau roman hielt, da zuckte ein amüsiertes Lächeln über sein Gesicht, oder aber er verzog sich ans Fenster und wartete auf weiß der Himmel was, vielleicht darauf, endlich nach Hause zu können. Da war er nicht der einzige. Dieses geistige Herumstrampeln traf mich um so härter, als ich über meine Bücher und die meisten Dinge im allgemeinen nichts zu sagen hatte. Alle zehn Minuten guckte ich auf die Uhr. Wir vergeudeten bloß unsere Zeit. Doch der Absatz meiner Bücher kletterte unerklärlicherweise immer mehr in die Höhe, und jeder von uns tat bloß seine Arbeit. An solchen Tagen denke ich immer, die hören nie auf.

Ich trottete über den Bürgersteig davon, bog um die erste Ecke und blieb stehen. Ich mochte diese Stadt ganz entschieden nicht. Weit und breit war keine Bank zu sehen, auf die ich mich hätte setzen können. Es war lausig kalt. Ich machte mir eine Zigarette an, und ich fragte mich, soll ich zu ihnen oder soll ich nicht? Es war Montag. Montags arbeiteten sie nicht. Drei Jahre war das schon her, daß wir uns nicht mehr gesehen hatten, wahrhaftig drei Jahre, und ich wußte auch nicht, was uns auseinandergebracht hatte, na ja, es war wohl das Leben.

Ich meinte Eddie, wen sonst, und Lisa, Bettys Schwester. Fünf, sechs Anrufe in drei Jahren. Ich wußte, im Grunde hatte sich zwischen uns nichts geändert, tief im Innersten. Dennoch mußte ich mir die Sache überlegen. Jedesmal, wenn ich in die Gegend gekommen war, hatte ich mich darum gedrückt, und nicht wegen der Erinnerungen, sondern weil ein ganzer Teil meines Lebens zusammengebrochen war und all die, die ich damals gekannt hatte, jetzt einer anderen Welt angehörten. Ich hatte die beiden verflixt gern, wir waren ein ordentliches Stück Weg gemeinsam gegangen. Es hatte 'ne Weile gedauert, bis mir klar wurde, daß das alles nicht so einfach war. Ich hätte sie liebend gern in meine Arme gedrückt, aber ich hatte keine so große Lust, sie zu sehen. Vielleicht war es auch eher umgekehrt. Naja, jedenfalls war das alles äußerst heikel, ich konnte mir die Sache nicht ganz erklären. Vielleicht lag das an der anderen Welt. Eddie und ich bezeichneten uns am Telefon weiterhin als Wichser, wir sagten uns, das ist ja nicht zu fassen, noch einen Winter lassen wir nicht ins Land gehen, meine Güte, aber du weißt ja, wie das Leben so spielt, die Tage vergehen, und du sagst dir, du mußt unbedingt das Dach reparieren, bevor der Regen kommt, und am Ende stehste wieder mit den Füßen im Wasser und stellst fest, der Himmel ist dir einmal mehr auf den Kopf gefallen.

Hier pfiff einem die Kälte nicht offen ins Gesicht, nein, sie kroch einem heimtückisch unter die Haut, und dann ließ sie einen nicht mehr los. Ich blies mir ein wenig in die Hände. Auf dem Bürgersteig war nicht viel los, ein paar eilige Passanten, blaue Blitze, die Kisten auf der Straße waren vollbesetzt, die Scheiben beschlagen. Ich hielt ein Taxi an. Es wird darum gebeten, das Rauchen zu unterlassen, stand darin. Auch wenn ich mir mit vierzig von niemandem mehr Vorschriften machen ließ, steckte ich mein Päckchen wieder in die Tasche. Der Kerl hatte eine aschgraue Haut. Was soll ich ihm groß auf die Eier gehen, sagte ich mir, warum soll ich ihn auf den Gedanken bringen, mir läge was daran, daß er sich die Lunge aus dem Hals kotzt?

Ich redete auf der ganzen Fahrt kein einziges Wort, um ihm keine Bakterien auf den Hals zu hetzen. Ich stieg aus in die eisige Kälte, wickelte mich in meinen Schal, während der Typ wieder losfuhr, und musterte das Haus auf der gegenüberliegenden Straßenseite. Anscheinend war alles wie früher. Im Erdgeschoß brannte Licht. Ich war noch ganz überrascht, daß ich mich endlich dazu durchgerungen hatte.

Ich trat ein, ohne anzuklopfen. Klar doch, daß sie der Schlag traf, kein Kunststück. Lisa stand auf dem Sofa und schmückte einen Teil der Wand mit einer großen Stoffblume. Eddie hing über seinen Rechnungen. Bongo fing unter dem Tisch an zu knurren, dann sprang er auf und rieb sich an meinen Beinen. Ich packte ihn an seinen Hängebacken.

– Na, wie geht's dir? fragte ich ihn.

Lisa jaulte auf, so schien es mir, Eddie wunderte sich freimütig:

– Ach du Scheiße, kam es ihm über die Lippen.

– Wie geht's euch dreien denn so...? fragte ich weiter und hockte mich vor Bongo hin.

Ich kam gerade noch rechtzeitig wieder hoch, um in jedem Arm eine Person aufzufangen. Lisa bekam vor Aufregung glänzende Augen. Eddie und ich, wir klopften uns 'ne ganze Weile gegenseitig auf die Schultern, nachdem wir uns alle drei ausgiebig zur Begrüßung geküßt hatten. Unmöglich, auch nur einen einzigen ganzen Satz hinzukriegen, wir hatten uns nichts Interessantes zu sagen, nichts als das ewige »Laß dich mal ansehen« und ein paar Olalas oder auch Heilige Strohsäcke. Am meisten wühlte es mich auf, daß ich ihren Geruch wiederentdeckte. Das, das war was. Auch um Bongo mußte ich mich kümmern, er legte mir die Vorderpfoten auf die Schultern, und ich durfte mit ihm rumtollen. Danach, immerhin hatte ich einen schweren Tag hinter mir, hatte ich nur noch den einen Wunsch, möglichst schnell in einen Sessel zu fallen.

Wir brauchten uns keine traurigen Geschichten zu erzählen, die Neuigkeiten, die wir hatten, waren ziemlich angenehm. Wir quatschten 'ne Zeitlang miteinander, und manchmal lachten wir

Tränen. Ich bereute nicht, daß ich gekommen war. Es war alles nur zu schön. Das einzige, was mich ein wenig störte, war, daß sie ganz einfach ihr Leben weitergeführt hatten. Tja, und was war aus diesem Typ geworden, den sie gekannt hatten, der mit ihnen in dieser Bude gehaust hatte, der mit Betty zusammenlebte? Ich wußte, daß es ihn nicht mehr gab, und ich war der einzige, der das wußte. Ich ähnelte ihm, ich kannte seine Geschichte in allen Einzelheiten, aber dieser Typ war nicht ich. Er war ein für alle Mal gestorben. Ich, ich hatte überhaupt nichts weitergeführt. Das war jedenfalls mein Eindruck.

– Sag mal, weißt du, daß deine Bücher überall zu sehen sind...? Alter Schweinehund, du bist ein richtiger Star geworden!

– Hm, sieht aus, als ginge es langsam los.

– Weißt du, ich les ja sonst nicht viel. Aber Lisa kann's dir bestätigen, ich hab ganze Nächte darüber gehangen!

– Das freut mich, Eddie. Wirklich.

– Und du bist immer noch allein? Haste immer noch keine Freundin...

Ich blickte Lisa an, sie guckte mit gerührtem Gesichtsausdruck zurück. Eddie sah sich das Spiel an. Er reichte ihr eine Hand und zog sie auf seine Knie.

– Na, was ist? fragte er mich grinsend.

Ich beugte mich vor, um nach meinem Eisenkrauttee zu langen. Eddie trank angeblich jeden Abend einen halben Liter davon, er komme von dem Zeug gar nicht mehr los, hatte er mir erklärt.

– Nein, sagte ich. Ich hab keine Freundin.

Er versetzte dem Sofa einen kräftigen Schlag mit der flachen Hand, eine kleine Staubwolke stieg im nächsten Moment auf.

– Verdammtnochmal...! knurrte er. Kannste mir mal verraten, was der Quatsch soll...? Das macht einen ja krank, wenn man so was hört, also ehrlich. Bist du eigentlich vollkommen bescheuert, oder was ist?! Wie willste denn klarkommen, wenn du niemanden hast, den du lieben kannst, wenn da keine ist, auf die du dich mal stützen kannst, bei der du deinen ganzen Ärger loswirst...? Scheiße, was meinst du denn, was ich ohne Lisa anfangen würde? Sonst gibt's doch nichts, was die Mühe wert ist, wenn man sich die Sache so recht überlegt. Alles andere ist doch nur Stuß. Das ist nicht normal, ohne Frau zu leben, ich weiß nicht, das ist dasselbe, als wenn man sich in Grießbrei abstrampelt...

– Ich liebe deine Bilder, Eddie. Du bist dabei, uns diesen Abend zu verzaubern.

Ich legte meine Hand auf Lisas Knie, es war zart und glatt wie ein Glaspantoffel, ganz in Nylon, angenehm warm und lebendig. Ich produzierte ein Geräusch mit den Lippen.

– Hmm... vielleicht können wir ja auch über was anderes sprechen, was haltet ihr davon...?

– Einverstanden... Aber tu dir meinetwegen keinen Zwang an, antwortete Lisa. Betty hätte bestimmt gewollt, daß du glücklich bist. Wenn du eine findest, werde ich sie mit offenen Armen empfangen.

Sie hatte das nicht in einem Ton gesagt, der einen zu Tränen rührte, sondern ganz schlicht, ohne jedwedes Getue. Die natürlichste Sache der Welt.

– Aber ja doch... Ich hoffe, zumindest das weiß er, brummelte Eddie. Mag ja sein, daß der Kerl Bücher schreibt, aber besonders schlau stellt er sich nicht an...!

Ich kippte ein wenig Bourbon in meinen Eisenkrauttee. Ich zog mir die Stiefel aus und zwängte mich quer in meinen Sessel.

– Was hab ich denn eigentlich an mir? fragte ich ihn und starrte auf meine Knie. Bin ich gelb im Gesicht, seh ich krank aus, hab ich gesagt, daß irgendwas nicht stimmt?

– He, worauf warteste noch, bis du dich mal aufraffst? flüsterte Eddie quer über den Tisch, dabei warf er mir einen stechenden Blick zu. Besonders glücklich siehst du mir nicht aus, wenn du's genau wissen willst...

Anständigerweise dachte ich kurz darüber nach. Ich fand, die beiden machten sich unnötig Gedanken, ich war nicht unglücklich. Das Schlimmste war diese Fernsehsendung gewesen, zumal ich scharfe und empfindliche Augen habe und in dem grellen

Licht wahre Höllenqualen hatte ausstehen müssen. Es mochte ja sein, daß ich ein wenig abgespannt aussah, daß mein Gesicht nicht gerade leuchtete, aber ich hatte einen wahren Dreckstag hinter mir, das durfte man nicht übersehen. Dieses literarische Gequatsche zwang einen im Handumdrehen in die Knie. Ich schenkte ihm also mein strahlendstes Lächeln.

– Nein, Eddie, du irrst dich. Mir geht's wirklich gut. Aber weißt du, das mit den Büchern, das macht mir mehr Sorgen als alles andere. Und wenn du erst mal ernstlich anfängst zu schreiben, dann weitet sich das am Ende zu 'ner wahren Drecksarbeit aus, und nichts anderes steht mir im Gesicht geschrieben. Nein, nein, Eddie, wenn mir was das Blut aus den Adern saugt, dann sind das meine Bücher.

Er senkte den Kopf, ohne die Hand von Lisas Hüfte zu nehmen.

– Du bist sowas von unaufrichtig, seufzte er. Das ist schon nicht mehr feierlich...

Lisa lachte und stand auf.

– Komm, laß ihn in Ruhe. Sonst sehn wir ihn nie wieder.

Wir beschlossen, noch ein Glas zu trinken, um auf unser Wiedersehen anzustoßen und uns vorzunehmen, sowas solle uns nie wieder passieren. Es hieß, ich ginge in letzter Zeit wieder unter Leute, das war verdammt gut. Eddie hatte seine fixe Idee anscheinend aufgegeben. Er holte ein Album hervor mit lauter Zeitungsausschnitten, die mich betrafen.

– Weißt du, es sollte mich wundern, wenn mir einer durch die Lappen gegangen ist. Ich bin bald der beste Freund des Zeitungsmannes.

Er hatte mir nichts vorgeschwindelt, es waren sogar ein paar Artikel dabei, die ich selbst noch nicht gelesen hatte. Ich blätterte das Ding durch, dabei guckte er mir die ganze Zeit mit zusammengekniffenen Augen über die Schulter. Ich klappte das Album behutsam wieder zu.

– Sag mal, wenn ich recht sehe, verwahrst du nur die guten...?!

Er richtete sich auf und suchte nach seinem Glas.

– Naja … das kann man wie ein Fotoalbum sehen, erklärte er mir. Ich wüßte nicht, warum ich Bilder sammeln sollte, die nichts geworden sind. Ich hab da drin Leute, die sagen, daß du 'n großer Schriftsteller bist, und was anderes will ich gar nicht hören. Und die Artikel von diesem Fritzen da …

– Dingsbums, fiel ich ihm ins Wort.

– Ja, Dingsbums und Konsorten … Warum sollte ich meine Zeit damit vertrödeln, den ganzen Mist aufzubewahren, den die verzapfen? Ich hab dieses Album einzig und allein zu meinem Vergnügen … Nebenbei gesagt, ich versteh nicht, was der Typ eigentlich gegen dich hat. Man sollte meinen, der versucht dich glattweg kaltzumachen.

– Ach was … Wir haben bloß nicht die gleiche Auffassung von Literatur. Weißt du, ich bin mir durchaus bewußt, daß ich nicht auf einhellige Zustimmung stoße, und ich glaub auch nicht, daß sich das eines Tages ändert. Ich bedauere das zutiefst, Eddie, ich hätte mir gewünscht, die ganze Welt auf meiner Seite zu haben.

Es geschahen merkwürdige Dinge zu Hause, während ich mich in der Stadt austobte. Gloria steckte ihr Zimmer in Brand, und es fehlte nicht viel, und Henri hätte die Feuerwehr rufen müssen. Ich sollte das alles am nächsten Morgen erfahren, als ich mit einem dicken Kopf im strömenden Regen aus dem Flugzeug taumelte. Wir bestellten uns zwei Grog an der Bar, Henri und ich, und er hatte Zeit genug, mir die ganze Geschichte zu erzählen, bevor wir uns in den Wagen setzten. Sie habe es fertiggebracht, mit einer brennenden Zigarette einzuschlafen, nicht mehr und nicht weniger. Die Bettdecke sei angesengt, der Teppich und ein Teil des Federbetts, und auch ihre Haare seien angesengt, und zwar die ganze Seite. Ganz zu schweigen von der Putzerei, die sie sich aufgehalst hätten. Ich fand, er roch immer noch nach Rauch. Er fuhr sich mit der Hand über die Stirn. Kein Wunder, bei so aschgrauen Haaren!

Als ich sie sah, sagte ich nichts Unfreundliches. Früher, als wir zu dritt in der Bude wohnten, hatte ich zu ihr ein sehr direktes

Verhältnis. Damals hielt ich sie für ein etwas überkandideltes Mädchen von zwanzig Jahren, das einem durchschnittlich auf den Keks ging und voller Leben war, und von Zeit zu Zeit mußte man sie ein wenig anschnauzen, sonst hätte sie bald den Ton angegeben. Aber das klappte alles gar nicht so schlecht. Wenn sie mir damals ein paar Decken in Brand gesteckt hätte, hätte ich ihr erklärt, daß man im Bett nicht rauchen dürfe, wenn man nicht in der Lage sei, eine Zigarette festzuhalten, daß das mal wieder eine ihrer üblichen Eseleien sei.

Sie saß in einem Sessel, als ich reinkam. Sie hatte so etwas wie eine schwarze Stola um die Schultern, und ihre Haare waren ein paar Zentimeter kürzer geworden, aber das war nicht halb so schrecklich, wie es mir Henri geschildert hatte. Es sei denn, sie hatte hier und da ein paar Strähnen nachgeschnitten, was nicht auszuschließen war. Ein Mädchen kann sich innerhalb von drei Sekunden zurechtmachen, sofern es nicht zwei linke Hände hat. Ich lächelte ihr also zu.

Henri schnaubte hinter mir. Ich hängte meine durchnäßten Sachen auf. Ich hätte nur schwer sagen können, was an ihr anders war, seit wir sie wiedergefunden hatten. Abgesehen von ihrem Bauch, natürlich. Ihr Gesicht wirkte irgendwie erwachsener. Obwohl sie ihren Mund hatte, ähnelte sie Marlène überhaupt nicht, sie kam eher auf Henri hinaus. Ihr Hintern lag ein wenig zu tief, aber was den Rest anging, war sie eine Schönheit. Vielleicht war diese geheimnisvolle Wandlung das gemeinsame Los aller schwangeren Mädchen. Da brauchte man nicht lang und breit nachzudenken. Und im übrigen haben mich diese Mädchen stets beeindruckt, ich stell mir vor, die haben geheimnisvolle Kräfte, die können einem Blitze aufs Haupt schleudern.

Sie machte ein untröstliches Gesicht, aber ich beruhigte sie mit einer wegwerfenden Handbewegung.

– Ich kenn 'n Typ, der ist dabei draufgegangen, sagte ich. Wie's aussieht, verbrennen jede Nacht zig Personen. Du hast nochmal Schwein gehabt, weißt du...

– Ich werd Bob sagen, er soll den Schaden reparieren.

Ich warf einen Blick auf die Treppe und erklärte ihr, da klopfte ich auf Holz, außerdem komme in Sachen Knete allmählich Land in Sicht, da könnten wir ruhig mal 'nen Bettvorleger anzünden, ohne uns gleich aufregen zu müssen. Wegen sowas brauche sie sich nicht den Kopf zu zerbrechen.

Ich ging trotzdem nach oben, um mir anzusehen, was alles hinüber war. Immer noch ohne mit der Wimper zu zucken, betrachtete ich die schwarz verfärbte Decke, den verbrannten Wandbehang und das Loch im Teppichboden, das bestimmt um die zwei Quadratmeter groß war. Alles war durchnäßt. Die ganze Bude roch nach Holzkohle. Henri pfiff hinter mir durch die Zähne, er legte mir eine Hand auf die Schulter:

– Ehrlich, das ist nicht zu fassen... Du hättest die Flammen mal sehen sollen. Diese Frauen sind wohl nur dazu da, uns um die Ecke zu bringen... Andauernd hecken sie was aus, damit einem das Blut in den Adern erstarrt. Ich hab meine Tochter mit brennendem Haar gesehn, kannste dir das vorstellen?

Die Rechnung war etwas gesalzener, als ich erwartet hatte, aber im Grunde war es eher angenehm zu wissen, daß man in der Lage war, diese Nichtigkeiten auf die leichte Schulter zu nehmen, daß man sich ruhig in ein paar Unkosten stürzen konnte, ohne gleich von irgendwelchen Lappalien erschlagen zu werden. Die Situation erlaubte es mir, eine ungezwungene Miene aufzusetzen.

– Was soll's, sagte ich, ich wunder mich, daß mir das noch nicht passiert ist. Die muß ganz schön Schiß gehabt haben!

Sie wohnte jetzt seit gut vierzehn Tagen wieder bei uns. Ich müßte lügen, wollte ich behaupten, es herrschte wieder die Stimmung von früher, als sie dem Haus eine besondere Frische verlieh und sich mir gegenüber keinen Zwang antat, als sie den Kopf auf meine Beine legte, um sich irgendein Zeug im Fernsehen anzugucken. Das Eis war sozusagen noch nicht vollständig geschmolzen. Ich konnte einen ganzen Tag lang auf meinem Zimmer hocken und an meinem Buch arbeiten, ohne daß sie auch nur ein einziges Mal aufkreuzte, während sie früher in einem fort reinplatzte, um mir unter irgendeinem Vorwand was ins Ohr zu schreien, zum Beispiel, ob ich ihre neuen grünen

Schuhe schon gesehen hätte, oder ob ich nicht mal nach dem Mistding von einem Fön gucken könne. Keine Frage, das fehlte mir. Es kam vor, daß ich aufstand, die Tür aufriß und brüllte:

– He, Gloria, hast du mich gerufen ...?

– Nein, nein, antwortete sie.

Danach brauchte ich eine Weile, bis ich mich wieder an meine Arbeit setzen konnte. Es hatte eine Zeit gegeben, da wäre ich runtergegangen, um sie zu fragen, was sie sich so anstelle, ob ich ihr nicht wenigstens ein wenig lästig sei und ob ihr das Spaß mache, Phantom zu spielen.

Aber ich hatte beschlossen, mich da rauszuhalten. Es konnte nicht mehr lange dauern, bis Bob aufkreuzte, und dann bräuchte ich diese unerschütterliche Gleichgültigkeit, mit der sie mir begegnete, nicht weiter zu ertragen. Nicht etwa, daß sie mir keine Antwort gab, nein, nein, sie reichte mir das Salz und wünschte mir eine gute Nacht, doch manchmal, da kochte ich innerlich, da konnte ich vor ihrer Nase auf und ab tigern, ohne daß sie sich dazu bequemte, von ihrer verfluchten Zeitschrift hochzugucken. »Ruhig Blut«, trichterte ich mir ein, »verstrick dich jetzt nicht in unnütze Diskussionen. In ein paar Tagen ist sie weg. Bob soll ihr 'ne Bude suchen, und vor allem soll er sie richtig durchbumsen. Und dann vergessen wir das Ganze!«

– Naja, ich weiß nicht, ob das bei allen Frauen gleich ist, aber als ich schwanger war, ich glaube, da war ich auch nicht gerade umwerfend! Henri kann's dir bestätigen. Ich fand mich dermaßen häßlich und unbeholfen, weißt du, mir war, als hätte ein Elefant in meine Hose gepaßt.

Marlène war davon überzeugt, daß ich mir das alles nur einbildete, daß Gloria im Grunde nichts gegen mich hatte.

– Ich hatte damals einen Rochus auf die ganze Welt, niemand durfte mir zu nahe treten. Vor allem war ich wütend auf Henri, ich konnte ihn nicht mehr ertragen. Und letzten Endes hat uns das entzweit, naja, ganz so einfach ist das nicht, aber ein bißchen hängt das schon damit zusammen ... na schön, sie ist launisch, aber versetz dich mal in ihre Lage, stell dir das nur mal ein wenig vor ... Glaub mir, das ist 'ne miese Zeit, die sie da durchmacht.

Endergebnis, ich wußte nicht mehr, wo ich dran war. Wenn ich das Pech hatte, daß sich unsere Blicke trafen, war das wie eine kalte Dusche, aber ich durfte mich nicht aufregen. Nun ja, dachte ich, wäre es doch nur schon so weit, daß sie dieses Kind kriegt, daß sie endlich wieder 'ne enge Hose anziehen kann, also ehrlich!

Bob traf ein paar Tage später ein, und ich muß zugeben, daß ich auf der Stelle spürte, wie der Druck nachließ. Ich glaube, es war ein Fehler von ihm, den gesamten hinteren Teil seines Kombis mit Büchern vollzupacken und Glorias Klamotten mit der Bahn kommen zu lassen, als Frachtgut. In gewisser Weise konnte ich ihn ja verstehen, aber ich hütete mich davor, mich einzumischen. Der arme Bob hatte kaum einen Fuß auf dem Bürgersteig, da mußte er sich auch schon einen Anschiß gefallen lassen, daß ihm der Kiefer nach unten klappte, seine feuchten Augen überzogen sich mit Eis, solch eine grimmige Kälte schlug ihm entgegen. Ich zog den Kopf ein.

In der Tat spürte ich von diesem Moment an, daß es mit Gloria und mir ein wenig besser klappte. Ich hatte sie so sehr verloren, daß das bißchen, das ich wieder vorfand, mir wie ein Löffel Honig erschien, ich schaffte es, mich von Krümeln zu ernähren. Bob hingegen bekam voll eins auf den Deckel, doch der Kerl verblüffte mich, er steckte alles weg. Hart im Nehmen war er bestimmt, und ich glaube nicht, daß ich mich zu weit vorwage, wenn ich behaupte, daß er sie aufrichtig liebte. Ich bezweifle, daß er das sonst heil überstanden hätte, das war der undurchdringbare Teil seines Panzers. Sie reagierte sich an ihm ab, und er begnügte sich damit, auf seine Fußspitzen zu starren, während sie über ihn herzog. Vielleicht war er ja auch ein wenig bekloppt. Zu sehr darum bemüht, ihren Launen nachzugeben.

In dieser einen Woche, die sie bei uns verbrachten, bevor sie in ihre neue Bude einzogen, bekam ich täglich mit, wie sie ihn behandelte. Mehr als einmal, wenn sie ihn nach einem Schwall von Vorwürfen taumelnd stehenließ, hatte ich Lust, auf ihn zuzugehen, ihn zu beruhigen, ihm zu erklären, daß das vor allem für sie selbst 'ne miese Zeit sei, daß das irgendwie nur natürlich sei, wenn sie 'nen Tobsuchtsanfall kriege, da brauche er sich nur ein wenig umzuhören. Doch zum guten Schluß richtete er sich einfach auf und kratzte sich am Kopf.

Unter anderem hatte sie ihm, obwohl ich versucht hatte, sie davon abzubringen, den Auftrag erteilt, die Schäden in ihrem Zimmer zu reparieren, und aus nächster Nähe nahm sie den Fortgang der Arbeit in Augenschein, um nicht zu sagen unter die Lupe. Ich wollte gar keine drei Farbschichten, keine neue Rolle Teppichboden, auch nicht, daß das mit dem Muster der Tapete bis auf einen Viertelmillimeter hinkam, aber sie machte ein Heidentheater für einen harmlosen Pinselstrich oder einen Tropfen Klebstoff auf der Fußbodenleiste.

– Na, was hältste davon? fragte ich Henri. Hm, was hältste von sowas?

Er aber hatte, was er wollte, er hatte seine Tochter.

– Lang mach ich das nicht mit, sagte ich zu ihm. Oder haste etwa vor, die beiden in Pension zu nehmen?... Findste nicht, sie treibt's ein wenig zu bunt?

Er drückte sich, er meinte, schließlich sei sie schwanger. Erst als Vera nach einiger Zeit aufkreuzte, fand sich endlich jemand, der meiner Meinung war.

– Ich frag mich, wie er das aushält, sagte sie zu mir. So'n großer Kerl...

– Sag ruhig, ein Kleiderschrank. Ich wette, der wiegt gut seine hundert Kilo...

– Außerdem find ich sie ziemlich kalt, hmm... ganz schön distanziert...

– Ach wo, das heißt nichts... Das ist nur, weil sie ein Kind erwartet, wußtest du das noch nicht?

Bob hatte uns seinen Kombi geliehen, und die Landschaft war verschneit. Es war schön, wir waren unterwegs, um Holz zu suchen, um in dem Wald der Gegend ein paar trockene Zweige zusammenzukratzen. Es gibt nichts Besseres als so'n richtiges Feuerchen im offenen Kamin, wenn einem danach zumute ist. Am Abend vorher hatten wir Weihnachten gefeiert, und ich hoffte, dieser morgendliche Ausflug würde mir nochmal Luft verschaffen. Wir hatten so gut wie gar nicht geschlafen.

Gloria hatte sich als einzige hingelegt, doch die anderen standen noch in der Küche, um die restlichen Flaschen auszutrinken und das Mittagessen vorzubereiten. Ich fand, unser Auftrag war 'ne feine Sache. Vera lächelte und kniff die Augen zusammen. Das Tageslicht blendete einen wegen des Schnees. Ich fuhr höchstens fünfundvierzig, fünfzig. Wie sagte Eddie, Weihnachten ohne Schnee, das ist nicht gerade das Gelbe vom Ei.

– Also sowas, du bist ja unheimlich gut drauf, sagte ich zu ihr. Du strahlst ja richtig...!

Sie räkelte sich. Wir sahen ein Karnickel über die Straße flitzen, und ich mußte bremsen, da noch ein zweites und sogar ein drittes vorbeizog. Wir fanden das zum Totlachen. Wahrscheinlich hätten wir über jeden Mist gelacht. Ich hab schon des öfteren gemerkt, daß man nach 'ner durchzechten Nacht schnell albern wird. Sie guckte mich von der Seite an, als ich wieder losfuhr:

– Stimmt, ich freue mich... Die erste Nummer scheint gut zu laufen... Ach, es klappt einfach alles, auch der Abend war wunderbar. Ich hab hier ein paar richtig gute Freunde gefunden. Ich werd verrückt, wenn ich euch 'ne Zeitlang nicht seh...

Das dauerte nie länger als einen Monat, vierzehn Tage waren guter Durchschnitt. Ich fragte mich, wer all diese Flugtickets bezahlte. Ah, das Leben war kinderleicht, wenn man erst mal 'ne hohe Auflage hatte. Bei 'nem Anflug von Trübsal ging's ab ins Flugzeug, oben am Himmel hatte man gerade noch Zeit, sich 'ne Träne abzuwischen. Da kriegte man direkt Lust, reich zu sein, wenn das dazu führte, daß einem ein Monat wie das Ende aller Dinge erschien. Für mich war das gar nichts, gerade mal zwanzig Seiten an meinem Roman. Die Sache war ganz einfach, kaum hatte man gemerkt, daß sie weg war, rief sie auch schon wieder an, sie komme bald. Doch wir meckerten nicht, wir lachten uns bloß kaputt. Und holten sie am Flughafen ab.

Wir hielten am Waldrand. Wir fielen über die dürren Zweige

her. Wir schleppten sie an den Straßenrand und warfen sie auf die Erde, um sie vom Schnee zu befreien. Wenn sie ein ziemlich dickes Exemplar fand, rief sie mich, ich ging ihr dann mit der Säge zur Hand. Es war schönes Wetter, aber man konnte spüren, daß sich der Himmel bis zum Abend zuziehen würde. Seit drei Tagen war das das gleiche Spiel.

Wir luden den Wagen in aller Ruhe voll. Wir hatten keine Finger mehr, keine Nase, keine Ohren. Wir setzten uns einen Moment auf den Kotflügel der Kiste, bevor wir wieder zurückfuhren. Sie fing wieder von Gloria an:

– Weißt du, mir will nicht in den Kopf, warum sie zurückgekehrt ist. Das ist mir ehrlich gesagt zu hoch...

– Hmm... und er hat sie nicht einmal dazu zwingen müssen. Er war selbst am meisten überrascht. Jedenfalls bin ich froh, wenn sie wieder weg sind, die bringen vielleicht 'ne Stimmung ins Haus. Nicht mal, weil sie sich anmotzen, ich weiß es selbst nicht genau...

– Oh, man braucht sie sich nur anzugucken...

– Scheiße, wenn du wüßtest, wie das früher war, wir sind wirklich gut miteinander ausgekommen. Das klappte prima mit uns, ich glaub, da verstand einer den andern, zumindest hatte ich das Gefühl, daß wir uns gegenseitig akzeptierten, daß ich wer für sie war. Du kannst mir glauben, manchmal hab ich stundenlang mit ihr zusammengehockt, und mehr als einmal ist sie an meiner Schulter eingeschlafen. Verflucht, ich erzähl keine Märchen...

– Tja, es sieht so aus, als hätten sich die Dinge geändert, als wären das nur noch ferne Erinnerungen...

– Ja... aber das ist kaum zu fassen.

Und je mehr ich die Landschaft betrachtete, je länger ich den weißen Glanz der Felder auf mich einwirken ließ, um so unfaßlicher fand ich das. Eine der Freuden dieses Lebens sind die innigen Bande, die man mit gewissen Personen knüpfen kann. Aber sowas findet man nicht an jeder Straßenecke. Und man kann sich nicht 'nen Arm ausreißen lassen, ohne daß einem nach Schreien zumute ist.

– Und du meinst, sie denkt immer noch an diese Sache zwischen Marlène und dir...?

Ich bekam einen eiskalten Hintern. Ich verschränkte die Arme, dann verzog ich den Mund und wiegte den Kopf nach wohlwollender Art hin und her.

– Du gehörst wohl zu denen, die alles wissen, oder...? Wer hat dir das denn erzählt...?

– Ach du lieber Himmel, du stellst dich vielleicht an wegen dieser Sache! Du bauschst das Ganze wer weiß wie auf, ich möcht mal gern wissen, wozu. Das ist doch einfach absurd...

– Wie bitte, ich bausch das auf...? Ich hab nicht das Gefühl, als hätte ich dir schon mal was davon erzählt!

– Eben, genau das meine ich, deine Art, dir nichts anmerken zu lassen.

– Nein... Im Ernst?

– Aber sicher, das spricht doch Bände... Als würd ich nicht merken, wie du dich Marlène gegenüber verhältst. Sie hat diese Sperre jedenfalls nicht. Sie hat ganz offen mit mir darüber gesprochen...

– Hör mal, verdirb mir bloß nicht das Weihnachtsfest. Sollte ich mal das Bedürfnis verspüren, über die Sache zu reden, sag ich dir Bescheid, das versprech ich dir.

Lachend sprang sie vom Wagen:

– Na fein... Ich vermute sowieso, das renkt sich alles wieder ein. Fahren wir jetzt...?

Sie rückte auf den Beifahrersitz, und ich quetschte mich in das Seitenfenster, ich bot ihr einen Kaugummi an.

– Schlimm ist das, sagte ich. Wir sind noch lange nicht im Himmel und hätten am liebsten jetzt schon alles vollkommen...!

Gloria und Bob zogen ein paar Tage später um, kurz nach Neujahr. Kaum zwei, drei Straßen weiter, aber mehr verlangte ich gar nicht. Henri hatte sich zu Weihnachten einen Malkasten schenken lassen, und jetzt legte er seinen Pinsel nicht mehr aus der Hand. Wir hatten unsere Ruhe. Wir konnten tagsüber wieder ein wenig Musik hören oder eine Runde drehen, wenn es das Wetter zuließ, und dabei erzählte er mir in einem fort von der Malerei, er fand kein Ende mehr. Wenn Marlène am Abend zurückkam, zeigte er ihr die Werke, die er den Tag über zu Papier geschmiert hatte, und vergewisserte sich, daß sie auch ja die richtigen Tuben mitgebracht hatte. Bob fand das genial. Ich weiß nicht, ob da nicht auch ein wenig Schau bei war, jedenfalls sperrte er bei dem geringsten Farbkleckser Mund und Nase auf, und wenn er sich endlich dazu entschloß, die dicke Wollmütze abzunehmen, die er auf dem Kopf hatte, hatte er knallrote Ohren, und seine Haare waren völlig verklebt.

– Also ehrlich, Bob, meinte ich zu ihm... Findste das wirklich gut...? Zieh lieber deinen Anorak aus, ich fang an zu schnattern, wenn ich dich so seh, Alter.

Und er zog ihn sich aus und sagte gar nichts mehr, und wir holten die Gläser hervor. Oftmals blieben Gloria und er zum Essen, aber inzwischen war das zu ertragen, manchmal erschien sie mir geradezu entspannt. Ich schaffte es sogar, mit ihr zu scherzen. Ich konnte mir vorstellen, daß Bob dafür büßen mußte, daß er nachmittags garantiert einiges abbekam oder die Nacht auf dem Treppenabsatz verbrachte. Wie ich später herausfinden sollte, täuschte ich mich da nicht, Bob war in der Tat der Leidtragende, und nur seinetwegen wurde die Situation wieder erträglich. Unterdessen schwoll Glorias Bauch zusehends an.

Eines Morgens dann rief uns Bob total aufgelöst an, um uns mitzuteilen, daß ihre Fruchtblase geplatzt sei und er sofort mit ihr ins Krankenhaus rasen werde. Henri war mit Malen beschäftigt, aber er kapierte auf der Stelle, was los war, er riß mir den Hörer beinahe aus der Hand.

– Bau keinen Scheiß, Bob! Bleib ruhig!!

Bevor er wieder auflegte, hatte ich bereits zwei Flaschen aus dem Kühlschrank flutschen lassen und eine Schachtel Zigaretten hervorgekramt. Wir riefen Marlène an. Henri stand noch unter Schock. Er ließ sich in einen Sessel fallen, die Arme auf der Lehne, seine Finger krampften sich um den Griff des Pinsels.

– Guck mal raus. Ist es glatt draußen? fragte er.

Als Marlène eintraf, hatte er schon seine Lammfelljacke an. Er ließ sich nur verdammt schwer davon überzeugen, daß es besser war zu warten, wir mußten quasi ununterbrochen mit dem Krankenhaus in Verbindung bleiben, damit er wußte, wie weit sie war, und zum guten Schluß, ich hatte ihn in eine Partie Schach verwickelt und der Himmel zog sich langsam zu, zum guten Schluß konnten wir ihm verkünden, daß er Großvater geworden war, daß alles ganz schnell gegangen war und daß es sich um ein Mädchen handelte.

Ich hab 'nen absoluten Horror vor Krankenhäusern, aber um Glorias willen gab ich mir einen Ruck und postierte mich am Fußende ihres Betts, nachdem ich einen Blick in die Plexiglas-Wiege geworfen hatte. Bob sah mitgenommen aus, aber er brachte ein schwaches Lächeln mit den Mundwinkeln zustande. Gloria war noch im Tran, und zwar wegen einiger Spritzen, die man ihr habe verabreichen müssen, erkärte er uns und hielt dabei von seinem Chromstuhl aus ihre Hand, wie ein geschrumpfter Riese, die endlos langen Beine vorne zusammengeklappt.

Wir mußten warten, bis sie wieder zu sich kam. Sie machte die Augen auf, um uns sogleich zu verkünden, daß sie schlafen wolle, dann vergrub sie den Kopf im Kissen. Schock postpartum, dachte ich. Auf dem Gang steckte sich Henri eine Zigarette am Filter an, und als wir die Stufen in Richtung Ausgang runterdüsten, kriegte irgendwo in dem Krankenhaus ein Neugeborenes einen fürchterlichen Wutanfall, ein anderes stimmte ein, und als wir die Drehtür erreichten, war das ein einziges Schreien und Quäken, ein wahnwitziges, ohrenbetäubendes Konzert.

– Wahrscheinlich gibt's gerade Suppe, folgerte ich flegelhaft.

Als ich am nächsten Morgen Zeitschriften einkaufen ging, geriet ich mal wieder an einen Artikel von Dingsbums. Eins mußte man dem Kerl trotz allem lassen, nämlich, daß seine Vorstellungen von einer gewissen Folgerichtigkeit waren. Selbst wenn er einem einen Artikel über den Nordpol vorsetzte, brachte er es immer noch fertig, ein paar Sätze über mich einzuflechten, was offenbar 'ne Menge Leute erheiterte, besonders die, die mich für einen drittrangigen Autor hielten. Denn es gab nur das eine oder das andere. In gewissen Kreisen hätte man viel darum gegeben, auf mich einzuschlagen, in anderen klopfte man mir auf die Schulter. Gar so viele Auswege hatte ich nicht. Diesmal behauptete er, ich sei bloß eine Modeerscheinung und mir werde bald die Puste ausgehen. Das, das war 'ne fixe Idee von ihm. Sonst gefiel er sich auch darin, zu erzählen, er sei mir begegnet, und ich sei ein Typ von geradezu erschreckender Geistlosigkeit, meine Arme seien doppelt so dick wie mein Kopf und ich redete nur wirres und peinliches Zeug. In dem Artikel, den ich vor Augen hatte, ging es um die Hitliste der fünf schlimmsten Bücher des Jahres. Ich lag auf dem ersten Platz. »Weit vor allen anderen!« präzisierte Dingsbums. »Und das gilt für sein gesamtes Werk!!« Der Rest war dementsprechend. Ich zeigte Henri den Artikel, dabei suchte ich noch ein paar Kleinigkeiten für Gloria aus.

– Sag mal, wenn der so weitermacht, scherzte er, dann hat der uns bald dein ganzes Leben erzählt...!

Ah, wie nahe kam er der Wahrheit, als er diese Worte sprach, welch hellseherischer Satz! Der ganze Laden hätte erzittern, die Flammen der Hölle für einen Moment sichtbar werden müssen. Stattdessen blätterte ich in einem Männermagazin, was mich auf die Frage brachte, was für eine Sorte Mann ich eigentlich war, und da ich Henri nur mit halbem Ohr zuhörte, vergaß ich seine Worte wieder. Der Himmel draußen war weiß. Die Schornsteine der Häuser rauchten. Wir hielten mit großen Schritten auf das Krankenhaus zu.

Gloria und Bob lasen sich den Artikel von Anfang bis Ende durch, während wir uns über die Wiege beugten.

– He, sowas dürfte einem aber nicht gerade Spaß machen, meinte Bob.

– Sicher, Bob, du hast recht. Ich will dir nichts vormachen, aber weißt du, so langsam gewöhn ich mich daran. Wenn ich dir zeigen würde, was der schon alles über mich geschrieben hat, du würdest es kaum glauben ... Was soll's, wir leben nun mal nicht in einer Welt der Liebe und des Friedens.

Zum Glück brachte mich diese traurige Erkenntnis nicht um den Schlaf. Ich kümmerte mich nicht die Bohne um diesen Dingsbums und um das, was er dachte, sprach oder schrieb. Es kam mir vor, als wäre er auf einem anderen Kontinent und seine Pfeile landeten kraftlos vor meinen Füßen, der ganze Blödsinn konnte mich nicht treffen. Mit Henri zu leben war schon 'ne riesige Sache. Dann war Marlène hinzugekommen. Inzwischen waren da noch Bob und Gloria, außerdem Vera, die alle vierzehn Tage vorbeirauschte, Charles nicht zu vergessen, da waren meine Bücher, die sich verkauften, und ich war dabei, ein neues zu schreiben, und beinahe hätte ich ihre Monatszeitschrift vergessen, und all das überlappte sich, und dabei habe ich all die Freuden und Sorgen, die Muße und die Arbeit, die unser tägliches Brot darstellen, gar nicht einbezogen. Hatte ich da überhaupt Zeit, an was anderes zu denken, reichte das nicht voll und ganz, was ich vor meiner Nase hatte?

Hatte ich nicht gestern noch tief in meinem Innersten gelitten? Mußte ich unbedingt Salz in die Wunden streuen und die ganze Szene in allen Einzelheiten von neuem aufführen, Henri, gegen zwei Uhr morgens auf dem Sofa eingeschlafen, Marlène, sie serviert Tee, und ich, den Blick zwischen ihre Beine gerichtet? Zigfach, hundertfach hatte ich mich zusammengerissen, wenn nicht noch öfter. So unglaublich schwierig war das nicht, und Tatsache ist, man stirbt nicht daran, aber ein reines Vergnügen ist es auch wieder nicht, sich auf die Lippen zu beißen oder mehrmals am Tag unter die Dusche zu springen.

Was suchte sie nur im Kühlschrank? Was hatte ich in ihrem Rücken verloren, daß sie rückwärts gegen mich stieß? Ganz ehrlich, ich weiß es nicht, auch nicht, welcher Teufel uns ritt. Ich kann mich erinnern, daß ich mich mit einem Stöhnen auf ihre Lippen gestürzt habe, und auch an das Gefühl, unter einer gleißenden Sonne mitten in einem Kugelhagel zu stehen. Wir glitten den Kühlschrank entlang, so weiche Knie hatten wir, und dann rappelten wir uns wieder auf, streichelten uns dabei ungeschickt über das Gesicht, stießen mit den Zähnen aneinander. Was für ein außergewöhnlicher Kuß, wie lange mag er gedauert haben? Wir landeten am Besenschrank, saugten uns gegenseitig den Mund aus. Sie hing an meinem Hals, ich hielt sie an den Haaren. Eine Art kindliche Freude erfüllte mich. Wir quiekten wie junge, verängstigte Tiere. Aber ich konnte mich nicht von ihr losreißen, ich nahm ihre Lippen, nahm ihr Gesicht in beide Hände, und mir blieb das Herz stehen, wenn wir einen Stuhl umkippten, wenn ein Möbelstück knackte oder wir irgendein ungewöhnliches Geräusch verursachten. Habe ich gesagt, daß wir im Schatten waren, habe ich von dem hellen Schein des Wohnzimmers gesprochen, der an der Türschwelle hinschwand? Mir war, als müßte ich meinen Pullover ausziehen, so heiß war mir. Sie fuhr mir mit den Fingern durch die Haare, während ich ihren Mund weiter erforschte, Blumen, Blüten, Wälder, Flüsse, Pelztiere, Wipfel im flimmernden Licht, Gold, Silber, Süßigkeiten, Ringe, Vorkommen kostbarer Steine, Meere, Ozeane, Städte, Strudel, was weiß ich! Wir waren am Fenster angelangt, und ich wollte mehr. Das kommt davon, wenn man 'ne Zeitlang kein Mädchen geküßt hat. Die Tapete schien sich von der Wand zu lösen. Wir hatten da etwas ungeheuer Zerbrechliches in Händen, vielleicht war das der Grund, weshalb wir so jammerten, klagten, seufzten, in einer Erregung, daß es uns vollkommen unmöglich war, voranzuschreiten, uns aus diesem heftigen Kuß zu befreien. Ab und zu stieß ich ein nervöses Kichern hervor, sogleich gefolgt von einem erschrockenen Glucksen, denn für den Bruchteil einer Sekunde hatte ich den Kontakt zu ihren Lippen verloren, und ich fiel in eine finstere, eisige Welt. Wange an Wange, Stirn an Stirn, mit zitternden Händen, feuchten Augen, ich war mir bewußt, daß wir ein wenig übertrieben, doch wir brauchten diese Überspanntheit, Marlène und ich, diesen Anflug von Lächerlichkeit. Das machte die Sache einfacher. Ihre Zunge drang mit köstlicher Sicherheit in meinen Mund, und ich, der ich dafür noch nie zu haben war, ich meine, wenn sich das in meinem Mund abspielte, ich empfand das nicht im geringsten als unangenehm, ich hielt keine Viertelsekunde inne, eben weil wir uns in ein wunderliches Treiben gestürzt hatten, eine teuflische Runde, aus der wir nicht aussteigen konnten. Feiner Speichel lief mir über das Kinn. Aus Angst, Henri aufzuwecken, sprachen wir kein Wort, aber die Küche raschelte, fiepte, quiekte, gluckste, rumorte, wenn wir nicht sogar gegen irgendwelche dunklen Umrisse stießen, wenn nicht gar ein kleiner Löffel auf den Boden fiel.

Ich hatte nicht die geringste Vorstellung, wieviel Zeit verstrichen war, aber ich konnte die Strecke ermessen, die wir zurückgelegt hatten, wir näherten uns dem Geschirrspüler. Ich war mit ihren Lippen verwachsen. Dennoch schaffte ich es, einen Blick aus den Augenwinkeln nach draußen zu werfen, und ich konnte erkennen, daß sich der Mond merklich verschoben hatte, sofern mich nicht diese ganze Sitzung total plemplem hatte werden lassen, was auch nicht ganz auszuschließen war. Wir ließen nicht locker. Ihr Mund kam mir noch glatter, noch heißer, noch verlockender vor als zu Beginn. Alles mußte neu entdeckt werden. Ich verspürte höchstens eine gewisse Steifheit im Nakken, die daher rührte, daß sie immer noch an meinem Hals hing, ich fühlte mich wie aus Marmor. Wie oft habe ich ihre Haare gestreichelt, ihr Gesicht gestreift, wie oft mögen sich unsere Blicke begegnet sein, wie oft unsere Gesichter vor Lust zusammengezuckt, wie oft! Irgendwann, als ich ihr behutsam meine Zunge ins Ohr bohrte, entrang sich ihrer Kehle ein tiefes Röcheln, das mich erstarren ließ. Wir waren verrückt. Wir würden die ganze Straße aufwecken. Doch wie hätten wir uns Einhalt gebieten sollen?

Jemand trommelte gegen die Tür. Uns war, als hätten wir einen Eimer eiskaltes Wasser abbekommen, als hätte uns ein Säbelhieb getrennt. Ich zitterte immer noch, als ich zur Tür ging, ich lief im Zickzack. Kalte Luft schlug mir entgegen. Ich biß die Zähne zusammen, dann erkannte ich Bob, die Zipfelmütze bis über die Ohren und den Bart voller Rauhreif.

– Ich kam gerade vorbei ... Ich hab Licht gesehn, erklärte er mir mit verlegener Miene. Stör ich?

Ich konnte keinen Ton sagen, ich schüttelte den Kopf. Es

gelang mir auch nicht, diesen verdammten Türgriff loszulassen.

– Ich komm aus dem Krankenhaus, fügte er hinzu. Ich hab's nicht mehr ausgehalten. Diese Klimaanlage, verstehst du, einfach unerträglich...

Ich entschied mich dafür, ihn reinzulassen. Als er Marlène erblickte, die mit einem Glas Milch aus der Küche kam, riß er sich die Mütze vom Kopf. Sie schüchterte ihn ein, er wurde in ihrer Gegenwart linkisch. In seiner Hast stieß er gegen meinen japanischen Lampion, das Licht im Flur fing an zu beben. Ich konnte es kaum fassen.

– Ich wollte heute nacht bei ihr bleiben, fuhr er fort, aber da drin sind es bestimmt fünfundzwanzig oder dreißig Grad, ich hab gedacht, ich geh ein...

– Sicher, Bob, das kann ich mir vorstellen, antwortete Marlène freundlich.

Sie hatte sich früher wieder in der Gewalt als ich. Nichts an ihr verriet unsere rasante Umklammerung. Kein Haar war in Unordnung. Die Frauen sind sehr stark. Was mich anging, ich brauchte was anderes als ein Glas Milch.

– Ich hab Licht gesehn..., wiederholte er.

– Aber ja... Das war richtig von dir, beruhigte ich ihn.

Henri wurde wach. Wir quatschten noch einen Moment zu viert und tranken erneut auf die Geburt der Kleinen, die Géraldine heißen sollte. Es war spät, doch Marlène schien in großer Form, sie bedachte uns mit einem strahlenden Lächeln. Ich fand sie wunderschön, und ihre gute Laune wirkte anstekkend. Während sie miteinander redeten, ging ich in die Küche zurück und ließ meinen Blick durch die Stube schweifen, und ich sagte mir, hier ist es also passiert, die Wände waren noch lauwarm. Der Gedanke daran berauschte mich für einen Moment. Ich machte die Augen zu und legte den Kopf zurück.

Schließlich verdrückte sich Bob, und Henri pflanzte sich vor seine neueste Leinwand und strich sich über die Wangen. Ich brachte Marlène zur Tür. Ihre Augen glänzten, sie lachte, ich fragte mich, ob sie würde einschlafen können. Sie guckte mich noch einmal an, bevor sie die Straße überquerte.

– Meine Güte, sagte sie und fuhr sich mit einem Finger über die Lippen. Ich wußte gar nicht, daß du so gut küssen kannst ...!

– Ja, antwortete ich ihr. Ich auch nicht.

15

Wenn einem ein Mädchen sowas sagt, dann ist das schon 'ne Sache, wegen der man sich Nacht für Nacht im Bett rumwälzen kann. Wochenlang. Schriftsteller wie andere. Selbst die Größten unter uns hören es gern, daß sie wie junge Götter küssen. Ich hab lange geglaubt, Schriftsteller seien irgendwie anders, Typen, die nicht die gleichen Empfindungen hätten wie Normalsterbliche, doch da träumte ich total. Wir sind nicht geschützter als andere auch, im Gegenteil. Wir sind doch so sensibel. Wir sind die bevorzugten Zielscheiben der Frauen, leicht zur Strecke zu bringen, und wenn's darum geht, auszugehen: ein Schriftsteller, der paßt zu allem.

Ich schaffte es, die Geschichte auf die leichte Schulter zu nehmen und ganz allein in meinem Sessel darüber zu lachen. Dieser verteufelte Kuß hatte mich zehn Jahre jünger gemacht. Ich hatte zwei Kilo mehr auf meine Hanteln gelegt und meine gymnastischen Übungen um zehn Minuten verlängert. Ich schrieb schneller. Wenn ich dieses Tempo beibehielt, hatte Dingsbums bald ein paar neue Spitzen auf Lager. Ich konnte es mir leisten, tagsüber nichts zu tun, da ich genau wußte, daß ich meine zwei Seiten auch in der Nacht hinbekam.

Ich befand mich in einer solchen Form, daß ich Henri fürchterlich auf die Nerven ging, ich strich um ihn herum, bis er versuchte, mich auf dem Sofa zu erwürgen. Er hatte ganz schön Kraft in den Armen und wog einiges mehr als ich, er wollte wissen, was mich in letzter Zeit so in Trab hielt. Nichts, antwortete ich ihm, vielleicht spür ich nur, daß der Winter bald vorüber ist, vielleicht erlebt man mit vierzig 'nen zweiten Frühling...? Ich aß pfundweise Orangen, und nachdem ich ein paar Telefonbücher unter meine Schreibmaschine geschoben hatte, gelang es mir sogar, im Stehen zu schreiben, mit gestreckten Beinen, den Kopf nach vorn gebeugt und vor mir das Fenster, mein Blick schweifte über die Dächer und landete auf den Feldern, was einen zwar nicht unbedingt inspirierte, einem aber doch eine Lektion in Einfachheit erteilte. Auf einem Stuhl zu sitzen, vor einer Wand, den Kopf in die Hände gestützt, das ist der Durchblutung der Beine nicht gerade förderlich.

Ich spürte, daß sich mein Geist den heiteren Dingen zuwandte. Nicht, daß ich die Auswirkungen verniedlichen möchte, aber ich hatte diesen Zustand nicht allein deshalb erreicht, weil ich Marlène abgeknutscht hatte, ganz gleich, was man darüber denken mag. Seit gut vierzehn Tagen herrschte schönes Wetter, die Regenfälle hatten sich in den Norden verzogen, und ich hab nun mal was für einen leergefegten Himmel übrig. Solang der Rest blau war, machte mir die schneidende Kälte nichts aus. Und im übrigen, ich weiß nicht, irgendwie war mir Glorias Veränderung inzwischen scheißegal, um so mehr, als ich sie nicht mehr so oft sah, vielleicht alle zwei Tage, wenn's hoch kam, und Bob war mir ziemlich sympathisch. Henri mit seinen Pinseln war eine Augenweide. Keine finanziellen Sorgen mehr. Wenn man erst mal vor der herzzerreißenden Qual der Wahl gestanden hat, soll man nun den Strom ODER das Wasser bezahlen, dann weiß man, was es heißt, keine finanziellen Sorgen mehr zu haben. Das heißt nicht, daß man in Geld schwimmt, nein, das heißt bloß, daß man sich nicht mehr abplacken muß, daß man vergißt, daß es einen solchen Ballast überhaupt gibt. Das ging ganz einfach, man brauchte bloß ein paar Bücher zu verkaufen. Naja, genug mußten es schon sein.

Wenn Betty ein Wildwasser gewesen war, war Marlène ein Fluß, der durchs Unterholz strömte. Einerseits lautes Tosen, andererseits stilles Funkeln. Wenn ich sechzig bin, brauch ich bestimmt einen majestätischen Strom, ein Mädchen von drei Kilometer Breite, das ruhig seine goldbraunen Fluten wälzt. Ich bin ein Typ, der mit den Jahren immer gesetzter wird, wie man so schön sagt.

Ich hatte mir mit meinem armseligen Verstand die schlimmsten Dinge ausgemalt. Mich ein zweites Mal mit Marlène einzulassen würde mich in die schlimmsten Qualen stürzen, ich würde mir fürchterlich die Finger verbrennen. Ob es viele

Mädchen gab, die sich mit einem einzigen Kuß zufrieden gaben, und sei er noch so köstlich, oder eben, weil er gerade so köstlich war? Und was mochte sie nun von mir erwarten, etwa, daß ich mit ihr zusammenzog...? Im allgemeinen mögen die Frauen keine verfahrenen Situationen, sie sind darauf aus, die Sache mit einem Knall aus der Welt zu schaffen. Und das wollte ich ganz und gar nicht, ich hätte mir eher eine Hand abgehackt, als Henri zu verlieren. Es war eine wahre Tragödie, eine Sackgasse ohne Ausweg, ein tödlicher Korridor.

Doch der Kotzbrocken, die Nervensäge, die nicht über ihre eigene Nasenspitze hinausblickte, das war ich. Wer hatte nicht die Spur von Vorstellungskraft, wer war das jämmerliche, fratzenschneidende Arschloch der ganzen Geschichte, wer machte sich das Leben zur Hölle wie der letzte Trottel? Dabei war das Leben sanft, groß, schön, unermeßlich. Marlène war sanfter, ihr Lächeln strahlender denn je. Sie verlangte nichts von mir, rein gar nichts, sie leuchtete wie dreitausend Sonnen und versuchte nicht, mich in eine Ecke zu zwängen, stieß mich nicht unter dem Tisch mit dem Fuß an. Was für ein Messer...? Was für eine Kehle...? Welch klarer Blick, welch beruhigendes Lächeln, in dem ich mich geborgen fühlen konnte! Man muß zugeben, sie sind uns überlegen, sie sind stärker als wir, intelligenter. Wir brauchen keine Angst zu haben.

Das einzige, was mich denn doch ein wenig aufrieb, war, daß ich nicht wußte, ob sie immer noch mit diesem blonden Ungetüm bumste. Es tat mir in der Seele weh, wenn ich nur daran dachte, aber ich betrachtete mich im Spiegel oberhalb des Waschbeckens und sagte mir, na los, komm schon, du Vollidiot, zeig mal, was du alles kannst. Zermartere dir ruhig das Hirn, alles rächt sich auf Erden, du bekommst nur, was du verdienst. Was ist, Alter, verlangt er immer noch von ihr, sein Sperma zu schlucken, läßt sie sich von ihm mit geschlossenen Augen in den Arsch ficken? Manchmal hämmerte ich mit der Faust gegen die Wand, daß es eine wahre Wohltat war.

Es gab keine andere Möglichkeit, die Sache rauszubekommen, als ihr nachzuspionieren oder sie zu fragen, aber ich konnte mich zu keiner der beiden Lösungen durchringen. Noch war ich nicht soweit, daß ich mich hinter einem Baum verstecken mußte, und sie darauf anzusprechen, kam nicht in Frage. Ein Schriftsteller, der nach einer hohen Auflage schielt, darf sich nicht in den Dreck legen, nicht in einer Zeit, wo Helden gefragt sind, stahlharte Typen, keine Schlappschwänze. Das eine Mal, als ich in der Zeitung angerufen hatte, um zu fragen, ob ich den blonden Schönling sprechen könne, hatte man mich um einen Moment Geduld gebeten, man wolle ihn holen, aber ich hatte wieder aufgelegt, ich hatte den Hörer mit voller Wucht auf die Gabel gepfeffert.

– He, was ist denn jetzt los? Das Telefon ist im Eimer!

– Jaja, ich weiß!

– Wie kommt das denn? Wie kann denn sowas passieren ...??!

– Scheiße, woher soll ich das wissen ...? Keine Ahnung.

Was sollte ich machen. Ich dachte nicht tagtäglich daran. Zum Glück, denn sonst hätte ich mir bestimmt die Haut von den Fingern geschabt, und die Wand des Badezimmers zuckte nicht mal mit der Wimper. Ich dachte nur von Zeit zu Zeit daran, so selten wie möglich, aber man muß schon zugeben, kein normaler Mensch, auch nicht der willensstärkste Typ der Welt, kann einfach einen Schlußstrich unter diese Art Bilder ziehen, niemand kann sowas ein für alle Mal aus seinem Gedächtnis verbannen. Ich riß mich am Riemen. Bis zu dem Tag, wo mir der Kerl wieder über den Weg lief.

Ich saß auf einer Bank und sonnte mich. Kragen hochgeschlagen, Hände in den Taschen. Die Temperatur war niedrig, aber es war strahlend schön. Mit unschuldigem Gesicht arbeitete ich an meinem Roman, ich wartete darauf, daß mir die Dinge in den Schoß fielen. Alle fünf Minuten sperrte ich ein Auge auf und guckte rechts und links, ich registrierte die Neuigkeiten. Die Straße war ruhig. Auf dem gegenüberliegenden Bürgersteig, ungefähr fünfzig Meter weit weg, hatte ein Typ einen Stand mit Waffeln, und hin und wieder roch es richtig gut. Wenn das Wunder geschah, dann konnte man einen Typ aufstehen sehen, er ging los und schrieb im Handumdrehen *Hundert Jahre*

Einsamkeit, Sophies Wahl oder *Garp und wie er die Welt sah* runter. Man mußte nur wachsam bleiben.

Ich steckte also mitten in der Arbeit, versunken in einem Meer von Licht und konfusen Botschaften. Ich hatte vor, noch ein Viertelstündchen so sitzenzubleiben, bevor ich nach Hause gehen wollte, den Kopf total mit Sauerstoff angereichert und die Muskeln entspannt. Die Bäume schlugen aus. Ich hörte verschwommen ein paar Leute, die an diesem herrlichen Februarmorgen hinter mir vorbeigingen, ein unregelmäßiges Knistern, keineswegs unangenehm, potentielle Leser, witzelte ich, oder unerbittliche Henker.

Dann machte ich die Augen auf und stellte fest, daß ich Gesellschaft hatte. Ein Bengel von ungefähr zehn Jahren stand neben mir und wühlte mit besorgter Miene systematisch in seinen Taschen. Er achtete nicht auf mich. Ich glaube, er verlangte seinen Taschen das Äußerste ab, viel mehr, als sie enthielten. Schließlich öffnete er die Faust und brachte eine Handvoll gelber Münzen zum Vorschein, die, nach denen ich mich nicht mehr bücke. Ich sah, wie er mit den Lippen irgendwelche Zahlen formte, er rechnete und rechnete. Aber es haute nicht hin.

Ich wartete einen Augenblick, dann zog ich einen Schein aus der Tasche und hielt ihn ihm mit zwei Fingern hin.

– Hol zwei mit Sahne, sagte ich, ohne ihn anzugucken. Meine bitte mit 'nem Schuß Rum...

Er packte sich die Kohle. Er stürmte los. Ich blickte ihm amüsiert nach, als er in Richtung Waffelmann über die Straße schoß, schneller als ein Torpedo. Aber er blieb nicht stehen, er flitzte mit angelegten Ellbogen über den gegenüberliegenden Bürgersteig. Ich mußte mich sogar ein wenig nach vorn beugen, um ihn um die nächste Straßenecke verschwinden zu sehen, dann legte sich eine lähmende Stille auf die Straße.

Ich überlegte einen Moment, dann klatschte ich mir auf die Schenkel und verdrückte mich von meiner Bank.

Der Zufall wollte es, daß ich den Rotzjungen ein paar Straßen weiter wiederfand. Er kam mit zwei kleinen Mädchen seines

Alters aus einer Konditorei. Die Waffeln hatten sich in kleine Crèmeschnitten verwandelt, die stadtbekannt waren, zumindest bei denen, die es sich leisten konnten und Feinschmecker waren. Ich verwandelte mich in eine böse Überraschung, in ein grimmiges Genie. Ich schnappte mir die halbe Portion am Gürtel ihrer Hose, während die beiden Mädchen einen Sprint hinlegten.

– Oh Monsieur...!! Lassen Sie mich, bitte...!!! wimmerte er.

– Von wegen Monsieur, sagte ich zu ihm. Du bist 'n kleines Miststück!

Es kam mir vor, als hätte ich eine Forelle aus dem Wasser gefischt. Ich war verblüfft, etwas so Quicklebendiges zwischen den Fingern zu haben. Er war vor Schiß halb tot.

– Oh Monsieur, bitte, bitte!! Sie werden sich doch nicht rächen, Monsieur, Sie werden sich doch nicht rächen!!? flehte er.

In diesem Moment erblickte ich Marlènes Lover, den Vollstrecker niederer Arbeiten, wenn man mich fragte, auch wenn er mir durchaus Probleme bereitete. Er kam aus einem Geschäft und schleppte sich mit einer mächtigen Rolle Teppichboden ab. Es kann sein, daß meine Augen anfingen zu funkeln.

– Ich? Mich rächen, Kleiner...? antwortete ich mit tonloser Stimme.

Der Kerl hatte mich noch nicht bemerkt. Er kämpfte mit seinem Teppichboden, ich ließ ihn nicht aus den Augen.

– Was hätte ich davon? fügte ich in einem Atemzug hinzu.

Ich ließ ihn los. Der Wind riß ihn mir aus den Händen. Ich atmete die frische Luft tief ein, lächelte dem Himmel zu und setzte meinen Spaziergang fort, ich steuerte auf den Knacker zu. Ich hätte wetten mögen, daß die ersten Knospen bald aufgingen, ich gab ihnen keine Woche mehr. Ich konnte den Geist der Blüten beinahe riechen.

Ich blieb vor ihm stehen. Er legte sich unübersehbar ins Zeug. Ich hörte ihn unter dem letzten Meter stöhnen, er versuchte, das riesige Ding über seinen Kopf zu hangeln. Er schnappte nach Luft, mit einem Arm stützte er sich auf der Motorhaube seines Schlittens ab, der mir ganz nach einem Porsche aussah. Dann packte er den Apparat mit beiden Händen, um ihn hochkant zu stellen, doch auf halber Strecke hielt er inne und stieß einen gellenden Schrei aus. Er war knallrot, und die Adern an seinem Hals kringelten sich wie dicke Regenwürmer. Er setzte einen Fuß zurück, um Halt zu gewinnen, und für einen Moment dachte ich, er wolle um Hilfe schreien oder sich das Ding auf die Beine laden. Ich sah ihn im Profil, ich hatte das Gefühl, daß ihn langsam Panik ergriff. Er hatte meine Anwesenheit immer noch nicht registriert. Seine ganze Welt war in nichts zusammengebrochen. Ich wartete auf eine letzte Anstrengung, vorher wollte ich ihn nicht stören. Er machte die Augen zu. Es gelang ihm unter Zuhilfenahme eines herzzerreißenden Ächzens, seinen ganzen Kram auf die Beine zu stellen. Ich muß zugeben, so einen Kraftakt hätte ich ihm nicht unbedingt zugetraut.

– Hello! sagte ich, komm ich zu spät oder kann ich noch was helfen ...?

Er guckte mich an und wischte sich über die Stirn:

– Ah, Gott sei Dank! flüsterte er.

Wir drückten uns die Hand. Ich hätte gern jeden physischen Kontakt vermieden, doch wie sollte ich mich darum drücken?

– Ein Mordsbiest! erkärte ich und hielt mir das Kreuz.

– Ah, das macht mich krank! stöhnte er. Ich hätt nicht gedacht, daß das soviel wiegt ... Ttsss, das ist der glatte Wahnsinn!

Der einzige Wahnsinn besteht darin, eine Frau wie Marlène zu bumsen und nichts mitzukriegen, dachte ich bei mir. Da konnte er noch so groß, noch so blond und hochgewachsen sein, man brauchte sich doch bloß sein saudummes Grinsen anzugucken, Gott, was für ein durchsichtiger Typ! Der einzige Wahnsinn in diesem Leben ist es, an der Schönheit vorbeizugehen.

– Ich befürchte, das härteste Stück Arbeit steht mir noch bevor! verkündete er.

Ich sah, was er damit sagen wollte. Es ist nicht einfach, 'ne Rolle Teppichboden in 'nem Porsche zu verstauen, und einen Dachgepäckträger hatte die Kiste nicht. Doch an so einem schönen Tag fühlte ich mich bereit, die Augen aufzusperren, die

Welt so zu nehmen, wie sie war. Ich verlegte mich auf ein einnehmendes Lächeln und harrte der Dinge, die kommen sollten.

– Na schön, ich seh keine andere Möglichkeit, gestand er mir. Sei aber ganz vorsichtig, Alter...!

Wir schnappten uns das Ding, das aussah wie ein lebloser Pottwal, und setzten es so behutsam wie irgend möglich aufs Wagendach. Der Schlitten glänzte wie ein nagelneuer Pfennig, und wir kniffen in dem Licht die Augen zusammen. Er teilte mir mit, er wohne ganz in der Nähe, bestimmt habe er einen anständigen Gurt im Kofferraum, das sei verdammtes Glück.

– Irre, antwortete ich ihm und strahlte ihn von der anderen Seite der Kiste weiter an.

Zufrieden versetzte er der Rolle einen leichten Klaps, dann bot er mir eine Zigarette an, eine ultraleichte. Der Frühling schwebte über unseren Köpfen wie ein Schleier aus schillerndem Musselin. Er fragte mich, wie's mir so gehe, was ich so trieb, ob ich ein neues Buch in Angriff genommen hätte, und ich gab ihm ein paar ausweichende Antworten, die ihm vollauf genügten. Anschließend stieg er in den Wagen, machte die Fenster auf und vertraute mir den Gurt an. Als er wieder draußen stand, warf ich ihm das eine Ende übers Dach zu, er reichte es mir untendurch zurück, und ich steckte es in die Schlaufe. Es ging darum, den Apparillo so festzuzurren, daß er nicht verrutschen konnte. Ich zog einmal kräftig an. Es fehlte nicht viel, und an beiden Enden wäre eine große Zunge zum Vorschein gekommen.

– Gut so? fragte ich ihn. Ist das stramm genug...?

– Ja, vielleicht noch ein klein wenig...

Ich preßte die Kiefer zusammen und zog das Ding mit voller Wucht zu, ich hängte mich beinahe mit meinem ganzen Gewicht daran. Ich hörte eine Art fürchterliches Stöhnen, wie von einer armen Seele, die zum Himmel steigt. Dem Dach des Porsche mußte es schlecht ergangen sein. Ich tat so, als hätte ich nichts bemerkt, ich konzentrierte mich darauf, meinen Knoten zu beenden.

– Weißt du was…, rief ich ihm nach, während er im Wageninnern verschwand. Ich glaub, ohne mich schaffst du das nicht. Soll ich dir nicht helfen…?

Ich bückte mich, um zu gucken, was er trieb. Er befühlte den Knoten mit den Fingerspitzen.

Ich hatte das Gefühl, daß er dem Braten nicht ganz traute.

– Wie du willst, fügte ich hinzu und schenkte ihm ein entwaffnendes Lächeln.

– Naja…

– Nur keine Hemmungen. Wenn ich dir so 'nen Vorschlag mache, dann hab ich auch nichts dagegen. Du würdest an meiner Stelle genauso handeln.

Ohne noch länger zu warten, rückte ich neben ihn.

– Das ist das erste Mal, daß ich in einen Porsche steige, eröffnete ich ihm. Jag mir bloß keine Angst ein…

Er fuhr ein wenig hektisch los, er knurrte was davon, daß er zu allem Überfluß hinten raus nichts sehe, und das habe er gar nicht so gern. Ich, ich hatte bei ihm überhaupt nichts gern, und trotzdem fuhr ich mit.

Die Sache mit dem Wagendach hatte ihn sichtlich verärgert. Ich ließ ihn ein Stück weiter anhalten, ich hielt den Arm urplötzlich zur Tür heraus, und hinter uns ertönte ein entsetzliches Bremsenquietschen. Ich stieg aus. Ich kaufte Zigaretten für ihn und für mich, und als ich mich wieder setzte, warf ich ihm seine Schachtel auf die Beine. Das heiterte ihn ein ganz klein wenig auf.

– Wenn ich nicht diese Lanze mitten im Herzen stecken hätte, vertraute ich ihm an, dann würd ich mich fragen, was einem einen solchen Tag überhaupt vermiesen kann…!

Er warf mir einen erstaunten Blick zu, eine Hand am Lenkrad, die andere am Schaltknüppel. Ich machte mir eine Kippe an und hustete ein wenig.

– Ist das nicht bescheuert…? fügte ich hinzu und senkte dabei den Kopf. Aber so ist das nun mal, die Arterien verkalken mehr und mehr, und dann eines Morgens…

Ich hob den Kopf.

– PLATSCH!! brüllte ich. Exitus!! fügte ich hinzu und sackte auf meinem Sitz zusammen.

Er lehnte sich leicht gegen die Tür und fuhr los. Wahrhaftig, er wußte nicht, was er sagen sollte, das hätte er sich nicht träumen lassen, also so ein Saupech. Ich half ihm darüber hinweg, ich erinnerte ihn daran, daß wir alle unsere kleinen Sorgen hatten. Obwohl das mit dem Herz schlimmer ist als alles andere, mußte ich zugeben, da weiß man weder wann noch wo.

Er drückte seine Zigarette aus und versuchte mich zu trösten:

– Ich versichere dir, du siehst überhaupt nicht krank aus... Ehrlich! Ich möchte wetten, in zehn Jahren reden wir nochmal darüber...!

Ich verschränkte die Arme und legte den Kopf auf die Rückenlehne.

– Hmm... Wenn du doch recht hättest... Ich fürchte nur, daß du dich irrst... Ich bin da weniger optimistisch.

Danach kramte ich ein Taschentuch hervor und hielt es ein paar Sekunden in den kühlen Fahrtwind, bevor ich es mir flach auf den Schädel legte. Er zuckte zusammen:

– Was ist? Geht's dir nicht gut? fragte er mich mit verzerrtem Gesicht.

– Nicht so gut, wie's aussieht... Aber beruhig dich, ich bin das gewohnt.

Ich rasselte durch die Tasche mit meinen Lakritzpastillen.

– Hiermit hab ich nichts zu befürchten, hauchte ich.

Ich zwinkerte ihm traurig zu, dann drehte ich den Kopf zur Seite. Der Porsche spiegelte sich mitsamt der Boden-Luft-Rakete, die er auf dem Buckel hatte, in einem Schaufenster, und ich nahm mir vor, das Atmen einzustellen und die Augen zu verdrehen.

Er rüttelte mich an der Schulter, während ich mir mit der Hand ans Herz fuhr.

– Ach du jemine! fluchte er.

Ich versteifte mich auf meinem Sitz, echter noch als echt, und packte ihn am Ärmel, ein stummer, verzweifelter Hilferuf. Er riß das Steuer Richtung Bürgersteig herum. Zahlreiche Fahrzeuge gingen hinter uns in die Eisen, doch die Sache hielt nicht, was sie versprach. Er würgte den Motor ab. Zehn Zentimeter weiter, und wir wären auf einen stehenden Lieferwagen geknallt. Ich mußte inzwischen blau-violett angelaufen sein.

Ich klammerte mich an der Tür fest und quälte mich aus dem Porsche, mit steifem Bein rollte ich mich neben den Wagen wie einer, der seinen letzten Kampf liefert. Für einen Augenblick dachte ich, ob das so sein wird, ob ich es dann auch noch nach draußen schaffen sollte, um ein letztes Mal nach Luft zu schnappen...? Würde mich der Tod erwischen, bevor ich alles geregelt hatte, würde er mich mit all den unbeantworteten Fragen mitnehmen, den täglichen Geheimnissen, all den Büchern, die ich noch nicht gelesen hatte? Ich hatte mir gerade erst Dostojewski vorgenommen, und auf der anderen Seite meines Bettes lagen die Bücher von W. Carlos Williams, Knut Hamsun, Akutagawa, um nur den ersten Stapel zu erwähnen, und ich brannte darauf, sie alle kennenzulernen, nein, vor dem Jahr 2000 würde ich kaum soweit sein.

Kurz und gut, in den paar Sekunden, die er dazu brauchte, auszusteigen, langte ich nach meinen Lakritz und kippte mir ein paar in die Hand. Ich steckte die Dose schnell wieder weg, während er auf mich zueilte. Mit dem Rücken zur Karosserie ließ ich mich auf den Boden gleiten, dabei schlang ich die Dinger ostentativ hinunter.

»He, Alter...! He! Komm schon!!« meinte er zu mir. Ich klammerte mich an das Revers seines Jacketts, um der Szene ein wenig mehr Spannung zu verleihen. Zwei junge Frauen überwachten meinen Todeskampf, sie standen wie angewurzelt vor einem Reisebüro, das einem den Sommer im Winter versprach. Ich beobachtete sie, während ich wieder zu mir kam, und daß die eine einen Eimer Waschpulver gegen ihre Brust drückte und die andere ein Paket Windeln, verschaffte mir einen Vorgeschmack auf die Hölle. Ich stammelte ein paar abwiegelnde, von Grimassen untermalte Satzfetzen an die Adresse meines Begleiters, der sich anschickte, mir sämtliche Knöpfe vom Hemd zu reißen.

Auf meine Bitte hin packte er mich unter den Armen, um mich auf meinen Sitz zu verfrachten. Ich rang noch 'ne gute Minute nach Luft, das Ganze an der Grenze zur Geistesgestörtheit, dann legte ich ihm eine Hand auf die Schulter und lächelte ihm schwach zu, ich forderte ihn auf, sich wieder zu beruhigen und den Zwischenfall zu vergessen. Er war noch nicht ganz davon überzeugt:

– Bist du sicher...? Bist du dir ganz sicher...? Deine Zunge ist... wie soll ich sagen... sie ist fast SCHWARZ, ungelogen...

– Ach ja...? Nein, das hat nichts zu sagen, keine Angst... Die Pillen...!

Ich zeigte auf meine Tasche:

– Die schwarzen, das sind die stärksten. Danach gibt es nichts mehr. Naja, scherzte ich, 'nem Typen, der kurz davor ist abzukratzen, dreht man schließlich keine rosa Pillen mehr an! Dieser Welt fehlt es ein wenig an Humor, findste nicht auch?

Ich entnahm seiner Miene, daß ich ihm langsam zur Last fiel, und eine diabolische Freude erfaßte mich, eine geradezu krankhafte Lust überkam meinen Verstand. Hatte ich meine Rolle voll ausgefüllt, konnte ich jetzt die Früchte einheimsen?

Als er wieder neben mir Platz nahm, beschloß ich, die Zügel fahren zu lassen und weiter zu improvisieren:

– Ich glaub, ich muß mich übergeben, murmelte ich.

– Was?

– Ja, ja... Bestimmt... Ich versteh das nicht.

Ich preßte die Lippen zusammen, klimperte mit den Augenlidern, atmete heftig. Und ich packte mit einer beinahe weißen, feuchten Hand seinen Arm:

– Halt doch mal still! flehte ich ihn an. Da krieg ich ja 'nen Drehwurm. Schnell, ein Kleenex!!

Solch widersprüchliche Anordnungen sind was Feines, sie rufen ein Gefühl innerer Zerrissenheit bei demjenigen hervor, der sie über sich ergehen lassen muß. Ich merkte, daß sich auf seiner Stirn ein leichter Schweiß gebildet hatte und daß er innerlich diesen Tag verfluchte.

– Schon gut, es geht vorüber..., erklärte ich schließlich. Doch, ich glaub, es geht gleich wieder...

Er stieß einen lauten Seufzer der Erleichterung aus, Kopf gesenkt, beide Hände fest ums Lenkrad gekrallt.

– Na gut, fahren wir! meinte ich. Ein bißchen frische Luft kann mir nur guttun...

– Hör mal, sagte er, ohne mich anzugucken, ist das nicht viel zu riskant, soll ich dir nicht lieber 'nen Arzt holen...? Ehrlich gesagt, ich hab schon ein schlechtes Gewissen, wer weiß, was alles noch passieren kann...?

Ich knetete ihm kumpelhaft die Schulter und erklärte ihm sanft, er könne mir glauben, er brauche sich keine Sorgen mehr zu machen. Überdies sei es an mir, mich zu entschuldigen, für all den Kummer, den ich ihm bereitet habe, aber jetzt fühlte ich mich wieder prächtig, das beste für mich sei, das Ganze zu vergessen, ob er an meinen Worten zweifle?

– Fahren wir, wiederholte ich, ein bißchen frische Luft wird die ganze betrübliche Geschichte einfach wegpusten, was wetten wir?

Er war kein Zocker, der Junge. Er machte auch nicht den Eindruck, als wäre er fest entschlossen, mich irgendwohin mitzunehmen. Manchmal muß man die Dinge halt beschleunigen. Ich beugte mich vor und griff nach dem Zündschlüssel.

– Wir waren bei deinem Teppichboden stehengeblieben, faßte ich die Situation zusammen. Machen wir weiter damit.

– Na gut... einverstanden, gab er nach. Einverstanden.

– Fein.

Ich drehte den Zündschlüssel. Unglücklicherweise war der Gang noch eingelegt, und der Porsche schoß mit der Schnauze unter den Lieferwagen. Das, das war keine Absicht. Jedenfalls rieb sich Blech an Blech, und er sprang wie ein Irrer aus dem Wagen, bevor ich mir auch nur irgendwelche Vorwürfe machen konnte. Ich sah, wie er die Hände kurz vors Gesicht schlug, das daraufhin einen zerknirschten, schmerzlichen Ausdruck annahm, allerdings, da gab es nun wirklich nichts zu lachen. Ich selbst hatte noch nie 'nen Schlitten dieser Preisklasse zwischen den Fingern gehabt, von daher konnte ich nicht wissen, ob das ein Grund war, mit dem Kopf gegen die Wand zu rennen. Ich stieg aus und schlug mir an die Brust.

– Ich bin doch ein wahrer Unglücksrabe!! knurrte ich. Was hab ich nur gemacht, guck sich das einer an!!!

Kein Zweifel, das sah fies aus. Der Lieferwagen war mit einem Abschlepphaken ausgestattet, und dieser Haken hatte die Motorhaube des Porsche durchbohrt und war tief eingedrungen. Das war nicht der erste Unfallwagen, den ich in meinem Leben sah, doch ich ertappte mich dabei, daß ich eine Fratze schnitt trotz des prachtvollen Lichts, das die Straße überflutete, und des unendlichen Wohlbehagens, das uns das hätte verschaffen können.

– Ich weiß nicht, was ich sagen soll…, gestand ich ihm.

Schließlich hatte er auch nicht gewußt, was er zu dieser Herzattacke sagen sollte.

– Es tut mir leid, daß ich nicht die richtigen Worte finde, das ist mir sehr unangenehm. Also nein, verrat mir doch mal, was ich da angestellt habe, nein, das darf doch nicht wahr sein!! seufzte ich.

– Schon gut! Halb so schlimm!! Reden wir nicht mehr davon!!! schrie er mir ins Ohr.

– Reden wir nicht mehr davon… Du bist gut! rief ich aus. Ich werd mir das nie verzeihen, das kannst du mir glauben…!

Der Gang der Ereignisse machte mich sprachlos, ich stand verdattert auf dem Bürgersteig und traute meinen Augen nicht. Mit einem Satz hüpfte er auf die Motorhaube und versuchte, den verdammten Haken rauszuziehen, was nun überhaupt nicht in Frage kam, leider. Alles, was ihm das einbrachte, war, daß er sich ein Hosenbein an einer Blechkante aufriß. Er war wirklich außer sich, und der Haken war immer noch im Bauch des Porsche, er steckte fest wie ein dicker Angelhaken. Er war grün vor Wut.

Der Rest ist leicht zu erraten. Ich hab nicht mal Lust, ihn zu erzählen. Naja, er legte halt den Rückwärtsgang ein, und die ganze Motorhaube löste sich mit einem Ruck. Es gab einen entsetzlichen und, ehrlich gesagt, jämmerlichen Lärm.

Ich wartete ein paar Sekunden, doch da er mit seiner Kiste verwachsen zu sein schien, drehte ich mich langsam um und verschwand, wie ich gekommen war.

Im Grunde hatte mir dieser Schwachkopf den Vormittag verdorben, und letzten Endes hatte er es zu weit getrieben, denn er hatte mir auch meinen Spaß verdorben. Das war schade, denn der Gag mit dem schwachen Herzen hatte mir ganz gut gefallen, ja, ehrlich, wenn ich daran dachte, mit welcher Leichtigkeit ich in meine Rolle geschlüpft war und was für ein eigenartiges Vergnügen ich dabei empfunden hatte. Ich hatte mir nichts davon vorher zurechtgelegt, und als ich mich mit einer solchen Gewandtheit, einer solchen Geschmeidigkeit hatte loslegen sehen, hatte ich beinahe selbst geglaubt, mir passiere was.

Bei diesem Gedanken mußte ich unwillkürlich lächeln. Schlecht war das nicht, seinen Tod auf komische Art darzustellen, das war 'ne harmlose Generalprobe. Und es bot ein paar Vorteile, auf der Straße zu sterben statt in der Badewanne. Da konnte man zumindest frei atmen, man hatte Platz, und es gab einen direkteren Weg zum Himmel. Ja ja ja. Das sollte man nicht auf die leichte Schulter nehmen. Zu gegebener Zeit werde ich mich dessen erinnern müssen. Das Günstigste wäre, sich unter einen Busch zu verkriechen, Ende, aus. Es ist gar nicht unbedingt nötig, jemanden dabei zu haben, an den man sich klammern kann, nein, glaube ich nicht. Man muß versuchen, in aller Nüchternheit abzutreten. Das Ganze mit einer spöttischen, hellsichtigen Grimasse oder einem ungeduldigen Lächeln hinter sich bringen. Ein Ende in glänzendem Stil, sage ich mir. Kommt gar nicht in Frage, daß ich mir den Bauch aufschneiden lasse, nein, dann doch lieber andächtig dasitzen und darauf warten, daß einem ein Säbelhieb den Kopf spaltet, das schon eher. Krebs, neunzigmal geschaßt, Verkehrsunfall, Feld der Ehre, o nein, lieber sofort sterben, als langsam zu krepieren. Ach du meine Güte, ich schaudere, und da erzählt mir Henri, ihm sei das schnuppe, aber ich glaub ihm kein Wort, oder ich hab noch 'n schönes Stückchen vor mir! Das ist gar nicht möglich. Theoretisch weiß er mehr davon als ich. Vielleicht ist er auf dem richtigen Weg. Ohne großes Aufheben. Keine Ahnung. Sich einfach ans Herz fassen? Hmm ... Ja. Das ist schon mal besser als nichts. Ich werd's ja sehn. Ich werd sehn, ob ich was für meine Seele tun kann. Ich könnte stundenlang so weitergehen, ohne rauszukriegen, wer von uns beiden recht hat. Was wäre von 'nem Kompromiß zu halten? Bei kaltem Wetter stirbt man wie ein Asket, bei warmem, naja, da sinkt man eben auf einen Liegestuhl und tut lässig seinen letzten Atemzug. Ich spüre, daß er recht hat, und das regt mich auf. Das ist wie mit dem Schreiben. Ich denke zuviel nach, er läßt sich treiben. Er ist der große Schriftsteller. Ich kann mir vorstellen, was er für ein erbärmlicher Ehemann gewesen sein muß, und auch als Vater ist er nicht unfehlbar, das kann ich Gloria nachempfinden. Aber Herr im Himmel, was für ein Schriftsteller ...! Das macht mich richtig krank. Würde ich schreiben, wenn ich mir sicher wäre, niemals auch nur einen einzigen Leser zu haben? Er, er wäre dazu fähig. Ja, ganz bestimmt. Nichts könnte ihn aufhalten. Ich wüßte nicht, was. Wäre er gelähmt, würde er immer noch den Mund aufmachen. Bringt ihr ihn zum Schweigen, guckt er euch eben in die Augen. Löscht ihn aus, und er wird strahlen. Ich weiß es nur zu gut. ER IST so. Großartig. Für eine Weile denke ich an nichts mehr. Ich mache einen Umweg, um über eine mit Bäumen gesäumte Straße zu gehen. Die Knospen verleihen ihnen einen rosigen Schatten. Vergiß vor allem seine Tube mit dem Azurblau nicht, sage ich mir, er hat's dir mehrfach eingeschärft. Nein, ich vergeß sie nicht, ich hab ihm gesagt, er könne sich auf mich verlassen. Stimmt, er malt ja jetzt, es ist nicht zu fassen.

Im allgemeinen schmierte er ein Gemälde pro Tag runter. Er verteilte sie in der ganzen Gegend, behauptete aber, mir habe er das schönste geschenkt. »Porträt einer Frau« hatte er darunter geschrieben, doch an eine Frau erinnerte das nur ganz entfernt. Allerdings kenn ich mich nicht genug in der Malerei aus, als daß ich mich da irgendwie einmischen möchte. Die Farben gefielen mir, ich hatte es mir übers Bett gehängt. Was er befriedigt zur Kenntnis genommen hatte.

– Mach dir keine Sorgen, hatte ich ihm versichert, wenn du anfängst, Klavier zu spielen, schlag ich dir die Seiten um.

Bob hatte sich so seine Gedanken gemacht. Eines Abends, als Gloria ihn mal in Ruhe ließ, rückte er damit raus.

– Was sagt ihr dazu ...?! Ich kümmere mich um alles, um jede Kleinigkeit ...!

Die Mädchen meinten, das sei 'nen Versuch wert. Mehr, als daß er ein paar davon loswürde, könne nicht passieren. Das war auch meine Meinung. Ich dachte vor allem, für Bob ist das 'ne günstige Gelegenheit, wieder unter Leute zu kommen. Wo er nun mal dumm genug gewesen war, nicht Hals über Kopf davonzurennen, und stattdessen seinen Platz eingenommen hatte. Außerdem konnte er so ein wenig Luft schnappen, auch wenn ich mich da in Dinge einmischte, die mich nichts angingen. Henri sagte nicht a priori nein.

– Und, heißt das ja??!! johlte Bob.

– Naja ... wenn du unbedingt willst ... dann eben ja.

– HAND DRAUF!!

– Bob, darf ich dich darauf aufmerksam machen, daß deine Tochter schläft ...? meldete sich Gloria. Ich hoffe, du vergißt das nicht ...

Er grinste über beide Backen. Mit gedämpfter Stimme erklärte er Henri, was er vorhatte, und am nächsten Morgen packte er ein paar Bilder in seinen Wagen. Er verkaufte das erste eine Woche später.

– Das ist erst der Anfang! vertraute er mir sehr richtig an. Und ich hab noch nichts dafür getan ...!

»Was er getan hat, kann ich dir sagen«, verkündete mir Gloria eines Morgens am Telefon, als der Wind in Böen von hundertzwanzig Sachen blies. »Er ist am frühen Morgen einfach in die Kiste gesprungen und hat mich ohne einen Tropfen Milch sitzenlassen, das hat er getan! Ich häng mit Géraldine in der Bude fest. Und in einer Stunde kriegt sie ihre nächste Flasche!«

– Ich verstehe.

– Gib mir mal bitte Henri. Wir müssen uns beeilen, bevor die Apotheke zumacht!

In der Nacht war Sturm aufgekommen. Es regnete zwar nicht mehr, aber der Himmel war gelb und stellenweise sogar grünlich. Ich hatte eigentlich nicht vor, rauszugehen. Das Ganze hatte was an sich, als könnte einem schnell ein Baum oder eine Gartenlaube ins Gesicht fliegen.

– Was für eine Marke? fragte ich. Ich geh schon, brauchste sonst noch was...?

– Oh... Henri kann sehr gut...

– Jaja, ich weiß, daß er kann. Also los, was willste für 'ne Milch...?

Als ich nach draußen stürzte, wollte ich ihr nicht großartig was Gutes tun. Ich wollte bloß so sein, wie ich früher auch gewesen war, ich wollte nicht genauso bekloppt sein wie sie. Sollte sie doch ihr kleines Spielchen weitertreiben, wenn es ihr Spaß machte, aber ohne mich. Mal sehen, wer als erster die Lust verlor.

Zwanzig Minuten später kreuzte ich bei ihr auf. Der Wind heulte, pfiff, schüttelte einen durch und durch. Ich hatte Mühe, aus dem Wagen zu klettern, ich brauchte mehrere Anläufe. Ich wischte mir über die Augen, drückte ihr die Packung in die Hand und machte, daß ich in einen Sessel kam.

Ich strich mir mit einer Hand über die Haare, um wieder menschliche Züge anzunehmen. Draußen war alles so unwirklich.

– Sag mir, wieviel ich dir schulde, stieß sie hervor.

Ich machte ein unbekümmertes Gesicht. Ich sagte ihr, Bob wird uns bestimmt alle noch überraschen, eines Tages hat er den ganzen Bestand verkauft. Was wollten wir wetten? Sie verzog sich in die Küche, sie hielt sich die Packung vors Gesicht und konzentrierte sich darauf, als bestünde die Gebrauchsanweisung aus Hieroglyphen. Ich baute mich im Türrahmen auf.

– Gibst du ihr nicht mehr die Brust? fragte ich sie.

– Wie bitte...? Ach so, nein, ich mach es abwechselnd.

– Sehr gut, das ist die richtige Methode. Und außerdem... naja, außerdem brauchste das Zeug bloß in ein wenig Wasser zu geben, dann haste deine Ruhe.

– Ja, genau.

Der Wind tobte. Eine Fensterscheibe vibrierte wie verrückt. Doch die Bude hielt stand. Ich quetschte mich in den Türstock mit der gleichen siegessicheren Fresse wie ein Typ aus Actor's Studio. Ich bedauerte es, daß ich nicht ein kleines Gummi oder ein Stück Schnur in der Tasche hatte, um damit zu spielen. Ich fummelte lediglich an meinem Ohrläppchen herum. Ich starrte die Schrauben an, die die Türangeln zusammenhielten:

– Sag mal, weißt du noch, wie...

– Schon gut, fiel sie mir ins Wort. Ich häng nicht gern alten Sachen nach. Das macht mich nur trübsinnig.

Lächelnd schluckte ich den Rest meines Satzes runter, was man ohne lange Übung, ohne eine gewisse Lebenserfahrung nicht hinbekommt.

– Hmm... da hast du recht, sagte ich.

Sie hatte die Flasche in einen Topf gelegt und ließ sie nicht aus den Augen. Sie hatte wieder ihre frühere Figur und auch die Hosen, die ihr eng am Hintern saßen. Sie hatte sich einen Pferdeschwanz an den Schädel gepappt. Die Fäuste in die Seiten gestemmt.

– Willste das Gas nicht aufdrehn? fragte ich sie.

Ich wartete die Antwort nicht ab, ich drehte mich um und ging ins Nebenzimmer. Der Wind heulte wie eine aufgebrachte Sirene, und eine unsichtbare Welt prasselte gegen die Scheiben. Was war ich für ein Blinder!

– Und sonst...? Macht sie dich nachts noch wach?

Keine Antwort. Ich stellte mich ans Fenster. Draußen auf der Straße der Niagarafall, und ein Licht wie aus dem Jenseits. Ich fragte mich, ob sie mir einen Tee anbieten oder mir den Weg zur Tür weisen würde, ich war mir keineswegs sicher.

Sie tauchte mit der Flasche an der Backe auf.

– Huch..., stöhnte sie. Mal ist sie zu heiß, mal zu kalt!

– Ja, gar nicht so einfach, die goldene Mitte zu finden!

Sie ließ sich mir gegenüber in einen Sessel fallen, die Knie höher als der Kopf. Sie guckte auf die Uhr, dann auf ihre Nägel.

– Also nein... Was machste 'n jetzt wieder für'n dämliches

Gesicht...? fragte ich sie seelenruhig. Ist das deine neueste Masche?

Ich konnte im gleichen Augenblick feststellen, daß sie sich besser in der Gewalt hatte als früher. Sie knabberte bloß an ihrem Daumennagel. Schluckte die Schmeichelei, ohne daran zu erstikken. Besser noch, sie lachte hämisch:

– Du hast recht, ich schlafe zu wenig... Sieht man das so sehr...?

Das klang vor allem ein wenig seltsam. Aber es ist immer noch weniger nervtötend, für einen Schwachkopf gehalten zu werden, als einem Stein ein paar Worte entlocken zu wollen.

– Jaja, es gibt nichts Schlimmeres als Schlafmangel.

Sie sprang auf, um mir ein Glas zu kredenzen. Sie war durcheinander. Ihre Nummer war längst noch nicht internationale Klasse. Noch zehn Jahre, dann war sie perfekt.

– Scheiße, bei dem Wetter hab ich die ganze Nacht kein Auge zugetan..., fügte sie hinzu. Bob ist in aller Herrgottsfrühe losgefahren...

Plötzlich löste sich ein Fensterladen und schlug wie verrückt hin und her.

– Ach du Schande! Der fliegt gleich weg...! kreischte sie.

Die Möglichkeit bestand.

– Paß auf, gleich zieht's! sagte ich und langte nach dem Drehverschluß.

Ich machte auf. Die Dämonen drangen ins Zimmer. Und dieser verfluchte Fensterladen war verschwunden. Der Wind machte mich ganz benommen. Ich zog das Fenster zur Hälfte wieder zu und lehnte mich ein Stück nach draußen. Wie ich's mir gedacht hatte, der Fensterladen war gegen die Hauswand geschlagen. Er schien stillzuhalten. Ich hörte ein Splittern hinter mir, gefolgt von einem Schrei. Ich war für eine Sekunde abgelenkt. Und genau in diesem Moment löste sich der Fensterladen wieder von der Wand und knallte mir mit voller Wucht gegen den Schädel.

Ich prallte zurück bis zur gegenüberliegenden Wand. Ich flog über einen niedrigen Tisch, ruderte mit den Armen und brach glattweg zusammen. Aber ich hielt die Augen auf. Ich sah Gloria vor mir, sie stand da mit angelegten Armen, starr wie eine Statue. Ich streckte einen Arm nach ihr aus, dann trübte sich mein Blick. Trotzdem schaffte ich es irgendwie, mich hinzuknien. Ich spürte, daß mir Blut übers Gesicht lief, ich sah, daß mir welches aufs Hemd tropfte. Ich setzte mich auf die Fersen und zog die Nase hoch. Nach einigen Sekunden fiel mir auf, daß sie immer noch dastand. Reglos starrte sie mich an. Sie hatte bloß das Fenster zugemacht.

Ich legte eine Hand flach auf die Stirn und rappelte mich mehr schlecht als recht auf. Ich lehnte mich mit dem Rücken gegen die Wand.

– Verflixtnochmal, sagte ich, hol mir mal 'n Handtuch, irgendwas . . .!

Sie war wie hypnotisiert. Ich hatte weiche Knie. Ihr Gesicht war ausdruckslos, weiß, eisig.

– Herrgottnochmal . . .! ächzte ich. WILLST DU ENDLICH DEINEN FAULEN ARSCH BEWEGEN??!!

16

In den ersten Frühlingstagen überquerte ich locker die Höhe von hunderttausend Exemplaren. Jetzt wurde alles ganz anders. Ich hatte das unangenehme Gefühl, mich auf ein rutschiges Parkett zu begeben.

Mein Bankdirektor, dieses unsägliche kleine Arschloch, hatte sich telefonisch gemeldet. Ich hatte ihm dringend geraten, sich zu verpissen, aber schleunigst, und fortan schaffte ich meinen Zaster in den Schuppen gegenüber, in dem mir alle zulächelten. Für einen wie mich, der stets auf dem Nullpunkt, wenn nicht in den Miesen gehangen hatte, war das ein Gefühl, als regnete es Schecks nur so vom Himmel. Und meine anfängliche Begeisterung hatte sich bereits abgekühlt. Dogelski lachte am anderen Ende der Leitung:

– Zweihunderttausend diesen Sommer... Dreihunderttausend im Winter...? Ich wußte, eines Tages würde es klappen!

Natürlich erhielt ich auch jede Menge Post, aber ich hatte nur selten Zeit, sie zu beantworten, sozusagen gar keine, ich hieß schließlich nicht Henry Miller. Zudem klingelte in einem fort das Telefon. Ich erzählte, Er sei nicht da, Er sei umgezogen, und ich wüßte von nichts. Ich verdiente weder Komplimente noch Beleidigungen, ich schrieb einfach, so gut ich konnte, und mehr steckte da nicht hinter. Wer ich war und was ich dachte, ging niemanden was an. Ich war keinen Schritt weiter als andere, ich hatte den Stein der Weisen auch nicht gefunden. Ich wußte nicht, ob das Ende der Welt nahte, ich konnte denen, die sich auf den Weg machten, keine besonderen Ratschläge mitgeben, ich betätigte mich nicht politisch, ich hatte kein eigenes Rezept, wie man einen anständigen Chili hinbekam, ich hatte *Bagatelles pour un massacre* nicht gelesen, ich wußte nicht, ob Fliegen gefährlicher war oder Eisenbahnfahren, nein, ich hätte nicht beschwören können, daß das Schreiben was brachte, nein, ich trug keine langen Unterhosen.

Schließlich hatte ich mir eine Geheimnummer geben lassen. Doch ein paar gewiefte Typen schafften es, an sie ranzukommen, und jedesmal, wenn das Telefon klingelte, zuckte ich zusammen. Also legte ich mir einen Anrufbeantworter zu. Ich hätte mir niemals träumen lassen, daß es mal so weit mit mir kommen würde. Als ich dem Typen dabei zuguckte, wie er den ganzen Plunder anschloß, ging mir auf, daß der nächste Schritt getan war.

– Ach verdammt, Bob, ich möcht dich mal sehn... 'ne Zeitlang geht das gut. Aber auf die Dauer fragste dich, ob du überhaupt was weißt, ständig leierste den gleichen Scheiß runter, und wenn das kein Scheiß ist, na schön, dann wird's eben welcher, weil du keinen Nerv mehr hast, darüber zu reden, deine Worte klingen hohl, du kennst die Strecke im Schlaf und guckst gar nicht mehr hin. Du fühlst dich müde.

Wir hatten einige Gläser in der Küche geleert und redeten über diese Dinge, über unsere kleinen, erschütternden Problemchen.

– Vielleicht lachste dich kaputt, Bob, aber ich sag dir, je mehr Leute sich für dich interessieren, um so einsamer fühlste dich.

Bob veranstaltete ein kleines Fest anläßlich Géraldines erstem Zahn oder was weiß ich. Henri war da. Marlène, Charles und Vera. Gloria, plus ein paar, die ich kannte, und ein paar, die ich nicht so gut kannte. Diese Einsamkeit, von der ich sprach, das war kein Witz, aber ich lächelte. Das ist gar nicht so einfach, von seinen Mißgeschicken zu reden, wenn man auf über hunderttausend gekommen ist und einen die leicht entflammbare, vorübergehende Begeisterung ins Rampenlicht treibt. Gar nicht so einfach, zu jammern, wenn Millionen und Abermillionen Leute verhungern und eine unermeßlich große Anzahl von Menschenleben zum Gespött gemacht wird. Ich war bloß ein armer Irrer, ich hatte keine Augen mehr im Kopf, doch ich mußte an mich halten, nicht zu schreien. Der Hunger in der Welt war ein Problem, die Mißachtung der Freiheit ebenfalls. Ich war frei, ich schlug mir den Wanst voll, doch wohin sollte ich mich wenden, wo war das Ziel, das es zu erreichen galt? Alles, was an Gutem in mir steckte, meine gesamte Energie, floß in meine Bücher, all meine Ideen, doch wozu war das gut? Ich machte viel Trara um meinen Stil, aber was hieß das schon? War ich deshalb stärker als jemand anders, interessanter, rettete ich damit Menschenleben, half ich den Leuten, zu Rande zu kommen? Konnte ein Buch Mut machen, reichte es, Worte aneinanderzureihen, um ein ganzes Leben zu erfüllen?

Ein Typ, der im Gefängnis saß, schrieb mir. Dutzende von Seiten. Er forderte mich auf, weiterzumachen. Scheiße! Scheiße! SCHEISSE!!! Bob, gib mir noch ein Glas, ich flehe dich an! Ich brauch bloß ein wenig zu trinken, schon fang ich an, Trübsal zu blasen, dabei ist das Leben so einfach. Deine Einsamkeit, die nimmste dir jetzt und schluckst sie runter, sagte ich mir, oder willste uns den ganzen Abend verderben?

– Bobby, die Zeit ist nicht stehengeblieben, erklärte ich ihm. Ich bin gezwungen, die Augen aufzuhalten!

Er schüttelte den Kopf. Er war nicht so ganz überzeugt. Niemand nahm mich ernst, und die Leute hatten ja auch recht. Jeder hatte so seine Probleme, und meine hatten nichts Aufregendes an sich. Ich ging für einen Augenblick nach draußen, nachdem ich mich die Wand entlang getastet hatte. Meine Einsamkeit war bloß innerlich. Je besser es lief, um so mehr rückte man mir auf die Pelle. An mir war nichts Interessantes, Großartiges, doch die Zeitungen redeten von mir, das Ganze schien beschlossene Sache. Ich hatte so viele Gläser gepichelt, daß ich mir die Wahrheit nicht mehr verhehlen konnte. Es gab da keinen Ausweg. Ich konnte eine Million Dinger verkaufen, ohne daß mich das einen Schritt weiterbrachte, ohne daß ich deshalb lachend auf die Straße trat. Und da rief man mich an oder schrieb mir, um mich um ein wenig Hoffnung zu bitten, um mir zu danken, daß ich so tolle Bücher schrieb, es war zum Heulen. Das war mein Garten, ich kannte ihn nur zu gut, ich liebte ihn sozusagen über alles, Bob war der Ansicht, bei ihm sei es zu eng, und solange er sich nachher um das Geschirr kümmerte, na schön, ich hatte nichts dagegen! Ich kannte diese dreißig Quadratmeter wie meine Westentasche, jeden Grashalm. Ich hatte die Rosen dieses Gartens mit meinen Tränen begossen, ich war auf seinem Rasen eingeschlafen. Hier fühlte ich mich in Sicherheit. Der Himmel war ruhig.

– So wie du mich hier siehst, sagte ich zu ihm, so nackt und verzweifelt ich auch erscheinen mag, noch bin ich nicht am Ende!

Ich trank mein Glas aus und ließ es in einer Ecke zurück.

– He…! Komm schon, aufstehen…!

Ich erinnere mich, als wäre es gestern gewesen. Ein verflucht schöner, herrlicher Frühlingsmorgen. Henri hatte mir eine große Tasse Kaffee gebracht. Er hatte Musik aufgelegt. Jemand hatte mir eine Decke übergeworfen.

– He! Steh auf, das ist 'ne unschickliche Stunde für einen Typ in deinem Alter…!

Ich setzte mich. Verquollene Augen. Ich guckte Henri an und gähnte, ich nahm den Kopf in beide Hände.

– Ah, Herr im Himmel! stöhnte ich.

– Ja, sagte er, ich hatte meine liebe Mühe und Not, dich aufzusammeln.

Ich konnte mich an nichts erinnern, ich mußte hundemüde gewesen sein. Ich stürzte mich auf meinen Kaffee wie der Teufel auf die arme Seele.

Bob und Gloria hingen in der Küche und räumten ein wenig auf, während der Geschirrspüler polterte. Mit der Decke über den Schultern ging ich ein paar Schritte durchs Zimmer. Ich blieb vor Henris neuestem Bild stehen.

– Das hab ich heut nacht in meinem Alptraum gesehn, weißt du das?

Ich beglückwünschte mich, daß ich nicht zuviel getrunken hatte, daß ich mir keinen Kater für die nächsten drei Tage angesoffen hatte. Ich fühlte mich beinahe in Hochform. Wir schenkten uns alle vier Kaffee nach, und ich erfuhr, daß ich der ganzen Bagage bis zum frühen Morgen auf den Geist gegangen war und keiner mehr gewußt hatte, ob ich eigentlich lachte oder heulte.

– Ach was, ich hab gelacht, sagte ich.

Das war kein Grund zur Aufregung. Ein Schriftsteller lebt mit seiner Verzweiflung wie ein Hund mit seinen Flöhen, dem sollte man nicht so viel Beachtung schenken. Vor allem, wenn er über 'ne ordentliche Auflage verfügt und zu tief ins Glas geguckt hat. Zwischen Lachen und Weinen zu pendeln, sowas gehört zu seinem Job, nur sollte er uns außerhalb der Öffnungszeiten ein wenig in Frieden lassen, wehe, er jammert uns die ganze Nacht lang die Ohren voll. Ich traute mich nicht zu fragen, was ich alles von mir gegeben hatte.

»Beim nächsten Mal reiß ich mir lieber jedes Brusthaar einzeln aus«, scherzte ich und brachte damit Géraldine in ihrem Körbchen ans Lallen.

Ich stand unter der Dusche. Wie ein Verklärter hing ich unter dem warmen Wasserstrahl, in einer Art reglosen Ekstase. Ich war zwar durchaus nicht der Ansicht, daß sich das Leben mit einer dauerhaften Ruhe abfand, ich vertiefte mich regelmäßig in das *Buch der Wandlungen*, doch ich war auf keine unangenehme Überraschung gefaßt, nicht in diesem Augenblick. Ich hatte unrecht.

Gloria trat ins Badezimmer. Wenn ich dabei gewesen wäre zu singen, bei dem Gesicht, das sie machte, hätte ich unverzüglich aufgehört.

Widerwillig drehte ich das Wasser ab.

– Stimmt was nicht? fragte ich sie.

Sie guckte mich durchdringend an. Sicher nicht, weil ich nackt war. Aber auf alle Fälle schnappte ich mir ein Handtuch.

– Hast du die Sprache verloren?

Sie schien irgendwas in mir zu suchen, tief in mein Innerstes vordringen zu wollen. Ich ließ mich nicht stören. Ich rubbelte mir den Kopf ab. Das Ganze erinnerte mich an damals, als ich mir den Schädel an ihrem Fensterladen aufgeschlagen hatte und mein Blut hervorgequollen war. Ich hatte sie aufrütteln müssen, um sie wieder auf den Boden zurückzuholen.

Sie kam wieder zu sich und löste den Zauber, sie schlug die Augen nieder:

– Oh... hast du einen Moment Zeit?

Sie hielt die Hände hinter den Rücken. Plötzlich durchzuckte mich eine entsetzliche Vorahnung. Ihr Arm schnellte vor meine Nase, und für den Bruchteil einer Sekunde fuhr sie mir mit einer glänzenden Klinge durch den Körper.

– Tut mir leid, sagte sie. Der Typ ist einfach widerlich.

Im gleichen Augenblick erkannte ich die Zeitung, die sie in der Hand hielt. Ich lachte hämisch:

– Hmm ... Was hat er denn diesmal zu erzählen? Daß ich den schwarzen amerikanischen Roman geplündert habe ...?

– Nein, diesmal ist es schlimmer!

– Teufel! Daß ich Jude und homosexuell bin ...?

– ...

– Etwa Schwarzer, Jude und Homosexueller auf einmal?

– Nein, hier ... Er schreibt, daß du mit der Frau deines besten Freundes schläfst ...!

Ich riß ihr die Zeitung aus der Hand. Zitternd vor Wut überflog ich den Artikel. Als ich ausgelesen hatte, lehnte ich mich mit dem Rücken an die Wand, gegen die eiskalten Fliesen, ich knirschte mit den Zähnen. Gloria hatte die Wahrheit gesagt. Der letzte Satz hieß, meine Eigenschaften als Schriftsteller seien bereits hinlänglich bekannt, sicher sei es nicht uninteressant, auch einmal meine menschlichen Qualitäten kennenzulernen. Es verschlug mir den Atem.

– Ich wollte es dir lieber zeigen ... Das ist wirklich ekelhaft.

Ich nickte. Ich fing an, mich anzuziehen, vergaß völlig, mich abzutrocknen. Ich hatte größte Lust, mich zu setzen.

– Ich hoffe, du zeigst das Schwein wegen übler Nachrede an!

Ich antwortete ihr nicht einmal. Ich rieb mir die Augen aus dem Kopf. Der Spiegel zeigte mir einen Typ, mit dem nicht viel los war, dem irgendwas sauer aufstieß.

– Was willst du tun?

Innerhalb von ein paar Sekunden erfaßte mich eine kalte Wut. Ich langte nach dieser verfluchten Zeitung und las mir den betreffenden Artikel Wort für Wort mit einer fast schon krankhaften Lust durch.

– Weißt du, Henri darf das nicht in die Finger bekommen,

er würde dir das nie verzeihen... Wir müssen uns was ausdenken...

Ich blickte von der Zeitung hoch. Sie rang die Hände, sie schien fieberhaft nachzudenken. Ihre Worte, das würde mir Henri nie verzeihen, klangen mir noch in den Ohren.

– Verflixt, fügte sie hinzu, es ist sowieso ein Wunder, daß er nicht schon Bescheid weiß...!

Fast fühlte ich mich über ein Jahr zurückversetzt, als sie Scheiß gebaut hatte und ich mir den Kopf zerbrochen hatte, wie man die Sache vor Henri geheimhalten konnte. Sie wollte mir helfen, aber ich hatte nicht üble Lust, sie mir zu packen und ihr ein paar zu knallen, um mich zu beruhigen, um jemand anders als mich schreien zu hören. Ich riß mich zusammen. Mein Gesicht verzerrte sich in einem beherrschten Zorn, irgendwie aber auch unerklärlicherweise.

– Ja was denn, knirschte ich. Soll ich mir diesen Ramsch hier etwa in die Hose stecken...?! Oder soll ich ihn auffressen...??!!

Sie warf mir einen funkelnden Blick zu, auf den ich ganz und gar nicht gefaßt war, ein Blick, der herausfordernd flimmerte, unglaublich feminin.

– Warum nicht...? tuschelte sie mir zu.

Ich packte sie am Arm. Der finstere Blick, den ich ihr zuwarf, war auch nicht schlecht, meine Lider waren kurz davor zu zucken.

– Nein, knurrte ich. Es ist an der Zeit, reinen Tisch zu machen!!

Die Zeitung in der Hand, stürmte ich die Treppe hinunter. Bob blickte mir verwundert hinterher. Ich stand in Flammen. Wie besessen von dem Gedanken, die Sache aus der Welt zu schaffen, von der Vorstellung, was kommen konnte. Eine schmerzhafte Lust, eine berauschende Angst elektrisierte mich.

Ich kam mitten in dem sonnendurchfluteten Zimmer zum Stehen. Henri blinzelte kampfeslustig vor seiner Leinwand. Ich holte langsam, unvorstellbar tief Luft. »Herrgott...!« dachte ich.

Ich ließ mich neben ihn in einen Sessel fallen. Er rührte sich nicht die Spur.

– Henri...

– Hmm...?

Er setzte sich auf seinen Hocker, beugte sich vor, um sich eine schwarze Farbtube zu angeln. Ich warf ihm die Zeitung vor die Füße, ich hörte eine Sense über die Felder schwirren, es folgte ein tödliches Schweigen.

– Da steht ein Artikel drin, der uns beide betrifft..., stieß ich mit tonloser Stimme hervor. Aber ich kann dir die Lektüre ersparen...

Er drehte sich um. Wir guckten uns an. Lieber hätte ich mir auf der Stelle meine linke Hand abhacken lassen, aber soviel Glück hatte ich nicht.

– Der Typ schreibt, ich hätte mit Marlène geschlafen... Das ist die Wahrheit.

Ich dankte dem Himmel, daß ich die Augen nicht niederschlug, daß ich dem Aufprall standhielt. Henri zuckte nicht mit der Wimper. Mir war danach, ihm die Hand aufs Knie zu legen, damit er nicht fortflog, damit er weiterhin reglos sitzenblieb.

– Ich bedauere, daß ich dir nicht früher davon erzählt habe, fügte ich im gleichen Atemzug hinzu.

Verschwommen registrierte ich Bobs und Glorias Anwesenheit im Türrahmen, den Geruch der Farben und ein schwaches Hupen auf der Straße. Ich fühlte mich hundeelend. Für ein paar fürchterliche Sekunden dachte ich, ich sei taub geworden und gelähmt. Es gelang mir so gerade, mit den Fingern auf der Armlehne zu klimpern. Henri guckte mich an, als hätte er mich in einem Spiegel dabei ertappt, wie ich einen doppelten Salto rückwärts turnte. Seine Augen waren zwei helle Schlitze, aber ich faßte das weder als gutes noch als schlechtes Zeichen auf. Ich ließ ihn machen.

Schließlich nickte er, er machte für einen Moment die Augen zu und strich sich mit einer Hand über den Schädel.

– Ehrlich gesagt, seufzte er, habe ich mich das schon des

öfteren gefragt. Und ich wußte die Antwort, na klar, das war unschwer zu erraten. Im Grunde... War es denn schön?

Er fragte mich das weder gleichgültig noch voller Groll, auch nicht ironisch oder schmerzlich berührt. Er wollte es einfach wissen.

– Und ob! sagte ich.

– Hmm... das ist lang her, ich kann mich kaum noch erinnern. Ach, Scheiße... ich erinnere mich nur zu gut...! Was erzähl ich da, es war großartig.

Ich beugte mich vor, ich rutschte mit dem Hintern auf die Kante des Sessels.

– Möchtest du auch was trinken? fragte ich ihn. Ich hab irgendwie 'ne trockene Kehle.

– Aber nichts Starkes...

– Nein, ein Bier.

Ich wollte endlich aufstehen, wollte es versuchen, da hörte ich die Haustür schlagen. Bob und Gloria waren losgezogen.

– Siehst du, erklärte mir Henri, solche Geschichten sind allen peinlich. Die wollten wohl nichts mehr davon hören.

– Naja, ich bin aber auch froh, daß wir jetzt allein darüber reden können...!

Er zuckte mit den Schultern:

– Was gibt's denn da zu bereden?

– Ich hol uns was zu trinken.

– Verdammter Mist, was gibt's da bitte zu bereden...?!

– Schon gut, ich weiß es selbst nicht.

– Wir haben uns scheiden lassen, als Gloria vier Jahre alt war, vergiß das nicht. Sie ist nicht mehr meine Frau, verstehst du?

Na klar verstand ich, ich war ja nicht blöd. Und er, wollte er mir etwa weismachen...?

– Weißt du, fuhr er fort, wenn man verheiratet ist und wird dann von seiner Frau betrogen, dann hat man Grund, sich zu beschweren. Das ist dasselbe, als käme einer bei dir rein und scheißt dir mitten ins Wohnzimmer. Doch zum Glück hab ich keine Frau mehr, die Probleme bin ich los...

– Mag sein, daß sie nicht mehr deine Frau ist...

– Herrgott! fiel er mir ins Wort. Und wie sollte ich es denn anstellen, sie nicht mehr zu lieben, kannst du mir das mal verraten ...? Es gibt alle möglichen Sorten von Frauen, und es gibt die, die man liebt, ich meine die, die in dir als erstes Liebe erwecken, und sowas ist ein wahrer Segen, ganz gleich, was kommt, ob du sie nun nimmst oder nicht, ob sie dich rauswerfen oder du sie, ob du mit ihnen in den siebten Himmel gelangst oder ob sie dir das Herz zerreißen, ob du sie heiratest oder dich von ihnen scheiden läßt. Bloß, sie ist nicht mehr meine Frau, sie könnte morgen mit 'nem Typen an jedem Arm antanzen und verkünden, sie sei schwanger, das steht ihr frei. Und ich hätte immer noch Lust, sie in die Arme zu nehmen. Kannst du mir folgen ...?

Ich konnte ihm um so besser folgen, als ich mehr oder weniger meine innere Ruhe wiedergefunden hatte. Aber ich fühlte mich geistig noch ein wenig schwach, ich sprühte nicht gerade vor Energie, ich massierte mir die Knie.

– Nicht, daß du glaubst, ich sei ein Typ mit liberalen Anschauungen, fügte er hinzu, ich werd auch im Alter keine Rumpelkammer, in die man alles reinwerfen kann.

Ich ging Bier holen. Es mochte so gegen Mittag sein, und es herrschte Ruhe. Keine Ahnung, ob ich mir das bei Betty geholt hatte, aber manchmal wartete ich geradezu auf ein Gewitter. Und wenn das ausblieb, verspürte ich eine große Leere in mir, und es dauerte 'ne Zeit, bis ich darüber hinweg war. Ich wußte nicht, was ich Henri sagen sollte. Es klingt idiotisch, aber ich glaube, mir wäre es ganz lieb gewesen, er hätte mir zwanzig Peitschenhiebe verpaßt. Ich hatte sie schon seit einiger Zeit verdient. Ich hatte das dumpfe Gefühl, ich müßte für irgendwas büßen. Nicht unbedingt für das jetzt. Ich verdiente sie auf jeden Fall dafür, daß Betty tot war, daß sich meine Bücher verkauften, daß ich immer noch nicht so recht wußte, wo ich mit mir dran war, daß ich noch nicht alles aus mir rausgeholt hatte. Ich stellte mir weiß Gott was unter der Sühne vor. Ich war ein kleiner Blödmann.

Wir tranken unsere Flaschen, ohne einen Ton zu sagen. Dann

stand er auf, um sich wieder vor sein Gemälde zu stellen und es aufmerksam zu betrachten.

– Übrigens, meinte er zu mir, wegen dieser Geschichte wird sich zwischen uns nichts ändern, wenn du darauf hinauswillst... Aber nur, weil du es bist.

Als Marlène am Abend zurückkam, schaffte ich es, ihr ein paar Sätze zuzutuscheln, während Henri in der Küche seine Pinsel auswusch, ich erklärte ihr, er wisse Bescheid. Sie fing an zu lächeln und räkelte sich.

– Oh, nun gut, bestens ... Puuh ... Was für ein Tag ...! Ich hab 'nen Bärenhunger!

Während der nächsten Tage dachte ich mehr als einmal an Dingsbums, ich fragte mich, wie er von der Sache Wind bekommen hatte. Ich war stutzig geworden. Irgendwas sagte mir, daß Gloria was damit zu tun hatte, aber das war nur ein vages Gefühl, und ich wollte mich auch nicht allzusehr darauf versteifen. Ich war mir nicht sicher und kapierte auch nicht so ganz, was sie damit bezweckte. Daß der Haussegen zwischen Henri und mir schief hing, mehr noch, daß er umkippte und kaputt ging, das bezweckte sie damit! Mehr steckte da nicht hinter. So einfach war das.

Aber so weit war ich noch nicht. Ich hatte Vera angerufen, um sie darum zu bitten, mir Dingsbums' Adresse zu besorgen. Ich hatte ihr die Geschichte in zwei, drei Sätzen erzählt, ich hatte keine bestimmte Vorstellung, ich wußte selbst nicht genau, was ich mit der Adresse wollte, vielleicht bei Gelegenheit. Sie zeterte am anderen Ende der Leitung. Sie bot mir an, ich könne bei ihr veröffentlichen, was immer ich wolle.

– Ich sag dir, du solltest dir den ein für alle Mal vorknöpfen!

Tja, ich wußte nicht so recht, nett von ihr, aber gar so viel hielt ich nicht davon, mal gucken.

Charles war ihrer Ansicht:

– Alter, ich weiß nicht, ob du dich noch erinnerst, wie ich mich letztes Frühjahr mit diesem Kritiker angelegt habe, du kannst mir glauben, da sprühten die Funken, den hab ich nach allen Regeln der Kunst fertiggemacht, weißt du noch ...?

Ich sagte ihm, ich könne mich genauestens erinnern, was einigermaßen übertrieben war.

– Eine Serie von drei Artikeln fänd ich nicht schlecht, fügte er hinzu. Im ersten packst du ihn dir, im zweiten drückst du zu, und zum guten Schluß machst du ihn alle! Im übrigen, wenn du mich fragst, ich finde, du wartest schon viel zu lange. Das sieht doch ein Blinder, daß der Typ Streit sucht. Ich an deiner Stelle hätte mir den schon längst gekauft.

Das war 'ne Lösung. Doch als die Tage vergingen, ließ ich die Sache peu à peu fallen. Dingsbums hatte sein Pulver verschossen, ich konnte mir nicht so recht vorstellen, was er mir noch anhaben wollte, und was er sich über meine Bücher ausdachte, interessierte mich nicht. Ich wollte nicht so weit gehen, ihn zu vergessen, das nun doch nicht, aber ich beschloß, die Angelegenheit zu begraben, wozu ich mich im Grunde nur beglückwünschen konnte.

Ich begrub sie also, und zwar so sehr, daß ich Henri eines Morgens vorschlug, in die Südsee zu fahren. Ich wußte selbst nicht genau, in welche eigentlich, aber das war nicht so wichtig. Das Faltblatt, das ich am Schalter der Bank hatte mitgehen lassen, zeigte bloß diese Sorte von Mädchen, die sich am Strand aalt, eine Hand in einer blauen Lagune, die andere um ein Glas Orangensaft. Henri war damit beschäftigt, irgendwelche Formulare zu unterschreiben, als mir der Prospekt in die Augen sprang. Quer über den Himmel stand einfach SÜDSEE...!!, und einzig aus diesem Grund hatte ich den Arm ausgestreckt und mir das Ding geschnappt.

Ich hatte auf der Stelle an Betty denken müssen. Verdammt, warum eigentlich nicht...? sagte ich mir, verdammtnochmal, warum nicht...? Der Typ, der sich um mein Geld kümmerte, hatte mir gerade die exakte Summe genannt. Ich hatte mich noch nicht daran gewöhnt, ich stutzte stets für einen Moment, wenn ich sie hörte. Das war vielleicht die Gelegenheit, meinen versteckten Zaster auszubuddeln und vernünftig anzulegen. Ich wartete, bis Henri soweit war. Um uns das Leben einfacher zu gestalten, hatten wir ein gemeinsames Konto eröffnet. Es sich so einfach wie möglich zu gestalten, konnte heißen, in der Kühle eines Bungalows zu schreiben und anschließend, wenn man eine Seite fertig hatte, in aller Ruhe zum Strand zu schlendern, in den Schatten des Nachmittags, und unter den Kokospalmen mit den Augen zu klimpern.

– Sag mal, was hältste davon...?

– Ah...! Gauguin!

– Genau.

Wir erzählten Marlène davon. »Topp!« meinte sie bloß, und wir hatten eingeschlagen. Sie wollte sehen, daß sie Urlaub bekam, sonst wollte sie die Brocken hinschmeißen. Um so mehr, als ihr Vera gerade vorgeschlagen hatte, mit ihr zusammenzuarbeiten und diese »lächerliche kleine Provinzklitsche«, wie sie sich ausdrückte, sausen zu lassen. Wir hatten uns darauf geeinigt, in drei Wochen zu fahren. In der Zeit konnten wir uns Reisepässe besorgen, und ich hatte W. Dogelski versprochen, an einer Fernsehsendung teilzunehmen.

Ich konnte es gar nicht fassen, wie schnell alles gegangen war. Und ich glaubte es erst so richtig, als ich unsere Flugtickets abholte. Ich mußte lachen, wenn ich sie mir nur anguckte.

Gloria war nervös. Aber ich hatte nichts mehr zu verbergen. Ich sah Bob am Gesicht an, daß man ihm den Dornengürtel noch ein Loch enger geschnallt hatte. Dabei war sie gar nicht mehr schwanger, und ich hatte sie auch nicht gefragt, wer ihrer Meinung nach Dingsbums informiert haben konnte. Der arme Bob stand meist hinter ihr, mit Vorliebe im Schatten und ohne einen Ton zu sagen, er spielte die Rolle des schweigsamen Riesen. Mehrfach versuchte ich, ihn ein wenig aufzurichten, ich erzählte ihm ein paar Anekdoten, die ich mit Betty erlebt hatte, und ihm standen die Haare zu Berge.

– Vergiß nicht, sie ist gerade erst zweiundzwanzig, sagte ich zu ihm. Sie muß sich noch was austoben. Du wirst sehen, letzten Endes legt sich das... Trotzdem, ich finde, du läßt ihr zuviel Spielraum. Du hast das Recht, ihr zu zeigen, daß es dich gibt, das ist doch kein Verbrechen.

– Ja... Meine erste Frau hat nie was gesagt... Das ist ein

Unterschied wie Tag und Nacht...! Ich fürchte, ich hab immer noch nicht rausgefunden, was ihr eigentlich fehlt...

– Bob, die Luft hier bekommt ihr nicht. Der Wind regt sie auf...

– Ja, vielleicht... naja, jetzt denk aber nicht, das sei die Hölle mit ihr, so schlimm ist es auch wieder nicht.

– Na klar...

Ungefähr zehn Tage vor unserer Abreise war sie sehr gereizt. Wir waren ans Ufer des Sees gefahren, um im Freien zu essen, wir wollten die ersten etwas wärmeren Tage ausnutzen. Der Wald um uns war wieder grün, und das Thermometer schaffte spielend seine zwanzig Grad. Charles war mitgefahren.

Géraldine hatte während der gesamten Mahlzeit geplärrt, und Bobs Essen war kalt geworden, ohne daß er Erfolg gehabt hätte. Gloria war dafür, sie in ihrem Körbchen schreien zu lassen. Sie fand Bob lächerlich, aber letztlich hatte sie ihn machen lassen, und wir hatten uns bemüht, von was anderem zu reden, Henri beispielsweise hatte uns zu einem Wettrudern rausgefordert, und Gloria und ich sagten, wir seien dabei. Während des Desserts bekam Géraldine einen Tobsuchtsanfall und lief violett an.

Gloria steckte ihren Löffel tief in ihren Wonderful, von dem sie die Parmaveilchen bereits verzehrt hatte. Sie drehte sich um:

– Bob, leg sie wieder hin. Ich sag doch, sie ist müde.

– Mach dir keine Sorgen... So scharf bin ich nicht auf den Nachtisch...

– Meine Güte! Ich weiß besser als du, was ihr fehlt! Ihr fehlt Schlaf!

– Eh, Bob, warum nimmst du sie nicht einfach huckepack? Meine Mutter hat mich auch immer so getragen und...

– Charles, halt die Klappe, schimpfte sie. Dich hat keiner gefragt!!

Charles war nicht der Typ, dem man auf der Nase rumtanzen konnte. Seine Bücher verkauften sich schon seit einiger Zeit, und das gab ihm eine gewisse Sicherheit. Doch diesmal sperrte er Mund und Nase auf, vor soviel geballter Wut mußte er passen. Ich für meinen Teil guckte weg. Ein Schwarm wilder Enten flog hoch oben am Himmel über den See, naja, ich war kein Spezialist, meinen Kopf hätte ich dafür nicht verwettet. Ich legte den Kopf zurück und blickte ihnen nach, ich hätte nicht sagen können, ob es sich um Krick- oder Eiderenten handelte.

– Und? fragte Henri. Wie steht's mit unserer Wettfahrt...?

Ich sprang von meinem Stuhl auf.

– Einverstanden. Aber ich warn dich, nicht daß du absäufst...!

Wir hatten den See für uns allein. Die Kähne waren allesamt frei. Wir hatten beschlossen, zunächst einmal quer über den See zu rudern, um uns aufzuwärmen, drüben wollten wir dann warten, bis Marlène das Startzeichen gab. Der See schenkte uns ein stummes Glitzern.

Gloria verlor beinahe das Gleichgewicht, als sie in ihr Boot kletterte, Charles fing sie im letzten Moment auf. Er war sichtlich froh darüber, daß sich ihm die Gelegenheit bot, ihr zu Hilfe zu kommen. Wahrscheinlich glaubte er, so die kleine Wolke vertreiben zu können, die sich um sein Haupt gelegt hatte, als er seine Caramelcrème in Angriff nahm. Aber er mühte sich umsonst. Mit einem Ruck riß sich Gloria von ihm los und warf ihm einen vernichtenden Blick zu.

– Herrgottnochmal! Laß mich in Ruhe...! fauchte sie ihn an.

Henri war bereits unterwegs. Sie sprang in ihren Kahn und fegte los wie der Blitz. Charles guckte mich zerknirscht an.

– Also sowas..., klagte er. Was hab ich ihr denn getan...?!

Da sich Bob und Marlène etwas abseits von uns über die Tragetasche aus Stroh beugten, vertraute ich ihm mit leiser Stimme meine geheimsten Gedanken an:

– Warum hast du sie nicht ins Wasser geworfen? fragte ich ihn, warum hast du dir das verkniffen...?

– Naja... Also...

– Scheiße, dann eben nicht, dein Pech...

Er breitete die Arme aus:

– Meine Güte, sie fliegt fast ins Wasser, ich fang sie auf, und dann...

Ich setzte einen Fuß in meinen Nachen, machte die Leine los. Ich setzte mich und packte mir die Ruder.

– Sie hat sich verändert, erklärte ich ihm. Ich hab das auch schon festgestellt.

Ich legte mich in die Riemen und entfernte mich in kraftvollem und ausgeprägt klarem Stil vom Ufer. Die Sonne knallte freundlich, und ich sauste umgeben von Frühlingsdüften und dem regelmäßigen Plätschern meiner Ruder dahin. Unsere bevorstehende Abreise machte Gloria sichtlich nervös, sie ärgerte sie, störte sie, ging ihr an die Nieren. Da bestand nicht der leiseste Zweifel. Ich machte mir nichts daraus, es war mir schnuppe, es war mir scheißegal, ich hatte nichts damit am Hut. Die Gegend hier war ein Paradies.

Wir stellten uns in einer Reihe auf. Henri war in Hemdsärmeln, seine Augen leuchteten. Gloria steckte sich die Haare hoch. Die Blätter der Bäume bewegten sich kaum, unsere Boote standen still, und die Strecke war ein schillernder, makelloser Spiegel. Wir sahen die drei anderen hinter der Ziellinie, kaum größer als halbe Streichhölzer. Nicht mehr lange, dachte ich, dann sitz ich in einer Piroge und hab 'ne Blumenkette um den Hals. Henri schneidet mir Melonenscheiben, und die Schalen werfen wir den Haien vor. Diese Reise rief in mir eine einzige Serie von verrückten Bildern hervor, aber ich konnte herzhaft darüber lachen. Ich hatte mir ein Paar himmelblaue Bermudas mit rosa Sternen ausgedacht und einen geflochtenen Strohhut mit breiter Krempe. Ich war wie ein Kind vor einer hell erleuchteten Manege. Ich hatte die Tickets in der Tasche. Mehr wollte ich nicht wissen. Ich hatte keine Lust, mir darüber den Kopf zu zerbrechen. Irgendwo wird's schon sein, sagte ich mir, eine Stimme drängte mich, schleunigst abzuhauen, ganz gleich, wohin, scher dich zum Teufel, nur bleib nicht hier, meine Güte, sieh zu, daß du schleunigst hier wegkommst. Drüben winkte Marlène mit einem weißen Taschentuch.

Drei Ruderpaare tauchten ins Wasser, und wir lösten uns wie ein Strich vom Ufer. Vielleicht stampften sie da unten auch vor Aufregung mit den Füßen, alle, die sie da waren. Meine Enten kehrten hoch oben am Himmel zurück. Stockenten, Eiderenten, Krickenten ...?

Wir legten eine ordentliche Schlagzahl vor. Das Niveau war um einiges höher, als ich gedacht hatte, es sei denn, ich hatte mich ein wenig überschätzt, jedenfalls flogen wir pfeilschnell dahin. Henri hatte ganz schön Kraft in den Armen, Gloria war total aufgedreht, mein ganzes Können war gefragt, gut, daß ich jeden Morgen ein wenig trainierte, das zahlt sich immer aus. Gloria ruderte zwischen uns. Sie war heiß auf dieses Rennen, sie spritzte uns der Reihe nach voll, so heftig klatschte sie die Ruder ins Wasser, sie war wie entfesselt. Inzwischen stieß sie bei jedem Schlag einen Schrei aus, haa oder hii, je nachdem, und alle drei hatten wir Schweißperlen auf der Stirn.

Auf halber Strecke war noch nichts entschieden. Ich holte zwar noch nicht alles aus mir raus, aber ich war kurz davor. Henri hatte eine Länge verloren, eine winzige Länge. Er fing seinerseits an zu brüllen, hau ruck, grölte er, die beiden waren bestimmt meilenweit zu hören, eine ganze Horde von Bekloppten auf dem See, da wollte ich nicht zurückstehen, haa, hoo!

Ich war zwanzig Jahre jünger als Henri, und das machte den Unterschied aus. An Puste, aber nicht die des Schreibens, nein, nicht der Odem des Schreibens, ich meine das simple Rein und Raus der Luft in den Lungen. Hau ruck! Inzwischen schon zwei Längen. Gloria heftete sich an meine Fersen, das Gesicht verzerrt, und meine Arme waren doppelt so dick wie ihre. Ich wußte, wenn ich mich gegen Ende zerfetzte, würde ich die Nase vorn haben. Das war nur normal. Ich wußte noch nicht, ob ich sie gewinnen lassen sollte. Sie war rot, weiß und grün. Hiii, hoo!!

Ungelogen, wir hatten besitmmt um die zwölf, dreizehn Knoten drauf. Sobald sich der Bug ihres Kahns an meinem vorbeischob, zog ich die Arme ein wenig kräftiger durch und nahm ihr so wieder dreißig, vierzig Zentimeter ab. Sie verschlang mich mit Blicken. Haa! Haa!! Dazu der Lärm der Ruder, die den Wasserspiegel zerteilten, und das Knirschen der Dollen. Die Fische kamen mit dem Kopf aus dem Wasser, um sich das anzusehen. Zweihundert Meter vor dem Ziel hatte ich mich immer noch nicht entschieden. Die Bäume kamen mir größer vor, die Ufer steiler. Sie ließ nicht locker, sie war tot, und ich war schweißgebadet. Nachlassen durfte ich nicht. Sie ruderte volle Pulle, ihre Arme waren wie Lokomotiven, und wenn ich nicht dagegenhielt, würde sie mir entwischen. HAA! HAA! Na...? fragte ich mich. Na, soll'n wir sie lassen...?!

Bob brüllte weiß der Himmel was, um uns anzufeuern. Ich hatte nur noch zwanzig Schläge vor mir. In nichts hatte man es bei ihr noch einfach. Ich pullte mit voller Kraft und übernahm die Führung. Das Wasser hinter mir mußte kochen. HAAAAAA!! Ich hatte die Ruder mit einer Wucht durchgezogen, daß der Kahn aus dem Wasser schnellte. In letzter Zeit haute sie einfach jeden vom Sockel. HOOO!!

Mit dem nächsten Schlag ließ ich sie aus purer Bosheit wieder aufkommen. Wir waren vielleicht noch zwanzig Schwimmstöße vom Ziel entfernt. Wir schrien im Gleichklang. Ich gab ihr dreißig Zentimeter vor, nahm sie ihr sogleich wieder ab. Bob und Marlène sprangen in die Luft. Ich warf Gloria einen Blick zu. Trotz allem, ich war froh, daß wir bald im Ziel waren. Na los, entscheide dich, sagte ich mir. Ich überholte sie. Ließ mich wieder zurückfallen. Das war schwierig zu dosieren. Dachte sie etwa, sie könnte bei diesem Rennen noch etwas anderes gewinnen? Stellte sie sich vor, sie könne damit irgend etwas beweisen? Das wäre nun doch ein starkes Stück, dachte ich. DASS ICH NICHT LACHE!!

Und dann schenkte ich ihr ihren Sieg. Ich ließ mich fast um eine halbe Länge abhängen, ich schnitt Fratzen wie einer, der sich total verausgabt hat. Bob stapfte glatt ins Wasser, um sie in seine Arme zu schließen, er brüllte, sie sei 'ne Wucht, wie der Wind sei sie über das Wasser gerauscht. Henri gesellte sich zu mir, ich rieb mir über die Arme. Niemand achtete auf die Besiegten.

– Ehrlich gesagt hat sie mich ein Stück geschnitten! meinte er.

– Naja, ich hab das Gefühl, wir sind über unsere wilden Jahre hinaus...!

– Ich hab 'ne riesige Blase an der Hand.

– Hmm... bei mir ist's die Schulter.

Das war der Preis, den man für einen angenehmen Abend entrichten mußte, nur um sie ein wenig entspannt, fast lächelnd zu erleben. Klar, sie konnte es sich nicht verkneifen, Bob als Schwachkopf zu titulieren, weil er sich seine Schuhe naßgemacht hatte, aber wir merkten schon, daß das nicht ganz ernst gemeint war, daß der Siegesrausch noch um ihre Lippen spielte. Ich hatte nicht aus Nettigkeit zurückgesteckt. Auf Anhieb hätte ich selbst nicht sagen können, warum. Meine künftigen Biographen werden darin vermutlich ein Vorzeichen sehen, sie werden behaupten, hiermit habe meine Rutschpartie auf jenen finsteren Pfaden begonnen, die einen geradewegs zur Sühne führen. Ich kann es kaum erwarten, sowas endlich lesen zu dürfen. Jessesmaria, schwarz auf weiß!

Den Tag, wo ich an dieser Fernsehsendung teilnehmen sollte – und zwar knapp eine Viertelstunde vor meinem Abflug, als ich meine Stiefel wichste –, fügte es das Schicksal, daß ich mit ihr allein war.

– Na, sagte sie zu mir, kommt jetzt bald der große Flug?

– In zehn Minuten.

– Nein, ich mein eure Spritztour in die Südsee...

– Noch fünf Tage.

– Ooohhhhh...

Ich hatte es eilig. Ich achtete nicht auf ihre spöttische Miene. Ich flitzte in die Küche, um mir noch einen Kaffee in den Kopf zu schütten, ich hatte einen wahren Horror vor diesen Sendungen, sie machten mich nervös. »Kommen Sie, junger Mann, erzählen Sie uns doch mal, wovon das handelt...!« Ich guckte zum Fenster raus und schüttelte den Kopf. Sie stand hinter meinem Rücken:

– Soll ich dir sagen, was ich davon halte?

Ich blies in meinen Becher.

– Wovon?

– Von dieser Reise.

Ich gab ihr keine Antwort, ich schlüpfte in meine Jacke.

– Naja, fuhr sie fort, ich find das einfach grotesk...!

Ich schaffte es gerade noch, meine Maschine zu erwischen. Ich hatte eine fürchterliche Laune, als ich das Studio betrat. Und der Typ, der mich interviewte, heiterte mich auch nicht auf. Ich beschränkte mich darauf, seine Fragen bloß mit ja oder nein zu beantworten, er geriet völlig aus der Fassung. Draußen fragte ich Walter Dogelski, wie ich gewesen sei. Er breitete die Arme gen Himmel. Ich sprang wieder ins Flugzeug. Am Abend, ein roter Sonnenstrahl durchquerte gerade die Küche, packte ich Gloria am Arm.

– Dumme Idiotin! sagte ich zu ihr. Wenn was grotesk ist, dann höchstens das Leben.

Ich ließ sie los, um mir ein Bier zu holen, und schaltete die Nachrichten ein. Ich war mir nicht sicher, ob sie das verstanden hatte.

17

Kurz vor unserer Abreise kam Vera zu uns runter, um uns ein letztes Mal in die Arme zu schließen. Und Charles gleich dazu. Sie kapierte nicht, warum ich auf den Artikel von Dingsbums nicht reagiert hatte, sie wiederholte ein ums andere Mal, das sei ihr einfach zu hoch, der Typ sei doch ein fürchterliches Untier. Ich erklärte ihr, ich hätte was gegen Gewalt. Dennoch steckte ich mir für alle Fälle die Adresse von dem Kerl ein, und mit einem Zitronentee im Magen stapften wir aus der Flughafenbar.

– Na, wie weit bist du mit deinem Roman?

– Hmm, ich komm voran…, sagte ich.

– Du weißt, daß es gut um dich steht…

– Naja, kommt drauf an, wie du das siehst. Sprichst du jetzt von meiner Gesundheit oder von meinem Sexualleben?

– Es geht das Gerücht, du sollest einen großen Preis kassieren…

– Ich wollte, ich wäre ein verkannter Autor und hätte die Taschen voll Geld. In altmodischen Palästen übernachten und gerade mal fünfhundert Leser haben. Fanatische Verehrer.

– Hi, hi…!

Die laue Luft und die letzte Mandelblüte versetzten sie für einen Moment in hellstes Entzücken. Sie hätte die Hauptstadt für kein Geld der Welt aufgegeben, aber sie stöhnte von wegen, wir wüßten selbst nicht, wie gut wir's hätten. Die Leier kannte ich. Zur gerechten Strafe kam am Spätnachmittag ein Gewitter auf, und sie mußte darauf verzichten, sich in Charles' Garten zu hauen, der sich alsbald in einen rutschigen Morast verwandelte.

Es war bereits dunkel, als ein Stromausfall das ganze Viertel lahmlegte. Charles verteilte ein paar Kerzen, und wir redeten weiter über dieses und jenes, zu dritt, über Freud und Leid hoher Auflagezahlen, über Herrn X.' letztes Buch, über die angeblichen literarischen Strömungen, lauter Tratsch, Klatsch, Gewäsch… Im Grunde hatte ich dafür nicht viel übrig, aber ich muß zugeben, daß ich mich mitunter gehen ließ. Wir hatten nichts zu tun, während wir auf die anderen warteten, wir mußten die Zeit totschlagen. Es goß in Strömen.

Sie hatte praktischerweise ein Sommerröckchen an, und nach 'ner Zeit hielt sie es nicht mehr aus, ihr wurde im Dunkeln kalt an den Beinen. Ich stand auf. Sie bat mich, den Regenschirm zu halten, und ich sagte nicht nein, denn sie reiste mit zwei riesigen Reisetaschen durch die Welt, und drei Arme hatte ich leider nicht. Ich nahm mir eine Taschenlampe, und wir gingen los, umkurvten die Pfützen.

Ich schnappte mir die beiden Taschen, und in dem Moment, wo ich die Tür zumachen wollte, parkte Bob seinen Kombi genau hinter meinem Wagen. Da wir eine Lampe hatten, warteten wir auf sie. Es war stockfinster. Bob stieg auf der einen Seite aus, mit bloßem Kopf, ein Regenschirm öffnete sich, und Gloria kletterte rückwärts ins Freie. Bob raste mit einer dünnen Taschenlampe zwischen den Zähnen wie der Blitz an uns vorbei.

– He, was ist, soll'n wir dir helfen? fragte ich Gloria. Kannste uns gebrauchen...?

– Ja! Ja!

Erst kam die Tragetasche aus Stroh, dann der Handkorb mit allen Utensilien, dann die Windeln, nicht zu vergessen ihre Handtasche und der Regenschirm und weiß der Himmel was noch. Ich hatte mal eine gekannt, die hätte das alles zur Tür raus geschmissen. Gloria jedoch mühte sich verbissen weiter. Wir kamen hinzu, und sie pferchte Vera die Tragetasche samt Korb unter die Arme, dabei schimpfte sie wie ein Rohrspatz über dieses Dreckswetter. Sie versetzte der Tür einen Tritt, dann guckte sie Vera an.

– Niedlich, so ein Sommerröckchen. Ist dir das denn nicht zu kalt ohne Strümpfe?

Sie setzte sich an die Spitze, ohne eine Antwort abzuwarten, und wir rannten auf das Haus zu. Plötzlich bremste sie ab.

– Ach du Scheiße, sagte sie.

Vera, die direkt hinter ihr war, rannte voll in sie hinein. Durch den Aufprall rutschte sie aus, sie verlor das Gleichgewicht und setzte sich mitten in den Schlamm.

– O nein...! stöhnte sie. Alles, nur das nicht...!

Ich streifte sie zaghaft mit dem Strahl der Taschenlampe, während sich der Regen über meinen Schädel ergoß. Sie hatte weder den Schirm losgelassen noch die Sachen, die ihr Gloria anvertraut hatte. Ihr Rock lag um sie herum wie ein Kornblumenbeet, und ihre Beine steckten zur Hälfte in einer breiigen Masse. Die Grimasse, die sie zog, verursachte mir Magenschmerzen.

– Ich hab die Flasche im Handschuhfach vergessen! erklärte uns Gloria. Hoffentlich hast du dir nicht weh getan...?

Sie half mir, Vera aus dieser Suppe herauszufischen, dann rannte sie zum Wagen zurück. Ich konnte mir den fürchterlichen Matsch, der ihr die Beine runterlief, lebhaft vorstellen. Sexuell gesehen, verspürte ich nichts.

– Komm, sag, daß sie das nicht mit Absicht getan hat! flehte sie mich an.

– Ich schwör's dir! sagte ich.

Henri und Marlène trafen ein bißchen später ein, als Vera gerade aus dem Bad kam. Wir hingen mitten in einem Geburtstagskuchen mit lauter Kerzen drumrum, und das Ganze hatte einen gewissen Charme, Schatten tanzten vor unserer Nase, die Gesichter waren von besonderer Eindringlichkeit, einmal die Augen zusammengekniffen, schon war man ein überwältigendes Genie, eine Grimasse, und man sah die Qualen der Hölle. Ein Lächeln, und man hatte die Sanftheit des Zen vor sich. Ich nahm Henri den Kochtopf ab, und während sich die ganze Bagage zur Begrüßung in die Arme fiel, rannte ich mit dem Schmuckstück in die Küche. Ich befestigte auf die Schnelle ein paar Kerzen am Küchenherd und ließ es auf kleiner Flamme weiter köcheln.

Ich schmeckte ab. Herr im Himmel! Noch hatte man mir nicht alles genommen. Ich war bald auf dem Gipfel meiner Kunst angelangt. Ein Chili schon am Abend vorher zuzubereiten, das war die wahre Weisheit. Somit weiß jeder, was ich vom Schnellkochtopf halte. Ich rührte ein paar Sekunden lang vorsichtig um, machte die Augen halb zu und wartete, bis mir der Geruch in die Nase stieg, dann beschloß ich, noch ein winziges bißchen Paprika zuzugeben. So wie ein Schriftsteller seinen Stift zur Hand nimmt, um die letzten Korrekturen vorzunehmen, so zog ich mein Beutelchen Kräuter aus der Tasche und stellte es neben mich. Seit ich reich war, konnte ich mir die Gewürze von Carroll Shelby leisten, sie sind mit die besten.

»Any man that eats chili can't be all bad.«

P. Garrett
Stinking Spring, N. M.
Dec. 21, 1880

Ich gab ein wenig Paprika hinzu. Ein Gedicht. Gloria tauchte im Türrahmen auf.

– Ach du Scheiße, schon wieder Chili ...?! nörgelte sie.

Ich stand da mit dem Löffel in der Luft wie ein marinierter Ölgötze. Eine Sache, der ich mich ganz hingegeben hatte, auf die ich seit dem Vorabend ein Auge hatte! Ein Gericht, das mich zum literarischen Hätschelkind gemacht hatte, ein Gericht, von dem meine Bewunderer mit heiliger Andacht kosteten!!

– Arme Irre! sagte ich zu ihr. Würdest du nicht auch eine Flasche Meskal mit Malcolm Lowry trinken ...? Oder einen Absinth mit Verlaine ...? Würdest du dich etwa weigern, ein Sandwich mit dem großen Jack zu teilen ...?

Sie musterte mich von oben bis unten, dann verschwand sie mit einem hämischen Kichern. Das Ganze glich einem Spiel. Mir war nicht aufgegangen, daß sie endgültig ihre Kindheit hinter sich hatte. Ich schaffte es nicht, sie so ganz ernst zu nehmen. Vielleicht kam das daher, daß ich es nicht richtig wollte, wer weiß das schon ...? Tja, die Welt war nach unserem Bild geschaffen, sie war von erschreckender Komplexität. Allein, mein Chili brachte mich wieder auf heitere Gedanken. »Die Blüten des Mohns, wie fallen sie sanft!« hatte Etsujin geschrieben. Ich tunkte meinen Holzlöffel in ein Meer von Rosenblättern, während ein feiner Regen gegen die Scheibe trieb.

Henri brachte mir ein Glas und fragte mich, wie sich die Sache darbiete.

– Naja, überzeug dich selbst..., gab ich ihm zur Antwort. Glorias Ansicht kenn ich allerdings schon.

Er probierte einen Löffel Bohnen.

– Hmm... Ich will verflucht sein!

– Jaja. Das heißt, soviel verlang ich gar nicht.

– Laß sie, fügte er hinzu. Achte nicht drauf...

– Soweit ich mich erinnere, ist sie immer als eine der ersten über mein Chili hergefallen...

– Ja, aber zähl mir bitte nicht auf, was wir alles nicht bewahren können, erzähl mir nicht, was sich alles ändert. Weißt du, ich glaub, das ist einer deiner besten Chili überhaupt.

– Naja, ich weiß nicht. Vielleicht fehlt noch 'ne halbe Schote. Nach dem zweiten Löffel hatte ich den Eindruck.

– Nein, ich finde nicht. Es ist vollkommen. Noch besser als in deinen Büchern.

Das Kompliment ließ mich rotwerden. Ich beugte mich über den Topf, um mir nichts anmerken zu lassen. Es hatte auf mich jedesmal die gleiche Wirkung, wenn Henri zu mir von meinen Büchern sprach. Als er mir eines Tages gesagt hatte, meine Fortschritte seien verblüffend, so langsam wüßte ich tatsächlich zu schreiben, hatte ich mich unauffällig ans Fenster gestellt, und ich hatte es aufgemacht.

– Nur keine Hemmungen, nimm dir ruhig noch was, sagte ich zu ihm.

»Sieht aus wie 'ne Totenwache...«, scherzte er und deutete mit dem Löffel auf die Kerzen, die ich an den Ecken des Herds angebracht hatte. Er legte mir eine Hand auf die Schulter, und gemeinsam betrachteten wir den Chili für einen kurzen Augenblick.

– Weißt du, fuhr er fort, ich bin vielleicht dazu imstande, ein Mädchen von zwanzig Jahren zu begutachten. Aber frag mich bitte nicht, was in deren Kopf vorgeht. Im Grunde hab ich das noch nie gewußt, es scheint mir jedenfalls so.

– Wir sind beide an den Frauen zerbrochen! lachte ich.

Er kaute noch einen Löffelvoll, um sich die Sache genauer anzusehen, und schüttelte den Kopf.

– Also ehrlich, was redest du da für einen Quatsch von wegen 'ner halben Schote ...?!

Ich glaube, er sagte das nur, um mir einen Gefallen zu tun, denn diese halbe Schote fehlte, da konnte er mir nichts vormachen. In einer gewissen Hinsicht konnte ich mir bei einem Chili keinen Scheiß mehr leisten, mein ganzes Image konnte darunter leiden. Ich konnte nachempfinden, was mir Henri de Montherlant einmal gesagt hatte: »Junger Mann, mein Erfolg ist ein Mißverständnis.« Ich befürchtete durchaus, eher für die Qualität meiner Bohnen als für die Reinheit meines Stils bekannt zu sein. Manchmal fragte ich mich allen Ernstes, was wohl passieren würde, wenn urplötzlich Sauerkraut in Mode käme, ich fragte mich, ob ich dann in der Versenkung verschwinden würde. Wenn es soweit sein sollte, hoffte ich, für mich allein schreiben zu können. Überdies spürte ich, daß das kam, aber ich muß zugeben, daß ich dafür ein Prachtexemplar vor Augen hatte, ganz davon abgesehen, daß ich in ein interessantes Alter kam. Seine Haare zu verlieren oder schneeweiße auf dem Kopf zu haben, Falten zu entdecken, nachts wach zu werden, auf ein zehn Jahre altes Foto zu stoßen, zu seufzen, was hieß das schon? Ich sah die Dinge mit anderen Augen, es kostete mich weniger Mühe zu lächeln.

– Henri, wenn ich nicht in der Lage wäre, festzustellen, daß da noch Paprika fehlt, wär ich nicht, was ich zu sein scheine.

Bob kreuzte auf, aber er hatte von nichts 'ne Ahnung außer von Omeletts, sämtliche Omeletts, die man sich nur vorstellen kann. Der Idiot fragte mich glatt, ein bißchen Salz, ob ich das nicht auch fände, aber ich erklärte ihm auf der Stelle, er sei wohl nicht mehr ganz dicht, und Henri zuckte nur mit den Schultern. Salz, das war, als hätte man Sand in den Augen.

– Schön, sagte ich und klopfte den Löffel auf dem Rand des Topfes ab. Warten wir noch zwanzig Minuten, dann dürfte es soweit sein ...

In diesem Augenblick blies eine heftige Explosion die halbe Bude fort. Genau so kam es mir jedenfalls vor, oder aber ein Flugzeug hatte den halben Dachstuhl mitgerissen. In der Tat fing die ganze Hütte entsetzlich an zu knacken. Wir guckten uns an, nebenan herrschte helle Aufregung.

– Ah, was ist denn jetzt passiert??!! brüllte Charles.

Wir rannten ins Wohnzimmer. Die ganze Gesellschaft war aufgesprungen, die Stirn in Falten, und lauschte in die tiefe Stille, die sich wieder über die Bude gelegt hatte. Ich hatte noch das Splittern des Glases im Ohr, das auf den Knall gefolgt war, es kam mir vor wie ein Sirenengesang in einer Nacht auf See, wie ein Glöckchenkonzert unter freiem Himmel in einem eisigen Winter. Géraldine starrte in ihrer Tragetasche fasziniert auf ihre Händchen.

– Ja träum ich denn! stieß Charles mit tonloser Stimme hervor.

Wir stürzten im Sauseschritt vor die Tür. Der Regen prasselte wieder, und wir konnten so gut wie nichts erkennen, bloß einige Lichtreflexe auf dem Boden, wo sich kleine Bäche gebildet hatten. Wir liefen zurück, um unsere Taschenlampen zu holen. Charles wiederholte, er begreife nichts mehr, das Haus sei mit einem Blitzableiter versehen, und Feinde habe er auch keine. Der Lösung keinen Schritt näher, rannten wir wieder hinaus, stöberten wild durcheinander in der Dunkelheit. Seit dem Beginn des Dramas waren erst wenige Sekunden verstrichen.

Als wir um die Hausecke bogen, bot sich uns ein unheimlicher Anblick. Doppeltes Entsetzen für Henri und mich.

– Großer Gott! Meine Veranda!! rief eine jammernde Stimme.

– Unglaublich! zischte Henri.

Ich blieb einen Moment reglos stehen, wie gebannt, mitten in einer Pfütze. Das Wasser, das mir übers Gesicht lief, bewies mir, daß ich nicht träumte.

– Also sowas, ich will gehängt sein, erklärte Bob. Was ist denn in diesen Baum gefahren...?!

Plötzlich leuchtete der Garten auf, ebenso die Straßenlaternen und ein paar Fenster in der Bude. Diesmal war es eine riesige Zypresse, ihre Wurzeln schimmerten hoch über dem Boden. Trotz des Regens roch es in der Luft stark nach Pflanzensaft und umgewühlter Erde. Die Mädchen kamen mit ihren Regenmänteln auf dem Kopf um die Ecke. Vera fuhr sich mit der Hand vor den Mund. Marlène erstarrte. Gloria wirkte verzückt. Sie trat vor und ging an mir vorbei.

– Sagenhaft! meinte sie.

Am nächsten Morgen kam ich zurück, um um den Baum herumzuschlendern. Ich war allein. Charles und Vera schienen noch zu schlafen. Es hatte aufgehört zu regnen, aber die Luft hatte sich für mehrere Tage abgekühlt. Die Jacke von oben bis unten zugeknöpft und die Hände in den Taschen, rauchte ich mir eine beschauliche Zigarette. Ich stand etwa dreißig Meter weit von dem Baum entfernt, die Nase in einem schwachen Lüftchen, und musterte nachdenklich seine schiefe Lage. Ein schöner Baum von einem satten Grün, der sich sichtlich bester Gesundheit erfreute, und dennoch war er auf das Haus gestürzt. Ich wurde nicht müde, ihn anzustarren. Ich scheue mich nicht zuzugeben, daß mir die ganze Geschichte spürbar unter die Haut ging.

Danach spazierte ich ein wenig um ihn herum. Natürlich war das ganz und gar unbegreiflich, und so konnte ich meinen Gedanken freien Lauf lassen. Ich legte die Hand auf den Stamm. Dann schwang ich mich auf ihn. Ich schnappte mir einen imaginären Zügel und gab ihm in kerzengerader Haltung die Sporen. Ich stieß einen leisen Schrei aus: »Hopp!« Wir jagten einen mit hohem Gras bewachsenen Abhang hinunter, und das Licht war großartig, die Bäche glitzerten bis tief unten ins Tal. Ich stemmte die Füße in die Steigbügel. Ich merkte wohl, daß ich nicht auf die Schnauze fallen konnte, doch an manchen Stellen war das Gefälle so steil, daß ich mir wie auf einem Rodeo vorkam und beinahe über den Hals des Pferdes hechtete, ich hielt mich einzig durch die Kraft meiner Schenkel im Sattel. Wir gewannen weiter an Geschwindigkeit. Ich stieß einen entsetzten, befreienden Schrei aus.

– Hmm... Stör ich dich? fragte Charles.

Ich ließ mich vom Baum gleiten. Er verzog das Gesicht, seine Hände steckten in den Taschen seines Morgenmantels. Jedesmal, wenn ich einen Typ in so einem Aufzug sehe, vergeht mir die

Lust, mir auch so ein Ding zu kaufen. Mit den Hausschuhen ist es dasselbe. Und mit den Tirolerhüten. Mitunter mußte man sich zwicken, um sich davon zu überzeugen, daß das noch gar nicht so lange her war, als Charles seinen großen Auftritt hatte, Freiheitsberaubung und Schüsse durch die Tür. Frühmorgens machte er jedoch immer noch einen romantischen Eindruck. Wie nur, o ihr Götter, wie soll man es anstellen, daß einen das unergründliche Geheimnis eines jeden von uns nicht überrascht?

– Ich bin platt, sagte er und hob die Schultern.

– Ja, das kann ich verstehen.

– Also sowas, kannst du mir dafür 'ne Erklärung geben?

– Ich wüßte keine, gab ich ihm zur Antwort. Wahrscheinlich ist er im Dunkeln gestolpert.

– Willst du einen Kaffee?

Ich hatte schlecht geschlafen, ich war früh wach geworden. Ich hatte bloß Lust gehabt, mir die Sache kurz anzugucken, länger bleiben wollte ich nicht.

– Nein, mach dir meinetwegen keine Umstände...

– Ach was, es ist löslicher. Nur einmal unter heißes Wasser.

Ich hörte mir noch an, daß sein nächster Roman in Santa Cruz spielen sollte, dann machte ich, daß ich wegkam. Warum nicht am Yukon? Ich legte den Gang ein und brauste los.

Der Himmel war wieder frei. Ich fuhr in die Innenstadt. Ich mampfte ein Würstchen an einer Straßenecke. Trank einen Espresso, kaufte mir ein paar gegrillte Kastanien und ging zum Schluß in einen Laden.

Der Typ kannte mich. Früher, als ein Scheck für mich noch ein kleines Wunder darstellte, war er einer der wenigen gewesen, die uns einen leichten Kredit eingeräumt hatten. Ich sah die Leute, die uns damals das Leben gerettet hatten, gerne wieder, und statt mich an den Hauswänden entlangzuschleichen, redete ich jetzt mit ihnen, dafür strahlten sie jetzt über das ganze Gesicht, wenn sie mich reinkommen sahen. Es erheiterte sie, mit einem Schriftsteller zu sprechen, ganz davon abgesehen, daß der auch noch ins Fernsehen kam, das war ein echter. Sie fragten mich regelmäßig, wie es mit meiner Inspiration stehe, und schon allein bei dem

Wort fingen sie an zu lachen. Im Grunde war mir das lieber so, das war natürlicher als diese verdammten Interviews, man konnte sich über den Regen und über den Sonnenschein unterhalten, wenn nicht zuviel los war. Er teilte mir mit, daß er sich vergrößern wolle, daß die Regale bis an die Decke reichen sollten, aber er frage sich auch, ob er da nicht doch eine Dummheit begehe, so wie es jetzt sei, habe er sich daran gewöhnt.

Das ist dasselbe, als würden Sie sich 'ne neue Schreibmaschine zulegen! erklärte er mir, während wir meine Einkäufe in die Tüten stopften.

Als es ans Zahlen ging, meinte er, daß er das Sechserpack Bier nicht berechne, schließlich hätte ich ihm fünf Flaschen Bourbon abgekauft. Ein reizender Mensch. Ich nahm noch drei Flaschen Gin dazu, um ihm einen Gefallen zu tun, plus ein paar Dosen Tonic.

Ich hatte die Arme voll, als ich am Wagen ankam. Natürlich kam jetzt wieder dieses verflixte Problem mit dem Schlüssel. Ich war gerade dabei, meine Chancen abzuwägen, das ganze Zeug auf der Motorhaube auszubalancieren, als Gloria neben mir auftauchte.

– Welche Tasche?

Ich deutete mit dem Kinn nach rechts:

– Die da... in meiner Jacke.

Sie schloß mir die Tür auf, und ich konnte meine Flaschen absetzen. Ich richtete mich auf, um mich bei ihr zu bedanken. Sie hatte die Haare über dem Kopf zusammengebunden.

– Steht dir gut, sagte ich zu ihr.

In letzter Zeit zog sie nur noch ein Register, nämlich das des scharfen Blicks. Ich lächelte ihr zu. Ich fragte sie, ob sie was trinken wolle oder Hunger auf ein Croissant habe. Nein, sie war eben erst aufgestanden, das hatte sie gerade hinter sich. Ich beobachtete sie ein paar Sekunden.

– Warum nur...?! fragte ich sie und seufzte. Warum...?

– Warum was? antwortete sie.

Ich ärgerte mich über mich selbst, daß ich mich gehen ließ,

aber das war stärker als ich. Keine Ahnung, was für ein Tag das war, die Leute um uns schienen spazierenzugehen, es war einer jener Vormittage, an denen man Lust bekam, in eine Kirche zu gehen, oder einem Typen auf einer Bank einen Schein zu geben, oder einen Hund aufzulesen, oder sich zurückzubeugen und seiner Freundin einen Kuß auf den Hals zu drücken.

– Wie kommt es nur, daß du so zum Kotzen bist? fragte ich sie mit sanfter Stimme. Reg dich nicht auf. Aber ich hab bei der Sache 'nen schlechten Tausch gemacht, ist doch normal, daß mir das nicht gefällt.

Sie schüttelte den Kopf und guckte weg, dabei ließ sie ein kurzes Lachen ertönen.

– Ha, ha! Man möchte meinen, das ist bei dir zu 'ner fixen Idee geworden. Wer von uns beiden ist wohl mehr zum Kotzen, was glaubst du?

Ich schälte eine meiner Kastanien und reichte sie ihr.

– Ich hab das Gefühl, das letzte Mal, daß ich dich gesehn hab, das war an dem Tag, wo du uns in dem Wald hast sitzenlassen. Findest du das nicht komisch?

– Doch. Du hast wirklich 'ne rege Phantasie.

Ohne noch ein Wort zu sagen, lief sie über die Straße und verschwand in einem Selbstbedienungsladen. Ich zögerte einen Moment, dann ging ich ihr hinterher. Sie hing über ihrem Einkaufswagen und verglich zwei Dosen Tomatensauce. Ich deutete auf die bessere.

– Soll das noch lang so gehen, wirst du das nicht mal leid...?

– Würdest du so nett sein, ein Stück zur Seite zu rücken und mich vorbeizulassen...?

Ich folgte ihr zum nächsten Regal, während über uns die Lautsprecher die Sonderangebote verkündeten.

– Hast du mir wirklich nichts zu sagen...?

– Wenn du unbedingt willst, gib mir mal das Flockenpüree.

Gleichmütig kam ich der Aufforderung nach, ich warf ihr ein Paket in den Korb. Als sie weitergehen wollte, blockierte ich den Wagen mit dem Fuß.

– Weißt du, was das heißt, sich in meinem Alter von 'nem Mädchen von zwanzig Jahren verarschen zu lassen ...?

– Laß mich durch!

Ein Typ im weißen Kittel, der am hinteren Ende des Ladens schlaff auf einem Hocker hing, warf mir einen Blick zu. Um ihn zu beruhigen, ließ ich eine Milchtüte in den Korb fallen und zog meinen Fuß zurück.

– Ich bitte dich, sag schon, daß ich ein Vollidiot bin, sag, daß es viel größere Probleme im Leben gibt.

Da sie mir keine Antwort gab, legte ich noch ein Paket grüne Lasagne hinzu.

– Oder täusche ich mich?

Sie schien sich lediglich für ein Pfund ungesäuertes Brot zu interessieren. Ich schnappte mir ein in Zellophan verpacktes Baguette und steckte es ihr zwischen den Busen.

– Und wo, meinst du, wird uns das ganze Theater noch hinführen? fragte ich sie zweideutig.

Sie verzog den Mund. Ich brach das Baguette langsam durch und ließ es in den Einkaufswagen fallen.

– Wer weiß das schon, wer weiß das schon ..., flüsterte ich.

– Ich möchte, daß du AUFHÖRST, dieses Zeug in meinen Wagen zu schmeißen, ist das klar?!

– In deinen Wagen? Aber sicher!

Ich fischte die Sachen wieder raus und stellte sie in die Regale zurück.

– Eins möchte ich dir trotzdem sagen ...

Ich unterbrach mich, denn der Mann im weißen Kittel war aufgestanden und kam in unsere Richtung. Er runzelte die Stirn, während er die Regale inspizierte, er tat so, als hätte er uns gar nicht gesehen.

– Nanu ..., fragte er sich, was machen die denn da, die kleinen Lasagne? Und erst die dicke Milchtüte ...?!

Ich wartete, bis er sich um das böse große Brot gekümmert hatte, ehe ich weiterredete. Ich wollte sie mir ohne Pause vorknöpfen.

– Jetzt hör mir mal zu ..., sagte ich zu ihr. Du bringst mich um was ziemlich Wichtiges. Ich hoffe, die Sache ist das wenigstens wert...

Sprach's und packte sie am Arm. Aber sie riß sich abrupt los, und ihr Ellbogen landete in dem Magen einer Hausfrau, die gerade an uns vorbeiging. Eine große Hagere mit weißer Haut und blondem, gebleichtem Haar, die laut schimpfend in die Reinigungsmittel krachte. Wir halfen ihr auf und entschuldigten uns, ihr sei nichts passiert, erklärten wir ihr. Der Typ breitete seine weißen Flügel aus und rauschte mit entschlossener Miene heran.

– Puh, was für ein Tag...! meinte er und stürzte sich auf seine Geschirrspülmittel, um sie in eine Reihe zu stellen.

Wir klemmten die Blonde wieder hinter ihren Einkaufswagen und entfernten uns unter einer seichten und seelenlosen Musik.

Draußen in der Sonne startete ich einen neuen Versuch:

– Bist du zu Fuß?

Sie bejahte, dabei nahm sie mir die beiden Tüten aus der Hand. Ich bot ihr an, sie zurückzufahren, doch sie fand, dazu sei das Wetter viel zu schade, nein, sie wolle lieber laufen. Ich verstand sie ja voll und ganz, aber schließlich war sie doch bepackt wie ein Esel, hatte sie nicht schon ganz geschwollene, blaue Finger, die von den Plastikgriffen total abgequetscht wurden? Ohne lange zu fackeln, packte ich mir die Tüten wieder. Ich traf nur auf schwachen Widerstand. Ein Glück, denn ich hätte daran gezerrt wie ein Irrer, selbst wenn das ganze Zeug im Umkreis von fünfzig Metern verstreut worden wäre.

In dem Moment, wo ich losfuhr, drehte sie die Musik auf volle Kanne. Man mußte schon taub sein oder unter dem Einfluß der zarten Jungfräulichkeit des blauen Himmels stehen. Ich zwinkerte ihr zu und stellte ein wenig leiser. Resultat: sie kurbelte das Fenster runter, ließ einen Arm zur Tür raushängen und machte die Augen zu. Erneut fragte ich mich, ob ich's noch einmal versuchen sollte oder besser darauf verzichtete. Trotz allem blieb noch was zwischen uns, aber ich hätte nicht sagen können, was.

»He, wo fährst du denn hin...?!« fragte sie mich nach 'ner Weile. Der Verkehr war so ruhig, daß ich stur geradeaus gehalten hatte, ohne was zu merken, und inzwischen waren wir fast schon am Stadtrand angelangt. Ich war selbst am meisten überrascht.

– Ach du Scheiße, stell dir vor, ich war mit den Gedanken ganz woanders...

– Du denkst zuviel.

IIiiiii...!! Ich stieg voll auf die Bremse, nachdem ich einen Blick in den Rückspiegel geworfen hatte. Stummer noch als ein Karpfen stellte ich ihr Gepäck auf den Bürgersteig, dann hielt ich ihr die Tür auf, ohne auch nur im geringsten die Ruhe zu verlieren.

– Tut mit aufrichtig leid, daß es soweit mit uns gekommen ist, ich meine es ernst. Wenn's dich nicht stört, möchte ich jetzt lieber allein meines Weges ziehen...

Ihr Gesicht war kreidebleich. Ihre Augen fürchterlich. Zwanzig Jahre vorher wäre mir der Angstschweiß ausgebrochen. Das Ticken meines Warnsignals war nicht zu überhören, dennoch machte ich mich auf eine Art Heulen gefaßt. Sie hatte sich bereits in das Polster meiner Sitze gekrallt. Ich lächelte trotz allem.

– Das wirst du mir büßen! fauchte sie.

Ich schälte seelenruhig meine letzte Kastanie und beglückwünschte mich dazu, daß ich den Motor ausgestellt hatte. Ich linste einen Augenblick auf die Flaschen, die ich nach hinten gestellt hatte, aber der Zeitpunkt war schlecht gewählt. »Schade«, sagte ich mir, »ein Schlückchen Alkohol hätte keinem geschadet.« Sie war jetzt ein großes Mädchen. Sie stieg aus und stellte sich vor mich. Das Licht schien sie zu elektrisieren.

Ich schnappte mir ihr Handgelenk, das auf mich zuflog, ich erklärte ihr, das sei nicht der rechte Weg, ich hätte auch schon daran gedacht. Wenn wir es schon nicht schaffen, miteinander zu reden, was sollen wir dann unsere Kräfte vergeuden, denk doch nur mal drei Sekunden drüber nach.

– Der Schlamassel ist doch schon groß genug, Gloria, müssen wir uns denn noch tiefer reinreiten...?

Vielleicht hatte ich ein wenig dick aufgetragen, vielleicht war ich jetzt etwas zu theatralisch. Jedenfalls äffte sie mich mit vollkommen idiotischer Stimme nach:

– Der Schlamassel ist doch schon groß genug, Gloria, müssen wir uns denn noch tiefer reinreiten...?

Sie redete mit normaler Stimme weiter, um mich als armen Irren und blöden Arschficker zu bezeichnen.

Der Ton hatte sich unerklärlicherweise verschärft, zumindest fand ich das, oder aber das lag doch an dem Licht, wie ich schon vermutet hatte. Es gibt solche Frühlingstage, die locken Tote aus ihrer Gruft, wenn es sich nicht sogar um die wunderbare Brotvermehrung handelt. Ich konnte mir vorstellen, was das bei einem Mädchen bewirkt. Ich versuchte Ruhe ins Spiel zu bringen:

– Beschimpf einen Typen nicht als Arschficker, der mit deinem Vater zusammenlebt! scherzte ich.

Sie stieß einen Wutschrei aus. Auf der anderen Straßenseite fuhr ein Alter von seiner Bank in die Höhe und guckte zu uns rüber, eine Hand über den Augen. In weniger als fünf Minuten konnte ich das alles hinter mir lassen und meinen Wagen auf einem Feldweg abstellen und in einem Stück Wald spazierengehen. Ich machte ein Zeichen, daß ich aufgab, aber sie kapierte nicht.

– Scheiße! Das darf nicht wahr sein, daß ihr immer noch wie die Kletten aneinander hängt!! Seid ihr es nicht bald mal leid...?!!

– Nein, wozu... Wir versuchen noch was durchzuhalten...

Worte sprudelten über ihre Lippen. Sie machte einen gewaltsamen Versuch, sich zusammenzureißen.

– Dabei weiß er, wozu du fähig bist..., stieß sie mit wutschnaubender Stimme hervor.

Sowas Ähnliches hatte ich erwartet. Alles in allem war mir diese Geschichte teuer zu stehen gekommen, Tag für Tag hatte mir dieser zwar wunderbare, aber doch erschöpfende Klotz am Bein gehangen. Fünf Jahre nach Bettys Tod war Marlène die erste Frau gewesen, die ich richtig angesehen hatte. Ich war nicht so dumm gewesen, zu glauben, die Sache würde mich nichts kosten, aber ich hätte nicht gedacht, daß man mir so reichlich auftischen würde. Man muß wahrscheinlich den Gedanken akzeptieren, daß es äußerst schwierig sein kann, sich wieder in den Sattel zu schwingen, wenn man erst mal richtig im Dreck liegt. Wenn du keine Trage willst, mein Junge, dann bereite dich darauf vor, blutige Tränen zu vergießen. Und wunder dich über nichts, wenn du dich aufrappelst, nachdem du bis neun angezählt worden bist. Ich legte den Kopf auf die Schulter und atmete die berauschende Luft tief ein.

– Nenn das, wie du willst, sagte ich.

– Nichts weiß er von dir! tobte sie. Er kennt dich schlecht!

»Sieh an«, sagte ich mir, »ob da vielleicht noch was im Busche liegt?« Sie kochte vor zurückgehaltener Wut. Die Zündschnur war lang gewesen, doch bald würde sie in dem Faß verschwinden. Endlich einmal war ich froh, daß ich älter geworden war, ich hatte das Gefühl, eindeutig mehr Halt zu haben. Das hatte zwangsläufig seine Vorteile. Zum Beispiel konnte man sich dazu beglückwünschen, es ein ganz schönes Ende ausgehalten zu haben. Ich befingerte ein wenig meine Nasenspitze, um sie ins Leben zurückzurufen, das heißt, zu bleiben, ohne sich zu rühren.

– Aber, du, du kennst mich . . ., murmelte ich.

– Oh ja! brüllte sie.

– Und Dingsbums kennt mich auch . . .

Ihre Nasenflügel bebten leicht, die Augen sprangen ihr fast aus dem Kopf, ihre Lippen waren blau.

– Oh . . . ja! zischte sie zwischen den Zähnen. Und ich hoffe, er wird uns noch viel mehr von dir berichten . . .!

Ich schniefte leise.

– Der Himmel befindet sich über dem Dach, sagte ich, ganz blau, ganz ruhig . . .

Sie zitterte, nicht mehr und nicht weniger. Ich war perplex. Ich sah sie ein letztes Mal an und setzte mich wieder hinter mein Lenkrad, leise schlug ich die Tür zu.

Die nächsten zwei Tage konnte ich nicht mehr ruhig sitzen. Henri wollte wissen, ob mich etwa unsere bevorstehende Abreise in einen solchen Zustand versetze. Ich antwortete ihm, das könne schon sein, ich wüßte allerdings nichts davon. Alle fünf Minuten nahm ich meine Jacke vom Haken, um draußen eine Runde zu drehen. Vera meinte, man sehe mich überhaupt nicht mehr, und wenn, dann sei ich nicht bei der Sache oder hätte sogar ganz die Sprache verloren. Sie guckte mir frech ins Gesicht, und ich hatte nicht übel Lust, ihr alles zu erzählen. Ich erklärte ihr, ein Typ habe mir auf dem Anrufbeantworter gesteckt, Dingsbums schicke sich an, erneut zuzuschlagen.

– Wenn das stimmt, dann kann die Sache jeden Tag rauskommen, verdeutlichte sie in finsterem Ton.

– Und ich hab keine Ahnung, was dieser Arsch diesmal ausgeheckt haben könnte, aber um die Wahrheit zu sagen, ich wittere böses Blut.

– Hm, bei dem muß man auf alles gefaßt sein!

– Ja, das sag ich mir auch die ganze Zeit...!

– Das war ein Fehler, daß du dich nicht früher darum gekümmert hast. Ich hätte das an deiner Stelle nie hingenommen. Da fragt man sich glatt, ob du's nicht anders gewollt hast...!

– Ah, unter dem Aspekt hab ich die Sache noch nicht betrachtet...!

– Die Welt der Literatur ist eine unerbittliche Welt, in der alles erlaubt ist, ich weiß, wovon ich spreche. Nimm nie einen auf die leichte Schulter, der eine Rubrik hat, Regel Nummer eins.

– Naja, jedenfalls hält's mich nicht mehr auf meinem Platz. Mir ist, als legte sich ein Schatten über mich. Das ist ein schlechtes Vorzeichen, oder?

– Meinst du den Schatten eines Baumes...?

– Ich weiß es nicht. Im Grunde weiß ich überhaupt nichts.

Schließlich entschied ich mich. Der Tag hatte damit angefangen, daß ich mir bei einer meiner gymnastischen Übungen die Schulter zwischen zwei Stühlen ausrenkte. Eine geschlagene Stunde lang hatte ich einen total steifen Arm. Ich setzte mich in der Zeit an meinen Tisch und konstruierte im Geiste zwei, drei Sätzchen als Fortsetzung meines Romans. Ich rackerte mich fürchterlich ab. Mir fiel nur ein guter ein. Als ich seufzend versuchte, meine Schreibmaschine anzustellen, spürte ich sämtliche Symptome nervöser Erschöpfung. Der kleine rote Knopf ging nicht an, die Tasten schnellten ins Leere wie überflüssige, kleine, kaputte Kiefer. Ich rüttelte sie hin und her, umsonst. Ich brüllte dermaßen laut, daß Henri antanzte, um zu sehen, was los war. Er lieh mir seine. Ich blieb eine Zeitlang vor ihr sitzen, wie starr vor Entsetzen, dann tippte ich den einzigen Satz des ganzen Tages und gab auf.

Es gibt nichts Schlimmeres auf der Welt, als nicht in der Lage zu sein, ein paar Sätze auf die Beine zu stellen. Mit erloschenem Blick, das Kinn auf die Brust gepreßt, rückte ich vom Tisch ab. Ich war wie ein Läufer, der mit einem Krampf zu Boden sinkt, ein Dompteur ohne Raubkatzen, ein Ozean ohne Gezeiten, ich war wie Casanova ohne seine Eier, ein armer Paralytiker, eine gefesselte Braut. Ich machte ein paar Atemübungen, um das alles zu vergessen. Ich konnte mir einen Céline oder einen Miller nur schwer an ihrem Schreibtisch vorstellen, ohne daß bei ihnen was raussprang. Das wollte ich mir nun doch nicht verhehlen, trotz allem.

Ich flüchtete von diesem weiten Feld der Verzweiflung, aus diesem tristen Licht, ich ging zurück zu Henri. Er war dabei, seine Leinwand auf einen Holzrahmen zu spannen. Ich ließ mich in einen Sessel fallen. Ich schnappte mir ein paar Zeitschriften, feuerte sie wieder weg.

– Findst du denn trotzdem noch Zeit zu schreiben? fragte ich ihn.

– Pah, weißt du, im Grunde ist es dasselbe...

Ich schnappte mir eins seiner Bilder und guckte es mir an:

– Ach, Scheiße, ich versteh nur Bahnhof...! Verflixt, dabei geb ich mir Mühe!

– Merke dir, ich stecke auch noch in den Kinderschuhen.

– Du solltest es abwechselnd machen. Ein Bild, ein Gedicht.

Ich knurrte irgend etwas. Ich faßte mit der Hand hinter den Sessel und brachte eine Flasche zum Vorschein, ich beugte mich vor, um mir zwei Gläser zu schnappen. Ich wollte eigentlich alles vor ihm auspacken, aber ich besann mich eines Besseren. Ich hatte nicht die geringste Lust, das Ganze aufzurühren, ich wußte es nur zu gut. Ich hielt Henri also aus der Sache raus, ich wollte ihm diese jämmerliche Geschichte ersparen. Ich guckte ihm zu, wie er seine Tapeziernägel in das weiche Holz drückte. Ich hätte sämtliche Dämonen der Hölle von ihm ferngehalten, soviel ist klar.

Ich fuhr gegen fünf Uhr nachmittags.

18

Ah, als ich zwanzig war, fand ich das irre, nachts wie ein Zombie durchs Land zu reisen. Und selbst jetzt hatte das immer noch seinen Reiz, das mußte ich sagen, allerdings hätte ich mich auch mit drei-, vierhundert Kilometern zufriedengegeben, nur daß das leider achthundert waren. Ich brannte dermaßen darauf, diese Angelegenheit zu regeln, daß ich nicht einmal die 22-Uhr-Maschine hatte abwarten können. Ich hatte darum gebeten, Öl und Wasser nachzugucken, und hatte mich auf die Autobahn geschwungen.

Das Gaspedal zu zwei Dritteln durchgetreten, im Radio ein Konzert von Ram Narayan, sah ich dem Tag zu, der um mich herum zu Ende ging. Ich traf auf ein wenig Nebel, kurz bevor die Nacht hereinbrach. Ich stürzte mich in ihn rein.

Nach einer Weile packte mich Angst. Ich war aus einer plötzlichen Anwandlung heraus losgefahren, ohne mich zu vergewissern, ob Dingsbums überhaupt zu Hause war. Kilometer um Kilometer biß ich mir auf die Lippen, dann fand ich mich damit ab.

Ich hielt vor einer Raststätte an, um mir ein Sandwich zu kaufen, ich kam mit einer Anhalterin wieder raus. Sie hatte einen Bürstenhaarschnitt. Ich ließ sie einsteigen, damit sie nicht an einen Lumpen geriet, sie wirkte noch so jung. Ich hoffte, sie würde sich mit mir unterhalten, aber ich hatte kaum den Mund aufgemacht, da stellte sie die Sache auch schon klar:

– Behalt deinen Schmus für dich, meinte sie. Ich glaub an nichts mehr.

– Du bist ja ’ne ganz Harte, entgegnete ich kopfschüttelnd.

Eine halbe Stunde später war sie eingeschlafen. Der berühmte Schriftsteller am Steuer seines Schlittens, das Gesicht ein wenig verquollener als in seiner frühesten Jugend. Ein Mädchen, fast noch ein Kind, an der Beifahrertür zusammengeklappt. Der Tacho erleuchtet wie eine Krippe. Sie fuhren durch die Nacht.

Er, er hatte das deutliche Gefühl, keine Bremsen mehr zu haben. Wenn er überhaupt wußte, wo er hinfuhr. Das erinnerte ihn an seine ersten Fernfahrten, an den Geschmack der Amphetamine, die Gaststätten am frühen Morgen, die Ablage voller Karten. Genau das Richtige, um sich einen Flachmann aus dem Handschuhfach zu klauben und mit einer Hand am Steuer allen früheren und zukünftigen Generationen zuzuprosten.

Ich hielt mehrfach an, um mir einen kochend heißen Kaffee reinzuschütten. Das Mädchen war geradezu einschläfernd. Die Lust am Fahren war mir schon seit Stunden vergangen, die Strecke war entsetzlich lang, und so langsam wurde ich müde. Der Gedanke an die Rückfahrt machte mich krank. Ich überlegte, mich samt Wagen in den Zug zu knallen.

Gegen Mitternacht fädelte ich auf den Périphérique ein. Das Mädchen bedankte sich bei mir mit militärischem Gruß, bevor es in ein Taxi sprang, und ich schaltete die Innenbeleuchtung ein, ich kramte die Adresse aus der Tasche, faltete den Stadtplan auseinander und machte mich auf die Suche.

Er wohnte in einem ruhigen, verlassenen Viertel unter einem Halbmond und zwischen ein paar Bäumen, die in dem Luftzug rauschten, der durch die Straße fegte. Ich fuhr im Schrittempo an Dingsbums' Bude vorbei und parkte weiter oben. Ich stellte das Radio aus. Die Nacht war frisch. Verglichen mit der Kante, aus der ich kam, war man hier am Nordpol, es war bestimmt sechs, sieben Grad kälter. Ich blieb noch einen Moment in der Karre sitzen, ich mußte erst wieder in Form kommen, alles rekapitulieren, mir klarmachen, warum ich überhaupt da war. Ich wußte den Grund, aber ich war nicht so recht davon überzeugt. Ich blies mir auf die Hände, danach betrachtete ich mich im Rückspiegel und verpaßte mir eine ganze Serie von Ohrfeigen, um mich aufzupeitschen.

Ich qualmte im wahrsten Sinne des Wortes, als ich den Fuß auf den Bürgersteig setzte, meine Backen waren zwei gegrillte Tomaten. Ich hatte mir geschworen, ihm die Worte aus der Kehle zu ringen und ihn halb zu erwürgen, sobald er geredet hatte. Das schien mir die rechte Vorgehensweise. Ganz unkompliziert. Es ist lächerlich zu glauben, man müßte sich ständig den Kopf zerbrechen. Nicht für solche Kerle wie Dingsbums. Ich richtete mich mit den achthundert Kilometern im Kreuz und dem Flachmann in den Beinen auf. Ich stieß ein paar Dampfwölkchen über die Straße.

Es handelte sich um ein feistes Haus, das in mehrere Appartements unterteilt war. Ich entdeckte seinen Namen auf einem Briefkasten und stieg über einen roten Teppich auf die erste Etage. Mir wurde ganz elend bei dem Gedanken, der Typ könne nicht da sein. Mein Herz pochte, als ich gegen die Tür klopfte.

Als er aufmachte, atmetete ich auf, dafür atmete er gar nicht mehr. Er war sprachlos. Allein das Gesicht, das er machte, entschädigte mich für den ganzen Weg. Wenn ich ihm auf der Stelle eine verpaßt hätte, hätte ich ihn bestimmt nicht verfehlt, denn er stand da wie angewurzelt, doch ich ließ mich von dem Bild einlullen, ich konnte mich an seinem Hornochsenblick nicht satt sehen.

– Haste mal 'n Moment Zeit? rang ich mich endlich durch zu fragen, nachdem einige kostbare Sekunden verstrichen waren.

Ich versuchte mir sein Kinn zu schnappen, um ihn mir zurechtzulegen. Doch der dumme Hund hatte sich wieder gefangen, er wich mir aus, weiß der Himmel wie, und dann war es an mir, verblüfft zu sein und nichts mehr zu kapieren. Denn im nächsten Moment fand ich mich auf dem Teppichboden wieder, die Arme auf den Rücken gedreht. Dingsbums packte mich an den Haaren und riß mir den Kopf in die Höhe:

– Armer Irrer! Du hast mich schon mal geschlagen...!! zischte er mit hysterischer Stimme. Versuch das nie wieder!!

Zwei weitere Typen saßen auf meinem Rücken, aber ich konnte sie nicht sehen, ich hörte sie nur lachen.

– Also nein, jetzt guckt euch den mal an! meinte Dingsbums zu ihnen, ich glaub, ich träume, guckt euch diesen Schafskopf mal an!

Mein Besuch schien ihn zu freuen, er wußte bloß noch nicht so recht, wie er die Sache anfassen sollte. Er verpaßte mir eine

Ohrfeige oben auf den Kopf. Ich steckte sie ein, ohne zu murren, er hatte mir kaum die Haare durcheinandergebracht. Als nächstes tauchte ein Mädchen auf, das heißt, ich sah nur ihre Beine, Strümpfe mit Naht und hochhackige Schuhe. Sie stieß einen spitzen Freudenschrei aus:

– Ho... Sagt es mir nicht! Ich glaube, ich ahne es...!!

– Genau, mein Liebling, GANZ GENAU!! kläffte Dingsbums.

Er packte mich wieder an den Haaren. Ich registrierte das alles innerlich, auch die Art, wie er mich schüttelte.

– Herr Arsch persönlich! fauchte er mit verzerrtem Gesicht. Der Herr aus Neandertal...!

Er redete sich in Fahrt. Er quetschte meinen Kopf auf den Boden, den eine wohltätige Hand mit Teppichboden versehen hatte. Ich kam mit einem leichten Hitzegefühl auf der Stirn davon.

– Ich glaube, wir sollten Teer und Federn bereithalten! ließ er sich in verächtlichem Ton vernehmen.

Ich hatte mir noch nicht ganz verziehen, daß ich in eine solche Situation geraten war, ich war stinksauer auf mich. Aber ich machte nicht piep.

– Ja, schmeißen wir ihn einfach nackt auf die Straße! schlug das Mädchen vor.

Die beiden Typen über mir fingen an zu glucksen.

– Hmm...! Das will wohlüberlegt sein, dozierte Dingsbums. Nur nichts überstürzen, Kinder. Schließlich hat man nicht jeden Tag so einen großen Schriftsteller zu Besuch, übrigens, ich hoffe, du weißt, daß mir alles, was du schreibst, von Grund auf zuwider ist...?!

Das Stärkste an der Sache war, daß ich mich wahrlich keinen Millimeter rühren konnte. Ich war am Boden festgenagelt, dazu verdammt, mir ihren Sermon anzuhören und meinen Ärger runterzuschlucken. Das ekelte einen an, ich drehte den Kopf auf die andere Seite. Wie oft hatte ich in diesem Leben schon ohnmächtige Wut verspürt, wie oft hatte ich meine Grenzen erkennen müssen...! Im Grunde waren die beiden Kerle auf meinem Rücken federleicht, da hatte ich schon Schlimmeres erlebt.

– Offen gestanden, ich hätte nicht übel Lust, ihm ein paar Finger zu brechen, setzte Dingsbums von neuem an.

– Wir könnten ihm sämtliche Seiten seines letzten Buchs zu fressen geben! erklärte der eine.

– Ihn in den Müllschlucker kippen...! überbot ihn der andere.

Sie bogen sich alle vier vor Lachen. Ich kam mir vor wie eine Statue voller Vogelkacke. Ich hatte dieses Gefühl bereits am Vormittag gehabt, als ich wie versteinert vor meinem Blatt gehangen hatte, ein aufdringliches Bild, leider, für meinen Geschmack tauchte es arg fix wieder auf. Aber mein Arm war viel zu verdreht, als daß ich irgendwas hätte probieren können. Ich hatte die Bewegungsfreiheit verloren. Ich konnte nur noch meinem Schicksal entgegensehen. Dingsbums kletterte über mich hinweg, um wieder in mein Gesichtsfeld zu kommen, er kauerte sich vor mir hin.

– Du hast was Faszinierendes an dir, sagte er. Da hast du dir im entlegensten Winkel deiner Provinz also vorgestellt, die Welt läge dir zu Füßen, du bräuchtest mich nur mit einem Faustschlag zu Boden strecken, einfach so, und könntest in aller Ruhe zu deinen Heideblumen zurückkehren...? Weißt du, Kleiner, daß du beinahe das Stadium geistiger Beschränktheit erreicht hast?

– Heutzutage, erwiderte ich, heutzutage weiß man einen Schriftsteller nicht mehr zu erkennen.

Er sprang auf:

– Ach du jemine! Liebling, hast du das gehört...?! rief er mit erstickter Stimme. Der Typ ist größenwahnsinnig!!

– Wenn ich anfangen würde zu singen, dann nur, um Bob Dylan abzulösen, fügte ich hinzu.

– Ist er nicht unbezahlbar...? fragte er das Mädchen.

– Wahnsinn! Der ist echt unglaublich...!

Einer der beiden, die auf mir ritten, zerzauste mir grölend die Haare.

– Ach du Schande...! Und das in seinem Kuhhirtenaufzug...! knurrte Dingsbums. Der glaubt wohl, er sei hier in den Pampas. Ich bin sicher, dem ist noch nicht aufgegangen, daß das was anderes ist, ob man ein Buch schreibt oder Rüben setzt!

– He, Jungs, langsam wird's langweilig...! feixte ich mit.

Wie ein wildes Tier fiel Dingsbums über mich her. Er packte mich wutentbrannt, unter einem nervösen Stöhnen verdrehte er meine Klamotten.

– Ich rate dir, sei still...! zischte er mir ins Gesicht. Wir machen mit dir, was wir wollen. Vergiß nicht, daß du hier gewaltsam eingedrungen bist und es mir gesetzlich zusteht, mich zu verteidigen. Ich könnte dich zu Brei schlagen, wenn ich wollte.

Das Mädchen hatte sich hinter ihm in ein Kunstmagazin vertieft.

– Ich fürchte, an dem Tag, an dem du die Hand gegen mich erhoben hast, fuhr er fort, an dem Tag hättest du dir besser ein Bein gebrochen... Ich lasse so schnell nicht locker, ich glaube, das habe ich dir bewiesen, oder...?

Mit einem Mal fiel mir ein, was mich zu ihm führte.

– Ich bin bereit, das Vergangene zu vergessen, sagte ich. Ich würd mich nur ganz gern mit dir über deinen nächsten Artikel unterhalten...

Er zog mich an sich heran. Sein Atem ließ mich schaudern.

– Ah, das ist es also...! Das ist es, was dich aus deiner Prärie hier rauf getrieben hat, knurrte er mit schiefem Gesicht. Du bist ja verdammt gut informiert, sieh mal einer an, du bist ja ein richtiger Pfiffikus...!

Ich lächelte ihn an, was er in den falschen Hals bekam:

– Über den, ich glaub, über den wirst du dich freuen, griemelte er. Den wirst du so schnell nicht vergessen...!

– Ja, eben, genau das wäre mir gar nicht so lieb.

– Ja meinst du denn, das macht mir was aus, ob dir das lieb ist oder nicht...! bellte er. Du verkörperst für mich all das, was ich sowohl in literarischer als auch in jeder anderen Hinsicht verabscheue. Ich hoffe, nach diesem Artikel hast du dein Fett weg, wenn du's genau wissen willst. Ich versprech dir, diesmal hab ich alles hineingelegt...!

Ich brauchte ihn bloß anzusehen, um zu wissen, daß er nicht log. Unglücklicherweise blieb mir nur das Wort. Das war viel und wenig auf einmal. Ich war ein Schriftsteller, der sich beklagte, daß ihm nur Worte zur Verfügung standen. Ich lächelte.

– Bis ein Typ wie du mal was von Literatur schnallt, antwortete ich ihm mit einer Stimme aus Stahl, bis einer wie du mal den Kopf aus seinem Rattenloch herausbringt, bis dahin habe ich meine siebte Reinkarnation hinter mir!

– Hör sich das mal einer an!! brüllte er den anderen zu. Gleich packt uns dieses Arschloch noch seinen Stil aus...!

– Ein zuckender Blitz in morgendlicher Frühe, sagte ich.

– Ach du Scheiße, legt doch mal 'ne andere Platte auf..., stöhnte das Mädchen.

– Ich hab auch keine Lust, bis zum Jüngsten Tag so zu sitzen, erregte sich einer meiner beiden Klötze.

Dingsbums strich sich übers Gesicht und nickte:

– Ja, ihr habt recht... So langsam wird er lästig.

Sie packten mich nicht gerade zimperlich und stellten mich auf die Beine.

– Meine Güte! 'ne Fahne hat er auch noch! bemerkte Dingsbums.

»Wie andere vor mir, und nicht die Geringsten...«, dachte ich, während sie mich mit dem Rücken an die Wand knallten. Dingsbums legte sich erneut mit meiner Jacke an, aber ich war mir sicher, ein Ding mit Revers wäre ihm lieber gewesen. Diesem Typ ging jeglicher Humor ab, und da ließ sich auch nichts mehr dran ändern, er war sozusagen schon mausetot.

– Hör zu, zischte er mir ins Gesicht, wir werden dich rausschmeißen, wie du's verdient hast. Du bist wahrhaftig nicht Manns genug, uns hier irgendwelche Vorschriften zu machen, schreib dir das hinter die Ohren, wenn du überhaupt schreiben kannst!

– Laß diesen Artikel fallen, sagte ich zu ihm, dabei lassen wir es bewenden.

Mein Vorschlag machte ihn rasend. Das Mädchen ließ ihre Zeitschrift quer durch das Zimmer flattern und schaltete das Fernsehen ein. Dingsbums war kreidebleich.

– Also ehrlich, du verstehst wohl überhaupt nichts! brauste er auf. Es steht dir nicht zu, irgend etwas zu verlangen, ist dir das klar, du Schwachkopf? Es wird keine Abmachung zwischen uns geben. Dieser Artikel wird rauskommen, und schmecken wird er dir nicht, das garantier ich dir!

Und damit schleppten sie mich Richtung Ausgang. Vor der Tür wehrte ich mich ein wenig.

– Meine Geduld ist bald erschöpft, knurrte ich. Wehe, du veröffentlichst diesen Artikel.

– HA! HA! tobte er. Und wer will mich daran hindern ...!?

– Ich werde dich daran hindern!

Er biß sich in seiner Wut auf die Lippen und versuchte, mich zur Tür rauszustoßen. Zum Glück befanden wir uns in einem kurzen, nicht gerade breiten Flur, sie standen sich selbst im Weg. Es gelang mir, die ganze Bagage zurückzudrängen, indem ich ein Bein gegen die gegenüberliegende Wand klemmte.

– Raus hier! schrie Dingsbums und entblößte mich halb, so sehr zerrte er an meinem Hemd. Aus meinen Augen!!

Ich bekam auf unerklärliche Weise einen Arm frei und stemmte mich mit eingezogenem Kopf vorne wie hinten gegen sie. Es folgte ein großes Gedränge, bei dem ich unter lautem Knurren und Nörgeln ein paar wichtige Zentimeter verlor. Schließlich klammerte ich mich an die Türklinke.

– Dieses Schwein ist glatt tollwütig! zeterte Dingsbums.

Ich handelte mir ein paar Tritte ein, dabei zerrten sie mich zurück. Ich wußte nicht, was ich eigentlich wollte, ich glaube, ich wollte vor allem nicht diese Tür ins Schloß fallen hören. Ich gab nach, als mir einer von ihnen fein säuberlich mit dem Absatz das Schienbein aufkratzte. Im nächsten Moment flogen wir ins Treppenhaus, und diesmal hielt ich mich am Geländer fest.

– Loslassen, DU SOLLST DAS LOSLASSEN!!

Sie schüttelten mich durch, zerrten an mir, fielen wie die Berserker über mich her. Das Mädchen stand im Türrahmen und drückte die Treppenbeleuchtung. Ich fragte mich, wo blieben eigentlich die Nachbarn, wenn es welche gab, wo blieb die Gleichheit, wo die Gerechtigkeit? Als ich spürte, daß sie mich wieder an den Haaren zogen, sah ich mich gezwungen, das Geländer aufzugeben. Sie schleiften mich vor die Treppe. Bevor sie mich nach unten stießen, froren wir für einen Augenblick ein, und Dingsbums schnitt eine letzte Grimasse:

– Sei nicht traurig, meinte er zu mir. Du kannst nichts mehr daran ändern ... Mein Artikel erscheint morgen früh!

Sie ließen mich die Stufen hinunterkullern, völlig zerschlagen purzelte ich bis auf halbe Höhe der Treppe.

–Tja, und wenn ich morgen früh sage ..., rief mir Dingsbums nach und lächelte seiner Uhr zu. Wir HABEN bereits morgen früh.

Sie überließen mich meinem Schicksal und verschwanden unter den Klängen eines polternden Gelächters. Ich zog mich an einem Stab des Geländers hoch und setzte mich auf die Stufen, ich war am Boden zerstört. Eiskalte Luft zog durch das Treppenhaus, doch ich fror nicht, mein Gesicht brannte wie Feuer, und an meinem ganzen Körper pochten rote, glühend heiße Flecken, ich hatte mich überall ein wenig gestoßen, meine Kopfhaut war angesengt. Trotz allem, verletzt war ich nicht. Ich fühlte mich lediglich zerschlagen. Das sind so die Dinge, die einem zustoßen, wenn man in der Mitte seines Lebens steht und der Druck zu groß wird. Meine ganze Wut war verflogen, alles war still und ohne jede Form.

Ich warf einen letzten Blick auf den Treppenabsatz über mir, dann stand ich auf. Meine Schulter schmerzte. Die, die ich mir am Vormittag halb abgerissen hatte, nein, gestern vormittag. Ich stiefelte die letzten Stufen hinunter und rieb mir die arme kleine, ich war noch wackelig auf den Beinen, ein Fohlen, das sich am Tag seiner Geburt zum ersten Mal erhebt, ein Säufer, der heimkehrt. Als ich die Tür aufzog, schürte die Kälte meine Verbrennungen. Ich blieb einen Moment auf dem Bürgersteig stehen, um Luft zu schöpfen. Eine Mißgeburt von einer Straße, seelenlos, fast schon grauenerregend mit ihren spitzen, dunklen

Häuschen. Ich wollte nicht wissen, ob mir Dingsbums und die anderen oben am Fenster nachblickten, ich überlegte mir nicht, was ich ihnen an den Kopf werfen könnte, ich hatte sie vergessen. Ich hatte vor allem die Schnauze voll, gestrichen voll.

Gegen vier Uhr kapitulierte ich vor einem Motel. Selbst mit dem Radio auf voller Lautstärke schaffte ich es nicht mehr, die Augen aufzuhalten. Außerdem hätte ich einen Eisblock auf dem Kopf gebraucht, so sehr hatte sich mein Verstand verhakt, so sehr rumorten all diese Sachen in meinem Kopf. Zum Beispiel Dingsbums' verletzende Äußerungen über meinen Stil. Wie... war ich nicht von unvergleichlicher Strenge und Festigkeit, war ich nicht der ergebenste Diener meiner Sprache, war ich nicht derjenige, der auf Knien rutschte...? Und meine hundertfünfzigtausend Leser, hatte ich die erfunden? Gehörte ich denn nicht zu den wenigen, die sich Mühe gaben...? Man sollte es ihnen allesamt um die Ohren hauen, von wegen ich und Umgangssprache, ich, der ich bald ins Japanische übersetzt werden sollte, ich, der ich die Mädchen in Mexiko um den Verstand brachte. Was konnte dieser Arsch von Dingsbums für ein Vergnügen dabei empfinden, eine Mumie zu ficken, wie konnte man die Sache angehen, ohne den rechten Glauben zu haben? Mehrmals wäre ich fast mit der Schnauze in den Straßengraben geschliddert. Mich als vulgär zu bezeichnen, mich, der ich ein Purist war. Welch armseliges, kleines, boshaftes Arschloch! Ein Ignorant, ein nichtsnutziger Wichser!

Ich dachte auch an Dinge, die weniger lustig waren, abscheulich, um bei der Wahrheit zu bleiben. Dinge, die mich persönlich betrafen. Danach versuchte ich auf Dingsbums zurückzukommen, auf den ganzen Scheiß, den er verzapfte, aber ich war nicht bei der Sache, und sein Bild verschwamm in meiner Vorstellung. Ich hielt es bei literarischen Diskussionen nie lange aus.

Ich nahm mir ein Zimmer. Von meinem Fenster aus sah man die Wagen vorbeirauschen. Doch ich sah bloß Rotationspressen und Zeitschriften, die sich stapelten. Ich versuchte im Dunkeln eine letzte Zigarette zu rauchen, aber ich hatte nicht mehr die Kraft, bis zum Ende zu gehen. Die Erde hätte gebebt, und zwar wer weiß wie, wenn ich nur einen Finger hätte rühren können. Im übrigen schlief ich in voller Montur ein.

Ich hatte die Vorhänge nicht zugezogen. Ich hatte bei Tagesanbruch die Augen aufgesperrt. Eine aschgraue, mentholhaltige Dämmerung. Ich stellte mich unter die Dusche, dann an eine so gut wie ausgestorbene Theke, um zwei Kaffee zu trinken. Mädchen fegten mit dem Besen durch den Saal und drehten Stühle um. Nichts war so traurig wie das Gesicht des Kellners, der vor mir einen Stapel Untertassen mit Lichtgeschwindigkeit abwischte. Man sah die Spuren des Kamms in seinem Haar, seine Haut war bleich vor Müdigkeit, er hatte noch Baba in den Augen. Die Mädchen waren wie benommen unter ihrer Schminke, sie gähnten zwischen den Tischen. Nichts ist so widerlich wie Leute, die aus dem Schlaf gerissen werden. Deshalb bin auch kein Frühaufsteher, mir graut davor, sowas zu sehen.

Ich ließ volltanken, und der Typ roch noch nach seiner lauwarmen Decke, obwohl er sich die Ohren abfror, die schneidende und blitzende Luft folterte seine Miene aus Pappmaché. Ich fuhr zweihundert Kilometer in einem Stück, ohne nur einmal zu blinzeln. Dann hielt ich bei Sonnenaufgang an, um ein paar Eier zu essen. Ich ließ das Eigelb rauslaufen, rührte es mit Ketchup und Cayennepfeffer an und löffelte es in mich hinein. Das Weiße aß ich normal. Diesmal kam mir das Personal ein wenig lebendiger vor, es machte nicht mehr den peinlichen Eindruck, einem Grab entstiegen zu sein. Der Barkeeper hatte Farbe bekommen, die Mädchen streckten beim Gehen die Brust raus, der Tankwart reinigte mir die Windschutzscheibe und wollte unbedingt Öl und Wasser kontrollieren. Ich lehnte ab. Das wollen sie alle. Der Tag hatte in der Tat begonnen.

Es war eine Schnapsidee, die Autobahn zu verlassen. Ich sollte es bald merken. Heute weiß ich, daß das nicht viel geändert hätte, trotzdem wäre ich gerne dabei gewesen, um sie auszustoßen, diese unnützen Worte, vielleicht hätte ich damit Zeit gewonnen. Ich raste also übers Land und steuerte die nächste

Stadt an. Ich war nervös. Das Ganze glich mehr und mehr einer riesigen, jämmerlichen Farce. Ein unangenehmes Gelächter verfolgte mich, es hüllte mich ein und verbreitete sich über die Felder.

Ich geriet auf einen Markt, sozusagen in einen Eimer voller Leim. Ich schnappte mir meine Sonnenbrille, um den Hausfrauen die Heftigkeit meines irren Blicks zu ersparen, und arbeitete mich mit zwei Stundenkilometern dadurch, sofern ich nicht völlig zum Stillstand kam. Drei Straßen weiter war alles wie ausgestorben, die Sonne schien auf ein verlassenes, schweigsames Pflaster. Ein Städtchen. Ich parkte auf einem Platz, wo sich zwei Bäume mit Ach und Krach zwischen eine Bank, einen Springbrunnen und ein paar Tauben quetschten. Ich lief zum Zeitungsstand.

Dingsbums war außer Rand und Band. In einem solchen Maße, mit soviel Brutalität hatte er noch nie über mich hergezogen. In gewisser Weise hieß das, daß ich gewonnen hatte, das war, als gäbe er zu, daß ich schreiben könne, woran ich doch mitunter selber zweifelte. Die Tirade war endlos lang. Ich übersprang ein paar gehässige Passagen, um unvermittelt in das gleißende Licht der Schlußattacke vorzudringen: Konnte sich der Leser noch erinnern, daß ich mir die Frau meines besten Freundes unter den Nagel gerissen hatte? War es da – nur am Rande – nicht interessant, daß ich zuweilen auch die Tochter vernaschte...?

Ich hörte einen Augenblick dem Plätschern des Brunnens zu. Ich stand reglos da, und eine Taube tippelte von der Bank herüber, um mich anzugucken. Kurz darauf fuhr ich weiter.

Vor mir lagen noch etwas mehr als zwei Stunden Fahrt. Zunächst über ein paar Berge, dann eine lange Schlußgerade. Ich scherte mich nicht mehr um die Geschwindigkeitsbegrenzungen. Auch das war ein Fehler. Der Mercedes hatte nicht mehr genug Mark in den Knochen, um eine solche Anstrengung zu verkraften, vor allem, wo die Straße stark anstieg. Der Geruch heißen Öls drang ins Wageninnere, aber sowas registrierte ich gar nicht mehr. Als mich die Kiste dazu zwang, runterzuschalten, fluchte ich auf sie, ich stöhnte, was ich für eine armselige Gurke unterm Hintern hätte, was für eine elende, lahme Karre.

Es lief mir kalt den Rücken hinunter, als mir auffiel, daß die Kiste qualmte, daß eine weiße Rauchwolke aus der Motorhaube kroch. Ich spürte, wie sie unter meinem Fuß absoff. Den Geist aufgab. Ich sah den Gipfel nicht weit vor mir, es war, als könnte ich ihn mir greifen. Mein Mund trocknete rasend schnell aus. Rote, blendende Lichter schnellten aus dem Armaturenbrett, kleine, ausgerissene Herzen.

Noch dreihundert Meter, was sag ich, keine hundert mehr...! Ich kam in einem Ginsterbusch zu stehen. Ich hörte die Zweige über die Karrosserie schrammen. Das endgültige und totale Aus in dieser gottverlassenen Gegend, und dabei fehlten nur ein paar Sekunden, und ich hätte die Rückseite der Steigung runterrasen können. Und dieses Gelächter verfolgte mich weiter. Ich machte ein paar Atemübungen, um so mehr, als die Gegend zur Meditation einlud, zur Suche nach dem inneren Frieden.

Ich drückte die Tür vorsichtig auf und setzte den Fuß auf einen Teppich aus spitzen Kiefernnadeln. Der Geruch des Ginsters war so zuckersüß, daß er sich einem regelrecht auf die Brust legte. Es herrschte ein grausames Schweigen, klar und eisig wie eine Quelle. Der Himmel war von einem idealen Blau, eine Prise Winter, zwei Prisen Frühling. Ich hämmerte mit beiden Fäusten auf das Dach. »Warum tust du mir das an...!?« klagte ich.

Ich war keinem einzigen Fahrzeug mehr begegnet, seit ich die Steigung in Angriff genommen hatte, nichts als Millionen von Tannen in dichtgedrängten Reihen und keine Menschenseele weit und breit. Diesmal, ich war mir ganz sicher, diesmal hatten mich die Götter verlassen. Ich war nicht besser dran als ein Schiffbrüchiger, dessen Blick mit staunendem Entsetzen über die Pracht des Meeres gleitet. Ich betrachtete die Straße und biß mir auf die Lippen.

Plötzlich hörte ich ein Motorengeräusch. Ich hatte Angst, an Halluzinationen zu leiden. Doch das Geräusch blieb, eben noch fein und zart, jetzt laut und deutlich! Es hielt mich nicht mehr auf meinem Platz, ich bedauerte es, keine Leuchtraketen zu haben, egal ob rot oder blau. Ich machte mir eine Zigarette an.

Ein Traktor schob sich über den Gipfel. Im ersten Moment war ich wie vor den Kopf geschlagen, ich wurde bleich, doch während er langsam auf mich zufuhr, sagte ich mir, besser als nichts, tausendmal besser als nichts, ich ruderte mit den Armen und rannte ihm entgegen.

Ein junger Typ mit einer Mütze und einer Latzhose und Fingern so dick wie Spatenstiele. Er nickte, als ich ihm erklärte, in was für einer Scheiße ich steckte.

– Das kostet Sie fünf Minuten, sagte ich zu ihm. Seien Sie 'n feiner Kerl.

Ich beeilte mich, drei Scheine in seiner Känguruhtasche verschwinden zu lassen. Daraufhin kletterte er umständlich von seinem Gefährt, und ich schleppte ihn mit, um ihm den Mercedes in seiner Agonie zu zeigen. Ich verspürte einen leichten Stich. Wie viele Kilometer war ich mit ihm gefahren, wie viele Paradiese, wie viele Höllen hatten wir gemeinsam erlebt...!? Seine Reifen waren neu, die Kupplung repariert, und ich hatte mich um sein Kleid gekümmert, Macken und Beulen waren verschwunden außer der Delle vorne rechts, die ich in Erinnerung an vergangene Zeiten beibehielt, eine Chrysantheme aus Rost, von der ich mich nicht trennen konnte. Diesen Wagen hütete ich wie meinen Augapfel, und selbst wenn ich von einer Stunde auf die andere fünfhunderttausend Exemplare verkauft hätte, hätte ich ihn nicht für einen anderen hergegeben. Letztens hatte ich ein längeres Gespräch mit dem Inhaber der Reparaturwerkstatt geführt, und wir hatten überlegt, einen neuen Motor einzubauen. »Der hält mindestens noch zehn Jahre!« hatte er mir garantiert. »Irgendwann gucken wir uns dann mal das Getriebe an, nächsten Winter, was meinen Sie? Ich bin auch ganz vernarrt in diese Kiste... Manchmal meint man, sowas richtig Unverwüstliches gibt's gar nicht mehr, aber hier hat man's vor Augen...!«

– Ist er hinüber? fragte der junge Typ.

– Nein, ich glaub nicht. Aber er fährt nicht mehr.

Ich legte mich neben ihn ins Gras, und er zeigte mir, wo die Kette hinkam. Wir mußten uns beeilen, denn sein Chef wartete. Ich war nicht der einzige, dem es unter den Nägeln brannte. Wir machten uns auf dem Seitenstreifen an die Arbeit, am Rande des schweigsamen und unberührten Waldes, und in weniger als fünf Minuten war alles geregelt.

Mit einem Ruck zog er mich heraus, schleppte er mich aus dem Schatten der Bäume. Während er mich auf den Gipfel zog, dachte ich einen Moment über die Lächerlichkeit des Trostes nach, Glück im Unglück zu haben, denn letztes Endes ist es besser, von totaler Finsternis umgeben zu sein, als seine letzten Streichhölzer anzuzünden. Es gibt nichts Schlimmeres als das Wellental, wenn man gewissen Theorien Glauben schenkt. Der Typ klinkte mich oben auf dem Gipfel aus. Seiner Meinung nach konnte ich die Tankstelle unten im Tal gar nicht verfehlen, ich würde sie bald sehen. Ich dankte ihm, ich sagte, ich wüßte nicht, wie ich ohne ihn zu Rande gekommen wäre.

Und so stürzte ich mich in einen langen Abstieg. Ich hatte das Fenster runtergedreht, denn der gesamte Hang wurde von der Sonne beschienen, und die Luft war mild. So angegriffen mein Geist auch war, ich konnte nicht umhin, mich über dieses ruhige und einsame Gleiten unter den Rockzipfeln der Bäume zu freuen, sanfter als ein Segelflug, erholsamer als die vollständige Bewegungslosigkeit. In jeder Kurve quietschten leise die Reifen. Weit ab von der Raserei und dem Lärm, weit ab von all dem Mist, der über mich gekommen war.

Was die Tankstelle anbelangt, die bestand aus einem Schuppen am Straßenrand mit einem Typen, der einen Geschirrspüler reparierte. Ich erklärte ihm trotzdem die Situation, ich mußte fast schreien, da er sich nicht dazu bequemte, das Radio leiser zu stellen. Er richtete sich auf, ging jedoch seltsamerweise nicht auf den Wagen zu, er begnügte sich damit, ihn von weitem zu betrachten, als hätte die Kiste die Krätze. Ich wußte, wo ich dran war, alles klar. Während er eine Grimasse nach der anderen schnitt und sich am Kopf kratzte, fragte ich ihn, wo das Telefon sei. Er deutete auf die Toiletten.

Ich ließ sie allein, die beiden, in der Hoffnung, sie würden in der Zeit, wo ich nicht da war, miteinander Bekanntschaft schließen, und zwängte mich in die Kabine. Ich schnappte mir den Hörer, aber nichts, kein Freizeichen, nichts, bloß das Geräusch der Wasserspülung, die hinter der Tür rauschte. Ich probierte ein paar andere Münzen durch, ohne zu einem besseren Ergebnis zu gelangen, da half kein Hämmern und Zähneknirschen. Sauer kehrte ich zu dem Kerl zurück.

– Hören Sie, das tut's nichts, Ihr Ding da. Überzeugen Sie sich selbst, wenn Sie mir nicht glauben...

Er guckte argwöhnisch in Richtung Toilette:

– Wirklich...? meinte er. Hier geht aber auch alles kaputt...

Da er sich immer noch nicht vom Fleck rührte, fügte ich hinzu, es handele sich um ein dringendes Gespräch, ob ich vielleicht das Geschäftstelefon benutzen dürfe, was meine er? Tja, grundsätzlich habe er nichts dagegen, aber die Schnur sei seit ein paar Tagen rausgerissen, und er habe noch nicht die Zeit gefunden, sich darum zu kümmern.

– Sie wissen doch, wie das ist... Es ist furchtbar, ich weiß nicht mehr, wo mir der Kopf steht.

– Wollen Sie damit sagen, daß es hier keine Möglichkeit gibt zu telefonieren, daß mir das auch noch passieren muß...!??

Eigentlich meinte ich ihn damit gar nicht, ich mußte mich einfach selbst davon überzeugen, daß ich endgültig festsaß, daß das kein böser Traum, sondern traurige Wirklichkeit war.

– Scheiße! SCHEISSE!! fügte ich hinzu.

Ich war mindestens hundert Kilometer von der Bude entfernt, es war bald zwei Uhr nachmittags.

Ich fuhr mir mit einer Hand durch die Haare, unmittelbar danach kraulte ich mir den Nacken:

– Jaja, seufzte ich.

Ich zeigte ganz schön, wie schlimm es mich getroffen hatte. Ich setzte mich in den Mercedes, beide Beine nach draußen. Der Typ nickte für einen Moment mit einer irgendwie verständnisinnigen, klagenden Miene, er machte ein Gesicht wie einer, der Bescheid weiß und den der ganze Verdruß des Lebens nicht mehr überraschen kann. Dann beugte er sich wieder über seinen Geschirrspüler.

Ich mußte mir einen Ruck geben, um mich aus der Betäubung, die von diesem trostlosen Bild ausging, rauszureißen. Ich unternahm einen weiteren Versuch, mich mit dem Telefon auszusöhnen. Fast hätte mich in der Kabine die Tollwut gepackt. Ich brachte es zwar fertig, Geldstücke hervorzuzaubern, die ich gar nicht eingeworfen hatte, aber an dieses verdammte Freizeichen ranzukommen, nein, keine Chance, totale Ebbe, völlige Finsternis, intergalaktisches Schweigen. Ich hängte den Hörer behutsam wieder ein, als ich jegliche Hoffnung aufgegeben hatte. Diesen Apparat zu demolieren schickte sich nicht in meinem Alter, leider.

– Ist es weit zur Stadt?

– Ach was ... zwanzig Kilometer.

– Haben Sie kein Rad hier?

– Nein, aber der Bus muß in 'ner halben Stunden vorbeikommen.

Ich ging ein paar Schritte bis zu dieser einsamen Straße, warf einen skeptischen Blick in beide Richtungen, kehrte zu dem Kerl zurück.

– Sowas hab ich noch nie gesehen ..., sagte ich zu ihm. Kommt denn hier nie mal ein Auto vorbei?!

– Tja, wenn hier welche vorbeikämen, bräuchte ich mich nicht mit dem Geschirrspüler rumzuärgern ...!

Ich setzte mich neben ihn.

– Das ist ja der glatte Wahnsinn, sagte ich.

– Ja, so geht das, seit die dieses neue Autobahnstück freigegeben haben. Für mich ist es dasselbe, als hätten sie das Tal überschwemmt. Ich könnte genausogut Surfbretter oder Angelruten verkaufen.

– Meine Güte, das ist ja ein Gefühl, als wäre die Erde eine Scheibe und man ist am Rand angelangt.

– Und ob! Wenn ich abends nach Hause komme, läuft's mir kalt den Rücken runter ...!

Das glaubte ich ihm unbesehen, denn die ganze Ecke bedrückte mich, das Gras, das zwischen den Zementplatten wuchs, die dreckigen Fenster, die mindestens zehn Jahre alten Reklameschilder, die langsam über den Zapfsäulen hin und her pendelten, die kleinen, zerrissenen Wimpel. Auf seine Bitte hin reichte ich ihm die Kneifzange.

– Wenn ich weiter so'n Glück hab, kreuzt dieser verdammte Bus auch nicht auf…, sagte ich mit einem Grinsen.

– Nein, machen Sie sich keine Sorgen.

– Scheiße, ich bin zu allem bereit!

Ich warf einen Kieselstein in eine dunkle, vertrocknete Öllache.

– Und Sie, hakte ich nach. Werden Sie abends abgeholt…?

– Ich? Nein, ich fahr mit dem Abschleppwagen nach Hause…!

Ich legte die Hände um meine Knie und guckte zum Himmel. Meine Lippen schmeckten nach Nikotin, meine Knie schmerzten.

– Soso, murmelte ich, Sie wollen mir also weismachen, daß es hier 'nen Abschleppwagen gibt…?

– Ja sicher, er steht direkt hinter der Halle.

Ich biß auf meine bitteren Lippen. Ich sprang auf.

– Machen Sie keine Witze…, flehte ich ihn an.

– Nein, das ist die Wahrheit, aber ich kann hier nicht weg, wissen Sie, ich muß mich um den Geschirrspüler kümmern. Alter Freund, Sie kennen meine Frau nicht…

– Gott sei Dank! atmete ich auf. Dem Himmel sei Dank!

– Eh, warten Sie, ich sag doch, ich kann nicht…

– Ach du Schande! Kommen Sie mir nicht mit sowas, hören Sie zu…, wickelte ich ihn ein.

Am Ende einer hitzigen Diskussion hatte ich ihn rumgekriegt, aber nur unter zwei Bedingungen: daß wir bei seiner Frau vorbeifuhren, um ihr Bescheid zu sagen, und daß wir vor einer Bank hielten, denn einen Scheck wollte er nicht, das auf keinen Fall. Schweren Herzens hatte ich nachgegeben, im übrigen hätte ich zu allem möglichen ja und amen gesagt, um aus diesem

Loch rauszukommen. Es war mir klar, daß die Reise auf die Tour zwar ein wenig länger dauerte, doch andererseits hätte es mir in der Seele weh getan, den Mercedes an diesem trostlosen Ort zurückzulassen, auch wenn es sich nur um ein paar Tage handelte, das hätte mir keine Ruhe gelassen. »Außerdem geht das so immer noch schneller, als wenn ich auf den Knien rutschen müßte«, sagte ich mir.

Wir fuhren also am frühen Nachmittag mit dem Mercedes im Schlepptau los, der Ärmste rollte auf den Hinterrädern, ein Seidentuch am Kofferraum befestigt. Die Sonne schien, aber mir war nicht warm, die Beifahrertür schloß nicht richtig, und ich konnte die Schotterdecke unter meinen Füßen in einem kalten Luftstrom vorbeifliegen sehen. Obwohl wir nicht schneller als siebzig fuhren, hing der Typ über seinem Lenkrad und summte ein melancholisches Liedchen, das mich mit Freude erfüllte. Ich rechnete mit einer Fahrt von zwei, äußerstenfalls drei Stunden. Ich war gelassen und beklommen zugleich. Gelassen, weil das Pulverfaß schließlich noch nicht in die Luft geflogen war, ich hatte einen Hang, die Dinge zu dramatisieren. Ich fing an zu schreien, bevor mich die Schläge überhaupt trafen, ich war so seit Bettys Tod, und ich wußte es, so daß es mir manchmal sogar gelang, Vernunft anzunehmen. Aber das reichte nicht. Von daher die Beklommenheit, von daher dieses unerklärliche Gefühl der Finsternis, der Eindruck, das Ungeheuer aus den Sümpfen verfolge mich.

Nach 'ner Zeit überholte uns der famose Bus, er muhte wie das Nebelhorn eines Überseedampfers. Ich versuchte es mir bequem zu machen, die Arme verschränkt und den Nacken auf der Rückenlehne, als der Abschleppwagen mit einem Mal auf einen Feldweg abbog. Ich drehte mich um und sah den Mercedes durch den Staub wirbeln, sah, wie er an seinem Haken verendete.

– Was soll'n wir denn auf dem Weg hier? fragte ich.

– Ah, wenn ich ihr nicht Bescheid gebe, bringt sie mich um.

Nicht ihn, mich brachte sie um. Sie war ein großes Mädchen mit roten Backen, das weiß der Himmel was im Garten jätete. Sie diskutierten eine Zeitlang, dann verschwanden sie in der Bude.

Ich zog mir einen Kaugummi aus der Tasche. Als sie sich wieder zeigten, hatte er kaum noch Geschmack, und ich steckte in einer Art bittersüßem kataleptischem Anfall. Das Mädchen baute sich vor meinem Seitenfenster auf.

– Eh, meinte sie zu mir, das ist nett von Ihnen, aber das geht nicht...!

In Wirklichkeit war ich noch viel netter, als sie glaubte, und so schafften wir es, uns auf eine neue Zahl zu einigen. Für den Preis hätte ich zwar jemand finden können, der mich auf den Schultern nach Hause getragen hätte, aber mein innigster Wunsch war, so schnell wie möglich wieder aufzubrechen, ohne Pause all diese Haken zu zerstückeln, die sich in meinen Rücken bohrten. Der Typ strahlte übers ganze Gesicht, als er neben mir Platz nahm.

– Meine Güte, jetzt können wir uns endlich 'nen Farbfernseher leisten, vertraute er mir an.

– Wenn wir ankommen, bevor's dunkel wird, kauf ich dir zusätzlich 'n Tischchen mit Rollen.

Er war ein wenig jünger als ich, und jetzt, wo gewisse Details geklärt waren, machte ihm dieser Ausflug allmählich Spaß, er behauptete, da könne er sich ein wenig die Beine vertreten. Meine wurden in der Zugluft immer steifer.

– Schade, daß es das Radio nicht tut, sagte er, als wäre das die lustigste Sache der Welt. Für die Rückfahrt sieht das trübe aus...!

Ich ließ mir diese ganze Reise kurz durch den Kopf gehen, diese letzten vierundzwanzig Stunden, ich fand, das hatte ich wahrlich fein hingekriegt.

Wir fuhren zu einer Bank. Ich schickte ihn Bier und Sandwichs holen, ich hatte Steine im Bauch, und ich hoffte, das würde besser, wenn ich einen Happen aß. Der Typ hinter dem Schalter warf mir einen mißtrauischen Blick zu. Das ist 'ne Krankheit von denen, ich seh immer zu, daß ich die nicht berühren muß. Er ließ mich zwei-, dreimal auf den Knopf drücken, bevor er mich wieder rausließ, woraufhin ich mich umdrehte und ihn mit ausgestrecktem Zeigefinger anbrüllte:

– Du da, deinen Namen, aber schnell! Mach dich drauf gefaßt, du kriegst Ärger!

Es stand ihm im Gesicht geschrieben, daß ich ihn für diesen Tag wachgerüttelt hatte.

– Dich hab ich auf'm Kieker. Vergiß das nicht! rief ich ihm mit schiefem Gesicht zu und torkelte rückwärts auf den Bürgersteig.

Zum Abschleppwagen zurückgekehrt, trennte ich mich von dem Bündel Scheine und schnappte mir ein Sandwich.

– Auf geht's, sagte ich. Nonstop.

Es mochte so halb vier sein, vielleicht schon vier, normalerweise hätte ich längst zu Hause sein müssen, in einem heißen Schaumbad mit einem Glas auf dem Wannenrand und einem Prospekt über die Südsee am ausgestreckten Arm. Ich ertränkte meinen Kummer in einem lauwarmen Bier. Ich legte die Füße aufs Handschuhfach.

Ich war mein Lebtag noch nicht so lahm durch die Gegend gezockelt, noch nie waren mir die Kilometer so lang vorgekommen. Es konnte einem schlecht davon werden. Es kam mir vor, als würden wir von einem Magneten zurückgestoßen, der die Räder blockierte. Oder als versuchte ich gegen die Strömung zu schwimmen.

– Jaja, so geht's einem immer, wenn man's eilig hat, beruhigte mich der Kerl. Ist doch klar wie dicke Tinte!

Nach der Hälfte der Strecke hatte sich der Himmel verschleiert, und ich kannte praktisch sein ganzes Leben. Als ich ihm erzählte, ich sei Schriftsteller, hätte er uns fast gegen einen Baum kutschiert.

– Ach du Schande! Das haut einen glatt um ...! sagte er, als er sein Fahrzeug wieder unter Kontrolle hatte.

– Tja, das passiert schon mal.

– Und was ist das für 'ne Richtung?

– Hmm, das ist schwer zu sagen. Keine Ahnung.

Währenddessen wurden wir von den wenigen Karren, die auf der Strecke verkehrten, überholt, selbst von den ganz alten, selbst von denen, für die ich keine müde Mark mehr gegeben hätte. Es stand geschrieben, daß ich den Kelch bis zur Neige leeren mußte und alles in Bewegung gesetzt werden sollte, um mich zur Verzweiflung zu bringen. Da ich nicht viel redete, fing der Typ an zu singen. Ich hörte ihm zu, den Blick auf die Straße gerichtet, auf einen Kilometerstein weit vor uns, ich wartete, daß wir endlich daran vorbeifuhren, um zähneknirschend wieder einen Kilometer abziehen zu können. Die Prüfung war so hart, daß ich fast so etwas wie Vergnügen dabei empfand. Etwas anderes hat man von diesen Abenteuern gar nicht zu erwarten, als mit der Nase in seinen Exkrementen zu landen. Ich bekam nur, was mir zustand. Ich verschimmelte auf dieser Strecke, und ich hatte es mir selbst zuzuschreiben. »Ha, ha!« sagte ich mir, »es wird noch soweit kommen, daß wir von einem Fahrrad überholt werden. Ah, wenn ich das sehe, dann sterb ich, ich schwör's dir! Ah, ich kann nicht mehr!« Trotzdem, wir kamen voran, Meter für Meter.

An einer Tankstelle bestand er darauf, mir einen Kaffee auszugeben. Allmählich froren mir bei dieser kaputten Tür die Beine ab. Wir stellten uns an die Theke. Er fragte mich, warum ich nicht die Gelegenheit nutzte, schnell zu telefonieren. Ich mußte zugeben, daß ich das vollkommen vergessen hatte, und rannte in den Keller. Unglücklicherweise war die Kabine besetzt. Und drei weitere Leute standen an der Wand Schlange. Ihre Augen waren leer. Ich ließ den Kopf hängen und lief davon.

– Schlechte Nachrichten?

– Nein. Zuweilen fällt es schwer, gegen etwas anzukämpfen.

– Man merkt, daß Sie 'n Schriftsteller sind! scherzte er.

Wir schwangen uns wieder in den Abschleppwagen. Beim ersten Versuch weigerte sich der Motor anzuspringen. Der Typ guckte mich verdutzt an.

– Überrascht dich das etwa...? fragte ich ihn mit Grabesstimme.

Doch beim zweiten Anlauf verflüchtigte sich das Schicksal, und wir konnten unsere Fahrt fortsetzen. Der Tag hatte sein Licht verloren, er glitt langsam in Trance.

Ich war müde. Und dann diese Fahrt übers Land, die kein Ende nahm. Wenn man bedachte, daß ich genau das gesucht hatte, als ich zwanzig war, ohne es jemals zu finden, und jetzt bekam ich es zu fassen, mit vierzig, jetzt, wo mir die Lust vergangen war. Ich mußte lächeln. Ich hätte einen Finger meiner Hand dafür gegeben, einzuschlafen und vor der Haustür wieder wach zu werden, doch niemand machte mir ein Angebot, also hielt ich die Augen sperrangelweit auf, starr wie eine Maske, während der Kerl vor sich hin summte und meine Füße in einer eiskalten Schüssel steckten.

Seiner Ansicht nach war ich für einen, der Bücher schrieb, nicht sehr gesprächig, das habe er sich aber anders vorgestellt. Ich sagte ihm, er solle nicht böse sein, er habe den falschen Zeitpunkt erwischt.

– Na klar, meinte er, es gibt eben Tage, an denen hat man einfach keine Lust zu reden. Das passiert jedem schon mal. Wir sitzen doch alle im gleichen Boot.

Mein Schädel platzte. Und was die lange Schlußgerade anging, die zog sich in endlosen Schleifen dahin, und in den Käffern sprangen sämtliche Ampeln auf Rot, die Leute krochen aus ihren Löchern hervor und fuhren ihre Kisten vom Bordstein weg und blockierten die Straße. Das hatte ich nicht eingeplant, als ich mir vorgestellt hatte, wir wären in zwei, drei Stunden da. Ich hatte eher an eine Art Autobahn gedacht mit ’ner Tachonadel, die weder kletterte noch abrutschte, sondern stur um die siebzig zitterte. Je mehr sich die Straßen verstopften, um so bewölkter wurde der Himmel.

Ich starb tausend Tode. Als wir die letzten Kilometer runterspulten, wurde es Abend. In gewisser Hinsicht war ich völlig außer Atem. Wir fuhren in einem flammenden Licht auf der anderen Seite zur Stadt hinein. Es war höchste Zeit, daß dieser Alptraum ein Ende nahm, ich war am Rande der Erschöpfung, ich blinzelte in einem fort mit den Augen.

Wir brachten den Mercedes direkt in die Werkstatt. Endlich hatte ich wieder festen Boden unter den Füßen. Ich mußte mich noch bei meinem Reisebegleiter bedanken und ihm das Tischchen mit den Rollen bezahlen. Und dem Inhaber der Werkstatt erklären, daß er mir einen neuen Motor besorgen konnte.

Gucken, ob ich was im Handschuhfach vergessen hatte. Danach atmete ich tief durch und marschierte mit großen Schritten nach Hause, die Zeitung unterm Arm. Langsam lebte ich wieder auf.

Von der Ecke aus konnte ich erkennen, daß im Erdgeschoß und in Henris Zimmer Licht brannte. Ich warf schnell einen Blick auf die Uhr. Marlène konnte theoretisch noch nicht zurück sein. Wahrscheinlich fragten sich alle, wo ich abgeblieben war. Ich quetschte die Zeitung zwischen den Fingern und stoppte auf dem Bürgersteig. »In drei Tagen sind wir in der Südsee, sollte ich's vielleicht auf 'nen Versuch ankommen lassen? Besteht nicht die Aussicht, daß wir einfach davonfliegen und dieser ganze Mist hier unbemerkt zurückbleibt...?« Ausgeschlossen war das nicht. Ich brauchte Henri die ganze Sache nur zu verheimlichen. Später dann konnte ich ihn mir in einer Bucht oder auf einem lichtüberfluteten Pfad mit Blumen groß wie mein Kopf zur Seite nehmen und in Ruhe mit ihm reden. Was sollte ich mir das Leben schwermachen und auf der Stelle mit allem rausrücken!? Außerdem, suchte ich mich zu überzeugen, könnte ich es überhaupt aushalten, Dingsbums' Artikel zweimal an einem Tag zu lesen...!? Ich beschloß also, die Dinge auf mich zukommen zu lassen. Ich versteckte die Zeitung unter meiner Jacke und legte mir auf den letzten Schritten eine Geschichte zurecht, etwas in der Art plötzlicher Aussetzer bei dem Gedanken, bald in die Tropen abzudüsen.

Unten war niemand. Ich hörte Schritte über mir, während ich mich in einen Sessel fallen ließ. Ich war froh, daß ich total groggy war, denn so fühlte ich mich bereit, jede Kleinigkeit zu würdigen, ich hatte das Gefühl, zehn Jahre lang weg gewesen zu sein. Ich langte nach der Flasche hinter mir.

– He, laß den Pinsel fallen! rief ich. Sag mir lieber guten Tag...!!

Ich hängte die Jacke auf, ließ die Zeitung unter einem Stapel alter Zeitschriften verschwinden und zog mir die Stiefel aus. Marlène mußte bald kommen, ich holte drei Gläser hervor.

Ich schlich in die Küche, um Eiswürfel zu holen. Ich kreuzte mit einem Besen in der Hand wieder auf und pochte gegen die Decke:

– He, ich komm nicht rauf, ich bin kaputt. Du weißt doch, ich trink nicht gern allein ...!

Mit jeder Minute, die verstrich, erschlaffte ich ein wenig mehr, baute ich einen Teil der nervösen Spannung ab, die sich im Laufe dieser Hetzjagd angespeichert hatte. Im Geiste errichtete ich bereits eine Brücke zwischen dem Sessel und meinem Bett.

Ich kippte den ersten Schluck allein in mich rein und schloß die Augen in dem wohltuenden Brennen, das mir geradewegs ins Gehirn stieg. Ich hatte nicht einmal Hunger. Ich klammerte mich an den Flaschenhals. Ich lächelte, denn irgendwas sagte mir, daß es nicht danach aussah, als würde ich ihn so bald loslassen.

– Hey! Was treibst du denn da ...?

Plötzlich richtete ich mich auf, starr wie ein Stück Holz saß ich in meinem Sessel. Genau, was trieb er da oben ...!? Und im gleichen Moment durchfuhr es mich, Scheiße, der hängt mit dieser verfluchten Zeitung oben auf seinem Zimmer und weigert sich runterzukommen ...! Herr im Himmel, genau das, was ich befürchtet hatte!! Ich war mir sicher, daß ich mich nicht irrte. Eine ganze Minute lang saß ich wie gelähmt. Man hätte meinen können, man befände sich in einem Geisterhaus. Mein Hintern war ein Block aus Stein.

Ich stand mühsam auf. Ein Blick in den Spiegel, und ich bekam es mit der Angst zu tun. Das war ich in zehn Jahren. Was war nur aus meinen schönen grünen Augen geworden, ihrem strahlenden Glanz, was hatte die ganze Gymnastik gebracht, der ich mich jeden Morgen unterzog, war der Typ da überhaupt noch lebendig ...? Total angewidert, mit krummem Rücken schleppte ich mich die Stufen hoch. Mußte ich ihm tatsächlich sagen, daß ich nicht mit seiner Tochter bumste, war es so weit mit uns gekommen, daß wir uns deswegen in ein scheußliches Gespräch verwickeln mußten, er und ich ...!? Mir war schon im voraus übel. Ich beruhigte mich ein wenig, als ich sah, daß ich die Flasche mitgenommen hatte. Auf dem Treppenabsatz angekommen, sammelte ich wieder meine letzten Kräfte. Ich klemmte mir die Flasche unter den Arm, um mir die Augen zu reiben.

– Na gut, alter Freund, murmelte ich. Du hast es so gewollt!

Als ich mich vor seinem Zimmer aufpflanzte, durchlief mich ein eiskalter Schauer. Dieses Gefühl fiel mit einer Macht über mich her, daß ich fast in die Knie ging. Es kostete mich ungeheure Mühe, den Türknauf zu finden und ihn zu packen. Ich drückte ihn wie einen verwunschenen Stein. Der ganze Arm tat mir davon weh. Trotz der Schmerzen drückte ich die Tür auf.

– Er ist weg. Er kommt nicht mehr! schleuderte mir Gloria entgegen.

Sie saß kerzengerade auf dem Bett. Ich kapierte auf der Stelle, daß sie nicht log, ich spürte geradezu physisch, daß dieses Zimmer leer war, daß sich eine unsichtbare Präsenz verflüchtigt hatte. Ich guckte Gloria mit verzerrtem Gesicht an, denn der Schmerz in meinem Arm wurde immer stärker. Ich wußte, was das war, das war etwas, das man so schnell nicht vergaß. Sie stand auf. Ich sah, daß sich ihre Lippen bewegten, aber ich hörte nichts. Ich wich zur Wand zurück, um mich gegen sie zu lehnen. Unglücklicherweise lehnte ich mich in den Türrahmen, verlor das Gleichgewicht und schlug der Länge nach in den Flur. Erneut wußte ich, ich würde sterben. Ein ungeheurer Schraubstock zerquetschte mir die Brust. Plötzlich verschwand das Licht. Es war mir gelungen, mich auf den Bauch zu wälzen. Das war 'ne ganz schöne Leistung, aber was erhoffte ich mir noch, jetzt, wo die große Sense gepfiffen hatte, wo ich ins Reich der Toten abglitt...? Ich faßte eine tiefe Zuneigung zu diesem Körper, der sich in seinen letzten Zuckungen über den Teppichboden wand, irgendein Ziel zu erreichen suchte, ein lächerliches Ziel, so schien es mir in Anbetracht der Kürze der Zeit, die ihm verblieb. Dieser Körper war keines dieser alten, klapprigen Gerippe mit welker Haut, sondern ein kraftvoller Baum, der noch gesund wirkte, er hätte es verdient gehabt, noch ein paar schöne Jahre vor sich zu haben. Und er ächzte und stöhnte.

Das war zweifellos seine letzte Reise. Der Flur war nur ein paar Meter lang, aber was wetten wir, daß das für ihn das Ende der Welt war, daß jeder Zentimeter einem stundenlangen Marsch unter einer glühend heißen Sonne gleichkam, ohne Wasser, ohne Schuhe, ohne Kopfbedeckung? Das Mädchen war ihm keine große Hilfe, ihr Verhalten war seltsam, denn mal nahm sie ihn und drückte ihn in ihre Arme, mal trat sie zur Seite und biß sich auf die Lippen.

Er brauchte gut eine Minute, um seine Zimmertür zu erreichen. Sein Gesicht war von Angst einflößender Blässe, seine Lippen blau, die Grimasse, die er schnitt, widerlich. Er drehte sich nach dem Mädchen um, und das in einem Moment, wo jede Sekunde zählte, wo das kleinste Sandkörnchen kostbar war... Das Mädchen stieß ein gequältes Wimmern aus, erstarrte für eine kleine Ewigkeit. Dann entschloß sie sich, die Tür zu öffnen.

Er hatte bereits einen Arm nach dem Tisch ausgestreckt, auf dem eine große Schreibmaschine thronte. Vielleicht war es sein Wunsch, eine letzte Zeile zu schreiben, schließlich war er Schriftsteller, und das war ein Weg, in Schönheit zu sterben. Das Mädchen über ihm brüllte, es heulte, stieß wütende Schreie aus, SOS-Rufe, es zerrte ihn am Ärmel, stieß ihn zurück, verkrallte sich in seinem Hemd. Das war kein stiller, friedlicher Tod, sondern ein Kampf zweier Kesselflicker, zwei Betrunkene, die unter den Tisch rollten, zwei Liebende, die miteinander abrechneten.

Er sandte sein letztes Tröpfchen Kraft in seinen rechten Arm, und seine Hand schraubte sich in die Höhe. Es hätte einen gewundert, wenn er diesen Kraftakt ein zweites Mal vollzogen hätte. Seine Finger krallten sich um den Knopf der Schublade, und der ganze Tisch erzitterte. Die Schublade, er riß sie brutal auf, und sie segelte ihm auf den Kopf. Blätter flogen auf, weiße und solche mit schwarzen Streifen, es regnete Kugelschreiber, Kaugummis. Ein Messer, Schlüssel, Reißzwecke, Rechnungen, Zigaretten, ein Spiegel sowie ein Röhrchen Tabletten, das mit einem Geräusch wie von rasselnden Ketten ins Licht des Flurs kullerte, wo es mit einem unheilverkündenden Kichern ausrollte.

19

Ich blieb fast vierzehn Tage im Krankenhaus, zur Beobachtung. Doch das traf sich ganz gut, denn draußen gab es für mich eh nichts zu tun. Der Arzt behauptete, mein Fall sei ernst, aber das Leben, war das etwa ernst? Sollte ich mir wegen sowas Sorgen machen...? Wenn ich widerstandslos in diesem Zimmer blieb, dann nicht etwa, weil meine Arterien verstopft waren, sondern weil ich nicht wußte, wohin. Und zwar insofern, als es mich nirgendwohin zog.

Der Typ, der mit mir auf einem Zimmer lag, plagte sich mit einer feinen Leberzirrhose herum. Wenn der Stationsarzt reinkam, gewann man regelmäßig den Eindruck, er wundere sich, daß wir überhaupt noch am Leben seien.

– Das ist mein dritter Aufenthalt hier, hatte mir der Leberkranke erklärt. Ich kenn den, der gibt nie 'nen Pfifferling für dein Leben, der Kerl!

Ich hatte um ein Einzelzimmer gebeten, doch das letzte, das frei war, war an einen Typ gegangen, der eine Trepanation hinter sich hatte. Ich war an einen Handelsvertreter für Schuhe geraten, der leidlich gut Schach spielte, er hieß Samuel. Manchmal kamen sie morgens rein und steckten ihm lange Nadeln in den Bauch, und sie bepinselten ihn mit einem orangefarbenen Zeug, was einen wunderbaren Effekt ergab. Danach mußte er auf dem Rücken liegenbleiben, mit dem Wanst nach oben und einem kleinen Heftpflaster auf dem Bauchnabel. In der ganzen Bude sah man nichts anderes mehr als diesen riesigen, vollgeschmierten Bauch, von dicken Adern durchzogen, ein gepeinigtes, schreckenerregendes Gestirn. Ich mußte mich umdrehen, ich hielt das nicht eine Minute aus, ich wartete, bis er sich endlich rühren durfte und sich 'ne Decke darüber warf.

– Na gut, sag mir, wenn's soweit ist, meinte ich zu ihm. Ich tipp solang was an meinem Roman.

Es gibt nichts, was länger dauert als ein Tag im Krankenhaus.

Zudem schlief ich nicht viel. Marlène hatte mir eine kleine Schreibmaschine mitgebracht, die mit Batterien funktionierte, und entweder nahm ich sie auf die Knie, oder ich stellte sie auf den Boden und tippte vom Bett aus, im Liegen, auf dem Bauch, eine Stellung, die ich vor allem nachts einnahm, um Samuel nicht mit dem Licht zu stören. Ich schob dann die Lampe unters Bett, und das war der Moment, der mir am liebsten war, denn dann konnte ich mich endlich gehenlassen, wenigstens da lief alles so, wie ich es wollte, nichts, was überraschend über einen hereinbrach, und das half mir zu ertragen, was mir zugestoßen war, schlimmer, als ich es mir hätte ausmalen können, die graugrünste aller Finsternisse, die jemals das Herz eines Menschen erfaßt hat, nur keine Angst vor großen Worten. Ich schrieb eiskalte Scherze, lange Seiten in nüchternem Stil, die ich morgens zerriß, wenn ich mich zu sehr von meiner Geschichte entfernt hatte, ich hatte meine liebe Mühe und Not, eine euphorische Stimmung herauszuarbeiten, ich schaffte keine drei Zeilen friedlicher Ruhe. Und in der Nacht knirschte Samuel mit den Zähnen und stöhnte.

Gegen sechs Uhr morgens, wenn ich gerade im ersten Schlaf lag, stürmten die Krankenschwestern rein und rissen uns, die Kranken, Behinderten, Sterbenden, aus der einzigen Sache, die uns von unserem Leiden fernhielt, und auf den Zimmern gärte es, ein lautes Schimpfen, Jaulen, Brüllen, der Tag hatte noch nicht angefangen, da bekam man schon ein Thermometer wohin gesteckt, und ein stämmiges Mädchen maß einem den Blutdruck. Ich blieb in einem komatösen Zustand liegen, bis das Frühstück kam, ich träumte mit offenen Augen, während draußen auf dem Flur die Rollwagen zusammenstießen und hinter dem Fenster die Dämmerung flimmerte.

– Soll ich dir mal was sagen, erklärte Sam, du solltest es machen wie andere auch und nachts schlafen, wenn du hier durchhalten willst. Denk bloß nicht an was anderes, sonst denkste bald gar nicht mehr... Jaja, alter Freund, nach der Klinik kommt der Friedhof, vergiß das nicht!

Ich gab keine Antwort. In Wirklichkeit mußte es heißen: Wie hätte ich ohne diese Zeilen überhaupt zu Rande kommen sollen? Indem ich Schach spielte, die Novellen von Thomas Pynchon las oder Sam zuhörte, wenn er mal wieder von seinen sexuellen Abenteuern berichtete...?

– Ich hab mal eine gekannt... Vom Fußende des Betts hab ich der in den Mund gespritzt...!

– AH, SAM! TU MIR DIE LIEBE UND HALT DEN MUND!! ICH WILL DAVON NICHTS HÖREN...!!

Ich versuchte ihn mir mit seinem dicken Bauch vorzustellen, ich sah verschwommen das Gesicht einer Frau, und darüber kam der Kaffee, und er hatte nicht mehr den gleichen Geschmack.

– Scheiße, ich hab dir schon mal gesagt, daß mich diese Geschichten nicht interessieren...!

– Also sowas, du bist vielleicht komisch... Wir sind doch hier unter Männern...!

Wir spielten eine Runde Schach. Anschließend kurbelte ich mein Kopfkissen hoch, und ich guckte zum Fenster raus, um mir die Zeit bis zum Mittagessen zu vertreiben, oder ich schmökerte ein wenig in meinen Büchern, während man mir irgendwelche Bänder an den Handgelenken und Knöcheln befestigte und ein Typ mit einem kleinen Apparillo auf meiner Brust hantierte, die er vorher mit einem ekelhaften Gel eingeschmiert hatte, und der ganze Aufwand nur, um es schlagen zu hören, um weiß Gott was zu messen.

Ein wenig später guckte meist der diensttuende Arzt rein, um uns guten Tag zu sagen, es ging ihm wohl darum, die Moral der Truppe zu stärken. Danach gähnende Leere bis zum Mittagessen, endloses Warten voller Angst, denn man wußte, wozu der Computer in der Lage war. Auf dem Speisezettel stand dann Steak mit Fritten, doch es konnte einem passieren, daß man stattdessen Schweinerippchen mit Selleriemus als salzarme Kost vorgesetzt bekam. In diesem Fall war der ganze Tag im Eimer, da blieb einem buchstäblich nichts mehr. Das Warten auf die Mahlzeiten machte uns allesamt bestußt. Selbst wenn man keinen Hunger hatte, fragte man sich, was die wohl wieder verzapften.

Sam hatten sie aufs trockene gelegt. Ich teilte meine Weinration mit ihm, denn er hatte mich davon überzeugt, daß das einzige war, was ihn umbringen konnte, keinen Tropfen mehr zu trinken.

– Das haben die nur noch nicht kapiert, schimpfte er. Die bringen es fertig, einem beide Arme zu brechen, wenn sie einem 'nen Fingernagel reparieren wollen!

Der Unterschied zwischen ihm und mir bestand darin, daß er der Ansicht war, er habe seine besten Jahre schon hinter sich. Der gute Mann ist zwar noch auf dem Damm, doch der Damm kann jeden Moment brechen, scherzte er, und zudem habe er die schönsten Mädchen gehabt, und mehr könne man wahrhaftig nicht verlangen, er sei glücklich und zufrieden. Der Alkohol habe ihn zwar zerstört, doch es sei ein faires Spiel gewesen. Wenn er jetzt noch ein wenig weiterkämpfe, dann nur, um mit Anstand zu verlieren, fügte er hinzu, vielleicht auch in der Hoffnung, draußen auf der Straße ein letztes holdes Lächeln zu ergattern.

Was Besuch betraf, Marlène schaute tagtäglich bei mir rein, doch nicht ein einziges Mal sprachen wir von Henri. Ihre Gesichtszüge wirkten ein wenig abgehärmt. Zudem war Sams Anwesenheit der Sache nicht gerade förderlich, das muß man schon sagen, wir mußten aufpassen, daß das Ganze nicht in einen braven Anstandsbesuch ausartete, daß wir nicht wie die Bekloppten händchenhaltend auf der Bettkante hingen. Sam fand, sie sehe hübsch aus.

– Ihr Hintern sitzt vielleicht ein wenig tief, urteilte er. Aber das ist auch alles.

Ebensowenig wollte ich über meinen Gesundheitszustand reden. Ich wollte hören, was sie den Tag über gemacht hatte. Belanglose, unwichtige Dinge, mehr wollte ich nicht wissen. Sie war vollkommen, höchstens ein wenig angespannt, wie ich bereits angedeutet habe. Und ich erst! Und ich, und ich ...!

Eines Nachmittags kreuzte die ganze Bagage auf, und Sam vergaß darüber, seine Schlafanzugjacke wieder zuzuknöpfen. Vera setzte sich auf mein Bett und schlug gewagt die Beine übereinander. Charles warf mir einen Stapel Zeitschriften auf die Knie. Bob klammerte sich an die Gitterstäbe des Betts und lächelte unbeholfen, und Gloria hielt sich im Hintergrund. Doch einmal gelang es mir, ihr ein paar schreckliche Sekunden lang in die Augen zu gucken, ein für allemal.

– Was mir nach meinem Tod gefallen würde …? antwortete ich in Richtung Gloria und war mit den Gedanken ganz woanders, naja, vielleicht daß mehr Leute zu meinem Grab pilgern als zu dem von Elvis Presley!

Niemand schien meinen Gedankenaustausch mit Gloria bemerkt zu haben, alle waren sie froh, daß ich wieder in Form kam. Ich guckte Gloria nicht mehr an, bis sie aufbrachen. Sie hatten sich anscheinend abgesprochen, denn keiner von ihnen machte irgendeine Bemerkung über Henri, und das war eine ganz seltsame Stimmung, es war, als hätten sie alle einen Revolver im Rücken. Doch selbst wenn einer von ihnen Henris Namen ausgesprochen hätte, ich hätte es überhört. Am Ende bat ich sie, mich nicht mehr zu besuchen, da bekäme ich das Gefühl, ernstlich krank zu ein, und im übrigen blieb ich hier ja nicht für den Rest meines Lebens, wir sehen uns bestimmt bald wieder, bleibt mir also lieber vom Halse mit euren Bazillen, lächelte ich, seid so nett, das soll euch aber nicht davon abhalten, hin und wieder einen Gedanken an mich zu verschwenden.

»He, sag mal, du bist ja nur von schönen Frauen umgeben …!« hatte Samuel erklärt, als man uns endlich das Abendessen brachte. Ich hatte bloß genickt und die Festigkeit meiner Caramelcrème mit der Gabelspitze überprüft. Schön war nicht das rechte Wort, sagen wir lieber, jede von ihnen war eine starke Persönlichkeit, was die Sache noch schlimmer machte, aber meine Schuld war das nicht, ich hatte sie nicht auf meinen Weg gezaubert. Ich sah lediglich die Funken stieben.

– Einmal hab ich's mit dreien auf einmal gemacht, seufzte er. Das war an meinem dreißigsten Geburtstag …!

Ich erholte mich schnell. Im Grunde war das alles nicht viel schlimmer als nach 'ner üblen Sauftour, und rein physisch gesehen überstand ich die Sache, ohne allzuviele Federn dabei zu lassen, gerade zwei Kilo, wenn man der Waage Glauben schenken konnte. Wenn ich draußen auf dem Flur diesen humpelnden

Typen begegnete, diesen Arm-, Bein- oder Handamputierten, diesen mit Verbänden umwickelten Schädeln, diesen Verbrannten, Krebskranken, diesen Alkoholikern, schämte ich mich ein wenig. Eines Morgens putzte sich neben mir ein Typ die Zähne, dem beide Beine amputiert worden waren, das Waschbecken reichte ihm fast bis ans Kinn. Den Mund noch voller Zahnpasta, ein Handtuch um den Hals geschlungen, kehrte ich auf mein Zimmer zurück.

Man bot mir an, früher als vorgesehen entlassen zu werden, doch ich lehnte ab. Ich brauchte bloß einen Blick durchs Fenster zu werfen, um mir darüber klarzuwerden, daß das nichts für mich war. Ich fühlte mich auf diesem Bett, auf dem ich untätig auf das Essen wartete, genauso wohl wie ein Chamäleon auf seinem Ast. Außerdem waren wir vor der Außenwelt geschützt, jedenfalls zum großen Teil, und ich hielt mich keineswegs für gewiefter als ich war, für einen Hansdampf in allen Gassen hielt ich mich nicht.

Während der letzten Tage überlegte ich sogar, ob es nicht einen Weg gab, meinen Aufenthalt zu verlängern, ob ich es nicht verdiente, noch ein wenig beobachtet zu werden.

– Also sowas, du bist doch bestußt! behauptete Sam. Niemand kommt auf die Idee, hier freiwillig zu verschimmeln. Niemand! Biste dir sicher, daß da nicht eher was in deinem Gehirn verstopft ist...!? Also ehrlich, so ganz bei Trost kannste nicht sein...!

– Ach was, Sam, versteh mich doch... Was soll ich denn draußen, wenn ich es gerade drei Schritte weit schaffe und an der nächsten Ecke wieder zusammenbreche? Vergiß nicht, das ist bereits meine zweite Krise, der Arzt kann dir bestätigen, das ist kein Pappenstiel...!

– Quatsch... Du schreibst zuviel Bücher, meinte er. Guck dir nur mal den blauen Himmel an, den die da draußen haben...!

Es war ihm nicht gelungen, mich zu überzeugen. Bis zum Beginn der Besuchszeit trödelten wir mit unseren Frühlingsgefühlen herum, und er dachte nur daran rauszukommen, während ich vor seiner Nase rochierte und seinen ganzen Angriff durcheinanderbrachte. An diesem Tag tauchte fast zur gleichen

Zeit wie Marlène Sams Schwester auf, und sie überreichte mir eine Flasche Portwein. Ich mußte ihr allerdings versprechen, ihn nicht mehr als ein halbes Glas pro Tag trinken zu lassen. Ich sagte, sie könne sich voll auf mich verlassen, ich hätte einen leichten Schlaf. Sam protestierte vergeblich. Ich stellte mich taub. Ich teilte Marlène mit, daß ich womöglich ein wenig länger bleiben müsse als vorgesehen, ich wüßte es noch nicht so genau. Und ich guckte weg.

Später, als die beiden gegangen waren und eine gierige Stille über das Krankenhaus hereingebrochen war, flehte mich Sam an, ihm die Flasche zu geben, nur um zu gucken, meinte er, nur um das Etikett zu lesen, ich hätte sein Ehrenwort. Ich hielt das eine Zeitlang durch, dann reichte ich sie ihm, bevor er mich ganz alle machte. Doch er begnügte sich tatsächlich damit, wie versprochen nur das Etikett anzulächeln und die Farbe des Portweins im Licht zu bewundern. Also schaltete ich mich auch nicht ein, bis er sie mir zurückgab.

– Hör mal, ich mach dir 'nen Vorschlag, murmelte er, ohne die Flasche aus den Augen zu lassen.

– Nein, nichts da.

– Hör mal, angenommen, ich verzichte heut abend auf das halbe Glas, krieg ich morgen dann ein ganzes...?

– Nein, tut mir leid, ich glaube nicht.

– Herrgott! Das ist doch nur fair, oder...!?

Unsere Diskussion wurde unterbrochen durch den Hintern der Krankenschwester, die von der Küche her anschob. Sie kam immer so rein, rückwärts, um den großen Rollwagen aus Chrom ins Zimmer zu ziehen, sie hatte rote Backen vor Anstrengung. Wir aßen in aller Schnelle, danach, als wir endlich unsere Ruhe hatten, holte ich die Flasche wieder aus dem Nachttisch hervor und zauberte zwei Gläser in das elektrische Licht.

– Vielleicht sollte ich mir auch ein Schlückchen genehmigen..., sagte ich zu ihm. Ich hab seit Jahren keinen Portwein mehr getrunken.

Er schnitt eine Grimasse in meine Richtung:

– Ah, und warum...? Was soll dir das denn bringen...??!!

– Halt mich nicht für bescheuert, Sam. Ich steh kurz davor, die Zweihunderttausend zu überspringen.

– Schön ...! Auch gut ...! Vergessen wir's, stöhnte er.

Ich schenkte behutsam das erste Glas ein, den Verstand längst anderen Dingen zugewandt.

– Naja, wie dem auch sei, fügte er hinzu, ich setz heut abend trotzdem aus, ich glaub schon ...

Ich trank mein Glas.

– Köstlich! sagte ich. Und was haste dabei für Hintergedanken?!

Er fuchtelte mit dem Arm durch die Luft:

– Och, keine ... Mir ist nur ein bißchen übel.

– Bist du krank?

– Nein, krank nicht, nur ein bißchen übel.

Tatsache ist, daß er ziemlich schnell einschlief, er vergaß sogar, das Licht auszumachen, um das ich mich dann notgedrungen kümmern konnte, nicht ohne eine Grimasse zu unterdrükken, als ich mit den Füßen auf dieses Dreckslinoleum trat. Die Nacht versprach lang zu werden. Ich vertiefte mich 'ne Zeitlang in meine Illustrierten, obwohl ich wußte, daß ich da keinen großen Nutzen draus ziehen würde, mitunter machte ich mir nicht mal die Mühe, sie richtig herum zu lesen, denn mein Verstand registrierte ohnehin nichts, und ich hörte sie mit viel Lärm um nichts unters Bett rutschen, ein bißchen Mode, ein bißchen Blut, dazu diese ewigen Berichte über irgendwelche Arschlöcher. Das Schweigen war nahezu total, so wenig getrübt von irgendeinem erstickten Schrei oder fernen Wimmern, daß es glänzte wie ein See. Ich trank in etwa soviel Fingerbreit Portwein, wie ein einsamer Mann Finger an einer Hand hat. Ich hatte ein langes Tête-à-tête mit mir selbst, danach schnappte ich mir schaudernd meine Schreibmaschine und hängte mich an die Rockzipfel meines Romans.

Eine bestimmte Passage gab mir Gelegenheit, nach Herzenslust zu schreien, zu brüllen, zu toben. Ich schwitzte darüber fast meine Laken durch, vier Seiten, auf denen die Wörter in Reih und Glied standen, dichtgedrängt, ohne Zwischenraum, ohne

Korrekturen, ein wahnsinnig unmenschlicher und zum Glück stummer Schrei. Ich schielte für ein paar Sekunden nach der Portweinflasche, doch Sam bewegte sich im Schlaf, er wälzte sich mit einem leisen Röcheln auf die andere Seite. Jedem seinen Alptraum, sagte ich mir. Wir Armen!

Ich wollte gerade nach meinem Glas greifen, als sich Sam auf den Ellbogen stützte, halb wach, halb noch im Schlaf, die Haare zu Berge.

– Sam...? murmelte ich.

Er zuckte zweimal zusammen. Er bekam die Augen kaum auf. Während ich noch die Schreibmaschine zurückschob, stieg ein Blubbern aus der Tiefe seines Bauchs, und ein fürchterlicher Blutstrahl sprudelte in meine Richtung und platschte wie eine dicke Soße auf den Boden.

– SAM...!! brüllte ich.

Ein erneuter Schwall quoll aus seinem Mund, stieß mein Glas um, überschwemmte den Nachttisch. Ich war wie versteinert, mir war nicht ganz klar, inwieweit ich nicht selbst auch blutete. Nach einem dritten Schub verteilte sich das Blut über sein Bettzeug, von wo es auf den Boden tropfte.

Ich machte einen Satz und drückte die Alarmglocke, mit einem weiteren sprang ich in den Flur. Und rannte los. Stolperte die Stufen hinunter. Erneuter Sprint bis zur Aufsicht. Der Assistenzarzt wollte gerade raufgehen. Ich brauchte ihm die Sache nicht groß zu erklären. Er schnitt eine Grimasse, dann versuchte er mich abzuhängen, aber ich ging sein Tempo mit, und wir schossen gleichauf durchs Ziel.

Sam bewegte sich nicht mehr. Überall war Blut.

»Herzmassage!« grunzte der Typ, als er ins Zimmer stürzte. Ein entsetzlicher Geruch erfüllte den Raum.

Er drehte Sam auf den Rücken und krempelte sich mit Volldampf die Ärmel hoch, bevor er sich an die Arbeit machte. Aber er merkte sehr schnell, daß das so nicht lief, Sam federte bloß rauf und runter, sein Kopf rollte hin und her.

– Ah, verfluchtnochmal! tobte er. Wo bleibt dieses verdammte Brett...?!!

Er selbst war auch schon voller Blut.

– Schnapp dir seine Beine! rief er mir ohne viel Federlesens zu.

Wir legten ihn auf den Boden, mitten in eine große Lache. Ich wich zurück, angeekelt, mit einem letzten Blick auf Sam. Haa! Huu!

Ich angelte mir mein Manuskript, die Flasche Portwein und eine Decke. Draußen auf dem Flur begegnete ich dem Personal, das zu Hilfe eilte. Um ein Haar hätten sie mich umgerannt.

Sams Tod führte dazu, daß ich mich am nächsten Morgen draußen wiederfand. Ich unterschrieb alles, was sie wollten. Es war schön, beinahe warm. Gegen Mittag würde man bestimmt das Nahen des Sommers verspüren, so wie sich das anließ. Ich ging mit der Tasche über der Schulter auf dem kürzesten Weg nach Hause.

Ich schob die Tür mit dem Fuß auf, während die Schlüssel in meine Hosentasche zurückwanderten. Ich wartete ein paar Sekunden, dann ging ich rein und drückte die Tür hinter mir zu.

Ich warf die Tasche zu der dreckigen Wäsche. Danach blieb ich eine Zeitlang vor meinem Anrufbeantworter stehen, um mir die Nachrichten anzuhören. Manchmal gibt es nichts Besseres als die leise Stimme einer Unbekannten, die einem verkündet, daß sie Abend für Abend mit deinen Büchern einschläft, ich hörte sie mir gleich mehrmals an. Dogelski bat mich runterzukommen. Ich rief zurück und teilte ihm mit, daß wir noch einmal mit dem Schrecken davongekommen seien, man mir aber absolute Ruhe empfohlen habe. Nein, ich glaubte nicht, daß ich in absehbarer Zeit kommen könne, er solle erst mal alles abblasen. Ich würde mich mit meinem Roman abkapseln, jaja, in der Hinsicht sei alles in Ordnung. Er kam unter anderem auf diesen Preis zu sprechen, bei dem ich angeblich gut im Rennen lag, doch da es sich nicht um den Nobelpreis handelte, hörte ich nur mit halbem Ohr zu. Der letzte Anruf auf dem Band stammte von Dingsbums, er wollte wissen, ob ich gut angekommen sei.

Ich warf ein tiefgekühltes Steak in die Pfanne. Ich riß das Fenster auf. Aber dem Ganzen fehlte ein wenig Musik, also legte ich welche auf, hier und da ein bißchen, ich schmückte das Haus mit der Neuesten von Ian Tyson, ein Stück, das – am Rande bemerkt – nur ein paar Leute kannten, Gloria hatte uns die Platte eines schönen Tages mitgebracht. Ich machte mir ein Bier auf, das ich noch in der gleichen Sekunde austrank. Ich zog meinen Pullover aus. Ich konnte mir einfach nicht merken, ob man die grünen Bohnen abgoß oder im eigenen Saft kochte. Auf der Dose stand nichts davon.

Ich beendete das Ganze mit einer Apfelsine, die ich mir spiralförmig schälte. Ich ließ die Schale auf den Boden fallen, um zu erfahren, ob ich im Laufe des Jahres heiraten würde. Sie brach lediglich in zwei Teile, ich wußte nicht mehr, ob das nun ja oder nein hieß. Daraufhin packte ich den Geschirrspüler voll. Doch statt normal anzuspringen, fing er an zu vibrieren. Ich blickte auf. Ich beobachtete ihn einen Moment, dann beschloß ich, meinen Werkzeugkasten zu holen. Körperlich zu arbeiten hat mir schon immer Spaß gemacht. Ich stellte mich mit meinem Erste-Hilfe-Täschchen vor die Maschine. Ich machte mir eine Zigarette an.

– Leck mich doch am Arsch! lachte ich ihm ins Gesicht, ließ Werkzeug und dreckige Teller im Stich, und den Stecker, den riß ich aus der Wand.

Ein wenig später legte ich mich auf den Teppich, und ich nahm mir vor, die Schallplatten alphabetisch zu sortieren. Ich fing an, sie auf mehrere Haufen zu verteilen. Doch je weiter ich kam, um so weniger gut erschien mir die Idee. Ich kletterte in einen Sessel und ließ alles liegen und stehen. Ab und zu sah ich Sam, er lächelte mir zu und zielte mit einem dicken Blutstrahl nach mir.

Einige Minuten lang versuchte ich mich vor dem Fernseher, in der Hoffnung zu dösen, doch ich steckte schnell auf. Ich hatte nicht das Glück, an einen Pausenfüller zu geraten, in sämtlichen Programmen twistete es, und nicht, daß ich dir sexuelle Wellen funke mit Augen, schwarz wie Holzkohle. Die Rückkehr des Twists, die konnte einen wahrlich zu Tränen rühren, der große Sprung nach vorn war das bestimmt nicht.

Ich klemmte mir meinen Roman unter den Arm und trat am

hellichten Nachmittag den Rückzug in mein Zimmer an. Henris Schreibmaschine stand noch auf meinem Tisch. Ich schnappte sie mir und verstaute sie seelenruhig in einem Schrank. Wenn man eins mit Hilfe der Jahre entwickeln kann, dann ist das die Kraft der Beherrschung. In dem Stadium, in dem ich war, hätte ich eine glühend heiße Kasserolle am Stiel packen und quer durchs Zimmer tragen können, ohne mit der Wimper zu zucken. Sowas ist nur 'ne Frage des Trainings.

Zum Glück hatte mein Roman keine allzu klassische Form. Ich konnte mich ziemlich unbekümmert darin bewegen, und die Personen mochten mich, sie rückten zusammen, um mir ein Plätzchen freizuhalten, ob ich nun mit einem lauten Lachen antanzte und den Frauen zuklimperte oder ob ich verzweifelt war, oder stinkbesoffen, oder total groggy. Einige von ihnen fanden, daß ich in meinen Porträts zu unscharf blieb, daß ich nicht voll auf die Tube drückte. »Jaja, das ist mir schon klar...«, hatte ich bestimmt hundertmal schon geseufzt, »das ist meine behavioristische Seite. Aber eins müßt ihr euch merken, meine Lieben, je mehr ich euch liebe, um so schwerer hab ich's mit euch. Vergeßt nicht, daß ich ein puristischer, also der Innensicht nicht gerade aufgeschlossener Autor bin.« Ich gab damit das Startsignal für alle möglichen Scherze, doch ich für meinen Teil drohte ihnen lächelnd an, mich dem nouveau roman anzuschließen oder sie in so'n Ding nach Art des neunzehnten Jahrhunderts zu sperren, wie man es auch heute noch des öfteren schreibt.

Wie nicht anders zu erwarten, funktionierte meine Schreibmaschine immer noch nicht. Das war nun doch ein bißchen happig, was da von mir verlangt wurde. Das überstieg zwar nicht meine Kräfte, aber ich mußte mich erst geistig darauf vorbereiten. Schließlich erhob ich mich und holte Henris Maschine wieder aus dem Schrank hervor, schonungslos stellte ich sie auf meinen Schreibtisch. Der Schriftsteller in mir überragte mich um mehrere Haupteslängen.

Ich arbeitete, bis sich die Schatten des Abends in mein Zimmer senkten. Mein Nacken war wie ein Stück Holz. Ich hörte sie nicht kommen. Die Tür ging ganz einfach auf.

– Hmm ... ich komm gerade aus dem Krankenhaus, seufzte sie.

– Oh ...! murmelte ich kopfschüttelnd. Ich hatte die Nase voll.

Ich bemerkte sogleich, daß ihre Beine nackt waren. Ich rückte vom Tisch ab, während sie sich auf die Bettkante setzte.

– Oh Gott, ich spür meine Beine nicht mehr ..., verkündete sie mir geradeheraus.

Sie trug eine Art weites, schwarzes Strickkleid, das ihr bis halb auf die Oberschenkel ging, und einen ganzen Haufen von den Broschen, die wir ihr zum Geburtstag geschenkt hatten.

– Tja, außerdem ist es soweit ..., fügte sie hinzu. Ich hör auf in der Zeitung.

– Oh ... wirklich ...?

– Ja, ich hab mich endlich dazu durchgerungen, mit Vera zu arbeiten. Sie hat mich zum guten Schluß doch rumgekriegt.

– Hmm, sie hat recht. Das ist besser für dich.

– Und, wie war dein Tag? erkundigte sie sich.

– Ach du je ... Haben die dir im Krankenhaus nichts gesagt?

– Nein. Die haben mich auf der Treppe abgefangen, um mir zu sagen, daß du gegangen seist, sonst nichts ...

– Naja, Sam ist letzte Nacht gestorben.

– Oh ...! Neinnnn!

– Doch. Ich hatte die ganze Flasche für mich allein. Weißt du, es war ein etwas eigenartiger Tag. Ich hatte zu nichts Lust.

– Hast du Hunger ...? Sollen wir was essen ...?

Wir gingen nach unten. Ich warf zwei tiefgekühlte Steaks in eine Pfanne und lief mit einigen Eiswürfeln zu Marlène zurück. Ich machte Männchen vor meinem Martini-Gin, Inhalt dreißig Zentiliter. Ich glaube, um den, um den hätte ich mich prügeln können. Der, der gehörte mir ganz allein. Ich kippte ihn mit geschlossenen Augen in mich hinein.

Es war Nacht geworden. In der Küche hörten wir die Steaks brutzeln. Ich hatte meinen Kopf unter Marlènes Rock geschoben und hatte mir ihren Slip gekrallt, ich hatte ihn bis ins unterste Stockwerk gezogen. Einen Moment vorher hatte ich noch zu ihr gesagt, und jetzt, sag schon, wie stehn wir jetzt da, jetzt, wo er gegangen ist, was wird sich zwischen dir und mir abspielen...?

Sie wußte es nicht. Sie schien für immer in diesem Sessel versunken. Ich brauchte mich bloß zwischen ihre Beine fallen zu lassen. Ihre Schenkel waren heiß wie Feuer, ihr Slip feucht. Ich hatte meine Nase wie eine Eiswaffel in ihre rosige Vagina gesteckt, indem ich eine Seite ihres Leopardenslips zur Seite schob, als wäre es der kleine Vorhang eines Puppenhauses. Dann riß ich ihn runter und ließ ihn in meiner Tasche verschwinden.

Von da an dachte ich an nichts mehr. Sie packte sich meinen Kopf und brach damit meinen letzten Widerstand, und ich fing an zu sabbern wie ein lauwarmer Springbrunnen, ließ die Innenseite ihrer Oberschenkel glänzen wie ein Robbenfell. Ich wickelte den unteren Teil ihres Kleides um ihre Lenden. Damit man hier klar sieht, sagte ich mir, als ich ihre Beine anhob und bei dieser Gelegenheit die perfekte Sauberkeit ihres Anus entdeckte. Sie wogte sanft auf und ab. Ich steckte meine Nase, mein Kinn, mein Ohr in ihre Spalte, wunderte mich, einen leichten Saugeffekt von unglaublicher Köstlichkeit zu verspüren, der mir beim ersten Mal nicht aufgefallen war. Ich glaubte, jeden Moment in Ohnmacht zu fallen. Dann machte sich Brandgeruch im Zimmer breit.

Jaulend sprang ich auf die Beine. Auf dem Hinweg riß ich mir das Hemd vom Leibe. Ich stellte das Gas ab. Auf dem Rückweg knöpfte ich mir die Hose auf. Überall Milde, Süße, Sickern. Nie zuvor hatte sich Schmerz in solche Sanftheit verwandelt. Nie zuvor war eine Zunge flinker als meine. Nie zuvor hatte eine weit geöffnete Möse solche Gier erlebt.

Am nächsten Morgen wachte ich gegen zehn Uhr auf. Allein, und mit einem leichten Brummschädel. Endlich einmal verbreitete mein Bett etwas anderes als immer nur meinen Geruch, doch ich ließ mich gar nicht erst darauf ein, in die Gegend zu gaffen, nicht in dieser Todesstille. Ich sprang auf und ging runter, Musik auflegen.

Ich brachte den ganzen Vormittag damit zu, das Haus aufzuräumen, und alles, was ich ein wenig zu hart fand, brachte ich rauf in sein Zimmer. Ich war zwar kein kleiner Junge mehr, trotzdem, die Sache machte mir ganz schön zu schaffen. Nach 'ner Zeit kam mir die Idee, ein Glas könnte einem die Dinge erleichtern, doch da täuschte ich mich. Die ganze Bude auf der Suche nach dem schmerzlichen Detail oder dem quälenden Gegenstand abzuklappern, einen seiner Schuhe zu entdecken oder einen Zigarrenstummel, der in einer Ecke herumflog, sowas konnte einem schon an die Nieren gehen. Und der Alkohol, weit davon entfernt, die Sache so zu lindern, wie ich mir erhoffte, verschlimmerte sie.

Ich war für solche Situationen nicht gerade jemand, den man als Neuling hätte bezeichnen können. Ich hatte diese Probleme bereits nach Bettys Tod gehabt, und ich wußte, wie schwierig es war, ein leeres Plätzchen zu finden. Dinge tauchten aus dem Schatten auf, Wochen, Monate später. Da machte ich mir keine Illusionen. Und um da raus zu kommen, um mich aus dem Sumpf herauszuziehen, in dem ich steckte, wählte ich nicht den richtigen Weg. Ich kippte noch ein Glas.

Ich kam mir vor, als wäre ich vor einen Pflug gespannt und müßte ein Feld voller Steine umpflügen, mit dampfenden Nüstern an einem schönen, strahlenden Vormittag, in dem Staubteilchen flimmern. Ich rannte in einem fort rauf und wieder runter, wischte mir mit dem T-Shirt über die Stirn, trocknete schlicht und einfach aus, verlor sozusagen jeglichen Saft, ackerte wie ein Verrückter. Bob schneite herein, als ich gerade mit einem Gedichtband rang. Die Seiten hatten sich vor meinen Augen aufgeschlagen, und im gleichen Augenblick war es um mich geschehen, ich war auf einen Stuhl gesunken, verwundet, besiegt.

– Oh, stör ich dich...?

– Nein, nein, Bob, überhaupt nicht...

Er hatte ein Paar furchterregende Arme, die aus seinem kurzärmeligen Hemdchen hervorstachen. Holzfäller den Winter, Holzfäller den Sommer.

– Und, alles klar...? fragte er geradeheraus.

– Jaja, die haben mich früher rausgelassen als geplant. Ich find, das ist 'n gutes Zeichen...

– Na sicher... ganz bestimmt.

Er stellte sich vors Fenster, steckte die Hände in die Gesäßtaschen und beugte sich vor:

– Mannometer...! Das ist vielleicht ein Wetterchen!

– Ja. Du siehst, letztendlich war es richtig, daß du umgezogen bist...

Er drehte sich um. Er wirkte so verlegen, als hätte Géraldine auf meinen Teppich geschissen.

– Hör mal, wegen dieses Artikels..., seufzte er. Das sind Dinge, über die rede ich nicht gern... Aber peinliche Situationen kann ich auch nicht vertragen, naja, deshalb... Ich wollte dir sagen, die Typen, die Gloria vor mir gehabt hat, da träum ich nicht jede Nacht von. Ich hab andere Sorgen, du verstehst schon, was ich damit meine... Es stört mich nicht, daß sie ihren Spaß gesucht hat... Naja, ich wollte nur, daß das zwischen uns ganz klar ist, du ahnst ja nicht... Auch wenn's einem selbstverständlich erscheinen mag, es ist immer besser, sich auszusprechen. Also, was zwischen Gloria und dir war, wir haben darüber geredet, und damit Schwamm drüber.

– Bob..., antwortete ich mit sanfter Stimme. Da war nichts zwischen Gloria und mir...

Er begnügte sich damit, zu lächeln, offensichtlich interessierte es ihn nicht, ob ich's nun getan hatte oder nicht. Was zählte, das war, daß er sich dieser Last entledigt hatte, daß sein Weg wieder klar und hell leuchtete. Ich mochte ihn, den guten Bob, auch wenn er sich so gut wie kein zweiter darauf verstand, ins Fettnäpfchen zu treten.

– Ich versteh nicht, daß er einfach so abgehauen ist, warf er mir ohne jede Vorwarnung an den Kopf.

Ich zeigte Wirkung, als ich mich erhob.

– Da gibt's nichts zu verstehen, Bob. Es ist eben so.

– Jaja, aber einfach so...! Ohne jemandem einen Ton zu sagen...

– Bob! unterbrach ich ihn. Das ist auch 'ne Sache, über die haben wir geredet, und damit Schwamm drüber ...!

Ich zitterte vor Wut. Durch meine kleine Aufräumaktion war ich mit den Nerven anscheinend am Ende. Es ist lächerlich zu glauben, mit zweihunderttausend Lesern im Rücken sei man ein anderer Mensch. Man ist nichts anderes als vorher auch, man wiegt nicht mehr als Taubendreck. Jedes Lüftchen kann einen umpusten. Kein Mensch ist in der Hand des Allmächtigen mehr wert als ein anderer. Ich ließ mich also träge von diesem kleinen Zorn übermannen. Ich schnappte mir den Gedichtband und pfefferte ihn hinter das Sofa.

Als ich wieder allein war, rutschte ich auf allen vieren, um ihn wieder hervorzukramen. Ich kehrte zu meinem Stuhl zurück. Nach den ersten Zeilen hob ich ab. Aber dieses Gefühl, fortgetragen zu werden, habe ich bereits erwähnt, es riß einen buchstäblich vom Hocker.

Die Nacht sprang mir urplötzlich auf den Buckel, und ich hob den Kopf in einer betäubenden Stille. Ich kurbelte die Dinge wieder an, indem ich mich über die Glotze hermachte, ich guckte einem Typen zu, der eine Lokomotive mit den Zähnen zog, ein anderer durchstach sich die Backe mit einer Hutnadel, danach ein Mädchen in einer Nummer ohne Rückgrat, das sich den Kopf zwischen die Beine steckte. Das Leben war so geschaffen, daß ich nicht davor zurückschreckte, mein Glas nachzufüllen. Es gibt Phasen, da trinkt man mehr als andere, das habe ich schon des öfteren bemerkt. Inzwischen legte ein neuer Typ seinen Kopf unter das Bein eines Elefanten, ein anderer in das Maul eines Löwen.

Als Marlène reinkam, war ich hart an der Grenze. Ich küßte sie auf die Haare.

– Komm, meinte sie, ich hab keine Lust hierzubleiben. Wir gehen irgendwo was essen ...

Ich hatte zwar auch keine größere Lust rauszugehen, als durch die Bude zu tigern, aber ich stand bereits auf der Straße, ehe ich mir die Sache überlegen konnte. Ich zögerte einen Moment auf dem Bürgersteig.

– Scheiße, wo steht denn meine Kiste? knurrte ich.

Ohne mir eine Antwort zu geben, sperrte sie mich in ihren Mini, auf der Seite, wo kein Lenkrad war. Sie karrte uns zu einem Griechen. Die Musik war nicht gut für mein Herz, und die kleinen weißen Häuschen an der Wand stimmten mich melancholisch. Ich schluckte meinen Ouzo, während ich eine geriebene Gurke in ihrem weiten, weißen Mantel betrachtete. In einer Anwandlung schnappte ich mir Marlènes Hand über den Tisch hinweg:

– Du bist meine Bouboulina . . ., sagte ich zu ihr.

Wir gingen ein paar Schritte spazieren, als wir rauskamen, ich brauchte unbedingt frische Luft, um mir die Ohren abzukühlen. Ich kaufte Kastanien an der Straßenecke.

– Heute zum letzten Mal, eröffnete mir der Kerl. Morgen steig ich auf Erdnüsse um!

Wir spazierten schweigend in Richtung Park, und so blau, daß ich nicht gemerkt hätte, daß bald ein Gewitter losbrechen würde, war ich nicht. Aber ich unternahm nichts. Ich konnte beinahe Lichter am Himmel aufflammen sehen, während ein dumpfes Rumoren in der Luft anschwoll, und ich wunderte mich da nicht, die haben ganz schöne Kräfte, diese Gewitter, die sind in der Lage, einem den Boden unter den Füßen in einen Schlund voller Feuer zu verwandeln.

In Wirklichkeit gerieten wir mitten in einen Jahrmarkt. Bunte Glühbirnen hingen in den Bäumen, und aus allen Ecken ertönte Musik. Was nicht hieß, daß ich mit dem Gewitter falsch gelegen hatte, ihre Miene war besorgt, ihre Lippen zusammengekniffen. Und meine Kastanien, klar doch, die wollte sie nicht. Wir zwängten uns mitten in das allgemeine Schreien und Lachen, und ich schlug ihr vor, uns die Frau mit dem Bart anzusehen. Sie blieb stehen. Ihre Augen funkelten dermaßen, daß sich die Typen nach ihr umdrehten.

– Gloria hat sich geweigert, mir Antwort zu geben, sagte sie.

Ich guckte mich nach der Bude um, wo man mit Bällen auf Konservenbüchsen schmiß.

– Sie hat das alles erfunden, antwortete ich und setzte mich wieder in Bewegung.

Sie folgte mir zum Schießstand.

– Aber weshalb ...?!

– Woher soll ich das wissen ...?!! Weiß ich, was in den Köpfen der Leute vorgeht ...??!! lachte ich hysterisch.

Ich schoß nichts als Fahrkarten. Ich hatte das Gefühl, jemand hatte mir Bananenschalen vor die Füße geworfen, so daß ich in einem fort ausrutschte. Zu Tode betrübt setzte ich mein Gewehr ab. Ich ging ein paar Schritte weiter und hämmerte wütend mit der Faust auf ein kleines Lederkissen. Eine Glocke ertönte.

– Und wenn ich es wüßte, murmelte ich, was hätte ich davon ...?!

Ich wollte gerade auf meinem finsteren Weg weiterschreiten, als eine Hand nach meiner Schulter griff. Ich drehte mich um und sah ein Mädchen in Lederkluft, die Haare zu Berge und Fratzen, schlimmer als ein Dämon.

– Eh! Typ ...! fauchte sie mich an. Sag mal, was meinst du, wo du hier bist ...?!

Unter Mitwirkung des Alkohols kapierte ich nicht so recht, was sie von mir wollte. Sie fletschte mit den Zähnen, stemmte die Fäuste in die Hüften:

– Na los ... Meinst du, ich steck meine Münzen um deiner schönen Augen willen da rein ...?! Meinst du, nur weil ich 'ne Tussi bin, laß ich mich von 'nem Wichser wie dir verarschen ...?!?

Ich kam nicht dazu, mich zu entschuldigen oder sonst was in der Art, denn sie knallte mir eine fürchterliche Gerade vor den Bauch. Ich sackte auf die Knie, mir blieb die Luft weg, ich sah ihr nach, wie sie vor den Lichtern des Riesenrads entschwand.

Marlène stützte mich bis zur Geisterbahn. Ein paar Minuten lang dachte ich, ich müßte kotzen. Dann verflüchtigte sich dieses furchtbare Gefühl ganz allmählich, und wir ruhten uns einen Augenblick auf den Stufen aus, im Licht der Laternen.

– Weißt du ... Das ist nicht dasselbe, als hätte ich sie großgezogen. Ich glaube, sie mag mich, das bestimmt, aber sie betrachtet mich nicht als ihre Mutter. Ich glaube, der einzige Mensch, den sie richtig liebt, ist Henri.

– Ah, Herr im Himmel! Ich hab keine Lust, darüber zu reden...!

Sie packte mich am Ärmel. Hinter uns trampelten die Leute auf dem Podest herum, das zu den Schaltern führten, die Typen lachten, und die Frauen kriegten es mit der Angst zu tun.

– ICH WILL ABER, daß wir darüber reden! schimpfte sie. Was du da denkst, ist mir egal. Ich bin jedenfalls nicht daran interessiert, schweigend zu leiden. Ich bin kein gequälter Schriftsteller...! Im übrigen hab ich von euch Schriftstellern die Nase voll. Ihr seid doch allesamt nicht ganz dicht! Ihr bringt es doch nur fertig, euch das Leben zu vermiesen...!

– Na schön, und was soll ich jetzt dazu sagen...?! Woher soll ich wissen, warum sie kübelweise Dreck über uns ausgeschüttet hat?!

Sie strich sich mit einer Hand die Haare aus der Stirn, und ich konnte die Blässe ihres Gesichts erkennen. Das war der Moment, den ich dazu wählte, mir die Nase zu putzen. Im nächsten Augenblick stand ich da wie der letzte Idiot mit ihrem Slip in der Hand.

– Oh nein...! stöhnte sie und platzte bald vor Lachen. Das kannst du mir nicht antun...! Mir ist nicht nach Witzen zumute...!

Ich zog ihn mir über den Kopf, das Gummi um die Stirn. Die Leute in der Schlange stießen sich mit dem Ellbogen an. Ich guckte Marlène lächelnd an, die Hände um die Knie gelegt. Ich wartete, bis sie mir das Ding vom Kopf nahm, und anscheinend wartete da jeder drauf, denn die Leute fingen an zu klatschen.

Ein Stück weiter kaufte ich ihr eine Portion Zuckerwatte, und als wir durch das verwunschene Schloß wanderten, nahm ich sie oben auf dem Bergfried neben einem grün schimmernden Skelett in meine Arme.

– Ich kann ihr nicht mal böse sein..., murmelte ich. Ich hab das Gefühl, als hätte sie einem Befehl von oben gehorcht.

Ein kleines Mädchen, das sich an den Hals einer Alten klammerte, fragte uns, ob wir Gespenster seien.

– Ah... Erzähl keinen Unsinn...! seufzte Marlène.

Ein klebriges Ding heftete sich an meinen Knöchel, doch ich stieß es mit dem Fuß zurück.

– Du willst es also nicht einmal wissen...?! fügte sie hinzu. Du willst weiter so tun, als sei nichts passiert...?

Ich hatte entschieden ein Talent dafür, über Mädchen zu stolpern, die es wissen wollten. Das Leben, mein Temperament, meine Lektüre, das alles brachte mich zu der Ansicht, daß nichts irgendwelche Bedeutung hatte, sie hingegen, sie hätten Himmel und Hölle für nichts und wieder nichts in Bewegung gesetzt, und ich muß zugeben, daß mich das faszinierte, daß ich zehn Meter große Augen machte. Sicher, meine Position war schwieriger zu behaupten, sie neigten dazu, mich ein wenig vorschnell für einen Schlappschwanz zu halten, wie man so sagt, sie fanden, ich sei schwieriger aufzurütteln als ein ganzer Sack Kartoffeln. Doch wenn man ein paar Überzeugungen in diesem Leben gewonnen hat, muß man mit den Konsequenzen rechnen. Einen Tag ohne Mumm in den Knochen, einen anderen ohne Stolz, wieder einen ohne Nerven.

Man mußte sie mal erleben, wenn sie sich mitten in der Nacht im Bett aufrichteten, man mußte erleben, wie sie gegen den Sturm angingen, daß man sich fragte, was kann sie überhaupt aufhalten, und wenn ich falle, rappele ich mich eben wieder auf, und dann pfeffer ich sämtliche Betreuer in ihre Ecke, man mußte erleben, wie sie die Welt mit offenen Armen einfingen, und ja nicht vergessen, in der Nähe zu sein, wenn sie ihre Waffen blank putzten, das durfte man auf keinen Fall verpassen. Ich war entzückt, ich wurde fast neidisch. Ich stellte mir vor, ich würde einen fürchterlichen Schrei ausstoßen und die ganze Bude zerschlagen, würde das Spukschloß zertrampeln und quer übers Land fahren, um die Apokalypse zu säen. Das war verlockend.

Kurz und gut, auf den ersten Blick hielt ich nicht viel davon, mich mit Gloria zu zerfetzen. Nicht nur, daß ich keine Lust dazu hatte, es war ohnehin das letzte, was ich hätte tun wollen. Für mich war das Schlimmste bereits eingetroffen. Mir war nicht danach zumute, eine Autopsie vorzunehmen. Sollte man mich doch in Ruhe lassen, ich war dabei, meine Buße zu empfangen.

Und Gloria hatte damit nicht viel zu tun. Ich hatte die Sache mit den Bäumen nicht erfunden. Und wenn sich keiner mehr daran erinnerte, ich, ich konnte mich daran erinnern ...!

Ich ließ mir all das in weniger als drei Sekunden durch den Kopf gehen. Plötzlich strich uns eine unsichtbare Kreatur über die Haare. Marlène stieß einen Schrei aus. Ich nahm die Gelegenheit wahr, um eine Antwort herumzukommen, und schleifte sie in Richtung Kerker.

Nach 'ner ganzen Menge anderem Stuß überquerten wir wieder die Zugbrücke. Einträchtig verzichteten wir auf die Achterbahn. Ich leistete mir noch ein letztes Bier, bevor wir die Örtlichkeit verließen. Die Nacht war fast lau. Ich konnte mich Wort für Wort an den Brief erinnern, den ich geschrieben hatte, als ich zum ersten Mal verliebt war. Ich hatte dem Mädchen gesagt: »Triff mich heute abend zu Füßen der Achterbahn. Ich muß mit dir reden. Ich hab die ganze Mathestunde nur an dich gedacht. Warum gibst du etwas darum, was man dir erzählt? Warum sollte ich nicht in der Lage sein, da raufzuklettern ...?!« Ich lächelte bei dem Gedanken, daß mir das vorhin noch einmal erspart geblieben war. Doch bis wir zum Wagen kamen, war mein Lächeln längst in Stücke zerfallen.

20

Als ich drei Tage später in der Tiefe meiner Schublade wühlte, gerieten mir die Flugtickets in die Finger. Danach klingelte das Telefon. Ich konnte es mir nicht mehr leisten, mich ständig an den Anrufbeantworter zu klemmen, ich mußte jedes Gespräch direkt annehmen. Ich wußte, daß er mich nicht anrufen würde, aber mit ein bißchen Glück konnte es ja sein, daß er sich verwählte. Ich sprang auf die Treppe.

– Dogelski am Apparat...

– Sam Shepard..., witzelte ich.

– Sagen Sie, wie geht es Ihnen?

– Sehr schlecht.

– Nein, wirklich?

– Ich scherze.

– Ah, wie können Sie nur...! Wissen Sie, daß wir zur Zeit wahrhaftig dabei sind, auf den Putz zu hauen...?

– Teufel!

– Wir drucken zweihunderttausend Exemplare nach!

– Oh...!

– Außerdem habe ich drei dicke Verträge auf meinem Schreibtisch liegen. Sie müßten irgendwann mal vorbeischauen...

– Hören Sie, Walter, glauben Sie mir, das ist keine Absicht, aber...

– Sie haben recht, die Sache eilt nicht. Jeden Tag treffen neue ein, ungelogen. Und ich sprech nicht nur von Journalisten...

– Nun ja... Zur Zeit steht mir wirklich nicht der Kopf danach...

– Ihr Roman, vermute ich...

– Ja, ich befürchte.

Nachdem ich aufgelegt hatte, ging ich los, um den Mercedes aus der Werkstatt zu holen. Auf dem Weg überlegte ich mir, die ganze Geschichte entbehrte nicht einer gewissen Pikanterie. Als ich damals endlich veröffentlich worden war, war Betty bereits tot. Und jetzt, wo mir Dogelski einen durchschlagenden Erfolg verkündete, hatte sich Henri aus dem Staub gemacht. Da konnten ruhig noch mehr Bäume runterkommen, ich befand mich längst sechs Fuß unter der Erde. Als er mich sah, kam der Inhaber angelaufen, er rieb sich die Hände.

– Ah ...! Der läuft wie ein Uhrwerk ...! eröffnete er mir.

Er ließ den Motor an, damit ich mich überzeugen konnte. Er hatte bereits die Augen geschlossen, einen Finger an seinem Ohr. Während er mir die Rechnung ausstellte, sammelte ich schnell das Papier zusammen, das auf dem Boden herumflog, Zigarettenschachteln, alte Zeitungen. Ich warf das Ganze in eine Tüte, die ich zur Mülltonne hinüberschaffte, und von dort ging ich mir die Hände waschen. Die Toiletten befanden sich auf der Rückseite. Und als ich um die Halle herumging, stieß ich auf einen Engel, der im Sonnenlicht saß.

Sie war höchstens acht Jahre alt, aber ihre Schönheit sprang einem sofort in die Augen, ich verlangsamte meinen Schritt. Sie trällerte ein Liedchen, während sie einen glänzenden Ball gegen die Mauer warf. Keine Ahnung, ob sie mich gesehen hatte, aber wie dem auch sei, sie schien sich nicht stören zu lassen. Ich blieb einen Augenblick stehen, um sie zu beobachten. Sie hatte eine Mumienpuppe in einem weißen Stoff auf den Knien.

– Ist sie krank? fragte ich sie.

– Nein, sie ist tot. Aber schon seit einigen Tagen! präzisierte sie mit klarer Stimme.

– Oh, das tut mir leid.

– Titus hat ihr beide Beine abgebissen, als ich in der Schule war. Mein Vater hat ihn bestraft, na klar, aber meine Puppe hat er noch nicht repariert. Er sagt, er muß erst die Autos reparieren.

Sie streichelte der Puppe über die Wange, bevor sie ihren Ball wieder an die Wand warf. Ich beobachtete sie noch einen Moment, während sie mich schon wieder vergaß. Ich war unfähig, auch nur einen Schritt zu tun und mich durch dieses Bild zu schleichen. Die Gleichmäßigkeit, mit der der Ball in ihre Hand zurücksprang, war verblüffend, und die Bewegung ihres Arms war stets gleich. Sie machte ein abwesendes Gesicht. Mir wurde klar, daß ich da etwas sehr Wichtiges vor mir hatte. Ich hatte genau die gleiche Empfindung verspürt, als ich zum ersten Mal ein Buch über das Zen aufgeschlagen hatte. Stutzig geworden, beugte ich mich ganz langsam zu ihr hinunter, senkte ich meinen Mund zu ihrem Ohr. Kein Ton war in der Gegend mehr zu hören, abgesehen von dem Geräusch des Balls.

– Du bist eine wahre Könnerin, murmelte ich.

– Oh...! Das ist einfach.

– Naja, ich weiß nicht... Für dich ist das vielleicht einfach...

– Ach wo, das schafft doch jeder!

– Soso, das muß aber ein schönes Gefühl sein.

– Das ist ein Superball... Willst du ihn mal sehen?

Im gleichen Moment fing sie ihn auf und hielt ihn mir vor die Nase.

Eine durchsichtige, gallertartige Masse von der Größe eines Golfballs, mit Sternchen innendrin. Ich nickte, dann richtete ich mich wieder auf.

– O. k., ich danke dir..., sagte ich zu ihr.

– Oh, keine Ursache...

Ich ließ die Sache mit dem Händewaschen fallen. Ich schlug die entgegengesetzte Richtung ein, und als ich auf den Bürgersteig kam, ging ich die Straße hinauf. Ein Stück weiter hoch stieß ich nach einem Blick ins Schaufenster die Tür eines Ladens auf, ich fühlte mich leicht aufgeregt. Ich mußte warten, bis ich an der Reihe war, bis sich eine Alte, die in eine ganze Serie von Rohrpfeifen pfiff, endlich für ein Modell mit Federn entschied. Eine kleine Ader zuckte auf ihrer Schläfe.

Als ich wieder rauskam, warf ich als erstes einen Blick nach rechts und nach links. Der Bürgersteig war frei. Ich ließ den Superball vor meine Füße fallen, er sprang in meine Hand zurück.

– Ah! Allmächtiger Gott!!

In der Werkstatt war meine Rechnung immer noch nicht fertig. Ich lehnte mich gegen den Mercedes und hielt meinen Superball gegen das Licht. Bei mir waren das keine Sternchen, sondern kleine, bunte Plättchen, die da in der Masse waren. Ich ließ ihn zaghaft gegen die Wand der Halle springen und fing ihn wieder auf. Ich fand das gar nicht mal so übel für den ersten Versuch. Ich preßte ihn in meiner Hand wie einen Goldklumpen.

Er war von erstaunlicher Elastizität und einem angenehmen Gewicht, das gut in der Hand lag, er schien geradezu von einem persönlichen Willen beseelt zu sein. Nach einigen gelungenen Aufsetzern wurde ich kühner, ich entdeckte den richtigen Winkel zwischen Mauer, Boden und meiner Hand. Sie hatte recht, so schwer war das gar nicht. Eine Frau, die zum Tanken vorgefahren war, guckte mir zu, eine Wasserstoffblonde mit vollen Lippen und einer offenen Wagentür, die den Blick auf ihre Schenkel freigab. Aber sie hätte mir ihre Unterhose vor die Füße werfen können, ich hätte mein entzückendes Experiment nicht aufgegeben. So langsam fand ich den richtigen Rhythmus.

Ich war noch ein wenig ungeschickt, sicher, aber ich hatte eine Vorahnung von etwas Kommendem.

Leicht im Rausch versuchte ich mich an neuen Figuren. Es gelang mir eine, die sehr schön war, eine Figur mit einem tadellosen Rückkehreffekt. Sowie eine zweite, die ich nur mit Mühe und Not auffing. Mit einem Mal tauchte die Blonde mit ihrer Kiste zwischen dem Superball und mir auf. Ich bekam noch mit, daß er von der Motorhaube abprallte, während mich das Mädchen mit ihrem glühenden Blick eindeckte.

– Du solltest es mal mit Jo-Jo probieren…, flüsterte sie mir zu, bevor sie mit Volldampf losdüste.

Alles ging so schnell, daß ich dachte, ich träume. Doch ich spürte meinen Superball nicht mehr in meiner Hand. Wer hatte bloß ein solches Miststück auf dem Gewissen, durfte es sowas überhaupt geben…?! Ich war grün vor Wut. Ich warf einen besorgten Blick in die Runde.

Durch einen unglaublichen Glücksfall erspähte ich ihn auf der anderen Straßenseite, wo er sanft auf und ab sprang. Dann rollte er in die Gosse. Ich kam nicht einmal mehr dazu, auch nur die geringste Geste anzudeuten. Ich knirschte mit den Zähnen, als ich meinen Superball in einem Gully verschwinden sah.

Ich mußte einen anderen aus der Tasche hervorholen. Einen grünen mit goldenen Fäden.

Als ich nach Hause kam, traf ich Vera und Marlène an, die vor einem kalten Hühnchen saßen.

– Oh, mein Schatz, meinte Vera zu mir, wir haben ohne dich angefangen, wir hielten es nicht mehr aus...!

Es passierte ihr mitunter, daß sie mich ihren »Schatz« nannte, vor allem, seit ich in den Club der Zweihunderttausender eingetreten war, es gab ein paar Großstadtallüren, von denen sie sich nicht freimachen konnte. Ich antwortete ihr, da hätten sie gut dran getan, ich hätte keinen Hunger.

– Komm, setz dich doch, schlug mir Marlène vor. Du hast seit drei Tagen nichts mehr gegessen...

– Mein Roman biegt auf die Schlußgerade ein.

Sie blinzelten sich zu, ich hätte sie nicht mehr alle. Ich nahm mir ein Bier, um ihnen Gesellschaft zu leisten, dann wartete ich, bis die Unterhaltung weiterging, um meinen Superball hervorzukramen und ihn mit lässiger Miene freundlich gegen die Wand zu werfen. Sie achteten nicht sonderlich darauf. Während sie miteinander quatschten, stand ich auf und wanderte bis zum Fenster, um zu sehen, was das im Gehen ergab. Ich verzichtete auf die Banden und ließ ihn mit kurzen, präzisen Stößen vom Boden direkt in meine Hand zurückspringen. Das war um einiges einfacher, aber die Bewegung des Handgelenks war hübsch. Ich spürte, daß darin eine gewisse Harmonie zu finden war. Ich schaute auf die Straße, während mein Superball wieder und wieder und wieder in meine Hand prallte. Dann spürte ich, daß Veras Stimme auf meinen Rücken zielte:

– Sowas hat die Welt noch nicht erlebt, ich sag's dir. Solch schändliche Verleumdungen hat noch keiner geschrieben wie der da. Weißt du, wenn du wolltest, könntest du ihn ins Kittchen bringen...!

– Jaja, antwortete ich, ohne mich umzudrehen. Ich laß mir die Sache gerade durch den Kopf gehen. Der soll mir nicht ungeschoren davonkommen, verstehst du...

– Oh ja, das kann ich mir vorstellen ...!

– Vielleicht sollte ich eine Rubrik in deiner Zeitschrift übernehmen, in der ich über seine sexuellen Affären berichte. Ich werd seinen Abfalleimer durchwühlen. Ich erkundige mich bei seiner Concierge und den Händlern seines Viertels, was hältst du davon? Ich kann mich auch in einen Schlafsack wickeln und vor seinem Arsch biwakieren ...!

– Sehr lustig.

– Hör mal, ich hab momentan andere Dinge im Kopf ... Fall mir bitte nicht mit dieser dämlichen Geschichte auf den Wecker, sei so nett. Ich wäre nicht in der Lage, länger als eine Sekunde darüber nachzudenken ...

Ich nutzte das Schweigen, das darauf folgte, um mit meinem Superball aus der Küche zu verschwinden. Sicher fehlte es mir noch an Eleganz, aber in den kommenden Tagen würde ich bestimmt rasch Fortschritte machen.

Schließlich trennte ich mich gar nicht mehr von ihm, außer wenn ich schlafen ging. Zuweilen achtete ich nicht einmal mehr darauf. Ich ging mit ihm raus, ich drückte ihn in meiner Tasche oder warf ihn gegen die gegenüberliegende Mauer, ich versuchte ihn in den Geschäften oder wenn ich auf einen Barhocker geklettert war. In dem Viertel war ich als Schriftsteller mittlerweile einigermaßen bekannt, und die Leute aus der Nachbarschaft guckten mir mit betrübter Miene nach. Ich konnte mir jede nur erdenkliche Schrulle leisten, auf Rollschuhen antanzen oder auf dem Rücken eines weißen Pferdes, sie hätten mir alles durchgehen lassen. Ich war der, den man im Fernsehen sah, auch in der Zeitung, der, dessen Bücher in den großen Läden stapelweise weggingen, ich war der junge Mann, der so reizende Schmöker schrieb. Wenn sie mich sturzbesoffen in der Gosse gefunden hätten, hätten sie mich mit nach Hause genommen.

Wenn ich arbeitete, legte ich ihn neben mich. Aber es konnte auch sein, daß ich den Kopf in die eine Hand stützte und mit der anderen den Ball quer durchs Zimmer schickte. Ich hatte meinen Tisch dementsprechend umgestellt. Ich warf den Ball mit einer kurzen Handbewegung auf den Boden, von dort sprang er gegen die Wand, dann an die Decke, bevor er mit einem leisen, beruhigenden Klacken in meine Hand zurückfiel. Ich liebte es auch, ihn zwischen Daumen und Zeigefinger zu nehmen, ihn wenige Zentimeter über dem Tisch loszulassen und dann mit zwei Fingern kurz aufzufangen. Ihn einfach neben mir auf den Boden zu werfen, machte mir zwar nicht den größten Spaß, aber auf diese Art konnte ich Stunde um Stunde durchhalten, in einer gewissermaßen perfekten Symbiose.

Die anderen waren in dieser Sache geteilter Meinung. Bob und Charles hatten nichts dagegen, Vera regte sich auf, und Marlène stöhnte. Gloria sagte gar nichts. Wenn wir uns durch einen unglücklichen Zufall oder durch die Macht der Dinge im gleichen Zimmer befanden, hielt sie sich abseits, und ich guckte sie nicht an. In Wirklichkeit sah ich sie nicht so richtig, alle, die sie da waren, ich lebte in einer Art isolierendem Nebel, im Rhythmus meines Superballs.

Eines Morgens packte ich das Telefon und rief Dogelski an.

– Oh! Sie sind's...? sagte er. Herzlichen Glückwunsch, Sie werden ins Russische übersetzt...! Sie sehen, heutzutage geht das sehr schnell. Das hat schon was Groteskes an sich, finden Sie nicht...?

– Walter..., flüsterte ich, ich brauche Ihre Hilfe! Wir machen fifty-fifty bei den dicken Fischen, gilt das auch für die finsteren Tage...?

– Naja, so hatte ich es jedenfalls aufgefaßt!

– Hören Sie... ich muß umziehen. Fragen Sie mich nicht, warum, aber glauben Sie mir, ich werde meinen Roman niemals zu Ende kriegen, wenn ich hier nicht schleunigst verschwinde...!

– Oh...

– Ja, das ist mein Ernst. Kennen Sie nicht jemand, der mir ein Haus zur Verfügung stellen könnte?

– Hmm... haben Sie 'ne bestimmte Vorstellung?

– Ja. Ein Haus mitten im Wald, und der nächste Nachbar zehn Kilometer weit weg. Das heißt, am besten überhaupt keine Nachbarn!

– Ja, ich verstehe. Na schön, dann nehmen Sie doch meins. Ich schicke Ihnen mit der nächsten Post die Schlüssel.

Ich war mir nicht sicher, ob das nun die Lösung schlechthin war, und ich hätte nicht einmal beschwören können, daß das überhaupt eine war. Doch in einer Situation, da ein Tag dem anderen glich und die geringste Hoffnung dem hellen Wahn, hatte ich nichts mehr zu verlieren, und ich fühlte mich bereit, alles zu versuchen, was mir in die Hände fiel. Um so mehr, als das mit Marlène und mir auch nicht gerade toll lief, wie man sich vorstellen kann. Es war, als müßten wir uns durch die Tropfen eines Schauers hindurchschlängeln, was sage ich, eines Regens aus Blut. Ineinander verschlungen, gelang es uns, die Scherben zu kitten, doch sobald die Sitzung beendet war und der Morgen nahte, standen wir wieder vor diesem furchtbaren Schweigen, das von Mal zu Mal bedrückender wurde. Ehrlich gesagt, hatte ich nicht das Gefühl, ihr viel zu geben. Ich konnte nichts dafür, in mir war nicht mehr die nötige Kraft, und das Schauspiel meiner Schwäche, meiner Unfähigkeit, ihr das zu geben, was sie verdiente, war für mich ein weiterer Quell der Traurigkeit, ein Grund mehr zu verzweifeln.

Ich war jetzt gut vierzehn Tage aus dem Krankenhaus raus. Mit Hilfe meines Superballs war es mir gelungen, den Schaden zu begrenzen, mehr aber auch nicht. Das war ein wenig so, als hätte ich beim Sturz in einen Abgrund einen Zweig zu fassen bekommen, das verriet mir auch nicht, wie ich es anstellen sollte, wieder nach oben zu kommen. Ich war mir nicht darüber im klaren, ob dieser Anruf nun die Rückkehr ins Leben oder das letzte Aufbäumen eines Sterbenden war. Ich muß gestehen, daß mir der Gedanke, die Kulissen zu wechseln, einige Stunden vorher nicht im mindesten durch den Kopf gegangen war. Ich war kein bißchen besser in Form wachgeworden als an den anderen Tagen zuvor, und im Laufe des Vormittags, ich weiß selbst nicht wie, war ich in Henris Zimmer gelangt, ich saß dort auf einem Stuhl, und das war nicht schlimmer als all die anderen Male auch, ich spielte ganz ruhig mit meinem Ball und mochte den Geruch seines Zimmers. Ich glaubte allein zu sein. Bis Marlène hinter mir auftaucht und sich vor mich hinstellt. Klar, ich tu so, als würd ich ihre finstere Miene gar nicht bemerken, als wär das die natürlichste Sache der Welt, in diesem Zimmer zu sitzen. Mehr denn je konzentrier ich mich auf meinen Ball, doch dabei beobachte ich sie aus dem Augenwinkel. Jetzt steht sie vor der Kommode und betatscht die paar Gegenstände, die sich darin befinden, die Sachen, die Henri zurückgelassen hat. Wir bleiben stumm. Als sie sich zu mir umdreht, hat sie den Wecker in der Hand. Guckt mich an. Wirft ihn wie von Sinnen in den Spiegel, der an der Wand hängt und unverzüglich zerbricht.

– Mann, er ist weg...!! schreit sie mir in die Ohren. Hast du noch nicht begriffen, daß er WEG ist...??!!

Ich antworte ihr nicht. Ich warte, daß sie geht. Ich zucke kein bißchen zusammen, als die Tür knallt, denn nichts anderes habe ich erwartet.

Ich blieb den größten Teil des Nachmittags allein. An meinen Sessel gefesselt und meines Erachtens weniger voll, als es andere Typen im Durchschnitt an meiner Stelle gewesen wären. Mit Hilfe der Angaben Dogelskis und einer Karte, die auseinandergefaltet auf meinen Knien lag, hatte ich schließlich den Standort der Bude herausgefunden. Sie lag nicht weit weg, eine Fahrt von einer knappen Stunde, und ich stellte fest, daß es in der Gegend tatsächlich Wald gab. Ich versuchte mir einzureden, daß ich damit nicht noch eine Etage tiefer sackte, daß dieser Entschluß kein weiteres Loch in meinem Stachelgürtel bedeutete. Manchmal hieß die Antwort nein, manchmal ja. Jedenfalls hatte ich nicht großartig gezögert, Dogelski anzurufen. Die Idee, mich aus dem Staub zu machen, war mir gekommen, als ich aufstand, um die Scherben vom Boden aufzuheben, und ich hatte gar nicht erst das Bedürfnis verspürt, lang und breit darüber nachzudenken. Eine Minute später war ich aus dem Zimmer gegangen. Die Bude war leer gewesen, ich hatte mir das Telefon geschnappt. Später in meinem Sessel, als ich mir die Sache durch den Kopf gehen ließ, wollte ich nur zu gern glauben, daß meine Hand ferngelenkt worden war.

Ich brauchte keineswegs drei Stunden, um meinen Koffer zu

packen. Ich hatte nichts mehr. Ich fand es nicht unbedingt normal, daß ein Typ zweimal in seinem Leben zugrunde gerichtet wurde. Vor allem einer, der so sensibel war wie ich. Ich wunderte mich nicht über meinen literarischen Erfolg. Das Leben hatte mir gleichzeitig gegeben und genommen. Meine Nummer bestand nicht darin, gehängt zu werden, bis der Tod eintrat. Ich, ich wurde an den Beinen aufgehängt bis zum Ende meiner Tage. Ich war mit einigen hunderttausend Lesern auf dem Hals zur Einsamkeit verdammt. Vielleicht hätte ich es vorgezogen, ein geschlagener Mann und ein verkannter Schriftsteller zu sein, was letztendlich nicht einer gewissen Größe entbehrt und dem Ganzen eine großartige Schwärze verleihen könnte, eine Verzweiflung, rein wie ein Diamant. Doch das war nicht mein Los, und jeder muß sich mit dem bescheiden, was er hat. Ich, ich war der Krüppel, der die Rolls-Royce sammelte.

Ich setzte mich wieder in meinen Sessel und wartete. Obwohl ich ein wenig benebelt war, blieb ich doch Herr meines Superballs, es reichte, die Sache ein wenig behutsamer anzugehen. Ich dämmerte bis zum Abend vor mich hin, von der Stille halb hypnotisiert trieb ich im Halbdunkel, bis Marlène eintraf.

Ich spürte, daß sie noch unter dem Eindruck der Szene von vorhin stand, daß sie verstimmt war, trotzdem redete ich nicht lang um den heißen Brei herum:

– Ich hab beschlossen, von hier wegzufahren, eröffnete ich ihr.

Sie fing meinen Ball in der Luft auf.

– Allein? fragte sie.

Wir reisten am nächsten Tag ab, am hellichten Nachmittag, nach einer heftigen, nervenaufreibenden Auseinandersetzung mit Gloria. Es war uns nicht gelungen, klammheimlich abzuhauen, weil ich das allerletzte Arschloch war. Mir schwirrte nämlich immer noch diese armselige Hoffnung durch den Kopf, und so hatte ich Bob gebeten, von Zeit zu Zeit vorbeizuschauen, um den Anrufbeantworter abzuhören und mich gegebenenfalls zu benachrichtigen. Auf die Tour hatte ich also nicht nur unsere

Abreise verraten, sondern obendrein unsere Adresse hinterlassen. Das hatte ich fein hingekriegt. Aber war ich überhaupt noch in der Lage, vernünftig zu handeln...?

Mit der Mittagspost erhielt ich dann die Schlüssel. In einem kleinen Begleitbrief bat mich Walter, die Blumen zu gießen, wenn ich daran dachte, und ihm einen tollen Roman zu schreiben. Charles und Vera waren schon da, um uns eine schöne Reise zu wünschen. Ihrer Meinung nach hatten wir die bitter nötig, man mußte sich nur unsere Gesichter ansehen. Mich hielt es in der Tat nicht mehr auf meinem Platz, ich hatte im wahrsten Sinne des Wortes Feuer unterm Hintern, ich wollte unbedingt wissen, ob das nun 'ne gute Idee war. Es war ein strahlend schöner Nachmittag. Wir warteten nur noch auf Bob und Gloria, um endlich losfahren zu können. Um Zeit zu gewinnen, packte ich unsere beiden Taschen in den Kofferraum. Ich leerte den Aschenbecher. Wo steckten die bloß?

Ich stieß ein weiteres Mal mit Charles an, dann hielt ich es nicht mehr aus. Ich setzte die ganze Gesellschaft vor die Tür.

– Wir warten doch nicht bis zum Jüngsten Tag, erklärte ich. Seit 'ner halben Stunden müßten sie hier sein, mir reicht's jetzt. Charles, gib du ihnen die Hausschlüssel...

Auf dem Bürgersteig versprach uns Vera zum x-tenmal, daß sie irgendein Wochenende eintrudeln werde, wir würden sehen. Mochte ja sein, daß sie ein Mädchen war, das ich ganz gern hatte, vielleicht sogar sowas wie eine Freundin, trotzdem, ich betete zum Himmel, sie möge sich an dem Tag, an dem sie ihre Drohung in die Tat umsetzen wolle, ein Bein brechen. Marlène und ich stiegen in den Mercedes und kurbelten die Scheiben runter.

Ich wollte gerade den Schlüssel ins Zündschloß stecken, als Bob auf der anderen Straßenseite vorfuhr. Er sprang im nächsten Moment aus dem Wagen und kam mit verlegener Miene auf mich zu. Er hielt sich an meiner Tür fest.

– Scheiße, grinste er, wir haben nicht auf die Zeit geachtet...!

Gloria kurvte mit Géraldine auf dem Arm um die Motorhaube herum in Richtung Marlène. Ich tätschelte Bobs Hand.

– Nicht schlimm, Bob. Da hätte mich anderes mehr gewurmt...

Ich drehte mich genau in dem Moment um, als Gloria in Marlènes Fenster auftauchte. Sie war kreidebleich.

– Verdammtnochmal, ihr schreckt wohl vor nichts zurück...! stieß sie hervor. Fahrt ihr jetzt schon in die Flitterwochen...?!

Ich sah, daß Marlènes Züge erstarrten, spürte, daß meine hart wurden.

– Scheiße. Bis dann...! sagte ich und senkte den Kopf auf den Zündschlüssel.

– Ah, Herr im Himmel! zischte sie. Ich wollte, er könnte euch sehen. Ich wollte, er bekäme mit, was du für ein Typ bist...!

– Jetzt reicht's aber, Gloria...! schaltete sich Marlène ein. Du machst dich lächerlich.

– Soso, ich mach mich lächerlich! Bloß ich, ich hab ihn nicht verlassen nach ein paar Jahren Ehe, ich hab ihm nicht die Frau ausgespannt...!

– Gloria...!

– Ah, du kleines Miststück! knurrte ich.

Géraldine fing auf ihrem Arm an zu schreien. Gloria guckte uns abwechselnd an, ihr Gesicht zitterte vor Wut. Wir waren in den Mercedes eingekeilt, all ihren Attacken wehrlos ausgeliefert. Ich hatte zumindest das Gefühl, in einer Zwangsjacke zu stecken. Sie schnitt uns eine irrsinnige Fratze.

– Pfui...! Was für ein ekelhaftes Bild! tobte sie.

Ich warf mich gegen meine Tür, doch Bob stemmte sich mit den Unterarmen dagegen. Er machte ein verstörtes Gesicht.

– Ah, ich bitte dich..., flehte er mich an.

Ich schloß die Augen, drehte den Zündschlüssel.

– So kommst du mir nicht davon! hörte ich hinter mir, als ich losfuhr.

Marlène saß während der ganzen Fahrt starr auf ihrem Sitz, ohne einen einzigen Blick für mich, wie eingemauert in einem elektrischen Schweigen. Ich selbst wußte nichts zu sagen und fürchtete in Wirklichkeit nur eins, nämlich, daß wir uns in den Brei der Worte stürzen könnten. Ich fuhr schnell, zu schnell für einen Motor, der eingefahren werden mußte, doch nicht der geringste Gewissensbiß streifte mich, nicht der kleinste Funken Menschlichkeit hob meinen Fuß. Und am Ende floß das Schweigen über unsere Wunden wie ein Sirup aus Tolubalsam über einen geröteten Schlund.

Walters Hütte war ganz im Wald versteckt, am Ufer eines Sees, und der letzte Ort lag drei Kilometer hinter uns, als wir auf einen Forstweg einbogen, der unter den Zweigen herführte und von einem zarten, diffusen Licht angestrahlt wurde. Ich wartete nur darauf, die sieben Zwerge vor mir auftauchen zu sehen. 'ne prima Bude war das, keins von diesen tristen, affigen Scheißdingern, die links und rechts aus dem Boden schießen, nein, ein zweistöckiges Holzhaus mit einer Veranda, die auf den See hinausging. Unter anderen Umständen hätte ich mir angesichts einer solch freudigen Überraschung die Hände gerieben oder hätte einen Seufzer der Erleichterung ausgestoßen, doch ich stieg aus, ohne einen Ton zu sagen, und kümmerte mich um unsere Taschen.

Wir öffneten die Fensterläden auf der unteren Etage. Nicht schlecht. Ich erblickte sogleich den kleinen Tisch am Fenster. Das ist ein Reflex, den man bei Schriftstellern öfters beobachtet. Als nächstes fangen sie an, die Steckdosen zu suchen. Aber das war bei mir nicht der Fall, denn meine tat es auch mit Batterien. Die Ärmste, ich hatte sie im Krankenhaus vergessen, und ich hatte sie später abholen müssen. Bei der Gelegenheit hatte ich überdies einen meiner Superbälle verloren, was mir so gut wie überhaupt nicht mehr passierte, denn ich hatte mittlerweile ein ganz gutes Niveau erreicht. Doch diesmal war er mir unter den Sessel eines Paralytikers gerollt, und ich hatte ihn liegenlassen, ich hatte so getan, als hätte ich ihn aus den Augen verloren.

Wir öffneten die Fensterläden auf der oberen Etage. Sehr gut. Ich fand als erster die Sprache wieder.

– Schön... wir sollten einkaufen fahren, bevor's dunkel wird...

Ich faßte sie an den Schultern, denn sie weinte still vor sich hin. Wir trieben es auf dem Bett, ein paar Augenblicke später, während sich der See mit goldbraunen Lichtreflexen überzog. Ich hatte sie auf mir sitzen lassen, doch ihre Beine hatten eine Gänsehaut, und ihr Hintern war eiskalt. Ich wollte nicht wissen, wie's bei mir aussah.

Wir kehrten bei Einbruch der Nacht aus dem Dorf zurück, Kofferraum und Rückbank vollgepackt mit Lebensmitteln. Der Tag schien tausend Jahre alt zu sein. Bevor wir anfingen, alles wegzuräumen, machte ich ihr ein ordentliches Glas. Dann legte ich Musik auf. Dann machte ich ein Feuer. Schritt für Schritt machte ich das Schiff wieder flott. Ich sah, daß sie allmählich wieder ans Licht gelangte und peu à peu ins Leben zurückkehrte. Ich packte meinen Ball nicht aus, aus Angst, meine Anstrengungen zunichte zu machen. Im Feuer schürte ich die Glut. Aus dem Wasser nahm ich die Spaghetti. Um sie, um sie kümmerte ich mich wie um eine Prinzessin in ihrem Palast, man hätte meinen können, es ginge um meinen Kopf. Vor allem wollte ich, daß wir über nichts redeten, ohne deshalb gleich in ein beredtes Schweigen auszubrechen. Der Raum war schmal, der Slalom enggesteckt, und ich rief aus: »Vater, sieh dich vor, rechts, Vater, sieh dich vor, links ...!!«, während wir langsam im Dunkel der Nacht versanken. Und die Sterne funkelten. Und das Feuer knisterte. Und die Kröten quakten. Und die Frösche quakten.

Zur Linken stand ein großer Baum, und wie dem auch sei, er war der einzige, der sich in unmittelbarer Nähe der Bude befand, gegen die jungen Triebe, gegen Sträucher oder Gestrüpp hatte ich nichts, Marlène schlief noch. Ich trank meinen Kaffee im Stehen, in der Kochnische, die Beine durchschnitten von den schräg hereinfallenden Strahlen der Sonne, und in meinem Kopf reifte ein bestimmter Gedanke. Ich ging raus.

Im Schuppen fand ich ein Boot und eine komplette Anglerausrüstung, beides sorgsam gepflegt. Außerdem etwas Werkzeug, alte Öljacken, Farbtöpfe, eine Werkbank. Und eine prächtige Axt, gut geschliffen, schön schwer. Ein reines Vergnügen war mir das nicht, vor allem, wo er so im Morgenlicht emporragte und sich gegen den Himmel ringsum abhob. Aber ich konnte mir keine Rücksicht mehr erlauben.

Ich war winzig unter ihm. Ich erklärte ihm die Situation in zwei, drei Sätzen und sagte zu ihm, daß ich nicht erwartete, eines Tages Vergebung zu finden für das, was ich tun wolle. Dann verpaßte ich ihm den ersten Axthieb.

Nach 'ner Zeit tauchte Marlène am Fenster auf. Ich war schweißgebadet. Vielleicht hatte sie der Lärm geweckt.

– Oh...! Was machst du denn da...?!

Ich lächelte ihr zu, ohne zu antworten. Ich ging um den Baum herum und versuchte mich an einer neuen Einkerbung. Wenn ich zwischendurch einen Moment Pause machte, bekam ich meine kleinen Hände nicht mehr auseinander. Die Blasen darin mußten schon ewig und drei Tage aufgeplatzt sein.

– Ja... und Dogelski...?!

– Mach dir keine Sorgen wegen Dogelski. Ich red mit ihm...

Wenn es einen gab, der mich verstehen konnte, dann war er das. Solche wie ich, mit denen hatte er jeden Tag zu tun. Nicht richtig gefährlich, aber reif für die Klapsmühle, Typen, die sich für den Mittelpunkt der Welt hielten, Typen, die anfingen zu flennen, die sich krümmten, die ganze Clique der Verdammten dieser Erde, Typen, die sich die Eier quetschten, die in einem fort Worte auskotzten, Worte ohne jede Leidenschaft, ohne Zorn, ohne Seele, große Typen, kleine, Blödmänner, Genies, Drecksäcke. Den konnte ich ihm ruhig abhacken, seinen Baum. Andere hätten wahrscheinlich viel Schlimmeres angestellt. Vielleicht sogar Typen, die nicht halb so viel an Auflage rausschlugen wie ich.

Kurz und gut, der Baum fing an zu knirschen wie eine Tür, und die Krone schwankte. Ich jagte meine Axt in die letzten Fasern, in das zarte Herz, und dann kippte er mit einem Mal in einem unheilvollen Krachen vornüber, im Fallen streifte er mit den Spitzen der Zweige seine zu Tode erschrockenen Nachbarn. Marlène verschwand oben am Fenster, und ich kauerte mich hin, um zwei Sekunden zu verschnaufen.

– Das ist genau das Richtige für einen, der aus dem Krankenhaus kommt…, seufzte sie, als sie durch die Terrassentür wieder auftauchte.

Trotz ihrer guten Ratschläge brachte ich einen Teil des Vormittags damit zu, ihn in Scheiben zu zerlegen. Das war 'ne Leidenschaft von mir. Ich sägte die Äste ab und sammelte das Kleinholz ein, während Marlène die Bude inspizierte und den Rest einräumte. Danach holte ich das Boot aus dem Schuppen und zog es ans Ufer. Ich schob es ins Wasser. Ich sprang hinein. Das Wetter war dermaßen schön, daß selbst der unglücklichste Typ der ganzen Welt ein letztes, verzücktes Lächeln gezeigt hätte. Ich schnappte mir meine Sonnenbrille und stieß mich mit einem gefühlvollen Plätschern vom Ufer ab.

Was war es schön, dieser finsteren Welt eine Handvoll Licht abzuringen! Was war er schnuckelig, dieser wunderbare See. Die Ufer waren dunkel, versunken im dichten Wald, doch was für ein herrlicher Himmel über mir, was für ein klares, helles Licht im Gegensatz dazu! Vor lauter Freude warf ich meinen Superball in die Luft. Ich wußte nicht genau, was Gloria durch den Kopf gegangen war. Ich hatte nur eine ungefähre Vorstellung von den Gefühlen, die sie antrieben. Ich selbst hätte übrigens auch nicht exakt sagen können, was ich für sie empfand. Jetzt, wo ich so darüber nachdachte, wurde mir klar, daß wir schon immer ein zwiespältiges Verhältnis gehabt hatten, aber ich hatte dem nie besondere Bedeutung beigemessen, ich fand das normal, wenn sie sich an mich preßte und ich daraus schloß, daß ich ihr ein wenig Wärme nur schlecht verweigern konnte. Doch ehrlich, ich hatte nie daran gedacht, mit ihr zu bumsen, ich hatte mich mit dieser etwas eigentümlichen Beziehung zufriedengegeben, weder Vater noch Kumpel, weder Liebhaber noch Bruder, und ich hatte meinen Anteil an schönen Momenten gehabt, indem ich mich an diese Rolle hielt. Doch die Art und Weise, wie sie das alles aufgefaßt hatte, puuh… Na schön, ich hätte sie fragen müssen. Doch jetzt, jetzt schlugen wir in einer unheilvollen Farce um uns. Und wir steckten bis zum Hals darin.

– Essen kommen…! Es ist fertig…!! rief mir Marlène zu.

Ich hatte keinen Hunger, verzichtete aber lieber auf eine

längere Diskussion. Doch mich erwartete eine nette Überraschung.

– AH! VERDAMMT NOCHMAL ... ICH HAB DIE RUDER VERGESSEN ...!!

Am Nachmittag machte ich es mir auf der Veranda bequem und steckte die Nase in meinen Roman. Dogelski rief an, um zu erfahren, ob alles in Ordnung sei, und ich sagte ihm, alles sei bestens. Als ich wieder rauskam, erblickte ich Marlène auf dem Weiher. Ich stellte mich in den Schutz der Bäume, um sie zu beobachten und von der Komplexität der Dinge zu kosten. Sie war alles, was ich wollte, alles, was ich verlangte, alles, was ich mir von einer Frau erhoffte, doch ein unsichtbares Gitter trennte uns. Jetzt, wo wir zusammen waren, wußte ich nicht mehr, was ich mit ihr machen sollte, ich fühlte mich all dem nicht mehr gewachsen, nicht unter diesen Umständen. Mir fiel auf, daß ich im Grunde in einer Scheiße steckte, aus der ich noch nie rausgekommen war. Ich war einsamer, bedrückter, ausgelaugter denn je. Wenn ich den Rhythmus beibehielt, konnte ich mich darauf einstellen, in den ersten Wintertagen die Fünfhunderttausend zu überspringen.

– Na ...? Wie läuft's ...? fragte sie mich, schöner, tiefgründiger, geheimnisvoller, als man sich wünschen konnte.

– Och, hmm ..., brummte ich und räkelte mich dabei.

Am Abend nahm ich sie mit, um ihr die Frösche vorzuführen. Wir setzten uns ans Ufer, in unmittelbarer Nähe des Mondes. Ich gab ihr ein Zeichen, sie solle die Ohren spitzen. Wir warteten einen Augenblick.

– Alles in allem ist das nicht schlecht, mit einem zusammenzusein, der nichts sagt, vertraute sie mir an. Da kann man sich der Wunder der Natur erfreuen ...

Das Quaken, das wir unmittelbar darauf vernahmen, kam nicht aus den feuchten Auen. Es stieg direkt aus meiner Kehle.

In den nächsten Tagen verbrachte ich den größten Teil der Zeit damit, sie zu beobachten, über die Brille hinweg ein wachsames Auge auf sie zu haben. Ich hätte sie aus dem Kopf malen können.

Und doch, selbst wenn ich sie in meine Arme schloß, selbst wenn wir nebeneinander gingen, selbst wenn ich ihre Beine spreizte, stets hatte ich das Gefühl, in einem Versteck zu sein, sie von weitem zu sehen, sie wie ein elender Aussätziger aus unüberwindlicher Distanz zu belauern. Ich war Quasimodo. Ich machte nachts kein Auge zu. Ich liebte sie, aber ich hatte ihr nichts zu bieten als meine Mißbildungen, meine verbogenen Arme, meine dreckige Visage, meinen prachtvollen Buckel. Und ich konnte sie nicht über meinen Kopf heben und »Sanctuary! Sanctuary...!!« schreien, denn man mußte sie eher vor mir selbst schützen, vor diesem lächerlichen Chaos, das mein Leben war. Ein Typ, der sich ein wenig Stil bewahrt hat, läßt eine Frau nicht in einem verfaulten Kahn Platz nehmen.

Ich glaube, daß sie das begriff. Manchmal, wenn ich unter der Veranda arbeitete und mich am Kopf kratzte, blickte ich zu ihr auf, und dann fragte ich mich, was mir eigentlich fehlte, was mich wohl daran hinderte, auf die Beine zu springen, doch nicht ein einziger Muskel an mir rührte sich, und angewidert guckte ich auf meine Hände. »Schade, daß sie mir nicht die Augen auskratzt«, sagte ich mir, »schade, daß sie nicht alles Blut aus mir saugt.« Wenn sie an mir vorbeiging, berührte sie mich mit den Fingerspitzen am Arm oder an der Schulter, und wenn ich die Augen wieder aufmachte, war ich nicht tot. Ich war ein lebender Schriftsteller. Und mein Stil läuterte sich zusehends, wie man sich denken kann.

Ich sah zu, daß ich jeden Tag eine Runde mit dem Boot drehte. Allein. Ich hatte ein gutes Verhältnis zu dem Weiher, ich fühlte mich prima auf ihm. Seltsamerweise konnte ich mir die schlimmsten Dinge durch den Kopf gehen lassen, Gloria, Henri, all das, was mir passiert war, ohne daß mich irgendein verfluchter Strudel in eine Serie von Grimassen verstrickte, ohne daß sich mir die geringste Klage entrang. Natürlich dachte ich da nicht zum Vergnügen dran, doch wenn sich diese Bilder in meinen Verstand zwängten, verscheuchte ich sie nicht, ich zog ganz sanft die Ruder durch und durchfurchte für einen Augenblick die ganze Gegend. Das war 'n gutes Training. Und für einen, der nicht viel aß und kaum schlief, schlug ich mich gar nicht so schlecht. Im übrigen fühlte ich mich nicht schwach, ich glaubte sogar, zu neuen Kräften zu kommen. Ich glaube, eher hätten die Ruder nachgegeben als meine Arme, wenn ich mich dazu entschlossen hätte, volle Pulle loszulegen. Viel kaufen konnte ich mir dafür nicht.

Der Form halber hatte ich auch eine Angel mit. Ich steckte zwar nichts an den Haken, doch ich beobachtete den Schwimmer sehr gewissenhaft. Stets kehrte ich mit leerem Korb zurück. Vor Marlène zuckte ich mit den Schultern und seufzte, und ich erzählte ihr, ich hätte nicht die Spur von einem gesehen. Dabei traf ich sie massenweise, grüne, silberne, graue von der Größe meines Arms, die um meine Schnur herumschwänzelten, an der Oberfläche auftauchten und den Wasserspiegel leicht kräuselten.

Einmal jedoch biß einer an. An jenem Tag regnete es, aber ich hatte mir eine Öljacke und einen adäquaten Hut geschnappt und war mitten auf den Teich gerudert, der zitterte wie Öl in einer Pfanne. Über eine Stunde war ich dort geblieben, ohne mich zu rühren, unter meiner tropfenden Öljacke, und der Regen massierte mir die Schultern, jedenfalls beinahe. Ich beobachtete meinen Schwimmer aus dem Augenwinkel, doch woran ich eigentlich dachte, das weiß der Himmel. Nichts Wichtiges, endlose Hirngespinste verwoben mit Romanfragmenten, nichts, was auch nur zwei Zeilen wert wäre, nichts, was es mit dem Tanz einer gelben Teichrose unter den Regentropfen aufnehmen konnte. Plötzlich verschwand der Schwimmer in den Fluten.

– Ach du Sch...! knurrte ich, während sich die Schnur abhaspelte.

Ich richtete mich so abrupt auf, daß ich meinen Hut verlor und mit einem Mal barhäuptig dastand. Ich machte meine Öljacke auf, um mir mein Messer zu angeln. Im Handumdrehen war ich durchnäßt, aber es war nicht kalt. In meiner Situation war ich eher auf etwas Eisiges, wenn nicht gar auf einen Regen aus rotem Schlamm gefaßt. Ich zog mein S. 522 und durchtrennte die Nylonschnur. Ich blieb einen Moment stehen, wartete auf eine

Art Zeichen, aber ich sah nichts. Ich setzte mich langsam wieder hin, hob meinen Hut auf und schüttelte ihn über meinem Knie aus.

»Soll ich dir mal was sagen?« raunte sie mir eines Morgens zu, als sie damit beschäftigt war, mir mit einem süßen Mandelöl den Nacken einzureiben, um mich von meinem steifen Hals zu befreien, »soll ich dir mal was sagen, es ist vielleicht etwas zu viel Paprika dran, das ist alles...!« Schon der Geruch allein hätte jedem Schwachkopf gesagt, daß ich die Sache verpatzt hatte. Ich ärgerte mich schwarz.

– Jaja, so weit ist es schon mit mir gekommen...! knirschte ich. Mir bleibt auch nichts erspart!

Ihr Hände stockten auf meinem Nacken. Ich betete aus ganzem Herzen, sie möge mich erwürgen, doch das sanfte Auf und Ab setzte wieder ein. Mißmutig schleuderte ich meinen Ball gegen die Wand. Der Fraß verbreitete einen Geruch wie ein Schlachtfeld.

– Naja, seufzte sie, es ist wohl so, daß im Leben nicht alles vollkommen sein kann. Selbst dir kann mal ein Chili mißlingen...

Ich ertappte mich dabei, daß ich ihr antwortete, ich, der ich im Laufe der Tage nach dem absoluten Schweigen gestrebt hatte. Hatte ich endlich den Grund berührt...?! War dieser verfluchte Ast endlich abgebrochen...??!! Es war noch zu früh, das zu behaupten. Doch der Tag war außergewöhnlich schön, und der See strahlte wie ein Heiligabend im Schnee.

– Scheiße, kicherte ich. Das ist doch nicht zu fassen! Manchmal wundere ich mich, daß ich nicht den Boden unter den Füßen verlier!

– Ach wo... Ich glaub, das geht jedem mal so...

– Herrgott, Marlène... Was hab ich denn schon geleistet, außer ein paar Geschichten zu schreiben...?! Was hab ich denn mit meinen vierzig Jahren groß erreicht...?!

– Also sowas... Was ist denn heute in dich gefahren...?! scherzte sie. Jetzt hast du glatt zwei Sätze nacheinander gesprochen...!

Ich sank, begleitet von meinem Superball, in ein steinernes Schweigen zurück. Ich hielt ihr meinen Hals hin.

– Weißt du, fuhr sie mit leiser Stimme fort, ich hab nie etwas von dir verlangt. Ich erwarte nicht, daß du mich in ein Land voller Blumen entführst, über das Alter bin ich wahrhaftig hinaus. Zerbrich dir also meinetwegen nicht den Kopf. Trotzdem bin ich einigermaßen stolz. Ich bin die einzige Person, bei der dir jemals ein Chili danebengegangen ist.

Ich zog sie zwischen meine Beine und legte meinen Kopf auf ihren Bauch. Sie hatte eine Trainingshose an, die total ausgeleiert war, sie schleppte das Ding bestimmt seit zehn Jahren mit sich rum. Ein wahres Wunder, daß der Gummizug noch hielt, er war so locker, daß es eine Wohltat war. In ihren Geruch vergraben, geriet ich buchstäblich ins Wanken, fast wäre ein Lächeln über meine Lippen gehuscht. Wenn eine Frau ihre Hand in meinen Haaren vergräbt, bin ich nicht mehr ganz derselbe.

Ich ließ sie rittlings auf meinen Knien Platz nehmen.

– Du machst dir zu viele Gedanken wegen dieser Geschichte, murmelte sie. Nimm dir lieber ein Beispiel an Henri...

– Ich versteh nicht, was du damit meinst...

– Naja, er, er hat es abgelehnt, sich von sowas verarschen zu lassen. Er hat die Lösung gewählt, die sich aufdrängte.

Diese Hose, die konnte man aufmachen wie einen Sack, ich hätte mich kopfüber darin verkriechen können. Das Bild, das ich vor Augen hatte, war von erholsamer Einfachheit. Ein dunkles Dreieck zwischen zwei weißen Schenkeln, was wollte man mehr.

– Weißt du, fügte sie hinzu, ich glaube, er hat sich gar nicht gefragt, ob in dem Artikel die Wahrheit stand oder nicht. Dafür kenn ich ihn nun doch gut genug. Ich erinnere mich an einen Spruch, den ich unbedingt auswendig lernen sollte. »Einen Streit anzufangen heißt die Schleusen zu öffnen. Gib nach, bevor sich der Zwist steigert.« Das stammt von König Salomon.

Ich konnte nicht umhin, den Kopf zu schütteln:

– Wie kannst du nur an Salomon denken, während ich dir hier den letzten Haken sprenge...?!

– Naja, ich hab halt das Gefühl, wir haben lange nicht mehr miteinander geredet... Das muß ich ausnutzen...!

Ihre Augen erhielten einen neuen Glanz, jetzt, wo sich meine Anstrengungen präzisierten.

– Das mit uns beiden, das mußte von vornherein schief gehen, fuhr sie fort. Aber gib zu, wir haben ein paar großartige Augenblicke erlebt... Man sollte nie etwas bereuen!

– Versuchst du etwa den Schmerz mit einem neuen Schmerz zu vertreiben...? sagte ich mit tonloser Stimme.

– Das ist eben so, weißt du... Die Menschen, die man am meisten liebt, sind nicht unbedingt diejenigen, mit denen man zusammenbleibt. Das wäre zu einfach.

Allmählich verdrehte sie die Augen. Doch sie hatte noch ein paar Reserven:

– Ah, was für eine Sonne heute morgen...! Ich hoffe, uns stehen hier noch ein paar schöne Tage bevor. Ah, und außerdem, weißt du, außerdem verdanke ich dir den längsten Kuß meines Lebens. Den werd ich bestimmt nie vergessen...!

Sie packte sich meinen Kopf, ich wollte meine Arme um sie schlingen, aber in diesem Moment ging das nicht. Durch den Stoff knabberte ich mit den Zähnen an einer ihrer Brustwarzen.

– Oh... warum sagst du denn nichts...!? fragte sie mich mit erstickter Stimme.

Ich ließ ihre Brust los, um ihr zu antworten.

– Oh... warum hörst du denn auf...?!! meinte sie in verzweifeltem Ton.

So daß ich die Sache wieder zwischen die Lippen nahm, ohne ein Wort zu sagen, was genauso gut war.

Wir blieben ganz genau zwölf Tage zusammen, dort unten in Walters Hütte, aber Marlène zufolge war das dasselbe, ob nun zwölf Tage oder zwölf Jahre, das hing von der Intensität der Augenblicke ab, und sie war davon überzeugt, daß wir ein gehöriges Stück Weg gemeinsam zurückgelegt hatten. Ich war zwar nicht hundertprozentig ihrer Meinung, aber ich verstand, was sie damit sagen wollte. Meine Gefühle für sie hatten sich nicht geändert, bloß hatte ich schon die erste sterben sehen, und von daher fühlte ich mich eher dazu in der Lage, die Abreise der zweiten zu verkraften. Ich verspürte fast so etwas wie Faszination angesichts der Leere, die sich um mich herum breitgemacht hatte. Der Gipfel war, daß mich Dogelski praktisch jeden Tag anrief, um mir eine neue frohe Botschaft zu verkünden, er sei dabei, erzählte er mir, einen ganzen Sack Fanpost zuzuschnüren, den halte er zu meiner Verfügung.

Im Gegensatz zu einem guten Schriftsteller, der seinem Roman alles geben muß, gab ich gar nichts und kassierte dafür alles, ich befriedigte bloß meine Schreiblust, mein Roman hingegen wand sich und ächzte unter meinen Fingern, doch ich trieb ihn erbarmungslos weiter. Ich hatte nichts mehr zu verlieren. Wenigstens eins hatte ich mit einem großen Schriftsteller gemein, daß ich nämlich meine Haut retten wollte. Während der letzten Tage, die ich mit Marlène verbrachte, packte mich eine regelrechte Raserei, und ich schaffte in Rekordzeit mehrere Kapitel nacheinander. Ich arbeitete sogar nachts, gemeinsam mit den Fröschen und Glühwürmchen. Ah, welch ein Trost, ein Sätzchen zu schreiben, ein paar Worte zwischen zwei Punkte zu streuen. Was für eine Beruhigung! Wie sehr ich das brauchte.

Ich stand unmittelbar davor, diesen Roman zu beenden, als uns Vera eines Morgens anrief. Marlène führte ein längeres Gespräch mit ihr. Dann legte sie auf und guckte mich an. Ich teilte ihr mit, daß ich verstanden hatte, wortkarg nickte ich mit dem Kopf. Daraufhin erklärte sie mir, daß Veras Vorschlag für sie sehr interessant sei, aber ich bekam nicht allzuviel mit, da ich nur mit halbem Ohr hinhörte. Der andere da unter meinen Fingern fing an zu toben, er knirschte mit den Zähnen, fauchte mich an.

Am nächsten Tag brachte ich sie zum Bus. Wir hatten beschlossen, uns die Rückreise samt all dem, was das an Peinlichem und Betrüblichem mit sich brachte, zu ersparen. Sie setzte sich ganz nach hinten und machte das Fenster auf. Ich stand in der Sonne, tadellos sauber, glattrasiert, und ich war in das fröhlichste Hemd geschlüpft, das ich hatte finden können. Dazu die Hände in den Taschen vergraben, ich sah aus wie ein kleiner Schlaumeier. Sie verschränkte die Arme auf dem Fensterrand und stützte sich mit dem Kinn auf. Sie guckte mich lächelnd an. Ich verging fast vor Lust, mir eine ihrer Hände zu schnappen, oder auch beide, doch ich hüpfte bloß von einem Fuß auf den andern und kniff die Augen zusammen. Zwei- oder dreimal öffnete ich den Mund wie ein Fisch auf dem Trockenen, doch kein Ton kam hervor. Der Typ, der vor Marlène saß, beobachtete mich aus dem Augenwinkel, er mußte denken, ich führte eine Art Pantomime auf. Ich war dabei, an Ort und Stelle zu sterben, und dieser Bus fuhr immer noch nicht los. Ich guckte einen Moment auf meine Schuhe. Dann grinste ich sie wieder an. Ich muß sagen, daß sie auch nicht gerade ihr Festtagsgesicht machte. Wir waren einen Teil der Nacht wachgeblieben, doch mit dem Herzen waren wir nicht ganz dabei gewesen, und so hatte sich auf sexuellem Gebiet nichts Berauschendes abgespielt, lediglich das allgemein Übliche, gerade mal das Allernotwendigste. Im übrigen hatten wir eher geschwiegen. Draußen das Plätschern des Sees, das Rauschen des Waldes, die Schreie der Nachtvögel, sonst nichts. Keine Tränen, keine Versprechungen, kein Lebewohl.

Ich ging näher an den Bus heran und verpaßte dem Reifen einen leichten Tritt. Irgend etwas mußte ich schließlich tun. Er entschwand direkt vor mir, aber ich blickte nicht auf. Ich wartete, bis das Geräusch des Motors erstarb, dann setzte ich mich wieder in den Mercedes und fuhr zurück.

21

Ich brauchte noch zwei Tage, um meinen Roman zu beenden. Zwei düstere, eisige Tage, wie nicht anders zu erwarten, wenn man die letzten Seiten schreibt. Sechsundfünfzig Stunden an einem Streifen, praktisch ohne mich von meinem Stuhl zu erheben, ohne auch nur einmal vor der Tür Luft zu schnappen. Ich setzte den Schlußpunkt gegen vier Uhr nachmittags. Als ich auf die Veranda trat, war es noch warm, und auf dem Stück Weg, das mich vom See trennte, riß ich mir die Sachen vom Leib und machte einen Kopfsprung ins Wasser. Es war kalt, aber ich fing an zu schwimmen wie ein Tobsüchtiger und dachte nicht mehr daran. Ich ließ mich sogar ein paarmal auf dem Rücken treiben. Die Fische kamen gucken, was los war, und ganz allmählich verbreitete sich das Gerücht, ich sei fertig.

Trotz allem fühlte ich mich am Abend nervös, und gemeinsam mit meinem Superball guckte ich zu, wie die Nacht hereinbrach. Ich trank einen großen Tequila, um die Geburt meines Romans zu begießen, anschließend pferchte ich drei tiefgekühlte Crêpes in den Mikrowellenherd. Keine Chance, mich zu entspannen. Musik zu hören hatte nicht die geringste Wirkung. Andererseits fühlt man sich nie ganz wohl, wenn man auf der letzten Seite unten angelangt ist, da ist man immer in einem etwas merkwürdigen Zustand, und das legt sich auch nicht mit den Jahren, ich hab jedenfalls für mich persönlich das Gefühl, daß mich jedes neue Buch ein wenig mehr belastet. Ich schenkte mir also nicht allzuviel Gehör. Ich schnappte mir meine Crêpes und transportierte sie nach draußen, für die Vögel oder irgendein anderes Getier, das gern Béchamelsoße aß. Ich blieb einen Moment reglos stehen, um in das Rauschen der Nacht zu hören und meine Gedanken aufzufrischen. Ich mochte die Nähe des Wassers, so war ich schon immer.

Danach knipste ich alles aus und ging mit meinem Roman unterm Arm rauf ins Schlafzimmer. Ich zog mir einen Pullover über. Ich holte ein Kissen für meinen Stuhl und setzte mich an den Tisch. Es ging zwar nur um ein paar kleine, unwesentliche Korrekturen, hier mal ein Wort, da mal ein Komma, doch ich konnte nicht einfach darüber hinweggehen. Im übrigen fühlte ich mich nicht müde, und ich hatte nichts anderes zu tun. Zeit war nicht gerade das, woran es mir im Moment mangelte. Um so weniger, als ich anders als vor zwanzig Jahren keine zehn Stunden Schlaf brauchte. Leider hatte ich Zeit genug.

Wie ein Blinder, das heißt mit aller Vorsicht und einem Minimum an Angst, konnte ich die beunruhigende Untersuchung dessen antreten, was mir geblieben war. Aber ich konnte mich drehen und wenden, wie ich wollte, meine Hände stießen ins Leere, es gab in der Gegend nicht den Hauch einer Menschenseele, nicht die geringste Schulter, auf die man sich stützen konnte. Ich wunderte mich, daß ich mich noch auf den Beinen hielt. Nicht wegen der Uhrzeit, nein, das nicht, obwohl es bereits zwei Uhr durch war und mich die naßkalte Luft klamm werden ließ. Es schien mir, als hätte ich so etwas noch nie erlebt, jedenfalls nicht in solcher Schärfe. Nach Bettys Tod hatte ich mich in den Flammen gewälzt, jetzt hingegen tropfte mir die Nase, und mein Herz schlug langsamer, was zweifellos einen weiteren Abstieg bedeutete. Mein Verstand war von bemerkenswerter Klarheit, das waren keine Hirngespinste. Ich hing weiter über meiner Lampe und blätterte die Seiten um, feilte mit absurder Hartnäckigkeit an meinem Opus. Genau unter meinem Fenster saß ein Frosch. In regelmäßigen Abständen quakte er, und so ging das schon seit Stunden. Seine Kumpel schienen ihm nicht die Tür einzurennen.

Das erste Mal hörte ich etwas, als ich dabei war, mir ein Glas zu kredenzen. Ich wußte nicht so recht, irgendwie war das merkwürdig. Ich spitzte eine Zeit lang die Ohren, aber ich landete in einer totalen Stille. Selbst der Frosch war verstummt. Vielleicht hatte ihn ein schönes Mädchen aufs Maul geküßt. Ich packte mein Glas und prostete den Gespenstern zu, bevor ich mich wieder an die Arbeit machte. So ganz war ich allerdings nicht auf dem Damm. Ich löste meine Schuhsohle vom Boden, und ohne darauf zu achten, führte ich mit meinem rechten Bein einen wahren Veitstanz auf.

Ich war mir bald ganz sicher, daß draußen jemand ums Haus schlich. Und ich wußte auch, wer. Ich rückte ein Stück vom Tisch ab. Ich wußte nicht, was sie da draußen trieb, aber ich hörte sie ziemlich deutlich pusten. Ich legte meine Blätter in die Mappe aus Glanzkarton. Ich hatte gewußt, daß sie kommen würde, ich hatte es den ganzen Nachmittag gespürt, aber das Phantastische daran war, daß sie anscheinend das Ende meines Romans abgewartet hatte. Das Ganze wies sozusagen eine dunkle, geheimnisvolle Harmonie auf. Ich durchlebte einen Augenblick der Vollkommenheit, der mich an meinen Stuhl fesselte, während von der Veranda ein eigenartiges Glucksen hochstieg.

Ich zuckte nur ein wenig zusammen, als das Feuer anfing zu knistern. Durch das Fenster sah ich einen roten Schein und die Bäume, die im Hintergrund flimmerten. Ah, das war von einer faszinierenden Logik. Hatte Betty diese ganze Geschichte nicht auch mit dem Feuer entfacht? War ich derjenige, der im Zeichen des Schwertes lebte? Ich stellte fest, daß ich halb besoffen war. Wo war nur der Frosch abgeblieben? Wo die Kröten? Wo war er, derjenige, den man den neuen Céline nannte, den neuen Kerouac, jetzt, wo man ihn brauchte...?!

Angetrieben von der Macht der Dinge, stand ich auf und öffnete die Tür. Vom oberen Ende der Treppe aus konnte ich erkennen, daß die ganze Veranda brannte, die Heißluft stieg bereits bis zu mir hoch, und das Feuer knatterte wie der Motor eines Flugzeugs. Ich überließ mich meinen jämmerlichen Neigungen, ich machte die Tür wieder zu und widmete mich der Tequilaflasche. O Ironie des Schicksals... das Feuer brannte in meiner Kehle, noch ehe es das Zimmer erreichte. Ich nahm mir meinen Roman und setzte mich mit angezogenen Beinen auf die Bettkante. Ich war unfähig, auch nur einen Finger krumm zu machen, denn als erstes hatte ich eine wichtige Entscheidung zu treffen. Ich streckte mich quer über mein Federbett wie ein riesiges Küken, während eine lange Rauchspirale unter der Tür hindurchquoll.

Das Fenster warf rote Schatten an die Wand. Unten herrschte ein Höllenlärm, das Feuer dröhnte, das Holz prasselte, die ganze Bude knackte und ächzte und verschwand im Rauch, doch offensichtlich merkte ich nichts davon, einzig die Farbe der Decke schien mich zu interessieren.

Als der Rauch zu dicht wurde, hustete ich, die Augen liefen mir schon seit 'ner Weile. Und ich hustete heftiger, und die Augen liefen mir immer stärker. Ich hob den Kopf und stellte fest, daß das kein Feuerschein mehr war, sondern richtige Flammen, was da am Fensterkreuz züngelte, und auf der anderen Seite konnte ich sehen, daß sich die Tür verzog, und die Farbe bildete Bläschen und schmolz Tröpfchen für Tröpfchen.

War es zu spät? Ich steckte mir den Roman in die Hose und wickelte mich in das Federbett. Hatte ich auch nichts vergessen? Ich warf einen letzten Blick durchs Zimmer, doch alles hatte sich in Rauch gehüllt. Meine Seele, mein Kummer, mein Talent, meine Feigheit, meine Eitelkeit, war wirklich nichts liegengeblieben? Ich hatte weniger Gepäck, als ich dachte. Die Tür barst im gleichen Moment in zwei Teile, als ich durchs Fenster sprang. Wie sagte nicht wer: »Jeder Tag, der vergeht, ist wie der Reifen aus Feuer, durch den sich die Löwen schwingen.«

Ich sperrte in aller Frühe die Augen auf, fröstelnd in dem Federbett verheddert und in einiger Entfernung von einem Haufen immer noch qualmender Asche. Ich hatte keine Ahnung, ob ich das Bewußtsein verloren hatte oder einfach eingeschlafen war. Ein wenig verkrustetes Blut klebte an meinen Händen. An einigen Stellen hatte sich das Federbett aufgelöst, der Rest war in Holzkohle übergegangen. Meine Stirn war voller Tau. Meine Kopfschmerzen fürchterlich.

Ich wälzte mich mühsam auf die Seite, während sich ein neuer Tag am Horizont abzeichnete. Wagemutig stellte ich mich auf meine Beine und wankte im Zickzack auf den Wagen zu. Im Handschuhfach fand ich Aspirin. Und Kaffeebonbons. Ich lutschte beides auf einmal.

Danach zog ich mich aus und watete in den Teich. Eine ganze

Zeitlang klapperte ich mit den Zähnen, ich schnitt die dazugehörige Grimasse, es dauerte einen Moment, bis ich mir die Haare naß machte, doch dann legte ich ganz ruhig in Seitenlage los, um allmählich zu mir zu kommen, und es ist Tatsache, daß ich während des Schwimmens mehrmals gähnte, ich spie die letzten Reste Schlaf aus mir raus. Wieder an Land rubbelte ich mir besonders die Hände und das Gesicht ab, dann legte ich mich in die Sonne, um trocken zu werden. Der Wald war still und ruhig, die Vögel zwitscherten, die Fische sprangen aus dem Wasser, um nach den Libellen zu schnappen, die Haare auf meiner Brust richteten sich auf, und ich leckte mir über die Lippen. Ich kannte jemand, der würde sich weniger freuen.

Als ich erst einmal trocken war, schüttelte ich ein wenig meine Sachen und zog mich wieder an. Ich sah mehr als annehmbar aus. Ich hatte mir tatsächlich bloß die Hand und die Schädeldecke geschrammt. Ich richtete mich im Rückspiegel ein wenig her. Ein Glück, daß ich mir dabei kein Büschel weiße Haare zugezogen hatte, und auch meine Augen waren nicht sonderlich verquollen. Klar, ich machte nicht unbedingt ein vergnügtes Gesicht, aber ich hätte mir bloß eine gründliche Rasur und eine Gesichtsmaske auf der Basis von Plazenta und Rückenmarksubstanz zu verpassen brauchen, schon hätten sich die letzten Spuren dieser entsetzlichen Nacht verflüchtigt wie Schnee unter der Sonne, wie die Lotusblume in den Händen des Buddha.

Bevor ich aufbrach, zog ich trotz allem den Kahn an Land und band ihn sorgfältig an einen Baum. Ich mußte ein unbändiges Verlangen unterdrücken, mich ein letztes Mal in ihn reinzusetzen. Ich warf die Ruder hinein und drehte ihn mit dem Kiel nach oben, um ihn vor der Nässe zu schützen. Die Gegend war so schön gewesen. Ich ließ ein trauriges Häuflein Asche hinter mir zurück, als ich leise die Tür zuzog und losfuhr.

Es war ein wunderschöner Tag, wie man ihn sich schöner im Frühling nicht wünschen kann, ein grelles, beinahe närrisches Licht, ein Licht wie ein hochgezüchteter Motor. Diesmal hatte ich mir die Sonnenbrille aufgesetzt. Diesmal fuhr ich nicht zu schnell. Ich hatte das Fenster auf, um die laue Luft in großen

Schwaden hineinströmen zu lassen, und von Zeit zu Zeit fuhr ich mir durch die Haare oder drückte mich ins Hohlkreuz. Ich hörte keine Musik. Ich redete nicht laut mit mir selbst. Ich wurde nicht sentimental bei dem köstlichen Pfeifen des Windes. Ich guckte mit desillusioniertem Blick zu, wie sich die Kilometer auf dem Zähler mehrten.

Ich kam am frühen Nachmittag an. Ich fuhr direkt bei Gloria vorbei, doch es war niemand da. Die ganze Stadt wirkte irgendwie ruhig, verschlafen, träge. Ich hatte keine Eile. Ich würde wiederkommen.

Als ich den Wagen vor meiner Tür ausmachte, registrierte ich mit einem Blick, daß Marlènes Fensterläden geschlossen waren. Ohne die Lage allzu schwarz schildern zu wollen, dennoch, ich fragte mich, ob ich nicht doch gezwungen sei, über kurz oder lang umzuziehen, um mir unnützen Kummer zu ersparen, ich war nicht sonderlich scharf darauf, in die Rolle eines Fakirs zu schlüpfen, ich war eher für eine Lösung, die Balsam auf meine Wunden träufelte. Ich klemmte mir meinen Roman unter den Arm und ging rein.

Der Geruch hatte sich geändert. Ein Hauch von Verlassenheit wehte durch die Zimmer, oder beinahe. Ich riß die Fenster auf. In der Küche fand ich etwas zu essen, Thunfisch in der Dose und Diätkuchen mit Rosinen. Leider keine Mayonnaise. Ein Fraß, dazu geschaffen, einen jeden rechtschaffenen Bürger zu erstikken. Danach rief ich Dogelski an.

– Walter, sagte ich zu ihm, ich habe eine gute und eine schlechte Nachricht. Zum einen habe ich Ihre Hütte abgebrannt, zum andern schicke ich Ihnen meinen neuen Roman.

Natürlich verstrichen daraufhin ein paar Sekunden.

– Ich glaube, der Roman ist nicht schlecht, fügte ich hinzu, eine Art Komödie.

– Nun ja... ich würde sagen, die gute Nachricht ist eine SEHR gute Nachricht...!!

– Walter, es tut mir schrecklich leid. Das Ganze ist meine Schuld...

– Schon gut, reden wir ein andermal davon. Ich muß mich erst ein wenig daran gewöhnen ... Ach, übrigens, ich habe Ihnen ein paar neue Verträge geschickt, seien Sie so nett und legen Sie sie nicht allzu nahe an den Kamin. Wissen Sie, diese Jungs aus Hollywood rufen tagtäglich an ...!

Wenn man mal vom Nobelpreis absah, konnte ich mich für einen Schriftsteller glücklich schätzen, es gab nicht mehr viel, was ich noch erwarten konnte. Das paßte vorzüglich zu meiner geistigen Verfassung. Vielleicht konnte ich bald diesen Spruch von Henry Miller aufklären: »Wenn man den Sex und sämtliche materiellen Schwierigkeiten hinter sich hat, dann beginnen die wahren Probleme.« In der Zwischenzeit nahm ich erstmal ein Bad. Ich benutzte ein Schaumzeug, das Marlène bei mir liegengelassen hatte, sowie ihre durchsichtige Toilettenseife mit Glyzerin. Ich überlegte mir, daß ich jetzt ebenso sämtliche Sachen, die ihr gehört hatten, beseitigen mußte, in den nächsten Tagen war also eine erneute Razzia fällig. Allmählich wurde das lachhaft. Ich hatte lange nicht mehr gelacht. Mittlerweile ging jeder seinen eigenen Weg.

Ich räumte die Bude ein wenig auf. Normalerweise bin ich nicht gerade ein Ordnungsfanatiker, aber ich wollte mir keinen Zwang antun und ließ mir volle Freiheit. Wenn es mir nun mal gefiel, die Dinge an ihren Platz zu stellen, ein ganzes Zimmer mit der Lupe abzusuchen, in einer Umgebung zu hausen, die aussah wie aus dem Ei gepellt, warum sollte ich mir das versagen? Wie hätte ich es übers Herz bringen sollen, mir eine solch harmlose Grille zu verweigern ...?

Den Rest des Nachmittags brachte ich mit einem Lappen in der einen und Zeitungspapier für die Fliesen in der anderen Hand zu. Ich war eine kleine Fee. Sobald ein bißchen Asche zu fallen drohte, schnippte ich sie in die hohle Hand und rannte mit kleinen Rauchwölkchen im Rücken schnurstracks auf den nächsten Aschenbecher zu. Ich jagte jedem bißchen Mist unbarmherzig nach, sogar mitten unter dem Teppich. Ich richtete die Bilder an den Wänden wieder gerade. Ich schüttete die fast leeren Flaschen aus und schmiß sie nach draußen. Von Zeit zu Zeit setzte ich mich und wartete darauf, daß mein Blick auf das nächste Ding fiel, mit dem was nicht stimmte, das wohl hoffte, ungeschoren davonzukommen. Es dauerte jedesmal einen Moment, bis ich wieder aufstand. Ich weiß nicht, ob man darüber lachen soll, doch in dieser brutalen Stille passierte es mir, daß ich eine Tür schlagen hörte, oder Schritte, oder sogar Stimmen, ganze Satzfetzen, die über meinen Kopf flogen und verstummten und mich völlig aufgewühlt zurückließen, die Augen ins Leere, die Hände um meinen antistatischen Zerstäuber verkrampft. Das war schon was, Henris Stimme zu hören, wenn er mich von der Treppe her fragte, ob ich nicht seine Brille gesehen hätte. Oder aber das Lachen einer Frau, das Schweigen einer Frau. So daß ich zum guten Schluß beinahe ein Lächeln auf den Lippen hatte und der Tag zart errötend in einer Garbe aus dunklem Gold ausklang, während ich mich an die Vorhänge klammerte.

– Was Schlimmeres konntest du mir gar nicht antun, seufzte ich... Naja, ich vermute, du weißt es. Du handelst ja nicht, äh... wie sagt man?... du handelst ja nicht völlig unüberlegt, nicht wahr? Weißt du, das ist nicht so, als ob man dir einen Arm oder ein Bein amputiert und danach sitzt du im Rollstuhl, nein, das nicht... trotzdem... Jaja, ich weiß, ich hab noch deine Bücher... ich weiß, die Fahne der Vereinigten Staaten steht noch, ich kann mir immer noch an der Ecke ein Bier trinken... oder die Zeitung kaufen... Ich weiß, ich kann mich hinsetzen und die Leute beobachten... und dem erstbesten schönen Mädchen nachgucken, das vorübergeht... einer Blondine, wenn's geht... Ich weiß nicht, wie ich dir das erklären soll. Vielleicht sollte ich besser ans Meer ziehen... mir ein kleines Häuschen in der Nähe des Ozeans kaufen, um mir das leise Rauschen der Wellen anzuhören... Ich hab noch nicht darüber nachgedacht. Ein Haus im japanischen Stil mit Trennwänden aus Papier. Oder einfach nach Paris oder New York. Du weißt, daß ich den Lärm noch nie ausstehen konnte... vielleicht werde ich in all den Jahren, die mir bleiben, tatsächlich noch ein guter Schriftsteller... naja, das wäre zu wünschen. Ich möchte wenigstens eine Sache in meinem Leben hinbekommen, ich fürchte, da gehör ich zur alten Schule... Ich muß weiter arbeiten...

Gestern, als ich mitten in diesem Feuer hing, da hab ich mir die Frage gestellt. Du warst gegangen, Marlène war gegangen, und Gloria hatte gerade das Haus mit Benzin begossen. Wozu das Ganze, hab ich mir gesagt, lohnt sich das überhaupt noch, wenn man immer mehr einstecken muß...? Ich hatte meinen Roman auf dem Schoß... Ach Henri, ich bin über vierzig Jahre alt, ich bin kein kleiner Junge mehr, aber ich hab wirklich daran gedacht... Und trotzdem sitz ich hier, in diesem Sessel, das sind meine Arme und meine Beine, dieser Körper, das ist meiner, und dieser Kummer ebenfalls, und meine Arme und meine Beine stehen nicht still, sie bewegen sich... die Haare stehen mir zu Berge, aber ich lebe... da ist etwas in mir, das will nicht sterben... Ich bete, daß das meine Liebe zum Schreiben ist... hmm, im Grunde, ich weiß es nicht... Da gibt es noch bummeln, Musik hören... sich ein Bad einlaufen lassen... ach, das ist schwer zu sagen... was für die andern gut ist, ist für mich gut genug...

Es war dunkel geworden, ich stand auf, um ein kleines Lämpchen in einer Ecke anzumachen, und ich verzehrte einen alten, total verschrumpelten Apfel und guckte zum Fenster raus. Es war noch früh am Abend. Eine durchaus schickliche Stunde, um bei anderen Leuten vorbeizuschauen.

Als ich das Haus verließ, löschte ich sämtliches Licht, doch dann besann ich mich eines Besseren und machte die kleine Lampe wieder an. Das verlieh dem Zimmer eine angenehme Atmosphäre. Ich dachte, das macht sich vielleicht ein wenig besser, wenn ich zurückkomme. Ich überlegte mir sogar, ob ich mir nicht eine Pizza in den Backofen schieben sollte, um von einem heißen Oregano-Duft empfangen zu werden. Doch das war zu riskant. Es gibt nichts Schlimmeres für einen Typen, der noch wackelig auf den Beinen ist, als in einem Brandgeruch allein zu Hause zu sein.

Bob und Gloria wohnten auf der oberen Etage, die Hauseigentümer auf der unteren. Als ich ankam, waren sämtliche Fenster der Fassade beleuchtet. Die Frau war eine meiner größten Verehrerinnen. Sie war um die siebzig und hielt mich jedesmal am Arm fest, um mir von meinen Büchern zu erzählen, vor allem, wenn ich im T-Shirt aufkreuzte. Abends war sie in der Regel blau. Den lieben langen Tag rannte sie in irgendwelchen luftigen Negligés herum und zog an einer langen Zigarettenspitze. Ihre Mutter lebte in einem Sessel. Von Zeit zu Zeit pflanzte sie sich vor sie und schrie ihr was zu, doch die Ärmste war stocktaub. Das Problem war immer dasselbe. Es drehte sich darum, nach oben zu gelangen, ohne sich erwischen zu lassen. Da sie ein feines Gehör hatte, blieb einem eine Chance von vielleicht eins zu zwei, oder auch drei, je nachdem, wieviel sie getrunken hatte. Sie hatte alles gelesen, was ich geschrieben hatte, aber sie interessierte sich weniger für meinen Stil als für die etwas schärferen Stellen.

Ich sprang über die Gartenhecke und schlich mich zur Tür. Der Himmel war von einem klaren, wolkenlosen Schwarz, ich fühlte mich ziemlich entspannt. Im Grunde versprach ich mir nichts Besonderes von diesem Besuch, aber um unser aller Seelenfrieden willen mußte er sein. Daß sie versucht hatte, mich bei lebendigem Leib zu verbrennen, lag mir noch schwer im Magen. Diese Geschichte schlug immer noch Wellen wie ein ganzer Meeresstreifen. Ich wartete, ob nicht ein Wagen vorbeifuhr oder ein Typ in einen Mülleimer krachte, dann glitt ich durch die Tür und stieg auf Zehenspitzen die Treppe hinauf.

»Ach so ...! Sie sind das ...!!« erklang es hinter mir, als ich mit der Nase bereits auf Höhe der obersten Stufe war. Ich drehte mich um und ging ein paar Stufen zurück.

– Oh, Mademoiselle Marguerite ...! sagte ich.

Sie hatte von der Blume nur den Namen, obwohl ihre Gesichtsfarbe ins absolute Weiß tendierte. Nur ihre Ohren waren rosig, merkwürdigerweise blieben sie von der Gewalt des Puders verschont. Sie sah aus wie eine Schauspielerin, deren Stern gesunken ist, eine, die die Anfänge des Tonfilms miterlebt hat. Mit der einen Hand klammerte sie sich an das Geländer, mit der anderen preßte sie ihren Bademantel aus Satin gegen ihren Busen.

– Also sowas ...! Sie schleichen ja wie ein Dieb! fuhr sie mich an.

– Aber nein ... Wo denken Sie hin ...?!

Ihr Blick war leicht glasig. Seufzend klimperte sie mit den Wimpern.

– Möchten Sie nicht ein Gläschen mit mir trinken, wenn Sie mit den jungen Leuten fertig sind ...? fragte sie mich. Möchten Sie mir nicht ein bißchen Gesellschaft leisten ...?

– Aber ja ... natürlich ...!

Schweigend machte sie kehrt, und ich flitzte wieder nach oben. Vor der Tür wäre ich in einem Anfall von Müdigkeit beinahe auf die Knie gesunken. Danach packte ich entschlossen den Türgriff und trat ein, ohne anzuklopfen.

Sie wusch gerade Salat über dem Spülbecken. Ihre Haare waren wirr durcheinander hochgesteckt, sie wurden von bunten, muschelförmigen Klammern zusammengehalten. Sie trug einen kurzen weißen Rock und ein Sweatshirt, das, der Größe nach zu urteilen, Bob gehören mußte. Ich verursachte nicht das leiseste Geräusch, trotzdem drehte sie sich um.

Sie wirkte nur halb überrascht. Ihre Augen loderten für einen Moment auf, dann verwandelte sie sich in einen Hund aus Porzellan, ihre Hände fuhren in Bobs Sweatshirt, das zum Geschirrtuch wurde. Ich ließ mir nichts davon entgehen. Das Schweigen pfiff ringsum wie ein Kochtopf, der ins Feuer geworfen wird.

– Aha! explodierte sie. Ich hoffe, du hattest den Schiß deines Lebens ...

Warum sollte ich leugnen, daß sie mich überraschte, warum nicht zugeben, daß es mich um ein Haar aus den Angeln gehoben hätte. Herrgott, sie strotzte nur so vor Sicherheit! Ich hatte wahrlich nicht erwartet, daß sie gleich zu Beginn ihre Karten auf den Tisch legen würde, und erst recht nicht auf diese Art. Eines Tages haben sie mich völlig geschafft, dann werde ich unter ihren Schlägen verenden wie so viele vor mir, und unser Schreien wird kein Wutgeheul, sondern ein Brüllen sein aus reiner Liebe, ein Röcheln der Verzückung, ein Wimmern der Dankbarkeit.

– Was soll dieses idiotische Lächeln ...?! knurrte sie.

– Oh ... Na schön, ja, ja, ich habe Schiß gehabt! Ich gebe zu, diesmal hast du kräftig hingelangt. Aber was soll das eigentlich, ist das so 'ne Art Spiel...?

– Nenn es, wie du willst, knirschte sie.

Ich faßte den Entschluß, Platz zu nehmen.

– Ist Bob nicht da? fragte ich unschuldig.

– Er kommt gleich. Warum, wolltest du was von Bob...?

– Nein, nein..., lächelte ich. Ich kann mir nicht vorstellen, daß ich das mit Bob machen könnte.

Jeder kam mal an die Reihe. Jetzt blieb zur Abwechslung ihr mal die Spucke weg. Ich bekam durchaus mit – und das nicht ohne ein gewisses Vergnügen –, daß sich ihre Wangen ein klein wenig gerötet hatten. Ihr Blick jedoch hielt bravourös stand. Jede Sekunde, die verstrich, war für sie eine kleine verlorene Schlacht. Ich ließ sie also über meine letzten Worte nachdenken und umgarnte sie mit einem engelgleichen Lächeln, das überdies nicht im geringsten geheuchelt war, denn ich sah sie wieder wie am Anfang, wie damals, als es mit uns noch klappte, und ich hab ein unglaublich gutes Gedächtnis für all die schönen Momente, die ich erlebt habe, die kann mir keiner nehmen.

– Nein, ich glaub, du spinnst...!! stieß sie endlich mit vor Wut dumpfer Stimme hervor.

– Naja... ich weiß nicht... das heißt, wenn du mich fragst, die Verbissenheit, mit der du hinter mir bist, die ist sexueller Natur...

Die Fäuste in die Seiten gestemmt, kam sie auf mich zu. Sie würgte mich allein mit ihren Augen, sie versuchte mich zu pulverisieren. Sie stoppte in weniger als zwei Meter Abstand:

– Sag mal..., keifte sie, setzt einem das Alter solche Flausen in den Kopf...?!

– Jaja... ich geb zu, ich hab mich immer schlechter im Griff.

Bei diesen Worten fuhr ich mit blitzschneller Hand unter ihren Rock und schnappte mir ihren Slip. Sie schrie auf und machte sich steif. Ich zog mit einem Ruck, und das arme Ding blieb in meiner Hand. Gloria war im gleichen Moment zurückgesprungen, dabei riß sie eine Vase um, die auf dem Tisch stand und nun mit einem lauten Klirren auf dem Boden zerschellte.

Ich guckte sie an, und ich konnte feststellen, daß ich die Oberhand gewonnen hatte. Sie war bis ans Spülbecken zurückgewichen und atmete immer schneller. Wenn sie jemals in ihrem Leben Lust auf mich gehabt haben sollte, dann erinnerte sie sich in diesem Moment bestimmt nicht mehr daran, überflüssig zu betonen, daß sie die Beine zusammenpreßte.

– Weißt du, sagte ich zu ihr in aller Ruhe, diese Geschichte ist mir ganz schön teuer zu stehn gekommen... Ich schätze, uns bleibt nichts, als reinen Tisch zu machen.

Als ich aufstand, fand sie die Sprache wieder:

– Faß mich nicht an... fauchte sie. Scheiße, hast du etwa gedacht, ich würd nichts dagegen tun...?!! Hast du gedacht, ich würd zulassen, daß sich schon wieder ein Typ zwischen meinen Vater und meine Mutter drängt...?!

Ich streckte eine Hand nach ihr aus, um sie mir vorzuknöpfen, doch sie löste sich mit einem Satz und brachte den Tisch zwischen uns. Dieses alberne Bollwerk verlieh ihr einiges Selbstvertrauen. Sie guckte mich erneut herausfordernd an und meinte mit verächtlicher Stimme:

– Und eins solltest du nicht vergessen... Ich hatte euch nicht gebeten, mich zu holen... Also beklag dich jetzt nicht...!!

Diesmal war ich schneller als der Schall. Ich packte sie am Kragen ihres Sweatshirts und zog sie halb über den Tisch:

– Den ganzen Scheiß kannst du jemand anders erzählen...! steckte ich ihr ins Ohr. Siebzig Prozent meiner Leser sind Frauen. Anscheinend kenn ich mich mit denen ganz gut aus.

Ich hatte eigentlich nicht vor, meine Hand über ihren Hintern gleiten zu lassen, doch trotz allem drückte ich sie auf den Tisch und küßte sie wie wild auf den Hals. Sie stieß gellende Schreie aus. Ich pfefferte sie auf den Boden, bevor sie mir ihre Nägel in den Arm schlug.

»AH! WAS FÜR EIN SCHÖNER TAG!« johlte ich, während sie im Fallen einen kleinen Rundtisch und eine moderne Lampe aus blankem Stahl mitriß.

Ich warf ihr einen lüsternen Blick zu und mühte mich hektisch, aus meinem Pullover zu kommen.

– Wenn ich in der Zeitung lese, daß ich die Tochter meines besten Freundes bumse, verstehst du, wie ungerecht ich mich dann behandelt fühle ...? fügte ich sanft hinzu, bevor ich in meinem Pullover verschwand.

Schnell wie der Blitz schaffte sie es, meine kurze Abwesenheit auszunutzen. Ich warf den Pullover quer durch das Zimmer und sprang los. Doch sie schoß mit einem knappen Kopf Vorsprung durchs Ziel, und die Badezimmertür knallte mit unheilverkündendem Krach vor meiner Nase zu.

– Dem gebe ich dem keine zwei Sekunden, diesem jämmerlichen Schloß ...! sagte ich. Schatz, sei doch nicht dumm ...!!

Ich flitzte im nächsten Moment raus, mit ein paar Sprüngen fegte ich die Treppe runter. Als ich mir gerade die Axt packte, geriet ich an das Phantom der Oper.

– Alles in Ordnung, Marguerite, sagte ich. Machen Sie sich keine Sorgen.

– Ah ...! winkte sie ab. Ich weiß, wie's im Leben zugeht ...!

Ich raste wieder rauf. Ich kratzte an der Tür:

– Hör mir gut zu, murmelte ich, deinetwegen habe ich so gut wie alles verloren. Also wird mich auch diese mickrige Tür nicht aufhalten. Du ahnst es, nicht wahr ...? Ich hoffe, du wunderst dich nicht gar so sehr, was gleich passiert, du konntest dir doch denken, daß alles seine Grenzen hat ...

Mit einem fürchterlichen Hieb schmetterte ich die Axt in das Holz. Sie stieß einen Schrei aus. Wie sagte nicht John Irving? Alles ist nur ein Märchen.

Mit dem zweiten Hieb trieb ich die Axt durch die Tür.

– Du bist ja verrückt geworden ...! schrie sie.

– Ja, doch das wäre jeder an meiner Stelle!

Als ich mich wieder ans Werk machte, tauchte Marguerite hinter mir auf.

– Herr im Himmel! stöhnte sie. Diese Treppen sind zuviel für meine Beine ...!

Sie lehnte sich mit der Zigarettenspitze in der Hand gegen die Wand. Für ihr Alter verkraftete sie die Martini-Gin nicht schlecht, ihre Aussprache war kaum beeinträchtigt.

– Scheiße, gehn Sie da weg...! sagte ich zu ihr, während ich mit einer Hand einen Holzsplitter rausriß.

– Ich kenne das..., meinte sie nickend. Die Freuden und die gnadenlosen Kämpfe des Lebens.

Dieses eine Mal war das keine dieser Türen aus Pappe, und ich mußte mich ins Zeug legen wie ein Berserker. Ich knurrte und Gloria schrie, während die Alte Ringe in meine Richtung blies. Inzwischen war ich nicht mehr ganz so ruhig, und ich prügelte mit doppelter Wucht auf meine Zielscheibe ein. Das Holz spaltete sich senkrecht, doch es hielt weiterhin stand. Ich sah rot.

– Das überrascht mich nicht, daß Sie Bücher schreiben..., flötete mir Marguerite zu.

In diesem Moment flog gleich ein ganzer Teil der Tür raus und landete vor Glorias Füßen. Sie war leichenblaß. Ich war schweißgebadet. Mit einem Tritt beförderte ich alles auf die Seite, was mir noch im Weg lag. Ich mußte fürchterlich aussehen, denn Gloria hob einen Arm vors Gesicht und fing an zu wimmern. Um ehrlich zu sein, ich kannte mich nicht mehr.

Ich ging einen Schritt ins Badezimmer und packte Gloria lauthals brüllend am Kragen. Ich drückte sie gegen die Wand. Während sich unsere Blicke noch einmal trafen, hob ich die Axt über ihren Kopf. Sie stieß einen letzten Schrei aus und rutschte zu Boden. Also rammte ich die Axt in die Wand, zehn Zentimeter über ihrem Kopf und praktisch bis zum Heft.

Ich mußte eine Rohrleitung erwischt haben, denn ein eiskalter Wasserstrahl spritzte mir ins Gesicht. Im ersten Augenblick dachte ich, die Gnade der Vorsehung habe mich getroffen. Ich schloß für ein paar Sekunden die Augen in diesem erquickenden Wunder. Dann ließ ich Gloria los, die zu meinen Füßen wimmerte, und richtete mich auf.

– Du solltest das Wasser abstellen, riet ich ihr. Schön... du kannst mir auch viel Glück wünschen...

Ich drehte mich auf dem Absatz um und ging in einer Wasserfontäne raus.

– Ah...! Der Springbrunnen war prächtig...! verriet mir Marguerite. Sie sind wirklich mein Lieblingsschriftsteller!

Ich faßte sie am Arm, um ihr die Treppe hinunterzuhelfen, und das war kein Pappenstiel. Eine Treppe, sowas sagt einer alten, besoffenen Frau nicht viel, und ich für meinen Teil war auch nicht mehr ganz so bei Kräften, um mich geradezuhalten. Ich hörte nicht, was sie mir erzählte. Im Grunde gab es nichts, was sonderlich klar war. Wir schwankten leicht, eine Stufe nach der anderen, trotz ihrer alten, weißen Hand, die über das Geländer glitt, und ihrer rutschfesten Schuhe mit Gummisohle.

Philippe Djian

Betty Blue · 37,2° am Morgen

Roman

Die Geschichte einer buchstäblich wahnsinnigen Liebe.

»Betty Blue ist ein aggressives, sinnliches Biest, das den Gelegenheitsarbeiter und verhinderten Schriftsteller Zorg total aus der Fassung bringt.«
Der Spiegel, Hamburg

»Djians Sprache hat Rhythmus, ist farbig und voll Sprengkraft, ein echter Schriftsteller, ein großer Schriftsteller.« *Le Monde, Paris*

»Betty Blue als Film in den Kinos: auch wenn Beineix die Regie führt, kein Bild kann dieses Buch ersetzen.« *Szene Hamburg*

»So wie die ägyptischen Fellachen in qualvoller Ungeduld auf das lebensspendende Hochwasser des Nils warten, leben Philippe Djians Helden in Erwartung der Überschwemmung: das Eindringen der Frau in ihr ausgepolstertes Universum: der Frau schlechthin, großartig, hinreißend, zerstörerisch, jener Frau, die nicht eher ruht, bis die brüchigen Schutzwälle auseinanderbrechen, die die unglücklichen Helden zwischen sich und dem Leben aufgerichtet haben.« *Pflasterstrand, Frankfurt*

Philippe Djian
Erogene Zone
Roman

Niemand kann eine Frau lieben und gleichzeitig einen Roman schreiben. Soll heißen: einen *wirklichen* Roman schreiben, eine Frau *wirklich* lieben. Philippe Djian hat es versucht. Und ist um ein paar Illusionen ärmer geworden. Dafür ist er einem leicht perversen, ziemlich intelligenten Mädchen begegnet. Er hat (wenig) gegessen. Er hat (viel, vor allem Bier) getrunken. Sich Joints gedreht. Musik gehört. Gelesen und gelesen. Er hat Blut und Wasser geschwitzt. Er hat den Kopf zwischen den Händen vergraben, unter einem Kopfkissen und in heller Verzweiflung zwischen den Beinen junger rätselhafter Frauen.
Er ist dem Geld nachgerannt, den Frauen, den Wörtern. Er hat sein Bestes gegeben. Er hat ein Buch geschrieben. Ungekünstelt, unprätentiös hat er das Unbeschreibliche beschrieben. Das Leben. In all seiner Derbheit, Schlichtheit und Hoffnungslosigkeit. Einfach großartig.

»Djian schreibt glasklar und in einem Tempo, dem ältere Herren wie Grass und Walser schon längst durch Herzinfarkt erlegen wären.«
Plärrer, Nürnberg

Jakob Arjouni
Happy birthday, Türke!
Roman

»Privatdetektiv Kemal Kayankaya ist der deutsch-türkische Doppelgänger von Phil Marlowe, dem großen, traurigen Kollegen von der Westcoast. Nur weniger elegisch und immerhin so genial abgemalt, daß man kaum aufhören kann zu lesen, bis man endlich weiß, wer nun wen erstochen hat und warum und überhaupt. Daß *Happy birthday, Türke!* trotzdem mehr ist als ein Remake, liegt nicht nur am eindeutig hessischen Großstadtmilieu, sondern auch an den bunteren Bildern, den ganz eigenen Gedankensaltos und der Besonderheit der Geschichte. Wer nur nachschreibt, kann nicht so spannend und prall erzählen.« *Hamburger Rundschau*

So gekonnt und erfrischend frech und doch gleichzeitig ganz eigenständig wie Jakob Arjouni hat noch kein deutschsprachiger Autor den großen amerikanischen Vorbildern Hammett und Chandler seine Reverenz erwiesen.

Jakob Arjouni
Mehr Bier
Roman

Vier Mitglieder der ›Ökologischen Front‹ sind wegen Mordes an dem Vorstandsvorsitzenden der ›Rheinmainfarben-Werke‹ angeklagt. Zwar geben die vier zu, in der fraglichen Nacht einen Sprengstoffanschlag verübt zu haben, sie bestreiten aber jegliche Verbindung mit dem Mord. Nach Zeugenaussagen waren an dem Anschlag fünf Personen beteiligt, aber von dem fünften Mann fehlt jede Spur. Der Verteidiger der Angeklagten beauftragt den Privatdetektiv Kemal Kayankaya mit der Suche nach dem fünften Mann...

»Ich mache meinen Job, weil es zum Anwalt nicht gelangt hat. Ich hatte geglaubt, Privatdetektiv wäre so eine Art Hausarzt. An den großen Schlachtereien und dem allgemeinen Dreck ändert er zwar nichts, aber für den einen oder anderen kann es vielleicht doch wichtig sein, daß er da ist. Inzwischen weiß ich, es ist vollkommen egal, ob ich da bin oder nicht. Ich mache meine Arbeit so gut es geht, das ist alles.«

Andrea De Carlo
Macno
Roman

Schauplatz des Romans ist die Hauptstadt eines imaginären Landes. Die Handlung spielt im Regierungspalast, wo Macno, ein ehemaliger Rockstar, als Diktator mit seinem Gefolge lebt, als da sind ein Pianist, ein Medienexperte, ein Botaniker, eine Ballerina und ein Schriftsteller, der als Leibwächter fungiert.
Mit seinem ganz und gar unkonventionellen Roman geht Andrea De Carlo an die gegenwärtige politische Szenerie mit einer ironischen, literarischen Sensibilität heran.

»Die frische und lockere Anmut von De Carlos Stil zieht den Leser rasch und intensiv in ihren Bann, nicht zuletzt, weil hinter ihr die Sicherheit eines radikal Unangepassten steht.«
Neue Zürcher Zeitung

»Ein Italiener macht deutschen Romanciers Tempovorgaben.« *Szene Hamburg*

Andrea De Carlo
Yucatan
Roman

Yucatan ist noch faszinierender als De Carlos bisherige Romane. Es ist eine so brillante Geschichte, daß selbst der oberflächlichste Leser von ihren Protagonisten, den sich ständig verändernden Beziehungen zwischen ihnen, dem mitreißenden Fluß der Handlung, der Ironie und Detailschärfe gefesselt wird. De Carlo konfrontiert in diesem Buch die amerikanische Technologie-Euphorie mit der metaphysisch und mythologisch geprägten Welt Mittelamerikas. Im Zentrum steht der jugoslawische Regisseur Dru Reznik, der mit seinem Assistenten nach Mittelamerika reist, um einen Schriftsteller ausfindig zu machen, dessen Buch er verfilmen will. Doch schon bei der Zwischenlandung in Los Angeles zeichnen sich Schwierigkeiten ab: Reznik erhält mehrdeutige Nachrichten über den Verbleib des Schriftstellers und wird schließlich durch anonyme Anrufe bedroht. Auf der Suche nach den Hintergründen verliert Reznik sein Vorhaben mehr und mehr aus den Augen...

»De Carlo ist schon vollkommen.« *Alberto Moravia*

Doris Dörrie
Liebe, Schmerz und das ganze verdammte Zeug
Vier Geschichten

Vier Geschichten von Doris Dörrie, großartige, liebevolle, traurige, grausame Geschichten: *Mitten ins Herz, Männer, Geld, Paradies.* Es sind Geschichten, aus denen Doris Dörrie ihre Filme entwickelt, von denen *Männer* der weltweit erfolgreichste deutsche Film seit Jahrzehnten wurde. Geschichten um eine Kindfrau, um Liebe und Langeweile, um Eifersucht, Geld und Erfolg. Geschichten von befreiender Frische.

»Ihre Filme entstehen aus ihren Geschichten.«
Village Voice, New York

»... ohne stilistische Bedenken, theoretische Skrupel oder methodische Zweifel. Doch lesen wir sie mit einer Begeisterung wie ein belletristisches Debüt schon lange nicht mehr.«
Jens Jessen / Frankfurter Allgemeine Zeitung

Anne Fine
Killjoy
Roman

Mit einer Ohrfeige beginnt die grausame Geschichte einer Obsession. Ian Laidlaw ist ein ausgeglichener Mann, ruhig, kultiviert, tüchtig. Er ist Vorsteher der Fakultät für Politikwissenschaft an einer schottischen Universität. Seine regelmäßigen, ereignislosen Tage nehmen ihren ausgewogenen Lauf – bis die Studentin Alicia ihm eines Nachmittags ins Gesicht lacht und seine geordnete Welt zum Einstürzen bringt.
Laidlaw verfällt ihr mit besitzergreifender Leidenschaft, und die beiden beginnen ein gefährliches und schließlich zerstörerisches Spiel. Alicias Vergehen ist die Skrupellosigkeit der Jugend, und Laidlaws Strafe zeigt die unheilbare Zerrüttung seiner Welt.
Mit ihrem ersten Roman *Killjoy* schuf Anne Fine ein unvergeßliches Porträt eines Lebens der heillosen Verletzungen. Ein aufschreckendes, nachdenklich stimmendes und, im wahrsten Sinne des Wortes, fesselndes Buch.

»Eine schmerzhaft fesselnde Version von ›La Belle et la Bête‹.« *The New Yorker*

»Der Erstling dieser jungen schottischen Autorin ist verheerend eindringlich, ungewöhnlich klug – grauenhaft gut.« *Publishers Weekly*